Jouvence

(La femme qui ne vieillit pas)

IMPRIME au CANADA
COPYRIGHT © 2002 par
André Mathieu

Dépôt légal:
Bibliothèque nationale du Canada
Bibliothèque nationale du Québec

ISBN 2-922512-21-5

André Mathieu

Jouvence

ROMAN

Adresse de l'éditeur en 2002:
9-5257, Frontenac
Lac-Mégantic
G6B 1H2

Comme la lumière sur le chandelier sacré, telle est la beauté
du visage dans l'âge épanoui.
Bible

Qui aide aime ! Qui aime aide !
A.Mathieu.

Chapitre 1

Mont-Bleu, Canada, de nos jours...

–Docteur, mais je veux vieillir !

La voix de la femme était ferme, sûre d'elle, convaincue. Avec même une touche de supplication.

Le praticien demeura silencieux pour un temps. Béat un moment. Son regard à l'étonnement bougea en diverses directions. Puis ses paupières s'abaissèrent. Il hocha la tête. Soupira...

Un brin d'impatience surgit en l'esprit de sa patiente. Qu'il lâche donc ce qu'il pense au lieu de se laisser deviner par une gestuelle qui ne veut rien dire du tout !

Elle reprit la parole en insistant:

–Je veux vieillir comme tout le monde, moi.

L'homme sourit et continua de ne pas parler. Ce médecin avait franchi le cap de la cinquantaine depuis un bon moment et ses cheveux bruns tondus ras portaient, d'une neige abondante, les traces évidentes épargnées par la teinture, histoire de faire un peu plus vrai, plus sérieux, séduisant qui sait... Et ses lunettes, petites et basses sur le nez, ajoutaient bien quelques mois voire quelques années à son âge.

Il se racla la gorge comme le font souvent les disciples d'Esculape quand ils ne comprennent pas un problème, une attitude, et qu'ils cherchent une explication, même sommaire ou improvisée. Un grand mystère le confrontait en ce moment et depuis quelques années au sujet de cette patiente qu'il appelait de plus en plus souvent devant ses collègues *"la femme qui ne vieillit pas"*, et c'était cette incroyable torpeur de son métabolisme. Comme si pour son corps, le temps s'était arrêté net vingt ans plus tôt au moins. Car non seulement avait-elle l'apparence de quarante ans, mais ses organes vitaux et tous les autres ne faisaient pas plus que cet âge, eux non plus. À telle enseigne qu'on avait mis son cas sous observation médicale de plus en plus attentive et soutenue depuis trois ans.

Mais voici qu'un second mystère venait ce jour-là s'ajouter au premier: contrairement à toutes les femmes du monde très certainement, qui auraient tout vendu sauf leur âme et encore, pour rester jeunes, Jocelyne Larivière, elle, voulait vieillir. Quelle bizarrerie ! Il est vrai que cette attitude devant son âge figé et piétinant sur place, et qui n'avait laissé s'enfuir en avant que le chiffre des années, était relativement nouvelle. En tout cas, elle exprimait ce voeu pour la première fois devant lui. Fallait noter ça.

Il se pencha sur le dossier et prit son crayon. Mais il ne put terminer son geste. La femme avec ses petites mains froides le saisit en s'emparant de sa main velue qu'elle serra fort contre les feuilles de papier:

–Docteur Leroux, je vis un drame humain. Ne faites pas de moi un cobaye de la science parce qu'il se passe en moi un phénomène encore inexpliqué. Je souffre d'une maladie qui est celle de ne pas vieillir, si rare qu'elle n'a même pas de nom, et je veux que l'on m'en guérisse. Je suis une femme de soixante-trois ans et le monde m'échappe parce qu'en moi, le monde que je connais a soixante-trois ans, pas quarante. Et mon corps, il ne suit pas, et cela provoque une distorsion dans mes pensées, dans mes sentiments, dans mes perceptions. Ne pas vieillir parmi d'autres qui ne vieilliraient pas: oui, avec bonheur. Et même un chausson aux pommes avec ça. Mais entourée de gens qui me comprennent de moins en moins et dont je m'éloigne de plus en plus: très peu pour moi. J'ai ressenti de grandes joies à me faire répéter: *comme tu restes belle! chanceuse, tu vieillis pas! c'est quoi, ton secret, s'il te plaît, dis-le moi et je vais te donner absolument tout ce que j'ai !...*

Tandis qu'elle parlait, le professionnel de la santé se donnait enfin le temps de la regarder à souhait sans arrière-pensée, sans chercher derrière les traits de son visage, comme depuis les cinq ans qu'il la voyait, des hypothèses, des données statistiques, des équations à résoudre, une exception à sonder, analyser...

–Mais depuis cinq ans, poursuivit-elle, je trouve ça de moins en moins drôle. Sans même s'en rendre compte, les gens m'isolent avec leurs propos et même leurs attitudes. On m'exclut de la gang qui elle, vieillit unanimement chaque jour que Dieu amène. La plupart de nos amis nous ont mis de côté. Je suis devenue suspecte voire dangereuse aux yeux des autres femmes. On peut toujours se tenir avec des gens dans la quarantaine et là, c'est mon mari qui fait office de suspect. Il détonne dans le groupe, la soirée, la rencontre. Quant à la parenté, hein, on peut pas en changer même si on le voudrait bien parfosi...

On se sent à l'étroit dans un cabinet de médecin. Comme dans un corps malade. En tout cas dans celui du docteur Leroux. Chaque pied carré y avait été calculé au pouce afin de donner à l'espace disponible une rentabilité maximale. Certains observateurs par contre défendraient l'exiguïté du lieu en invoquant une nécessaire proximité entre les personnes pour maintenir un meilleur état de confiance et une saine intimité. Assise à côté de la porte d'entrée, coincée dans une encoignure, genoux touchant le bureau du médecin, la patiente avait en exergue quelque part dans son inconscient le 'souvenir' de ses voyages en avion, sorte de sentiment vague mais bien réel d'abandon total, absolu, à la volonté de quelqu'un d'autre: en l'air le pilote et dans ce bureau le docteur.

Et les yeux de cette femme paraissaient démesurément grands dans cette pièce où tout était si soigneusement mesuré. Ses paupières ne battaient pas quand elle s'exprimait, comme pour ajouter du poids à ses convictions.

La main enfouie dans celles de sa patiente, interdit, un début d'émoi dans sa chair et dans son esprit, l'homme ne songeait plus qu'il avait à quelques pouces de son visage des yeux de cet âge, lui qui avait épousé deux femmes plus jeunes, la première à vingt-cinq ans tandis qu'il en avait trente-cinq et l'autre de quarante alors qu'il en avait plus de cinquante. Le complexe d'Oedipe: très peu pour lui, avait-il toujours pensé.

Peut-être, mais ces grands yeux-là d'un si beau vert, si brillants encore de l'éclat de la jeunesse, appartenaient-ils vraiment à une sexagénaire ou n'étaient-ils pas ceux de l'autre femme en elle, la jeune quadragénaire ? Pourquoi lui faisait-elle cet effet bizarre, pourquoi cette chaleur qui l'envahissait ? Contact des mains ? Contact des regards ? Ou bien cette si puissante volonté exprimée ?

–Je suis d'un naturel sceptique. Je doute de tout. Jusqu'au moment d'y croire. Mais alors, je deviens entière. Depuis les cinq dernières années que je me dis que je suis folle de me plaindre à cause de ce non-vieillissement, que mon mari et mes enfants me disent qu'ils m'aiment encore plus que si j'avais l'air de mon âge, le phénomène, comme une roue qui se détache de la voiture, m'a dépassée et il me manque une roue, celle de mon âge véritable, et mon carrosse de Jocelyne Larivière s'en va tout croche. Docteur, je veux vieillir. C'est clair. Trouvez ce qui ne va pas en moi. Vous prétendez que mon dossier se promène parmi les gérontologues, les chercheurs tous azimuts; je veux croire que la gériatrie cherche la clef de mon non-vieillissement pour en faire un passe-partout à mettre à la disposition de tous, mais moi, je veux en être guérie. Cette clef-là ne fait plus mon affaire dans mon trousseau. Je n'ai aucun doute là-dessus...

Leroux, personnage de six pieds, large d'épaules, devenait l'essentiel de son territoire quand il était debout; mais une fois assis, il se reculait le plus souvent sur sa chaise vers l'arrière pour rester à distance du patient et à sa hauteur, et parfois, il se lançait en avant pour annoter, se courbant alors sur un dossier. Derrière lui, un rayon de bibliothèque était rempli depuis la base jusqu'au plafond et quand un patient embarrassé posait les yeux autre part que dans ceux, scrutateurs, du praticien, forcément, ils tombaient sur la médecine toute en livres, dictionnaires, vade-mecum, dépliants de compagnies pharmaceutiques et revues médicales. Image rassurante pour la plupart: image de la compétence. Mais inquiétante pour quelques exceptions à tendances un peu parano...

Pour le moment, l'image qui avait le plus d'intérêt et de pouvoir en ce bureau, c'était celle que donnait la femme au médecin. La couleur émeraude de ces yeux-là qui plongeait dans l'outremer des siens, cette bouche fine habillée de discrétion et qui pourtant laissait voir une dentition plus blanche que la neige d'hiver, ces cheveux roux mi-longs, mobiles et qui bougeaient sans arrêt pour appuyer aussi la conviction qu'elle y mettait à mettre les points sur les I quant à son état d'âme, tout en elle disait une nouvelle patiente, une patiente plus femme. Trop peut-être.

L'éthique lui donnait-elle le droit de trouver en ce visage féminin autant de séduction, de s'y complaire en ce moment comme il le faisait ? Elle se plaignait d'exclusion pour être restée exceptionnellement belle: pourquoi donc ? Qui donc pleurerait de se voir gratifié d'une telle faveur du ciel, d'un tel don, d'un cadeau de cette taille et de cette beauté ? Peut-être que s'il continuait à regarder la femme en elle et non la patiente, les réponses à toutes ses questions, du moins aux plus intrigantes, lui seraient offertes ?

–Combien de fois par semaine faites-vous l'amour ?

La question fut brutale. Elle secoua la femme qui retira aussitôt ses mains de la main du docteur. Elle le fut encore davantage pour lui qui n'avait pas pu la retenir derrière ses lèvres quand elle avait surgi spontanément de cette fascination que soudain elle exerçait sur lui au point de le placer sur une voie médiane quelque part entre celle du professionnel et celle de l'homme du quotidien. En fait l'homme du soir et du rêve.

–Là, quelle est... la raison... je veux dire...

Il saisit son embarras, ce qui ajouta au sien. Et il voulut se rattraper. Heureusement, la question s'il la peignant bien aurait l'air de posséder une connotation médicale et seulement cela :

–Je veux dire... je ne suis pas un psy, mais... tout va bien de ce côté pour vous ? C'est que... c'est que cette pulsion ayant la puissance qu'elle a... pourrait bien avoir une incidence sur votre vieillissement au ralenti. Je ne sais pas... La fréquence de vos rapports... leur absence... ou disons leur rareté... Vous avez un psy ? Peut-être qu'il faudrait chercher de ce côté ?

L'homme parlait en hésitant dans les phrases, mais avec une voix assurée par le timbre. Il marchait donc sur des oeufs. Elle douta de la pureté de son interrogation sur sa vie sexuelle et prit le parti de lui parler sans détour:

–Tout va normalement... Selon les normes... Ni trop ni pas assez... Je n'ai pas d'amant et j'en veux pas. J'en ai jamais eu. Il a pas été le premier dans ma vie... je veux dire mon mari. Mais il a été le seul une fois qu'il a été mon mari... Qu'est-ce que tu veux je te dise... de plus ?

Le médecin refit surface et s'exprima avec le ton professionnel habituel :

–Parce que du côté de la médecine non spécialisée comme de la gériatrie, la réponse tarde à venir. Vous avez l'air de trente-cinq ans et vous en avez soixante-trois; il y a une cause et on la cherche. Peut-être que du côté psychosomatique ? Je vous le redemande: vous avez un psy ?

–Non. Le meilleur psy qu'on puisse avoir, c'est soi-même.

–En ce cas, de ce côté-là, c'est vous-même qui aurez à chercher en vous-même. Auto-observation...

Elle jeta un oeil vers la table d'auscultation tandis que le médecin soupirait, content de s'être sorti d'un mauvais pas qu'il considérait avoir fait bien malgré lui et par la faute de cette patiente unique.

–Pour en revenir aux recherches médicales...

–Je peux d'ores et déjà vous dire qu'un article paraîtra à propos de votre cas dans la revue *The Lancet* dans deux ou trois mois. Écrit par le docteur Senoussi de New York qui, ainsi que vous le savez, s'est penché sur votre dossier.

–Mais je ne l'ai jamais rencontré.

–Il fut entendu entre tous ceux qui ont eu à vous étudier de communiquer avec le docteur Senoussi qui lui, a ses entrées faciles au magazine... la revue si vous préférez.

–Je refuse. Je ne veux pas que mon nom soit connu. C'est trop gros pour moi. Pas encore en tout cas. Peut-être l'an prochain...

–Il ne le sera pas. Le nom de la personne ne sera même pas mentionné. C'est le cas qui compte et l'ensemble des faits qui le corroborent de même que les témoignages de ceux qui ont eu à l'analyser. Ne vous inquiétez pas.

–Bon. Mais pour le reste. On fait quoi en attendant? Et puis pourquoi un article sur moi ? Ils n'ont qu'à voir dans la vallée des centenaires je ne sais plus où... en Georgie ou quelque part au Pérou...

–Voyons, Jocelyne, longévité et vieillissement au ralenti, ce n'est pas pareil du tout et vous le savez fort bien. Ces gens-là vivent vieux, mais ils ont l'air de leur âge, eux. La peau, les organes, les os: tout a cent ans. Vous, c'est de la jeunesse pure et à leur âge chronologique, vous aurez l'air de cinquante ans. Et pas rien que l'air, mais un corps deux fois plus jeune que votre âge véritable.

–Y a sûrement quelque chose de connexe au plan génétique, tu crois pas ?

–Les experts sont là-dessus. On a pris lecture de votre ADN. On a tout vu et revu de votre sang, de vos tissus, de vos cellules, de vos sécrétions glandulaires: tout est toujours normal. Vous êtes une femme de quarante ans. Et faut forcer pour le dire parce qu'on pourrait aisément affirmer trente-sept, trente-huit.

Elle dit avec passion :

–J'ai soixante-trois ans. Suis née le deux juin 1939. Et je

voudrais que la terre entière le sache. Pas le deux juin 1958, le deux juin 1939. J'ai soixante-trois ans, pas quarante-trois. Et je veux avoir mes soixante-trois ans.

–Refuser un tel cadeau du ciel ! soupira le docteur.

–Je veux une réponse, pas un cadeau.

–Quoi vous dire, chère madame ? Un cynique vous conseillerait de cesser vos exercices physiques, de vous mettre vite au 'fast food', de vous stresser au maximum avec toutes sortes de préoccupations. Vivez comme les jeunes et vous allez vieillir. Sortez de votre retraite et mettez-vous au service de votre propre vieillissement. Tenez, fumez... ou bien allez-y avec de la mari peut-être.

Elle se détendit soudain. Et avec ce sourire énigmatique et séduisant qui était souvent le sien, déclara comme s'il s'agissait d'un péché qu'elle se pardonnait aisément :

–Tu sais, j'ai déjà essayé ça dans mon jeune temps. Ça fait pas vieillir... je pense pas en tout cas.

L'atmosphère devenant plus sereine, le médecin se mit à rire pour y ajouter de la gaieté.

–Bien sûr, je ne suis pas un gars cynique. Un médecin cynique devrait prendre sa retraite aussitôt qu'il découvre qu'il l'est, c'est certain. Mais il faut bien envisager toutes les possibilités. Et votre fontaine de Jouvence pourrait bien être tout simplement votre mode de vie. Si je me rappelle, vous n'avez souffert d'aucun traumatisme physique durant votre enfance, vous ?

–Je me suis égratigné les genoux, les coudes, comme tous les enfants sains qui jouent dehors. Et le chat m'a griffé la main deux fois, je m'en souviens comme d'hier. Aucune fracture. Aucune maladie importante comme la typhoïde, la rougeole: rien de ce genre.

–Chocs émotionnels peut-être ?

Elle devint hésitante l'espace d'une seconde ou deux puis retrouva son aplomb ensuite :

–Traumas psychologiques... non plus. Peut-être à l'âge de deux ans... Non... En tout cas... Ma mère m'a bercée jusqu'à l'âge de cinq ans ou presque. J'étais le bébé de famille. Mon père était un personnage sévère, comme bien des pères de ce temps-là, tu dois le savoir, mais pas brutal ni même agressif dans son langage.

Tout en lui prêtant une oreille un peu distraite, le docteur Leroux jetait un oeil à ses notes au dossier. Certes, il connaissait les grandes lignes du cas de cette patiente pour s'être souvent penché dessus, même en dehors des heures normales de son travail de médecin généraliste, mais les détails secondaires quoique primordiaux ne s'étaient pas tous gravés dans sa mémoire.

On n'avait pas trouvé de piste du côté des ascendants familiaux de la ligne directe, pas plus que chez les collatéraux parmi les ancêtres Larivière et Bergeron (nom de fille de la mère de Jocelyne). Aucun cas semblable ni s'en approchant. Une fois encore, l'homme lorgnait sur la feuille du dessus, abaissant ses yeux dans les foyers de ses lunettes et les relevant au-dessus des verres; et vivement pour faire d'une pierre deux coups, le temps d'un omnipraticien ayant pour mesure aussi le nombre de patients à voir durant son quart de travail.

Cette page contenait la liste des frères et soeurs de Jocelyne Larivière. Leur date de naissance. La date de leur décès pour ceux, au nombre de quatre, qui étaient partis, de même que la mention de la maladie ayant conduit chacun à sa fin. Ou pour les survivants, les maux graves dont chacun avait souffert et associés au vieillissement. Ce qui donnait pour schéma:

Jean	1921-1998	Alzheimer
Séraphin	1923- ?	Cancer en rémission
Fernand	1926-1983	Arthrite rhumatoïde
Victoria	1929-1983	Sclérose en plaques
Doris	1931- ?	Cancer. Infarctus.
Pauline	1933- ?	Vieillissement normal
Liliane	1935- 1982	Vieillissement normal
Gisèle	1937- 1985	Maladie cardio-vasculaire

Jocelyne   1939- ?   Vieillissement figé à 40 ans

Aucune cause de son décès n'était inscrite en regard de Liliane. Jocelyne avait refusé de la lui révéler.

Le docteur souleva la feuille et sur l'autre trouva les données concernant les parents.

Émile   1899-1964   Maladie cardio-vasculaire
Marguerite   1900-1957   Cancer

Puis il reprit la parole:

–Je vois ici sur la liste de vos frères et soeurs trois garçons qui se trouvaient dans la vingtaine tandis que vous n'aviez que dix ans...

Elle comprit l'allusion:

–Y a rien à trouver de ce côté-là, je te le garantis.

–Des jeunes enfants peuvent très bien occulter certains événements traumatisants.

Elle fit la moue :

–Un psychiatre peut-être ?

–De la régression: pourquoi pas ?

–Même si on trouvait un traumatisme quelconque, dis-moi en quoi ça pourrait avoir un lien avec mon problème de non-vieillissement ?

–C'est ce que je crois: à un psychiatre de le dire.

La femme haussa une épaule et pencha la tête :

–Je vais y repenser.

–Je vous le répète: il faut explorer tous les chemins et pas rien que ceux du corps. La science a pu étudier des dizaines voire des centaines de cas de longévité... et de gérontisme qui est, comme vous le savez, le vieillissement prématuré, mais vous êtes le premier cas répertorié... de... disons d'immortalité... si on peut dire...

Pince-sans-rire comme elle savait si bien l'être parfois, la femme dit à voix retenue :

–Dis-moi pas ça, tu me fais mourir.

–J'exagère. Il ne s'agit pas d'immortalité, bien entendu. Mais le moins qu'on puisse dire, c'est que chez vous, un phénomène universel chez les gens, et qui s'appelle *dégénérescence,* est remplacé par la *régénérescence.*

–Bon, disons que le point est fait pour aujourd'hui, dit-elle, un peu lasse de parler de son problème. Tu sais ce que je pense sur mon état. Tu sais ce que je veux. As-tu un examen de routine à me faire passer ? Pression artérielle ? Écoute du coeur ? J'ai déjà la santé; je ne voudrais pas amputer du temps de docteur à ceux qui sont malades.

–En étudiant votre cas et en le comprenant, c'est peut-être des milliers de vies, je dirais de santés, qui seront sauvegardées. Faut donc y mettre tout le temps.

La femme regarda tout autour et fit un coq-à-l'âne propre à en finir au plus vite avec sa visite :

–De ce qu'on a un bel automne cette année, trouves-tu ? Je vais sur la montagne quasiment tous les jours pour jouir du spectacle, pour voir les splendeurs de la forêt. Et quel bon air pur là-haut !

Le praticien sourit, pencha la tête vers l'avant pour regarder Jocelyne par-dessus ses lunettes et il cligna d'un oeil :

–Ça aide à rester jeune, ça aussi.

Elle ébaucha une réponse :

–Souvent mon homme vient avec moi et il...

Mais le docteur se leva, interrompant sa patiente. Il avait compris qu'elle voulait partir et elle paraissait en avoir assez de parler de son problème pour cette fois.

–Venez, on va prendre votre pression. Asseyez-vous là, sur la table, comme d'habitude... Et enlevez votre gilet...

Elle s'exécuta et défit les boutons de son cardigan bleu chiné puis l'enleva et le posa au bout de la table rembourrée. Pendant ce temps, le docteur mit son stéthoscope autour de son cou puis s'amena à elle, tensiomètre à la main, brassard gris tendu. Elle offrit son bras droit qu'il refusa :

–Je vais prendre le gauche.

–Le bras du coeur.

–Non... le bras de l'habitude.

Et il éclata de rire. Elle sourit.

Puis les deux se firent silencieux. Il mit les écouteurs sur ses oreilles et son regard se perdit par-dessus ses lunettes dans le vague du mur blanc tandis qu'elle posait ses yeux sur son imper couleur marine, laissé sur la chaise avec un fichu d'un bleu céruléen. En fait, les pensées de l'un et de l'autre se portaient bien au-delà du mur et des vêtements.

L'homme n'avait pu s'empêcher de balayer discrètement des yeux cette poitrine menue, semblable à celle d'une jeune adolescente en début de croissance. Même le soutien-gorge n'en dissimulait pas la délicatesse. Cela signifiait-il que son métabolisme en fait avait toujours été à la basse vitesse ? Tout le reste de son corps reflétait une jeunesse que la plupart des femmes ont déjà perdue à cinquante ans ou moins. Et quelle démarche souple et vive: toute de légèreté, aérienne. Une gazelle ? Non, un ange... de féminité.

Si le professionnel était obsédé par le phénomène d'un âge qui chez elle s'obstinait à mentir et à se cacher, jamais la taille de sa poitrine à la Twiggy n'avait posé problème à la femme. D'ailleurs elle s'était rendu compte à travers des lectures et des émissions de télé que nombre d'hommes avaient un goût certain pour les corps aussi fragiles d'apparence; et surtout, elle accrochait aisément l'attention masculine avec son sourire engageant, sa voix de velours et musicale, capable d'exprimer n'importe quel sentiment au quart de phrase et de faire de son moindre propos un petit chef-d'oeuvre d'intelligence et de générosité.

La main du docteur actionnait vigoureusement la poire. Le brassard serrait de plus en plus.

Aussi subitement voire bêtement qu'il lui avait posé la même question quelques minutes auparavant, elle échappa:

–Et toi, combien de fois par semaine fais-tu l'amour ?

Aussitôt, elle mit sa main sur sa bouche et feignit toussoter, mais c'était pour essayer en vain de rattraper ces mots inopportuns et spontanés.

Le docteur relâcha la tension trop vite et fit une réponse

de Normand en soulevant un de ses écouteurs:

–Oups! je commence à me faire vieux, moi. Ça me prend plus qu'un essai pour réussir... mon coup. Vous disiez ? Je n'ai pas compris la question. Les écouteurs...

–Ah, rien de bien bien important ! En fait, je me parlais à moi-même.

Quelque chose en elle savait qu'il avait fort bien compris. D'ailleurs comment pouvait-il affirmer qu'il s'agissait d'une question ? En tout cas, son but premier était atteint: lui faire comprendre que tout ne saurait se dire dans un bureau médical. Et moins encore par une personne de soixante-trois ans formée à une autre école que celle du sans-gêne par où sont passées les générations suivantes.

Pour un moment, le seul bruit entendu fut le souffle du tensiomètre. L'homme ensuite retira le brassard et ce fut là le bruit de déchirement du velcro qui se détache.

–C'est bon, la pression ?

–C'est bon.

Mais l'homme ne mentionna pas les chiffres. La plupart de ses patients n'en comprenaient guère la signification et demandaient invariablement une leçon sur les mots systolique et diastolique lorsqu'il avait le malheur de les prononcer. Or il était médecin, pas enseignant.

Elle soupira:

–Suis toujours à 120 sur 80 depuis qu'on la prend.

Il rangea l'appareil et mit les écouteurs du stéthoscope en position sur ses oreilles puis le récepteur sur la poitrine de la patiente. Il sonda d'abord le coeur puis suivit les artères principales. Sa nervosité était palpable. Jocelyne la ressentait. Pour mieux la cacher et montrer sa froideur professionnelle, le docteur alla jusqu'à écouter l'artère fémorale...

Des propositions audacieuses, elle en recevait de plus en plus de la part d'hommes de tous âges. En un temps où ce sont les femmes qui font les premiers pas, voilà qui apparaissait très étonnant. Et bien plus encore, considérant que ces avances-là étaient faites via toutes sortes d'approches feutrées par des gars ayant appris son âge réel. Voyaient-ils tous en elle la mère de leur petite enfance et de sa jeunesse en fleur? Ou bien percevaient-ils vaguement, inconsciemment que de faire l'amour avec 'une femme qui ne vieillit pas' serait pour eux comme de prendre un élixir de jeunesse et se 'payer' une garantie de moindre vieillissement. Ou peut-être les deux à la fois.

Car comment comprendre ces hommes d'aujourd'hui qui ne se comprennent pas eux-mêmes quand on est une femme d'aujourd'hui qui ne comprend pas tout ?

Être autant désirée à cet âge, c'est Janette Bertrand qui s'en retournerait dans le tombeau de sa vieillesse... ou sa tombe tout court, son temps venu...

L'examen fut vite terminé. Le docteur retourna à sa place annoter tandis qu'elle se revêtait de son chandail puis de son imper. Il la suivit discrètement par son regard périphérique et quand elle fut prête à partir, se leva d'un bond:

–Aussitôt qu'on a de nouveaux développements au sujet de votre... problème, je vous ferai demander par la secré-taire.

–Secrétaire médicale: ça me connaît.

–C'est vrai: vous l'avez été déjà, n'est-ce pas ?

–C'est pas d'hier, mais c'est comme hier.

–Je vous crois: pour vous, le temps ne passe pas.

–Mais la profession est assez différente...

–Dans sa forme. Au fond, c'est un peu la même chose.

–Je travaillais pour un seul médecin.

–C'est comme je dis: le quantitatif a changé... les impéra-tifs de l'efficacité maximale, mais l'essence même du travail, c'est pareil.

–Donc je reviens sur demande, mais si je veux revenir avant...

–Le client a toujours raison, et en soins médicaux parti-culièrement: vous savez ça pour en avoir vu d'autres. On ne dit même plus 'patient', mais bénéficiaire. Signe des temps.

Elle composa un sourire inquiet:

–Signe des temps: y a pas d'allusion à mon cas, là ?

Il s'en défendit vigoureusement mais joyeusement en même temps qu'il tendait la main pour serrer celle que la femme lui présentait en guise de point final à la rencontre :

–Non, non, non, vous savez, votre... problème finira par se régler de lui-même. Et un jour ou l'autre, vous connaîtrez les plaisirs... de compter vos rides dans votre miroir. Peut-être... peut-être qu'au fond de vous-même, je veux dire dans votre inconscient profond, vous ne voulez pas vieillir... Comme toutes les femmes quoi...

–À la prochaine fois, docteur Leroux.

–Salut bien !

***

Chapitre 2

Il y avait un profond besoin de solitude chez cette femme depuis la tendre enfance et elle avait toujours su le combler en se retirant du monde des humains chaque fois qu'elle en ressentait le besoin, soit donc tous les jours, sur une période voulue et mesurée.

Rien de commun avec ces instants, plus abondants qu'on ne le croit, où à travers le quotidien, il nous est permis à tous de rentrer en nous-même.

Moments que détruit avec tant d'habileté la télévision chez d'aucuns bien qu'elle soit capable de les provoquer chez d'autres. Car elle s'empare des cerveaux les plus vulnérables et les prive de leurs pensées propres et de leur libre activité, pour ainsi les amputer du libre arbitre vital, cet exercice mental tout aussi essentiel à la bonne santé générale que l'exercice physique. Car la télé, bien malgré elle, stimule chez les plus forts leur esprit rebelle grâce auquel ils réagissent devant la mainmise non seulement du médium lui-même mais aussi des gens de leur entourage parmi lesquels se trouvent toujours des apprentis tyrans, surtout chez les enfants, et de ce fait, les pousse à se retrancher dans leurs territoires intimes et profonds.

Jocelyne Larivière était de ces gens qui ont en horreur

les sauts d'image surmultipliés par le petit écran qui sert une télé soi-disant fabriquée pour la jeunesse: divertissement totalitaire et sournois. Et qui n'était guère sien, somme toute.

Outre les barrières érigées au fil des ans devant les attaques répétitives du médium et l'hypnose collective qu'il utilise pour le pire, la sexagénaire se ménageait chaque jour une heure d'isolement total dans la maison et/ou le plus souvent dehors, en pleine nature.

Cela commençait au lever du jour. Son premier geste consistait alors à lire au lit. C'est qu'un jour à la télé, tandis qu'elle aussi désirait vieillir moins vite, il y avait de cela une bonne quinzaine d'années, elle avait entendu –le médium n'apporte pas que du mauvais– l'actrice Joanne Woodward, épouse de Paul Newman, répondre à son interviewer du moment qui lui demandait le secret de sa jeunesse en prolongation. Elle s'adonnait à de la lecture chaque matin plutôt que le soir, et pour au moins une demi-heure. "Exercice cérébral avant tout," avait dit cette Américaine que l'âge atteint bien moins que la moyenne des autres femmes.

"Lire au lit le matin" était devenu motto, nourriture, leitmotiv dans la vie de Jocelyne. Et elle en avait même quasiment oublié la raison première, en tout cas y songeait rarement. Et quand elle allait se balader dans la montagne, elle emportait avec elle son livre du moment. Si bien qu'elle en traversait un par semaine. En le dégustant lentement...

À ce propos, quelqu'un lui avait dit un jour qu'un cerveau travaille plus vite qu'un estomac, ce à quoi elle avait rétorqué que les indigestions mentales font la fortune des psys.

Mais ce n'est point à ces choses que la femme songeait pas après pas, en ce moment même où, ayant emprunté le sentier le plus long et sinueux menant au faîte du mont Bleu, elle vivait son heure quotidienne de solitude et de réflexion, une heure qui en durerait deux au moins. Elle pensait plutôt à sa visite au bureau du médecin en fin d'avant-midi. Pourquoi cet acharnement à vouloir contrer un phénomène aussi naturel que celui du vieillissement est-il si répandu dans toute la société au point de tordre jusque la pensée même des soignants ?

C'est qu'elle avait payé des visites à d'autres omniprati-
ciens ainsi que des spécialistes et pharmacologues, et que
tous s'entendaient pour affirmer, ébahis, que son état était
souhaitable, ce qu'elle-même avait cru pendant trop d'années.
Et voici qu'elle avait le désir d'en parler pour la première
fois à une vieille amie, un être de coeur à la discrétion totale
et qui comprenait tout ce qu'elle lui confiait depuis qu'elle
l'avait connue voilà vingt ans. Et qui n'avait pour nom qu'un
simple prénom, unique au monde: Aubelle.

Le parcours était plus âpre en ce moment, mais la femme
ne réduisait pas le rythme de ses pas et il n'en résultait aucun
essoufflement, tout au plus quelques battements de coeur en
surcroît. Apparaissait maintenant sa ville en contrebas, une
agglomération de trente mille habitants essaimés dans des
constructions basses noyées par les splendeurs d'un automne
à son apogée. Trois flèches d'église transperçaient le tapis
d'or et de pourpre comme allant chercher au ciel l'énergie
divine et la ramener au ras du sol pour en nourrir les hommes et les aider à traverser les étapes de leur vie. Et dans un
aller et retour favorable au ciel comme à la terre, lancer vers
l'infini les prières des humains et leurs hommages reconnais-
sants à leur Créateur si généreux.

Sauf que Jocelyne, malgré plusieurs années de cours bibliques et toujours en quête de vérité, n'avait pas la foi solide comme la montagne qu'elle escaladait presque tous les
jours, seule ou avec son mari, au cours des trois saisons de
l'année le permettant. Ce n'était donc pas dans cette direction
que se trouvait l'explication de ce 'don du ciel' dont elle voulait maintenant se passer et qui ne lui apportait plus aucune
émotion constructive.

Au loin, là-bas, on aurait pu apercevoir grâce à des lunettes d'approche le grand fleuve charriant ses eaux brunes et
des longs bateaux noirs bourrés de choses que l'on croit vitales, mais ce spectacle n'avait aucun intérêt pour la femme
qui avait toujours préféré les éléments rapprochées à ceux
que le temps ou la distance éloignent. C'était l'être du hic et
nunc par excellence et c'est parce que le bât blessait dans le
moment présent qu'elle s'inquiétait maintenant de son futur

vieillissement.

Le sentier était moyennement fréquenté et la terre de ce flanc de montagne peu fertile, de sorte que les végétaux restaient à l'écart du chemin sans l'envahir; toutefois, les feuillus qui avaient commencé de se dévêtir pour l'hiver arrosaient copieusement de leurs larmes incessantes la piste des randonneurs.

Voilà qu'au prochain détour, la femme longea un haut rocher au pied duquel se trouvait une pierre où elle s'arrêtait chaque fois quand elle était seule, non pour s'y reposer, mais pour s'entretenir avec Aubelle, son amie et confidente de tant d'années.

Aubelle, c'était un jeune arbre dont elle avait sauvé la vie à leur première rencontre. Un arbre sexué et féminin de surcroît: quelle drôle d'idée! Voilà ce qu'avait pensé et dit son mari quand elle lui en avait parlé voilà des années déjà. Depuis, jamais elle n'en avait jamais dit un mot de plus et quand ils se trouvaient à deux ou plus pour marcher devant, elle se contentait d'une communication mentale avec l'amie de bois vivant.

Elle en ignorait même l'essence. Au départ, c'était une pauvre aulne cassée par le milieu et dont la mort paraissait imminente si le processus n'était pas déjà accompli. En s'asseyant sur la pierre, cette femme que tout être vivant fascinait à un rare degré, avait eu l'attention attirée vers le végétal brisé et démuni qui avait réussi à sortir d'une terre ingrate à l'ombre d'un cap surmonté de grands arbres le privant des plus doux et chauds rayons du soleil. Quelque chose ou quelqu'un lui avait cassé les reins sans se rendre compte ou simplement par amusement. L'idée était alors venue à Jocelyne de soigner la plante. Puisqu'on était capable de faire des boutures en terre et même de greffer des branches sur des sauvageons, de percer les érables, d'écorcer vifs des arbres pourvu qu'on leur laisse un peu de protection, il devait être possible de redresser cette petite aulne perdue, de rebouter ses tissus fracturés et de lui faire un pansement.

C'est ce qu'elle avait fait le jour suivant. Et alors, son oeuvre achevée, il lui avait semblé que la plante avait demandé son aide la veille et l'en remerciait maintenant. D'aucuns auraient parlé d'animisme tandis que Jocelyne pensait qu'elle était là, la vraie foi, celle qui consiste à voir Dieu partout ainsi que le disait le petit catéchisme et donc à traiter toutes choses avec respect et admiration puisque s'y trouve la divinité elle-même tout comme en soi.

–Salut Aubelle ! dit-elle en s'asseyant ce jour-là.

Elle avait choisi ce nom pour l'avoir entendu dans la bouche de son père un jour qu'il lui avait donné une leçon de choses sur leur sapin de Noël. Branches, aiguilles, cônes, écorce, résine: tout le vocabulaire y avait passé sauf que l'homme l'avait québécoisé et qu'alors, aubier était devenu dans sa bouche 'aubel'. La beauté et la sonorité du mot avaient frappé l'enfant qui l'avait aussitôt gravé pour jamais dans sa mémoire avec l'odeur de l'arbre.

"L'aubel, c'est ça... lui avait montré son père. C'est la jeunesse de l'arbre. Sa première couche de bois tendre. Avec le temps elle durcit et devient... ben du bois ordinaire. Disons que... c'est comme toi, t'es à l'âge tendre pis tu vas grandir pis t'endurcir. Comme moi."

L'homme n'était pas à l'image des pères de cette époque et ses airs rugueux comme l'écorce d'un arbre cachaient une tendresse d'aubel qu'on finissait par découvrir. Les enfants surtout. Et Jocelyne avait vite appris à s'insinuer derrière sa sévérité nécessaire, y déployant tout son charme enfantin qui lui resterait sa vie entière, fait d'intonations, de sourires colorés, de gestes à la fois vifs et délicats. Elle était la seule qui avait eu droit à ses leçons de choses et même, à quelques reprises, à une main rude lui ébouriffant les cheveux. Ce qui avait été le plus beau cadeau qu'elle ait jamais reçu de quelqu'un.

Elle entendit Aubelle lui répondre de sa voix flûtée:

–Salut ! Comment vas-tu ?

–Bien.

–Ta belle voix ne me dit pas ça.

–Bien et... soucieuse.

–Là, c'est plus juste.

Aubelle avait grandi depuis vingt ans, mais pas tant que ça. C'était un jeune arbre pas très vigoureux mais qui luttait bravement, été comme hiver, pour survivre. Et qui y parvenait malgré ces cicatrices noueuses dans son tronc, malgré le peu de neige pour protéger ses racines l'hiver, malgré l'eau venue du rocher et qui provoquait de l'érosion à ses pieds.

–Et qu'est-ce qui se passe ?

–Je suis fatiguée d'être jeune.

–Et moi aussi, tu sais.

–Toi, ce n'est pas pareil, tu n'es pas mariée.

–Qu'est-ce que c'est: être mariée ?

–Disons que... je te l'ai jamais dit ?

–Jamais. Tu ne m'as pas tout dit. Et moi, je ne peux connaître le monde par moi-même, je suis prisonnière ici.

Jocelyne soupira:

–Tous les êtres vivants sont prisonniers à leur façon.

–C'est quoi: être mariée ?

–Ben... c'est marcher côte à côte avec quelqu'un.

–Ah! Comme ça, tu es mariée avec Albert.

–C'est ça.

–Et avec Marie, François et Mylène.

–Non... non...

–Je ne comprends pas. Explique-moi.

–Comment expliquer le mariage à une plante ?...

–Essaie. Peut-être que je ne suis pas si stupide que ça.

–Je n'ai pas dit ça, Aubelle, je n'ai pas dit ça.

–Alors explique-moi le mariage.

–Avec toi, la meilleure façon de t'expliquer, ce serait de commencer par la reproduction. Tu sais comment se reproduisent les plantes. Le pollen est charrié par le vent, les oiseaux et... chez les humains, il faut que... le pollen soit déposé par le mâle comme Albert dans la femelle comme moi. Et là, après neuf mois de gestation dans le ventre de la femme, vient au monde, à la vie, une autre personne, un enfant comme Marie, François et Mylène. Est-ce que tu comprends ça ?

–Oui. Continue. Ça m'intéresse beaucoup.

–Il n'y a donc pas de reproduction entre deux mâles ou deux femelles... Je dis mâle et femelle parce que le même mode de reproduction vaut aussi pour les bêtes. Enfin plusieurs espèces animales... Bon, y a les hippocampes, les vers de terre, mais ça, c'est une autre histoire.

Aubelle éclata de rire:

–Les vers de terre, je connais. Il m'en passe toujours un entre les orteils et des fois, ça me chatouille les radicelles. Mais un hippocampe...

–Je t'expliquerai. Prenons le temps...

–J'ai tout mon temps, moi. C'est toi qui n'en a jamais assez.

–C'est tout ce que tu peux dire par rapport à moi; il paraît que je ne vieillis pas plus vite que toi.

–Bravo, bravo! On va vieillir à la même vitesse...

Jocelyne soupira :

–Ça, j'en doute. On verra bien...

–C'est quoi pour un homme: être marié ?

–Ben... c'est comme pour une femme, j'imagine.

–Non. Tu as dit que l'homme donne et que la femme reçoit.

–Je parlais de la semence et du mode de reproduction.

–Et pour le reste, ce n'est pas la même chose ?

La femme eut un sourire un brin sceptique:

–Ben... chacun donne, chacun prend: ça dépend des couples. C'est... donnant donnant... Ou kif-kif...

–Chez toi aussi, c'est... kif-kif ?

–Albert, c'est l'amour de ma vie. Pas loin de quarante ans de mariage, lui et moi...

–C'est kif-kif entre vous deux ?

Jocelyne se pencha et ramassa une branche sèche qui traînait au sol. Elle s'en servit pour tracer des dessins grossiers dans la terre du sentier :

–Je vais t'expliquer... Faut pas fendre les cheveux en quatre, tu sais. Si tu veux, faut pas fendre les radicelles en quatre...

–Youououou... Rien que d'y penser, ça me chatouille...

–Kif-kif, ça veut pas dire: la femme prend ça et l'homme doit prendre le même ça ou bien la femme donne ça, l'homme doit prendre la même chose... Y a des choses qui conviennent mieux à l'homme et qu'il aime mieux, et d'autres qui conviennent mieux à la femme et qu'elle préfère.

–Dans la reproduction ?

–Là... et dans le reste aussi.

–Pourquoi, depuis vingt épaisseurs de bois qu'on se connaît...

–Tu veux dire: vingt ans.

–Appelle ça comme tu veux, chère amie. Pourquoi ne m'as-tu pas parlé de ces choses avant aujourd'hui ?

–Ben... Sais pas trop... Je ne pensais pas que ces choses-là puissent intéresser une... plante.

–Parce que tu penses toi aussi qu'une plante n'a pas l'intelligence... tu le penses comme tous ceux qui passent devant nous et ne nous adressent jamais la parole en croyant qu'on ne peut pas comprendre... et s'intéresser ?...

–Après tout, Aubelle, tu n'as pas de cerveau. Tu n'es pas... humaine... Tu as de la tendresse, c'est sûr... et une certaine dureté à l'intérieur, mais de là à dire...

–Après vingt épaisseurs de b... je veux dire vingt ans qu'on se connaît, tu doutes encore de mes capacités par rapport aux tiennes. Je vais te faire la leçon, chère amie humaine. Tu sauras qu'une plante est vibrative. Elle sent et ressent. Elle capte vos ondes et les classe et les ordonne grâce à ses diverses densités et porosités. Mon écorce fait un premier tri. Puis mon aubier (aubel si tu veux) sert de second tamis. Enfin, les vibrations font un long chemin à travers mes couches plus profondes. Il s'y passe des choses comparables à celles de ton cerveau humain. Comment pourrais-je te parler sinon ? Et c'est ce processus de classification et d'analyse par comparaison qui permet à une plante comme moi de forger des phrases sensées... peut-être même plus logiques que toutes ces pensées humaines... souvent arrogantes et destructrices... mais si intelligentes, oh la la...

–Je t'ai parlé de la guerre: je n'aurais pas dû.

–J'ai entendu des gens ici même, assis sur la même pierre que toi, se crier leur rage. Et j'ai même entendu un homme qui hurlait à une femme de se déshabiller... qui la menaçait. Bon... je n'ai pu voir que des vibrations, mais... il lui faisait du mal et puis... il avait du plaisir à lui faire du mal... Je l'ai saisi quand il grognait et qu'elle pleurait... Puis quand il a cessé de grogner, il lui a dit toutes sortes de choses désagréables et il s'en est allé, la laissant seule à gémir...

–Les humains forment l'espèce la plus cruelle de la création, je dois bien le reconnaître.

–Mais il y a du bon en eux, je suis la première à le dire. Sinon, tu ne m'aurais pas redressée quand, toute petite, j'avais si mal; et tu n'aurais pas entouré ma plaie d'un... d'un...

–Pansement.

–C'est ça: pansement. Pansement, pensée: parfois, j'ai du mal à faire la différence entre les mots qui se ressemblent.

–Y a quelque chose de semblable entre les deux, il faut bien le dire... Bon, je vais continuer mon chemin et demain, je t'en dirai plus sur... le mariage.

–Un hippocampe, c'est quoi ?

–Un petit cheval d'eau. Je t'en reparlerai.

Aubelle soupira:

–Les humains, comme vous êtes pressés!

–C'est notre métabolisme qui est programmé ainsi par le Créateur.

Aubelle soupira une seconde fois:

–Comme tu m'as déjà dit, Jocelyne: ses voies à Lui sont

33

impénétrables.

La femme rit un peu et se leva:

–Bon... le bonjour, là...

La voix d'Aubelle devint boudeuse et triste :

–J'ai de la peine.

–Mais pourquoi ? Je vais revenir. Et comment une plante peut-elle s'ennuyer ?

–Et tu recommences à me traiter d'inférieure.

–Pardonne-moi. Mais pourquoi as-tu de la peine ?

–Je sens partout en moi la venue de l'hiver et alors, je ne te verrai plus pendant au moins... une petite épaisseur de couche de bois...

–Disons... quelques mois.

–Et je devrai me retirer sous la terre, dans mes racines et radicelles, avec toute ma substance liquide et... mes pensées. Ou si tu préfères mes vibrations.

–Tu vois: même si je venais, tu ne pourrais pas m'entendre. Mais... j'y pense, l'hiver, tu peux converser avec les vers de terre.

–Eux autres, ils s'en vont trop creux. Et puis ils ne sont pas très intéressants. Ils ne pensent qu'à manger et dormir et ils ne font que me parler de leur peur des oiseaux.

–Je viendrai te voir jusqu'aux neiges.

–Bon...

–À demain, là.

–O.K. d'abord !... Attends...

–Quoi ?

–Et notre chanson, on ne l'a pas chantée. Je veux qu'on la chante avant que tu partes. Dis oui, bon...

–En revenant peut-être.

–Je te connais, tu ne vas pas repasser par ici.

–O.K! Un petit bout...

–Bravo !

La voix gauche d'Aubelle tâcha de rattraper l'autre:

On n'a pas tous les jours vingt ans,
Ça n'arrive qu'une fois seul'ment.
Ce jour-là passe bien trop vite
C'est pourquoi faut qu'on en profite.
Si l'patron nous fait les gros yeux
On dira: faut bien rire un peu.
Rapp'lez-vous votre jeune temps
On n'a pas tous les jours vingt ans.

–Mais... ce n'est pas celle-là, notre chanson.

–Tu ne l'aimes pas ?

–Oui, mais...

–Faut bien changer parfois. Bouger. Avancer. Progresser. Évoluer.

–Et dire que tu dis ça à une plante lente...

–Bonne journée, dit fermement la femme qui, si elle n'y mettait pas un frein, se ferait manipuler des heures et des heures par son amie végétale.

Et Jocelyne reprit le sentier montant.

Depuis que son amie humaine se trouvait là, Aubelle avait pu percevoir les vêtements portés ce jour-là par la femme grâce à une combinaison d'ondes de chaleur associées aux connaissances qu'elle avait acquises par toutes ces conversations avec elle depuis vingt ans.

Jocelyne portait un pantalon velours côtelé de couleur mûre et un chandail de chenille de même couleur. Et pour chaussures des espadrilles. Et cette pauvre Aubelle si solitaire et prisonnière de la nature, se mit à rêver quand le pas de son amie se fut perdu dans la montagne. Elle se voyait tout comme une personne humaine de sexe féminin, dans le mail d'un centre d'achats, à regarder les vitrines et à vibrer devant toutes ces belles choses, ces vêtements magnifiques. Plus besoin de porter toujours la même écorce à longueur d'année. Et pouvoir changer d'apparence au moins une fois de temps en temps. Qui voudrait parler à une plante qui ne bouge pas à vue d'oeil, qui se ressemble d'une journée à l'autre, qui paraît muette comme une carpe et... qui ne sait même pas de quelle essence elle est ?

***

Chapitre 3

Il vint un lieu où la ville ayant échappé à la vue pendant une bonne distance reparut à travers le sous-bois baigné de lumière. Un spectacle grandiose qui ne cesse d'émerveiller ceux qui s'arrêtent pour le voir, le boire. Spectacle changeant suivant l'heure du jour et le jour de l'automne. Il ne manquait plus que de la musique et de l'amour pour faire de ces instants un rêve de grandeur et de beauté. Jocelyne savait comment faire entendre à son coeur les mots et les notes qui élèvent l'âme. Pas besoin d'un appareil. Suffisait de rentrer en elle-même comme elle avait appris à le faire voilà tant d'années et le pratiquait tous les jours. C'était une part de son aptitude au bonheur presque constant.

Ce qui ne l'empêchait pas d'aimer aussi entendre les choses pour de vrai en les sons du sentiment et de l'harmonie exprimés dans la réalité, pour les faire siens avant de les rappeler à son esprit quand le besoin ou simplement le désir le voudraient. Récemment, elle s'était procuré un CD de James Last et une plage en particulier berçait tout son être quand elle l'écoutait à la maison au titre de *When Irish eyes are smiling*, un classique du genre populaire. Elle commença de l'entendre, cette mélodie instrumentale située quelque part entre la valse et la berceuse, et à dodeliner de la tête au rythme de la pièce. Ainsi, la ville à travers les feuilles jaunes, vertes et rouges, dansait dans son regard allumé et le balancement léger de son corps créait un mouvement de vague qui la grisait.

–Ah, Aubelle, comme j'aimerais que tu puisses voir le spectacle qui s'offre à la vue ici !

Et vogue le regard luisant de la femme parmi ces images kaléidoscopiques faites d'ombres et de lumières, d'hyacinthe et d'or...

Et Jocelyne rentra en elle-même, portée par les couleurs et les sons intérieurs, pour mieux en sortir et repartir pour autre part.

Et son esprit s'envola et survola la ville en quête d'un quatrième clocher, celui de l'ancien collège des F.E.C., un établissement centenaire refait et modernisé et devenu école privée, pour y entrer comme la foudre en recherche d'un lieu élevé, d'un paratonnerre.

Il ne se produisit aucun bruit lorsque son âme traversa le mur du temps, heurta la tour de l'édifice en laquelle son essence plongea jusqu'au deuxième sous-sol pour s'y arrêter... dans un laboratoire.

Il régnait là une odeur d'acide sulfurique. Et des fumerolles s'échappaient d'éprouvettes mystérieuses. Joyce, dix-sept ans, se pinça le nez en grimaçant pour exprimer son dégoût, mais sans grande conviction à cause de ses oeillades trop douces lancées au frère physicien qui lui, promenait son regard charmeur à fin sourire énigmatique sur son assistance étudiante. Ce groupe était formé de douze jeunes filles de douzième année scientifique fréquentant le couvent du voisinage et qui, toutes les semaines, "faisaient du labo" au collège des garçons.

Elles y venaient en rangs, marchant serré, deux à deux, sur le trottoir, dans leur costume bleu marin de couventines, la tête droite mais sans hauteur, l'air sérieux, le pas mesuré, le coeur battant à l'idée de s'approcher de garçons de leur âge qui ne manqueraient pas de les zieuter par les fenêtres de leurs classes.

Elles arrivaient toujours cinq minutes après le début des cours afin de n'avoir pas à croiser dans un contact direct les étudiants de l'autre sexe. Entraient par la porte la plus proche de l'escalier menant au deuxième sous-sol et s'y engouffraient sous les yeux parfois d'un retardataire audacieux ayant échappé à la surveillance du maître de salle et qui voulait voir de près ces visages si beaux que les pensionnaires comme lui avaient loisir d'entrevoir parfois à l'église le matin, quand les gars et les filles assistaient à la même messe: événement rarissime que les frères du collège autant que les soeurs du couvent redoutaient et évitaient comme la peste noire.

C'était 1956.

–On se croirait à Windsor ou East Angus, n'est-ce pas ?

–Oui, frère Gervais, dirent les filles unanimement.

Il leur adressa un clin d'oeil :

–Si je vous disais qu'on y est.

–Hon... firent-elles unanimement.

–Oui, oui. C'est du même acide dont on se sert là-bas dans le traitement de la pâte à papier. Et c'est la même odeur qui se répand par toute la ville. Vous êtes toutes allées déjà à Windsor ou East Angus ?

Et il promena son regard sur les trois rangs d'étudiantes.

Jocelyne leva faiblement un doigt démuni et fit un léger hochement de tête. Toutes ses camarades posèrent sur elle leur regard étonné qu'elle trouva lourd, surtout qu'elle était assise au premier rang et que le plancher en gradins en mettait huit au moins à un niveau plus élevé qu'elle-même là-bas à l'arrière.

–Pas moi.

–Quelle tristesse! fit Gervais, un petit personnage blondin et lunetté, mais au visage fort séduisant et à sourire angélique.

Le frère qui n'avait pas encore franchi le cap de ses trente ans devait sans cesse jouer le jeu de l'indifférence et de la neutralité envers ces étudiantes prises individuellement tout en les amadouant et les dodichant en tant que groupe. Concoction idéale pour que toutes soient frappées de plein fouet et en plein coeur dès leur premier 'labo' par l'amour le plus emballant, le plus secret qui soit au monde. L'amour platonique, disait-on en blague à l'époque: 'plate' pour la personne qui en était l'objet, 'tonique' pour l'autre.

Jocelyne avait ressenti le même coup de foudre au premier contact et chaque fois qu'elle pensait à lui, les papillons commençaient à tourbillonner dans sa poitrine. Et il lui semblait que le frère la regardait plus intensément que les autres, que ses sourires glissaient sur le groupe, mais s'arrêtaient sur elle en particulier: une illusion entretenue par le fait que son banc occupait le coin de la classe, le bout du premier rang.

Durant la période d'étude après la journée de classe, amputant du temps réservé à ses devoirs et leçons, elle lui écrivait des poèmes romantiques qu'elle détruisait à mesure en les déchirant par morceaux si petits que pas même le meilleur détective n'aurait pu les recoller pour en reconstituer les vers sublimes.

Jamais elle ne lui avait vu les jambes à cause de la soutane aux chevilles, ni le cou plus bas que la pomme d'Adam à cause du col blanc à bavette fendue par le milieu, mais il arrivait que pour les besoins des expériences, Gervais retrousse ses manches et laisse voir ses bras velus que toutes les filles rêvaient de toucher, de serrer entre leurs mains, d'emprisonner sur leur coeur voire même puisque ce n'était pas encore péché, de les embrasser pouce à pouce et de se régaler de cette toison blonde comme les blés.

Mais quels beaux souliers noirs il portait ! Toujours luisants comme des miroirs. Et des mains blanches, et une odeur de propreté. Un homme, ce n'était pas ça. Un vrai homme du temps, c'était un personnage sombre, habillé de vêtements de chantier, fumant la cigarette, le cigare ou la pipe quand ce n'était pas les trois en alternance et dégageant toutes sortes d'odeurs dont la moins mauvaise était celle de la résine de conifères. Un homme, c'était fort, ça sentait fort et ça parlait fort. Si Gervais n'était pas un vrai homme, alors il était quoi ? Un ange peut-être. Oui, mais on disait au creux des oreilles médisantes que les frères préféraient les garçons. Que faisait donc Gervais dans une communauté religieuse ? La prière, la foi, l'amour de Dieu, gagner son ciel, faire du bien aux autres, aimer, aimer, aimer sous l'enseigne des voeux de pauvreté, de chasteté et d'obéissance: tel était le lot de ces hommes, tel était leur choix librement posé.

Dans le coeur de ces jeunes filles de douzième année, quelque part en octobre, Gervais se transformait en une sorte de bon jeune père de famille. Mais pas pour toutes. Et pas pour Jocelyne qui n'avait guère à se plaindre du sien à part sa sévérité de surface et son visage austère.

–Eh bien, faudra qu'on vous y amène un beau jour, mademoiselle Larivière.

Jocelyne qui avait déjà le visage rouge de honte devint rouge cerise à ces mots. Son coeur bondit en avant. Qu'est-ce que cette phrase voulait donc dire au fond ? Marquait-elle un si grand intérêt à son endroit ? Le jeune frère ajouta pour se rattraper :

–Et toutes vous autres, bien sûr aussi, mesdemoiselles. On fera connaître à mademoiselle Larivière de nouveaux horizons... un peu nauséabonds, mais nouveaux.

La situation se retournait contre Jocelyne qui sentit une douche glacée lui arroser le coeur. Elle se voyait exclue, retardataire et pointée du doigt. Et son visage s'assombrit. Et fut triste tout le temps du 'labo' de ce jour-là. Gervais s'en rendit compte et quand la période fut terminée après la récréation des gars et quand les jeunes filles furent sur leur départ près de la sortie, il leur dit :

–Je vais garder mademoiselle Larivière un moment. C'est au sujet de l'*Avare* de Molière, vous comprenez. Vous pouvez retourner et dites à soeur Thérèse que mademoiselle sera en retard d'au plus dix minutes.

–Oui, frère Gervais, dirent plusieurs voix.

Des sourcils se soulevèrent légèrement. Des pincements au coeur ne furent pas vus. La douzaine de filles amputée d'un membre s'écoula par la porte. Le frère laissa glisser ses yeux sur les poitrines en fleurs tout en gardant son air absent

41

assorti d'un sourire visiblement préfabriqué.

–Mademoiselle Larivière, j'ai su par soeur Thérèse que vous aviez fait de l'art dramatique l'année dernière. Il est fortement question de monter l'*Avare* sur la scène du couvent sous ma direction. Je serai le metteur en scène. Je me suis demandé si vous n'accepteriez pas le rôle d'Élise.

–Je... ben...

–Est-ce que vous connaissez cette pièce ?

–Ben...

–Tiens, je vais vous montrer.

Il contourna le long comptoir noir et sortit d'un tiroir un petit livre gris qu'il ouvrit à la première page de la pièce elle-même.

–Moi, je fais Valère et vous, Élise... Je fais les deux rôles mais je dirai qui parle. Écoutez bien. On y va. O.K ?

–Oui.

–Valère: *Hé quoi ! charmante Élise, vous devenez mélancolique, après les obligeantes assurances que vous avez eu la bonté de me donner de votre foi. Je vous vois soupirer, hélas! au milieu de ma joie. Est-ce du regret, dites-moi, de m'avoir fait heureux ? et vous repentez-vous de cet engagement où mes feux ont pu vous contraindre ?*

–Élise: *Non, Valère, je ne puis pas me repentir de tout ce que je fais pour vous. Je m'y sens entraîner par une trop douce puissance, et je n'ai pas même la force de souhaiter que les choses ne fussent pas. Mais, à vous dire vrai, le succès me donne de l'inquiétude, et je crains fort de vous aimer un peu plus que je ne devrais.*

Pendant que le frère déclamait, la jeune fille se demandait qui jouerait le rôle de Valère et un espoir fou vint frôler son coeur: et si c'était le frère Gervais lui-même ? Lui dire son amour sans le lui dire. Par la plume de Molière. Par personnages interposés. Et le côtoyer dans l'art, cet érudit qui possédait à la fois une âme de poète et un esprit scientifique: quel immense bonheur l'attendait ! Et personne pour y trouver à redire.

–D'habitude, dans les collèges les rôles sont tous à des gars ? Ou à des filles dans les couvents ?

–Plus maintenant. On est en 1956. La mixité scolaire elle-même s'en vient, vous savez.

Gervais jeta le livre sur le comptoir entre deux becs au butane encore allumés et s'approcha de la jeune fille dont il s'empara de la main en disant :

–Vous avez un bien joli minois et dans le rôle d'Élise, vous seriez parfaite. Je ne vous ai pas vue jouer la comédie, mais je sais déjà que votre voix est magnifique.

Dans l'esprit de la jeune fille, des phrases surgissaient, mais sa voix intérieure bégayait tellement qu'elle en figeait sa bouche et pétrifiait ses lèvres. Comme s'il avait lu dans son âme par ses yeux si grands et confiants, le jeune religieux lui fit un clin d'oeil en souriant :

–Et puis, c'est moi qui jouerai le rôle de Valère.

Elle crut défaillir. L'homme lui relâcha la main et consulta sa montre :

–Vous avez une journée pour y penser. Là, vous devez partir pour ne pas être trop en retard au couvent. Soeur Thérèse s'inquiéterait de vous.

Jocelyne parvint à faire un signe de tête puis elle s'en fut, des larmes de grandeur et d'exaltation plein les yeux. En courant sur le trottoir vers le couvent, elle eut l'impression de voler au-dessus des arbres comme une feuille d'automne soulevée par le vent... À mi-chemin, elle s'arrêta net et se retourna pour voir le collège de briques rouges à moitié camouflé par les arbres, et elle se mit à dire à voix retenue mais tout haut en balançant sa tête :

–Je vous aime, je vous aime, je vous aime...

Quarante-six ans plus tard, son âme aspirée par la réalité retourna au laboratoire, regagna le campanile surplombant le collège et, emportée par le vent du temps véloce, retrouva l'être de la sexagénaire en train de rêver sur la montagne.

–Je vous aimais, je vous aimais, je vous aimais, redisaient sans cesse sa bouche et ses lèvres que l'air froid des hauteurs ne pouvait intimider.

Alors la femme secoua la tête et il ne resta plus de son voyage dans le passé que la musique d'accompagnement, le *When Irish eyes are smiling* qui avait constitué son véhicule spatio-temporel une dizaine de minutes auparavant.

Elle ferma les yeux un moment puis reprit sa marche vers le sommet dont ne la séparaient maintenant que quelques dizaines de mètres en pente très douce. Déjà un belvédère aménagé par la ville commençait d'apparaître au détour du sentier. C'est là qu'elle se rendait toujours pour s'y asseoir, parfois pour lire, d'autres pour rêver simplement.

Ce jour-là, elle n'avait apporté que le grand livre de ses pensées de même que la résolution de l'ouvrir le moins possible pour ne pas risquer d'assombrir sa randonnée à cause de sa visite peu satisfaisante à son médecin de famille.

Ah, mais elle avait aussi avec elle son album préféré, celui de ses souvenirs les plus agréables. Sans revivre le passé pour gémir au présent, comme d'aucuns le font trop, elle l'utilisait pour ajouter à ses bonheurs du jour. Comme ce choc émotionnel le jour de l'*Avare* dans le labo de Gervais en 1956...

Jocelyne Larivière savait bien qu'à tout prendre, sa vie jusqu'à maintenant avait été heureuse parce que normale. Certes, les petits problèmes –qui maintenant s'accentuaient toutefois– associés au non-vieillissement n'avaient pas fait le poids pendant nombre d'années avec ceux d'un vieillissement normal observé chez les autres, à commencer par son homme.

Albert, le grand amour de sa vie, ne cessait-elle de répéter. Le père de ses trois grands enfants. Un homme de couleur, c'est-à-dire coloré en tout sauf en sa peau. Un personnage dont elle ne se lassait pas malgré leurs quarante années de mariage. Tiens, c'est à lui qu'elle consacrerait son quart d'heure à venir dans le belvédère blanc et noir qui grandissait devant son regard et qu'elle atteindrait dans quelques secondes au plus.

Il s'agissait d'une construction ouverte de forme hexagonale avec un toit pour protéger les randonneurs du soleil excessif. D'aucuns trouvaient en eux-mêmes le grand 'courage' chaque année de vandaliser les colonnes de soutien du toit, de tirer des projectiles dans la toiture elle-même, mais la ville de Mont-Bleu veillait au grain et on réparait au besoin ce que les valeureux frustrés armés d'un fusil abîmaient pour éviter de trop avoir à s'auto-mutiler.

C'était le plus bel endroit cent milles à la ronde. Avant d'aller s'asseoir à l'intérieur, la femme s'arrêta un autre moment privilégié pour regarder son univers: la ville dans une plaine plantée d'arbres, la feuillaison à son plus beau disséminée à perte de vue, un lac sur la gauche en forme de point virgule, et pour abriter l'ensemble, le bleu limpide d'un ciel tout de fraîcheur et de tranquillité sans la moindre ligne brumeuse au fond des horizons. Et un disque solaire aux feux discrets, mais aux rayons illuminant tout l'automne polychrome.

Son lecteur de CD intérieur se remit en marche et elle voulut entendre *Amazing Grace* dont aussitôt les premières notes en écho remplirent tout son être et se répandirent sur le monde à ses pieds et dans son regard brillant. Cette pièce pour elle n'avait rien de funèbre même si on l'associe généralement au deuil et elle s'en abreuvait en même temps que chacune de ses grandes joies: moments de grâce.

Il lui parut soudain que quelque chose ne tournait pas rond. Un malaise rôdait dans son âme. Une étrange sensation comme si la mort se trouvait dans les environs. La musique se tut dans son coeur. Le ciel devint gris dans ses yeux. Les feuilles au sol attirèrent son regard et ce n'est pas leur rougeur naturelle qu'elle aperçut et plutôt celle du sang en gouttes, en trace se dirigeant vers l'entrée du belvédère. Un être vivant blessé était passé par là. Peut-être s'était-il réfugié en ce lieu pour y déverser les dernières gouttes de sa vie ? Elle devait savoir. Et mesurant ses pas, elle s'approcha et regarda à l'intérieur pour y apercevoir, comme elle l'avait appréhendé, une petite bête recroquevillée sur elle-même, toute ensanglantée et morte ou mourante. En tout cas, elle ne bougeait pas. Et elle ne dégageait pas d'odeur, ce à quoi on aurait pu s'attendre puisqu'il s'agissait d'une mouffette qui avait sûrement été piégée, car il lui manquait une partie d'une patte. Elle s'était traînée jusque là pour y finir sa vie.

–Mon Dieu, pourquoi les hommes sont-ils aussi cruels ?

"C'est la cruauté des imbéciles," lui répondit une voix intérieure.

Mais elle réagit. Il ne fallait pas que son après-midi et sa randonnée soient gâchées par cet incident. Et puis pas question de laisser là le cadavre qui s'y décomposerait. Elle se mit donc à la recherche de branches tombées dans les environs et quand elle en eut trouvé deux assez solides, elle s'en servit pour transporter le corps plus loin, au bord d'un escarpement rocheux. Elle l'y jeta à la vue des charognards qui ne tarderaient pas à nettoyer la carcasse. Puis elle retourna au belvédère qu'elle balaya avec ses mains et ses pieds de toutes les feuilles s'y trouvant, éliminant ainsi les traces de sang. Là, elle s'assit et entreprit de faire disparaître aussi de son esprit et de son coeur la scène affreuse de même que les sentiments noirs qui en avaient résulté. Elle ferma les yeux, balança la tête et réfléchit tout haut :

"Cette petite bête se trouve quelque part. Son esprit étant dégagé de la matière maintenant, elle sait que ma souffrance à savoir ses souffrances, a contribué à les réduire. Je suis contente de ressentir cette douleur, cette peine profonde, parce que grâce à cela, mes joies seront bien plus grandes ensuite."

Puis elle s'adressa à la mouffette disparue :

–Je regrette tes souffrances, petite bête et j'ai grande pitié de toi... donne-moi ta souffrance... donne-moi ta souffrance... donne-moi ta souffrance... Je t'aime, petite bête... Je sais que tu pardonnes à celui qui t'a blessée et tuée; il ne savait pas ce qu'il faisait ou bien il n'aurait pas fait une chose aussi affreuse, aussi atroce. On te haïssait à cause de ton odeur, ton seul moyen de défense et on t'a infligé l'horreur pour ça, comme si tu n'avais pas le droit de survivre simplement parce que tu veux survivre et que tu t'y prends à ta manière, la seule que tu connaisses.

La femme commença à balancer aussi son corps et à redire sans cesse les mêmes idées:

–Donne-moi ta souffrance, petite bête, donne-moi ta souffrance pour soulager la tienne d'avant ta mort...

Son état de transe dura ainsi un quart d'heure puis elle en émergea, le visage serein, et tout son être profondément soulagé, et qui de nouveau s'illumina de la lumière du jour, de la brillance du ciel, de la beauté des feuilles.

Elle regarda sa montre. Il était temps de retourner à la maison. Et pas une seule minute elle n'avait pu penser à son cher Albert tandis qu'elle avait passé un temps indéterminé à flirter avec le doux souvenir du frère Gervais... Qu'à cela ne tienne, elle lui préparerait un de ces plats pour le souper ! Mais pour ça, il fallait qu'elle s'en aille sans tarder. Et par le chemin le plus court, celui qui ne passait pas devant son amie végétale.

Trois enfants dans la trentaine. Marie née le 6 juin 1964. Parce qu'il n'y avait que quatre jours séparant la date de son anniversaire de naissance de celui de sa mère, on les fêtait toutes les deux le même jour. De même que Benjamin, fils de François, né le trois de ce mois.

François, le deuxième enfant, avait vu le jour l'année de l'Expo. C'est ainsi que Jocelyne avait visité une douzaine de pavillons un jour de canicule, enceinte de huit mois.

Puis Mylène était arrivée deux ans plus tard en 1969, tard en automne, et on se réunirait le dimanche suivant pour la fêter à la maison.

C'est à eux que pensait Jocelyne Larivière en se hâtant sur le chemin du retour.

Elle vivait dans un quartier résidentiel datant des années 70. Une demeure à deux étages de style canadien avec garage attenant. Rien qui sorte de l'ordinaire. Tout comme leur vie de couple. Des gens moyens de la classe moyenne.

La fourgonnette ne se trouvant pas dans l'allée, elle présuma que son mari était parti en ville; mais elle trouva la porte non verrouillée et entra, soucieuse.

–Le grand distrait a encore oublié de fermer à clef, dit-elle tout haut.

Ou peut-être avait-il garé le véhicule dans le garage pour jouer dans le moteur comme ça lui arrivait, lui, le touche-à-tout qui faisait aussi bien de la mécanique que de la menuiserie ou même de la musique quand ça n'était pas de la cuisine. En fait, il était le cuisinier de la famille, pas elle...

Il lui sembla entendre un moteur tourner et elle n'y prêta pas attention. Puis en se lavant les mains, elle se rendit compte qu'elle n'entendait plus aucun bruit.

–Albert ? cria-t-elle vers la porte menant au couloir du garage.

Nulle réponse. Elle s'y rendit et en ouvrant la porte ne vit rien du tout: pas d'auto, pas d'Albert. Là, elle se rappela que c'était elle-même qui avait oublié de verrouiller la porte avant. Elle se souvint aussi que son mari était parti chez leur fils François au cours de l'avant-midi pour y travailler dans la plomberie de sa maison.

–Bon, fit-elle en revenant dans la maison, c'est pas si mauvais signe. Si je commence à oublier les choses comme lui et comme les gens dans la cinquantaine qui s'en plaignent tous, c'est peut-être un premier signe de vieillissement normal.

Elle se rendit au salon et commanda au système de son de jouer son cher CD de James Last. De retour à la cuisine, elle entreprit la préparation du repas du soir.

***

Chapitre 4

Non seulement elle ne s'était pas souvenue que son mari l'avait précédée hors de la maison, mais en plus, en entrant, elle s'était imaginé entendre le bruit d'un moteur dans le garage. Voilà qui la tracassait tandis qu'elle concoctait une recette qui sans relever de la gastronomie faisait les délices de tous dans la maison depuis des lunes: un filet de saumon à la fricassée d'escargots et tomates séchées au basilic.

Que survienne Albert et il aurait au moins pour tâche d'aller sélectionner un vin approprié à la cave. En attendant, elle se donnait tout entière à sa tâche non sans retourner parfois dans le passé, mais dans des temps plus récents que ceux évoqués lors de sa randonnée en montagne.

Ce qui lui trottait dans la tête en ce moment s'était passé voilà trois ans dans une chambre d'hôpital où agonisait sa tante Rose âgée de quatre-vingt-quatorze ans, une femme qui jusqu'à récemment n'avait souffert d'aucune maladie importante. Exception dans la famille Bergeron, celle de sa mère décédée quant à elle en 1957 d'un cancer généralisé, Rose était la benjamine et la dernière survivante de neuf enfants tous emportés dans leur jeune troisième âge soit dans la cinquantaine ou la soixantaine par les deux faucheuses par excellence du vingtième siècle à part la guerre, les maladies cardio-vasculaires et le cancer. Encore que ceux qui l'affirment n'ont sans doute pas souvenance de la tuberculose.

–Si c'est pas ma filleule Jocelyne! souffla de manière exclamative la moribonde que la morphine anesthésiante n'empêchait pas de parler encore un peu bien qu'elle en soit alors à ses tous derniers jours sur cette terre.

–C'est bien moi, ma tante Rose.

–T'es plus fine que mon Gilles en tout cas.

–Il est toujours pas venu ?

–Une fois, rien qu'une fois depuis que j'suis icitte, aux soins palliatifs.

–Voulez-vous que je l'appelle ?

–Non, non... il va venir aujourd'hui.

–Il vous a appelée ?

–Non, mais je le sais, qu'il va venir.

–Il vous l'a fait savoir par quelqu'un ?

–Non, non... mais je l'ai vu qui rentrait dans la chambre de bonne heure à matin... Il était en béquilles... Je l'ai vu de mes yeux vu...

L'infirmière qui s'affairait à changer un soluté échangea un regard avec la visiteuse et leurs visages en dirent long sur leur incrédulité.

Jocelyne, la sceptique invétérée, sentit le besoin d'en remettre un peu:

–Voyons, ma tante, comment pouvez-vous le savoir ?

–Je le sais pas... mais je le sais... Pis c'est comme ça... Pis pourquoi c'est faire que tu m'obstines, ma filleule, ça me fatike...

La pauvre vieille dame avait l'air d'un bébé d'une certaine façon dans cette position recroquevillée sur elle-même, couchée en foetus sur le côté de son corps, presque plus de cheveux sur la tête, à la différence que son visage n'avait rien de commun avec celui d'un enfant et présentait plutôt l'aspect d'un sac de papier brun usé et terriblement fripé.

Jocelyne restait interdite. La mourante voulut rattraper le

reproche et ramener de la sérénité dans l'atmosphère:

–Pis demandez pas de vivre jusqu'à mon âge, là, vous autres, parce que les vingt dernières années quand on a l'âge que j'ai, c'est pas drôle pantoute... C'est sûr que pas vieillir comme toé, ça serait pas pareil, mais ça, ça arrive pas à tout le monde, hein !

Jocelyne venait alors de franchir le cap de la soixantaine et si son non-vieillissement commençait à la contrarier depuis deux ans, jamais elle ne s'en était vraiment plainte. Mais devant cette femme agonisante qui demandait à mourir et regrettait de n'avoir pas quitté ce monde avant, elle s'était posé sérieusement une question angoissante: et s'il fallait que le processus de vieillissement ne soit que ralenti, –et ça ne pouvait être que ça– cela voudrait dire qu'elle traînerait des années dans sa soixantaine, des années de trop aussi dans les décennies suivantes. Il lui faudrait quinze ou vingt ans pour vieillir de cinq ou dix et cela pourrait devenir un véritable martyre. Et c'est là qu'elle avait vraiment commencé à prendre son 'handicap' en grippe.

–Je peux me permettre de vous demander votre âge ? avait dit l'infirmière, une brunette d'environ quarante ans.

–Moé, j'ai quatre-vingt-quatorze.

–Madame Bergeron, je le demandais à madame Larivière.

–Soixante, avouait Jocelyne.

–Non, non, vous vous moquez de moi. Vous avez même pas quarante.

–Tu veux que je te montre mon permis de conduire ?

–Vous pouvez croire c'est qu'elle vous dit, assura la malade, c'est moé que... je l'ai fait baptiser. Suis sa marraine. Elle est venue au monde le 2 juin 1939, pas en 58, en 39. La guerre était même pas encore commencée. Je m'en rappelle comme si c'était hier. J'étais de cérémonie avec mon frère Quino qui était même pas marié, lui.

L'infirmière s'approcha de Jocelyne et se planta devant elle, mains sur les hanches:

–Mais c'est impossible! Si c'est vrai, vous devriez faire

étudier votre cas par la science... En tout cas, dites-moi votre secret. Gardez-pas ça pour vous, là. Toutes les femmes au monde voudraient connaître votre secret.

–Demandez pas ça! lança la malade qui parvenait à hocher la tête sur son oreiller.

–Un pareil cadeau de la nature!!! s'étonnait l'infirmière dont le nom de Sylvie apparaissait sur une badge qu'elle portait à la poitrine.

–Peut-être un cadeau de Grec ? dit Jocelyne en mettant sa tête en biais.

–C'est ça, dit la malade, c'est le mot que je cherchais dans ma tête: un cadeau de Grec. Demande pas ça, ma petite Sylvie. Demande surtout pas ça !

–Je ne demande pas l'immortalité, juste de vieillir en beauté comme madame Larivière. Hey... avoir l'air de pas quarante ans à soixante... j'en reviens pas...

Et elle quitta les lieux en secouant la tête.

Rose possédait une vaste expérience de la vie. Elle était tombée enceinte vers l'âge de vingt-cinq ans d'un homme qu'elle ne pouvait épouser puisque déjà marié. Il avait payé pour qu'elle aille vivre à Montréal et y enfanter. Confié à son frère et sa belle-soeur, le bébé au prénom de Gilles avait évité les horreurs de l'orphelinat et Rose avait pu le voir grandir à distance et s'épanouir dans un milieu favorable. Il avait fait de sa vie une réussite et atteignait maintenant l'âge respectable de soixante-huit ans. Un battant et un gagnant, il était devenu prospère et vivait maintenant à sa retraite.

Et ce n'était pas par manque de coeur s'il n'avait guère visité sa vieille mère ces derniers temps, mais parce qu'il avait dû lui-même subir une opération à coeur ouvert trois semaines auparavant. Et jusqu'à l'avant-veille, il téléphonait tous les jours à l'hôpital.

Il y eut entretien entre la visiteuse et la malade. On parla des enfants de Jocelyne et de ses petits-enfants au nombre de trois maintenant.

–J'ai gardé Benjamin jusqu'à ce qu'il commence son

école. Et je le garde souvent la fin de semaine. Ça donne un peu de répit à ses parents qui travaillent fort tous les deux.

–Tu devrais venir me le montrer avant que je parte. Malgré que... c'est pas à conseiller peut-être... de montrer un vieux grabat de sucrerie comme moé à un jeune enfant... une morte-vivante qui va être dans sa tombe dans quelques jours d'icitte... Non, emmène-moé le pas...

À ce moment-là, Jocelyne qui était assise auprès de la malade pour recueillir ses propos sans trop lui demander d'efforts avait senti les larmes lui monter aux yeux. C'est que tante Rose plus jeune ressemblait beaucoup à sa propre mère décédée quand elle avait dix-huit ans. Elle lui prit la main autant pour la réconforter que pour se réconforter elle-même.

–J'aimerais ça faire une prière avec toé, ma petite Jocelyne.

–Oui, ma tante, on va le faire.

–Pour moé, le *Je vous salue Marie* a toujours été la plus belle des prières.

–On va en dire une dizaine si vous voulez, ma tante.

–Envoye! Moé, je vas le dire dans ma tête. Pis je vas me reposer en t'écoutant pis en le disant dans ma tête...

–Je vous salue, Marie, pleine de grâce; le Seigneur est avec vous, vous êtes bénie entre toutes les femmes, et Jésus le fruit de vos entrailles, est béni.

Rose ajouta un filet de voix à celle de sa filleule pour répondre avant que le son ne s'arrête :

–Sainte Marie, Mère de Dieu, priez pour nous, pécheurs, maintenant et à l'heure de notre mort. Ainsi soit-il.

Jocelyne poursuivit seule jusqu'au septième Avé alors qu'il lui parut que la main de la femme était rigide.

–Ma tante ? Ma tante ?

Jocelyne bougea sa main, toucha la malade au front, répéta sa requête. En vain. Elle dut se rendre à l'évidence: sa vieille tante avait traversé la frontière du temps dans un voyage sans retour.

L'infirmière fut appelée. Elle s'amena et devant le même constat, sonna et fit venir un médecin.

C'est ainsi que tante Rose, grâce sans doute à la prière répétée qui avait agi sur son inconscient, avait enfin pu se laisser aller et traverser la grande frontière comme elle le désirait tant. *"Car c'était bel et bien votre deuxième moteur de vie (l'inconscient) qui vous retenait de partir,"* pensa Jocelyne dans sa cuisine en train de préparer le filet de saumon trois ans après le triste événement.

Elle était restée un bout de temps dans la chambre puis on lui avait demandé de quitter les lieux. À la réception, elle avait eu la surprise de sa vie. Arrivait son cousin Gilles, averti du décès de sa mère. Et comme tante Rose l'avait perçu de manière extra-sensorielle, l'homme marchait à l'aide de béquilles. Il déclara avoir eu un accident la veille au soir...

Tandis qu'elle mettait au four le filet de saumon, la femme entendit le bruit d'un moteur. Cette fois, elle ne pouvait s'y tromper. Et puis elle vit à travers les rideaux du salon la fourgonnette qui arrivait dans l'entrée. C'était Albert qui revenait de chez François. Peut-être avait-il ramené Benjamin avec lui ? Elle courut pour voir...

***

Note de l'auteur

L'événement (perception par Rose de l'état de Gilles) relaté dans ce chapitre est authentique. Il s'est produit en 1957 à la mort de ma mère. Personne ne me l'a raconté: j'en fus le témoin direct. Ce fut d'ailleurs mon premier contact avec les perceptions extra-sensorielles. Mais ma formation cartésienne, toute ma vie, m'a fait attribuer celle-là, et d'autres par la suite, au hasard purement et simplement.

Chaque fois que j'ai raconté l'anecdote étrange, on m'a en retour narré quelque chose de semblable. De telles choses arrivent dans la plupart des vies. Il m'a bien fallu finir par y croire...

Chapitre 5

Âgé de soixante-cinq ans, Albert Martineau possédait les caractéristiques générales d'un personnage de son usure. Cheveux blonds très clairsemés, rides en abondance sur le front, les joues, un peu partout, et paupières affaissées sur un regard qui avait bien moins d'emprise que naguère sur son environnement et toutes choses le concernant ou pas.

Mais il n'avait subi aucune intervention chirurgicale majeure ni n'avait été atteint d'une maladie grave. Parfois un bobo contrôlable ici ou là, mais rien d'important. Et une visite annuelle au docteur Leroux qui sondait la prostate et jaugeait le coeur et jamais ne prescrivait une analyse des fluides corporels puisqu'aucun symptôme ne le requérait.

Son poids ne ralentissait pas sa démarche: il était plutôt petit de constitution et sans aucun surplus adipeux. Contrairement à son épouse, lui vieillissait normalement et sans problème particulier.

—Tu reviens avant ton temps ? fit-elle quand il apparut dans le couloir du garage. Je croyais que tu amènerais Benjamin pour le souper ?

—Danielle et François vont souper au restaurant, et le petit suit comme de raison.

—Ah! Et toi, une bonne journée ? T'as tout fait ?

–Faut que j'y retourne demain, mais... comme c'est notre soirée au casino, ben...

Il enleva sa veste de cuir et la suspendit dans le placard situé à l'entrée de la cuisine à la sortie du couloir.

–C'est vrai, c'est jeudi aujourd'hui.

–Si t'oublies tout le temps, on réussira pas grand-chose avec la méthode.

–Le lundi, j'y pense; le jeudi pas toujours.

–Si tu commences à oublier, c'est signe que tu vieillis comme tout le monde.

Appuyée à la cuisinière, bras croisés, elle grimaça:

–Si ça fait pas cent fois que je te demande de ne pas m'en parler, Bébé, de mon âge... ben pas de mon âge, mais de... de tu sais quoi...

Il referma la porte du placard et resta debout un moment entre les deux pièces, mains sur les hanches, sourire en coin:

–Tu sais, ça m'arrive à moi aussi, d'oublier certaines choses.

–Mais pas le casino le lundi et le jeudi par exemple.

–Ça: réglé comme du papier à musique.

–Dis plutôt: programmé.

–As-tu sondé les reins de la chance aujourd'hui ?

La femme haussa les épaules en se désolant :

–Pas pensé. Je t'attendais. C'est mieux à deux. C'est plus valable... en tout cas selon ta méthode.

–Si t'as pas pensé, tu pouvais pas m'attendre pour le faire. C'est contradictoire...

Elle vint se mettre devant lui et prit la même attitude, sourire dans la voix seulement :

–Dites donc, jeune homme, vous cherchez à me peinturer dans le coin, là, vous. Et quand t'es de même, Bébé, c'est pas la chance.

–Je t'agace, jeune fille.

–Tu dis ça pour la chance ?

–Non, je te jure.

Elle lança un regard vers la cuisine:

–Je nous ai préparé un filet de saumon comme tu les aimes.

–Ça, c'est chanceux!

–Avant que je mette la table, sondons donc la chance.

Ils formaient un couple aimant. Chacun respectait l'autre. Et ils étaient presque toujours ensemble le soir et le dimanche. Pour l'équilibre, ils avaient décidé d'un commun accord depuis belle lurette de se séparer le jour, même quand le gagne-pain ne l'exigeait pas. "*Pour que ça dure, faut le désir autant que le plaisir*," arguaient-ils devant les couples trop fusionnels. "*Faut vivre chacun de son côté pendant plusieurs heures afin que grandisse le besoin de se retrouver.*"

Finalement, chacun traitait l'autre comme un enfant à prendre soin et à protéger. Elle l'appelait Bébé, une déformation du prénom Albert; et lui la désignait par le prénom anglais Joyce ou bien jeune fille quand ce n'était pas Jeunesse, un surnom qui par la force des choses ces dernières années devenait de plus en plus ironique à cause du phénomène de non-vieillissement dont elle était 'affligée'.

Il se rendit prendre le paquet de cartes sur le téléviseur au fond du salon.

–C'est mon nouveau CD: comment tu le trouves ?

–Je connais ça, cet air-là, mais le titre m'échappe.

L'homme possédait une voix mesurée, reposante; à en juger par elle, dur de croire qu'il lui arrivait deux ou trois fois l'an de sortir de ses gonds sans provocation et de piquer une crise mémorable, simplement parce que sa programmation mentale l'ordonnait. Et gare alors à l'objet de sa colère!

–Voyons donc ! Sur notre voyage de noce... *Moon*...

Il coupa:

–*River. Moon River*. Je voulais te faire parler, voir si tu te rappelais...

Ils furent bientôt attablés.

Albert avait inventé toutes sortes de gadgets au cours de sa vie. Un hobby du temps qu'il travaillait, c'était maintenant une occupation à plein temps. Et parmi ses créations, il y avait une méthode pour gagner au casino. Il n'était donc ni un joueur compulsif ni un joueur pathologique. Pour lui, la réussite de sa méthode ne constituait pas un défi à relever à n'importe quel prix ou alors il aurait pu y laisser sa chemise comme tant d'autres à essayer de déjouer le hasard. Au contraire, il disait qu'il ne fallait pas confondre hasard et chance et que si on pouvait composer avec la chance et la sonder, et la flairer avec un sixième sens, peut-être l'intuition, on ne pouvait jouer et prétendre modifier les lois du hasard par la simple force de son cerveau.

Quelques principes soutenaient sa théorie.

1. Il faut fréquenter le casino de *50 à 100* fois par an pour appliquer la méthode.

2. Il y a dans une année pour tout joueur *un jour de chance* incomparable. Phénomène inexplicable mais réel.

3. On peut repérer cette journée par le *sondage* de la chance et par un *sens inconnu.*

4. Pour garder le produit de cette journée de chance qu'on a repérée et utilisée à son profit, il faut une *discipline* absolue dans les mises quotidiennes et le temps de jeu.

Sa théorie, Albert l'avait trouvée voilà quelques mois seulement, tandis qu'il travaillait dans son garage. Elle lui était venue de ses expériences passées, pêle-mêle, imprécises. Et avait mûri, dormi en même temps que lui. Et alors, son inconscient avait fait son travail de nuit, et le matin suivant, toutes les pièces du puzzle s'étaient parfaitement imbriquées.

Il établit qu'il pouvait perdre 10,000$ par année, pas un sou de plus. Que le *jour de chance* se présentait environ une fois sur 100 périodes de jeu, et qu'il lui faudrait donc fréquenter le casino 100 fois dans l'année soit deux fois par semaine. Que le budget global devait être réparti également pour permettre de repérer cette journée dans la réalité, et que leur budget de jeu par fréquentation serait donc de 100$, pas un sou de plus. Que la durée de la chance était limitée à quelques heures seulement, généralement de 4 à 8 et que c'est là, et là seulement, qu'un joueur doit en profiter et tirer le maximum.

Bref, ne cessait-il de répéter à Jocelyne, on part avec un budget en argent de 100$ et un budget de temps de 3 heures. Et là, il faut procéder comme avec une garantie: on cesse de jouer quand le budget du jour est dépensé ou que la limite de temps est atteinte. Si l'argent est perdu en dix minutes, là, on s'en retourne à la maison. S'il l'est dans deux heures, là, on s'en retourne à la maison. Si on a accumulé des gains au bout de trois heures, retour à la maison. Mais jamais on ne joue plus que les 100$ ou les 3 heures du budget. Et on ne dérogera à cette règle (pour les heures seulement) que si on a repéré *à coup sûr* un jour de chance.

Et à la prochaine visite, on reprend avec le même budget des 100$ et des 3 heures. Sans considérer le jour de chance, en fin d'année, on aura perdu 10,000$ maximum. Et fort probablement seulement 4,000$ ou 5,000$ puisque souvent, on jouera avec les gains de la précédente visite.

Mais si on a su repérer son jour de chance et qu'on en tire parti cette fois et cette fois seulement, en dépassant le temps limite de **3** heures supplémentaires (qui suffiront à l'accumulation de gros gains si c'est vraiment son jour de chance et avant que le vent ne tourne), on risque d'y gagner 20,000$, 50,000$ voire 100,000$ ou même davantage.

"Aussi simple que ça!" disait-il chaque fois qu'il revoyait sa théorie devant Jocelyne afin de l'imprégner profondément dans son cerveau, dans son inconscient. *"Cette méthode peut faire de n'importe qui, sauf les joueurs pathologiques incapables de discipline, un joueur gagnant à long terme. Tu ne peux pas perdre plus que tes moyens et les sommes établies d'avance à moins de relâcher la discipline. Et pour gagner gros, il te reste à repérer ton jour de chance dans l'année et ne pas le laisser filer entre tes doigts, et ne pas le gaspiller, et en tirer le maximum sans risquer de tout perdre quand la chance tourne le dos subitement comme c'est invariablement le cas."*

Pour repérer ce jour de chance, il y a, soutenait-il aussi, trois façons.

1. Sonder la chance durant la journée avant la sortie au casino, à l'aide d'un jeu de cartes et une vingtaine de donnes de poker avec d'autres joueurs, réels ou imaginaires.

2. Se mettre à l'écoute de son sixième sens qui avertit ceux qui sont à l'écoute quand la chance se présente.

3. Évaluer encore sa chance quand on mise son budget quotidien au casino même.

Si l'addition des trois est extrêmement favorable et qu'une fois la limite de temps de jeu atteinte ce jour-là, on a des gains considérables en poche de même que le grand 'feeling', on ajoute alors trois heures au temps limite pour exploiter le filon au maximum. Et là, on se retire, quels que soient les gains, car la chance est sur le point de tourner puisqu'elle ne dure jamais plus de quatre à huit heures d'affilée.

Résultat final au bout de l'année:

1. Ensemble des pertes légères et régulières réparties sur les 100 visites: environ 5,000$

2. Total des gains du *jour de chance*: de 10,000$ à 100,000$

—Et on s'amuse cent soirs par année, redit-il pour la nième fois tandis qu'elle distribuait les cartes à cinq joueurs dont deux imaginaires.

Il s'agissait d'un poker à cartes ouvertes. Et on comptabilisait les gains de chacun pour sonder la chance. Pas question de la notion de bluff toutefois qui n'a rien à voir avec la chance pure. Advenant que Jocelyne soit très favorisée par la vingtaine de donnes, on avait un premier signe de piste quant à son jour de chance éventuel. Qu'en plus, elle flaire la bonne étoile quelque part en elle-même et il suffira alors de surveiller ses gains au casino même dans le temps alloué.

—La méthode n'est pas infaillible, mais elle a de bonnes chances de réussir, surtout à deux, répéta-t-il une autre fois.

—Ça fait deux intuitions pour repérer le bon jour, redit-elle à son tour pour la nième fois.

En réalité, ils n'avaient commencé à fréquenter le casino dont leur demeure était distante de cinquante kilomètres, que ce printemps-là et pas une seule fois, ils n'avaient repéré le fameux jour de chance, ni pour l'un ni pour l'autre.

"Ça viendra, tu verras, ça viendra !"

Et leur discipline était de fer. Jamais plus de 100 $ ou 3 heures (6h à 9h) de jeu par visite selon la première 'éventualité'. Albert calculait tout et l'inscrivait dans un cahier et sur son ordinateur. À ce jour, ils avaient fait 44 visites au casino. Bilan: 2,200 $ de pertes. Le grand soir de chance serait peut-être ce jour-là. Il fallait être attentif.

–Si ça marche, ton histoire, tu vas faire fermer tous les casinos en les ruinant. T'imagines ça, des milliers de personnes qui feraient comme nous autres, Bébé ?

–Si on suit la méthode à la lettre et à l'année, ça marchera, ça marchera.

La prémisse de toute l'affaire consistait à croire qu'il y a un jour dans l'année où un joueur a une chance de bossu. Cela, Albert avait pu s'en rendre compte dans sa jeunesse dans les années cinquante alors qu'il avait joué au poker des hivers durant plusieurs fois par semaine. Et il avait remarqué cette curieuse manie de la chance de se vouer à une seule personne certains soirs, et il savait que tous les joueurs sans exception connaissaient de ces soirées de 'mardeux' suivant l'expression frustrée des perdants de l'occasion. Par la suite, il avait eu maintes fois confirmation de la justesse de son observation par tous ceux à qui il avait parlé de leur *jour de chance* annuel.

Au bout de vingt donnes au cours desquelles Jocelyne quittait la table de temps à autre pour jeter un coup d'oeil au four, ni elle ni lui, pas plus qu'un des joueurs fantômes ne réalisa de gains importants. Cela ne voulait pas forcément dire que la chance ne serait pas au rendez-vous une fois rendus au casino, mais il faudrait en tenir compte.

Ce n'est que bien plus tard qu'il répondit à son commentaire sur la possibilité de ruiner les établissements de jeu avec l'application d'une telle méthode :

–Crains pas, les casinos fermeront pas leurs portes à cause de moi. Tu veux connaître le nombre de joueurs incapables de se discipliner? 99 sur 100. En plus que si les autorités des casinos se rendent compte que quelqu'un utilise cette méthode –et ça serait pas trop long qu'ils le verraient–, ils feront tout leur possible pour interdire l'entrée à ces petits malins. Les casinos ne veulent pas de gagnants de profession, ils veulent de rares personnes favorisées par le hasard et beaucoup de perdants, beaucoup...

–Ils se servent des gagnants pour leur publicité.

–Oui, mais des gagnants qui jouent avec la chance, pas qui la calculent. Tu te souviens du gars qui a été expulsé il y a quelques années parce qu'il avait une méthode pour compter les cartes au black jack ?

–Comme tu dis: le mieux, c'est d'essayer d'en profiter et que le reste aille de soi. J'y pense... si tu n'as pas ramené Benjamin avec toi, c'est à cause du casino ?

L'homme qui regardait ses cartes une à une, mit sa tête en biais :

–Oui, c'est sûr !

Le téléphone sonna. Jocelyne alla répondre. C'était le petit Benjamin, cinq ans, bourré de grands soupirs d'un chagrin total...

–Mamie... Papi... il a pas voulu que... je veux... aller te voir... il a pas voulu, Papi...

–Il est donc pas fin des fois !... Non, non, il est toujours fin, Papi, mais... chéri, il pouvait pas du tout, du tout. Mamie et Papi, ils sortent ce soir. Ils vont en ville au casino.

–Veux y aller, moi, bon...

–Mais c'est au casino mon petit chou. Les petits enfants comme toi sont pas admis au casino. Quand tu vas être grand, tu viendras.

–C'est qu... quoi, ça, un ca... casino ?

La femme jeta un oeil du côté de son mari qui l'écoutait des yeux autant que des oreilles :

–Ben... c'est un endroit où les grands s'amusent... ben...

comme des enfants.

–Pourquoi les enfants, ils peuvent pas aller... aller au... au ca... casino ?

Devinant ce que l'enfant disait, Albert s'approcha de Jocelyne qui se tenait debout dans l'entrée du salon et lui demanda le combiné.

–Mon petit chou, Papi, il veut te parler. Il va te parler, là.

L'enfant se mit à pleurer et renifler au bout du fil.

–Benjamin, c'est Papi. Mamie, elle te l'a dit: faut aller au casino ce soir. Pis là, on peut pas t'emmener avec nous autres. Mais demain soir, on va aller te chercher et tu vas venir travailler avec Papi. Tu vas aider Papi, tu veux ? Papi va réparer le moteur de l'auto, tu vois. Tout seul, Papi, il est pas capable de le faire. Va falloir que tu viennes, toi, pour aider Papi. T'es-tu content ?

L'enfant essuya une ultime goutte de pleurnicherie capricieuse avec un long OUI émis autant par le nez que par la bouche.

–Tiens, je te repasse Mamie, là.

–Oui...

Jocelyne reprit le combiné.

–Mon petit chou, Mamie t'aime gros, gros, gros...

–T'es-tu... mon amoureuse ?

–Toujours, toujours. Bien sûr ! Gros, gros, gros... Là, faut qu'on mange parce que faut s'en aller au casino. Je te donne un beau bisou plein de rires et de sourires. Tu m'en donnes-tu un, toi aussi ?

–Oui...

–Bye!

–Bye!

À trois reprises, l'enfant avait entendu le mot "faut" et par deux fois, et par deux bouches différentes, il avait reçu la phrase "faut aller au casino". Dans son jeune cerveau si perméable, le concept se fixerait pour longtemps et dans son inconscient, le casino deviendrait une nécessité incontournable. Comme quoi 'faut' se tourner la langue bien des fois avant de parler à un petit enfant !

Les Martineau avaient pris soin de Benjamin depuis qu'il était bébé. Jocelyne l'avait de huit heures du matin à quatre heures de l'après-midi cinq jours par semaine. Et parfois davantage. Souvent, elle le gardait à coucher. C'était comme leur enfant. Même que les enfants du couple, Mylène et Marie, l'appelaient leur petit frère. Né le trois juin, il avait maintenant cinq ans. Et on le fêtait aussi en même temps que grand-mère Jocelyne, née le deux juin et tante Marie née le six.

Parce qu'il avait fait son entrée à la maternelle deux mois plus tôt, l'enfant avait dû quitter le toit de sa grand-mère. Le choc avait été dur autant pour elle que pour lui. Au début, il avait détesté l'école puis s'y était fait. Et maintenant, il disait adorer ça. D'autant plus qu'il y avait deux amoureuses: Mélissa et Alexandra.

Toutes ces choses défilèrent dans la tête de Jocelyne tandis qu'on mangeait. Albert devinant son état d'âme, lui parla de nouveau des résultats de leur poker sondage.

–C'est sûrement pas aujourd'hui le grand jour, mais il faut y aller quand même ou alors, on tricherait les lois du hasard.

–Ah, c'est pas parce que j'ai l'air triste que ça me le dit pas... Mais je m'ennuie donc de Benjamin !

–Tu devrais te prendre un chat... un beau petit minou comme Neige.

Au départ de Benjamin, l'enfant avait emmené avec lui la jeune chatte toute blanche de Jocelyne. La pauvre femme avait donc sacrifié deux êtres chers plutôt qu'un ce jour-là: le petit et Neige. Cela avait été décidé pour que le choc de la séparation soit moins brutal pour le gamin.

–C'est du soin, un chat.

–Pour toute personne, surtout toi, prendre soin de la vie, c'est ce qui arrive de meilleur.

–Je le sais. Mais souvent, j'ai besoin de me retrouver seule comme aujourd'hui.

–On se dit des choses qu'on sait et qu'on pratique depuis des années...

*

Cinq minutes avant dix-huit heures, ils faisaient leur entrée au casino. Ils se rendirent aussitôt à leurs machines à sous habituelles, invariablement libres à cette heure-là et quand le moment fut venu, ils commencèrent de jouer leur budget quotidien, chacun ayant en poche cinq rouleaux de pièces de vingt-cinq cents. Probable qu'ils perdraient tout dans moins d'une heure, la chance n'ayant pas montré son nez et son intérêt lors du poker sondage.

Dès sa cinquième insertion, Jocelyne remporta un lot de plus de deux cents dollars.

–Ça veut rien dire de grand ! fit-il en même temps que les pièces tintinnabulaient dans le réceptacle en bas de la machine.

–Ça va nous donner la chance de jouer jusqu'à neuf heures peut-être.

–On va avoir le temps de voir d'ici là.

Il continua de jouer. Elle aussi. Et ils se parlaient toutes les dix minutes environ pour faire le point sur leurs gains, bien que chacun soit en mesure de les évaluer approximativement par le bruit des pièces.

Dans la théorie d'Albert, il y avait aussi la nécessité de ne pas se laisser distraire par l'environnement tout en évitant comme la peste de se laisser fasciner par la machine. Il fallait un certain équilibre entre les deux pour que les deux moteurs mentaux de leur existence, le conscient et l'inconscient, soient en mesure de travailler en équipe afin de donner un rendement maximum. Il leur avait semblé grâce à l'expérience, qu'un arrêt aux dix ou quinze minutes avec échange de propos d'une minute suffisait pour accéder à cette harmonie souhaitable et essentielle.

Si la chance emportait sur ses ailes l'un ou l'autre, celui-là jouerait jusqu'à minuit, mais à des jeux permettant des mises et donc des gains bien plus substantiels: roulette, chemin de fer, 'craps' etc... Mais sans jamais attaquer le budget

65

de 100$ de la prochaine visite.

Et passèrent les heures et varièrent les gains.

Albert eut une courte période de chance au milieu du temps alloué. On sut assez vite que ce n'était pas le vrai jour de chance, même si Jocelyne avait été assez favorisée pour conserver son gain initial de deux cents dollars. Et on quitta les lieux quand la montre de l'homme eut sonné les neuf heures par une vingtaine de 'beeps' caractéristiques. À deux, il leur restait cent quatre-vingt dix dollars, ce qui incluait le budget du jour de cent dollars. Ça ne leur avait donc rien coûté pour jouer ce soir-là et il ne leur en coûterait que dix dollars pour jouer à leur prochaine visite.

Ils s'en allèrent contents. Fiers de leur discipline une fois de plus. Plus certains encore de leur réussite au bout du compte annuel, en avril prochain.

*

Dans leur chambre, ce soir-là, ils se parlèrent un peu des événements du jour. Le désir rôdait en elle. Peut-être né de ce rappel, sur la montagne, de son premier amour. Elle avait eu si fort le désir de fusion avec cet homme en 1956 que les effets perduraient après quarante-cinq ans. Mais à des signes qu'elle avait appris à reconnaître, elle comprenait que son compagnon était peu disposé à l'amour. Sa démarche ralentie, le son amorti de sa voix, sa façon peu vigoureuse d'ôter ses vêtements, le temps mis à prendre sa douche: tout demandait à la femme de museler ses pulsions. Ce qui ne lui était pas vraiment difficile car il lui suffisait de se concentrer sur autre chose. Un exercice mental familier.

Elle qui s'adonnait depuis longtemps à une sorte de régression, s'endormirait en pensant au jour où Albert lui avait déclaré son sentiment amoureux.

Elle éteignit sa lampe de chevet juste après que lui se soit couché en disant sur le ton de la fatigue: "Bonne nuit, Jeunesse !"

***

Chapitre 6

C'était au cours d'une marche en ville, un soir du tard automne de cette année-là. Ils se connaissaient depuis quelque temps et ressentaient tous ces atomes crochus se promener d'une tête à l'autre, d'une poitrine à l'autre, tels des feux de Bengale polychromes.

–J'ai froid, dit le jeune Albert à cette amie qui lui bouleversait tant le coeur et l'esprit.

–Il ne fait pas si froid, répondit la jeune fille.

En effet, malgré la date du dix-huit novembre, il faisait dix degrés à l'extérieur. Rien pour donner le frisson. Mais le jeune l'homme en était atteint. C'était la grande vibration d'un grand amour à ses débuts. La grande découverte d'un être enchanteur et qu'on a peur de voir filer devant soi comme une étoile. L'exploration de soi-même et de ses vastes territoires émotionnels.

Et puis ils étaient tous les deux remplis d'espoir en ce début de décennie et au meilleur de leur jeunesse. Que seraient pour eux les années 60 dont seulement la première allait prendre fin le mois suivant? Ils avaient tous les deux le goût du mariage. Ils se savaient faits l'un pour l'autre. "Albert, c'est le grand amour de ma vie," se disait-elle le soir pour s'endormir en toute quiétude et en parfait bonheur.

–J'sais pas pou... pourquoi je bégaie comme ça.

–C'est normal: on parle en marchant. Ça coupe le souffle.

–Tu crois ?

–Sûrement que c'est ça !

Il soupira. Elle ne voulait plus attendre :

–Qu'est-ce que tu as donc à me dire de si important, ce soir, Albert ?

–Je... je...

–Laisse-toi aller, vas-y !

–Toi, t'as... ben t'as rien à me dire ?

–C'est toi, Albert, qui m'a demandé pour prendre une marche en ville.

–Mais... je sais...

–Je t'écoute.

Et elle le sonda du regard. Il marmonna :

–Je... j'y arrive pas...

Elle parla pour lui:

–Tu t'ennuies quand j'suis pas là et tu penses souvent à moi, c'est ça, Albert ?

–Ben... oui. Comment ça se fait que... que tu le sais ?

–Parce que c'est pareil pour moi, mon grand bébé.

Il était tard l'après-midi et la noirceur avait envahi les rues, mais des lampadaires à lueurs jaunes remplaçaient piteusement le soleil qui s'était couché une heure plus tôt lorsque le jeune homme de vingt-trois ans s'était rendu devant le bureau de médecin où travaillait Jocelyne comme secrétaire.

En lui disant que c'était pareil pour elle, voilà qu'elle se penchait la tête pour le regarder dans les yeux et y lire sa réponse avant de l'entendre. Il fut pénétré, subjugué par la brillance de son regard, par sa franchise et par sa chaleur. Et le grand frisson incontrôlable lui revint en force. Il parvint à balbutier :

–C'est vrai que c'était un beau coucher de soleil.

Elle s'arrêta et ils se mirent l'un en face de l'autre :

–Moi, j'ai jamais vu des couleurs pareilles de toute ma vie. Il y avait ce ciel d'un si beau bleu au-dessus de nos têtes. Puis un long nuage jaune au fond de l'horizon avec un rebord peigné de rose... Je dis bien peigné parce qu'on avait l'impression de cheveux, hein ?

–Oui.

–Et sous le nuage, un espace de ciel profond tout de vert. Je me demande comment c'est possible, un morceau de ciel de ce vert turquoise.

–Ça, je le sais.

–Explique-moi, Albert !

–Un effet de prisme. Le vert, au fond, c'est du bleu coloré par le jaune du nuage.

–C'est vrai: tu me l'as dit tout à l'heure. Mais j'aime tant quand tu me révèles des choses. Il y en a tellement dans ta tête. Où prends-tu tout ça, Albert ? Tu connais tout: la construction, l'architecture, la physique... Quelle tête tu as !

Le jeune homme se sentit flatté. Puis il pensa que son amie aussi avait étudié le phénomène de la décomposition de la lumière.

–T'as fait ta douzième comme moi, tu devrais le savoir. Le frère Gervais nous montrait ça.

Elle regarda au loin dans le clair-obscur de la ville et soupira à deux reprises:

–Le frère Gervais, oui, il nous en montrait, des sciences. Et il nous faisait faire de l'art dramatique aussi.

Albert Martineau avait bifurqué vers bien autre chose que les sciences après sa douzième année et fréquenté pendant deux ans une école d'ébénisterie de sa ville puis une école de menuiserie. Et il pratiquait ce métier depuis l'âge de dix-huit ans, soit depuis cinq années déjà. Il nourrissait l'ambition de se faire entrepreneur un jour afin de construire des maisons depuis les fondations jusqu'au dernier clou de finition. Peut-être irait-il alors s'installer en Floride pour jouir du climat tropical à l'année et parce que l'argent roulait bien plus là-bas que dans son pays québécois. Mais il y avait maintenant Jocelyne dans le décor de sa vie et elle qui possédait sa propre autonomie grâce à son travail ne consentirait pas forcément à partir avec lui, surtout au loin. Il ne fallait surtout pas qu'il en vienne à devoir choisir. On ne sacrifie pas une Jocelyne Larivière pour toutes les Florides imaginables, se disait-il depuis qu'il ressentait pour elle dans sa substance la plus profonde le grand sentiment. Mais on était à une époque où un principe généralement respecté voulait que *qui prend mari prend pays.* Voilà qui réconfortait notre homme. Peut-être n'aurait-il pas de choix à faire. Et puis, faudrait d'abord l'épouser, cette perle de femme. Or, il ne lui avait même pas encore déclaré son amour. Tout au plus lui avait-il bredouillé des imprécisions, tandis qu'elle devait l'interroger comme un policier du sentiment pour savoir de quoi il retournait en lui.

–Tu m'excuseras de d'avoir appelé grand bébé... Ta soeur m'a dit comme tu détestes le surnom.

–Ben... pas par toi. Par toi, j'aime ça.

–Ah oui ?

–Certain !

–Bon... ben grand bébé d'abord !

–On va au théâtre demain ?

–C'est quel film ?

–*Les Dix commandements.*

–Fiouch ! Ça doit coûter un bras, l'entrée.

–Deux et demi.

–C'est pas donné.

–Je t'invite.

–Tu sais, je peux payer mon entrée. Je travaille aussi.

–Es-tu folle ? C'est pas à la fille à payer. J'aurais honte en maudit...

–Bon, ben O.K. d'abord ! T'avais-tu autre chose à me dire, là, ce soir ?

–Ben... oui, je te le dirai demain.

Et c'est ainsi qu'il lui avait avoué son amour sans l'exprimer de manière explicite. Quelque chose l'empêcherait aussi le jour suivant de lui dire carrément le "je t'aime" qu'elle attendait. Quelque part en lui, le jeune homme craignait que ça puisse s'avérer une sorte d'aveu de faiblesse de sa part. Orgueil mal placé, auraient dit sa mère et bien d'autres. Mais comme Jocelyne était une jeune femme raisonnable, elle se contenta de lire entre les lignes.

Et le soir suivant, au cinéma, ils furent tous les deux fort impressionnés par Moïse qui lançait à la mer Rouge de sa voix caverneuse et grandiloquente des ordres impérieux qui roulaient comme le bruit du tonnerre sur l'eau furieuse au point qu'elle en vint à s'ouvrir pour laisser passer les Israélites à pied sec.

À l'intermission, ils se rendirent tous deux dans le lobby de la salle pour y boire un Coke et se partager un sac de croustilles. Il y régnait une odeur agricole qu'ils ne sentaient pas, tant ils étaient intéressés l'un par l'autre. C'est que, d'une part, les machines à maïs soufflé au beurre odorant n'avaient pas encore traversé les frontières américaines et que, d'autre part, la région au coeur de laquelle se trouve Mont-Bleu comptait nombre de cultivateurs donc certains, moins férus d'hygiène, traînaient avec eux en ville et jusque devant *Les Dix commandements* des relents d'étable assez peu agréables.

Quand son ami se rendit au guichet du kiosque de restauration, Jocelyne se plut à le regarder de dos. Même type physique que le frère Gervais et que l'acteur américain Alan Ladd. Pas grand, blondin, épaules carrées, droit, énergie débordante: un gars qui, sauf peut-être sa chevelure, était appelé à un bel avenir.

Pas plus elle que les autres jeunes filles de 1960 ne possédait d'études en psychologie et c'est d'emblée qu'elle évaluait Albert comme un compagnon de vie plus qu'acceptable. Certes, elle le connaissait peu encore, mais elle avait l'impression profonde de le connaître depuis toujours.

C'est à ce moment précis qu'avait été balayée sa dernière réticence devant ce beau sentiment qui était à se frayer un droit chemin dans son coeur.

Mais il faudrait quelque chose de concret pour sceller ce pacte amoureux que chacun avait signé en solitaire, espérant que l'autre s'en rende compte de lui-même. Aller au cinéma ensemble avait beau en témoigner, il faudrait un petit plus... ou un gros plus. Sûr que les gens disaient déjà: Albert Martineau, il sort avec Jocelyne Larivière. Elle en était contente et lui fier. Mais il fallait qu'ils se rapprochent davantage, qu'ils se touchent. Elle avait atteint sa majorité. Et le plus près qu'elle avait été d'un homme, c'était du frère Gervais qui lui avait pris les mains... et un tout petit peu plus...

–Tiens! fit Albert qui lui présentait la bouteille de coca-cola.

Elle émergea de sa quasi transe et tendit la main pour recevoir l'objet qu'elle porta aussitôt à sa bouche. Il recueillit une image plaisante: le moment du contact entre le verre du goulot et les lèvres fines de sa belle amie.

–C'est bon, hein ? fit-elle après avoir pris une gorgée.

–Plus c'est froid, du Coke...

–Non, je veux dire le film.

–Ah ? Oui... Ça impressionne !

Elle songea:

"Comme il a de beaux mots pour un gars !"

Combien d'autres auraient plutôt dit :

"Ah, c'est bon en hostie !"

Ils étaient maintenant assis sur un banc au beau milieu du lobby. La plupart des cinéphiles de ce soir-là restaient debout et sirotaient des boissons gazeuses en s'échangeant des opinions sur la superproduction de Cecil B. De Mille.

Jocelyne portait une chevelure brun roux sur les épaules et quelques mèches en travers du front, ce qui, s'ajoutant à ses vêtements, lui donnait une allure de collégienne à la Bardot bien qu'elle fut sur le marché du travail depuis déjà presque trois ans. Elle avait mis une jupe évasée dont le contour faisait des vagues, une blouse blanche à tissu imprimé de multiples petits coeurs rouges de diverses grosseurs ainsi qu'un chandail de laine aux manches retroussées. Aussi un béret noir sur le coin de la tête. Et puis elle avait un manteau d'automne resté à sa banquette à l'intérieur du cinéma.

Quant à son compagnon, il était empesé dans son habit brun à fines lignes blanches, le cou étouffé par une cravate beige au noeud simple mal noué. "Tiens, elle lui ferait montrer par son frère Fernand à faire un noeud double bien plus à la mode!"

—On retourne en dedans ? demanda-t-il, quand le sac de 'chips' fut vidé et qu'il se rendait compte que le lobby se vidait aussi.

—O.K!

Il était défendu d'apporter à boire ou manger à l'intérieur. Chacun prit plusieurs gorgées pour ne rien perdre du contenu de la bouteille de Coke et ils mirent les bouteilles vides dans une caisse de bois parmi d'autres étendues par terre près de la porte d'entrée de la salle obscure. Puis ils se suivirent à l'intérieur. En ce moment, parce que la pause entre les deux parties du film n'était pas terminée encore, la salle n'était pas si noire que ça et on n'eut pas de mal à réadapter ses rétines au degré d'éclairage. Mais sitôt qu'ils eurent retrouvé leurs sièges, les lumières de plafond faiblirent et l'écran se ralluma pour redonner aux spectateurs le grand récit biblique.

Pharaon avait perdu toute son armée dans les eaux rassemblées de la mer Rouge. De retour chez lui, humilié et vaincu dans son orgueil, il trouva sa femme auprès du cadavre de son fils décédé à cause de la colère de Yahveh. Mais il n'avait pas encore atteint le fond du baril. Son épouse fit en sorte d'être piquée par un serpent venimeux et mourut elle aussi.

Quant à Moïse, élu du vrai Dieu, il continua de mener son peuple vers la Terre promise. Mais un jour, il ressentit l'appel de Yahveh et y répondit. Il grimpa sur une haute montagne où il fut mis en transe par la vertu d'un buisson ardent. Et il entendit la voix de son Dieu qui exprima sa contrariété de savoir qu'en bas, on adorait un veau d'or plutôt que Lui-même.

Il arriva dans la salle de cinéma, tandis que Moïse entrait dans un état second, que les deux amoureux soient eux aussi transportés dans un autre monde quand leurs mains se trouvèrent sous le manteau du jeune homme qui l'avait posé sur leurs genoux. Tout d'abord, il fit comme celui qui ne l'a pas fait exprès et aussitôt, retira un peu ses doigts. Elle répondit en bougeant, ce qui rapprocha les siens; et le contact eut lieu encore. N'y tenant plus, il s'empara carrément de la main qu'il enveloppa sans rien oser lui glisser à l'oreille ni même se tourner. Elle se laissa faire. Le grand pacte d'amour venait d'être signé. Et tandis que Moïse recevait la voix de son Créateur, les deux jeunes gens entendaient celle du coeur.

Le film se termina sur le tard. Les jeunes gens repartirent du cinéma dans la voiture d'Albert, une Meteor 1958 du même vert que les yeux de Jocelyne.

La jeune fille qui avait perdu sa mère trois ans plus tôt vivait toujours dans la demeure familiale et s'occupait des choses de la maison tout en occupant un emploi à l'extérieur: prototype de la femme des décennies à venir. Sauf que dans ce cas, l'homme de la maison était non pas son mari, mais son père.

Devant la porte, il laissa tourner le moteur. Ils se donnèrent leur prochain rendez-vous. Elle n'avait pas le goût de s'en aller. Il n'avait pas le goût de la laisser partir.

–Tu me portes bonheur, on dirait.

–Qui ? Moi ?

–Bien sûr, toi, Albert !

–Tu peux m'appeler Bébé si tu veux.

–Toi, Bébé.

–Comment ça ? demanda-t-il, surpris et exalté.

–Ben... j'ai eu une augmentation de salaire au bureau. Suis rendue à dix dollars par jours.

–Quand ça ?

–Hier.

Il s'inquiéta. L'avait-elle demandée, cette augmentation ? Et sinon, pourquoi le docteur Ouellette la lui avait-il accordée ?

–Chanceuse, toi ! Moi, je gagne douze, ça fait trois ans.

–Ensemble, ça fait vingt-deux par jour.

–Ben oui: douze plus dix, hein...

–T'as pas l'air content pour moi.

–Comment ça se fait que t'as reçu une augmentation de deux piastres tout d'un coup ? L'avais-tu demandée ?

–Ben... non.

–Je trouve ça bizarre, moi.

–Ça s'explique facilement. Je fais l'affaire du docteur Ouellette et il ne veut pas que je m'en aille.

–Ah !

Et pourtant, le jeune homme demeurait contrarié. Comment pourrait-il un jour épouser cette fille extraordinaire si elle était enchaînée à la maison paternelle et à son travail chez le docteur ? Où y aurait-il de la place pour lui et pour les enfants à venir ?

–Bon, là-dessus, je vais aller me coucher. Je te remercie de m'avoir emmenée voir *Les Dix commandements*. C'était un vrai bon film. Je m'en souviendrai toujours.

–Même en l'an 2000 ?

–Si on est encore de ce monde, même après l'an 2000...

*

Plus de quarante années après cette sortie cinéma, après un mariage et trois beaux enfants, Jocelyne et Albert dormaient côte à côte après une soirée au casino.

***

Chapitre 7

"Je n'aurais rien à craindre si tout le monde vous voyait des yeux dont je vous vois et je trouve en votre personne de quoi avoir raison des choses que je fais pour vous..."

Jocelyne Larivière rêvait cette nuit-là et son coeur l'emportait sur les ailes du souvenir en des temps si éloignés de ces années 2000 qu'ils paraissaient d'hier seulement. C'était au couvent en 1956 et en ce moment même, par le personnage d'Élise, elle donnait la réplique au frère Gervais qui incarnait le rôle de Valère dans la pièce l'*Avare* qu'on était en train de répéter.

"...et les hommages assidus de cet ardent amour que ni le temps ni les difficultés n'ont rebuté, et qui, vous faisant négliger et parents et patrie, arrête vos pas en ces lieux, y tient en ma faveur votre fortune déguisée, et vous a réduit, pour me voir, à vous revêtir de l'emploi de domestique de mon père..."

Dans son costume style XVIIe siècle additionné de quelques fantaisies modernes, pendentifs, montre oubliée au bras et cheveux d'écolière, Jocelyne s'inquiétait de ce que ses yeux puissent trahir ce sentiment suave qui lui faisait tant aimer la présence du jeune frère, surtout quand il était Valère, son amoureux dans la pièce. Et c'est avec délice qu'elle buvait à ses paroles de la réplique suivante par lui:

"De tout ce que vous avez dit, ce n'est que par mon seul amour que je prétends auprès de vous mériter quelque chose; et quant aux scrupules que vous avez, votre père lui-même ne prend que trop de soin de vous justifier à tout le monde, et..."

La femme du vingt et unième siècle se tourna dans son lit et perdit de sa vue onirique celle du XVIIe siècle autant que la jeune fille, actrice de 1956. Même qu'elle se réveilla à demi et crut sentir l'odeur que dégageait le frère comédien et metteur en scène. Mais c'était son cerveau qui, par la magie du sommeil, transformait la senteur de son mari frais lavé en ce subtil relent de savon Lux que le frère disait utiliser tous les jours.

"Oui, Valère, je tiens votre coeur incapable de m'abuser. Je crois que vous m'aimez d'un véritable amour, et que vous me serez fidèle..."

En fait, les répliques de la pièce revenaient mélangées comme tant de choses lors des rêves de chacun, dans l'inconscient de Jocelyne endormie. Comme si son vécu des quatre dernières décennies et demie avait réorganisé les choses, mots, sentiments, impressions, dans son esprit profond. Et même remodelé les êtres vivants. Car Valère brillait dans sa souvenance et possédait une taille de plus de six pieds.

"Ah! ne me faites point ce tort de juger de moi par les autres. Soupçonnez-moi de tout, Élise, plutôt que de manquer à ce que je vous dois. Je vous aime trop pour cela, et mon amour pour vous durera autant que ma vie."

Cette voix dans la nuit. Le charme d'une musique douce. Valère n'est plus sur scène maintenant. Élise non plus. Elle fut la première à s'en aller en coulisse. Il l'a suivie de près. Il se tient juste derrière elle et la félicite dans le cou, tout près de l'oreille tandis que sur scène Harpagon et La Flèche se donnent la réplique.

"Tu as été magnifique, chère Élise."

Elle est séduite par ce souffle divin sur le côté de son visage. Mais s'il la fait chavirer, elle voudrait bien, elle aussi, le charmer. C'est dans sa nature de charmer de tous côtés. Elle est Jocelyne, la femme Gémeaux par excellence. Il lui faut à tout prix se sentir aimée par tous ceux qu'elle côtoie, garçons ou filles. Ce qui la rend bien questionneuse et intéressée quand elle n'est pas intimidée par l'autre personne. C'est ce besoin d'être populaire qui l'a poussée à faire des arts dramatiques. Ça lui permet aussi de cacher ce manque de confiance en soi derrière un masque, celui du contrôle de soi et de ses émotions.

"*Hors d'ici tout à l'heure et qu'on ne réplique pas!*" lance l'avare de sa voix rauque. "*Allons, que l'on détale de chez moi, maître juré filou, vrai gibier de potence !*"

L'étudiante rêve éveillée dans les cellules de la femme endormie. Elle rêve de jouer dans *La nuit des rois* de Shakespeare sous la direction de Gervais... Cela ne se produira jamais. Elle a le goût de reculer un peu sous n'importe quel prétexte pour se retrouver contre lui, là, derrière, dans la pénombre de l'amour.

"Tu es stressée ? Tu as le trac ? " demanda la voix masculine.

Quoi répondre ? Oui, un peu. Mais faut-il le lui dire.

"Je peux t'aider à te détendre, Jocelyne. Tiens, je vais toucher à tes cheveux. Tu te laisses faire. Ce sera doux."

Et l'homme s'empare de sa chevelure qui flotte sur son dos et y laisse couler ses doigts avec une infinie tendresse.

"Ferme tes yeux et tu vas te détendre encore bien mieux, exquise jeune fille, ferme tes jolis yeux..."

Et voilà que ces mots évoquent en elle un chant des cahiers de l'abbé Gadbois, et qui résonne depuis sa lointaine enfance, dans la bouche de sa maman qui la berce, la berce, la berce encore:

> *Ferme tes jolis yeux*
> *Car les heures sont brèves*
> *Au pays merveilleux*
> *Au beau pays du rêve...*

Pas loin d'eux se trouve Mariane, rôle interprété par la meilleure amie de Jocelyne au couvent. Elle sait le sentiment qui anime le coeur de la jeune femme et l'encourage dans cette voie. Moins intellectuelle et plus physique, elle sait qu'elle n'a guère de chance d'être remarquée par un homme qui a fait le voeu de chasteté. Ce qui ne l'avait pas empêchée de s'y essayer un soir de répétition quand il leur avait parlé de transfert d'énergie et fait tenter une expérience en ce sens. Il s'agissait d'attirer une personne vers soi en lui suggérant que les omoplates de l'une fussent des plaques de métal et les mains ouvertes de l'autre des aimants puissants. Chacun avait essayé sur d'autres et toutes avaient voulu tenter leur chance sur le frère Gervais avant que la pièce ne commence. À son tour, camouflée derrière lui, à l'insu de tous, Mariette n'avait pu se retenir de donner un vif baiser entre les omoplates du frère qui avait fait semblant de ne rien sentir... Elle avait osé en se disant que lui n'oserait jamais en parler à qui que ce soit. Et peut-être en rêverait-il le soir en s'endormant et peut-être que...

Cet épisode, Mariette ne l'avait pas raconté à Jocelyne qui, elle, lui faisait presque chaque jour des confidences sur l'état de son coeur et sa folie douce ressentie envers le jeune frère. Ça n'avait pas d'importance. Jocelyne ne lui en aurait pas voulu. Jocelyne n'en voulait jamais à personne et ne ressentait pas la jalousie.

Le geste du frère n'échappa point à l'autre jeune fille et elle fit même en sorte de bloquer la vue d'un tiers personnage, celui de Cléante, interprété par une adolescente déguisée en garçon, afin de protéger son amie qu'elle savait entrée dans un état second que seul l'amour, en tout cas elle le croyait, permet d'atteindre.

Elle n'eut pas à le faire longtemps, car ce fut au tour de Cléante d'entrer en scène, suivi d'Élise que le metteur en scène dut pousser, Jocelyne se trouvant alors dans état de catalepsie dont elle n'aurait peut-être pas pu se sortir seule.

*

Après la répétition, les deux jeunes filles se changèrent et reprirent leur costume de couventines puis rejoignirent leur groupe pour la prière du soir, la montée au dortoir, les ablutions nocturnes et la mise au lit. Par chance, elles étaient voisines de lit et en profitaient pour se parler à voix basse dans l'obscurité quand la soeur maîtresse de salle disparaissait dans sa chambre pour la nuit.

–T'as passé une bonne soirée ?

–Magnifique !

–Tout a bien été. Tu t'es pas trompée une seule fois.

–Toi non plus, Marie.

Mariette n'aimait guère son prénom et elle demandait aux filles de l'appeler simplement Marie.

–As-tu le goût d'en parler ou si t'aimes mieux dormir ?

–De la pièce ?

–Ben non... tu sais de quoi je veux dire.

–Du frère Gervais ?

–Qui d'autre, hein ?

–Il m'a touché les cheveux.

–J'ai vu.

–Comment ça ? C'était dans le noir.

–J'ai des yeux rayons-X.

–Toi, là.

–T'inquiète pas: ça va rester entre nous deux.

–Je sais que je peux te faire confiance.

–À la vie, à la mort.

Elle soupira puis reprit en chuchotant plus bas encore :

–Tu penses-tu qu'il... m'aime ?

–Je... je l'espère pour toi, mais...

–Mais quoi ?

–Mais je le sais pas. Faudrait que tu lui demandes.

–Tu folle ? Jamais je serais capable.

–Oui mais... peut-être qu'il te prenait pour sa petite soeur.

–Motadit, j'veux pas, bon!

–Fais pas le bébé pis demande-lui.

81

–Non, ça se peut pas. Pas moi. Ça peut pas m'arriver à moi, non.

–Ça arrive à tout le monde, l'amour, ça arrive dans toutes les vies humaines, ma vieille.

–Pourquoi tu me dis ça ?

–Ça: quoi ?

–Ben... ma vieille. Tu m'as jamais appelée de même.

–T'es plus vieille que moi... Tu sais bien que je ne te trouve pas vieille, voyons, Joyce.

–Sais pas, j'ai eu comme une drôle d'impression... C'est comme si moi, ça m'arriverait jamais de devenir vieille. Je veux dire une vieille femme comme ma grand-mère. Ça doit vouloir dire que je vais mourir avant... avant d'être vieille. Ah, mourir d'amour à quarante ans: ça serait le paradis, tu trouves pas ?

–Parle-moi donc pas de la mort, toi, j'ai le frisson. Pourquoi on parle de ça, on parlait de tes sentiments avec le beau Gervais d'amour.

–Moi, je dis qu'il m'aime pas: ça serait trop beau.

–Faut que tu lui demandes à la prochaine répétition. Parce que quand la pièce va être jouée, il sera trop tard. Tu le verras rien qu'au laboratoire et là, t'auras jamais la chance de lui parler seul à seul.

–C'est vrai, ce que tu dis. Mais j'aurais jamais le courage de mes... de... de...

Une voix pincée se fit entendre:

–Mesdemoiselles, il est défendu de parler au lit et vous le savez. Obéissez ou bien vous serez punie.

Et la soeur vint placer sa grosse personne habillée de noir entre les deux et tira un peu la couette de chacune pour qu'elle reprenne sa place dans son lit.

Quarante-cinq ans plus tard, Jocelyne se mit à bouger la tête sur l'oreiller. Il lui semblait qu'on tirait sur ses cheveux. C'était le coude de son mari endormi qui faisait cela...

Elle se dégagea sans tout à fait se réveiller. Mais quand Morphée la ramena dans ses bras chauds, le rêve de l'époque adolescente n'y était plus... Estompé dans la nuit profonde et la distance temporelle séparant ses sentiments d'aujourd'hui de ceux de son adolescence...

***

Chapitre 8

"Je lui demande; je lui demande pas. Je lui demande; je lui demande pas."

Jocelyne effeuillait une marguerite imaginaire, son corps adossé à un calorifère qui lui allait jusqu'aux reins et qui dispensait par tout son être une chaleur bienfaisante qu'en son esprit et en son coeur elle confondait avec celle de Valère (frère Gervais) derrière son dos, là-bas, en coulisse, en train de caresser doucement ses longs cheveux soyeux.

La jeune fille était pensionnaire au couvent de sa petite ville avec une soixantaine d'autres adolescentes d'environ son âge, peut-être de futures religieuses pour plusieurs d'entre elles, en tout cas l'espéraient les soeurs de la charité qui gouvernaient cet établissement et plusieurs autres dans la belle province catholique. Ses parents croyaient ainsi la protéger de certains dangers guettant une jeune personne de cet âge et surtout de ce goût de tout voir, de tout essayer, de tout explorer, sans même en mesurer les risques ou bien en les mesurant trop, au point qu'elle soit capable *de s'allumer tranquillement une cigarette, assise sur une caisse de dynamite, tout en disant à ceux de son entourage qui s'arrachent les cheveux à la voir faire: "Mais la caisse est fermée, voyons, donc, vous autres !"* *

une idée empruntée à Laurene Petit

85

Du couvent, elle pouvait se rendre à la maison à pied en moins de vingt minutes, mais le règlement l'interdisait, et parce que par sa nature, elle cherchait à plaire à tout le monde à la fois, et donc à ne déplaire à personne, pas question d'enfreindre les règles.

À son grand penchant pour la découverte, elle n'ôtait sa muselière et les chaînes de sa prison intérieure que dans le laboratoire du frère Gervais sans pour autant qu'il n'y paraisse aux yeux de ses compagnes, si ce n'est ceux de sa meilleure amie. Et bien entendu, elle voyageait dans le temps et par l'Europe à travers les personnages en arts dramatiques. Incarner Élise dans les circonstances présentes constituait la plus grande aventure de toute sa vie. Une formidable évasion dans l'ombre de la force tranquille du jeune religieux.

Mariette entrait par la porte de la grande salle, le nez rouge, la crémone bleue enserrant son cou, vêtue d'un lourd jacket d'étoffe brune. C'était un tout petit bout de femme juché sur ses patins blancs et qui marchait sur le treillis de bois protégeant le terrazzo des lames aiguisées tout autant que les lames elles-mêmes du terrazzo abrasif.

—Tu viens pas patiner, Joyce ? s'écria-t-elle. Soeur Citrouille va te réprimander encore une fois.

—Elle sait même pas que je suis là. Ça lui fait pas mal.

—Elle passe son temps à compter les pensionnaires, tu sais ça.

—C'est justement, elle sait pas compter pis elle recommence tout le temps.

—Il fait trop froid dehors.

—À patiner, on se réchauffe, voyons!

—Regarde-toi: t'as la roupie au bout du nez.

—La quoi ?

—La roupie... la goutte...

—Ben oui, mais c'est normal.

—Moi, j'aime bien mieux mon calorifère.

—Là, je comprends pas. D'habitude, t'es la première à

courir dehors, à tout faire les exercices, à jouer au ballon volant, à faire de la course à pied, à... à... à...

Jocelyne haussa une épaule et son regard se perdit dans le lointain:

–Oui, mais aujourd'hui, j'aime mieux me réchauffer... après le calorifère.

Mariette mit sa tête en biais et plissa les paupières :

–Ah, je le sais, là, toi... t'es en train de penser à qui on sait, hein, c'est ça ?...

–Pis ? J'ai le droit de penser à qui je veux, moi.

–T'as pas rien que le droit de le faire, mais t'as le droit d'aimer ça itou.

Jocelyne soupira :

–Et j'aime ça gros comme le mont Bleu là-bas, Marie. Ça tourne dans moi, si tu savais.

–C'est comme le vertige ?

Jocelyne ferma les yeux et se mit à dodeliner de la tête. Et de sa voix la plus expressive, dit :

–Les papillons, les petites lumières... et c'est beau... et c'est bon... et c'est chaud en dedans...

–Vas-tu lui demander ?

–Ouiiiii... N... non...

Mariette s'appuya à son tour au large calorifère qu'elle trouva brûlant pour les mains :

–Ouch! c'est chaud, ça.

–Ça brûle merveilleusement, fit Jocelyne qui gardait les yeux bien clos.

–C'est oui ou c'est non ?

–C'est...

Joyce souleva, et trois fois plutôt qu'une, sa poitrine qui ne laissait pas voir de rondeurs comme toutes les autres jeunes filles de son âge. Son chandail gris ne mettait pas non plus ses seins naissants en valeur.

–Réponds! s'impatienta Mariette.

–C'est... non.

Et la jeune fille retrouva sa lucidité. Ses yeux reparurent: grands, luisants, déterminés. Plus question d'aimer ainsi un religieux de dix ans son aîné. Plus question qu'il lui touche les cheveux ou les mains. Ce n'était pas possible. À l'impossible nul n'est tenu, avait suggéré son inconscient à sa conscience. Il lui fallait retomber sur ses pattes. Comme un chat. Cesser de rêver et aller patiner sur ses deux pieds...

Devant son amie abasourdie, elle courut de son pas de biche à sa case, quérir ses patins et s'habiller pour sortir. Et elle revint bientôt, revêtue d'un long jacket bleu doublé d'une peau de mouton, qui donnait à son corps l'apparence d'une femme adulte. Elle prit place sur une chaise de tôle devant le calorifère où l'attendait encore Mariette qui entre-temps avait pu aller aux toilettes.

–On va en avoir, du fun, tu vas voir, Marie.

–On va faire la course ?

–Oui... et on va s'imaginer que la bande du milieu, à l'autre bout de la patinoire, c'est le frère Gervais.

–Chut! on pourrait nous entendre.

–Que le ciel et la terre nous entendent! On est des filles libres, libres comme l'air!

Et elle se mit sur ses jambes et prit une longue, longue et profonde inspiration...

Près d'un demi-siècle plus tard, Jocelyne respirait en profondeur dans un lit où se trouvait un homme vieillissant, rompu, bourré de petits bobos, et elle-même avec son corps d'adolescente et sa santé de fer.

***

Chapitre 9

–Docteur, vous êtes mon idole !

–Hein, comment ça ?

–Vous savez tant de choses que j'ignore.

–Mais, mademoiselle Larivière, c'est une question d'âge. J'ai quand même vingt ans d'avance sur vous, n'est-ce pas ?

La voix de la jeune femme se fit passionnée, convaincue:

–Mais il me faudrait cent ans pour tout savoir ce que vous savez.

Pris au dépourvu, l'homme rougit comme une fraise mûre. Par chance qu'il ne se trouvait personne dans la salle d'attente à ce moment-là. À quarante-trois ans, ce père de famille de six enfants était le parfait exemple du professionnel rangé, bien établi, discipliné, distant, ordonné. Et pour toutes ces raisons, il devenait un défi pour sa jeune employée qui désirait, en conformité avec sa nature profonde, le charmer sans le séduire trop non plus. Après trois années à son emploi, elle le connaissait bien assez pour savoir qu'il ne lui ferait jamais d'avances et que la simple idée d'une telle chose effleurant son esprit l'aurait fait rougir depuis le cuir chevelu jusqu'au dessous des pieds.

Ce jour-là, spontanément, sans même l'avoir planifié,

l'occasion et l'herbe tendre la poussant, voici que la jeune femme lançait cet hommage flatteur rien que pour voir la réaction du personnage.

L'homme n'avait pas d'autre choix que celui de se retrancher derrière une muraille de modestie :

–Vous savez, les connaissances sont dans les livres. Le soir, au lieu de regarder la télé et toutes ces choses comme... *La lutte* ou bien *La rigolade*, moi, je lis.

Il y avait un léger tremblement dans la voix du docteur Ouellette. Elle le perçut et voulut en remettre un peu :

–Je vous pense! Vous m'épatez! Oui! Je vous le dis! Tous les jours, je me dis: il ne pourra pas m'arriver avec quelque chose de nouveau... et quelle belle culture que la vôtre, docteur! J'en reviens pas!

Debout dans son sarrau blanc, cravate bien nouée autour du cou, le regard au-dessus de ses lunettes, tête un peu penchée vers l'avant, le médecin changea de tactique de défense:

–Là, je crois que votre augmentation, mademoiselle Larivière, ne vous a pas satisfaite. En ce cas, j'ajoute un dollar par jour, mais c'est tout.

Prise au dépourvu à son tour, elle gémit :

–Non, non, c'est pas ce que j'ai voulu... que j'ai voulu dire... Je... je... m'étonne de votre degré de culture, un point c'est tout. J'avais aucune idée derrière la tête en disant ça, docteur, aucune, vraiment.

Elle eut beau faire les grands yeux en peine, il rajouta en rentrant dans son bureau :

–Vraiment ? Aucune ? Tant pis, ça vient de me coûter cinq dollars par semaine. Mais aucune autre augmentation cette année, par exemple, chère mademoiselle.

–Ahhhhh! Mosus, Jocelyne, tu viens de te faire avoir, se lamenta la jeune femme devant personne pour l'entendre.

*

Ce soir-là, elle sortait avec son cher Albert. Comment lui avouer qu'elle avait reçu une nouvelle augmentation de salaire à peine une semaine après la première ? Lui qui avait

90

pris ça un peu de travers à l'autre, risquait cette fois de faire une bouderie de jalousie. Quelle raison lui donner ? Lui dire qu'elle avait voulu flatter son patron sur le sens du poil? Impensable! Impossible! Piégée à son propre piège!

La meilleure défense, c'est l'attaque, avait-elle lu et entendu déjà. Mais comme elle ne voulait pas lui déplaire, il lui faudrait mener une attaque positive, amicale voire amoureuse sur la personne de son ami de coeur.

C'est avec le plus endimanché de ses sourires qu'elle le reçut à la porte de chez elle ce vendredi-là. Et avec un nouvel ensemble coquet, presque coquin sur le dos. Son patron lui avait donné une heure de congé en fin d'après-midi; elle en avait profité pour se rendre au centre-ville magasiner un peu, ce qu'elle adorait faire comme tant de femmes de tous les âges.

C'était l'automne et il faisait noir dehors à cette heure. Pour mieux l'éblouir quand il entrerait, elle avait allumé le néon rond du salon. Quand il frappa à la porte et qu'elle lui ouvrit, elle se recula aussitôt sous prétexte de crier son arrivée à son père, ce qu'elle fit, et son geste la mit au beau milieu de l'éclairage blanc de la pièce.

Le jeune homme resta un moment interdit à promener son regard sur ses vêtements: une robe délicieuse si éclatante, blanc cassé depuis la taille fine jusqu'au cou enlacé par le collet, et à carreaux blancs et rouges dans la jupe évasée. Une jambe un peu devant l'autre, le tête légèrement en biais ayant l'air de vouloir dire 'coucou, c'est moi', lui donnaient l'allure d'un mannequin en parade. Quand elle sut qu'il avait bien vue et revue, de ses pieds chaussés de petits souliers noirs à la tête dont les cheveux étaient noués à l'arrière en queue de cheval, elle s'exclama toute candide:

–Comme je suis contente de te voir !

Ce qui voulait dire en fait: es-tu content de me voir ?

Il parut demeurer de glace :

–Ouais, on fait de l'argent, on fait de l'argent !

Ce fut comme s'il lui avait dit qu'il la voyait toute nue. Devinait-il sa deuxième augmentation de salaire en l'espace

91

d'une semaine ? Non... pas possible... C'était sans doute sa manière de dire qu'il la trouvait jolie. Malgré cette pensée, elle n'était pas satisfaite: il ne l'avait pas dit. Cela jeta une ombre sur sa joie et sur son plan pour le charmer.

Alors elle se composa un point d'interrogation dans l'oeil et le ton :

—Tu dis ça pourquoi, là ?

—Ben... t'es habillée en neuf ?

—Ah, ça ? C'est rien. Ça faisait un bout de temps que... je m'étais rien acheté. J'avais plus rien à me mettre sur le dos. Ben viens, reste pas dans la porte comme ça! Ah, que j'avais donc hâte que t'arrives! J'ai une bonne nouvelle et c'est à toi que je voulais la dire en tout premier. Même papa le sait pas encore...

Elle avait fait des yeux si pétillants qu'elle était sûre de l'embraser; mais il eut une réplique plutôt inattendue :

—Pas une autre augmentation de salaire toujours ?

Elle s'écria à voix retenue :

—Hein !?!? Qui c'est qui te l'a donc dit ? T'as deviné ? J'en reviens pas. M'as-tu vu ça dans les yeux, Bébé ? T'es extraordinaire!

Elle n'avait pas prévu lui en parler aussi vite, mais il avait mis dans le mille et il aurait été bien plus compliqué de louvoyer sur la question, de tourner autour du pot avant de l'amener à plonger dans une réalité nouvelle.

Le visage du jeune homme s'assombrit. Ce qu'elle avait voulu éviter se produisait: il devenait bouder.

—Bébé... j'aime pas trop ça devant le monde.

—Le monde ?

Il allongea le cou :

—Ton père de l'autre côté ?

—Lui ? Non, il est en haut. Il nous entend pas si on parle pas en criant.

Elle sentit le besoin de se rapprocher de lui et pour cela, s'éloigna un court moment afin d'éteindre la lumière. De retour devant lui dans le clair-obscur créé par l'éclairage de la pièce voisine traversant les deux portes entrebâillées, elle fit la voix douce :

–Qu'est-ce tu veux je te dise ?

Tiraillé entre l'image d'elle qui lui restait en tête, sa silhouette aimée dans la pénombre, son parfum envoûtant d'un côté et la main du docteur Ouellette dispensant des augmentations forcément intéressées de même que la taille du cerveau de cet homme, Albert ne savait plus où donner du coeur. Elle répéta à son oreille dans un souffle chaud :

–Qu'est-ce tu veux je te dise ?

–Comment ça se fait: deux augmentations dans une semaine ? As-tu dit que tu t'en allais ?

–Pas du tout. Es-tu fou ? fit-elle spontanément.

–C'est encore pire que j'pensais.

Elle était flattée de le sentir jaloux, mais inquiète de sa réaction :

–Sais-tu, je me demande si quelqu'un lui aurait pas dit que je risquais de m'en aller... s'il ne me payait pas mieux. Et puis ta Jocelyne, elle doit faire un bon travail, tu penses pas ?

Elle le prit par un bras et bougea ses mains tout autour. Le pauvre jeune homme se sentait comme un fragile esquif traversant une terrible tempête sur l'océan de sa vie. L'ouragan Jocelyne était à le démâter. Il ressentait une peur innommable en même temps qu'une folie merveilleuse l'envahir.

–Ma Jocelyne ?

–Ouiiiii, ta Jocelyne.

Sans crier gare et sans même s'en rendre compte, il lui jeta alors un seau d'eau froide en plein visage :

–On devrait se marier.

Elle prit le parti de le considérer comme une blague et elle éclata dans un grand rire sonore et inquisiteur à la fois.

–Pas besoin, Bébé, d'abord que je suis déjà ta Jocelyne.

–Au contraire, tu pourras jamais l'être pour de vrai tant

qu'on se sera pas mariés. Moi, c'est ça que je pense.

–Tu me fais des farces et j'aime bien ça. Pour en revenir à l'augmentation, là...

–Si t'étais mariée avec moi, le docteur t'aurait pas donné deux augmentations dans moins d'une semaine.

–Tu me fais de la peine, Bébé. C'est comme si tu me disais: Jocelyne, t'es pas si bonne que ça à ton ouvrage. Tu mérites un plus petit salaire.

–Non, c'est pas ça que je veux dire. Pas ça...

–Tiens, viens on va s'asseoir et on va en parler. On va parler de tout ça tant que tu voudras. Viens Bébé... T'aimes pas ça que je t'appelle Bébé ? Tu m'as dit que t'aimais ça l'autre fois.

–Sais pas... Si je m'appelais Arthur, tu m'appellerais-tu Ti-Thur ? Ou André... Dédé ?...

Il y avait un divan dur recouvert d'un tissu aux laines piquantes sur le mur du fond et elle l'y conduisit.

–Veux-tu que je fasse plus de chaleur ? Je vais mettre du bois dans le poêle.

–Non, j'ai chaud en masse. Mais toi...

–Toi, tu vas me réchauffer, mon grand bébé d'amour.

Quand ils eurent pris place, elle se tut afin qu'il parle le premier, mais il resta obstinément dans l'attente et c'est elle qui dut jouer une carte:

–Pour l'histoire de se marier, tu sais... on pourrait pas avant un bout de temps. Y a mon père qui est malade. Ma mère est morte. Je dois m'occuper de lui. C'est un grand malade. Le coeur, c'est pas rien, tu sais.

–Ça nous empêcherait pas de s'occuper de lui. On le ferait pas mal mieux à deux.

Pauvre Jocelyne, elle se sentait en train de plonger dans un précipice. Certes, elle avait jugé Albert comme le mari idéal, mais pas pour tout de suite. Il lui semblait avoir des choses à vivre, des voyages à faire, d'autres gens à connaître. La corde au cou pour une jeune femme qui gagnait bien assez pour se payer toutes les robes qu'elle voulait ou presque:

quelle drôle d'idée!

Lui avait le goût d'une famille organisée, d'un toit qui lui appartienne, d'une épouse qui lui appartienne aussi et à lui seul, pas une femme à partager avec un médecin aux allures de Rock Hudson. Elle soupira. Il dit, attristé :

–Là, j'ai comme envie de me demander si tu te sers pas de moi en sortant avec moi.

À son tour, la jeune femme s'attrista :

–Là, je vois pas pourquoi on se chicane. J'avais une belle nouvelle à te dire et ça tourne au vinaigre. T'es jaloux...

–C'est le signe que je tiens à toi, c'est tout.

Jocelyne se sentait si inconfortable. Elle n'avait pas le goût de l'engagement, surtout pas aussi rapidement. Par contre, elle craignait qu'il s'en aille et elle ne le voulait pas puisqu'elle était en amour. Quel agaçant dilemme!

"La meilleure défense, c'est l'attaque," lui dit sa petite voix intérieure.

–C'est toi que je veux, mon grand bébé, c'est toi... On se mariera dans deux ans... Si tu acceptes, j'accepte aussi... Deux ans... Le temps de se connaître... Tu es content, là ?

–Si longtemps ? On s'est même jamais embrassés.

Elle se colla à lui :

–Tiens, même si c'est avant le temps, je te donne le bec du jour de l'an...

Et pour un baiser fugace, aérien, elle posa ses lèvres sur celles du jeune homme qui, n'y tenant plus de tous ces désirs réprimés, coupés à l'égoïne, tronçonnés à la scie, assommés à coups de marteau, domptés à la hache et cloués au fond de son être, s'empara d'elle, si légère et si mobile, et l'écrasa contre lui, cherchant avec une voracité fébrile sa bouche trop vite enfuie.

Ce fut leur premier baiser.

Ils s'épousèrent deux ans plus tard comme elle l'avait voulu. Entre-temps, elle en charma plusieurs autres qui vinrent au bureau ou qu'elle croisa sur son chemin, mais elle se garda bien de le lui faire savoir ou même de laisser le moindre doute naître en lui quant à sa fidélité amoureuse.

Et naquit Marie le six juin 1964, une autre née sous le signe des Gémeaux. La petite ne mit pas grand temps à sourire à tous ceux qui s'approchaient d'elle...

***

Chapitre 10

–Une semaine dans ma vie ?

–Une semaine dans votre vie.

–Pourquoi pas un mois, un an tant qu'à faire, docteur ?

–Une semaine suffira... pour commencer.

Et le médecin à l'autre bout du fil se mit à rire.

–Tout ce que je ferai dans ma semaine ? Absolument tous les détails ? Vous y pensez pas, docteur Leroux ?

Au téléphone, elle le vouvoyait tandis que dans son bureau, elle le tutoyait et cela, sans même s'en être rendu compte.

Jocelyne marchait de long en large à moitié dans le salon à moitié dans la cuisine et parfois regardait Albert dans les yeux comme pour qu'il ne perde pas un mot, une intonation du docteur, même s'il lui était impossible de les entendre puisqu'elle parlait à l'autre via son téléphone sans fil.

Son mari à la table sondait la chance, car on était jour de casino. Il savait pourquoi le médecin appelait, il savait que sa femme résistait maintenant au phénomène de non-vieillissement en ce qu'elle désirait reprendre de l'âge pour le rattraper un peu, lui, dans ses malaises, dans son évolution tranquille, et pour ne pas finir par être dépassée par ses propres enfants. Comment imaginer que Marie qui déjà passait pour la soeur jumelle de sa mère en vienne bientôt à donner l'image de son aînée ? La fille plus vieille que la mère: du jamais vu dans l'histoire du monde. Et ça leur arriverait à eux si la médecine ne trouvait pas la clef de l'énigme pour y remédier.

Longtemps Albert avait été heureux tout comme Jocelyne à cause du phénomène, mais malgré ses dires fréquents, au fond de lui-même, il était persuadé, et ce depuis quelque temps, que sa femme avait raison de vouloir ne plus être aussi jeune à son âge.

Et le personnage, en dépit de tout son optimisme, sentait que leur bonheur subissait une érosion de plus en plus évidente chaque jour. Ah, les dehors semblaient briller, mais les intérieurs s'assombrissaient et la durée des événements heureux diminuait comme celle des jours l'automne. Il y avait un fantôme noir qui rôdait autour de tout ce qui les concernait, de tout ce qui leur arrivait. Un bon repas au restaurant et le spectre traversait les regards. Une soirée au casino et l'indésirable les accompagnait. Un rapport amoureux et cette chose, telle un démon, prenait une place à l'intérieur du plaisir pour le miner, l'infirmer. Cette entité possédait plus que le substantif de non-vieillissement, elle devenait vivante et menaçante: elle avait ses raisons, ses impulsions voire son autonomie de pensée. C'était comme une maladie à laquelle on prête une existence propre en dehors de soi-même si elle est en soi... et de soi. Comme son cancer que John Wayne désignait sous le nom de Big C. Sorte d'animisme qui fait dire par les battants à leur mal incurable: tu m'auras pas, toi, Cancrelat (pour cancer), Diabolo (pour diabète) ou Méchant Truc (pour quoi encore?) !

Un an plus tôt, on avait baptisé le non-vieillissement de Jocelyne du nom de Jouvence et ce faisant, on lui avait définitivement donné une identité propre. Sans doute une erreur. Mais qu'on n'avait pas mesurée ou sentie.

–Le docteur Senoussi a besoin de ces données, madame Larivière. Il travaille de concert avec un autre chercheur américain et là, ils se penchent véritablement à plein temps sur votre dossier. Et ils demandent tous ces renseignements. D'ailleurs, le docteur Senoussi lui-même va vous appeler dans les heures à venir. Vous parlez bien l'anglais ?

–Je me débrouille. Mon mari parle couramment, lui.

Albert haussa une épaule et mit sa tête en biais, moue au visage, signifiant: elle exagère les talents des autres, comme toujours. La femme enchaîna :

–Quand vous dites tout, ça veut dire les gestes, les petits événements. Et qu'est-ce que petit veut dire. Par exemple, si mon mari a un fil blanc sur son veston et que je l'aperçois et l'en débarrasse, est-ce que ça compte ?

–Ça, je ne croirais pas. Mais le docteur Senoussi vous expliquera où ça doit s'arrêter. Tiens, je vais vous donner un exemple assez... cru. Disons que vous avez un rapport intime avec votre époux à dix heures du soir et que ça dure jusqu'à dix heures et demie, pas besoin de tous les détails de votre intimité.

–C'est en plein ce que je voulais savoir, docteur. Je ne pense pas que la façon dont on s'y prend pour faire ça ait un rapport quelconque avec mon non-vieillissement.

–Ni moi non plus, vous pensez bien.

–En ce cas-là, je ne vois pas d'objections. Toi, Albert ? Un moment, docteur, je parle à mon mari.

Elle fit en sorte que le médecin entende en se rapprochant de la table et en parlant haut et fort :

–Faut que je tienne le journal de tout ce que je vais faire durant une semaine. Qu'est-ce que t'en penses, toi ?

–Si c'est nécessaire à la recherche, y a pas à hésiter. C'est... clair.

Jocelyne s'adressa de nouveau à son interlocuteur au bout du fil :

–Qu'il me téléphone, le docteur Senoussi !

–Je pense qu'il va vous demander d'entrer à mesure vos faits et gestes sur votre ordinateur et de les lui envoyer à tous les jours.

–Pourquoi pas une caméra pour un 'reality show' tant qu'à

faire ?

–Ma foi, madame Jocelyne, ce serait peut-être une bonne idée, vous ne pensez pas ?

Et le médecin rit une fois encore puis ajouta :

–Non... mais vous comprenez que tout est important quand une 'maladie' si on peut appeler ainsi votre phéno-mène...

–Mon mari et moi, on l'a baptisé Jouvence.

–Bon... Donc ce que vous mangez par exemple. Peut-être faites-vous un excès en quelque chose... je ne sais pas... sup-posons que vous dévoreriez des cornichons dans le vinaigre par exemple... ça pourrait vous donner des calculs rénaux... et aussi ça pourrait avoir un lien... avec... Jouvence...

–Bon. Si on veut trouver une piste de solution... Mais je ne vois pas ce que je fais ou mange qui pourrait être bien différent d'une autre... disons de bien d'autres. Je mange comme mon mari. Rien d'exclusif à moi, là. L'exercice phy-sique: comme bien des gens qui vont au gym. Moi, je n'y vais même pas. Du tennis au centre sportif... On fait du tapis roulant à la maison...

–Je vous arrête, je vous arrête, ce n'est pas moi, le spé-cialiste de la question, je ne suis pas le chercheur non plus. Je n'ai fait que vous mettre en relation avec ces 'savants' si on peut s'exprimer ainsi. Je dois retourner à mes patients. Attendez l'appel de New York aujourd'hui.

–Bon, merci alors !

–À bientôt !

–Bye !

Elle revint à la table et y posa l'appareil :

–Et la chance, comment elle est, aujourd'hui ?

–Elle n'est pas loin, mais elle est pas là encore d'après les cartes.

–Bon, moi, c'est mon jour ou non ?

Penchée au-dessus de lui, elle posa son regard sur les cinq cartes qu'il tenait, puis et surtout sur ses deux mains calleuses, vieillissantes, à la peau remplie de ridules. Et elle laissa échapper un profond soupir avant de s'asseoir à la gauche de son homme. Il attribua la cause de son souffle à ce qu'elle avait vu dans son jeu à lui, soit rien de valable de ce deux de coeur, de trois de pique, ce cinq de carreau, un dix de pique et un valet de trèfle. Une main insipide et dérisoire.

Jocelyne quant à elle souleva les siennes et y trouva trois as. Pouvait-il s'agir du docteur Leroux, du docteur Senoussi et du chercheur américain dont elle ne saurait le nom qu'un peu plus tard et qui était le docteur Alabi ?

–C'est peut-être aujourd'hui, mon jour, après tout, dit-elle après plusieurs mains gagnantes.

Et pourtant, elle n'en avait pas le sentiment...

*

Non seulement elle s'entretint avec le docteur Senoussi mais aussi avec le chercheur dans un appel-conférence à quatre. Car Jocelyne voulait que son mari prenne la ligne aussi pour le cas où elle buterait dans son anglais boiteux. Il fut dit à peu près les mêmes choses à propos du phénomène de non-vieillissement dont elle se disait 'victime' et dont eux la disaient 'élue' que lors de ses précédentes conversations avec le docteur Leroux.

Toutefois, une dimension plus profonde apparut et qui n'avait pas ou peu été touchée jusque là: le vieillissement psychologique de la femme. Le phénomène n'affectait-il que son physique ou bien restait-elle jeune de caractère donc jeune de l'intérieur aussi ?

Elle fit un commentaire :

–J'ai la 'sagesse' des gens de mon âge chronologique. N'est-ce pas, Albert ? J'ai des goûts communs aux gens de mon âge.

Comme elle ne laissait pas son mari répondre à sa propre question, le chercheur la reprit en ses mots. Il lui fut dit par Albert :

–Le problème, c'est que souvent, j'attribue ses gestes à sa jeunesse... Je veux dire que son apparence physique joue comme un filtre ou un prisme déformant.

–Nous voilà au coeur du sujet, dit le chercheur. Et c'est la raison pour laquelle nous voulons un emploi du temps détaillé sur au moins une semaine, peut-être deux. Nous allons comparer avec d'autres études du genre...

Senoussi interrompit son collègue:

–Et il y aura des questions pour que vous donniez plus de détails sur les événements, sur vos faits et gestes...

Jocelyne prit un ton inquiet:

–Mais le docteur Leroux disait qu'on se passerait des détails superflus.

–C'est le docteur Senoussi et moi qui savons les choses que nous avons besoin de savoir, fit Alabi, un personnage d'autorité et de haute compétence.

–Je ne veux pas servir de cobaye...

–Ce n'est pas ça, dit le chercheur, la voix à l'impatience. Pas ça du tout. Si on pouvait trouver la clef de votre cas, vous pourriez être délivrée des problèmes qu'il vous cause et que vous dites s'amplifier avec les années, et d'autre part, nous pourrions réduire considérablement la maladie sur cette pauvre terre et répandre un nouvel espoir comme une traînée de poudre chez des millions de personnes partout dans le monde. D'une pierre non pas que deux coups, mais des millions. Pourquoi ne vous taisez-vous pas et ne collaborez-vous pas à cent pour cent avec la science ?

–Nous sommes les plus avancés dans ce genre de recherche, enchérit le docteur Senoussi qui voulait aussi nuancer le ton de son collègue.

Albert prit la parole :

–Jocelyne est capable de comprendre ces choses. Elle a l'intelligence du coeur qu'il faut pour ça. Mais elle a le sens critique élevé. C'est une sceptique naturelle toujours en quête de vérité, d'une foi... Il faut la comprendre comme elle est et l'accepter... je vais dire l'aimer comme elle est.

Ce fut cette parole la plus convaincante pour la femme qui alors pensa à cette première main reçue au poker-sondage du début de l'après-midi, et se souvint des trois as. Elle y avait pris l'un d'eux pour le docteur Leroux, mais c'était sûrement son mari Albert, toujours si fiable, toujours si serein, toujours si reposant.

–D'accord, je ferai comme vous voulez, messieurs.

On lui donna les instructions requises. On trouva qu'elle possédait un magnétophone enregistrant au son de la voix et s'arrêtant quand le silence revient. Le mieux, dit Albert, serait qu'elle utilise un micro-cravate relié au petit magnétophone en question qu'elle fixerait à son dos ou aurait dans une poche ou ailleurs sur elle. En peu de temps, elle oublierait la gêne que risquait de lui procurer l'appareil au début. Et elle ne perdrait rien dans sa mémoire de ses faits et gestes. Et une fois ou deux par jour, elle transférerait les données ainsi recueillies sur l'ordinateur et par courriel à New York. La seule condition qu'elle voulut y mettre: que le test ne commence que dans trois jours, soit le lundi suivant. On négocia et l'on obtint qu'elle fasse son premier rapport le dimanche à venir. Ce qui fut fait le lundi avant-midi.

*

Dimanche, le vingt-quatre...

Réveil à sept heures. Mauvais goût dans la bouche. Malaise dans les sinus. Peut-être un rhume à venir. Bébé (surnom de mon mari) dort encore. Je bâille à deux reprises et vais à la salle des toilettes. Long pipi. Je pense que je n'ai pas mon appareil sur moi. Mais comment l'avoir en prenant mon bain ? Je retourne dans la chambre et m'assieds sur le lit. Albert continue de dormir. Nous sommes rentrés tard hier soir et il était très fatigué. Pas moi. Mais ce matin, je ne suis pas trop éveillée...

Bain pris à sept heures et quinze. Durée: vingt minutes. Mousse utilisée. Sels de bain. Lavage de tête.

Cheveux séchés au séchoir. Brossés. Dents brossées ensuite. Pas de bruit dans la chambre. Albert dort toujours.

Nous attendons de la visite aujourd'hui. François vient. Avec Danielle, sa femme naturellement, et leur enfant Benjamin qui est comme mon enfant, et que j'ai gardé le jour durant des années. Je me souviens, un jour, quelqu'un que j'avais au téléphone en l'entendant crier –il était très jeune– m'a demandé si je gardais une otarie à la maison. Souvent ensuite, j'appelais le petit Benjamin mon otarie.

(*New York: –Qui est François par rapport à vous?*

Jocelyne: –Mon fils.)

8h Je vais à la cuisine. Je prépare le café. Quelques minutes passent. Dois-je réveiller Albert qui dort si profondément ?

Je bois la moitié de ma tasse. Et ouvre la télé dont je garde la volume au plus bas pour ne pas déranger mon mari endormi. Et là, je pense à installer sur moi le magnétophone portable et le micro-cravate, ce que je fais du mieux que je peux. J'ai un peu de difficulté, mais je ne vais pas réveiller Albert pour ça....

(*New York: –Prenez-vous toujours ce soin attentif de votre mari?*

Jocelyne: –Oui, je le pense. Il vous le dirait...)

On annonce du beau temps pour toute la journée. Mais assez froid. À cette date, l'an passé, la neige était partout. Cette année, c'est la terre nue et froide. Mais des températures au-dessus de la normale.

(*NY: –Pas besoin de tels détails. Tenez-vous en à vos faits et gestes!*)

8h 30 J'entends du bruit venir de la chambre à coucher. Mon mari va aux toilettes. Il me crie de loin pour savoir si le café qu'il sent est prêt. Je réponds que oui. Il s'amène. Nous préparons un déjeuner. Oeufs frits, jambon, rôties et confitures de fraises. Et ce faisant, nous parlons de tout et de rien. Il me raconte qu'il a débranché un fil dans le moteur de la fourgonnette et que lorsque Benjamin viendra l'aider, il fera en sorte de faire trouver le problème par l'enfant. Je trouve que c'est malhonnête sur les bords. C'est lui donner l'illusion de quelque chose, c'est lui mentir. C'est comme... attendez... de lui faire fermer les yeux et imaginer le vent... et de lui souffler au visage pour lui en donner l'illusion... Mais Bébé et moi, on ne pense pas toujours la même chose quand il est question de la tricherie. Par chance qu'au-delà de certaines limites, il ne triche pas.

(*NY: –Les commentaires sont superflus.*)

8h 50 Le téléphone sonne. Je vais répondre. C'est notre petit Benjamin qui est debout et qui voulait me parler. Ses parents dorment encore. Après tout, c'est dimanche et qui, à part moi, ne fait pas la grasse matinée ce jour-là? (*Je n'en reviens pas de tout ce qu'on peut faire dans une journée. Il faudrait un livre au complet pour tout dire, les réflexions surtout. Mais tout ça n'a pas l'air pertinent pour votre recherche...*)

9h On remet de l'ordre dans la cuisine. Et tous les deux, on retourne à la chambre à coucher. Albert s'en va prendre un bain. Il me demande pour faire l'amour. Je l'attends au lit. C'est la journée qui se prête le plus à notre vie intime. Lui est généralement trop fatigué le soir. Et...

9h 45 Je retourne à la salle de bains et me maquille. Produits de maquillage de marque Marcelle. Parce qu'ils sont allergènes et que j'avais tendance à avoir des éruptions sur la peau du visage. Un petit feu sauvage parfois... Leur emploi est bon en ce sens. Mais ce n'est tout de même pas ça qui m'empêche de vieillir.

(*NY: –C'est à nous de trouver les causes.*)

10h 25 Je vais écouter de la musique et lire un roman que j'ai commencé il y a deux semaines. Ça s'appelle *Tremble-terre* et c'est ésotérique sur les bords. Mais surtout historique. En tout cas, ça dépayse de lire ça même si l'action se passe chez nous. Le temps nous dépayse. Le temps inconstant.

(*NY: –N'en mettez pas tant.*)

11h J'ai entendu vaguement mon mari sortir de la maison. Maintenant, je le vois qui parle avec notre voisin de gauche, un personnage réservé mais qui me fait les yeux doux depuis vingt ans à l'insu de tous. Je ne l'ai jamais encouragé pourtant. Peut-être que c'est sa façon de regarder les autres femmes que la sienne; mais je ne le pense pas. Mais depuis cinq ans, il ne sait plus trop sur quel pied danser. Il a l'air de se sentir dépassé par mon état. Je le sais par les propos de sa femme et par ses yeux quand il me regarde. Ses cheveux sont tout blancs et je fais exprès de les regarder avec intensité quand l'occasion, rare, se présente de lui parler.

12h   On a décidé de manger des sous-marins ce midi. C'est moi avec ma petite voiture qui vais les chercher au restaurant vu que la fourgonnette est 'débranchée' pour ainsi dire afin de 'tromper' notre petit Benjamin. Là-bas, en attendant derrière le comptoir, j'ai parlé avec la petite-fille de Mariette, mon amie de longue date. On a fait du théâtre ensemble au couvent, Mariette et moi. Elle était en amour avec un religieux. Mais elle tenait ça caché dans son coeur. Quelle époque que ces années 50 !

12h 30   On mange à la maison tout en écoutant de la musique. Et on garde le silence. Chacun pense, je le sais bien, à Jouvence et au contenu de mon journal quotidien. Bébé refuse d'y participer ou même de le lire. Je voudrais qu'il soit avec moi. Il m'a dit que c'était précisément pour cette raison qu'il ne voulait pas le lire. Pour que je m'y livre à fond sans crainte d'une mauvaise interprétation de sa part. C'est un homme exceptionnel, au fond bien plus exceptionnel que sa femme, qui dira le contraire ?

(*NY: –Nous.*)

13h 10   Nous faisons la sieste. François et les siens ne doivent pas être là avant quinze heures. Ils vont souper avec nous à la maison. Je commencerai à préparer de la bouffe tout à l'heure, avant et après leur arrivée.

Le téléphone sonne. Je réponds au lit. Bébé semble faire dodo. C'est Benjamin. Il m'avertit qu'ils vont venir bientôt, qu'ils s'apprêtent à partir de la maison chez eux. Mais c'est en fait pour me dire qu'il a hâte d'être là. Ils n'arriveront pas tout de suite, c'est sûr. Ils iront voir Mylène (que j'appelle My) en passant. My ne vient pas beaucoup nous voir de ce temps-là. Toujours occupée, cette chère My. Dix fois comme elle peut en faire. Comme moi à son âge. Suis plus tranquille aujourd'hui. Dans ce sens, j'ai vieilli. Ou bien c'est la retraite qui me donne plus de temps à moi.

13h 30 Je me lève. Je remets le magnétophone dans mon ceinturon. C'est un peu achalant, mais je vais m'y habituer puisqu'il faut que je le porte toute la semaine. Quand je veux prendre une habitude, rien ne m'en empêche; quand je veux perdre une habitude, rien ne m'en empêche non plus. Quand j'ai voulu cesser de fumer il y a vingt ans, j'ai réussi à force de volonté... et d'un peu d'aide, il faut bien que je l'avoue. Mais bon... j'ai l'impression d'en dire trop...

(*NY: –Non. Quand ça vous apparaît avoir un lien avec votre phénomène de Jouvence, dites tout ce qui vous vient à l'esprit. Nous ferons le tri. Nos ordinateurs analyseront les données. On s'en occupe. Demandez-vous toujours si c'est pertinent: ainsi, toutes vos facultés seront mises dans la recherche et vous serez non seulement une patiente, mais une patiente active. Et le résultat n'en sera que bien meilleur.*

JL: –Merci.)

Femme de tête tout autant que femme de coeur, Jocelyne Larivière était capable de discernement. Sensible à cette demande de New York, elle ferait elle-même un meilleur tri des données par la suite. Il lui arriverait toutefois dans la semaine de se faire trop sèche. On la rappellerait à l'ordre et à un juste milieu qu'elle garderait jusqu'à la fin de la cueillette de données.

13h 40 J'ai bien le temps pour une demi-heure de méditation. Je prends place dans un fauteuil inclinable, croise les mains et me laisse aller tout en écoutant de la musique 'céleste', une cassette au titre de *Angel Music*.

(*NY: –Depuis quand faites-vous de la méditation et combien de fois par semaine ou par jour –ou par mois– en faites-vous ?*

JL: –Une fois par jour à raison de quinze minutes à une demi-heure, à l'heure qui me convient. Et j'en fais depuis une vingtaine d'années.)

(((Cette question et surtout sa réponse sur le nombre d'années qu'elle faisait de la méditation firent réfléchir la femme quand elle répondit aux questions sur le rapport le lundi avant-midi suivant. Se pourrait-il que cette habitude de la méditation transcendantale soit la clef de son non-vieillissement. Elle demanda à New York. New York répondit que la méditation avait un effet certain sur le phénomène, mais jamais au point de bloquer son métabolisme de manière si évidente et radicale, et sur une aussi longue période. Il pouvait toutefois, lui dit-on, s'agir d'un parmi les facteurs. Car on cherchait un ensemble de facteurs et pas un seul.)))

13h ? J'entends vaguement des bruits de pas dans la maison. Bébé bouge. Il ne me dérangera pas s'il me voit en méditation. Ah, quelle bonne vie j'ai eue avec cet homme ! Que de cadeaux la vie m'a prodigués ! Une grande choyée. Jamais de grands drames. Pas de maux graves chez moi ou mes proches. Aucune vraie grande peine d'amour: que des pincements au coeur pour me rappeler l'importance des êtres aimés. Je suis bien et c'est peut-être pour ça que je ne vieillis pas. Pourquoi vieillir quand on est si bien ? Vous ne pensez pas, New York, que c'est ça, la clef de mon 'problème' ?

(*NY: –Sûrement pas que ça !*)

14h 15 J'émerge de ma somnolence. J'ai gardé sur moi le magnétophone et je lui parle de mon état méditatif... Je lance un cri à mon mari. Pas trop fort. Il est dans la cuisine. Je le vois en train encore de sonder la chance avec les cartes. Il y croit si fort. Surtout, il pense que c'est grâce à mon intuition si on pourra attraper notre coup de chance un de ces jours. Faut vous dire que nous allons au casino deux fois par semaine... Mais j'y reviendrai demain soir, lundi. Nous y allons généralement le lundi soir et le jeudi soir. Pas forcément toujours le même soir, mais presque toujours deux fois par semaine. C'est essentiel pour la méthode d'Albert.

(NY: –*Quelle est donc cette méthode ?*

JL: –*Long à expliquer.*

NY: –*Mais encore ?*

JL: –*Vous voulez l'essayer ou bien est-ce pertinent dans le cas d'une femme qui ne vieillit pas ?*

NY: –*Si votre mari croit si fort en votre intuition, peut-*

être qu'une piste s'y trouve ?

JL: –Moi, je ne crois pas qu'il s'y trouve une piste.

NY: –Et quelle est la valeur de votre intuition, selon votre estimation ? Peut-elle vraiment servir la méthode de votre mari ?

JL: –Ça: peut-être... L'avenir le dira bien.

NY: –Pourquoi faire avec lui cette recherche et risquer de vous ruiner ?

JL: –Il n'y a pas de risques autres que des risques calculés.

NY: –De plus en plus intéressant.

JL: –Je vous en dirai plus à mesure.

NY: –On l'espère...)

Albert me répond de venir. Mais j'ai à peine le temps de remettre en ordre ma jetée de lit sur le 'la-z-boy' que la sonnerie de la porte se fait entendre. Il est 14h 20. Je vais ouvrir. Aussitôt Benjamin –un garçon de près de cinq ans, blond blanc, coupe champignon, rieur comme tout – me saute dans les bras. (Je ne vois pas l'importance de décrire mon petit-fils. Le coeur, le coeur...) Le pauvre, il se cogne contre le magnétophone et grimace. Je lui donne une explication et il sourit et m'embrasse. Je suis une femme comblée et je me le dis à tous les jours. Et pourtant, il m'arrive parfois de ces tristesses venues de nulle part. Rarement. Le SPM sans doute.

(NY: –Quoi ? D'après le dossier du docteur Leroux, vous n'avez plus de menstruations depuis longtemps.

JL: –Pas de menstruations, pas de SPM ?

NY: –Qu'est-ce que vous en pensez, vous ?

JL: –Ça doit, hein !

NY: –Soyez plus sérieuse !

JL: –Je m'excuse gros comme le bras...)

Danielle m'embrasse à son tour. C'est une femme de talent et de grand sérieux. François est le seul de mes enfants à ne jamais avoir touché la drogue. J'aurais mérité pire puisque je me suis laissée aller moi-même dans les 'grandes' années... En 1969, quelque part par là...

(NY: –*Quelles drogues ?*

JL: –Ah, le pot, pas plus !

NY: –Et vous étiez mariée et mère de famille ?

JL: –Oui, puisque c'était en 1969, quelque part par là. J'étais même enceinte de mon troisième enfant.

NY: –Hum hum...

JL: –C'était la vague...

NY: –La vague Woodstock ?

JL: –J'y suis même allée, à Woodstock.

NY: –Moi aussi (Alabi) mais pas Senoussi.

JL: –Je ne vous y ai pas rencontré... ha ha ha...

NY: –En tout cas, ce n'est pas Woodstock, la fontaine de Jouvence. Ceux qui étaient là et que je connais et vois parfois ont tous réellement une bonne trentaine d'années de plus... et les rigoles du visage qui vont avec...

JL: –N'est-ce pas ?!

NY: –Le pot comme le tabac, ça donne des rides, en tout cas des ridules.

JL: –Je sais, j'ai fumé pendant cinq ans.

NY: –Je crois bien que vous l'avez déjà dit.

JL: –Mes excuses encore pour la répétition.

NY: –Non, ça pourrait avoir de l'importance puisque vous vous répétez...

JL: –Très drôle !

NY: –Puisque je vous le dis...)

Small talk. Puis François, Benjamin et Albert s'en vont au garage pour travailler sur la fourgonnette. Pendant ce temps, Danielle et moi, on commence à faire de la popote. Ah! il est quinze heures.

(NY: –*C'est quoi, la popote ?*

JL: –De la cuisine, des plats pour le repas du soir.

NY: –Ah bon ! C'est que vous avez écrit le mot popote

en français. Ne vous excusez pas, dites-moi seulement ce que vous avez préparé comme... popotte. Ah! je le vois plus loin, merci.)

Danielle et moi, on feuillette le livre de recettes du chef Mario Martel...

(NY: *–Un grand chef français ?*

JL: –Non, un chef québécois.

NY: –Indien ?

JL: –Vous me niaisez. Un excellent chef cuisinier de la ville de Québec.

NY: –Je connais la ville de Québec, j'y suis déjà allé. De la bonne cuisine en effet.)

On décide pour un suprême de poulet farci au chèvre et saumon fumé "Grizzly". Je présume que vous allez me poser des questions sur mes habitudes alimentaires. Le docteur Leroux vous en a sûrement dit quelque chose. Non, je n'ai pas beaucoup fait attention. Une bonne alimentation, oui. Mais sans restrictions douloureuses. Des fruits et légumes en abondance, oui, mais aussi de la viande. Et du beurre. Et jamais de cholestérol malgré les problèmes cardio-vasculaires chez mes ascendants du côté de mon père. Mais je bois du vin. J'adore le vin. Sauvée peut-être par le paradoxe français...

(NY: *–Qu'est-ce que le paradoxe français ?*

JL: –Pour des chercheurs américains... hum hum... C'est le fait que les Français mangent gras et qu'ils sont moins au risque de maladies cardio-vasculaires que d'autres peuples à cause de leur consommation de vin rouge...

NY:–Oui, oui, on est au courant... Mais parlez-moi un peu plus de Danielle, François et Benjamin.

JL: –D'accord. Bon, mon fils est né en 1967, l'année de l'exposition de Montréal. Il est fleuriste. Un grand talent. Doublé d'un excellent homme d'affaires. Enfin, c'est les autres qui le disent autant que moi; en ce cas, c'est plus vrai que la seule opinion de la mère, n'est-ce pas? Un bourreau de travail. Un bon mari et un bon père de famille. Que vou-

lez-vous savoir de plus ? Quant à sa femme, elle est toujours sérieuse, même si elle sait rire. Respectueuse. Douce. Polie. Trop. On dirait toujours qu'elle se retient de parler pour ne pas mettre les autres mal à l'aise. Et leurs fils, je vous ai tout dit. Je l'ai gardé durant plusieurs années et il est devenu comme notre enfant, à mon mari et à moi. Il est très intelligent. Comment une grand-mère pourrait-elle ne pas trouver son petit-fils très intelligent? Vous avez des enfants, docteur Alabi ?

NY: —Qu'est-ce que vous en dites ?

JL: —Je ne sais même pas votre âge.

NY: —J'ai cinquante ans et deux enfants... Mais ce n'est pas moi qui m'intéresse, mais plutôt vous. Continuez... {Elle en dira plus sur ces trois membres de sa famille, mais rien de pertinent en regard de son cas.}

16h La préparation va bon train. Il y a le potage à faire aussi. Et Danielle s'affaire à préparer un gâteau. Je voulais qu'elle me laisse tout faire. Je suis habituée aux repas pour plusieurs. C'est contre sa nature de laisser tout le travail à d'autres quand elle peut intervenir.

16h 30 C'est Benjamin qui revient à l'intérieur. Il est fou de joie. Grâce à lui, son Papi a réparé la fourgonnette. Il a trouvé le bobo, soit un fil débranché. Dois-je lui briser son illusion? Bien sûr que non! Ah, Albert et ses mises en scène, il me fait penser au frère Gervais, lui, des fois. Et même souvent, vous savez...

(*NY: —Le frère Gervais ?*

JL: —Un professeur de sciences et de théâtre autrefois.

NY: —Dites-en davantage.

JL: —J'en ai parlé à 12h. Quand je suis allée au Subway, rappelez-vous à 12h...

NY—Vous avez dit que votre amie était en amour avec un religieux. Le même sans doute. Vous pas ?

JL: —Ben... un petit peu aussi. Il était beau. C'est normal...

NY: —Je ne vous accuse de rien. Je ne vous fais aucun

reproche.

JL: –J'aime pas trop ça quand vous me fouillez le coeur de même. C'est du si vieux passé. Vous aviez à peine l'âge de Benjamin, vous, en ce temps-là.

NY: –Que je vous trouve romantique, ma chère !

JL: –Essayez pas de me faire le tour de la tête. On montre pas à un vieux singe à faire des grimaces, comme disait ma mère.

NY: –Parlez-moi de votre mère.

JL: –Elle est morte, j'avais dix-huit ans.

NY: –Je le sais, c'est écrit sur les documents transmis par le docteur Leroux. Mais parlez-moi davantage d'elle. Avez-vous des photos d'elle ? Pourriez-vous m'en montrer une via courriel ?

JL: –Oui, je peux.

NY: –Très bien, et par la suite, je vous poserai d'autres questions à son sujet. Vous savez, votre héritage génétique est bien important dans la recherche que nous faisons ensemble, très important...)

17h   On dresse la table. Les hommes dont Benjamin pense faire partie, jasent au salon. Des discours de gars. Le sport. Les véhicules motorisés. Toujours du pareil au même.

(*NY: –Votre mari vous ennuie ?*

JL: –Ce n'est pas ce que j'ai dit. Je dis que les discours entre gars sont d'un ennui mortel. Et eux pensent que ceux des filles sont frivoles.

NY: –C'est pas d'hier.

JL: –Que quoi ?

NY: –Qu'un sexe trouve l'autre loin de ses valeurs à lui.

JL: –Et vous ?

NY: –Je m'intéresse au vieillissement... comme vous.

JL: –Touchée.

NY: –À bientôt !)

17h 30   On se met à table. Benjamin veut s'asseoir au coin, entre son Papi et moi. Le repas se passe bien. On se sépare deux bouteilles de vin. Moi, trois coupes. Du rouge. Le paradoxe... Je vous l'ai dit ? J'en bois toutes les semaines depuis des années. Comme les Français. Bien... pas autant, mais je fais ma part. Je vais cesser d'en boire et me remettre à vieillir...

(NY: *–Vous n'êtes pas sérieuse à table...*)

17h 45 Benjamin va s'amuser au salon.

18h 15 Danielle et François insistent pour s'occuper de remettre de l'ordre dans la cuisine. Ils nous donnent congé. On s'en va au salon avec le petit Benjamin qui est aux anges. En fait, c'est un ange, un petit ange égaré qui s'est arrêté sur terre et qui est entré dans notre vie pour la rendre encore meilleure qu'elle ne l'était auparavant.

(NY: *–Étiez-vous une mère meilleure que les autres ?*

JL: –Non, pas selon moi. Je vous ai dit que j'ai même pris de la drogue douce alors que j'étais enceinte.

NY: –Ceci est plutôt de l'inconscience que de la méchanceté.

JL: –J'aime ma 'gang'. Ma 'gang', c'est mon mari, mes enfants, leurs conjoints et leurs enfants.

NY: –Vous formez un clan fermé ?

JL: –Non, non, au contraire, très ouvert. Nous avons un cercle d'amis.

NY: –Le docteur Leroux dit que vous avez perdu des amis, que vous avez pris des distances à cause du phénomène Jouvence.

JL: –C'est vrai, mais il en reste. C'est vous dire si nous en avions.)

19h 30 Je reçois un appel téléphonique de Marie. Marie, c'est mon aînée. Elle a près de quarante ans. Vous le saviez déjà, je sais. Elle est professeure d'histoire. Enseigne au cégep de Mont-Bleu. Son mari est dermatologue. Un couple qui va bien. Ils ont deux enfants aux études. Très matérialistes. Comme des Américains... Oups ! Personne ne veut croire qu'elle est ma fille... bien évidemment avec mon problème de Jouvence...

20h Nous regardons un spectacle d'humour avec Lise Dion à la télévision. Benjamin s'amuse avec notre chat Félix. Un nom original pour un chat, vous ne trouvez pas?

(NY: –*Lise ou Céline ?*

JL: –C'est vrai, vous connaissez Céline mais pas Lise. Aucune parenté.

NY: –Le rire, c'est important dans votre vie ?

JL: –Croyez-vous que ça garde jeune ?

NY: –Ça peut aider aussi, avec bien d'autres choses.

JL: –Mais ce n'est pas la clef de mon énigme ?

NY: –Non.

JL: –Bon.)

21h C'est le départ de la petite famille de François. Benjamin voudrait bien rester. Tous le découragent de le faire. Il se résigne. Moi aussi.

(NY: –*Parlez-moi de Félix.*

JL: –Il a six ans. Benjamin dit qu'il devrait aller à l'école, lui aussi.

NY: –Vous avez toujours eu un chat ?

JL: –Et même deux jusqu'à récemment: Neige et Félix. Mais Benjamin a emporté Neige en partant. On a des chats depuis vingt ans, depuis notre retour de Floride.

NY: –Vous avez vécu en Floride ?

JL: –Oui, pendant une douzaine d'années. Mon mari y était entrepreneur en construction.

NY: –Vous devez être des gens riches ?

JL: –Riches, non. Pas tellement! Mais on a ce qu'il faut pour vivre à l'aise encore vingt ans. On a des fonds de pension. Et mon mari va toucher sa pension de vieillesse très bientôt. Il n'a pas hâte. Il dit que ça va le faire vieillir... Comique parfois.

NY: –En fait, il veut dire que ça va lui faire prendre conscience de son âge.

JL: –C'est ça, oui.)

21h 10   Je vais prendre un bain chaud. Je fais ça tous les soirs quand je le peux. Ça aide...

(*NY: –Je voudrais la liste de tout ce que vous utilisez en maquillage.*

JL: –Je vous avertis, ce n'est pas différent de ce que font les autres femmes en cette matière.

NY: –Sait-on jamais ? Une combinaison pas tout à fait la même.

JL: –Vous cherchez une aiguille dans une botte de foin.

NY: –Voilà pourquoi on cherche avec des pincettes, chère madame.)

21h 40   Je sors de la salle de bains. Reposée. Une crème sur le visage. Prête à dormir. J'ai du temps pour lire un peu avant la venue de mon mari. Où est mon livre ? Bon, je suis dans un chapitre où il se produit une attaque iroquoise contre un village algonquin. Ça brasse dans le coin de Trois-Rivières. De quoi faire un cauchemar cette nuit.

21h 50   J'ai le goût de fermer les yeux. Albert s'en vient. Je...

(*NY: –Parlez-moi de votre sommeil. Sa durée moyenne chaque nuit. Sa qualité. Sa profondeur. Bougez-vous beaucoup ?*

JL: –Il faudrait me filmer comme je vous le disais... à vous ou bien au docteur Leroux.

NY: –Parlez-moi de votre sommeil.

JL: –C'est bien.

NY: –Comment bien ?

JL: –Huit heures par nuit.

NY: –Et ?

JL: –C'est si important ?

NY: –Là se trouve peut-être la clef de l'énigme. Laissez-moi vous dire... Du temps de l'URSS, des chercheurs soviétiques ont provoqué le non-vieillissement de chiens et prolongé leur vie de cinq à dix ans par rapport à d'autres de même race et pareillement nourris et traités. Comment, pen-

116

sez-vous ? Une seule différence: des cures de sommeil cha-
que mois...

JL: –J'ai déjà entendu cette histoire. Cure de sommeil =
cure de jeunesse.

NY: –Vous avez le mot.

JL: –C'était peut-être leur propagande du temps.

NY: –Come on! Ils l'auraient fait pour les humains, pas
seulement les chiens.

JL: –On sait ce qui se passait là-bas à l'époque.

NY: –À qui le dites-vous ?

JL: –Qu'est-ce à dire ?

NY: –J'étais là-bas alors. J'étudiais à l'université de
Moscou. Je suis d'origine égyptienne et c'était la mode à
cette époque...

JL: –Et vous étiez à Woodstock en 69 ? Vous vous mo-
quez de moi ou quoi ?

NY: –Je n'ai fait qu'une seule année à Lomonossov... Le
vent a tourné en Égypte et l'année d'après, on m'envoyait à
New York. Échange de bons étudiants entre Le Caire et
Washington.

JL: –Et à New York, on ne vous a pas pris pour un bon
communiste ?

NY: –Non, pour un communiste hautement repenti.

JL: –Vous êtes drôle.

NY: –Tout comme votre mari.

JL: –Bon, le reste de la semaine, je ferai grand cas de
mes heures de sommeil et de la qualité de mon repos.

NY: –Très bien.)

22h Sommeil. Et bonne nuit New York !

***

Chapitre 11

Chaque matin par la suite, cette semaine-là, Jocelyne s'entretint via son ordinateur avec les chercheurs de New York, particulièrement le docteur Alabi avec qui elle créa des liens charmants.

Elle dit tout, avoua tout, confessa tout. Vie familiale. Vie affective. Vie amoureuse. Vie sociale. Tout ce qui, intuitivement lui paraissait pertinent à son cas en regard du protocole des chercheurs américains qui eux, se montrèrent particulièrement curieux à propos de la méthode pour gagner au casino qu'étaient en train d'expérimenter le couple Martineau-Larivière. On refusa néanmoins de la leur dévoiler par le détail et ils n'insistèrent que pour en connaître les résultats s'il devait y avoir gains ou pertes d'importance.

Un soir, il y eut un souper de groupe au restaurant et qui réunit autour de la table leur cercle d'amis les plus intimes. Parmi ceux-là, certains de fort longue date, d'avant même leur séjour de plus de dix ans en Floride et qu'ils n'avaient pas perdus de vue. D'autres rencontrés et connus quand ils avaient suivi des cours de danses sociales voilà une quinzaine d'années. Et puis un couple qui s'était introduit sur le tard dans le groupe, soit tout récemment: un professionnel à sa retraite et son épouse de race noire. Et voilà que Jocelyne avait ouvert la porte à Mariette, son amie de couvent dont elle avait rencontré la petite-fille au Subway l'autre dimanche et pour qui elle avait senti un beau regain d'amitié et un renouveau d'intérêt. Quelques appels téléphoniques, quelques courriels et on avait renoué un sentiment qui n'avait rien perdu de son lustre.

On était dans un de ces restaurants de bonne qualité où l'on s'efforce de contenter les plus fortunés sans négliger ceux qui le sont moins. Mais pas huppé ni trop fine gueule.

Tous des gens retraités dans le groupe à part la femme noire, beaucoup plus jeune que son mari, et qui continuait de travailler dans une pharmacie du centre-ville.

L'emploi qu'avaient occupé ces sexagénaires au cours de leur vie active ne les différenciait guère maintenant. Même qu'en chacune et chacun, il y avait –et elle y demeurait– la volonté de couper avec cette étape de leur passé.

On ne voyait donc plus le dentiste en le compagnon de la femme de couleur, mais Gérard, bon danseur et conteur. On ne se souvenait guère de l'infirmière en Michelle, une femme grande et mince aux cheveux d'argent. Et le fonctionnaire en son mari avait disparu pour ne laisser la place qu'au personnage de soixante-cinq ans un peu réservé, très porté sur l'écoute attentive, et tous ne le désignaient que par son prénom de Pierre. Fini aussi l'appellatif de commerçant pour l'ex-bijoutier Laval Bolduc, un sympathique petit bout d'homme qui avait songé devenir prêtre en son temps. Sa femme Ginette partageait les tâches à leur commerce qui avait toujours été prospère sans jamais vraiment prospérer après avoir atteint sa vitesse de croisière dans les belles années 60. Le bonheur, affirmait-il depuis toujours, se trouve dans le qualitatif et non le quantitatif, et vouloir marier les deux est une entreprise périlleuse. Voici que tous ces retraités avaient cette pensée pour leitmotiv, ce qui leur conférait cette sérénité que Laval avait acquise et affichée prématurément quant à lui.

Qui eût pensé que Lucille avait été longtemps secrétaire médicale tout comme Jocelyne, qu'elle était la seconde épouse d'un avocat, Ghislain Jobin, un gars qui parlait fort, mais assez peu somme toute, ce qui lui valait toujours une écoute intéressée de la part de ses interlocuteurs ? On disait de lui que du sang abénakis coulait dans ses veines à cause de son apparence, de sa peau toujours basanée, de ses cheveux noirs et crépus, et d'une pilosité absente sur les bras et la poitrine.

Et voici qu'à part Jocelyne et son mari, personne dans le cercle régulier de leurs amis ne connaissait encore Mariette et son mari André. Il y avait eu des salutations vagues, mais pas de présentations officielles. Le moment était venu, maintenant qu'on avait pris place et que les menus étaient distribués sur la table devant chaque convive.

–Mes amis, dit Jocelyne, je veux vous présenter quelqu'un que j'aime beaucoup: mon amie de couvent, je dirais même ma meilleure amie de ce temps-là, Mariette Léveillée qui aime mieux se faire appeler Marie et en l'honneur de qui j'ai donné son prénom à ma fille aînée. Et son mari André Lussier.

On applaudit le nouveau couple.

Mariette était une femme petite, joviale et souriante, lunettée et aux cheveux abondants, bruns et sans rien qui ne les argente encore. Et plutôt jolie. Elle avait longtemps fait dans la médecine douce, dans la massothérapie et dans la naturothérapie de concert et de complicité avec son conjoint André Lussier que tous appelaient affectueusement Lulu, un personnage qui, malgré ses compétences, n'avait gardé pour chevelure qu'une couronne autour de la tête, ce qui lui donnait toutefois un port royal. Il faisait rire aisément et lorsqu'il ne se trouvait pas autour un clown de la parole ou un Yvon Deschamps en personne, c'est lui qui agissait comme boute-en-train de la réunion. Mais gare à lui quand il se fâchait...

Jocelyne résuma du mieux qu'elle put toutes ces choses. Mais elle omit de dire qu'il y avait eu entre cet homme et elle un sérieux accrochage une trentaine d'années et plus auparavant. Cela s'était passé avant le départ des Martineau pour la Floride. Une aventure sans suite. Et pas même une aventure, juste un accrochage temporaire.

121

Les présentations finies, les personnes se remirent à jaser tout en commandant chacune à son tour à la serveuse, une femme blonde, très ridée et qui portait un âge au moins égal à l'âge moyen de ses clients du petit cercle. Jocelyne entra dans un silence lointain. Son regard rencontra celui du mari de son amie Mariette et ça l'entraîna dans un vieux passé.

Cela se passait vers 1970, quelque part par là. Jocelyne avait un peu plus de trente ans. Elle ne se souvenait plus trop pour quelle raideur un jour, elle avait ouvert son bottin téléphonique aux pages jaunes afin d'y trouver quelqu'un qui fasse de la massothérapie. Sans doute un problème passager: du dos ou des reins comme ça lui arrivait souvent après trois accouchements dans les années 60.

Le nom d'une clinique de massothérapie avait attiré son attention et quand elle avait pris connaissance des noms des deux personnes y oeuvrant, Mariette Léveillée et André Lussier, elle avait compris qu'il s'agissait de son amie du couvent perdue de vue depuis la fin de leurs études.

Elle prit rendez-vous et fut à la clinique le soir même. Ce furent de joyeuses retrouvailles avec Mariette. Elle ne connaissait pas André qui lui fut présenté. Sa bonne humeur était communicative, son regard profond et sa voix chantante. Il passa entre eux dès cette rencontre des atomes crochus. Mais pas au point de troubler la vie affective de l'un ou de l'autre. Peut-être qu'à travers cet homme repassaient en sa tête ses rêves de jeune fille partagés avec Mariette au couvent, peut-être même qu'il y avait du frère Gervais là-dessous, car André rappelait vaguement par certains côtés, tout comme Albert d'ailleurs, ce religieux qui exerçait un peu trop son charme sur les jeunes filles de douzième année, si vulnérables, si naïves et si faciles à enchanter.

Il y eut approfondissement du rappel dans le regard de la Jocelyne sexagénaire et son esprit tomba en pleine conversation voilà trois décennies.

–Je l'ai toujours appelée Joyce, hein Joyce, dit Mariette.

–Il me semble. Et moi Marie. Ma fille porte ton prénom.

–Non ?!... Bon, Joyce quel bon vent t'amène ici ?

–Deux choses: mon dos et le couvent. Je me suis dit qu'il ferait bon me rappeler de vieux souvenirs tout en me faisant masser pour mon dos et mes reins. Sans le nom de Mariette, jamais je ne serais jamais venue, je pense, dans une clinique de massothérapie.

La scène se passait dans une salle de massage même. On avait montré les lieux et les accessoires de travail à la nouvelle cliente, insistant sur l'hygiène et la qualité des services rendus, ce dont Joyce dit ne pas douter, sachant que son amie y travaillait, arguant qu'elle était méticuleuse à l'école et qu'elle devait donc l'être à son travail tout autant.

Puis Mariette s'était absentée pour une raison professionnelle en disant:

–Faites meilleure connaissance, vous deux.

Et ils l'avaient fait, chacun utilisant son charme comme cela leur était si naturel.

–Mariette réussit tout ce qu'elle entreprend, dit Jocelyne.

–Je vois qu'elle a su choisir ses amies aussi.

–C'est dommage qu'on se soit perdues de vue.

–Dommage pas rien qu'un peu.

–Flatteur en plus d'être bel homme !

–Flatteur à deux.

–Mais flatteur tout de même.

–Es-tu capable de l'être avec n'importe qui ? Ça prend un fond de vérité pour base à la flatterie. Et dans ton cas, la base est une saprée bonne base.

–Et si on parlait de massothérapie.

–Ça, c'est pour Mariette. Elle s'occupe des femmes et moi des hommes. Quand il est question de massothérapie, les gens pensent vite à autre chose... de plus... Ce qui n'est pas le cas ici. Et pour éviter bien des problèmes à cause du puritanisme, vaut mieux ne pas mélanger les sexes.

–Je voulais juste en parler comme ça. Jamais essayé. Le dos, les reins: j'ai mal, ça va, ça vient. Pas assez pour aller chez le chiro.

André grimaça :

—Ceux-là, sont un peu durs pour les os.

—On le dit.

—Nous, ici, c'est la douceur, l'approche holistique... pas seulement la massothérapie, mais aussi... réflexologie, massage lymphatique, digitopression... Et même méditation.

—Ah oui ? Ça, j'en fais.

—Quel bien-être ça apporte ! Ça fait longtemps ?

—Une couple d'années. De temps en temps.

Puis il lui avait fait parler de son mari, de ses enfants, de son métier. Quelques mots seulement en attendant Mariette. Le couple Léveillée-Lussier avait deux jeunes enfants: Francis et Caroline. Ils vivaient à l'autre bout de la ville dans un quartier résidentiel tout neuf et une maison récente. Mais la clinique se situait près du centre-ville.

Jocelyne, trente ans plus tard, se souvenait de tout cela. Et de la suite aussi. Elle avait reçu quelques traitements de la part de Mariette. Ensemble, elles passèrent en revue toutes leurs copines du couvent. Téléphonèrent à plusieurs. Une rencontre les avait réunies toutes un soir. Puis plus rien. Le temps du souvenir ne dure toujours que le temps d'un souvenir. Mais la jeune femme poursuivit ses traitements mensuels et il lui arriva souvent de croiser le mari de son amie qui multipliait les occasions de lui parler.

Survint ce qui devait. Un soir de traitement, Mariette qui souffrait d'une forte grippe ne pouvait y être et avait demandé à ses clientes régulières si elles accepteraient un massage par son conjoint et associé... Chacune savait que comme massothérapeute professionnel, André respecterait scrupuleusement les règles de l'art et le fait que sa propre conjointe lui confie ses clientes augmentait leur certitude.

Jocelyne, plus de trente ans après ce fameux soir, s'en souvenait comme d'hier.

—Ne prends aucune inquiétude, avait-il dit, je suis tout aussi professionnel que Mariette.

—Il faut, sinon...

Et le massage avait eu lieu. Comme avec Mariette. Plus strict. Plus froid même. Plus ferme aussi. Plus efficace. Et aucun geste déplacé ou qui prête à équivoque. C'est ensuite que tout s'était passé. Il l'avait raccompagnée dans la salle d'attente.

–Comme je te le disais, Mariette est clouée au lit.

–Bon.

–Ce n'est pas la tromper que de fraterniser, toi et moi.

–Fraterniser ?

–Jaser un peu etc...

–C'est le 'etc' qui me chicote.

–Rien de... dangereux. Tu as vu comment je t'ai massée. Diras-tu à ton mari que c'est moi qui me suis occupé de toi ce soir.

–S'il le demande, pourquoi pas ? Il ne me censure jamais. Il était bien un peu jaloux avant qu'on se marie, mais il garde un bon contrôle de ses émotions. Et puis il t'aime bien et il te fait confiance.

–Dans ce cas, tout est pour le mieux. J'ai la confiance de ton mari, la tienne et celle de Mariette. Quoi de mieux pour passer une autre heure ensemble ?

Jocelyne en ressentait le goût aussi. Car s'il y avait assez de sécurité pour préserver les valeurs auxquelles elle tenait, il se trouvait dans l'expérience assez de risque pour pimenter un peu la vie de la femme Gémeaux en elle.

–On va faire un tour au bar ou bien on reste ici ? On s'assit et on placote...

–On fraternise, fit-elle avec une lueur indéfinissable au fond du regard.

–C'est ça.

–Aussi bien ici qu'à l'extérieur, même au bar.

Ils prirent place sur deux fauteuils à faible distance l'un de l'autre après qu'il ait réduit l'intensité de l'éclairage, pour, dit-il, une meilleure relaxation.

Elle vanta ses mains, sa dextérité à masser sans toutefois

critiquer la façon de faire de Mariette. Puis il passa aux choses plus sérieuses. Et dangereuses.

–Si je te dis que j'ai un 'crush' sur toi, qu'est-ce que tu en dirais ?

–Que ça arrive. Y ai-je été pour quelque chose ?

–C'est pas de ta faute. C'est la faute de ce que... tu es trop... exceptionnelle.

–Je ne suis pas si exceptionnelle que ça: si tu me voyais dans ma cuisine, tu me trouverais peut-être pleine de défauts.

–Le problème, c'est justement ça: je ne te vois pas dans ta cuisine. J'aime Mariette... mais je t'aime aussi. Qu'est-ce qu'on fait dans ce temps-là ?

Jocelyne avait besoin d'en savoir davantage, d'explorer le filon en quelque sorte, jusqu'au fond de la mine de sentiments qui s'ouvrait devant elle:

–Comment tu me vois ?

Il eut une réaction qu'elle n'avait pas prévue en se ruant sur le fauteuil de coin qui les séparait pour s'emparer de sa main. Comme un adolescent rendu fou par l'amour, il lui déclama en frissonnant un texte de sa composition appris par coeur:

–Tu es d'une générosité, d'une écoute, d'une beauté intérieure incomparables. Tu es une réussite de femme. Perfectionniste. Artiste en tous tes gestes. Et ta capacité d'émerveillement qui me chavire l'âme... Oui, il y a une folie en moi, mais elle n'est pas seule en cause. Peut-être que mon appareil sentimental est déréglé, mais faut admettre que le courant électrique issu de ta personne est drôlement puissant. On appelle ça du charisme, de la séduction, du charme...

–C'est ma faute un peu, ce qui t'arrive... je dirai ce qui nous arrive. Tu as trop de charme. Tu nous fais rire. T'es si intelligent !

–C'est toi qui m'intéresse, pas moi. Tout à l'heure, j'aurais voulu... tout à l'heure, en massant ton dos, ton cou, tes épaules, j'aurais voulu... et je le veux encore plus là... la... fusion entre nous deux... la grande fusion de nos deux personnes...

Elle choisit de commenter par une blague qui, croyait-elle, désamorcerait la bombe, étoufferait la mèche en train de brûler :

–Mais, mon pauvre ami, on ne peut pas tout envoyer en l'air pour... s'envoyer en l'air !!!

Ce fut un éclat de rire commun qui lui permit à elle de retirer sa main qu'elle posa sur le front de l'homme, disant sans lui laisser le temps de rétorquer :

–Attention à tes cheveux, mon grand, ils commencent à se sauver.

–Ça, c'est la force de mes sentiments qui me sort par la tête et qui emporte les cheveux avec elle...

–Et si on parlait un peu de nos enfants. Francis, comment il va ? Et Caroline qui ressemble tellement à sa mère ?

–Je préférerais qu'on parle de nous deux, Joyce.

–En parlant de Francis, de Caroline, de Mylène, Marie et de François, c'est de nous deux qu'on parle, non ?

Il comprit alors son vrai langage. Elle ne voulait pas, par une aventure passagère, risquer de mettre en péril l'ordre affectif établi à l'intérieur des deux familles et entre elles. Plus raisonnable que lui et malgré son attirance pour cet homme, elle lui faisait comprendre par ses esquives que le jeu n'en vaudrait pas la chandelle.

Pour éviter que la situation ne se reproduise et pour combattre le feu qui couvait autant dans son coeur et sa chair que dans le mari de son amie, Jocelyne prit le parti de mettre fin aux séances de massothérapie et de prendre ses distances par rapport au couple.

Quelque temps plus tard, le déménagement en Floride réglait définitivement la question.

Mais... l'était-elle vraiment réglée trente ans plus tard, la question que leur échange de regards quelques instants plus tôt venait de remettre sur le tapis ?

Tout en gardant une partie de son attention à ce qui se passait à la table, la femme redonna l'autre partie à l'événement de ce soir-là de son vieux passé. Et ce qu'elle avait voulu occulter un moment plus tôt lui revint clairement dans la tête voire dans le coeur: la séance de massothérapie alors que Mariette était malade au lit et que son mari l'avait remplacée.

—*Ne prends aucune inquiétude, avait-il dit, je suis tout aussi professionnel que Mariette.*

—*Il le faut, sinon...*

Il lui apporta une robe de chambre toute de velours noir qu'il posa comme une serviette sur le dessus de la porte de la cabine où la jeune femme était à se dévêtir en se demandant dans quel guêpier elle était en train de se fourrer.

De nouveau, il la réconforta :

—Ce n'est pas la première fois que je remplace Mariette, tu peux te sentir en toute sécurité. Et avec la robe de chambre et une grande serviette, tu vas te sentir aussi à ton aise que si c'était ma femme aux commandes. Ça va ?

Elle se fit faussement désinvolte:

—Si je n'étais pas rassurée, je m'en irais, tu penses bien.

—Bravo !

Quand elle fut allongée sur le ventre sur la table de massage, qu'il eut réduit l'éclairage de la pièce, après de longs moments de silence, il revint sur la question une fois de plus et elle comprit à son insistance qu'il n'était pas tranquille et craignait ses propres réactions.

—Et puis, nous avons une réputation à maintenir, n'est-ce pas ? Un seul écart et ça pourrait faire le tour de la ville.

—À mon tour de te rassurer, André, personne à part mon mari ne sait que je me fais faire de la massothérapie. Sois professionnel et tout ira bien.

—J'aime te l'entendre dire... et on y va.

Il commença de travailler sans toutefois mettre à nu aucune partie de son corps, et la femme tout à fait rassérénée s'abandonna rapidement aux mains habiles qui répandaient en sa nuque, ses bras, ses mains, son dos tant de détente et de repos. Quand il parvint à ses reins, elle eut le sentiment qu'il en aspirait toute la douleur latente s'y logeant depuis quelques années.

Depuis le début, ils ne disaient rien, mais quand ce soulagement se produisit, elle répéta à trois reprises:

–Ça fait du bien. Ça fait du bien... Ça fait donc du bien.

–Tu avais quelques noeuds, mais je les ai tous dénoués. Maintenant... je vais y aller plus directement... pour que les effets soient encore plus vrais... C'est O.K?

–Hum hum...

Il tira sur le vêtement et le fit glisser jusque sous les omoplates.

–Tu peux aller plus bas, j'ai gardé ma petite culotte.

–Très bien.

Mais pour qu'elle maintienne son degré de confiance, il se mit à masser de nouveau sans dénuder davantage de son dos.

–Sur le cuir chevelu, est-ce que je peux ou si tu aimes mieux pas ?

–Vas-y, c'est beau. Je me donnerai un coup de brosse tout à l'heure.

Les doigts s'écartèrent et comme de gros peignes labourèrent gentiment le fond de la tête, ébouriffant les cheveux. À mesure que le massage de cette partie de son corps progressait, tout l'être de Jocelyne entrait dans une sorte d'extase profonde. Et toutes ses cellules en étaient baignées. Comme si des nuages de ouate enrobaient chaque muscle, chaque tissu et chacun de ses os. Un bienfait pur.

Puis il fit couler de l'huile sur ses doigts et ses doigts sur la nuque. Elle eut tout d'abord une réaction et bougea le cou. Il comprit qu'elle était sensible aux chatouillements et, sachant comment éviter cela, il s'y prit autrement. Ses mains entourèrent le cou sur le côté et avec ses pouces, il exerça des pressions légères tout le long des vertèbres cervicales depuis la tête jusqu'au dos.

Alors il commença d'accompagner ses mouvements de suggestions :

–Mes doigts sont dans ma voix; ma voix est dans mes doigts. Mes doigts sont... comme des rayons de... chaude lumière... qui... entrent dans ton corps... dans ta nuque... pour en réchauffer... douillettement... chacune des particules... sens ma voix se promener dans la substance de ta nuque... et laisse-la agir... agir... reposer... reposer... Tu te reposes... dans ma voix... par mes doigts... par mes mains...

–Continue, continue... comme ça fait du bien...

Trente ans plus tard, dans ce restaurant, à travers le brouhaha du moment, Jocelyne ne put résister à la tentation de fermer les yeux un moment pour goûter encore plus aux mains de ce vieux, si vieux soir-là... et à cette voix d'or venue d'un insondable lointain...

–Et maintenant... je vais passer à tes épaules... pour les soulager... les reposer... les reposer... comme elles ne l'ont jamais été de toute ta vie...

Les mains se firent plus fermes, plus viriles, plus... désirables. Ce n'était pas une caresse; ça ne pouvait pas en être une. Non, c'était médical... c'était professionnel... Ce n'était pas personnel... Quel bien-être ! Quelle félicité pourtant !

–Tout va bien, Joyce ?

Deux voix venaient de se mélanger à trente ans de distance: celle d'Albert maintenant et celle d'André ailleurs, si loin, si loin...

–Ouiiiii...

La même réponse fut adressée aux deux hommes, chacun en son temps, par une femme ayant accédé à l'intemporel. Mais dans le passé, elle ferma les yeux tandis que dans le futur de ce passé, elle les rouvrit pour sourire à tous qui avaient porté leur attention sur elle.

–Un peu de lassitude. Rien de pénible. Ne vous inquiétez pas ! Je faisais un peu de... méditation...

Son regard fit une tournée de la table et rendu sur André s'envola pour autre part.

À l'homme qui maintenant frôlait le milieu de son dos de ses mains énergiques, énergisées, elle souffla :

–Qui aime le danger y trouve sa perte.

–Qu'est-ce que ça ?

–Une citation de la Bible.

–Qui aime le danger y trouve sa perte ?

–Ah, ce n'est rien. Ça me passe par la tête comme ça. Une religieuse nous disait toujours ça au couvent. Soeur Citrouille qu'elle s'appelait. Sûrement que Mariette a dû te le dire déjà.

–Non, jamais.

Quelque chose, son ange gardien peut-être, avait insufflé dans l'âme de Jocelyne cette vieille pensée, ce souvenir qui, lancé malgré sa volonté même, brisa l'escalade du désir en elle et obligea le massothérapeute à mettre une virgule dans ses élans déjà terriblement retenus.

Il en était aux reins, un peu au-dessus de l'élastique de la culotte rose. Ses mains s'asséchant, il dut y remettre de l'huile chaude à même une bouteille bleue posée sur le plateau d'une table mobile. Et il versa de l'huile directement sur les reins, ce qui fit sursauter la femme.

–Une petite parenthèse, dit-il de sa voix la plus douce et paternelle.

–Je... je retourne à mes pensées.

Et les mains se mirent à tournoyer sur elle, les paumes à presser, les pouces à pétrir les chairs sans les faner, les poings eux-mêmes, parfois, à s'appuyer contre le corps pour l'écraser en toute douceur.

Jocelyne ressentit de nouveau tous les sens de son être s'ouvrir, ses glandes produire des fluides abondants, son esprit se faire submerger par les appels du corps.

–Toute douleur que tu pourrais ressentir dans tes reins va s'en aller... s'en aller... s'en aller... Les douleurs s'en vont... s'en vont... Mes mains les aspirent, les absorbent et t'en débarrassent. C'est le repos dans tes reins, le repos... le repos dans tes reins...

Chaque pause durait quatre ou cinq secondes. La voix se faisait lointaine, presque mystérieuse, comme issue de quelque pouvoir magique. Bientôt l'être profond de la femme fut emporté sur un nuage et entra dans un état de léthargie. Ses yeux clos, sa tête reposant sur le côté, enfouie dans un oreiller à taie douce, ses muscles entièrement relâchés: tout disait l'ordre et la beauté, la paix et la tranquillité.

Et lui, émettant vers elle de puissantes vagues d'ondes cérébrales, parvenait quand même à retenir sa chair qui elle-même ondoyait depuis la plante des pieds jusqu'à la racine des cheveux. À ce moment, il lui aurait suffi de la retourner sur le dos et de réaliser la grande fusion qu'il n'aurait rencontré aucune résistance. En de telles circonstances, la notion même de fidélité ou d'infidélité a disparu, tout pacte reliant le corps de la personne avec un tiers semble n'avoir jamais existé et il ne reste en la présence l'un de l'autre que deux flammes bleues qui roulent et s'enroulent. En fait, il ne retenait pas sa chair car la fusion se produisait: sublime et bien au-delà de la matière animale...

Mais la matière a ses droits et la réalité ses lois. Le téléphone sonna, que l'homme avait oublié de débrancher. À cette heure, il pouvait bien s'agir de Mariette. Ne pas lui répondre et arriver en retard ? Lui répondre et mentir ? De toute façon, le charme venait d'être rompu et il fallait régler la question de cet appel avant d'essayer de le faire renaître.

Il s'excusa et courut à l'appareil mural :

–Allô!

C'était en effet la voix enrouée et amortie de sa femme. André pensa un moment que Mariette avait perçu des ondes particulières là-bas, dans son lit de grippe. Elle ne voulait pas savoir ce qu'il faisait et ne lui posa aucune question à propos des clients du soir, surtout pas au sujet de Joyce qu'elle savait sur la liste des clients. Tout ce qu'elle désirait, c'est qu'il s'arrête à la pharmacie sur le chemin du retour pour en rapporter des pilules pour dormir, offertes en vente libre. Il s'enquit de son état :

–Pire.

–Le reste à la maison, ça va ?

–Oui.

–Je te laisse.

–O.K!

–À plus tard !

Quand il fut de retour à la table de massage, Jocelyne s'était remise debout et s'apprêtait à retourner s'habiller.

–Mais... ce n'était pas fini, madame.

–Oui, puisque j'ai atteint... je dirais le nirvãna... la quintessence, le sommet...

Il lui toucha l'avant-bras et le regarda droit dans les yeux:

–Tu en es sûre ?

–Pas toi ?

Et elle se dégagea et le laissa pantois.

André ferait une nouvelle tentative dans la salle d'attente, mais il aurait alors devant lui une femme en parfait contrôle d'elle-même.

***

Chapitre 12

–C'est pas des farces, le réchauffement de la planète: on est le dix décembre et il fait un temps du début de septembre.

Albert regardait dehors par la grande vitrine du salon et il exprimait de la nostalgie. Sa voix chauve disait ses regrets. Ses mains derrière son dos et son dos recourbé parlaient pour son âme en peine. Il poursuivit en hochant misérablement la tête:

–Les belles bordées de la dame, tu te souviens, Joyce ? C'était beau. C'était blanc. C'était... je dirais excitant. Une saison de rêve qui prenait son envol sur un beau grand tapis épais et moelleux.

–Et que ça brillait donc ! fit Jocelyne qui leva la tête de son livre, elle qui lisait depuis une heure, les jambes repliées sous son corps sur le long divan capitonné démodé mais si confortable et accueillant avec ses larges bras toujours si largement ouverts.

–Comme ça Benjamin, on l'aura pas aujourd'hui ?

–Tu le sais que chez François s'en vont à Montréal.

–Ça court donc les chemins pour rien! Nous autres, on restait dans notre petit coin à partir de la bordée de la dame jusqu'au mois de 'mort' comme disait mon père. Le mois de 'mort', c'était pas la mort, c'était le début de la renaissance. La sève dans les branches... Même les mâles avaient le "fouet drette"...

—Comme disait ton père.

—En effet !

—Faut bien s'y faire, Bébé, c'est un autre siècle, un autre monde. La jeunesse prend notre place...

—Parle pour moi, pas pour toi, Jocelyne.

—Ça te tracasse tant que ça, le phénomène ?

—Bien moins que le temps qui passe... qui est trop vite passé. Une journée mouilleuse de même, c'est une véritable affliction. Pas de neige quand on devrait en avoir. On échappe à tout ça... ou tout ça nous échappe...

Le propos se poursuivit ainsi, triste et monotone. Pour le rejoindre dans son désarroi sûrement passager, la femme tâcha de faire ce qu'elle réussissait toujours si bien: mélanger un moment du lointain passé au présent pour en sortir du meilleur.

Mais c'est dans un salon funéraire que son esprit la transporta. Là où sa mère était exposée en 1957, en ce jour de la fin du printemps. Si minuscule dans ce grand cercueil gris. Si peu d'un corps humain. Si pitoyable dans sa dépouille émaciée, ossue, perdue... Devoir s'habiller tout de noir à seulement dix-huit ans et s'asseoir au premier rang pour recevoir les condoléances de ces voix aussi curieuses que généreuses: quel affront de la part d'une vie qu'elle croyait si grande jusque là, d'une vie qu'elle croyait si longue, d'une vie qu'elle croyait si belle et bonne !

"Je vous salue, Marie, pleine de grâce; le Seigneur est avec vous..."

Qui donc priait ainsi à mi-voix dans son dos ? Elle se tourna et aperçut une vieille dame à petit chapeau noir, ratatinée par le soleil et la pluie des jours égrenés, chevelure ramassée en une toque blanche sur sa nuque écourtée par le manque de calcium, chaque cheveu comptant pour une heure

136

de misère et de piété, le visage plissé comme l'écorce d'un érable gris, la tête courbée dans sa foi en un Dieu de toutes les sagesses et de tous les miracles.

"Je vous salue, Marie, pleine de grâce; le Seigneur est avec vous... "

Jocelyne la reconnut. C'était madame Verville, la voisine d'en face, une veuve qui s'entêtait à garder sa maison et à y vivre seule malgré les ans, malgré les bruits des enfants du voisinage, malgré les risques, malgré les foyers de vieux qui la réclamaient par leurs pensionnaires: des connaissances ou des amis.

Jocelyne ne se souvenait pas lui avoir serré la main plus tôt. L'avait-elle fait ? Ou bien, qui sait, la vieille dame composait-elle son propre rituel de deuil ? En tout cas, elle sentait les choses car dès qu'elle eut terminé son Avé silencieux mais chuchoté, elle rouvrit les yeux, releva la tête et regarda la jeune fille en noir pour lui adresser un sourire céleste avec un hochement de tête approbateur comme pour lui dire :

"Toi, tu vis. Et tu auras une bonne vie. Ta maman est partie et c'est bien. Bien pour elle. Bien pour toi, jeune fille."

Mais elle n'eut pas à le faire. Jocelyne comprenait sans les mots, rien que par les yeux, rien qu'à lire le grand livre de ses rides anciennes et nouvelles, rien qu'à voir.

Et madame Verville se reprit d'invoquer le ciel, en fait la Vierge Marie, par la formule tant de milliers de fois répétée au cours de sa vie:

"Je vous salue, Marie, pleine de grâce; le Seigneur est avec vous..."

Cette fois, elle gardait la tête haute et les yeux ouverts, posés sur la jeune fille aux yeux rougis par le chagrin. Et bientôt, Jocelyne elle-même entra dans la prière en dessinant les mots sur ses lèvres sans cesser de regarder cet ange gardien qui, elle le savait, veillait sur elle depuis longtemps par sa fenêtre de maison et celle de son coeur. Et elles furent deux à chuchoter :

"Je vous salue, Marie, pleine de grâce; le Seigneur est avec vous..."

Ce jour-là, Jocelyne Larivière avait compris que derrière une formule de prière peut se trouver tout un monde d'énergie vitale, d'espérance issue de la foi en la vie universelle et intemporelle.

Quarante-cinq ans plus tard, elle s'entendit murmurer dans le salon, derrière le dos de son mari déprimé, des mots qu'elle n'avait pas prononcés depuis sa visite à tante Rose à l'hôpital trois ans auparavant :

–Je vous salue, Marie, pleine de grâce; le Seigneur est avec vous...

Cette fois, elle avait perdu le fil de la réalité et il lui fallait un fil d'Ariane pour rejoindre son mari dans son spleen du dimanche matin.

–Tu m'écoutes pas, on dirait, se plaignait-il en se retournant pour voir son état d'âme sur son visage.

–Si, je t'écoute d'une oreille et j'entends quelque chose de l'autre.

–Encourageant.

–Oui, ça l'est.

–Tu m'expliques, mon amie ?

Quand il utilisait cette expression 'mon amie', la femme savait qu'il était sous l'emprise de l'impatience et s'attendait à quelque chose de solide. Comme quand il exigeait d'un employé de la construction une explication à propos d'une erreur commise.

–Je me rappelais une vieille femme qui un jour m'a remise sur le piton, comme on dit, rien qu'en me regardant...

–Une sorcière ou quoi ?

–Ris pas, Albert. Elle était forte mentalement. C'était au corps de ma mère en 1957. J'étais jeune. J'étais démolie. Je me sentais désillusionnée de la vie. Elle était derrière moi, comme moi derrière toi avant que tu te retournes. Et elle récitait un Avé.

–Rien que ça.

–Et bien plus.

–Comme...

–Si tu avais vu son visage. On aurait dit un ange. Vieille, toute ridée...

–Tu veux dire... la mère Verville qui restait en face de chez vous, je m'en rappelle. Elle était perdue un peu, la bonne femme. Une 'fuse' de sautée...

–Bébé, elle était pas perdue, cette dame-là, elle savait seulement la vraie valeur des choses. Elle vivait de peu. Elle aimait de peu. Elle sentait le chagrin des autres. Il émanait d'elle une force magique. Parmi les raisons qui me poussent à vouloir vieillir, c'est ça: cette grandeur de l'âme qu'il faut tant d'années à atteindre.

Albert revint à son naturel calme et compréhensif et il prit un ton à l'avenant:

–T'es pas obligée de l'atteindre dans un corps qui se magane tous les jours. On peut vieillir du dedans et rester dans un corps qui se conserve en bon état. C'est probablement ce qui t'arrive et... ben je t'envie et je trouve ça triste de m'en aller tout seul vers la décrépitude tout en étant heureux pour toi, de ce qui t'arrive.

Jocelyne mit son livre sur la table du salon et tendit le bras vers lui :

–Mon ami, viens auprès de moi, viens t'asseoir. On va prier ensemble... comme la vieille dame qui m'avait tant réconfortée ce jour-là.

–Mais tu n'as même pas la foi, en tout cas une foi de ce genre-là...

La femme se montra la poitrine de l'autre main, tandis qu'elle gardait son bras tendu en l'attente de son compagnon qui se dirigeait lentement vers elle.

–Je crois en ce Dieu, qu'il y a en nous là, et qu'il faut réveiller de temps en temps parce qu'on l'étouffe avec notre matérialisme. C'est ce qui m'est resté de mes cours bibliques.

–Tout le monde dit ça depuis trente ans. Rares sont ceux qui marchent contre le vent. Ils finissent tous par se faire avaler, par se faire balayer et la tempête de notre époque les emporte les uns après les autres. Et on finit tous dans le même moule. I-né-vi-table !

Elle lui prit la main droite dans sa main droite et il comprit son signal. Et prit place près d'elle. Ils restèrent un moment sans rien dire, à regarder la pluie qu'ils ne voyaient pas vraiment, contact établi par les doigts de l'un croisés dans ceux de l'autre.

Jocelyne commença de réciter des Avé à la façon monotone de madame Verville en 1957. Et, comme par miracle, la pluie devint plus épaisse et se transforma peu à peu en neige blanche, grasse et lourde, et qui en pas même cinq minutes transforma la grisaille de la rue et des parterres en une douillette toute blanche. C'était enfin la renaissance d'une saison: le bel hiver d'un pays changeant.

Le moment magique dura une demi-heure. Un appel téléphonique vint les sortir du pays des merveilles et du repos. C'était Marie, l'aînée de la famille, qui annonçait sa venue avec les siens au cours de l'après-midi.

Quand elle raccrocha, Jocelyne songea qu'elle avait fait un grave oubli avant que ne survienne la grande saison blanche et c'était son amie Aubelle, là-bas, dans la montagne. Elle le lui avait pas fait ses adieux pour l'hiver et l'arbre en serait attristé. Il faudrait qu'elle s'y rende, même en motoneige. Ou peut-être que dans un jour ou deux, elle pourrait faire le trajet à pied ?...

***

Chapitre 13

Joyce avait revêtu un jacket léger rouge vif, mais d'un tissu très isolant. Il faisait du vent là-haut comme presque toujours, même quand l'air était plutôt calme en bas. Et au contact du tapis de neige, l'air se refroidissait malgré le soleil resplendissant et ses rayons obliques.

Sa marche était alourdie par des bottes enneigées et par le soin qu'elle devait y mettre pour ne pas risquer de faire une chute par glissade ou de se renverser un pied sur un objet, caillou ou bout de branche, échappant à la vue en raison d'un enrobage de blancheur brillante.

Il fallait ce lien d'une vingtaine d'années pour la tirer sur le mont Bleu si tard dans l'année, et surtout la solidité de cette relation avec son arbre.

Aubelle représentait pour elle tout le cosmos en dehors de l'humain et constituait sa porte d'entrée pour accéder à un univers situé au-delà de la conscience et même du temps réel tel que perçu par le calcul humain.

À leur dernière rencontre, elle avait oublié de la toucher, à cet arbre qui semblait de sexe féminin bien que l'humanité soit convaincue que les arbres n'ont aucun sexe, encore bien moins que les anges. Quant aux sentiments qu'elle prêtait à cette entité végétale parlante, ils étaient acquis par imitation.

Mais ils existaient et dès lors, il lui fallait les respecter.

Et ce respect exigeait un adieu rituel avant le long hiver et les froids fantasques qui forçaient la fragile fille de la forêt à se réfugier loin sous terre pour protéger sa vie.

Si la feuillée d'automne cachait la moitié des constructions de la petite ville à part les beffrois, voici que le manteau d'hiver les mettait toutes en évidence là-bas, en bas. La femme s'était arrêtée avant le tournant qui la conduirait au rocher d'Aubelle pour aimer son pays qui ne lui avait jamais été sévère malgré son absence d'une douzaine d'années au coeur de sa vie.

Et pour reprendre son souffle. Elle se demanda quelle serait la résistance de son mari après pareille escalade sur ce pas solide et constant. Ce qu'elle préférait en ce lieu, c'était le grand silence, celui auquel on aspire en soi-même, celui de la paix intérieure, le silence du temps qui dort, celui de la lumière divine, le silence des forêts nordiques, celui de l'instrument que le musicien vient de ranger, le merveilleux silence d'une télé éteinte, celui d'un lac tranquille au bord de l'aube...

Son pied droit bougea. La neige en se tassant crissa un peu. Le charme fut rompu. Elle reprit sa marche vers le sommet. La tête sous un bandeau blanc, un peu courbée en avant pour surveiller ses pas. Bientôt, le grand rocher parut, tacheté de brun, dégoulinant, l'air malheureux. Et à son pied, toute couverte de ouate, Aubelle qui ne dit rien, qui ne frémit pas, qui demeura endormie. La femme humaine s'avança en la questionnant par son inconscient; nulle réponse ne lui parvint. Elle se rendit à la roche plate qui lui servait de fauteuil de jase et y prit place sans rien dire pour un moment, se contentant de regarder son petit arbre si grand, fort de la force du rocher qui le protégeait et le nourrissait, frileux et au chaud par la neige qui le recouvrait.

Devait-elle la toucher, la dévêtir, la secouer un peu ou bien à force de lui parler, Aubelle finirait-elle par sortir de sa torpeur hivernale prématurée ?

–Aubelle, Aubelle, c'est Jocelyne. Es-tu là ?

Silence.

Et pourtant cette simple phrase revigora tout l'être de la femme humaine. Il lui parut qu'une sève printanière coulait à l'intérieur de son corps, non pas que par ses seuls vaisseaux sanguins, mais par toute sa substance, toute sa chair, ses cellules vivantes.

On était à la fin de la boucle des saisons, mais en elle, il se produisait un effet de renaissance. Jocelyne pensa que le phénomène se produisait souvent quand elle se trouvait là. Peut-être même à tout coup. En fait, il était facile de savoir pourquoi. La marche, l'oxygène, l'air froid et sain de la montagne, un moment de repos, de répit: tout y "parlait à l'âme en secret" comme l'eût dit le suave poète. Et par chance pour elle, le phénomène se produisait aussi ailleurs ou alors toute la saison froide, cette injection de bien-être exaltant lui aurait terriblement manqué.

–Aubelle, Aubelle...

Aucun frisson du jeune arbre aux pieds mouillés.

–C'est moi... c'est moi...

Rien.

–Tu vas te réveiller... tu vas te réveiller... Je compte jusqu'à cinq et tu vas te réveiller... Un... deux... trois... quatre... cinq...

Néant.

Jocelyne attendit. Elle avait tout son temps. Tout de même, un arbre ne se réveille pas comme un humain: en deux temps trois mouvements. Elle devait faire de l'empathie, tâcher de devenir elle-même de bois, tourner autour d'elle-même pour prendre son élan vers l'autre, tout comme l'écorce, l'aubier et les couches annuelles finissent par exploser en une feuillaison magnifiquement verte au bon vouloir du soleil printanier.

Cette pensée lui donna une idée nouvelle: fredonner un air qu'elle et sa chère amie Aubelle avaient souvent chanté pour ravir le rocher et les végétaux du voisinage: *Roule s'enroule...*

Ce matin, je t'aime pour deux;

Ce matin, mon coeur bat pour deux..."

La voix toute douce s'arrêta pour que la femme écoute, sente un premier frémissement dans l'arbre. Elle eut beau prêter oreille et coeur, elle n'entendit rien du tout et reprit:

Ce matin, je t'aime pour deux;

Ce matin, mon coeur bat pour deux...

Je te retrouve

Et je découvre

À la seconde

Le goût du monde

Roule s'enroule ta vie à la mienne

Roule s'enroule ta chance à la mienne.

Roule s'enroule tant de tendresse

Que je ne cesse de croire en toi.

Là, il se produisit une réaction: un frisson à peine perceptible et un petit soupir d'enfant qui émerge de son grand sommeil peuplé de rêves mirobolants et enchanteurs. Un morceau de neige tomba d'Aubelle dans l'eau d'à-terre. La femme humaine pensa qu'elle devait insister ou bien la femme végétale retournerait dans ses draps profonds.

Ce jour-là est fait pour nous deux;

Un instant, je ferme les yeux.

Tu me fredonnes

Mieux que personne

La chanson tendre

Que j'aime entendre.

Ce fut un petit rire cristallin né de milliers d'orteils chatouillés qui fit comprendre à Jocelyne que son manège réussissait. Elle insista encore:

Roule s'enroule ta vie à la mienne

Roule s'enroule ta chance à la mienne.

Roule s'enroule tant de tendresse

Que je ne cesse de croire en toi.

Puis entonna le dernier couplet.

Et alors, la voix d'Aubelle, juste sonore et sans prononcer les mots vint l'accompagner:

Le soleil s'endort et s'éteint

Et le vent se calme soudain.

Le vent s'arrête

Pour mieux peut-être

Que tu entendes

La chanson tendre.

Cette fois, le rire fut clair et net. Et deux mots vifs:

–Salut, Joyce.

–Ah, Aubelle, enfin réveillée !

–On finit la chanson.

–O.K!

Et le refrain fut repris en choeur.

–Mais c'est l'hiver et tu viens me voir! s'étonna 'la' jeune arbre.

–C'est ça: je venais te dire adieu pour l'hiver. Regarde toute cette neige. Elle a beau fondre, demain ou après-demain, il y en aura de la nouvelle.

–Et le froid, la nuit, brrrrr...

–Comment ça, tu n'es pas toujours cachée au chaud dans ton sous-sol ?

–Tu sais, en décembre, je ne suis pas trop endormie, et il m'arrive de me pointer le nez dans mon coeur, ici, au milieu du tronc, histoire de voir si ça ne serait pas le printemps.

–Là, tu dormais pour de bon et je t'ai...

–Non, non, je suis contente, si contente de te voir. Je

voudrais que tu me touches avant de partir. L'autre jour, tu ne l'as pas fait.

—Suis impardonnable.

—Et comment ça va, la vie humaine ? Y a toujours la guerre dans le coeur des hommes ?

—C'est pas en des millénaires que ça pourrait changer, alors imagine en quelques jours comme il ne se passe rien pour améliorer le coeur des hommes...

La voix d'Aubelle devint plus forte et joyeuse:

—Et comment va ton Bébé d'Albert ?

—De ce temps-là, il se plaint de vieillir... surtout à me voir ne jamais vieillir. Et il a bien raison.

—Qu'il vienne donc plus souvent avec toi en montagne! C'est peut-être ici, la fontaine de Jouvence.

—Je me le dis parfois... Et puis... qu'en dis-tu, toi qui possèdes une sorte de... science infuse ? Ça se pourrait bien, tu sais, que le contact de nos deux 'âmes' pour ainsi dire, provoque en moi une sorte de concordance du temps... du temps qui passe. Peut-être que depuis que je te connais, je me suis mise à vieillir comme toi, c'est-à-dire lentement. En te portant secours, j'ai prolongé ta vie sur terre, en tout cas ta vie organisée telle qu'elle l'est maintenant en un bel arbre vigoureux, et toi, tu m'as répondu sans même t'en rendre compte de la même manière, en prolongeant la mienne, et pour cela, en me gardant jeune. Tu l'as fait grâce à je ne sais quel pouvoir qui se trouve en toi, le grand pouvoir de la substance universelle peut-être, auquel tu sers ce canal vers moi... Je ne sais pas... Je parle, je parle...

Aubelle fit un soupir d'impuissance avant de dire :

—L'idée ne m'a jamais traversé... l'écorce, si je puis dire.

Il y eut un long moment de silence.

Les deux entités féminines se mirent à penser la même chose, mais Jocelyne ne comprenait pas que l'autre sache ce qu'elle savait à propos de la pauvre mouffette morte dans le belvédère, ce jour d'automne. Car il s'agissait de ça. Le triste événement était survenu après sa visite à l'arbre et elle ne lui en avait pas fait part.

Aubelle fournit une explication:

—Je l'ai entendue passer ici et j'ai senti sa souffrance, dit-elle à voix bourrée de tendresse contristée. Elle avait une patte sanglante et elle pleurait. Je lui ai demandé de me donner sa douleur et son chagrin, elle m'a dit qu'elle devait les endurer toute seule jusqu'au bout. Les animaux sont aussi bizarres que les humains, on dirait. J'ai voulu la retenir pour la consoler jusqu'à la fin; elle m'a dit qu'elle voulait finir sa vie sur la montagne, en regardant la ville, sa ville...

—C'est drôle, je lui ai fait la même demande: me transférer au moins une part de sa souffrance par delà le temps, même si elle était déjà morte. Mais je n'ai rien senti.

—Je n'en crois rien. Tu avais du chagrin pour elle. Et c'est parce qu'elle te transmettait sa souffrance par delà le temps que tu pleurais pour elle. Aucun chagrin n'est inutile dans le cosmos. J'ai soulagé sa douleur et toi aussi.

—Tu en sais beaucoup, de choses, depuis que tu as acquis la parole.

—Tu sais bien qu'il n'est pas nécessaire de parler pour savoir en ce monde créé.

—Je voulais juste te faire parler, fit Joyce en riant.

—Tu es folle comme un foin.

Il y eut alors un moment béni de grande plénitude. Récompense, peut-être, de la part de la mouffette pour le soulagement que ces deux amies compatissantes lui avaient apporté lors de sa fin. Puis Jocelyne prit la parole :

—Aubelle, je suis venue t'apporter un cadeau de Noël. Mais je ne savais pas quoi. Alors je te le demande. Qu'est-ce que tu voudrais pour Noël ? Tu te rappelles, je t'ai souvent parlé de Noël. Les gens se font des cadeaux. Des choses matérielles, mais pour plusieurs... en tout cas pour certains, ces choses-là indiquent un sentiment... un bon sentiment. Pour plusieurs, c'est pour se débarrasser, mais pas chez moi. Non, Albert, Marie, François, Mylène... ils sont tous généreux et... Bon, qu'est-ce que tu aimerais pour Noël, toi, jeune arbre qui a tout pour survivre et être plutôt heureux... ou heureuse ?...

–Le cadeau le plus beau, tu viens de me le faire en venant me visiter malgré la neige, le vent, le temps d'hiver.

–Quel cadeau! Je te fais sortir de ta torpeur où tu étais si bien, si confortable.

–Je suis encore mieux en ta présence... en ton contact... en la communication que nous avons toutes les deux. Tu es mes pieds, ma mémoire, ma raison, mon coeur aussi maintenant depuis que je connais les sentiments grâce à toi...

Joyce prit une profonde inspiration:

–Mais là, je vais te priver de tes pieds, de ta mémoire, de ton coeur... jusqu'au printemps. Oh, je sais, ce n'est pas bien long pour un arbre... Mais tu vas sentir que c'est long parce que pour moi, tout un hiver, c'est très long...

–C'est long avant... mais c'est court une fois passé... Tu seras en moi par le souvenir... avec toutes tes belles qualités...

–Flatteuse, va !

–Non, non... tu es honnête, sincère, curieuse... tu es passionnée... tu es belle du coeur et de l'esprit, je le sais... et puis par les vibrations de ta voix, par le choix de tes mots, je sais que tu es belle de ton corps, de ton visage... Tu es... tu es exceptionnelle, voilà... Et tu possèdes une si grande aptitude au bonheur...

–J'ai mes défauts aussi... Si tu me voyais dans ma cuisine...

–Ah, c'est pas la première fois que tu dis cette phrase, toi.

Joyce devint hésitante, cherchait :

–Ben... oui... je pense... Tu penses que non ?

–Ta façon de me le dire... je veux dire les intonations subtiles, les nuances dans ta voix, ça me dit que tu as souvent dit cette phrase... en tout cas plus d'une fois...

–Si tu remarques de pareils détails, tu dois savoir que je dis la vérité en parlant de mes défauts.

Aubelle se désola et sa voix devint capricieuse :

–Facile pour moi d'avoir peu de défauts, je suis faite si simple...

–C'est vrai, ça! Plus un humain est fait simple ou aspire à la simplicité, moins il est imparfait... Tiens nos intellos par exemple, sont terriblement détestables. Pire encore, ceux qui jouent à l'intello, qui les encensent et qui les lèchent...

–Intellos ? Qu'est-ce que c'est ?

–Bah! des semeurs de confusion... très portés sur la compétition mentale. En fait, des intellectuels qui dérapent, qui perdent pied dans leurs propres excréments.

–Des excréments, c'est utile... ça fait pousser les végétaux comme moi.

–Pas cette sorte d'excréments. Ceux des intellos rapetissent tout... et ne font jamais rien croître, bien qu'eux le croient dur comme fer.

–Un exemple ?

–Sais pas trop... Tiens, les critiques de livres, mettons. Incapables d'en écrire eux-mêmes que les gens veulent lire, ils ergotent sur ceux des autres pour en tirer quelque chose à faire leur pain.

Aubelle qui saisissait mal les propos négatifs ou simplement gris, bifurqua :

–Comme je voudrais me transformer en livre, moi !

–Ça se pourrait bien, puisque tu es un arbre...

–Faut être résineux pour devenir livre, pas feuillu.

–Oui, mais tes feuilles apportent peut-être autant de joie que celles d'un livre.

–Quant à ça...

Elles se turent un moment et de loin leur parvint le bruit d'une motoneige. Sûrement quelqu'un qui venait par là ou alors le son du moteur serait bien moins distinct.

–Ce n'est pas Albert, nous utilisons rarement la motoneige. Nous, on préfère marcher dans la nature l'hiver.

–Motoneige ?

–Il doit en passer ici souvent, non ?

–Je dors l'hiver, tu le sais.

–C'est vrai, oui. Une motoneige, c'est un véhicule à moteur qui est fait pour rouler sur la neige. Un moteur, c'est un objet en métal qui produit un mouvement grâce à des explosions de carburant. On utilise le mouvement pour faire bouger d'autres objets rassemblés et des passagers qui montent dessus: on appelle ça un véhicule.

–Le moteur est vivant s'il produit un mouvement. Il est donc... un esclave ? Tu m'as déjà raconté que l'esclavage, c'était terminé.

–Tu sautes trop vite aux conclusions. Non, il n'est pas vivant. Il est en métal. Le carburant est un liquide explosif mais qui n'a pas la vie comme toi et moi... Je vais cesser de te parler, on va me prendre pour une folle.

–Je sais, oui. Et je me tais aussi, même si à part toi, on ne peut pas m'entendre chez les humains. Pas encore...

Le bruit augmenta. On savait que l'arrivant prenait maintenant le dernier tournant. Ce fut une énorme surprise pour Jocelyne lorsque le véhicule s'arrêta à sa hauteur. Le conducteur ne portait pas de casque réglementaire, seulement une tuque bleu marine qu'il fit mine de soulever en s'exclamant après avoir stoppé l'engin et coupé le moteur:

–Joyce, c'est André. Tu m'excuseras de ne pas enlever mon couvre-chef... avec ma chevelure, tu sais bien...

–Mais qu'est-ce que tu fais donc ici, toi ?

–Je fais un tour. Pour tout te dire, c'est Albert qui m'a dit que tu te trouvais dans la montagne. Je n'ai eu qu'à suivre ta piste dans la neige.

–Il t'a dit ça, lui ?!

–J'ai pas demandé où est-ce que tu te trouvais, là. Il a dit ça comme ça. Je l'ai croisé au centre d'achats. Ensuite, je me suis dit que l'occasion était belle de te parler. L'autre soir au restaurant, c'était pas facile. Mais je sais que tu as pensé à notre... à notre dernière rencontre... avant ton départ pour la Floride...

Elle soupira :

–C'est si loin, tout ça. On dirait un siècle.

–Le temps des beaux jours fait place au temps des regrets.

–Toujours aussi romantique.

–En ta présence, je l'ai toujours été. C'est plus fort que mon vouloir...

–T'es drôle, André Lussier.

Ils se parlèrent ensuite un peu du temps radieux de ce jour-là. Puis l'homme renoua avec le sujet qui l'intéressait: leur relation passée qui n'avait pas, selon lui, atteint son épanouissement complet.

–J'étais fou de toi... et je me demande si je ne le suis pas encore.

–Mais non, mon ami! Toi, un massothérapeute, tu devais, et tu dois, savoir qu'un accrochage sur quelqu'un, c'est un prisme qui déforme la réalité. Le sentiment qui est gros comme une souris, on le voit grand comme un éléphant. La souris est... souriante, mais c'est pas un éléphant... c'est une souris, toute petite, qui grignote par en dedans, mais qui ne fait que grignoter...

La voix d'Aubelle émit un petit rire coquin, mais seule Jocelyne était en mesure de l'entendre.

–Moi, la souris, elle me bouffait tout entier, en tout cas.

L'homme restait assis sur le siège du véhicule et parfois regardait du côté d'Aubelle sans la voir, sans la sentir. Et la femme demeurait bien installée sur la pierre plate qu'elle avait nettoyée de sa couche de neige tout en parlant à son amie, et qui restait un peu humide.

–Tu as eu une bonne vie ? Je le sais par Mariette, que tout a été pour le mieux entre vous deux et pour vous deux.

–Oui, mais...

–Et tu aurais tout brisé ça pour une toquade ?

–Avec elle, ce fut bien, peut-être qu'avec toi, ça aurait été excellent ?

–Ah! ce qu'on ne sait pas, on ne le sait pas. Un tiens vaut mieux que deux tu l'auras !

–C'est sûr que bien conservée comme tu l'es, un homme de mon âge...

–Albert est de ton âge, mon cher ami.

–Mais lui, c'est ton mari.

–Je n'ai pas besoin d'un autre homme dans ma vie.

André se montra sceptique par le ton et le regard :

–T'en as jamais eu ?

–Non, mon cher, jamais.

–Tu veux-tu montrer à un vieux singe à faire des grimaces, là, toi ?

–Bon... pense ce que tu veux, tu es parfaitement libre.

La voix d'Aubelle se fit entendre en l'esprit de Jocelyne:

"Non, mais il veut quoi, lui ? Qu'est-ce qui s'est passé entre vous deux déjà ?"

–Rien, rien d'important!

André chercha à comprendre :

–Tu dis quoi là ?

–Rien... Je me parlais à moi-même... Dans la grande nature, ça m'arrive quand y a pas d'animaux à qui parler.

–Tu parles aux animaux ?

–Des fois.

–Tant que tu ne te mettras pas à parler aux arbres, ha ha ha ha...

"Non, mais pour qui il se prend encore ?!" protesta la femme de bois. "J'ai le goût de lui donner un coup de fouet."

–Moi aussi, marmonna Joyce.

–Non, mais les animaux sauvages ne te font pas peur ?

–Les lions sans doute, mais c'est rare à Mont-Bleu qu'on en croise.

–Non, mais... les coyotes... les loups...

–Les loups humains sont plus dangereux.

–T'as bien raison. C'est d'ailleurs connu.

–Y a que les couleuvres dont j'avais peur pour mourir, mais aujourd'hui, j'arrive à les tolérer. Je fige en les voyant, mais je les laisse s'en aller loin de moi. Tandis qu'autrefois, je courais à toutes jambes quand j'en voyais une.

L'homme éclata de rire:

–Quand ça fait pas l'affaire, tu leur coupes la tête. Hey, cet automne, je dois avoir piégé une dizaine de bêtes puantes autour de la maison, là, en bas, au pied de la montagne. Y en a une: j'ai attrapé juste la patte. C'est tout ce qu'il y avait dans le piège avec pas mal de sang autour...

"Non mais qu'est-ce que t'as donc pu lui trouver, à ce gars-là ?" s'insurgea Aubelle.

–Qu'est-ce que j'ai pu te trouver, André, toi, un homme cruel envers les animaux ?

Estomaqué, abasourdi, incrédule, l'homme prit le ton de l'innocence:

–Quoi, tu risques tous les soirs de te faire arroser par ces bêtes puantes-là. Tu sais que tu peux perdre la vue, hein, si t'en reçois dans les yeux.

–Chaque être vivant a droit à la vie, les mouffettes encore plus que les hommes... ou du moins autant.

"Bravo ! Bravo !" lança Aubelle depuis sa prison de bois.

–On va pas se chicaner pour une histoire de bête puante, tout de même.

–As-tu connu une seule personne aveugle qui l'est devenue à cause de l'urine de mouffette, toi ? Pourquoi te servir contre ces petites bêtes-là d'un argument aussi fallacieux ?

L'homme regarda au loin:

–J'aurais donc dû fermer ma grande gueule, moi, encore une maudite fois.

"Ça, c'est sûr, mon espèce de grand... décalotté !"

–Comment sais-tu qu'il est chauve ? murmura Joyce.

"Les ondes, les ondes."

–Dans le temps, je ne te savais pas aussi sensible, dit-il.

—Et moi, je ne te savais pas aussi insensible à la souffrance des êtres vivants.

—Avoir su... que tu étais...

—J'avais trente ans, mon cher. J'étais inconsciente de bien des choses alors.

—Ça prouve que tu vieillis, toi aussi, comme tout le monde.

—Enfin une belle parole !

Soulagé d'une pression qui devenait trop lourde, l'homme revint à la charge avec ses regrets du vieux passé des années 70, sans être capable de s'imaginer qu'avec sa brutalité affichée, il avait démoli un édifice dans le coeur de la femme.

Elle se retint de lui parler du cadavre du petit animal qu'elle avait découvert dans le belvédère et dû jeter à la vue des corneilles pour qu'il serve plus utilement la nature que de pourrir aux intempéries.

Rien ne passa plus entre Jocelyne et André. La femme avait fermé toutes ses frontières et bloqué toutes les issues, toutes les brèches, toutes les fissures détectables et jusqu'aux moindres interstices. Un mur de ciment compact. Et quand cela lui arrivait, l'autre avait tôt fait de comprendre. André comprit et eut pour réflexe de chercher une petite punition en même temps qu'une porte de sortie. Histoire de la contrarier un peu, il dit alors qu'il s'apprêtait à repartir :

—Je vais saluer Mariette de ta part et lui dire que je t'ai vue ici. Tu salueras Albert de la mienne.

—Parfaitement !

Ce seul mot sur ce ton fit saisir à l'homme qu'il n'avait pas réussi son coup.

Après son départ, le dialogue entre les deux entités féminines reprit au bout d'un moment de silence ponctué de petites exclamations d'Aubelle, semblables à des raclements de gorge. C'est Jocelyne qui intervint la première :

—Tu as pu te rendre compte par toi-même de la cruauté humaine dont je te parlais.

—Tristesse en mon coeur.

–Mais l'homme ne s'est pas fait tout seul. Il y a un créateur derrière tout ça et certains jours, j'ai bien du mal à le comprendre, Lui. La mouffette, c'est beau de souffrir à sa place, mais elle aussi, sans le vouloir, dispense la souffrance pour survivre. Elle t'a dit comment elle s'y prend pour se nourrir ?... Elle tue et dévore des petites bêtes comme les mulots, les souris... La nature est ainsi faite...

–Parlons de nous deux alors ! soupira Aubelle.

–Il faut se dire adieu.

–Pour l'hiver.

–Pour l'hiver.

–Tu ne peux pas revenir en... motoneige ?

–Non. Vraiment pas. Et puis je ne veux pas te réveiller une autre fois ou bien tu pourrais en mourir par le gel qui te surprendrait.

–J'irais me cacher vite, vite.

–Non.

–Même pour... Noël ?

–Même pour Noël.

–Tu m'as demandé ce que je voulais à Noël. Je ne peux pas te demander une petite... visite... Je suis si seule ici...

–Non... mais... il me vient une idée pour ton cadeau... Une bonne idée... Mais... je ne te le ferai pas cette année... L'an prochain ou l'autre année...

–Savoir que tu me feras ce cadeau, c'est mon cadeau de cette année.

Aubelle bâilla et ajouta :

–Là, je dois retourner dormir. Vas-tu me toucher, me serrer dans tes bras avant de t'en aller ? Comme tes autres enfants quand ils étaient petits et que tu les bordais le soir dans leur lit ?

–Oui, ma grande, je vais le faire tout de suite. Tu sais, j'ai un fils, François, et deux filles, Marie et Mylène et en plus, une fille adoptive qui a la terre pour parents et le grand rocher pour tuteur...

La femme s'approcha et enserra l'arbre qu'elle étreignit sur son coeur :

—Et cette fille adoptive, c'est ma belle... Aubelle...

Alors elle sentit par toute sa substance un fluide puissant et régénérateur qui l'exaltait...

***

Chapitre 14

Et puis ce fut Noël cette année-là aussi.

Irrésistible Noël ! Fascination de Noël omniprésente.

Partout la musique cent fois entendue, cent fois répétée, cent fois berçant les enfants cachés dans le coeur des grands.

Il y eut réunion de famille chez Jocelyne et Albert comme en tant d'autres foyers du pays. On avait pris le repas du midi en respectant les traditions culinaires du peuple tricentenaire: dindon dodu et doré, sauce aux atocas, patates pilées et petits pois, sans oublier la sauce brune et le pain croustillant.

Tout en regardant son monde faire et dire dans le grand salon de l'arbre multicolore au pied enterré de cadeaux brillants, Jocelyne fut emportée dans un Noël de son enfance. Impossible de savoir lequel. Mais alors, elle pouvait avoir quatre ou cinq ans. C'était donc autour de 1944. Peut-être même en 1945 ?

Une si petite maison et tant de monde: à ne pas croire. Comment les gens parvenaient-ils à cette époque à s'empiler ainsi les uns sur les autres ? Il y avait eu autour de la table un moment plus tôt pour se partager les mêmes mets que six décennies plus tard, les neuf enfants de la famille. Comment ne pas se souvenir éternellement de tant de bruit, d'éclats de voix, de rires jeunes et de mains qui vous peignent les cheveux avec leurs doigts pour vous rappeler que vous êtes la cadette et qu'on voudrait vous garder bébé ?

Et puis le *White Christmas* de Bing Crosby sur un 78-tours joué par ce qu'on appelait alors un 'pick-up', tourne-disques rapporté de Montréal par Jean, l'aîné de la famille, âgé de vingt-quatre ans et travaillant à l'époque à Canadair dans la fabrication d'avions de guerre.

Au fond du salon, sur un divan de tissu brun, rude comme de la jute, prenaient place son frère Séraphin avec sa fiancée Lucienne Leblanc qui passaient tout leur temps à se bécoter et à se peloter. Il était même arrivé avant le dîner que Joyce les surprenne par la porte entrebâillée à autre chose qui lui parut suspect tant la main du jeune homme délaissa rapidement la prise qu'elle avait sur la poitrine abondante de la jeune femme. On lui avait fermé la porte au nez et elle avait entendu qu'on la bloquait de l'intérieur à l'aide d'un sofa simple.

Mais voici que l'heure du dépouillement de l'arbre arrivait. Et il avait fallu utiliser tout l'espace disponible soit la petite salle où était le sapin plus le salon des amoureux –les pauvres durent bien rouvrir la porte– et aussi un lieu peu apprécié situé entre la salle et la cuisine, sorte de passage obligé entre les deux pièces où surgissait du plancher une grille de la fournaise de la cave. Il y faisait une chaleur d'enfer et l'odeur de bois brûlé aurait pu endormir une armée passant par là.

Fernand s'était déguisé en père Noël. On le vit apparaître dans l'escalier menant au deuxième étage. Le pauvre, maigre comme un bicycle de son naturel, avait dû se bourrer de deux oreillers plutôt qu'un et ça lui valait des fesses drôlement inégales et un ventre pointu. Mais il parvenait quand même à passer pour le vrai père Noël grâce à sa voix grasse et vieillie. En tout cas, Joyce n'y vit que du feu. Et faillit voir le père Noël prendre en feu quand il passa sur le grillage avec sa poche rouge sur le dos.

Et commença le dépouillement. Les parents étaient assis

l'un en face de l'autre, les plus près de l'arbre, l'homme au visage sévère sur un fauteuil brun et noir qu'il avait fabriqué de ses mains et mis sous la grosse boîte du téléphone que la fillette imaginait en être vivant à cause des sonnettes qui ressemblaient à des yeux et du cornet qu'elle prenait pour un très long nez, tandis que le pauvre appareil infirme n'était affublé que d'une seule oreille...

À chacun et à chacune avait été attitrée une place précise par la mère, une femme d'ordre et de fermeté. Outre le couple de fiancés au fond du salon, il y avait à l'extrémité du divan la blonde à Fernand, un être de la même extrême maigreur que son ami déguisé et qui osait fumer la cigarette. Dans la même pièce, se trouvaient deux fauteuils simples, l'un occupé par Victoria, âgée de seize ans et l'autre par Doris, sa cadette de deux ans, toutes deux servant de chaperons aux jeunes couples formés de Séraphin et sa Lucienne puis de Fernand et sa Laura.

Pour rendre la pièce encore plus exiguë, il s'y trouvait sur un pan de mur un piano; et une fillette en bleu et rouge avait hérité du banc pour s'y asseoir durant la distribution des cadeaux. C'était Liliane, enfant de dix ans, timorée, presque muette tant elle se faisait discrète. Et si docile... Elle était la soeur préférée de Jocelyne qui la trouvait plus jolie encore qu'une poupée avec sa chevelure blond blanc, ses sourcils si pâles et toutes ces taches de rousseur sur le visage.

Jean et sa femme Huguette avaient été admis avec leurs parents dans la pièce contiguë au salon d'un côté et communiquant avec la cuisine de l'autre par deux portes largement ouvertes. L'aîné de la famille était à la droite de son père et sa jeune femme à la droite de la mère.

Et enfin, celles qui restaient, Pauline, douze ans et Gisèle, sept ans, devaient se terrer debout dans un coin du passage étouffant en espérant que l'attisée dans la fournaise perde de son intensité au plus tôt.

À cause de son âge tendre et parce que les bébés de famille étaient toujours plus choyés que les autres, Jocelyne que tous appelaient Joyce, avait droit d'aller où bon lui semblait, d'une pièce à l'autre, d'une personne à l'autre. C'est elle qui aperçut la première le père Noël descendre du deuxième étage. Elle demeura figée un moment, les yeux démesurément grands, à la fois curieuse et craintive et c'est la voix du père de famille qui la dégela en annonçant à tous la venue du joyeux bonhomme avec sa poche de cadeaux.

Joyce suivit timidement le personnage et, un peu machinalement, voulut se réfugier dans les bras de son père qui la repoussa sans brusquerie:

—Va voir ta mère, là, toi, va voir ta mère.

Marguerite tendit les bras et la petite courut à elle pour se faire rassurer. Certes, elle se souvenait du vrai père Noël, mais c'était si loin dans sa tête. Bien des images du vieux monsieur lui avaient été montrées ces dernières semaines, mais elles étaient toutes en noir et blanc et provenaient du journal La Presse et du Bulletin des Agriculteurs.

—C'est prêt pour les paquets, lança Marguerite.

Joyce avait pris appui sur les genoux maternels. Elle gardait ses yeux rivés sur le bonhomme rouge qui continuait de la sidérer sans vraiment l'effrayer ou alors elle aurait éclaté en larmes.

—Non, mais regardez-moi le beau paquet rouge que je vois là, dit le bonhomme qui se pencha et le prit dans ses mains gantées de blanc. C'est quoi, le nom... Attendez, je vais vous lire ça... C'est écrit: à Joyce de maman, papa et Jean.

—C'est pour toi, dit Marguerite à l'enfant qu'elle poussa devant pour aller quérir son paquet.

Hésitante, la petite fit quelques pas et le père Noël lui remit son cadeau entre les bras.

—Viens t'asseoir pour l'ouvrir, dit sa mère. Tiens, ici, sur le tapis. Pas sur le prélart, c'est trop froid pour ton petit derrière. Sur le tapis tressé ici.

Puis la femme s'adressa à tous :

—Faut attendre que chacun ait ouvert son cadeau !

—Pis qu'ils nous le montrent, ajouta Émile qui dissimulait son plaisir derrière la voix de l'autorité.

–Viens aider ta petite soeur, demanda Marguerite à Liliane qui s'était approchée de l'embrasure de la porte du salon.

Elle obéit et vint s'asseoir à même le tapis où elle demanda à la petite si elle voulait son aide. L'enfant accepta et bientôt, le papier d'emballage fut ôté et laissa voir une boîte blanche que Joyce ouvrit. Elle fut abasourdie.

–Incassable ! dit Jean à l'intention de tous.

Il s'agissait d'une poupée, oui, mais pas comme les autres de la maison. Il y en avait tout de même déjà trois ou quatre qui formaient un véritable musée des horreurs. L'une en matière plastique avait perdu son nez et un bout de bras. L'autre avait un oeil arraché et les joues enfoncées. Une troisième, en guenille celle-là, s'était fait démembrer par le chien qui s'acharnait sur elle depuis qu'elle avait mis le pied dans cette maison. Et enfin, une quatrième, poupée-tronc, n'avait plus ni bras ni jambes et restait abandonnée dans le fond d'une garde-robe de la chambre à débarras.

Toute rose, celle-ci. Un drôle de rose tout de même en raison de la matière caoutchoutée dont elle était faite. Quelque part entre le rose bonbon et le rose gomme. Et des cheveux blonds comme ceux de Liliane; Liliane que l'objet fascinait tout autant que sa petite soeur en ce moment et qui le regardait fixement comme si elle avait été en état de transe. Et une large boucle rouge dans la chevelure frisée.

–Personne ne la reconnaît ? demanda Huguette, une jeune femme dont les cheveux, comme ceux de Marguerite et de Laura, étaient coiffés en un rouleau encerclant la tête.

Les grands du salon vinrent mettre le nez dans la porte pour chercher l'identité questionnée. Lucienne s'exclama en riant :

–Mais c'est Shirley Temple, hein ?

–Eh oui ! s'exclamèrent d'autres.

–Depuis que la guerre est commencée, on n'entend plus parler d'elle, dit Huguette.

–C'est pas à cause de la guerre, c'est parce qu'elle a

161

vieilli, commenta son mari.

—Vieillir, c'est comme mourir ! s'exclama Émile.

—Tout de même, Shirley Temple, c'est encore rien qu'une enfant ! opposa Marguerite.

—Écoutez, c'est comme les jumelles Dionne, ajouta Séraphin dont la tête dépassait par la porte du salon, depuis qu'elles ont une dizaine d'années, c'est moins fort à Corbeil.

—À Corbeil ? dit Lucienne.

—Sont venues au monde là... en Ontario.

Joyce qui n'échappait pas un mot s'intéressait en même temps à sa poupée toute neuve qu'elle prit dans ses bras et serra sur son coeur.

—Mais Shirley Temple avait pas les cheveux de cette couleur, c'était une petite brunette, dit Laura.

—J'aime mieux des cheveux blonds... comme Liliane, dit la fillette que tous regardaient.

Et Liliane, dans un geste qu'on ne lui connaissait pas et qu'on ne connaissait guère dans la famille, prit sa petite soeur et sa poupée dans ses bras et les serra sur elle.

—Ouais, ça s'aime dans la famille ! s'exclama Séraphin. Comme nous autres...

Et il en profita pour entourer le cou de sa blonde de son bras affectueux.

Quand le dépouillement fut terminé, une partie de la famille retourna à la cuisine et les deux couples non encore mariés restèrent au salon. Joyce resta devant l'arbre de Noël, assise sur le tapis tressé, sa poupée à ses côtés, oubliée par sa mère et ses soeurs, à regarder les boules briller, une verte en particulier qui produisait sur elle un effet magique. Elle finirait par se coucher par terre et s'endormir, mais avant cela, elle dodelina de la tête pendant un bout de temps...

—Maman, maman, où est-ce que t'es partie encore ? On dirait que tu n'es plus du tout avec nous autres ?

La femme sortit de sa torpeur et les derniers mots de sa fille aînée lui étant restés, elle y répondit:

—Je... je pensais à un vieux Noël... un Noël d'antan...

—Nostalgique, la mère ?

—Non, non... un simple rappel de mon enfance.

—C'est drôle, maman, on dirait que t'es capable, toi, de sortir complètement de ton corps et de traverser les barrières du temps.

—Pas toi, Marie ?

—Ben... non. Franchement non, maman. Quand je pense à quelque chose du passé, moi, je reste branchée à la réalité du moment présent.

Marie possédait le tempérament autoritaire des aînés de famille en général. Ou bien est-ce leur rang dans la famille qui les façonne ainsi ? Grande, brunette, les yeux noisette, le geste abondant et le ton assuré, même quand elle hésitait, car alors elle donnait une forme à chaque hésitation qu'elle mesurait, calculait, élargissait ou rapetissait suivant sa pensée réelle par son langage gestuel et sa voix.

Elle considérait que tout résultat de son action était ce qui devait arriver. Et donc valable malgré parfois des apparences tout à fait contraires. Un temps, elle avait voulu devenir directrice d'école et cherché à l'être, sans y parvenir, concluant au bout du compte que le poste lui aurait été somme toute préjudiciable, que son heure pour cela n'était pas venue. Il y avait 'du-renard-et-les-raisins' dans son attitude, mais elle ne le voyait pas de cette façon et ça l'aidait à garder son équilibre psychologique. Car il lui arrivait de traverser des périodes de profonde dépression n'ayant rien à voir avec le burn-out et tout avec le spleen.

—Je pense que tu devrais apprendre à sortir de toi-même comme je le fais.

—As-tu toujours été comme ça ?

—Je le pratique systématiquement depuis vingt ans, mais quand j'étais petite fille, oui, aussi. Justement, je pensais à ma poupée de caoutchouc qui ressemblait à Shirley Temple, je crois que je t'en ai déjà parlé, eh bien elle me fascinait et me faisait entrer dans une sorte de transe. Je lui parlais pour m'endormir et je quittais mon corps avec elle pour vivre des aventures semblables à celles de ses films –à la petite Temple– des années 30.

–C'est de la méditation transcendantale, du yoga ou quoi d'autre ?

–C'est tout ça et rien de ça. D'aucuns disent que c'est traverser le miroir...

Marie prit place à côté de sa mère sur le divan de cuir beige et demanda :

–Pourquoi le pratiques-tu davantage depuis une vingtaine d'années, comme tu viens de le dire ?

–Sais-tu, il y a une vingtaine d'années, ma route a croisé celle d'un personnage pas mal extraordinaire. Rien à voir avec les sentiments... Moi, il n'y a eu que ton père dans ma vie. Je suis la femme d'un seul homme pourvu que l'homme soit celui d'une seule femme: moi... Je suis avare de mon homme et je veux qu'il soit avare de moi.

–Ah! que c'est drôle, maman ! J'avais toujours imaginé que, vive comme tu l'es et si jeune malgré ton âge, il te soit passé par la tête au moins des fantasmes à propos d'autres hommes que papa. La variété est un des piments de la vie, tu ne penses pas ?

–Je me contente d'une seule épice, tu sauras.

Marie prit la main de sa mère entre les siennes et se fit condescendante:

–Mais oui, mais oui, ma petite mère... Bon, et qu'est-ce que tu disais donc à propos d'un gars extraordinaire il y a vingt ans ? Papa le connaît ?

Jocelyne fit les yeux contrariés et mit un brin d'impatience dans le ton:

–Bien entendu qu'il le connaît, qu'est-ce que tu penses encore ?

–Te fâche pas.

–Je ne me fâche pas, je m'inquiète de tes insinuations pas

si bienveillantes que ça... dont tu as d'ailleurs la spécialité...

–Ben voyons donc ! Et il a quel âge, ton personnage extraordinaire ? À peu près le tien ?

–Oui et après ?

–Sois pas si soupçonneuse, maman.

–Je vais tout te dire. Et peut-être que toi aussi, tu devrais aller le voir de temps en temps. Ça pourrait bien te servir quand tu te mets à te renfermer dans ta noirceur.

–Ah, c'est donc un professionnel de... quelque chose ? De la santé ?

–Arrête donc de faire ta raisonneuse aux devinettes ?

Marie éclata d'un grand rire tonitruant:

–Ta quoi ? Ta raisonneuse aux devinettes ? Qu'est-ce que c'est ? Une nouvelle métaphore à mettre au petit Robert ?

Jocelyne durcit le ton sans que le coeur ne le devienne :

–Tu veux savoir ou tu veux pas savoir... pour l'homme extraordinaire qui pourrait t'être utile, à toi aussi ?

–Ben oui, maman, c'est bien sûr !

–Mamie, mémé... criait Benjamin en se ruant sur sa grand-mère qui le reçut joyeusement sur elle.

Du coup, le petit garçon ramassa l'attention: et celle de sa grand-mère, et celle de sa tante Marie, qui n'en eut plus désormais que pour lui.

Les entretiens familiaux ou de groupe ont de ces coupures brutales qui empêchent le secondaire de passer de bouche à oreille, si tant est que l'essentiel réside dans les caprices des petits rois quand ils s'amènent auprès des adultes avec leur panoplie de finesses calculées aux airs de joliesses spontanées.

***

Chapitre 15

En ce moment même où le jeune fils de François s'emparait de sa grand-mère dont il avait déjà le coeur tout dans le sien, et de sa tante Marie qu'il devait séparer avec ses enfants à elle, voici qu'à la cuisine, Albert, flanqué de Philippe, son gendre, époux légitime de son aînée, initiait Marie-Ève et Alexandre, les enfants du couple, au jeu de poker.

L'adolescente de douze ans n'avait eu aucun problème à en saisir les rudiments, tandis que son frère de dix ans, lui, se débattait encore avec sa mémoire pour lui faire différencier les diverses stratégies élémentaires comportant les chances les meilleures de lui forger une main gagnante. Et puis il avait du mal avec ses relances.

C'est qu'aux principes de base du jeu, l'on avait ajouté des variantes: cartes frimées, cartes ouvertes, plus petit jeu sans paires, avec ou sans cartes frimées etc...

L'on était à un "plus gros jeu avec paires à trois cartes", les sept étant frimés. Alex reçut deux sept et un roi qu'il rejeta dans l'espoir d'obtenir un as afin d'avoir le jeu parfait, imbattable. Mais il reçut un six et sa déception put se lire dans son visage. Sa soeur qui elle, avait une paire de valets rejeta la troisième carte et il lui fut donné un sept pour lui permettre ainsi de déclarer trois valets, soit une main qui fut gagnante.

Soupçonnant une erreur de stratégie de la part du garçon, son père lui fit dire qu'il avait rejeté la proie (le roi) pour l'ombre (le six).

Alexandre qui jouait perdant depuis le début et sentait que c'était par sa faute, se fâcha tout noir et lança les cartes sur le plancher de la cuisine; et il quitta la table en trombe sous les regards médusés des trois autres joueurs. Et il s'enfuit dans la chambre de ses grands-parents.

–Le portrait de sa mère à son âge, commenta Albert. Ça lui arrivait de lancer des cuillers.

–Une manière d'attirer l'attention, déclara Philippe qui riait de l'événement. Il va revenir et s'excuser. Inutile de lui parler maintenant et tant que les débris de l'explosion ne seront pas retombés. Il est intelligent... comme sa mère... et il finit toujours par revenir à la raison de lui-même...

L'homme qui venait de parler était un personnage de haute taille, proche du géant, en tout cas qu'on aurait accepté dans une équipe de basket-ball s'il avait eu de ce sport la maîtrise suffisante. Et comme souvent chez les gens de cette grandeur, il possédait une âme à l'avenant, un coeur d'or, une placidité à toute épreuve. Ce qui faisait de lui le père idéal. Il voyait ce qui se passait dans la tête de ses deux enfants et agissait en tenant compte de leurs gènes tout aussi bien que des servitudes de l'existence. Voilà pourquoi, en certaines circonstances, il dressait des obstacles sur leur chemin pour les aider à se bâtir une musculature morale qui fait généralement si défaut aux enfants de ce siècle.

Blond, cheveux ras, il avait légué, semblait-il, pas mal de gènes à son fils au plan physique mais pas tant que ça au plan moral, de sorte qu'Alexandre possédait l'âme de sa mère dans le corps de son père: pauvre hybride qui avait du mal avec lui-même, ce qui le poussait à essayer des choses risquées ou controversées dont, déjà, la marijuana.

Albert lança sa voix vers le salon:

–Hein, Marie, que tu lançais des objets à l'âge d'Alexandre ?

–Quoi, papa ?

La jeune femme s'amena dans l'espace communicant.

–Tu garrochais des ustensiles des fois, à l'âge d'Alex, reprit Albert tandis que Marie-Ève récupérait les cartes en maugréant contre son frère et sa soupe au lait.

–Pas à son âge, papa: bien plus jeune. Pas à dix ans.

Philippe prit la parole:

–Marie, tu viens pas jouer à sa place ?

–C'est lui qui a garroché les cartes par terre ?

Marie-Ève se releva avec le paquet:

–C'est lui, le... mauvais perdant. Il sait pas jouer et ça le fait fâcher. C'est pas la faute des cartes quand même, maman. Pis c'est pas notre faute à nous autres.

L'adolescente prenait un ton boudeur pour dénoncer son frangin sans faire montre d'agressivité: tactique féminine qui permet d'exprimer sa colère sans perdre la face.

Marie-Ève possédait la fragilité de sa grand-mère Jocelyne, son grand regard jade et la blondeur que la sexagénaire possédait au même âge, mais que son adolescence avait foncée puis qu'elle teignait en roux depuis nombre d'années. Elle reprit place en se laissant tomber sur sa chaise pour ajouter un peu à sa protestation.

–Faut pas que tu t'en fasses, lui dit son père, ta mère va venir à la place d'Alex.

–Non, dit Marie, moi, je n'aime pas beaucoup le poker, tu le sais. Mais Mylène va venir, elle, j'en suis sûre. Je vais lui ôter son livre des mains et vous l'envoyer.

–Bravo ! fit Marie-Ève qui se mit à brasser les cartes avec ses petites mains délicates. On se fera pas sacrer le jeu à terre avec ma tante Mylène.

On jouait avec des jetons et l'adolescente semblait être dans son jour de chance, ce qui intéressait tout particulièrement son grand-père.

–Peut-être que tu vas gagner moins quand tante Mylène sera là.

La jeune fille qui était assise face à son grand-père lui déclara, le regard brillant:

−Ah, j'pense pas, Papi. J'pense que j'vas gagner encore.

Le sexagénaire reconnut en ses yeux cette lueur qui lui faisait une sorte de clin d'oeil et le ramenait tout droit dans les belles années alors qu'il avait pu si souvent faire pareille lecture dans le visage d'un joueur touché par la grâce.

Marie trouva sa soeur affalée entre le long divan et l'arbre de Noël et qui lisait *L'homme qui devint Dieu* de Gerald Messadié:

−Laisse tomber ton livre, petite fille, on te réclame à la table de cartes dans la cuisine.

−Pas question ! fit la jeune femme sans même lever la tête.

Marie se pencha et prit le corps du livre entre son pouce et son index :

−Envoye, on t'attend.

−Vas-y, toi.

−Moi, j'aime pas ça beaucoup... Mais toi, d'habitude...

−Sacrifie-toi pour une fois.

−Tu le finiras plus tard, ton livre... demain, la semaine prochaine, il ne fondra pas.

−O.K! d'abord...

Mylène, jeune personne de taille moyenne, une petite balafre au-dessus de la lèvre supérieure sur la gauche, rappelait vaguement pour ces caractéristiques et par sa chevelure pâle qui lui cachait souvent la moitié de la figure, ainsi que par sa minceur, la comédienne incarnant dans les années 70 le rôle de la femme bionique à la télévision.

Sans enfants, elle avait quand même à son actif deux compagnons de route qu'elle avait fini par trouver ennuyeux comme la pluie pour ensuite les délaisser faute de temps pour essayer de les rendre plus intéressants.

−Tiens, je vais y aller, moi aussi, annonça Jocelyne qui suivit sa fille cadette.

–Dans ce cas-là, j'ai pas besoin d'y aller, moi.

–Envoye, envoye, dit Jocelyne qui lui poussa dans le dos.

Le petit Benjamin qui voulait aussi jouer au poker fut confié à sa tante Marie qui lui promit amusement et surprises, et le ramena au salon. Quant à Alexandre, il poursuivait sa bouderie coléreuse dans la solitude de la chambre de ses grands-parents.

Les cartes furent distribuées par Marie-Ève et pendant qu'on les ramassait, deux autres personnes firent leur apparition, qui complétèrent le décor familial: Danielle et François à qui leur fils Benjamin, comme un grand, se rendit ouvrir la porte d'entrée. Il balbutia aussitôt, énervé:

–Mon... mon cousine... A... Axandr'... il fait du boudin... A jeté toutes les cartes à terre...

–Mon Dieu, il est fâché, dit sa mère en se penchant sur lui. Qu'est-ce qui s'est donc passé ?

–Ben... sais pas...

Marie qui vint accueillir les arrivants en même temps que les cris de bienvenue lancés depuis la table de la cuisine, expliqua :

–Il a du tempérament, celui-là; et il aime pas trop perdre.

François leva son index vers sa soeur :

–Ah, faut pas t'en faire, c'est un battant.

–Et un gagnant, enchérit sa soeur pour faire taire son inquiétude à propos de son fils.

Pendant ce temps, la partie de cartes se poursuivait. Appelée par son besoin d'aller embrasser son fils et sa bru tout en restant à l'écoute du moindre bruit venu de sa chambre, Jocelyne s'excusa auprès des joueurs :

–Je vais revenir. Passez mon tour une fois ou deux...

Marie-Ève protesta :

–Mais, grand-maman... tu joues pis tu joues pas.

–C'est donc pas drôle, une grand-maman qui est pas capable de se faire une idée comme ça, hein ?

–Certain.

Elle lui serra le poignet :

—Je reviens, ma grande.

Mais elle n'en avait pas vraiment l'intention et après les salutations à Danielle et François, elle demanda à son fils de la remplacer à la table; puis malgré les soupirs réprobateurs de Marie, elle se rendit à la chambre où était réfugié son petit-fils. Elle entra sans frapper mais en parlant :

—J'ai besoin de quelque chose, Alex, dans un tiroir de commode; tu permets que j'entre ?

Le gamin s'était accroché une fesse au bord du lit et, bras croisés, il regardait dehors. Ses yeux semblaient fixer un point précis et sa grand-mère perçut qu'il n'y restait pas grand-chose de sa mauvaise humeur de la table. Elle fouilla et ne trouva pas. Puis se tourna vers lui et dit doucement :

—La Marie-Ève, je te dis qu'elle est dans son jour de chance. Et quand ça arrive... tu demanderas à ton grand-père, un joueur est imbattable. Comme Papi dit: dans ce temps-là, tu te contentes de jouer 'fessier' et d'attendre que la chance de bossu de... de la personne bossue... passe...

Alexandre se mit à rire. Elle s'approcha :

—Et qu'est-ce que tu regardes comme ça ?

—Un oiseau sur un fil.

—Ah oui ? Tiens donc... Il aura oublié de s'en aller dans le sud.

—Voyons, grand-maman, tu sais bien que les oiseaux migrateurs oublient jamais de partir. C'est parce que c'est un oiseau qui passe l'hiver par ici.

—Bon, bon, bon, mais tu en sais, des choses, toi. Ou bien c'est ta grand-maman qui ne réfléchit pas assez.

Elle prit place à côté de lui. Ils restèrent un moment sans rien se dire.

—Est-ce que tu sais quelle sorte d'oiseau c'est ? Moi, je l'ignore. Et puis... ça n'a pas d'importance pourvu qu'il soit là et qu'on puisse le voir tous les deux.

Le volatile gris-brun, aux allures d'un moineau mais qui

n'en était pas un, exécutait une sorte de danse en ligne sur le câble du téléphone et sautait de côté vivement sur une distance de quelques mètres avant de faire un volte-face pour revenir à son point de départ. Était-il en train de réchauffer ses pattes ? Ou peut-être s'agissait-il de quelque danse nuptiale destinée à épater la jeune mariée ailée cachée dans les environs ?

–Quelque chose le pousse à faire cela, dit Jocelyne. Il n'a pas le choix de ne pas le faire. Tu sais, même si les bêtes décodent, analysent, comprennent, elles n'ont pas le libre arbitre... Bon, ce que je veux dire, c'est que toi, tu peux choisir de faire une chose ou de ne pas la faire, tandis qu'eux sont programmés...

–Comme un ordi ?

–Exactement. Et c'est ce qui fait que leur vie est... disons 'ordine' et pas 'extraordine'... tu vois ?

–Ils pensent pas. Un ordi est pas capable de penser.

La femme songea à Aubelle et composa une hésitation dans sa voix :

–Hum... Tu sais, même les plantes peuvent décoder... mais pas à notre manière d'humain. J'ai un arbre pour amie... elle s'appelle Aubelle...

–Quoi, c'est une fille, fit l'enfant en riant un peu.

–Oui, je pense.

–Aubelle ?

–Oui. Elle est là, dans la montagne. Là-haut et elle est pleine d'énergie... Tu vois, rien que d'y penser et je sens que ça bouge partout dans ma personne. Ce que je voulais te dire, c'est que je lui parle et qu'elle me répond... Dis ça à personne ou bien on va dire que ta grand-mère est folle... ou comme tu dirais qu'elle a une 'fuse' de sautée... Il faudrait que ce soit notre secret, rien qu'à nous deux.

L'enfant se sentait revigoré. Quelque chose l'émerveillait dans le récit de sa grand-mère, surtout dit d'une voix aussi expressive, si convaincue et émue. Le senti passait avec une telle intensité dans son propos qu'il eût été bien difficile de ne pas y croire, à moins de rejeter du revers de la main tout ce qui n'est pas systématiquement cartésien, ce que ne saurait faire un enfant de cet âge.

–O.K!

–Tu vas garder le secret ?

–Ben oui...

Et la femme lui raconta ses deux dernières visites à son arbre là-haut. Sans toutefois parler de la présence d'une vieille connaissance la seconde fois. Elle s'en tint aux propos échangés avec Aubelle, à la découverte du cadavre de la mouffette et parla de sa tristesse devant le souffrance des êtres vivants quels qu'ils soient.

–Et on tient ça secret, Alex ? insista-t-elle à la fin de son histoire qui avait duré une quinzaine de minutes.

–Oui.

–En fait, pas secret mais sous clef. Et quand un jour tu sentiras le besoin de te servir de la clef, tu le feras.

–Tu crois, grand-maman, qu'on peut soulager la souffrance de quelqu'un rien qu'en acceptant sa souffrance ?

–Oui, je le crois. Je le crois fermement, mon grand.

L'enfant soupira. Il était soulagé. Content. Apaisé. Et l'oiseau sur le fil s'envola.

–Là, si tu veux, on va aller au salon pour le dépouillement de l'arbre de Noël. Moi, j'ai hâte de voir mes cadeaux, tu sais pas comment. Suis bien pire qu'une petite fille.

–Tu es une petite fille, Mamie.

–Eh que ça me fait plaisir de t'entendre me dire ça ! Viens que je t'embrasse !

*

Tous furent réunis en cercle dans le salon pour la distribution des paquets empilés autour et sous le sapin illuminé. Afin de rappeler l'atmosphère d'une nuit de Noël, Jocelyne ferma les rideaux du salon et la lumière du jour réfléchie par la neige entra bien moins dans la pièce.

–Pas de père Noël, mais le père Albert, annonça-t-elle

ensuite.

Il avait été entendu que c'est lui qui ferait la distribution et il quitta le cercle pour procéder. Comme il connaissait le destinataire de plusieurs des paquets multicolores, il en choisit un parmi les autres.

–C'est pas pesant... mais je sens que ça doit être pas mal beau. C'est pour qui ?

–Pour Benjamin, lança Alexandre.

Albert lut la carte et sourit avec un petit hochement de tête. Benjamin croyait que c'était pour lui, comme la plupart des autres, mais l'homme annonça :

–Eh non, pas celui-là. Celui-là, c'est pour... Alexandre. De Mamie et Papi...

Le garçon sourit et alla prendre l'objet qu'il apporta sur une petite table mise au centre du salon à dessein.

–Pis moi ? fit Benjamin en regardant désespérément sa grand-mère.

–Tu vas en avoir des beaux, toi aussi. Tout à l'heure...

Le petit retrouva Jocelyne et s'appuya contre ses genoux tout comme elle se souvenait l'avoir fait ce Noël de ses cinq ans, peut-être quatre ou même trois, quand elle avait reçu sa fameuse poupée Shirley Temple. Elle lui frotta l'arrière de la tête et la nuque et l'enfant sentit un bel engourdissement l'envahir en même temps que son regard fixait la scène du déballage par son cousin.

Alexandre jeta un coup d'oeil à sa grand-mère quand il aperçut la boîte sous le papier vert et rouge et en devina le contenu: un téléphone cellulaire. Il serait le tout premier à en posséder un à son école, c'était sûr.

–C'est beaucoup trop, papa, maman ! s'écria Philippe que sa femme Marie approuva aussitôt.

–Faut vivre de son temps ! dit Jocelyne.

–Mais il risque de le perdre, de se le faire voler, dit Marie. Et ça va coûter une fortune en appels.

–Non, non, fit Jocelyne. Il devra apprendre à s'en servir raisonnablement. Il n'a pas un abonnement, mais une carte.

C'est du pré-payé. Pour avoir une nouvelle carte, il devra la payer lui-même. Pour ça, il faudra qu'il économise sur son argent de poche.

Albert prit la parole:

–Mais si vous ne voulez pas qu'il le garde, on a une solution de rechange. Un dispositif de radio domestique... C'est comme ça qu'ils disent. Une nouvelle technologie. C'est comme un talkie-walkie mais en plus moderne. Avec moins de brouillage et une meilleure portée. On peut remettre le cellulaire et prendre l'autre à la place. Qu'est-ce que tu aimerais le mieux, Alex ?

Le garçon regarda ses parents tour à tour. Ils le laissèrent décider. Jocelyne intervint:

–Grand-maman te l'a dit tout à l'heure, dans la chambre, que ce qui rend la vie 'extraordine', c'est de décider au mieux de ses perceptions, de ses pensées, de ses évaluations...

Tous les regards étaient posés sur lui. Il posa le sien sur tous et chacun, l'air énigmatique. On attendait sa décision. Il tenait tout le monde en haleine. Enfin il prit la parole:

–J'aimerais mieux l'autre affaire.

–Aucun problème avec ça ! fit Albert. On remboîte et on retourne au magasin. Ils se feront un plaisir d'échanger. Ils vendent les deux. On a pris nos précautions.

–Merci ! dit l'enfant en s'adressant à sa grand-mère.

–Oublie pas de remercier Papi aussi, dit Philippe à son fils.

–Ben oui, voyons ! s'exclama l'enfant qui se rendit donner la main, comme un grand, au père Noël sans costume.

Quand il revint enlever les articles d'emballage et le cadeau de la table, il adressa à Jocelyne un clin d'oeil qui répandit la bonne humeur dans toute l'assemblée.

***

Chapitre 16

Ainsi que ça lui était arrivé jadis, avant la Floride, Jocelyne fit en sorte de mettre sur la glace de l'hiver sa vieille amitié avec Mariette Léveillée. Il y avait deux bonnes raisons à cela et chacune portait un prénom. L'une s'appelait André. André sous deux aspects: ses avances à peine voilées dont Aubelle avait pu être le témoin, et son insensibilité devant la souffrance des êtres vivants que la femme avait été à même de découvrir avec douleur à leur rencontre sur la montagne. En arrière-plan se dessinait la crainte d'elle-même que nourrissait Jocelyne à cause de son besoin de plaire et de charmer la masculinité rencontrée sur son chemin. L'homme charmait, dégageait encore malgré son âge une énergie peu commune. Certes, son cerveau de mâle devait la mitrailler de phéromones par vagues successives; en tout cas, elle les avait senties près de la submerger ce vieux soir du grand massage. Elle ne devait donc pas l'encourager par peur de manquer de force pour lui résister. Cette peur de jadis lui était restée bien ancrée et elle la jugeait valable. Car une aventure avec cet homme n'était souhaitable à aucun point de vue.

L'autre raison s'appelait Hélène. Hélène, sa meilleure amie depuis des lustres, et sans interruption. Hélène qu'elle voyait une fois par quinze jours quand ce n'était pas davantage. Hélène, la confidente, la grande soeur qui avait remplacé avec tant de coeur et d'âme Liliane quand celle-ci avait choisi d'en finir avec ses jours en 1982 à l'approche de la cinquantaine après une vie tumultueuse et souffrante.

Un février verglacé courait sur le câble noir qui passait devant la maison. Était-ce pour cette raison que pas un seul appel téléphonique en format régulier ou Internet en provenance de New York ou du docteur Leroux ne lui était parvenu depuis le début de l'année pour lui annoncer quelque progrès dans l'étude de son cas ? Était-ce ce silence interminable qui la rendait aussi songeuse et moins énergique ? Ou peut-être que son peu d'entrain était un signal de l'âge ? Le processus de vieillissement pouvait-il s'être remis en marche à son insu ? Elle ne le guettait pas toujours et ne le questionnait pas tous les jours.

Non, se disait-elle aussi, c'est février, le mois où la lumière solaire à force d'être réduite depuis l'automne, manque à tous et surtout à certaines personnes qui y sont plus sensibles que les autres et dont elle croyait faire partie avec sa fille Marie. Elle à un degré encore plus profond au point d'inquiéter ses parents et son mari toutes les fins d'hiver jusqu'aux beaux soleils d'avril.

Jocelyne Larivière n'avait jamais eu d'idées suicidaires et pourtant, elle avait beaucoup réfléchi sur le suicide, surtout depuis le départ de sa grande soeur chérie en 1982. Pourquoi Liliane avait-elle fait le grand saut si jeune et en même temps si mûrie par le temps ? Simple chimie hormonale ? Travail singulier des cellules, neurones, synapses et de toutes les composantes de son cerveau ? Tous, bien sûr, avaient pointé du doigt son divorce, sa solitude, un fils qui se dévastait par tous les abus de lui-même. Sa soeur Jocelyne croyait qu'il s'y trouvait plus que ces revers dans la démarche inexorable de Liliane. Elle avait donc cherché, cherché et encore cherché. C'était une des bonnes raisons qui l'avaient poussée à prendre des cours bibliques. Mais elle n'y avait pas trouvé la réponse espérée.

Confortablement installée dans un fauteuil à bascule, un

livre prêt à nourrir son être de rêve et de beauté, l'attendant dans la pochette du côté, la femme fixait son regard sur le câble qui se balançait un peu sous l'action d'un vent plutôt fort soufflant par rafales ce jour-là.

Albert n'était pas là. Parti pour toute la journée. Du travail à faire chez Mylène qui vivait seule dans sa maison unifamiliale à l'autre bout de la ville, en fait à l'extérieur de la ville, sur un rang de campagne.

Jocelyne eut une pensée furtive pour sa fille cadette si vivante. Mylène qui avait failli devenir psychologue et qu'on avait même réclamé à l'université par trois appels téléphoniques après qu'elle y ait fait son inscription à l'époque, mais qui avait opté pour autre chose et travaillait maintenant et depuis quelques années comme hygiéniste dentaire. Mylène qui avait eu deux compagnons de vie jusqu'à ce jour: et deux psychologues. Elle disait pourtant ne pas regretter son choix de carrière. En tout cas, elle avait rejeté ces deux gars-là, si tatillons dans leurs logorrhées verbales et leurs recherches labyrinthiques interminables dans l'âme humaine...

Mais ce n'est ni à son mari ni à ses enfants que la rêveuse voulait songer en regardant bouger de l'autre côté de la vitrine les brillants stalactites de glace suspendues au câble noir, mais à sa soeur Liliane et à cette journée funeste de 1982 où elle avait fait le grand saut. C'est Jocelyne qui en avait fait la découverte un soir d'hiver, un de ces soirs de ce même mois blafard où le blanc de la neige ne sert le plus souvent qu'à refléter le noir de la nuit.

Voilà un terrible choc émotionnel qu'elle n'avait raconté ni au docteur Leroux ni aux chercheurs de New York. Elle avait jugé bon ne pas le faire. Un tel coup ne saurait que faire vieillir celle qui le reçoit, pas stopper net son métabolisme. Certes, Jouvence avait montré le nez dans ces eaux-là, vers 1980-1985, mais un grand stress n'en pouvait être la cause originelle.

Et le glaçon captait des rayons faiblards d'un soleil penché pour les réfléchir vers ses yeux que mouillaient maintenant le souvenir et son coeur.

–Liliane... Liliane... Liliane... pourquoi ?

Le prénom répété tout haut la ramena loin en arrière. C'était quelques mois après le grand retour de la Floride. Le soleil et les palmiers lui manquaient, à cette femme qui avait vécu toutes ces années là-bas; et les enfants ne cessaient de réclamer de leurs parents qu'ils reviennent en arrière et reprennent la vie américaine, qu'ils renouent avec le rêve américain qui les avait vus et fait grandir.

En août précédent, Roger, le mari de Liliane avait quitté la demeure familiale en claquant la porte. Le divorce n'avait pas tardé et la femme avait continué de partager la maison avec leur grand fils, Hubert, âgé alors de dix-huit ans tout comme Marie, l'aînée des Martineau. Le jeune homme n'avait pas encore terminé une adolescence difficile et il était de tous les excès, surtout celui de la drogue.

Mais ce ne sont pas ces choses cent fois redites dans sa tête qui venaient de reprendre l'esprit de la sexagénaire et plutôt ce soir fatidique où, inquiétée par le moral de sa soeur en ce début de semaine de relâche scolaire –Liliane était enseignante au primaire– et par le silence de son téléphone, ce qui indiquait aussi l'absence de son fils, elle avait décidé d'aller voir de quoi il retournait chez elle.

Liliane habitait le rang dit de la Grande Ligne. Jocelyne, seule dans son auto, conduisit jusque là et fut étonnée et plus contrariée encore de voir dans l'entrée de cour la voiture de sa soeur, mais pas de traces indiquant qu'elle avait bougé depuis la veille, puisqu'il avait neigé un peu au cours de la nuit. De plus, il y avait de la lumière à l'intérieur, mais aucun signe de vie à première vue. Elle gara la sienne derrière et se rendit sonner à la porte sans obtenir de réponse. Plus surprenant encore, la porte n'était pas verrouillée. Cette fois, l'anxiété de la femme se transforma en véritable angoisse. Elle appréhendait le pire.

Et le pire devait survenir. Ou en fait était déjà survenu. Elle entra, appela, s'avança. Un bruit pouvait être entendu. La femme reconnut celui de la radio, un son bizarre qui provenait de la chambre à coucher de Liliane. Un éclair effrayant traversa l'esprit de Jocelyne. Elle se souvint que sa soeur avait déjà parlé d'une mort facile et douce grâce à un sac de plastique sur la tête et au manque d'oxygène graduel qui s'ensuit et vous entraîne peu à peu dans un sommeil létal et incomparable.

"*Puisque la vieillesse commence à cinquante ans avec son cortège de maux s'intensifiant chaque année, à quoi bon s'agripper quand on peut entrer dans un bienfaisant repos éternel sans plus attendre ?*" Voilà ce qu'elle avait dit à peu de chose près et qui revenait avec une pareille netteté à la mémoire de Joyce. "Non, non, non, pas dans la famille Larivière, des gens d'équilibre et de belle harmonie intérieure !" Mais s'il fallait que cela soit, sa vision des siens et d'elle-même risquait d'en prendre tout un coup, ce à quoi elle ne songerait que plus tard. Car le moment était celui du drame, de la tempête émotionnelle qui laisse si peu de place à la raison tandis qu'elle fait rage.

Elle fit quelques pas sur la pointe des pieds, ce qui était dicté par le non-sens car si sa soeur était décédée, quelle différence entre le bruit et le silence, d'autant que la radio faisait entendre un cafouillis d'ondes indiquant qu'on avait syntonisé un poste éloigné dont le signal à cause de la noirceur était embrouillé par plusieurs autres en provenance des États-Unis.

–Lili ? Tu es là ? Dors-tu, Lili ? C'est Joyce. Lili ?

Elle écouta. Rien à part les voix entrecoupées mêlées à de la friture.

Quelques pas et elle put voir par la porte entrebâillée que dans la chambre, il y avait une lampe de chevet qui répandait dans la pièce un clair-obscur suffisant pour tout y discerner avec justesse.

–Lili ? J'espère que tu n'es pas là parce que tu me ferais un peu peur à ne pas répondre comme ça.

Aucun signe de vie encore. Elle poussa la porte et aperçut sur le lit, étendu, un sac luisant recouvrant quelque chose. Son sang ne fit qu'un tour. Son coeur fut entouré de glace. Une sensation insupportable.

–Lili... non...

Mais elle se trompait. Le sac de plastique ne recouvrait pas quelque chose, il le contenait; et c'était une robe beige. Jocelyne se mit à hocher la tête tandis que la tension extrême se relâchait en elle. Elle fit quelques pas jusqu'au lit et tâcha de raisonner sans encore y parvenir. Et c'est un automatisme de femme qui fut son premier geste. Elle prit le vêtement par le cintre qui le retenait et le souleva sans apercevoir dessous une enveloppe qu'elle n'allait voir que plus tard et dont elle ne serait même pas la première à prendre connaissance. Et se rendit à la garde-robe pour y déposer le vêtement...

L'horreur lui sauta en plein visage alors qu'elle ouvrait la porte. Elle vit tout d'abord de sa soeur les yeux bleus révulsés lui rendre des lueurs macabres en provenance de la pénombre puis sa chevelure blonde retombée en arrière dans une immobilité qui en disait la mort. Et cette langue bleuie sortie de la bouche exprimant sans doute l'ultime manque d'air et peut-être le moment de la séparation de l'âme et du corps.

Liliane qui avait parfois parlé et, selon son aveu, rêvé d'une mort douce et facile, s'était donné la plus affreuse qui se puisse imaginer: celle par pendaison lente. Ses pieds auraient pu toucher le plancher et cela signifiait qu'elle les avait soulevés pour que la corde enserre davantage son cou, et n'avait tenté aucun effort pour s'en libérer avec ses mains qui restaient à poings fermés, figés dans la raideur cadavérique.

Pas un son n'était sorti de la bouche de Jocelyne devant ce lugubre spectacle. Seule la robe avait été lâchée et s'était ramassée en un tas dérisoire sur la moquette. Puis, dans un effort surhumain, elle avait retrouvé une partie de ses esprits. Assez pour appeler à l'aide. Ambulanciers, policiers, coroner: le clan de circonstance.

Et dans la lettre, l'on put lire un adieu sans trop d'émotion à son fils et à sa famille. Pas un mot en particulier pour aucun d'eux, pas même pour Jocelyne, sa jeune soeur préférée depuis l'enfance. "Ceux qui aiment la vie comprendront que ceux qui n'ont plus le goût de la vie y mettent un terme.

Ceux qui l'aiment moins réfléchiront avec ma fin comme élément additionnel et trouveront leur propre voie. Ceux qui ne l'aiment pas admireront peut-être mon courage. Je sais qu'il en faut et que cette mort n'est pas une fuite en avant comme les bien-pensants le soutiennent pour se réconforter. La peur est immense. Je le sais, c'est la troisième fois que je tente le grand saut. Puisque vous lisez cette lettre, c'est que j'aurai réussi. Et alors, je serai libre. Et en paix. En paix. En paix."

Les phrases de la lettre martelaient encore l'esprit de Jocelyne tandis que sa tête appuyée contre le dossier du fauteuil bougeait au rythme de ses paupières. Le mot 'paix' redit à trois reprises semblait un tel impératif dans l'âme de la disparue que sa soeur plus jeune s'était alors mise à la rechercher pour elle-même, sans besoin de la trouver au prix de sa vie. Chercher et trouver la paix à l'intérieur de sa vie terrestre lui parut être le meilleur chemin pour assurer sa paix éternelle quand le moment serait venu d'accéder à une autre dimension. Et c'est par quatre chemins en fait qu'elle chercha... L'un d'eux serait les études bibliques. Un autre plus bizarre consista à visiter à plusieurs reprises la maison de sa soeur dont on lui avait confié la clef comme si les choses avaient été en mesure de lui apporter de l'éclairage. Elle en vint même à vouloir la garder comme un sanctuaire, sorte de résidence secondaire. Albert par sa compagnie en fit un jour l'acquisition sous le prétexte de la rénover et de la remettre en location ou bien en vente. Mais on ne devait pas trouver facilement preneur et ce serait un jour Mylène qui s'y installerait avec son premier compagnon. Après un deuxième, elle y résidait toujours.

Le téléphone vint chercher la femme en état de somnolence. Jocelyne qui n'avait pas apporté le sans-fil auprès d'elle dut se lever promptement et aller le prendre sur la table de la cuisine. Elle répondit tout en revenant à son fauteuil gardé chaud par une couverture de tissu soyeux à larges carreaux:

–Allô !

Une voix posée et affaiblie se fit entendre:

183

–C'est Marie... je veux dire pas ta Marie, mais Mariette.

–Je t'ai reconnue par la voix. Comment vas-tu ? Contente de t'entendre: on s'est pas vues de l'hiver...

–Je savais que l'occasion nous serait redonnée.

–C'est sûr...

La femme reprit sa place et allongea ses jambes tout en replaçant une couverture sur elle.

–... et quelle est donc cette occasion ? Je veux dire: as-tu quelque chose de neuf qui t'incite à m'appeler ? Faut pas que tu penses qu'il te faut du neuf, mais... Bon, je t'écoute, ma petite Marie. Je t'appelle ma petite Marie, parce que l'autre, la Marie Martineau, elle est pas mal grande de taille.

–Que veux-tu, les jeunes d'aujourd'hui, ils ont eu une meilleure nourriture que nous dans notre temps, surtout au couvent avec la soeur Casserole, tu te rappelles ?

–Si je me rappelle. Soeur Citrouille, soeur Casserole, soeur Roulante...

–Mieux nourris, ils vont peut-être vivre plus longtemps et en meilleure santé.

–Qu'est-ce tu veux je te dise ?

–On sait bien, toi, tu vieillis pas. D'autres, ça va plus vite. Et pour d'autres comme moi, ben, ça va très vite.

Le ton en disait long sur l'état d'esprit de Mariette. Et l'autre le comprit aussitôt, qui dit:

–Qu'est-ce qui t'arrive, ma petite Marie ?

–Une ben mauvaise nouvelle.

–Dis-moi pas que t'as une maladie qui pardonne pas.

–Oui, je vais te le dire. Parce que c'est exactement ça. Tu as deviné juste. J'ai eu le résultat d'examens que j'ai passés il y a six semaines et c'est pas beau...

Il parut que Mariette avait un noeud dans la gorge et pas un noeud de rien.

–Ça sent le cancer, ce que tu me dis, mais tu sais comme moi que quand c'est pris à temps... Trois cancers sur cinq sont guérissables. Ça fait des bonnes chances, ça.

—Celui-là, il pardonne pas. C'est... les os...

—Dis donc, t'es où en ce moment ? Tu m'appelles de chez toi ?

—Non, je suis à l'hôpital, pour d'autres tests... et des traitements d'urgence.

—Je vais te voir. Je peux te voir et quand ?

—Demain si tu veux, je pense. En après-midi, disons...

—Tu veux que j'y aille ?

—Si je veux que tu viennes: c'est quasiment vital. Je...

Le noeud se resserrait encore sur la gorge de l'interlocutrice. Jocelyne prit la parole:

—T'inquiète pas, ma grande. Donne-moi tes coordonnées et je serai là demain sans faute. Tu es à l'hôpital d'ici ou à l'extérieur ?

—À Mont-Bleu... Chambre 202.

*** *

Chapitre 17

Pendant l'heure qui suivit l'appel de Mariette, Jocelyne retrouva son fauteuil pour réfléchir à travers le souvenir sans se laisser sombrer dans l'inconscience.

Cette fois, elle consacra toutes ses pensées à quelqu'un de bien vivant et qui faisait partie de sa vie presqu'au même titre que les membres de sa famille immédiate: sa grande amie Hélène Lachance.

Si Mariette avait été sa meilleure amie de couvent et de jeunesse, bien des années les avaient séparées ensuite et leurs retrouvailles récentes n'avaient pas eu de suivi jusqu'à cet appel dramatique du moment d'avant.

Les amitiés de couples s'étaient raréfiées et la fréquentation des survivants du cercle s'était ventilée depuis que Jouvence s'affirmait et que le fossé du vieillissement s'élargissait entre les femmes du groupe et Jocelyne; mais rien ne semblait devoir altérer le moindrement la relation unissant Hélène et elle, pas même une évidente différence d'âge qui en fait n'en était pas une, car toutes deux marchaient sur leurs soixante-quatre ans.

C'est aux cours de Bible en 1982, après le départ de Liliane, que les deux femmes s'étaient connues. Hélène poursuivait une carrière d'enseignante à l'école polyvalente en catéchèse et morale, tandis que Jocelyne s'occupait à plein temps de la maison qui comptait à part Albert trois ados: l'aînée de dix-huit ans, le fils de quinze et Mylène alors âgée de treize ans.

Pour lutter contre le demi-sommeil, la femme jusqu'à ce moment avait gardé ses yeux grands ouverts, mais cela nuisait à sa concentration. Ses paupières se mirent à papilloter pour finir par se fermer complètement. Mais son attention demeura en surface même si son esprit entreprit un autre voyage dans le temps, cette fois aux cours bibliques quelques jours après la sortie de scène de sa grande soeur qu'elle avait tant aimée et qui était partie sans même un petit mot de douceur, de réconfort.

En recevant le prospectus du Collège Laurier (cégep local) en août précédent, elle avait remarqué ces cours-là et eu grande envie de les suivre. L'idée l'avait ensuite quittée, gommée par les nécessités d'un quotidien plutôt chargé. Mais elle avait noté aussi que ceux d'hiver se donneraient le soir, les lundis et mercredis. Pouvait-elle les commencer au beau milieu de la session ? Pourquoi pas puisqu'elle n'en voulait point tirer de crédits officiels en vue d'un diplôme quelconque à coiffer une scolarité déterminée !

Acceptée, elle se présenta au cours avec deux minutes de retard, un exploit pour cette femme, car la ponctualité n'avait jamais fait partie de ses atouts majeurs et elle n'en faisait preuve que si l'horaire à respecter était très strict.

Ce furent ses pommettes qui en prirent pour leur rhume en rougissant comme des fruits mûrs quand elle se retrouva devant une douzaine de personnes qui la regardaient comme une extra-terrestre. C'est l'idée qui lui traversa l'esprit, le film E.T. datant de peu et demeurant clair dans les mémoires.

—Je suis de trop !? s'exclama-t-elle en jetant des regards vifs vers la porte à demi fermée derrière elle puis vers l'assistance puis vers le professeur, un homme bedonnant, pas beaucoup plus haut que la table derrière laquelle il se tenait, et tout vêtu de noir, cheveux ras la tête.

Il la dévisageait d'un sourire se situant à mi-chemin entre

l'incrédulité et la bienvenue. Jocelyne qui tenait d'une main une bible la brandit comme une arme d'attaque :

–C'est ici, les cours de ça ?

–Oui, oui, mais entrez donc, madame! lança le vieux maître de sa voix autoritaire et bienveillante. Comme vous le voyez, la bible n'est pas très à la mode, regardez: la classe est à moitié vide...

–À moitié pleine, dirent les étudiants en un choeur un peu désordonné.

–Prenez place avec les optimistes, madame...

–Larivière... Jocelyne Larivière-Martineau...

Et elle repéra une table libre dans la première rangée le long du mur du couloir au troisième rang et s'y dirigea tout droit en écoutant la répartie du prof :

–Ça fait long à écrire, un nom pareil.

–À qui le dites-vous, monsieur !

Les autres se mirent à rire. Comme ils possédaient tous en leur esprit le profil psychologique du maître, il n'était pas bien difficile de se forger vite une idée sur l'arrivante que le vieux renard forçait dès son entrée à réagir et à se dévoiler déjà un tout petit peu. Mais il y avait une autre raison justifiant leur attitude joyeuse, en plus du plaisir de compter parmi le groupe un nouveau membre, et c'était une question qui rôdait dans tous les esprits, une interrogation que, sans se le dire, tous avaient en tête...

–Eh bien, allons-y des présentations avant de retourner à nos moutons de Galilée. Je suis Roland Poirier... le professeur ou si vous voulez l'animateur... Et eux autres... Avez-vous objection à vous nommer pour madame... Jocelyne Larivière-Martineau avant que le cours prenne fin ?...

–À force de dire mon nom, oui, dit-elle en hochant la tête sur son large sourire qui séduisait tant les autres.

–Un nom sans fin, c'est une poussière d'éternité, fit le maître sans sourciller. On commence par toi, Huguette et en virant ensuite...

Il y avait trois rangées et trois personnes plus une autre

de deux pour un total de onze. Jocelyne qui venait compléter la douzaine toisa le groupe dans son ensemble avant de s'arrêter à chaque étudiante.

–Huguette Lavoie, dit la grande blonde au nez camus et au personnage maigre comme un squelette en collants.

–Thérèse Morel, s'annonça la suivante, une petite brune aux yeux bleus.

–Yvette Leclerc, fit la suivante, une femme dans la jeune cinquantaine, qui avait le sourire dans la voix et la voix dans le sourire.

Puis ce furent Monique Laniel, Lucie Fortin, Ginette Grenier, Suzanne Doré, Denise Lamy...

Jocelyne saluait chacune d'un signe de tête et d'un sourire qu'elle tâchait de composer avec un égal sentiment de premier contact pour chacune.

Il y eut encore la personne que l'arrivante avait le moins remarquée car elle était assise derrière elle et il lui fallut tourner la tête pour l'entendre se nommer:

–Moi, c'est Hélène... Lachance...

Cette fois, il passa plus qu'une première impression entre les deux femmes. En disant son nom, Hélène garda son visage froid et pourtant, son naturel était celui d'une personne joyeuse au sourire aisé qu'elle dispensait aux quatre vents de la même façon que Jocelyne elle-même. Ses yeux bleus, sa chevelure blonde suscitaient le préjugé, mais elle avait tôt fait de le tuer dans l'oeuf quand elle ouvrait la bouche pour s'exprimer dans une langue claire, mesurée, douce et parfois, quand la passion entrait dans la ronde, en des éclats de joie pure ou de colère noire.

Jocelyne crut qu'elle devait avoir deux ou trois ans de moins qu'elle, donc environ quarante ans. Et une taille bien conservée sous une poitrine plus que généreuse, en quoi les deux femmes se situaient aux antipodes et pour quoi Jocelyne eut un court instant d'envie à la voir ainsi taillée. Elle saurait plus tard de la bouche d'Hélène que ces seins trop abondants lui avaient causé plus de tort que de bien par des remarques incessantes de la part de ces messieurs et des douleurs dorsales causées par leur lourdeur.

Parce qu'elle oublia de sourire avec la même intensité et sans doute parce que l'autre resta de glace, Jocelyne esquissa à peine un air d'agrément, mais personne ne put le voir. Puis elle se tourna vers l'avant pour que les deux dernières se présentent à elle comme demandé par le maître Poirier.

–Moi, c'est Claudette Ouellette, dit une brunette grassette à lunettes.

–Aline Lupien, fit la dernière de toutes, installée au coin avant près de la porte, un personnage timide au regard inquiet et furtif.

Le maître reprit la parole :

–Ça y est, on pourrait continuer le cours d'aujourd'hui. Mais... faudrait s'expliquer, mes amies, à madame Jocelyne Larivière-Martineau au sujet de vous savez quoi...

Intriguée au plus haut point, l'arrivante regarda plusieurs qui lui jetaient des coups d'oeil où se pouvait lire quelque chose ressemblant à de l'ironie ou bien s'agissait-il de condescendance ou quoi encore d'un brin joyeux.

–Certaines parmi ces dames ont eu la... l'idée...

–La certitude, lança Ginette, un être nerveux à la voix pointue et capable de rire à en soulever le toit.

–Bon, reprit le maître, la certitude qu'avant la fin de l'année, on serait treize en tout.

–Le Seigneur et ses douze apôtres, glissa Claudette.

Poirier continua :

–Sauf qu'il y avait trois problèmes. Un: je n'ai pas grand-chose de Jésus comme vous pouvez le constater. Pas de plaies dans les mains. Pas de barbe. Les cheveux: pas trop non plus. Quant au reste...

Il se désigna par une main descendante descriptive de lui-même.

–Deux: les apôtres, que je sache, étaient tous de sexe féminin... Lapsus, je veux dire masculin...

–Un accident de l'histoire, souligna Lucie.

–De nos jours, ce seraient des femmes: elles sont bien plus spirituelles que les hommes, enchérit Suzanne.

–En plus que pêcher des hommes, c'est mieux que ça se fasse par des femmes, vous pensez pas ? fit Huguette qui se lança dans un grand rire pour le provoquer chez les autres, ce qu'elle réussit fort bien.

Jocelyne fut plus rapide que le maître et dit ensuite :

–Et trois, il manquait un apôtre et je suis venue pour arrondir la douzaine, je présume.

–Bravo ! Bien trouvé.

La classe était semblable aux autres: brillamment éclairée pour tenir tout le monde en grand éveil, un tableau vert à l'avant et des tables espacées de trois pieds. Aussi des éléments décoratifs à caractère biblique sur les murs çà et là. Une série de fenêtres sur la gauche donnait sur le toit d'un étage inférieur et au loin, de jour, on aurait vu des champs enneigés limités par un boisé vert et jaune.

–Le pire, dit le maître en feignant l'embarras, c'est que chacune s'est choisi un nom d'apôtre auquel s'identifier. Et... comme il n'en reste plus qu'un...

Jocelyne bougea la tête à droite, à gauche et son regard se durcit:

–Bon, il doit bien me rester celui de Judas, évidemment !

–Eh bien non !

–Judas, c'est moi, dit une grande voix calme derrière Jocelyne.

Elle se tourna vers Hélène qui répéta:

–C'est moi, Judas Iscariote. Fallait quelqu'un pour lui donner sa chance et comme je m'appelle Lachance... hey...

–Non !

–Judas, c'est pas mal comme nom, mais l'Iscariote ça sonne donc assez mal ! Même pas comme patriote...

Le maître prit la parole:

–Vous savez ce que je pense ?... Si Hélène a été assez forte pour prendre le nom de Judas, c'est qu'elle n'en a pas la moindre 'trace de lueur de caractéristique'... pas la poussière de...

—C'est vrai, ça, approuvèrent plusieurs.

Hélène éclata de son rire si puissant et si entraînant que la plupart devinrent plus joyeuses:

—Ce pauvre Judas, ben assez de finir pendu par le cou, rejeté de toute l'humanité par la suite... j'ai eu pitié...

—Et moi, je peux savoir quel nom d'apôtre il me reste, hein ? dit Jocelyne de sa voix d'enfant confiant. Ou faut-il que je devine ?

—Nous autres, on croit que tu auras celui qui te convient, fit la voix enrouée et enjouée d'Yvette Leclerc, une fumeuse invétérée.

—On va sûrement finir par me le dire...

Poirier dit, sa tête en biais, qui, déjà engoncée dans ses épaules, fit disparaître son oreille droite:

—Eh oui, c'est Thomas !

Jocelyne s'écria:

—Celui qui ne veut pas croire sans avoir vu ? En plein ça, moi, en plein ça !

Et ce furent des applaudissements, des rires, des murmures et des mots mélangés.

*

La femme rouvrit les yeux. Dehors, le vent du vingt et unième siècle faisait rage plus que jamais depuis le début de ce court hiver. Comment les années peuvent-elles s'écouler si vite dans une vie ? songeait-elle. Déjà plus de vingt ans entre ce premier cours de bible et ce début de la dernière saison, celle qui pour bien des gens ne dure pas très longtemps mais qui pour elle s'annonçait interminable dans la solitude et dans le froid.

Et la grande question revenait planer au-dessus de sa tête: quand son corps s'ajusterait-il enfin à la nature des choses ? N'en viendrait-on pas très bientôt à la considérer comme bien plus qu'un cas de curiosité, mais un phénomène à exhiber? Ne finirait-on pas par lui offrir des sommes faramineuses pour simplement la montrer comme une bête de cirque à l'amphithéâtre télévisuel nord-américain entre une partie de hockey et un match de baseball dans une sorte de revue Guiness ? Ne la passerait-on pas au Tonight Show avec les Salé-Pelletier et autres célébrités instantanées ?

Hélène lui avait été d'un si grand secours à mesure que le temps lui échappait. Mais voici qu'elle aussi commençait à s'éloigner sans même s'en rendre compte. Jocelyne ferma de nouveau les yeux et le char du souvenir vint la prendre pour l'emmener au coeur de l'été précédent dans un de ces vendredis soirs qui leur appartenaient depuis nombre d'années, à elle et sa meilleure amie.

–Au début, tu te souviens, je te battais chaque fois et maintenant, tu vois, jamais je ne gagne une seule partie contre toi au tennis.

–Si je te laissais gagner, tu t'en rendrais compte et tu en serais peinée.

–C'est vrai et je te l'ai dit souvent.

Elles étaient dans un centre sportif de la ville où elles se rendaient presque toutes les semaines pour faire un set de tennis. Pour le plaisir et pour la forme, pour l'amitié et pour le placotage. Tel était leur motto depuis le début peu après leur rencontre au cours de bible.

Il y avait tout plein de sportifs dans cette salle à manger où une fois la semaine, les deux amies s'attablaient pour regarder les joueurs performer sur les courts et pour siroter une eau glacée ou un rosé frais, ce qu'elles avaient choisi ce soir-là.

Hélène avait considérablement vieilli depuis 1982. Son front portait des rides profondes que pas même son bonheur de vivre n'avait pu prévenir. Ses yeux enfoncés avaient perdu leur éclat de jadis et imprimaient à son visage un air de lassitude que pas même son grand rire ne parvenait à effacer. Et puis elle avait subi une chirurgie pour diminuer le volume de ses seins et s'en trouvait fort aise car sa poitrine gardait, elle, une certaine jeunesse tandis que son dos ne criait plus au secours chaque soir comme auparavant.

Maintenant retraitée de l'enseignement et incapable de se lancer dans de grands projets emballants comme du temps de sa vie active avec ses étudiants, son âme se laissait envahir peu à peu, à son insu, par la sclérose de l'inutile. Par bonheur, il lui restait l'amitié. Celle partagée avec son compagnon de quarante années de vie commune, Yvon, un être tout de séduction et de raison au quotient intellectuel très supérieur à la moyenne, ce pour quoi elle le désignait à ceux qui ne le connaissaient pas comme une "bolle pas à peu près". Et celle partagée avec Jocelyne, sa grande confidente.

–Je trouve que tu m'as donné ça chaud pas mal, ma grande, ce soir.

–Come on ! J'ai gagné deux parties en tout et c'est par la chance. Mais je suis contente quand même, tu sais bien.

–C'est ça, l'important.

–L'important, c'est la rose, dit une voix masculine tout près.

–L'important, c'est la chose, dit une autre voix masculine tout près.

Deux personnages connus arrivaient à la table voisine, prêts à s'y installer et l'un avait saisi au vol la dernière parole lancée par Jocelyne comme un lob. Vêtus d'ensembles blancs tout comme leurs consoeurs, ils faisaient plus jeune que leur âge.

–Ah! Tiens, salut ! dit Jocelyne.

–Vous attendez quelqu'un ? fit l'un des hommes, personnage barbu, de plus de six pieds, aux cheveux blancs en couronne. Ça vous dérangerait si on vous accompagnait un petit quart d'heure ?

–Pas de problème quant à moi, dit Hélène.

–Si y'en a pas pour elle, y'en a pas pour moi.

Ce furent des éclats de rire et les hommes prirent place. Le plus grand parla de nouveau. Sa voix était forte mais imprécise; elle témoignait d'un problème de phonation. En fait il était né sans palais et il avait été nécessaire de lui faire plusieurs chirurgies dans son enfance pour lui permettre de parler, même s'il y paraissait passablement encore et pour toute sa vie. Il avait le même âge que Jocelyne et depuis belle lurette, ils se tutoyaient.

–Quoi de neuf depuis la dernière fois, Jacques ? lui demanda-t-elle.

–La dernière fois, c'était quand ?

–Trois semaines au moins.

Le deuxième homme intervint:

–On devrait faire un double une bonne fois.

Hélène dit:

–Elle est dure à battre, elle. Regardez-la: encore empêtrée dans ses quarante ans... à soixante-trois...

–Oui, mais... faut au moins une femme de quarante ans pour battre un homme de soixante ans.

–Vous autres, là !...

Le plus petit des deux atteignait presque les six pieds tout de même et il avait pour prénom Claude. Hélène les connaissait tous les deux via Jocelyne et le tennis, mais pas d'une autre façon. Quand on fréquente le même Club durant des années, on connaît pas mal de gens sans bien les connaître et ils deviennent familiers sans l'être vraiment.

–Je serais d'accord, fit Jocelyne. Moi, je pourrais jouer avec Claude contre vous deux. Jacques avec ses bras longs comme la raquette, ça pourrait équilibrer, non ?

–Et comment va madame Hélène ? demanda Jacques au moment où la serveuse s'amenait.

–Fatiguée de ce temps-là.

–Oui ? La retraite est dure ou quoi ?

–Je constate que c'est plus dur de ne pas savoir quoi faire que de travailler. Ceux qui rêvent à leur retraite ne savent pas à quoi ils rêvent.

Les deux hommes commandèrent puis Jacques reprit la parole :

–Je te crois sur parole, Hélène. J'en vois toutes les semaines dans ma pratique, des gens de notre âge, qui se plaignent de... imaginez... désoeuvrement. La fatigue du désoeuvrement est pire que celle consécutive au travail. Tu ne me surprends pas à me dire ce que tu me dis, Hélène. L'inanité. On dit qu'ils finissent par mourir d'inanition...

–Mais Jacques pourrait t'aider, Hélène et pas à peu près, j'en suis certaine. Hein, Jacques, qu'est-ce que t'en dis ?

–J'ai pour principe de ne pas parler de ma pratique ici au centre sportif. Histoire de ne mettre personne mal à l'aise. Suis comme un docteur: motus et bouche cousue. Bon... et comment va Albert, dis-moi, Jocelyne ?

–Lui ? Ça va, ça va.

–Ta voix cloche: c'est pas certain ?

–Oui, oui... Pourvu qu'il continue de chercher à échafauder, à inventer quelque chose d'autre... De ce temps-là, il travaille sur une méthode pour gagner au casino. Il a du temps à perdre. Il veut dilapider son argent, on dirait.

Jacques s'opposa:

–Attention, il y a des joueurs professionnels dans tous les casinos. Ils ont sûrement des stratégies pour tirer leur épingle du jeu. Épingle, c'est peu dire, il faut aussi qu'ils en tirent leur subsistance. Allez savoir leurs secrets.

–Il me semble que si tu t'y mettais, toi, Jacques, tu pourrais réussir quelque chose à ce sujet-là.

–Les jeux de hasard, c'est une chose qui ne m'intéresse pas beaucoup, vous savez. J'aime mieux les certitudes de mon métier... quand j'ai le bonheur d'en croiser...

Jocelyne en était là dans ses souvenirs lorsque le téléphone sonna de nouveau, qui la fit émerger de sa torpeur et traverser trois saisons l'espace d'un éclair. C'était Albert. Il annonça son retour à la maison avant l'heure dite et voulait l'opinion de sa femme quant à l'achat de quelques bouteilles de vin sur le chemin du retour.

Après avoir raccroché, elle tenta de nouveau de renouer avec des souvenirs, mais n'y parvint pas. Alors elle appela Hélène et lui parla de la maladie de Mariette. Les deux autres femmes ne se connaissaient pas directement et donc seulement par ce que Jocelyne avait dit de l'autre à chacune. Cela suffisait pour que naisse en Hélène un courant de sympathie. Et il lui vint à l'idée grâce à cette conversation de proposer ses services comme bénévole à l'unité des soins palliatifs du centre hospitalier local.

***

Chapitre 18

–Je sais que tu es là parce que je suis malade, mais... je ne veux plus que tu quittes ma vie désormais, Jocelyne, que je guérisse ou que je meure.

Mariette avait les mains de son amie entre les siennes et les serrait fort. Sa voix était chevrotante et son regard suppliait. Sa petite taille et sa position ainsi assise dans ce lit d'hôpital lui donnaient l'allure d'une jeune adolescente, ajoutant à cette nouvelle fragilité que son mal déclaré lui conférait.

–Promis, Marie, je ne vais plus quitter ta vie, lui dit sa visiteuse, larmes au bord des yeux et trémolo dans sa voix fébrile.

–Je voulais te l'entendre dire. Mais... mais faudra pas te sentir obligée par exemple.

–Qu'est-ce que tu vas chercher là ?

–Ce que je veux dire: je voudrais que tu vives ta vie comme avant, mais en m'incluant dans tes pensées quotidiennes... et... quand l'occasion se présentera, on pourra peut-être se voir.

–Et je t'aiderai à t'en sortir, ma petite Marie.

Mariette regarda dans le vague d'un futur bien aléatoire:

–Rien n'est moins sûr... que je m'en sorte...

–Mais faut surtout pas dire ça ! Le moral... c'est...

–Fondamental, je sais...

–Je te le soutiendrai, moi, le moral... avec tous les tiens... Francis, Caroline et... André... On sera tous là pour te transmettre nos énergies. Tu vas voir qu'à la gang, on va pousser fort sur la charrette et qu'on va te la faire remonter, la côte...

Mariette retira ses mains et croisa les bras en soupirant :

–Dans la vie, y a une côte qu'avec toute l'aide du monde, on ne peut pas remonter et c'est la dernière. Ça serait trop beau autrement: personne ne mourrait jamais. Suffirait de s'engager une gang de pousseux professionnels pour la remonter, la maudite dernière côte et il n'y aurait plus de dernière côte.

–Oui, mais la dernière côte, c'est un peu comme le bonheur, on ne sait finalement qu'après... Comment savoir si c'est la dernière ? Un miracle de dernière instance est toujours possible ici-bas...

Mariette glissa son doigt derrière le verre gauche de ses lunettes et frotta son oeil fermé pour le soulager d'une démangeaison. Puis elle demanda abruptement:

–Joyce, dis-moi, as-tu déjà fait l'amour avec... André ?

Jocelyne rougit jusqu'à la racine de ses cheveux:

–Es-tu folle ? Qu'est-ce que tu vas donc chercher là encore, toi ?

–Ben... avant ton départ pour la Floride... le soir où il t'avait donné un massage à ma place...

–Non, non, non... Je n'aurais pas pu faire ça dans ton dos, tu sais bien, ma petite Marie, tu le sais bien...

Et Jocelyne à son tour prit les mains de l'autre dans les siennes. Mariette dit:

–Tu crois peut-être que si c'était le cas, ça m'aurait fait du mal de le savoir ou bien que ça m'en ferait aujourd'hui ? Je peux t'assurer que non. Même que j'aurais aimé que vous le fassiez ensemble, André et toi. Je t'aimais... et je t'aime assez pour ça encore, tu sais. Pour moi, cela aurait été comme... de partager une richesse avec toi. L'amitié qui nous avait réunies au couvent... dans son apothéose en quelque sorte.

Si mal à l'aise qu'elle ne parvenait pas à supporter le sujet plus longtemps, Jocelyne choisit de l'éluder:

–Comment ça se fait que tu n'as pas de soluté. Et puis pourquoi ne me parles-tu pas un peu de ta maladie, des soins qu'on t'apporte ou qu'on te réserve, des possibilités de guérison et tout le reste ?

–J'avais plus important à jaser avec toi.

–Et qu'est-ce que c'est, que ce cancer qu'il nous faut combattre avec toi. Il faut connaître l'ennemi pour s'en défendre et même pour l'attaquer de front...

Mariette parla de ses tests et des résultats. Elle souffrait d'une des pires formes de la maladie: le cancer des os. Tout au plus pouvait-elle espérer une certaine période de rémission. Ou compter bêtement sur un miracle.

–Je connais un thérapeute qui pourrait te venir en aide en plus des autres de la "gang de pousseux" comme tu disais tantôt: médecins, aides-soignants, soutiens du moral etc. Peut-être qu'avec un petit coup d'épaule supplémentaire s'ajoutant aux efforts de tous et à ton propre moteur, ton pouvoir autoguérisseur, ton véhicule pourrait finalement la remonter la côte qui ne serait pas la dernière alors.

–Je ne suis pas fermée à cette idée, mais on en reparlera plus tard.

–C'est ce que me disait Hélène hier.

–Ça va, elle ?

–Elle aimerait bien venir te voir si tu n'as pas d'objections.

–Dis-lui qu'elle vienne.

–Je le lui dirai. On a beaucoup parlé de toi. Elle a beaucoup d'affection pour toi. Comme moi.

Il se fit alors une pause. Jocelyne ne put s'empêcher de penser que l'incroyable réaction de Mariette quant au partage de son propre mari confinait au fond avec le partage d'une amitié profonde comme celle d'Hélène. À moins de considérer la dimension sexuelle comme un absolu, ce qui est si largement répandu, le partage de son partenaire avec une personne de confiance est-il si abominable ? Mais ce genre de choses n'était pas dans sa culture...

–Et si on revenait à notre propos de tout à l'heure, Joyce, veux-tu ? André t'a beaucoup aimée à l'époque et... j'ai senti alors que toi aussi, tu ressentais une grande attraction envers lui, je me trompe ?

–Écoute, Marie... un petit accrochage de quelques semaines à l'époque, mais rien de bien important...

–Et... tu n'as pas eu le goût de lui quand il t'a donné ce massage, le seul qu'il t'ait donné ?

–Franchement, je ne me souviens pas très... clairement...

–Tu n'as pas à le me dire, je le sais. Et c'est normal, et c'est humain, et j'en suis contente. Je te le répète: vous auriez dû vous laisser aller.

–De ce que tu me mets inconfortable à me parler de ça !

–C'est rien, j'en suis sûre, à côté de savoir qu'on va probablement mourir dans les pires souffrances.

Jocelyne grimaçait, hochait la tête, la baissait, la relevait:

–Oui, mais...

–Je ne veux pas te torturer avec ça. Je veux juste que tu comprennes à quel point mon sentiment pour toi était puissant. Et le demeure.

–Quoi ? Ce serait une façon "convenable" de faire l'amour... par personne interposée. Oui, mais André n'est pas une marchandise, lui... ou un objet sexuel. Et puis il y avait Albert dans tout ça.

–Je ne crois pas qu'une rencontre intime entre toi et André aurait enlevé plus à Albert qu'à moi. Je crois même que votre relation aurait été meilleure ensuite comme l'aurait été la mienne avec André. Et ce, malgré le fait que je n'ai aucune plainte à formuler à son égard. Il m'a comblée à tous les points de vue... ou presque.

–Ou presque.

–Ou presque... Aucun humain ne peut à lui seul combler l'autre à tous les points de vue. Mais le bilan fut positif.

–Laisse-moi te dire une chose: je ne serais pas intéressée par André aujourd'hui. Il est venu sur la montagne où je me trouvais quelques jours après la rencontre du restaurant, tu te rappelles...

–J'ai cru qu'il avait passé des choses entre vous deux ce soir-là... je dis bien qu'il 'avait passé'...

–Qu'un souvenir quant à moi. Et donc, il est venu sur la montagne en motoneige en décembre ou novembre quelque part par là, en tout cas avant les Fêtes, et je me suis bien aperçue que nos valeurs diffèrent fondamentalement...

–Il est trop vieux pour toi, même si vous avez pas loin du même âge. Tu es jeune, une attardée chronologique...

L'autre l'interrompit:

–Si un fossé s'est creusé entre la pensée de ton mari et la mienne, est-ce à dire qu'un fossé s'élargit aussi entre Albert et moi ? Ne me dis pas ça, Marie, ne me dis pas ça !

–Le mieux est peut-être de se tenir quelque part entre l'optimisme et le réalisme. Prendre sa pilule en pensant qu'elle vous fera du bien sans se la dorer.

–Seigneur que la vie est compliquée quand on avance en âge !

–Claude Léveillée dit vouloir les meilleures années de sa vie devant lui et il a quelques années de plus que nous.

–Entre vouloir et l'avoir, c'est deux. Toi, t'es aux prises avec la maladie et moi, avec une jeunesse qui n'en finit pas. Comment on pourrait faire pour embarquer nos deux problèmes dans un même sac, le brasser et en sortir un équilibre pour chacune: je prends une part de ta "dégénérescence" et tu prends une part de ma "régénérescence", et tout le monde se porte bien. Mais je vais t'aider, je vais te transférer toute l'énergie que je peux, tu verras.

–C'est déjà commencé: depuis que tu es là, je me sens... plus fraîche... revigorée par ta force vitale... C'est pour ça que je ne veux plus que tu quittes ma vie.

Jocelyne contourna le lit en parlant:

—Attention, je ne suis pas Samson non plus, hein ! De ce temps-ci, —je ne sais pas pourquoi mais les fins d'hiver sont dures—, j'en ai moins dans le casque comme on dit. La dernière fois que j'ai fait un tennis avec Hélène, j'avais hâte que ça finisse. Même le casino avec toutes ses brillances: deux, trois heures debout devant les machines à sous et j'ai hâte de revenir.

—T'as le teint hâve: c'est le manque de soleil, mais tu vas voir en avril, tu seras pimpante comme un matin de printemps. J'en reviens pas, tu as gardé ton corps d'adolescente après toutes ces années et trois enfants...

Craignant le pire en l'âme de l'autre, soit la douleur de s'être sentie trompée par son mari et son amie de jeunesse, Jocelyne se tint droit devant elle et allait lui dire de nouveau qu'il ne s'était rien passé entre elle et André:

—Je peux t'assurer, pour en revenir...

Mais l'autre coupa et dit en détachant bien les mots:

—Je... le... sais... Autrement, il me l'aurait dit. Je te le redis une dernière fois: j'aurais voulu que ça arrive.

—Bon... ça m'étonne et... ça me soulage.

—Tu vas me garder ton amitié et ta présence au moins au bout du fil quand même ?

—Bien plus, ma petite Marie, bien plus ! fit l'autre, un peu absente et très dubitative.

***

204

Chapitre 19

C'est pour le moins songeuse que Jocelyne regagna son domicile cette fin d'après-midi-là. Déjà Albert s'affairait à préparer le repas du soir et il vint lui annoncer son choix en même temps que l'accueillir à son arrivée pour prendre des nouvelles de son amie.

–Qu'est-ce que tu dirais de ça, un tournedos de saumon grillé à la salsa de fenouil, maïs et bleuets ?...

Elle soupira tout en se dévêtant devant le placard de l'entrée:

–Mon pauvre ami, tu sais, je n'ai pas beaucoup faim.

–Du saumon, ce n'est pas si lourd.

–C'est mon coeur qui est lourd.

–Ça se lit dans tes yeux en tout cas.

Elle accrocha son manteau, ôta ses bottes et enfila des pantoufles sans parler. Lui tâcha de lui changer un peu les idées :

–C'est déjà en marche, le souper. Mais... ça pourra attendre un bout de temps encore... Pour le moment, je réserve au chaud et on peut jaser si t'en sens le besoin...

Deux choses perturbaient la femme: l'état de santé de son amie et son aveu sur sa perception de l'amitié entre femmes qu'elle était capable de pousser jusqu'à partager son mari avec sa meilleure amie. Il y avait de quoi troubler encore davantage une femme de soixante-trois ans de sa culture et de son éducation dans cette révélation que de voir le cancer envahir l'autre: et Jocelyne s'insurgeait contre cela. Elle s'en voulait de ce chambardement intérieur: la mort avait de quoi la choquer, pas la vie dans sa pratique, même dans une attitude exceptionnelle comme celle évoquée par Mariette.

–Allons au salon, je vais te dire...

Elle le précéda. Ce jour-là, elle portait un pantalon à carreaux d'un rouge plutôt foncé et de lignes noires larges, et une veste aspect suède de couleur noire. Un choix sobre et beau mais qui allait avec la grisaille de son coeur.

Elle s'allongea sur le divan et lui sur le fauteuil inclinable qu'elle aurait pu choisir mais délaissa.

–Fait pas trop froid ?

–C'est mieux qu'hier. Tu n'es pas sorti de la journée ?

–Non.

–Personne pour te déranger ici.

–Le téléphone.

–Qui a appelé ?

–Benjamin, Marie, Mylène et Sears pour toi. Les autres aussi, c'était pour toi. Mais rien d'important. Ils voulaient te parler pour parler.

–Je les rappellerai.

–Pas besoin ce soir. Ou peut-être Benjamin qui s'ennuie de toi.

–Je l'appellerai tout à l'heure.

La femme se leva vivement et se rendit près de la chaîne audio:

–Je vais faire jouer quelque chose de reposant.

Et elle mit un CD au titre de *Sleep* puis revint s'étendre. Le piano, instrument principal de la pièce se fit entendre.

–La pauvre, elle a le pire cancer qui soit...

–Pancréas ?

–Les os... D'après ce que je peux voir, et elle le sait trop bien, on va lui faire subir des traitements de radiothérapie et de chimio et lui donner une rémission et ensuite, ce sera le grand déclin. Ce n'est pas sa mort qui me fait souffrir, mais le calvaire qu'elle va devoir subir avant d'y arriver. Si... l'euthanasie était donc possible... Mais elle voudrait vivre tout en étant pessimiste. Elle possède la flamme de la vie. Comme elle est mal faite, cette vie-là ! Je n'ai pas besoin de toute cette jeunesse qui me colle à la peau et elle... Si on pouvait en donner une partie comme on donne un rein... un transfert de... de régénérescence, si tu me permets.

Albert s'avança sur le fauteuil :

–Et tu pourrais peut-être m'en transférer aussi, de ton énergie vitale. Sauf que de ce temps-là, t'as pas l'air d'en avoir trop toi-même.

–C'est vrai: je me sens lasse.

–Je me suis demandé...

Il mit sa tête entre ses mains.

–Demandé quoi ?

–Si à travers notre ami Jacques on ne pourrait pas effectuer un transfert d'énergie. Du vampirisme accepté et consenti par les deux parties; et lui serait le canal d'acheminement.

–J'y ai songé. De moi à toi. Mais je te croyais tellement sceptique à propos de toutes ces choses. L'ésotérique, le nouvel âge pour toi, Bébé, ça t'a toujours amené un petit sourire aux coins des lèvres. Je me souviens, une fois, tu m'avais vu parler à Aubelle... je veux dire un arbre que j'appelle Aubelle, là-bas, sur la montagne et tu t'étais moqué.

–C'était il y a longtemps...

Jocelyne n'en croyait pas ses oreilles. Un homme aussi terre à terre que son mari, s'intéresser à ces choses-là au point de vouloir tenter une expérience, c'était à ne pas croire. Et il lui parut que ça lui redonnait une nouvelle énergie. Comme un coup de fouet libérateur et carburant.

–Si tu veux qu'on essaie, je vais l'appeler et prendre rendez-vous. De toute façon, je devais le voir ces semaines-ci.

–Ça ne coûterait pas plus cher d'essayer.

–Attention, si tu es à moitié convaincu, ça pourrait ne pas marcher non plus.

–Et tu sais, j'ai pensé à un autre moyen pour nous énergiser tous les deux. Tu veux savoir ?

–Dis.

–On devrait faire un voyage en Europe l'été prochain. En juin ou juillet. Un mois complet. On fait rien que la France. On se loue une auto et on se balade au gré du vent là-bas.

–J'aimerais ça, c'est sûr, mais...

–Mais quoi ?

–C'est pas donné, ça.

–Voyons donc, qu'est-ce que ça va changer dans nos budgets ?

–Y a Benjamin qui va s'ennuyer.

–Il est temps que tu t'éloignes. Ce n'est pas ton enfant après tout.

–Et la pauvre Mariette... On n'a presque pas parlé d'elle. Tu sais ce qu'elle m'a dit quand je suis arrivée dans sa chambre ? Elle m'a dit: "*Jocelyne, je ne veux plus que tu quittes jamais ma vie.*"

–Tu peux pas être avec elle tout le temps.

–C'est sûr. Et elle me l'a dit elle-même. Mais... vois-tu, avant, je pouvais 'quitter sa vie' comme elle le dit; et je l'ai fait... après le couvent... et quand on a quitté pour la Floride, mais là, elle veut que je la soutienne moralement jusqu'à la fin.

–Je comprends... mais si elle va en rémission avec son cancer, on pourrait glisser notre voyage dans cette période-là, tu penses pas ?

–Y a un autre problème, Bébé... Y as-tu songé ? Ta méthode pour gagner au casino. Une interruption de quatre semaines et le fameux jour de chance annuel pourrait être perdu.

Il se recula et leva les bras pour manifester de l'enthousiasme :

—J'y ai pensé, au contraire. On va prendre les budgets
hebdomadaires et les reporter au mois suivant pour deux fois
plus de plaisir en août... si on va en Europe en juillet.

Jocelyne ramena ses jambes sous elle.

—Je sais que l'Europe, c'est ton rêve et que tous nos amis
l'ont réalisé depuis belle lurette, mais...

—Je ne te l'impose pas, mais ça te ferait du bien.

—C'est pas ça qui va régler mon problème.

—Ton problème ?

—Jouvence, tu sais bien.

Il frappa ses mains au-dessus de sa tête:

—Quel terrible problème: ne pas vieillir !

—Tu te moques encore et je n'aime pas.

—Ce que je veux dire, c'est que c'est pas une urgence. Je
te trouve abattue depuis quelques semaines et...

—Faut pas te fier aux apparences. Je ne le suis pas tant
que ça...

En réalité, la femme ne comprenait pas ce qui lui arrivait
en ce moment ni ne cherchait à comprendre. C'était comme
si toute la lassitude de l'hiver s'était dissipée alors que pourtant sa visite à Mariette avait ajouté un grand poids sur son
âme. Il pouvait bien s'agir de cette mission mobilisatrice que
son amie lui avait confiée, mais Jocelyne ne se posait même
pas la question.

—Prends juste le temps d'y penser. Et tiens, si on doit voir
Jacques, pourquoi ne pas lui demander conseil à propos de
tout ça...

—De tout ça ?

—Oui, de tout ça... De Mariette... peut-être qu'il pourrait
lui venir en aide...

—Je l'ai signalé à Mariette.

—Et puis à propos de notre voyage en Europe, tiens.

—Qu'est-ce tu veux qu'il nous dise là-dessus ?

–Sais pas... Une idée comme ça...

La femme tourna la tête vers la cuisine:

–Sais pas, tout à coup, j'ai le goût de le manger, ton saumon grillé.

–Et puis il pourrait peut-être aussi donner son opinion sur ma méthode casino.

Jocelyne sauta sur ses jambes:

–Hein !? Je ne te reconnais plus, Albert Martineau. Vraiment, je ne te reconnais plus. Je veux dire à propos de Jacques et tout...

–Qui sait, peut-être que je me cherche un allié ?

–Ou peut-être bien que tu te féminises en vieillissant.

–Sait-on jamais ?

Il la suivit vers la cuisine en ajoutant:

–Pas toi ?

–Je le suis pas assez à ton goût ?

–Au contraire, tu l'es trop...

***

Chapitre 20

Février rendait son dernier soupir.

Depuis la funeste nouvelle concernant son amie de couvent, Jocelyne restait en contact quotidien avec Mariette. Des appels téléphoniques et une visite aux trois jours. Elle y alla même avec Hélène et le trio forma rapidement un noyau dur dont les conjoints, les soignants et toute autre personne furent exclues involontairement. Il y avait ce besoin de cohésion pour que la femme éprouvée par la maladie traverse le mur malgré la gravité de son état et le pessimisme qu'il inspirait forcément.

Mais il y avait un prix à payer. Et il parut vite à Jocelyne que la malade ponctionnait bien malgré elle une grande part de ses énergies. Ce qui ne l'empêchait pas de tout faire pour drainer ces forces mentales vers elle. Par bonheur, Hélène, quoique bien moins forte maintenant, elle qui l'avait été bien plus que Jocelyne quand elles s'étaient connues aux cours de bible voilà vingt ans, y ajoutait ce qui pourrait peut-être s'avérer le coup de pouce sans lequel toute l'entreprise guerrière contre la maladie serait perdue. La mouche du coche, comme elle se plaisait à se définir elle-même.

Et c'est à elles que la femme s'en remit pour prendre sa décision quant au voyage en Europe proposé par Albert, et non pas à Jacques comme il l'avait suggéré. Elle le lui annonça tandis qu'il roulait vers le casino un soir:

–Un mois et pendant ce temps, Hélène me remplacera auprès de la petite Marie.

–Mais tu es irremplaçable: c'est Mariette elle-même qui te l'a dit.

–Je garderai le contact quotidien par téléphone et on ajoutera la dépense à notre budget.

–Toujours question de budget: oublie ça, je m'en occupe.

–Je mets juste une petite condition à propos de notre voyage en Europe. Je le fais pour Mariette, un peu pour Hélène et pour moi-même. Je voudrais aller à Lisieux, voir où a vécu sainte Thérèse et visiter Lourdes aussi. C'est-il trop demander ?

–Tu sais bien que non. Et tu vas leur demander, aux saintes honorées là, d'intervenir en faveur de Mariette ?

–Je ne crois pas aux interventions directes par des entités de l'au-delà dans les affaires de ce monde et tu le sais. Mais...

–Je sais ce que tu vas me dire.

–Je t'écoute.

–Tu penses qu'il se passera quelque chose d'important en toi et que... ce quelque chose fera que tu pourras transférer plus d'énergie à ton amie... et même de la santé... Une sorte de miracle par personne interposée... intervention indirecte...

Elle eut un petit éclat de rire:

–Je ne te reconnais plus, Albert Martineau. Toi avec un pareil propos. Tu es méconnaissable vraiment.

–Je te l'ai dit que je me féminise en vieillissant.

–Et ça te va bien, et ça te va très bien.

*

Le docteur Alabi et Jocelyne communiquaient via Internet le jour d'après une autre de ces soirées de casino où rien ne s'était produit de significatif dans le sens des gains.

Non pas par l'écriture comme la semaine de recherche

d'avant les Fêtes, mais par voie de 'chatting'. La femme était assistée par son mari qui lui traduisait au besoin les questions de l'Américain ou les réponses qu'elle-même formulait tout haut en français d'abord.

Il lui fit part des progrès réalisés dans leur recherche sur le phénomène de non-vieillissement, progrès qui en réalité n'en étaient pas dans le sens d'avancé et signifiaient tout au plus l'élimination de causes possibles à partir des échantillons de sang et de tissu ainsi que de certaines sécrétions glandulaires de son corps à leur avoir été transmises par le docteur Leroux. Ce en quoi ils ne faisaient que corroborer des résultats déjà obtenus par son médecin de famille et ses petits moyens. Elle osa dire:

–Pas besoin de New York pour savoir ça !

Il rit un peu:

–On a mis un généticien à l'oeuvre.

–Et rien là non plus, bien évidemment ! Comment voulez-vous qu'il fasse une lecture comparative avec mes ancêtres. De toute façon, si un cas comme le mien s'était déjà produit peut-être qu'il serait devenu légende et que la tradition orale l'aurait transmis jusqu'à moi... ce qui n'est pas le cas.

–Surtout, madame Larivière, on a fait travailler nos ordinateurs sur vos photos... celles que vous nous avez fournies.

–Je sais: de moi à 38 ans et aujourd'hui à 63. Et alors ?

–Il a été remarqué un changement...

–Oui ?!

–De caméra...

–Et c'est tout ?

–De nuances dans les couleurs... Les ordis ont tenu compte de tout: ombre et lumière, intensité des couleurs, position de votre tête, coupe de cheveux et couleur... et même la texture du papier photographique.

–Bon ?

–Madame... vous n'avez pas 63 ans, vous avec 38 ans. Chaque partie de votre visage fut magnifiée des dizaines de fois et en quelque sorte mise sous lamelle et analysée point par point... de photographie... vous savez qu'une photo est un ensemble de points...

–Nous savons cela, oui.

–Et... j'ai le 'déplaisir' de vous répéter encore et encore que vous n'avez que trente-huit ans. En conséquence, c'est comme si un blocage soudain, net et très important... une sorte de brisure, de cassure, s'était alors produite. Et nous en sommes venus à songer à une probabilité: votre phénomène de Jouvence, votre 'problème' si on peut appeler ça un 'problème' a pour origine quelque chose... de psychosomatique...

–Ce n'est pas la première fois que vous me dites cela.

–Je sais... mais cette fois, on va s'en tenir uniquement à cela pour un bout de temps. Vous devrez rassembler vos souvenirs et tâcher de vous rappeler de tous les événements survenus dans vos années de 35 à 45 ans... Événements majeurs, marquants...

–Pourquoi ce seraient les événements marquants qui marqueraient le plus ?

–Parce que... du sel, ça sale...

–Ce que je veux dire, c'est que par rapport à Jouvence, peut-être que ce sont des petites choses... non marquantes précisément. Avec la psychologie, c'est toujours la recherche de gros traumas. Vous le dites vous-même, on ne joue pas sur le plan physique mais psychosomatique, alors pourquoi une méthodologie copiée sur celle d'une recherche au plan purement physique. Un coup de hache dans le front: des séquelles pour la vie. Mais c'est pas ça, le psychosomatique, il me semble.

Alabi eut l'air de réfléchir dans le ton qu'il y mit:

–Dans un sens... vous avez peut-être raison. Oui, notre protocole pour ainsi dire... je dis protocole de recherche car vous n'êtes pas le seul sujet sur lequel nous travaillons, mais le plus patent, le plus "grave" entre guillemets... Peut-être devriez-vous voir un psychologue qui fait aussi de l'hypnose et aller en régression pour tout retracer ce qui pourrait être pertinent à votre cas.

–Moi, j'ai tendance à croire que la psychologie et l'hypnotisme, c'est deux mondes... pas si éloignés que ça, mais deux mondes quand même. Le psychologue vous fouille depuis l'extérieur et cherche, comme vous le proposez, des événements marquants qui, en passant n'en sont peut-être pas ou bien il ne voit pas les petites choses qui peuvent exercer une bien grande influence sur le sujet, tandis que l'hypnologue fait en sorte que le sujet travaille sur lui-même avec toutes les données qui se trouvent en lui.

–En ce cas, voyez un hypnologue...

–C'est ce que...

Albert intervint:

–Pourquoi ne pas lui parler de Liliane ?

Jocelyne hocha la tête comme toujours quand on évoquait ce tragique événement qu'elle occultait dans son conscient même s'il lui arrivait parfois de le revivre par le souvenir comme pour mieux l'enterrer encore.

–Il y a quelque chose d'important qui s'est passé dans notre vie, dit Albert. Et particulièrement dans celle de Jocelyne.

Elle prit la parole:

–Très bien et... je ne vous en ai pas parlé, docteur, ni au docteur Leroux. Il y a que j'ai retrouvé ma soeur... ma grande soeur Liliane pendue. C'était il y a vingt ans.

Alabi s'exclama:

–Ah là, on commence peut-être à s'approcher de la clef de l'énigme.

Elle protesta, se plaignit:

–Mais ce n'est pas si exceptionnel ! Ça n'arrive pas dans toutes les vies, certes, mais ça arrive à des dizaines de personnes chaque année. Tiens, je me souviens d'une fille, Micheline... son mari était médecin... Elle l'a dépendu une première fois et elle est parvenue à le ranimer... Il a recommencé quelques mois plus tard et cette fois, il n'a pas raté son coup et elle l'a trouvé mort, mort, mort. Bon, elle vieillit comme tout le monde depuis ce temps-là: ni plus ni moins...

La femme perdait un peu patience. Il lui apparaissait que

ces gens-là, si bardés de diplômes et férus de combien de sciences soient-ils, tournaient en rond et cherchaient avec des méthodes classiques la clef à un phénomène original. Ils n'allaient pas dans la bonne direction, lui disait son intuition. Comme tant d'autres de nos jours, ils parlaient, parlaient et parlaient sans jamais rien solutionner. Même Albert qui cherchait toujours à inventer quelque chose de neuf, le faisait de manière plus créatrice. Ces pensées fugitives suggérèrent tout de même à la femme quelque chose qui permette de faire une pause au cours de laquelle il pourrait survenir un coup d'intuition:

–Et vous ne posez aucune question sur la méthode casino de mon mari ? Il est là et pourrait vous répondre lui-même.

–Quelle bonne idée ! Monsieur Martineau, je gage cent dollars que vous ne voudrez rien en dire encore.

–Les résultats ne sont pas très éloquents encore. Mais il faut le temps. Et je vous en ferai part le moment venu.

–Vous n'y manquerez pas ?

–Je n'y manquerai pas.

–Je le prends en note, vous savez.

–Promesse.

Pendant ce temps, Jocelyne quitta la pièce sur la pointe des pieds et se rendit téléphoner. Albert le dit au chercheur.

–Sur cellulaire bien sûr, parce que nous, on occupe la ligne principale.

–C'est ça, oui.

Alabi se fit interrogatif:

–J'ai l'impression qu'elle ne veut pas parler de sa soeur, celle qui...

–C'est une certitude.

–Croyez-vous qu'il pourrait y avoir eu ce coup de hache dont elle parlait tout à l'heure... je veux dire dans son esprit ?

–Je ne le crois pas: c'est un être si équilibré et au fond si simple. Jocelyne, c'est pas une femme compliquée.

–Moins que la plupart des autres ?

–Je dirais, oui.

–Ça aussi pourrait faire partie de la clef. Et là-dessus, je vais devoir vous laisser. Il y a mon ami Senoussi qui me réclame. On entrera en contact bientôt.

Et ce fut tout. Albert retrouva sa femme qui s'entretenait avec leur fille aînée au téléphone. L'appel ne tarda pas à prendre fin, mais on ne revint pas sur le problème de Jocelyne et on se parla plutôt de l'état dépressif de Marie.

Les mêmes idées cent fois redites furent remises sur le tapis et au diagnostic de manque de lumière en raison de la saison fut discuté le remède soit la lumière que seule une nouvelle saison apporterait à moins que la malade ne déménage en Floride.

Ils se dirent que tout le problème était peut-être leur déménagement là-bas et surtout leur retour une dizaine d'années plus tard.

–C'est un bon exemple de ce que j'expliquais au docteur Alabi, dit-elle, un séjour d'une décennie en Floride n'a pas de quoi traumatiser ou marquer tant que ça en apparence, mais qui sait si l'arrachement à un lieu pour un humain n'est pas aussi dur à vivre que... que pour un arbre. Tiens, je pense à Aubelle, mon jeune arbre sur la montagne... Tu voudrais que je t'en parle ? Tu sembles plus ouvert à ces choses-là de ce temps-ci...

–Sûrement !

Le regard de Jocelyne se mit à pétiller. Son visage avait l'air de se transfigurer. Le sentiment de tristesse dans lequel la plongeaient l'état de santé de Mariette, celui, mental, de Marie, et le piétinement des Américains dans leur recherche sur elle, s'effaça comme par magie et si soudainement qu'elle en fut étonnée...

***

Chapitre 21

Et Jocelyne Larivière tint parole envers son amie de couvent. Elle garda le contact tous les jours par la suite. À plusieurs reprises, il lui fut donné de croiser André dans la chambre d'hôpital, le couloir ou ensuite à leur demeure quand Mariette y retourna en sa 'convalescence' aux allures de rémission. L'homme lui apparut sous un autre jour. Il faisait montre envers son épouse malade d'une tendre sollicitude. Au point où Jocelyne finit par attribuer cette cruauté envers les animaux et la nature qu'elle avait découverte en lui sur la montagne à quelque chose d'ordre culturel.

Et puis d'aucune façon, ni par le langage gestuel, ni par les allusions, ni autrement, il ne tenta envers elle une approche comme en ces occasions du massage de naguère et de la randonnée en montagne au début de l'hiver. Même que le personnage afficha un respect excessif envers l'amie de sa femme.

Un mystère planait au-dessus de la tête de Jocelyne au sujet de sa relation avec lui et Mariette. L'avait-elle averti du sentiment réel de son amie envers lui ? Savait-il par elle que Jocelyne ne ressentait pour lui que froideur et indifférence ? Savait-il aussi seulement que la petite Marie n'aurait pas vu d'un si mauvais oeil une aventure entre son mari et sa meilleure amie, et cela, contre toute logique féminine ? Ou bien croyait-il que, sa jeunesse conservée de si splendide manière, Joyce ne portait plus grand intérêt physique aux hommes pourtant de son âge, qui devaient maintenant et de plus en plus lui rappeler l'image de son père ? Ou simplement la pensait-il fidèle à son conjoint comme la majorité des femmes de ces générations.

Quoi qu'il en fut, ces questions tracassaient bien peu Jocelyne en ces temps incertains où sous tous les ponts de sa vie coulaient des eaux troubles aux couleurs indéfinies.

Marie, son aînée, se sortait péniblement de son état d'hibernation mentale annuel. Benjamin se détachait peu à peu et trouvait chaque semaine davantage de plaisir dans son environnement scolaire et sa grand-mère perdait à mesure de sa signification primordiale pour lui.

Et puis la Mylène qui passait parfois en coup de vent et parlait d'un nouveau gars, peut-être un autre amour, dont personne n'entendait plus parler la semaine suivante. Et chaque fois que Jocelyne se rendait chez elle, il lui semblait que cette maison exerçait sur elle un drôle d'effet. Non, le placard de la pendue n'existait plus, non, les pièces ne se ressemblaient pas, qui avaient été disposées autrement après la mort de Liliane, non, l'ameublement et les diverses choses de la maison ne rappelaient en rien la disparue d'il y avait plus de vingt ans déjà et pourtant... Le fantôme de sa grande soeur préférée rôdait-il encore par là ? Alors Mylène en saurait quelque chose. Ou bien, à leur insu et sans se manifester même sous forme de spectre, chassait-il tous ceux que sa nièce rencontrait quand il se rendait compte qu'elle y perdait trop au jeu ?

Le jeune printemps dansait le tango dans la région de Mont-Bleu avec le vieil hiver tenace. Sans doute à cause d'un micro climat qui y règne. Une journée de large soleil ratissant plaine et contrefort de la chaîne de montagnes succédait à une autre d'un froid mordant qui figeait de peur les grands érables et la vie cachée des plantes attirée hors du sol par les chauds baisers de Monsieur Jour.

Jocelyne vivait à fine épouvante, allait d'un rendez-vous à l'autre, d'une occupation à la suivante.

"Je ne pourrais pas te suivre un quart de jour," lui redisait souvent son mari.

"Qu'est-ce que tu feras avec moi en Europe ?"

"Je te calmerai... et la France te calmera... En vérité, je te le dis: tu feras l'amour avec la France."

"On verra bien..."

Hélène prit quelque distance pour laisser le plus d'espace possible à l'amitié régénératrice vécue par les deux autres femmes. En réalité, elle fit en sorte d'apporter son soutien moral à Mariette de la manière que la malade en avait vraiment besoin et l'exprimait par tous ses langages: sans plus ni moins.

Quant à Jocelyne, une fois la semaine, elle se rendait à la résidence des Lussier-Léveillée, y prenait Mariette, et toutes deux allaient prendre un joyeux repas au restaurant ou bien même s'offraient quelques heures de casino en dehors de la méthode d'Albert. En fait, elles n'y jouaient que le temps d'un plaisir puis s'échouaient au bar ou à l'un des restos de l'endroit pour y parler du frère Gervais et de l'*Avare*.

Et Mariette prenait du pep à travers ses activités réduites tandis que Jocelyne semblait devenir plus lasse. Se pouvait-il que le phénomène de vampirisation consentie fonctionne et que le transfert d'énergie vitale de l'une à l'autre se fasse comme elles l'avaient voulu et espéré ?

Début avril, il restait trop de neige pour que Jocelyne puisse encore se rendre visiter son autre amie, celle qui dormait là-haut sur la montagne depuis l'automne précédent. En fait depuis son réveil la dernière fois que la femme lui avait chanté un air pour la sortir de sa torpeur sans trop songer aux conséquences peut-être indésirables pour la pauvre plante solitaire. Et la femme surveillait le nez blanc de la montagne depuis février, et voilà que le nez après s'être dégarni du gel et de la neige, se mouchait jour après jour pour se libérer de sa congestion liquide. Suffirait de deux ou trois journées de beau soleil pour assécher les sentiers et permettre une ascension propre en même temps que pour donner tout le temps à Aubelle de s'étirer, de bâiller, de se dégourdir les radicelles et les branches.

Ils vinrent, ces trois jours. Mais au beau milieu, on réclama Jocelyne à New York. Le plus tôt le mieux. Elle protesta, trouva dix prétextes pour une remise à l'automne de pareille rencontre avec Alabi et Senoussi. Quand on est un Américain, d'adoption ou de souche, on se sent meneur du monde et on tolère mal la contradiction, car comment admettre qu'on puisse faire attendre le bien qui veut vous prendre en charge, car comment faire attendre le dispensateur de tant de bienfaits partout dans le monde ?

"À l'automne, il pourrait être trop tard. Notre étude vous réclame ici et maintenant. Ça lui est vital. Et ça l'est donc pour vous, si vous désirez trouver la clef de l'énigme de votre non-vieillissement..."

"D'accord, mais il me faut d'abord voir une amie en montagne."

"Faites vite; on vous veut dans moins d'une semaine."

"Je me sens fatiguée."

"C'est un bon signe. Votre voyage vous stimulera."

Quand l'échange fut terminé, Jocelyne en fit part à son conjoint qui était à la maison. Il se déclara prêt à l'accompagner et à conduire l'auto jusque là-bas. Pâques à New York: pourquoi pas ? Elle se dit que malgré son faible intérêt pour ce voyage, il en sortirait peut-être quelque chose. Et puis comme l'avait dit Alabi, peut-être que sa fatigue témoignerait d'une reprise de fonction normale de son métabolisme. Mais elle ne voulut pas partir sans saluer Hélène, sans réconforter Mariette et sans voir son arbre pour la première fois de l'année. Elle s'en expliqua à Albert et fit les trois rencontres. Hélène d'abord le soir même. Puis Mariette le jour suivant. Et enfin, par grand soleil d'avril, Aubelle là-haut.

Tout sur la montagne semblait intact. Comme à sa dernière visite de l'année précédente. Il n'y avait plus d'amas de neige qu'à l'ombre et dans des creux à l'abri du vent. Les premiers mots de la femme quand elle eut atteint la roche plate au pied du grand rocher furent:

—Aubelle, c'est moi, ton amie Jocelyne. Dors-tu encore ?

—Je t'attendais. Je suis là. Je suis pleine de vie.

La voix du jeune arbre était différente, sembla-t-il à la femme. Plus riche, plus assurée, moins bébé un peu. Cela était sans doute dû à une nouvelle couche de bois entourant son coeur. Au comble de l'excitation, elle reprit:

—Tu ne viens pas me toucher ! Comment es-tu habillée ? Je le sais par les ondes, mais je voudrais te l'entendre dire. Décris-moi tes vêtements, Joyce. Comme j'aimerais en porter par-dessus mon écorce ! Les couleurs dont tu me parlais, c'est sûr que je les sais, mais je ne les vois pas... le bleu du ciel, le vert de mes feuilles, le jaune de l'automne, le rouge de... du sang de... tu sais qui,... le noir de la nuit...

—Et leur mélange, si tu savais, Aubelle. Si tu savais...

Jocelyne sentait en elle depuis qu'elle avait établi le contact une sorte de régénérescence, une magnifique et exaltante renaissance. Ça la rendait heureuse et ça l'inquiétait en même temps. Heureuse parce qu'elle obtenait confirmation de ce qu'elle devinait depuis quelques années à savoir que ce contact avec l'arbre était une source de vie et de renouveau. Donc elle conduirait Mariette à cet endroit après lui en avoir parlé et l'avoir convaincue des pouvoirs de son arbre; et qui sait ce qui pourrait alors survenir ! Son appréhension lui venait de ce qu'elle avait désiré se présenter avec toute sa lassitude devant les chercheurs américains pour qu'ils diagnostiquent peut-être la fin du phénomène Jouvence.

—Parle-moi des couleurs mélangées. Dis-moi des noms... Mais avant, je t'en prie, je t'en supplie, viens me toucher.

Jocelyne s'approcha. Ses chaussures calèrent un peu dans le sol ramolli par la fonte des neiges et l'eau qui l'imbibait. Elle s'accroupit et mit ses mains de chaque côté du jeune tronc. Il lui parut que l'arbre frissonnait. Ce fut un moment de silence.

—Contente de te revoir, Aubelle. Ça faisait si longtemps.

—Suis contente aussi. Tes mains sont si chaudes, si douces.

–En réalité, elles sont froides. J'ai toujours les mains froides. Mais j'ai une amie... que je vais te présenter, et ses mains à elle sont toujours chaudes. Elle viendra avec moi. Et elle te touchera.

–Mais notre secret ?

–Elle le gardera pour toujours.

–Quand viendra-t-elle ?

–Je l'emmènerai à mon retour de New York.

–New York: qu'est-ce que c'est ?

–Une ville... Comme Mont-Bleu... Mais bien plus grande.

–Tu seras partie longtemps ?

–Seulement trois jours. Pour toi, ce ne sera rien du tout. De toute façon, je ne viens pas te voir tous les jours durant la belle saison, ça, tu le sais.

–Et les couleurs ? Tu me parles des couleurs ? Et dis-moi comment es-tu habillée aujourd'hui ?

Aubelle soupira et eut un autre grand frisson.

–Et je dois tout de suite te dire que cet été, je vais m'éloigner de toi durant un mois. Mon mari et moi, nous allons faire un grand voyage en Europe ?

–C'est près de New York, l'Europe ?

–À quelques heures.

–Je croyais que les heures désignaient le temps.

–Je veux dire... à quelques heures d'avion.

–Qu'est-ce que c'est, un avion ?

–Un véhicule qui...

–Un véhicule, je sais, tu me l'as expliqué la dernière fois.

–Ah oui ? Je ne me rappelais pas. Donc un véhicule... je veux dire un avion est un véhicule qui vole haut dans les airs.

–Et qui fait beaucoup de bruit ?

–Assez.

–Je sais. Je les entends passer loin là-haut. Leurs ondes, je les saisis dans mes couches de bois qui me servent d'antennes.

–Ça, tu me l'as dit déjà.

–Bon... et les couleurs ? Dis-moi...

–Il y a les diverses sortes de bleu... comme l'outremer, le bleu ciel, le céruléen, le... turquoise... le lapis-lazuli...

Et Jocelyne donna à son amie végétale une véritable leçon de choses tout comme son père lui en donnait à l'occasion quand elle était haute comme trois pommes.

–Et le vert ?

–Là... il y a comme mes yeux, tiens... ils sont de la couleur de l'émeraude...

Aubelle s'étonna joyeusement:

–Tu as donc des pierres précieuses comme yeux ?

–Faut pas exagérer non plus. Mais je préfère encore mes yeux à des émeraudes.

–C'est sûr, ça. Des émeraudes, tu peux les voir tandis que des yeux c'est fait pour voir...

Aubelle soupira:

–Et moi qui n'en ai pas et n'en aurai jamais !

–Mais tu as des ondes pour voir.

–Oui, mais je ne peux pas voir les belles couleurs et les vêtements. Comment es-tu vêtue aujourd'hui ?

–Je voulais continuer avec le vert.

–Oui, oui, oui... parle-moi des sortes de vert.

–Il y a le jade... le vert feuille que tu dois connaître...

–Je le fabrique, moi, mais je ne le vois pas.

–Et puis... il y a le vert olive... tilleul... le vert forêt... le vert mousse, le vert océan...

–Tu portes du vert aujourd'hui ?

–Non. Je porte... Je vais essayer de te décrire mes vêtements.

–Bravo ! Je me mets en disposition de tout saisir. Vas-y, ma grande !

Jocelyne sourit et mit sa tête en biais:

–Tout d'abord, je suis en pantalon et... tiens commençons par les pieds. Tu connais toutes les parties de mon corps, je t'en ai déjà parlé. De plus, tu les perçois. Donc mes pieds. Je porte des bottes brunes, longues... on appelle le style sport... La marche par exemple peut être un sport quand elle n'est pas nécessaire pour une activité normale et qu'elle est faite pour elle-même, pour la forme... Mais revenons à mes vêtements. J'ai un pantalon à pinces en pur coton non froissable... ce qui veut dire que le tissu ne fait pas de plis... pas comme ton écorce, là... et il est de couleur caramel... Plus haut, pour recouvrir le haut de mon corps... je te fais grâce de mes sous-vêtements, eh bien je porte un chandail de couleur beige pâle. Toi qui aimes entendre parler de couleurs, tu es bien servie. Et par-dessus, parce qu'il fait encore assez frais en montagne, j'ai une veste demi-saison en laine mélangée. La couleur ? Elle est en deux tons... Avoine avec des morceaux presque bruns.

Jocelyne entendait quand même les soupirs de son amie végétale, des sons familiers à ses oreilles et qui exprimaient son envie.

–Et sur ma tête, j'ai un chapeau plat brun foncé. Et c'est tout.

–Ah, tu dois être la plus jolie Jocelyne de la terre entière.

–Ça n'a aucune importance, ma belle... Aubelle. Tu sais, ce n'est pas l'image qu'on donne aux autres qui importe le plus, mais celle qu'on se donne à soi-même.

Et le conversation se poursuivit encore une bonne demi-heure. La femme parla encore de la maladie de Mariette et Aubelle se dit prête à l'aider si cela était possible.

–Je vais la conduire ici dans une semaine.

–Je lui transmettrai tout ce que je pourrai de mon énergie vitale, comme tu me dis que tu le fais.

–Merci d'avance pour elle.

–Et mon cadeau de Noël, celui que tu m'as promis pour quand j'aurai une nouvelle couche de bois ?

–Un cadeau doit être une surprise.

–J'attendrai. J'ai tout mon temps.

–Et moi, je dois partir.

La femme toucha l'arbre.

–On chantera des chansons avec ton amie ?

–Si tu veux, Aubelle.

Puis Jocelyne redescendit vers chez elle. Il lui paraissait que son corps avait des ailes et qu'elle s'envolerait vers New York qui la réclamait pour la faire comparaître sous microscope.

*

Mais ce fut en voiture qu'on s'y rendit le jour suivant.

Il y eut un problème à la douane. Un retard d'une heure provoqué par le zèle d'une fonctionnaire américaine. Elle crut que les pièces d'identité de Jocelyne avaient été fabriquées. L'âge ne correspondait pas à la réalité. Elle se mit en contact avec divers corps policiers des deux côtés de la frontière. Et comme le couple ignorait la raison de cette retenue à l'intérieur de la bâtisse, il fallut le temps qu'il fallut. Malgré toutes ses vérifications de police, la douanière demeura sceptique et procéda à un interrogatoire, ce qu'elle aurait dû faire en premier et qu'elle aurait par ailleurs fait avant l'apparition de ces fous furieux dans le ciel américain du onze septembre 2001.

La suspicion atteignit son comble quand Jocelyne mentionna les noms des chercheurs qu'elle se rendait visiter: Alabi et Senoussi, deux personnages d'origine arabe. Mais il fallut que les Américains se rendent à l'évidence: rien dans les papiers et rien dans les faits n'incriminaient ces deux visiteurs venus du Québec.

Quand enfin ils purent s'en aller sous le regard sévère de la douanière, une femme d'environ quarante ans, rondouillarde et sans maquillage, ils ne l'entendirent pas qui disait à un collègue masculin:

–Ces deux-là, je ne les digère pas. Ça ne me surprendrait pas du tout qu'il s'agisse de terrorisme... une nouvelle sorte... du terrorisme... génétique...

Soupçonneuse d'abord, envieuse ensuite, soupçonneuse encore pour cacher qu'elle était envieuse...

Là-bas, après une fin de voyage paisible, à l'institut de recherche en gérontologie, centre multidisciplinaire où l'on étudie la vieillesse, son évolution et ses répercussions dans tous les domaines, la première rencontre fut avec le docteur Alabi qui se révéla être un personnage de haute taille, moustachu et à la chevelure noire abondante.

La rencontre préliminaire eut lieu dans un bureau attenant à une salle remplie d'ordinateurs et de personnes y travaillant. On y était loin de l'analyse de tissus ou de fluides corporels. Tout n'y était que chiffres et symboles, formules et hypothèses. Un univers virtuel à l'oeuvre, rien qui inspire vraiment une femme de soixante-trois ans. Mais c'est de casino qu'on parla d'abord quand Albert, aussi présent à la rencontre, dit:

—Mettre tous ces gens à l'ouvrage pour battre la banque au casino, et on y arriverait un jour ou l'autre.

—Je crois bien que non, fit le praticien en sarrau blanc. Les lois du hasard me paraissent inéluctables. Il n'y a que le flair, l'intuition pour les déjouer, et l'observation humaine.

Albert regarda sa femme et déclara, triomphant:

—C'est exactement ce que je pense, hein, Jocelyne ? Je te l'ai souvent dit.

—On est pas là pour parler de machines à sous et de black jack, j'espère. Tu penses pas Bébé, qu'on a notre ration suffisante de 'casinoteries' à Montréal chaque semaine ?

L'homme le prit comme une douche froide et se tut. Alabi sourit de manière énigmatique puis ouvrit un dossier écrit qu'il parcourut des yeux de façon distraite. En même temps, il s'étonnait à chaque instant de constater l'énorme vitalité qui se dégageait de celle qu'ils appelaient aussi là-bas, tout comme le docteur Leroux, *la femme qui ne vieillit pas*. Puis il posa de nouvelles questions à propos de ce qui avait entouré la mort de Liliane Larivière en 1982.

–Ainsi que vous l'avez dit, madame, ce n'est peut-être pas l'événement en lui-même qui a pu agir de manière brutale sur votre métabolisme puisque, comme vous l'avez souligné, ces choses-là, quoique plutôt rares, arrivent parfois, mais la force du lien qui vous attachait à votre grande soeur. Et c'est là-dessus que je voudrais travailler avec vous aujourd'hui.

–Je vous ai dit ce que je savais, tout ce que je savais.

–Peut-être pas tout! Et pour en découvrir davantage, nous allons, si vous vous y prêtez, aller en régression. J'utilise l'hypnose depuis plusieurs années et, quand on fait reculer le sujet dans son passé, il arrive que l'on trouve beaucoup. Tout n'est pas signifiant. J'ai le sentiment, l'intuition que dans votre cas, on va apprendre quelque chose de fondamental. Acceptez-vous de tenter l'expérience de régression ici et maintenant ?

–Je ne sais pas si je pourrais. Surtout en la présence de mon mari.

–Bien sûr que non! fit Alabi. Un tiers quel qu'il soit empêche la réussite d'une telle expérience.

–C'est sûr, fit Albert. Je vais me retirer quand vous le voudrez.

Il lui fut indiqué un lieu agréable où il pourrait relaxer en attendant le retour de sa compagne qui partit en la compagnie du chercheur vers une autre pièce du complexe. Bientôt, Jocelyne précéda Alabi dans une chambre-salon plutôt étroite où l'ambiance avait de quoi rappeler celui de la maison quand il ne se trouve pour éclairer les êtres que quelques lampes à faible éclairage.

–C'est insonorisé. Voici un fauteuil. Prenez place.

Tout ça lui parut bien plus familier encore que l'atmosphère de sa propre demeure et la femme fut sur le point d'en glisser un mot qui aurait été une importante révélation au dossier quand l'autre l'empêcha de le faire en bousculant un peu les choses à l'américaine:

–Je vais immédiatement vous mettre en état de relaxation profonde puis nous allons procéder à une régression. Et je vais alors vous poser des questions concernant trois personnages de votre vie passé: vos deux parents et votre soeur qui s'est suicidée. Il me faut non seulement votre accord, mais votre pleine confiance: est-ce que j'ai cela ?

–Oui.

Et la séance eut lieu. Elle dura près de deux heures en tout. Et fut entièrement enregistrée. Quand elle se réveilla, Jocelyne n'avait pas de souvenirs de ce qu'elle avait dit.

–Cela est normal, dit le chercheur. Surtout que vous avez occulté la mort de votre soeur et avec l'événement, une foule d'autres probablement ayant forgé votre relation avec elle depuis votre naissance. Je ne pourrai pas vous faire entendre l'enregistrement, mais je vous en ferai une copie que je vous remettrai avant votre départ de New York. Ça va comme ça?

–C'est bien.

Une fois de plus, Jocelyne pensa que la recherche sur son cas tournait en rond et qu'on ne faisait aucun progrès. Elle s'en plaignit sur le chemin du retour à son mari qui la persuada du contraire en lui rappelant une chose qu'elle savait déjà pourtant, soit que beaucoup de recherches scientifiques vont ainsi: on vasouille, on hésite, on répète et un beau jour, on fait une importante découverte... par accident...

–Et surtout grâce à l'intuition, paraît-il.

–Je vais en parler à Jacques...

***

230

Chapitre 22

Trois jours plus tard, par un avant-midi de grand soleil montant, Jocelyne et Mariette se mirent en route pour escalader la montagne par le sentier en spirale.

–C'est bien plus long, mais bien plus aisé. Quand on ressent de la fatigue, on s'arrête.

–Je me sens en pleine forme. Et je pense que c'est grâce à toi en bonne partie. C'est sûr qu'André m'aide beaucoup et les enfants, mais toi, c'est différent.

–Et tu verras à quel point c'est différent encore avec Aubelle. Je suis sûre maintenant que c'est elle qui me transmet de l'énergie vitale et que c'est la raison principale pour laquelle je ne vieillis plus. J'ai fait le tour de toutes les possibilités et c'est la seule qui tienne debout. Chaque fois que je suis en contact avec cet arbre, je deviens... c'est magique.

–Mais toi, comme tu veux vieillir, pourquoi te faire sans cesse recharger les batteries par elle ?

Jocelyne se mit devant son amie et lui prit les mains entre les siennes; son regard fut rempli d'une tendresse mêlée de tristesse:

–Mais, ma petite Marie, Aubelle a besoin de moi. Je lui ai sauvé la vie il y a vingt ans. Et le contact s'est établi entre nous. Je te jure que ce n'est pas une hallucination. Je lui parle et elle me répond. Elle saisit les choses sans besoin d'une constitution comme la nôtre. Sa perception est en accord avec sa nature propre. Et sa solitude est si grande, si tu savais seulement. Et pour ça, elle va d'autant mieux comprendre la tienne.

–Hyper surprenant !

–Les humains ne peuvent ni ne veulent comprendre cela, les hommes surtout. Mais j'ai commencé à faire émerger Albert de son cocon d'ignorance...

Elles poursuivirent leur ascension. Il ne restait que des soupçons de neige dans les creux de terrain; et les rayons solaires réfléchis en grignotaient les cristaux un à un.

–L'énergie cosmique est un tout, je le crois, moi aussi, fit Mariette qui s'arrêta pour reprendre son souffle.

Jocelyne s'arrêta aussi et demeura silencieuse. Les deux femmes promenèrent leur regard sur la ville et chacune s'arrêta au même endroit au même instant: le campanile du collège. Mariette soupira et reprit la parole:

–Finalement, Joyce, Gervais, il t'a déjà dit qu'il éprouvait quelque chose à ton égard ou jamais ?

–Gervais, c'était un séducteur de groupe. Il avait soif d'amour d'où qu'il provienne. Je suis sûre qu'il a essayé de te faire le tour de la tête à toi aussi.

Mariette hésita, soupira, sourit un peu, baissa les yeux et finit par avouer:

–Il m'a même embrassée une fois et touché les seins.

–Pauvre toi, il t'a abusée.

–Pas du tout, j'étais tellement contente de ça.

–Mais... il était en situation de pouvoir...

–Va donc avec ta situation de pouvoir... À dix-sept ans, j'étais assez vieille pour disposer de mon corps, non ?

–Et tu ne me l'as jamais dit ?

–Je ne voulais pas te faire de peine.

Jocelyne haussa les épaules et cessa de regarder dans la

même direction:

–Ça démontre bien ce que je te disais: il avait le goût de se faire aimer, l'espèce de... matou.

–Je suis prête, on peut repartir.

Ce qu'elles firent. Il ne fut question ni d'André ni d'Albert et pas plus de leurs enfants. L'avant-midi leur appartenait, à elles seules et à leur amie végétale qui les sentait venir là-haut et frétillait déjà dans son coeur passé le détour. Plus loin, Mariette s'arrêta de nouveau. Même si son mal était en période de rémission et si elle avait retrouvé presque toutes ses énergies d'auparavant, il lui était impossible de suivre une femme biologiquement plus jeune qu'elle de plus de vingt ans comme l'était son amie Joyce.

–C'est peut-être la montagne qui nous énergise aussi, tu penses pas ?

–Souvent, je me le suis dit. Et toi, Marie, tu ne venais donc jamais par ici ?

–Rarement !

–Il faudra que tu y viennes sans moi quand je serai en Europe.

–Un mois, c'est vite passé.

–Et tu n'as jamais été tentée par la montagne ?

–Oui, mais... je courais tellement pour voir à tout. Le travail a toujours été mon loisir, tu le sais. Je n'ai pas su m'arrêter pour vivre autre chose. Attention, je ne regrette pas dans le sens que j'ai eu beaucoup de bonheur à faire ce que j'ai fait au cours de ma vie active.

–Justement, depuis que tu as pris ta retraite, tu aurais pu poser ton regard sur la grande nature.

–Je n'ai jamais négligé la nature, sauf que je m'intéressais surtout à la nature humaine. Tu sais ce que j'ai fait en massothérapie. Décongestionner les corps, les relaxer, libérer les muscles de leurs toxines. Défaire les noeuds. J'ai eu un écrivain une fois: incroyable, il avait le dos tout en noeuds... Apaiser le stress et la tension. Assouplir et tonifier la musculature tout en déliant une articulation ankylosée. Stimuler la circulation sanguine et aussi la circulation lymphatique, la première concernée dans notre système immunitaire. Augmenter la vitalité du corps. Tiens, tiens, me voici en train de te servir une sorte de leçon sur la massothérapie, là, moi...

–Continue, ça m'intéresse.

–C'est ça... j'ai eu tellement de travail toutes ces années que la pauvre montagne, je me suis toujours contentée de la regarder tout en sachant les bienfaits qu'elle pouvait m'apporter.

–Tu veux que je te dise: tu avais trop à donner aux autres pour trouver le temps de venir chercher quelque chose pour toi ici. Moi, j'ai été plus égocentrique que toi, tout simplement.

–Égocentrique, ce n'est pas être égoïste. Il faut penser à soi si on veut apporter davantage aux autres. Peut-être que j'ai oublié cette loi fondamentale de l'équilibre énergétique universel. Et je me ramasse avec une maladie mortelle à ce même âge où il te reste, toi, vingt-cinq ans ou sans doute plus encore à vivre. Et à bien vivre dans ton corps.

–Je ne vais pas te servir une vieille scie comme par exemple... tu peux t'en sortir et moi, je peux mourir dans un accident d'avion en allant en Europe... ce serait trop facile... mais... je...

Mariette comprit que son amie était enfermée dans son propos et elle lui vint en aide:

–Peut-être que toutes ces années à donner aux autres comme je l'ai fait me sont rendues par tes mains à toi et... par celle de ton amie là-haut...

–Allons-y sans tarder.

Elles arrivèrent à la pierre plate dix minutes plus tard. Mariette fut d'abord étonnée d'apercevoir le si imposant rocher qui abritait les environs. Son amie entra aussitôt en contact avec Aubelle, lui annonçant la présence de Mariette que l'arbre avait déjà perçue avec grande précision. À telle enseigne qu'elle savait même la couleur des cheveux et celle des yeux de la nouvelle amie, pour avoir développé une voie de perception des couleurs depuis sa dernière conversation avec Jocelyne.

Plus grand étonnement encore pour Mariette: voir son amie dans une sorte de semi-transe tandis qu'elle communiquait avec Aubelle. En tout premier lieu, elle-même ne saisit pas le langage de la plante puis les ondes se mirent à passer lentement et ensuite plus rapidement.

Les deux amies prirent place sur la pierre devant l'arbre et l'échange se poursuivit à l'enseigne de l'humour, de l'émerveillement, de la simplicité.

—Comment te sens-tu ? demanda soudain Jocelyne à son amie humaine.

—Peut-être mieux... oui, on dirait...

—Aubelle, dit Jocelyne, voudrais-tu donner de ton énergie vitale à Mariette. Pour l'aider à traverser l'épreuve de la maladie.

Et tandis que la femme s'approcha et toucha l'arbre avec ses dix doigts, Jocelyne elle-même se sentait traversée par une sorte de fluide contenant des ions électriques.

—Viens, toi aussi, dit Mariette.

L'autre s'approcha et pendant quelques instants, elles ne dirent mot et se laissèrent envahir par la force cosmique de l'arbre. Puis elles retournèrent s'asseoir.

—Je me sens... magnifiquement mieux, dit Mariette. Pour moi, ça marche.

—Et moi, ça marche beaucoup chaque fois que je viens, je te l'avais bien dit.

—Comme je suis heureuse ! Comme je me sens heureuse et forte !

Sur le moment, l'expérience apporta aux deux femmes tout ce qu'elles avaient désiré et prévu. Plus tard, elles reprirent le chemin descendant en se félicitant d'être venues.

Et pourtant, en ce qui concernait Mariette, cette 'recharge de ses batteries' ne durerait pas. Et une grande fatigue reviendrait s'abattre sur elle au cours de l'après-midi et en soirée. Jocelyne s'inquiéta quand elles furent en communication téléphonique vers les neuf heures.

–Les effets d'un massage comme ceux que je donnais sont beaucoup plus tenaces et profonds. Peut-être qu'il faudra plus d'une fois.

–Sans doute.

–Et peut-être que j'ai tiré le plus gros pour moi sans le vouloir. Aubelle est habituée de me renforcer, moi... Tu verras quand je serai partie, tu iras seule là-haut...

–Si je suis capable de le faire, ma grande, si je suis capable encore de le faire.

C'était par la force de la suggestion et par la vertu d'un effet placebo que Mariette s'était sentie aussi revitalisée là-haut. Pas du tout comme Jocelyne qui elle, en avait une fois encore ramené plein sa chair et plein son esprit, de cette puissante énergie qui la régénérait dans sa substance la plus profonde.

Elles durent bien prendre conscience de cela par d'autres visites faites à Aubelle dans les deux mois suivants. Mariette fut souvent laissée seule avec l'arbre, tandis que Jocelyne poursuivait son chemin jusqu'au belvédère et y restait le temps nécessaire pour que passe l'énergie entre les deux autres plus bas.

On demanda à Aubelle pourquoi elle agissait si favorablement pour l'une et si peu pour l'autre, car chaque fois Mariette se sentait effectivement revitalisée, mais à court terme. Elle jura ouvrir ses canaux de la même manière pour l'une et pour l'autre. Il manquait quelque chose quelque part. C'est avec cette énorme interrogation au-dessus de la tête que Jocelyne partirait pour l'Europe la troisième semaine de juin. Et une autre pire encore: comment serait son amie à son retour, elle qui depuis quelques jours périclitait à vue d'oeil et qu'elle retrouverait peut-être à l'hôpital...

***

Chapitre 23

Le couple faisait la France en Peugeot. Ce jour-là, on avait passé un temps exquis chez Claude Monet à Giverny. Le peintre s'était levé de son tombeau silencieux pour accueillir ses visiteurs sur le pas de sa porte et leur confier des impressions secrètes cachées dans le filigrane de ses tableaux. Devant les *Nymphéas*, Jocelyne et Albert, entraînés par la main du peintre, avaient, selon le mot de Proust "traversé le miroir magique de la réalité".

C'est l'âme emportée par cette effervescence qu'ils entrèrent à Lisieux sous une pluie fine, douce et brillante. On était disposé à l'exaltation par le génie d'un artiste, par la beauté et la nouveauté.

–C'est sûrement cette maison, là, sur le haut de la côte, fit l'homme dont le sens de l'observation rendait sa femme pantoise et admirative chaque fois qu'il se manifestait aussi nettement.

En fait, c'est qu'elle-même s'en disait dépourvue, tandis que leur différence à cet égard en était une de perception uniquement, lui s'arrêtant aux choses en succession pour les analyser, les interpréter, et elle se donnant tout entière à celle qui venait chercher sa substance profonde pour lui consacrer tout son coeur et tout son esprit tant que durait l'intensité du feu intérieur et jusqu'à ce qu'un autre sujet d'émerveillement vienne remplacer le précédent sans pour autant l'effacer.

Plus on s'en approcha, plus la demeure de Thérèse paraissait à la fois grande et humble. Il y avait peu de voitures dans l'aire de stationnement et l'on put se garer sans problème.

–C'est extraordinaire, cette pluie, Albert... Tu sais, la petite Thérèse disait qu'elle ferait tomber une pluie de roses sur la terre après sa mort.

–C'est pas des roses, c'est de l'eau et on ferait peut-être mieux de prendre le parapluie.

–Non, non, je veux sentir les gouttes sur mon visage, mes mains, mes bras.

Jocelyne avait lu la vie de sainte Thérèse de l'Enfant-Jésus quelque temps plus tôt et de se voir en ce moment même devant la maison que la jeune carmélite avait habitée dans son enfance lui coupait le souffle. Un tourbillon semblable à celui de l'amour créait une vibration à nulle autre pareille au creux de sa poitrine et des picotements naissaient aux extrémités de ses doigts.

–Non, pas de parapluie, je t'en prie, fit-elle en descendant de voiture.

–Faudrait pas que tu viennes ici pour attraper la mort.

–T'inquiète pas pour moi, mon chéri, je viens ici chercher de la vie, pas de la mort.

Et comme pour la conforter, la pluie diminua et se transforma en des gouttelettes très fines qui se posaient sur son visage comme elle l'avait voulu, sans la tremper comme l'avait craint Albert.

Bientôt, la femme fut devant la maison, sur le point de toucher au heurtoir lorsque la porte s'ouvrit tout doucement et qu'apparut une vieille religieuse au visage angélique sculpté par le temps à même un être tout de beauté et de mansuétude.

–Bonjour, je suis soeur Thérèse, dit-elle d'une voix petite, aimante, timide et mélodieuse.

Et la religieuse ouvrit les bras et s'approcha pour recevoir sa visiteuse sur son coeur. Il parut un instant à Jocelyne que cette femme avait cent vingt-quatre ans, soit l'âge qu'aurait eu Thérèse Martin alors, elle qui était morte en 1897 à l'âge de vingt-quatre ans. Et des larmes montèrent à ses yeux et se déversèrent, ce que put apercevoir la soeur avant de l'étreindre.

–Je comprends, je comprends, je comprends.

–Je suis venue pour moi mais surtout pour quelqu'un d'autre.

L'étreinte prit fin. Sans se détacher tout à fait l'une de l'autre, pendant un moment, leurs yeux se rencontrèrent. Et il parut à Jocelyne qu'elle lisait dans l'âme de sainte Thérèse, tandis que la carmélite accueillait l'autre non pas comme une touriste ordinaire, mais comme quelqu'un à qui sainte Thérèse elle-même avait demandé par la voie d'ondes inconnues de la science moderne, de venir s'imprégner d'elle, de ses parfums subtils et inaccessibles au commun.

–Vous êtes des Canadiens, n'est-ce pas ?

–C'est ça. Et je dois vous avouer que je me pince pour croire que je suis vraiment ici. Un si grand rêve !...

–Entrez ! Thérèse de l'Enfant-Jésus vous attendait. Elle est là, partout, dans ce vieil escalier aux marches usées qui ont porté ses pas légers, dans ces boiseries qui l'ont entendue rire, dans ces murs imprégnés de sa bonté et de sa grâce.

Les mots murmurés n'étaient entendus que de Jocelyne dont la soeur avait compris le mysticisme, et qui marchait avec elle côte à côte. Albert suivait derrière, heureux de se trouver là et de se sentir inclus d'une autre façon, à travers les grandes émotions qu'elle disait vivre grâce à lui et pour lesquelles chaque heure du jour, elle le remerciait.

"Je ne suis qu'un instrument; tu es la main qui bâtit tes propres voyages intérieurs," lui disait-il alors en substance et chaque fois en des mots différents.

On fut dans d'autres lieux de Thérèse, salon, cuisine, puis

une toute petite chambre contenant un bureau, un lit simple et une commode.

–Voici la statue de la vierge qui a souri à Thérèse quand elle avait dix ans comme elle l'a écrit dans le Manuscrit de sa vie. Je dois dire que c'est une réplique. L'originale est au carmel et vous aurez l'occasion de la voir quand vous irez.

L'on passa ensuite à une autre chambre. Là, on avait aménagé une vitrine derrière laquelle étaient étalés des jouets et des vêtements de Thérèse Martin.

–C'était une famille à l'aise. Voyez, elle possédait des poupées, des jeux de l'époque et de jolies robes.

Plus loin, posé sur une table se trouvait un livre gardé par deux religieuses assises et qui avaient pour tâche agréable de répondre aux questions des visiteurs à propos de la petite sainte de Lisieux. Elle souriaient avec affabilité.

–Il ne me vient aucune question, avoua Jocelyne. Peut-être que j'ai eu toutes les réponses déjà dans le livre que j'ai lu, je ne sais pas...

–L'âme de Thérèse est en vous, madame, dit une des religieuses, la plus jeune qui n'avait guère plus de vingt ans et qui à sa façon rappelait à la visiteuse le visage de la sainte entouré de son voile noir, les mains remplies de fleurs.

La guide prit la parole:

–À l'arrière de la maison, il y a un jardin. Ce n'est pas un jardin comme celui que vous pourriez voir dans votre imagination. Mais... vous y rencontrerez l'authenticité.

Ce qui devait s'avérer exact. Nulle pelouse, ni rocailles, ni fontaines qui chuintent, rien d'entretenu comme on s'y attend et que des ronces, des plantes sauvages et un lieu limité par des murs de granges plutôt délabrés.

–C'est là qu'elle courait, qu'elle se cachait, qu'elle s'assoyait aussi sûrement... voyez les bancs... Elle a dû s'égratigner, tomber, se relever... Elle était humaine... Elle n'aurait pas voulu qu'on détruise une plante juste parce qu'elle ne rend pas les mêmes services qu'une autre. Pour elle, toute créature porte la vie, la beauté, la grandeur...

La visiteuse s'exclama:

–C'est la grandeur de la petite Thérèse que je sens ici.

Avant de faire silence, la religieuse dit:

–Ici, on peut s'élever très haut sans abaisser qui que ce soit, sans devoir piétiner les autres. C'est peut-être la leçon que nous donne ce jardin de ronces qui aux yeux de Thérèse était tout aussi magnifique qu'un immense jardin de roses.

Puis Jocelyne entra en contemplation et alors de la maison à l'arrière s'éleva vers le ciel une musique d'une douceur incomparable, une pièce dont le titre, elle l'apprendrait plus tard, était *Amour Angélique*.

Ce furent des instants divins.

L'on fut bientôt de retour au pied de l'escalier usé.

–Vous trouverez dans la basilique en bas des plaques de marbre qui témoignent des guérisons qui se sont produites grâce à sainte Thérèse. Des miracles, il y en a eu à foison. Particulièrement quand on a rapatrié les ossements de la sainte dont le corps reposait dans un cimetière. Sur tout le parcours, des gens ont été guéris... Bon, vous avez dit être venue pour quelqu'un d'autre ? Et d'aussi loin que le Canada, ce doit être une personne importante pour vous ? Alors dites-moi...

–C'est une amie très chère en effet. Elle s'appelle Mariette. Et elle a le cancer. Elle a mon âge, mais je trouve que c'est trop jeune pour mourir.

–En effet ! fit la religieuse qui balaya du regard toute la personne de la visiteuse.

Jocelyne portait ce jour-là une blouse tout-aller couleur bleuet sur un pantalon en sergé de coton de couleur pierre et ces vêtements comme la plupart de ceux qu'elle portait ne l'aidaient pas à paraître de son âge véritable.

–Suis un peu... plus vieille que j'en ai l'air.

–Quarante-cinq ? Cinquante ?

La visiteuse grimaça:

–Un peu plus... Soixante-quatre ? Vous me croyez ?

–Oui. Et ça me fait penser que vous êtes sans doute touchée de façon toute particulière par la grâce divine comme le fut la petite Thérèse. En son temps, pour être comme vous, une femme qui ne vieillit pas, il fallait qu'elle meure.

–C'est drôle, vous parlez comme les chercheurs de New York. Ceux qui cherchent la cause de ce phénomène en moi.

–La vérité est universelle. Et... la cause, on ne l'a pas trouvée, je présume ?

–Pas encore.

–Et... vous avez pensez que sainte Thérèse aurait pu vous aider à trouver... la clef ? Car il me semble à lire dans votre visage, que vous portez ce don du ciel comme un fardeau.

–Je commence, oui, à le porter comme un fardeau, mais... je ne suis pas venue pour m'en soulager.

–Je vous ai... mise à l'épreuve, mais je savais. Il n'y a en vos yeux que de la générosité, de la compassion... Vous ressemblez fort à Thérèse de l'Enfant-Jésus, vous lui ressemblez fort.

La religieuse tendit les mains et prit celles de la femme et les serra tandis qu'Albert restait discrètement un peu à l'écart.

–Dans le carmel, vous trouverez la statue de la vierge, la vraie, qui a souri à Thérèse quand elle avait dix ans; parlez-lui et elle vous sourira à vous aussi. Vous avez une si belle âme, elle vous sourira, j'en suis assurée. Et nous, ici, allons prier pour votre amie Mariette afin qu'elle trouve la guérison de son corps et la paix de l'esprit.

–J'ai envie de croire que seul un miracle pourrait encore la sauver. Combiner des forces et les lui transfuser si je peux dire, peut-être que...

–C'est cela, la prière collective.

–On ne va pas prendre plus de votre temps. Ce furent des moments inoubliables.

Les yeux de la visiteuse brillaient comme si la flamme d'une bougie les avaient éclairés de l'intérieur. La soeur ouvrit la porte et tendit le doigt en direction de la basilique:

–Juste en face, à une boutique, vous trouverez la prière de Thérèse. Procurez-vous la et apportez-la à votre amie au Canada. Une fois encore, nous pourrions bien nous rendre compte que la petite Thérèse a le bras long, si on peut s'exprimer d'une façon aussi ordinaire pour qualifier l'extraordinaire.

–Est-ce que je pourrais vous téléphoner pour vous donner des nouvelles de mon amie ?

–Vous savez, nous recevons chaque année des milliers et des milliers de demandes de partout dans le monde de la part de gens qui veulent être guéris ou qui intercèdent pour quelqu'un d'autre comme vous le faites si généreusement, mais rares sont ceux qui nous en redonnent des nouvelles.

–Nous autres, on va le faire. Albert, dis-le aussi.

L'homme acquiesça:

–Quand elle fait une promesse, elle la tient toujours. Et si jamais elle oubliait, je serai là pour la lui rappeler.

–Nous allons agréer avec bonheur vos communications téléphoniques, croyez-le bien.

Et ce fut sur quelques mots de circonstance que l'on se sépara. Le couple se rendit à la basilique, mais d'abord à la boutique où Jocelyne se procura la fameuse prière de Thérèse qu'elle lut et qui la transporta.

***

Chapitre 24

–Que j'aime donc cette phrase, Albert, même si au premier abord, elle est un peu pessimiste.

–Lis toujours.

Jocelyne tenait entre ses mains une petite brochure intitu-
lée *Un appel un message*, racontant Lourdes et ses événements hors du commun dans ses grandes lignes. Au début,
on y parlait de l'insignifiante bourgade d'avant 1858, année
des apparitions de la Vierge à Bernadette Soubirous. Une petite ville misérable perdue dans les Pyrénées, ravagée par la
famine, le choléra, le froid et l'isolement du reste du monde.

–Que pouvait-il sortir de bon de Lourdes ?

–Ça, dit Albert en montrant de l'index la ville au loin à
leurs pieds.

Elle releva la tête, s'écria, le regard agrandi:

–On arrive à Lourdes ?

–On arrive.

Le coeur de la femme se mit à battre la chamade comme
chaque fois qu'elle se trouvait devant quelque chose ou quelqu'un de grand ou qui lui apparaissait tel. Fortement attirée
par la vie monastique au cours de son adolescence, elle avait
gardé de ces élans mystiques grâce auxquels il lui était pos-

sible d'aller au bout de ses sentiments et de son lyrisme sans danger pour elle-même ou ses proches et au contraire pour leur plus grand bien.

On pénétra bientôt dans la ville par le Pont Vieux pour tomber sur l'avenue Bernadette-Soubirous. Les dépliants indiquaient qu'il s'y trouvait la maison natale de Bernadette, appelée le Moulin de Boly. On la repéra, mais on décida d'y revenir plus tard, après ce que l'on disait être un pèlerinage touristique étant donné que Jocelyne y serait davantage comme pèlerin et Albert bien plus comme touriste.

Un long chemin bordé d'arbres. Intense circulation automobile et piétonnière. Et plus on se dirigeait vers les lieux de Bernadette comprenant les basiliques, églises, chapelles et salles diverses ainsi que la grotte miraculeuse, la piscine et les fontaines, plus les boutiques se bousculaient en se multipliant. L'enthousiasme de Jocelyne en fut affecté et diminua. Et à mesure qu'on progressait, des ombres passaient sur son front et dans son regard.

Le 'ça' exprimé par Albert n'était-il que ça ? Une ville à une seule industrie dont la matière première était un événement miraculeux datant d'un siècle et demi ? Elle leva les yeux au ciel et le bleu si pur qui lui apparut venir de l'éternité ramena en son âme un sens renouvelé du religieux.

L'homme proposa que l'on se rende tout d'abord à la grotte. Il savait que c'était le lieu par excellence où sa femme trouverait le maximum de vibrations intérieures et où elle serait le plus submergée par un sentiment divin. La force de leur couple tenait d'abord et avant tout dans cette complémentarité en presque tout. Elle donna son accord et on fut bientôt en stationnement pas loin du lieu trouvé.

Et voilà que les boutiques semblaient être allées se cacher pour laisser tout l'espace aux choses de la foi et du sacré. Jésus qui chassa les vendeurs du temple ne condamnait pas le commerce à l'extérieur de ses murs.

L'on se trouvait au bord du Gave. Près de la grotte, il y a la source de Massabielle qui préexistait avant les apparitions de 1858, mais qui fut découverte sur les indications de la

Dame. Et comme la Vierge l'avait demandé, des pèlerins y affluaient pour y boire et se laver le visage et les mains.

–Si tu veux me laisser seule, demanda la femme. Il me semble que je dois vivre ces moments-là sans personne avec moi, pas même toi, mon amour. De plus, elle savait que son mari n'y ressentirait pas grand-chose de plus que sa bienveillante indifférence devant les merveilles de Lourdes qui s'inscrivent bien plus dans les coeurs que dans les choses visibles.

–Sans problème. Je m'en vais au bar-terrasse, là, tu vois, au bord de l'eau...

–Je t'y retrouve après ma... visite.

Ils se séparèrent. Elle trouva un banc tout près et alla y prendre place pour entrer en elle-même avant de se rendre plus loin. Un sentiment d'indignité traversa son âme. Elle se sentait trop petite pour être là. Dépassée par le grandiose. Et tous ces gens qui déambulaient devant son regard, semblables à des monolithes sculptés à même la foi, une foi plus pure et dure que le marbre de Carrare... Comme la sienne, toute émaillée de doutes et d'hésitations, lui paraissait terne et sans le moindre éclat !

Elle reprit son opuscule afin d'y relire du texte. En page treize, il y était écrit: "Nous sommes donc ramenés au centre du message de Lourdes, le mystère de la Rédemption, où la dignité de l'homme, la perversité du péché, ne se comprend qu'en face de la Croix. Bernadette donne son vrai sens à la pénitence proclamée à Lourdes, elle n'est pas masochisme expiatoire ou performance ascétique, mais union au seul pénitent, l'Agneau de Dieu, bourré d'herbe amère qui a pris sur lui tout le péché du monde."

Jocelyne leva les yeux et regarda le flot de gens se dirigeant vers la source de Massabielle, mais il lui semblait que sa propre indignité restait et elle lut encore:

"Voilà dans quelle ambiance nous est donné le sens profond du signe de l'eau de Lourdes: –eau qui rappelle l'amour du Christ qui donna sa vie pour les pécheurs; –eau qui renvoie au baptême qui nous a rendu la vie d'enfants de Dieu; –

eau qui renvoie au sacrement de pénitence, où Dieu nous offre le pardon, la purification, la réconciliation. C'est parce que nous avons besoin de renaître, d'être pardonnés, purifiés, réconciliés... que nous venons à cette eau en nous souvenant de la parole de Jésus: *Si quelqu'un a soif, qu'il vienne à moi et qu'il boive.*"

La femme leva les yeux du côté de la terrasse, mais elle ne vit pas son mari. Ils se retrouveraient bien tout à l'heure. Pour le moment, c'est en elle-même qu'il lui fallait établir l'harmonie pour ensuite établir le contact avec le surnaturel. Elle pencha la tête pour la troisième fois et trouva des mots qui l'enverraient tout droit à une des fontaines alimentées par la source de Massabielle.

"Cela veut dire que l'eau de Lourdes est très liée au chemin de croix et au sacrement de réconciliation, deux actes essentiels du pèlerinage. Quant aux gestes eux-mêmes, il faut les hiérarchiser. Le plus important, c'est simplement, comme Bernadette, boire un peu d'eau et en passer sur sa figure, en priant pour sa propre conversion et celle des frères pécheurs. C'est ce qu'indiquent, en toutes langues, ces panneaux au-dessus des fontaines... Le fait d'emporter de l'eau doit avoir pour but de renouveler chez soi le geste de boire et se laver, et non de la conserver comme une substance porte-bonheur. Si on oublie ce sens profond, l'eau de Lourdes risque de devenir cette eau miraculeuse, non eau-signe (vrai sens du mot miracle), mais eau à miracles, eau guérisseuse aux pouvoirs magiques, source de superstition et même d'exploitation fétichiste et donc mercantile... Par cette eau, Dieu nous demande une lucidité chrétienne face au mal du monde..."

Alors la femme referma la brochure qu'elle remit dans la poche de son chandail puis se leva et se dirigea vers une fontaine où elle s'abreuva d'un peu d'eau avec sa main et s'aspergea le front, les joues, les lèvres, le cou, les doigts. Voilà que de la lumière vint éclairer et réchauffer son âme, et le pas assuré, elle suivit les pèlerins jusqu'à l'intérieur de la grotte, lieu de grande paix, de merveilleuse espérance. Et lieu d'une foi qui embrase les esprits, foi qui brûle comme les flammes de tous ces cierges du grand chandelier éclairant la statue de la vierge à l'endroit même où elle est apparue dans son immaculée conception à dix-huit reprises à l'humble Bernadette.

Des mains ardentes touchaient les murs pour exprimer leur confiance en Dieu et en la Vierge et s'en remettre à eux pour les libérer de leurs souffrances et de leurs péchés. Des mains qui venaient chercher du bien pour d'autres. Des mains qui faisaient partie de corps diminués par la maladie. Des mains de jeunes femmes en chaise roulante, de personnes affligées de maladies considérées incurables par la médecine, de personnages qui ne ressentaient plus leurs douleurs tant l'espoir en leur coeur les imprégnait dans toute leur substance. Mains de mères éplorées venues là pour un enfant meurtri.

Jocelyne qui regardait, admirative et dubitative, sentit des larmes de bonheur et d'exaltation monter à ses yeux puis se mettre à couler sur ses joues. Mais l'émotion en elle se décupla quand elle se rendit compte par une petite affiche qu'elle se tenait à l'endroit exact où Bernadette était quand elle assistait aux apparitions.

Elle envoya une pensée à son mari et à ses enfants:

"Comme je voudrais que vous soyez tous là, en ce moment, en cet endroit béni du ciel !"

Puis c'est à Mariette qu'elle songea et pour qui elle pria le ciel avec une grande intensité. Ensuite, pour donner la chance à d'autres d'occuper le même espace, elle se retira et alla s'asseoir sur un des nombreux bancs de bois sur l'estrade face à la grotte, sous le soleil radieux d'un si beau jour d'été. Là, elle concentra de nouveau sa pensée sur son amie malade et murmura des mots pour elle. Sur sa lancée, elle en murmura aussi en faveur de Marie, François et Mylène. Puis pour Hélène. Une autre pensée forte pour Albert qui l'attendait patiemment là-bas. Et même, après tout cela, un simple mot pour son amie végétale du mont Bleu...

–Aubelle, Aubelle, Aubelle, je prie pour toi aussi...

Cette femme qui s'était sentie indigne de pénétrer en ces

lieux saints était maintenant transportée par les sentiments qu'ils avaient si fortement secoués en elle et c'est remplie de joie et de sérénité, légère comme un ange, revigorée dans toute sa substance, qu'elle partit retrouver son mari.

Elle le trouva attablé devant une bière, lisant tranquillement une publication sur l'historique de la région, calme comme l'eau du Gave qui coulait pas loin.

On se rendit à une boutique acheter nombre de bouteilles vides qu'on alla ensuite remplir à un de robinets d'où coulait l'eau de la source de Massabielle.

—Faut pas la prendre pour une eau miraculeuse, dit-elle à au moins trois reprises en des mots différents alors qu'ils remplissaient les contenants.

—Certainement pas !

—C'est pas rien non plus, là !

—Sûrement pas !

—Je te sens sceptique.

—Le plus sceptique n'est pas toujours celui qu'on pense.

—Si tu savais ce que j'ai vécu.

—Je l'ai lu dans tes yeux quand t'es arrivée à la terrasse.

—Allons manger et je te raconterai.

—Faut d'abord aller mettre toutes ces bouteilles dans l'auto.

—Avec la chaleur, y aura pas de problème ?

Albert la regarda en souriant:

—Cette eau va durer des années et tu pourras en boire dans cinq ans.

—Tu parles de l'eau des bouteilles ? demanda-t-elle, incrédule.

—Oui, madame ! Dans cinq ans, je te le garantis. Elle contient ce qu'il faut pour durer. Les éléments minéraux...

—Et la grâce du ciel.

—Sans doute.

—On verra.

Et ils retournèrent à la terrasse prendre un repas arrosé de bon vin et de sensations fortes vécues par la femme devant Massabielle. Puis ils se rendirent dans les boutiques à souvenirs en attendant l'heure de la messe à la basilique Supérieure.

Chapelets, médailles, photos, cierges, illustrations, statuettes, statues et cent autres objets de piété sollicitaient le portefeuille des touristes. Jocelyne s'émerveilla devant un cierge géant porté à bras d'hommes. On leur dit qu'il mettrait des mois à brûler.

–Pareil lampion, ça peut vous guérir une ville au complet: on devrait le rapporter à Mont-Bleu et l'allumer sur la montagne.

Jocelyne se demanda si elle devait reprocher à son mari son sens de la dérision ou si elle devait approuver son jugement sévère devant le mercantilisme omniprésent.

Quand vint l'heure de la messe, on se rendit à la basilique Supérieure où il y aurait célébration en italien. Il aurait fallu arriver au moins trente minutes avant pour obtenir une place car l'église était remplie à craquer.

–Comme je suis déçue ! Je voulais vivre un autre moment de solitude avec la Vierge et avec Bernadette...

–Les églises sont ouvertes en dehors des offices en Europe, on le sait.

Une voix près d'eux leur dit, qui avait entendu:

–En Europe, oui, mais pas ici, à Lourdes. Après la messe, tout est barricadé. Pour la protection des lieux. Des gens exagèrent et s'emparent de tout ce qu'ils trouvent.

C'était un paralytique dans sa chaise roulante. Un accompagnateur le dirigeait vers l'intérieur de la bâtisse. On échangea quelques mots. On se présenta. Il venait du Québec. Un écrivain frappé de paralysie cérébrale. On le remercia. Et Jocelyne en le regardant aller ajouta son nom dans ses prières.

***

Chapitre 25

C'est une Mariette très malade que Jocelyne revit à son retour d'Europe. Son amie, elle le savait par leurs communications téléphoniques, avait dû rentrer d'urgence à l'hôpital pour y recevoir des soins extrêmes dont une greffe de moelle osseuse. L'intervention avait eu lieu quatre jours plus tôt et c'est un frère de la malade qui avait agi comme donneur.

Et c'était pour l'opérée en ce moment même une véritable descente aux enfers. Pas même le Dilaudid (à base de morphine) ne parvenait à soulager ses souffrances en les ramenant à un degré acceptable et endurable. Elle l'exprima quand Jocelyne lui rendit visite à sa demande via André.

On ne pouvait entrer dans la chambre que masqué et ganté de blanc. Jocelyne voulut savoir qu'elle ne dormait pas avant d'y pénétrer et elle s'approcha en discrétion sur le bout des pieds.

–C'est moi, Joyce, dors-tu, ma petite Marie ?

La malade au visage ravagé ouvrit les yeux:

–Je t'attendais aujourd'hui... Je... je ne... ressemble pas trop... à la Mariette de la montagne, trouves-tu ?

La voix était diminuée des trois quarts et le souffle manquait régulièrement. Jocelyne ressentait en ce moment la pire honte qui se puisse imaginer. Honteuse d'avoir toute cette force, toute cette santé pour elle seule, tandis qu'il ne restait à son amie que le souvenir du bien-être physique, un souvenir qui rendait sa réalité encore plus cruelle. Honteuse de revenir d'un voyage où tout avait été presque divin, tandis que Mariette souffrait, elle, mille morts en plus de la terrible angoisse de la mort imminente. Honteuse d'avoir ces yeux brillants, chargés d'images de Paris, de Chartres, des châteaux de la Loire, des paysages alpins, de Lisieux, Lourdes et surtout de l'amour et de la générosité de son compagnon, tandis qu'à la malade, il ne restait plus que le regard terne et vague de ceux qui n'ont plus pour soutenir un peu leur vie délabrée que les béquilles de la chimie et l'illusion des machines à tenir la mort sur le pas de la porte.

–Oh, ma pauvre Marie, ma pauvre petite Marie !

La femme s'approcha encore et toucha les mains de son amie qu'elle ne sentit guère à cause des gants protecteurs.

–Suis contente... que tu sois de retour.

Et Marie parvint à s'emparer de la main de l'autre.

–Tu as fait un bon voyage ? Au téléphone, en tout cas, tout semblait si merveilleux pour toi...

La honte en Jocelyne décupla. Comment raconter à quelqu'un qui souffre autant ce que l'on a vécu de si magnifique sans ajouter à ses douleurs la cruauté de la privation du beau et du bon ?

–J'ai si peur de te raconter mon bonheur, Marie...

–Assieds-toi et raconte-moi...

Jocelyne se sentait capable de faire vivre à son amie tout son voyage par l'expression même de son récit. Cette femme possédait une aptitude au bonheur se situant bien au-delà de la passion pure et faite plutôt d'un mélange d'exaltation et d'émerveillement auxquelles s'ajoutaient pour les rendre encore meilleures et plus grandes, son amour des autres et sa générosité naturelle. Voilà pourquoi elle hésitait à se raconter: pour ne pas que l'autre ressente avec encore plus d'acuité l'horreur de son état.

–On va le revivre ensemble par ta voix... et ensuite, quand je serai seule, je le revivrai... encore et encore... par l'esprit. Je sais que ce n'est pas pour m'épater mais pour partager... que tu vas me conter ton voyage... Ne crains rien, je ne suis pas une enfant... Et d'un autre côté, je le suis...

–J'ai compris ton état d'âme, ma grande. Ne brûle pas tes énergies à me le dire. Je vais m'asseoir avec toi et te faire visiter la France. J'ai comme... fait l'amour avec la France, tu sais... C'est ce que m'avait promis Albert et c'est arrivé...

–J'espère que tu l'as fait avec lui aussi...

–T'es folle malgré tout.

Et Jocelyne approcha une chaise et prit place.

–J'aimerais bien quand même que tu me parles de ton état, de ton opération et tout. André m'a dit bien des choses, mais je voudrais tout entendre de ta bouche, à toi.

–Plus tard, plus tard. Là, je veux voyager avec toi...

Et elles prirent le même train. Ce qui fascina le plus la malade fut la visite d'une grotte quelque part dans le sud de la France.

–Je ne me souviens pas de son nom et comme dirait Jacques, ça n'a pas d'importance... Au fait, Jacques est-il venu te voir ? Tu ne m'en as pas parlé au téléphone.

–Ça n'a pas trop adonné.

–Peut-être qu'il aurait pu t'aider. Il m'a aidée beaucoup, moi, dans le passé... Et puis, comme disait Céline Dion à propos du cancer de son homme: vaut mieux mettre toutes les chances de son côté... Enfin...

–Tu veux vraiment me suivre ? C'est... tout simplement incroyable. Je n'ai jamais rien vu d'aussi beau. D'abord, ce qui frappe, c'est l'immensité du lieu. À perte de vue. Nous étions un groupe et les exclamations d'émerveillement ne tarissaient pas. On pouvait apercevoir des lacs à l'eau verte, mais d'un vert inimaginable...

–Comme celui de tes yeux en ce moment. J'en vois au moins deux, de ces lacs, dans tes yeux...

–Le vert de mes yeux, c'est rien à côté de celui de ces

lacs-là...

–Je ne te crois pas.

–Je te le dis... un vert émeraude...

–Comme tes yeux...

–Bon... si tu veux... Et il y avait au plafond des stalactites et autour des stalagmites... comme tu sais, les stalaCtites chutent et les stalagMites Montent... c'est un moyen mnémotechnique pour se rappeler lesquelles sont au sol et lesquelles descendent de la voûte... Et il y en avait... des centaines et des centaines... Protégées des mains par la distance... on ne peut pas s'en approcher... Il faut un siècle pour les faire rallonger d'un seul centimètre, alors pas question d'y toucher. Et puis il y avait des ponts si jolis... Et puis on nous a fait monter des dizaines de marches jusque sur une passerelle ou un belvédère souterrain si tu veux... Là, toutes les lumières ont été éteintes... Et si tu avais vu les lumières de tant de couleurs variées... En tout cas, éteintes et il faisait noir... comme chez le loup... bien plus... un noir total, complet... Impossible de voir quoi que ce soit, aucune lueur, aucun indice de lumière... Et là, ils ont fait durer ça pendant au moins deux minutes et ça paraissait une éternité... Cette période de noirceur, c'était comme le chemin pour nous amener dans un autre monde...

–Je comprends...

–Je ne veux pas...

Jocelyne ouvrit les mains pour se désoler de la métaphore en marche.

–Ça ne fait rien... même que c'est bon à entendre et à comparer avec mon état... Et puis ?...

–Alors, ce fut un spectacle son et lumières... musique grandiose... couleurs inimaginables... son sublime... Une apothéose, je te le dis... Jamais rien vu de pareil ni même de semblable. Le plus beau spectacle pyrotechnique qu'on peut voir à Montréal l'été: c'est rien à côté de ça, sans vouloir les dévaloriser. C'était... magnifique... magnifique... Je ne trouve pas les mots pour le dire. Albert et moi, on se tenait par la main et il passait de lui à moi et de moi à lui des ondes incroyables. On... communiait l'un à l'autre à travers ce qu'on voyait et entendait.

–Une autre façon de faire l'amour.

–Exactement ! Mais ô combien différente ! C'était par de nouveaux sens, on aurait cru. Quel magnifique moment de... de tout...

–D'éternité ?

–Oui, c'est ça: des moments d'éternité.

–Ça me donne hâte de traverser la grande barrière...

Jocelyne hocha la tête et dit, attristée:

–Oui, mais il y a tes enfants, André, moi et tous ceux qui ont besoin de toi.

–Ils ont besoin de quelqu'un qui les conforte, pas de quelqu'un qui les affaiblit. C'est ainsi que la vie est faite. Il n'y a pas de place pour les faibles en ce monde.

–Mais on n'est pas des animaux, ma petite Marie. Personne ne te rejette. André est d'une tendresse et d'une sollicitude envers toi: admirable, extraordinaire. Je l'ai mal jugé à partir de certaines choses... mais comme il tient à toi !

–Tu peux comprendre pourquoi je n'étais pas... comment dire fermée à une aventure entre lui et toi...

–Non, non, ça, par exemple, je n'ai toujours pas compris. Et là-bas, à Lisieux, je pense, je me le demandais justement.

–Si la chose t'était apparue bonne à toi et si la chose lui était apparue bonne à lui: pourquoi m'en serais-je attristée ou choquée. Ça fait partie de la maîtrise de soi quelque part. Je n'aurais pas voulu qu'il s'envoie en l'air avec n'importe qui, avec la première venue ou avec une fille de rue. Mais qu'il vous soit donné à vous deux que j'aime une chose bonne en soi: pourquoi s'en affliger ? Je ne comprends pas ça...

–C'est un point de vue... sans doute. Mais il faudra que je chemine encore pas mal...

–On oublie et tu me ramènes en France. Moi aussi, je veux faire l'amour avec ce pays-là... tout comme toi.

–Jamais été là-bas ?

–Quinze jours à Paris, c'est tout.
–Paris, c'est Paris. La France, c'est bien plus.

***

Chapitre 26

–La chance, dit-on, court la chance. Avec ce qui arrive, c'est pas le temps trop trop d'aller au casino.

–Jocelyne, c'est pas parce qu'il se passe un drame dans ta vie que la chance, pour cette raison, va te fuir. Au contraire, les gens qui n'ont pas d'histoire comme on dit, ne sont pas privés d'événements dramatiques et c'est là que la chance intervient pour les aider à traverser l'orage. C'est comme les pêcheurs sur la mer: tous, un jour ou l'autre, ont à affronter la tempête; ceux qui n'ont pas de chance périssent ou bien voient leur bateau endommagé, tandis que ceux qui ont de la chance s'en sortent indemnes et même grandis.

La femme pencha la tête et acquiesça:

–Je sais, je sais.. C'est juste que... j'ai pas le coeur à sonder la chance aujourd'hui.

Albert comme chaque jour de casino voulait par une pratique de poker savoir s'il s'y trouverait un indice du fameux jour de chance annuel réservé par le hasard ou quelque force mystérieuse et occulte à tout être humain.

–Tu devrais appeler Jacques, dit-il.

–Pour lui parler de la méthode ?

–Pour lui parler de la chance, de l'intuition et aussi de la pauvre Mariette, bien entendu.

–Je lui ai glissé un mot à son sujet et il dit que si elle n'y croit pas assez, ce serait du temps perdu, que la composante psychosomatique d'un cancer, même si probable, n'est pas scientifiquement prouvée etc.

–Il me semble qu'il vaut mieux mettre toutes les chances de son côté: aux jeux de hasard comme dans le grand jeu de la vie. On se le dit souvent et même Céline...

–Je sais... Je vais l'appeler, tiens. Pas Céline, Jacques... Pourvu que tu tiennes l'autre ligne et que tu parles avec nous deux.

–D'accord.

La conversation dura une dizaine de minutes et il en ressortit deux choses. L'une à propos de la chance. "On ne peut la provoquer, mais on peut la saisir si on la sait venir. Et la savoir venir, c'est ça, faire preuve d'intuition, du moins se servir de son intuition."

–Et pour en prendre la mesure, moi, je favorise une méthode, dit Albert. J'ai pas inventé les boutons à quatre trous, je n'ai fait que combiner l'idée de surveiller sa chance grâce à son intuition et une évaluation consciente, à la règle d'or d'un joueur professionnel, John Patrick, qui propose quatre règles de base: capital prédéterminé, connaissance du jeu, gestion de l'argent, discipline.

–C'est très bien, très très bien, dit la voix à l'autre bout du fil. De cette façon, impossible de perdre un cent de plus que son budget établi comme par exemple cinquante dollars par visite.

–Et quand je sentirai mon jour de chance ou celui de Jocelyne, alors à la limite de temps, je (ou elle) mettrai de côté mon budget de ce jour et jouerai mon profit accumulé jusqu'au bout de la somme ou pendant quatre heures suivant la première échéance.

–Bingo ! s'écria Jacques. Méthode infaillible. Impossible de perdre plus que voulu et planifié. Je te félicite, Albert... et toi aussi, Jocelyne. N'étant pas un joueur, jamais je ne me suis penché sur la question, mais il est probable que je n'aurais pas trouvé. Car pour avoir du flair en quelque chose, il faut beaucoup d'intérêt pour la chose... Mais il est évident qu'au casino ou au grand jeu de la vie, la malchance et... et les pertes se complaisent dans le désordre et le chaos... dans la confusion...

Puis ce fut au tour de Jocelyne de prendre la parole. Elle revint sur la question du cancer de son amie :

–Faut absolument que tu viennes, Jacques. L'apprivoiser d'abord. Elle y croit et en même temps, elle n'y croit pas, à ce que tu pourrais faire pour elle.

–Je vais te dire une chose, Jocelyne. Comparons le corps malade à un gros véhicule enlisé, embourbé dans un fossé profond, très profond et boueux... fangeux. On demande de l'aide. Il vient une remorqueuse. Elle ne parvient pas à tirer le véhicule de sa situation précaire. Puissante mais pas tout à fait assez. Ça, c'est la médecine traditionnelle et la chirurgie par exemple et les médicaments. Ensuite, il vient des gens qui mettent l'épaule à la charge et poussent et poussent. Peut-être qu'on peut les comparer aux médecines alternatives. Peine perdue. Le véhicule a aussi son propre pouvoir que l'on peut définir comme son énergie vitale. Mais il y a dans le véhicule une autre force qui elle, sert souvent trop peu et c'est son propre pouvoir en cas de problème: on l'appelle comme chacun sait de nos jours, son pouvoir autoguérisseur, un pouvoir avéré depuis des millénaires. Et voilà que pour le faire agir au maximum, survient un gars comme moi. Je suis celui qui donne un petit coup de pouce qui a l'air bien insignifiant, mais que pourrait être l'étincelle nécessaire pour que le pouvoir autoguérisseur agisse au maximum... et même pour travailler au niveau génétique... mais là, on va dans un territoire inexploré encore... quoique je ne manque pas d'opinions voire de convictions sur le propos... Donc je deviens le coup de pouce ultime, gros comme rien parfois, mais sans lequel le véhicule resterait coincé malgré tous les efforts déployés pour le sortir de sa prison et de son destin funeste... par la toueuse... par les gens qui donnent un coup d'épaule...

–Quelle métaphore, Jacques! J'en suis étourdie. Qu'en

dis-tu, Albert ?

L'homme dit avec conviction:

–Je crois en l'hypnothérapie de plus en plus, moi, même si... voilà vingt ou trente ans, je n'y croyais pas beaucoup, sinon pas du tout.

Après trente-huit ans de pratique de l'hypnose scientifique, de l'hypno-analyse et de la thérapie par l'hypnose, Jacques L'Écuyer parlait de son métier avec la même passion, la même assurance que depuis le début. Il n'était pas de ces charlatans clamant que leur 'art' peut tout et n'importe quoi. Mais à mesure que le temps passait, il soupçonnait le travail sur l'inconscient capable de produire des résultats bien plus étonnants, autrement plus extraordinaires que ceux déjà vérifiés dans sa pratique. Et aux gens qui lui demandaient d'évaluer son pouvoir de guérison, il le disait nul et leur expliquait que son rôle consistait à faire bouger le pouvoir autoguérisseur des autres en stimulant leur subconscient.

"On se guérit soi-même. On travaille sur soi-même. Le meilleur psy pour soi-même, c'est encore soi-même... On utilise son second moteur de vie qu'est l'inconscient au lieu de le laisser dormir et virer au ralenti en ne se fiant qu'à son seul premier moteur, le conscient, pour faire traverser le ciel terrestre à l'avion de sa vie. Et que fait l'hypnothérapeute pour quelqu'un? Il guide la personne dans la découverte de ses propres forces, de ses pouvoirs inutilisés... qui dorment ou bougent à peine..."

Tel était l'essentiel même de son propos quand il parlait de sa profession. Mais il avait dû toutes ces années se heurter aux sempiternels préjugés nés de l'hypnose-spectacle et qui réduisent le domaine à quelques idées indéracinables. "Non, madame, l'hypnotiseur ne prend pas la personne en son pouvoir. Oui, madame, vous savez ce qui se passe dans une séance d'hypnothérapie. Non, madame, l'hypnose ne comporte aucun danger. Oui, madame, elle permet de guérir bien des problèmes d'ordre psychosomatique et même physiques quand ils ont une composante psychosomatique. Non, madame, on ne dort pas sous hypnose. Oui, madame, l'hypnose est un état de conscience modifié. Non, madame, on ne peut sous hypnose faire agir quelqu'un contre sa volonté, sa morale ou ses idées. Oui, on peut se réveiller seul d'un état hypnotique. Non, il n'est pas plus facile d'hypnotiser les femmes. Oui, madame, l'hypnose peut révéler en vous des capacités cachées par l'inhibition ou l'ignorance. Non, l'hypnose ne peut pas faire de miracles."

"Si l'hypnose peut aider quelqu'un dans son problème à raison de cinquante pour cent, trente, vingt ou même dix pour cent, c'est toujours ça de pris," redisait-il sans cesse et à tous ses clients.

Il avait traité tous les cas traitables en hypnothérapie: accouchement sans douleurs, agoraphobie, agressivité, alcoolisme, anesthésie locale, angoisse, anorexie, asthme, bégaiement, boulimie, claustrophobie, jalousie, complexes d'infériorité, pensées suicidaires, dépression, frigidité, fatigue et bien d'autres. Toutes les peurs imaginables: de l'accouchement, des araignées, des reptiles, de l'avion, de la chirurgie, de son conjoint, du dentiste, de l'eau, de la foule, de la mort, de l'orage, du sang, des examens... Insomnie, contrôle de poids, problèmes reliés à la ménopause, reprise de confiance en soi, chagrins d'amour, relaxation...

Il était un véritable expert en mise en transe et relaxation. Vaincre le stress, le tabagisme, la toxicomanie, la timidité, le trac, les difficultés: tout cela le connaissait pour en avoir traité des cas dans son bureau du centre-ville. Il ne pouvait se souvenir de tous ceux qu'il avait aidés à traverser un deuil pénible, une épreuve difficile. Et puis d'autres l'avaient consulté qui voulaient retracer des événements perdus de leur vieux passé, des traumatismes ou même qui tentaient de retracer leurs vies antérieures, croyant en la réincarnation. Il avait donc souvent fait faire de la régression quoique de moins en moins à cause des risques encourus par les patients lors de telles séances et surtout après.

Et pour des gens choisis, privilégiés, de vieux clients devenus des amis ouverts à son art en même temps que secrets par rapport à leur vie privée, il travaillait au niveau de l'héritage génétique, mais à leur demande expresse et après leur avoir exposé clairement les limites de ses interventions.

Jocelyne Larivière le voyait presque tous les mois depuis vingt ans même si le thérapeute n'avait que peu de clients de cet ordre et s'il favorisait les thérapies brèves afin de ne pas faire de ses patients des assistés à vie. Question d'éthique. C'était son choix à elle. Un choix librement posé à la mort tragique de sa soeur Liliane. Son choix aussi de le revoir chaque mois depuis toutes ces années.

Mais c'était par hasard si elle n'avait pas soufflé mot de cette relation avec l'hypnologue au docteur Leroux ou aux chercheurs de New York. En fait, quand Alabi lui avait fait faire de la régression, le propos avait bifurqué au moment même où elle allait lui en parler, en grande partie par énervement de l'Américain. Même chose avec sa fille Marie à Noël... Et d'autres fois aussi. Comme si quelque puissance occulte à l'intérieur d'elle-même lui interdisait d'en dire trop... D'autant que la plupart des gens ne croient guère en leurs propres capacités inconscientes, donc en les vertus et pouvoirs de l'hypnose en leur faveur.

Albert toutefois était dans le coup depuis le début et quand il avait posé des questions, toujours il avait obtenu réponse à son entière satisfaction et même davantage. Les consultations de sa femme entraient dans leur complicité de couple. Et il avait pour Jacques le même respect et la même considération que pour tout autre thérapeute, psy ou médecin. Mais pas plus lui que sa femme ou même l'hypnothérapeute, aucun des trois n'avait songé à établir un lien entre le phénomène de non-vieillissement de Jocelyne et l'action de l'hypnose sur son inconscient. De toute façon, jamais à leur connaissance rien de semblable n'avait jamais été évoqué dans les annales de l'hypnothérapie, de la psychanalyse, de la psychiatrie ou simplement de la médecine. Et puis s'il y avait eu un lien entre les deux, la femme le saurait, qui à quelques reprises déjà avait posé le problème au thérapeute pour s'entendre dire par lui tout comme par Leroux, Alabi et Senoussi, qu'on ne s'inquiète pas d'un tel don du ciel et que la nature finirait bien par se rattraper un jour ou l'autre, que mieux vaudrait tard que jamais ou trop tôt...

Clientèle féminine à quatre-vingt-dix pour cent, les gens faisant appel aux services professionnels de L'Écuyer ne se le disaient guère entre eux. La méconnaissance de l'hypnose et de tout ce qu'elle peut accomplir pour un humain souffrant d'imperfection fait craindre aux personnes qui y ont recours l'opinion des êtres souffrant, eux, de perfection...

–Vous n'êtes pas obligé d'y croire, rétorqua Jacques de sa voix déformée par les chirurgies palatales de son enfance. Mais vous avez raison d'y croire. J'ai vu tant de gens au cours de ma vie à qui l'hypnose a fait grand bien.

Albert glissa:

–En tout cas à ma femme il y a vingt ans et par la suite.

–Je dois avouer que je ne me souviens pas pourquoi tu m'as consulté la première fois, Jocelyne... peux-tu me rafraî-chir la mémoire... tu sais, le nombre de dossiers que j'ai trai-tés depuis vingt ans...

–J'avais trouvé ma soeur... Liliane... dans la garde-robe...

–Ah oui ! Comment ai-je pu oublier ça ? Quel événement traumatisant... et quel deuil ce fut pour toi !

–Mais je l'ai bien mieux traversé grâce à l'hypnose et donc à toi, Jacques.

–Et j'espère que j'ai aussi fait autre chose pour toi, depuis le temps que tu viens en consultation.

–Je ferai le bilan sur papier une bonne fois.

–Il sera positif, j'en suis certain. Et quand tu voudras es-sayer, Albert, je serai à ta disposition. En dentisterie, on se sert de plus en plus de l'hypnose pour neutraliser la douleur. Et dans les enquêtes policières...

–Je sais tout ça. Mais... un homme est un homme... et il n'aime pas trop demander son chemin quand il est perdu... et il n'aime pas aller voir le médecin... Les femmes sont plus capables d'explorer à l'intérieur d'elles-mêmes...

–Peut-être pour ça qu'elles vivent plus longtemps et en meilleure santé.

–Ça se pourrait bien.

–Malgré que d'aucunes comme Jocelyne se plaignent de

rester jeunes trop longtemps...

–C'est le temps que ça change, comme ils disaient à la belle époque, fit-elle en riant.

Et l'appel prit fin dans une bonne humeur de surface qui cachait momentanément le souci et le chagrin de la femme.

On avait toutefois pris un rendez-vous ferme. Dans deux jours, tous les trois rendraient visite à Mariette à l'hôpital.

***

Chapitre 27

–Non, mais c'est pas possible que ce soit à cause de Jacques si je suis gelée à quarante ans, penses-tu, Albert ?

Ils étaient attablés dans la cuisine en train de sonder la chance par le poker habituel à deux plus trois joueurs fantômes sans trop porter attention au jeu et en supputant une fois encore à propos de Jouvence qui les priverait d'une belle vieillesse à deux si les choses du corps de Jocelyne devaient se poursuivre sur la même lancée que depuis une vingtaine d'années.

–Y a tellement de causes possibles. On en a fait le tour combien de fois ? Et puis c'est peut-être l'ensemble de ces choses et pas rien qu'une, hein !

–O.K! les événements qui pourraient avoir un lien et qui datent de vingt ans... Il y a mes consultations en hypnothérapie. Il y a l'autohypnose que je pratique depuis vingt, trente ans, je ne sais plus. Je suis capable de me mettre en transe en deux temps trois mouvements et je le fais plusieurs fois par semaine.

–Et le traumatisme causé par la mort de Liliane et la découverte de son corps.

–Et mon arbre... avec qui je parle depuis toutes ces années, sauf les mois d'hiver.

–Et ton aptitude au bonheur comme j'ai été à même de le voir à un si haut degré durant notre voyage en Europe.

–Et mon hygiène de vie... peut-être notre séjour en Floride ou notre retour de Floride.

–Sais-tu, si je compte ça, tu as gagné treize fois sur vingt donnes depuis qu'on joue. Ça serait pas aujourd'hui, ton jour de chance, toujours ?

–C'est peut-être ça, la drôle de vibration que je ressens là, au milieu de la poitrine... au plexus solaire. Comme s'il allait se passer quelque chose de grand... je veux dire que la chance, je la sens, mais...

Albert lui prit la main et dit, les yeux agrandis:

–Mais quoi ?

–Mais ça n'a pas de sens... Il y a Mariette... il y a Marie qui file pas trop...

–C'est peut-être pour ces raisons-là que la chance te sourit: comme je te disais, pour compenser le malheur.

–C'est... c'est indécent, tu ne trouves pas ?

–Mais non, mais non ! Il n'y a pas le malheur des uns d'un côté et ta chance de l'autre. Pourquoi refuser de saisir la chance parce que des gens qu'on aime sont dans un état de souffrance ?

Elle soupira:

–Comme disait la petite Marie: je ne dois pas m'empêcher de vivre parce qu'elle se meurt.

Une donne supplémentaire la fit gagnante encore. Elle se passa en silence. Et le tournoiement bizarre continua de se faire sentir en elle. Pas même besoin de jouer, elle savait qu'elle l'emporterait. On remisa les cartes. Et après une longue pause, elle remit sur le tapis les causes possibles du phénomène de non-vieillissement, causes qui demanderaient analyse, approfondissement.

–Peut-être que mes cours de Bible... Et puis ce livre que j'ai lu sur Thérèse de Lisieux... À propos, tu sais que j'ai demandé à une soeur là-bas de prier pour Mariette. Elle l'a fait avec moi et m'a promis de le faire quand je serais partie.

–La prière, c'est une forme d'hypnose, on en a déjà parlé.

La femme recula sa chaise et se mit debout, le visage contrefait et presque lumineux:

–Tu me fais penser à quelque chose... Tu te souviens de la mort de ma tante Rose... Je t'ai raconté... Elle est morte tandis qu'on priait ensemble... Des Avé à répétition comme le chapelet d'autrefois... *"Priez pour nous, pécheurs et à l'heure de notre mort..."* Chaque fois que je récitais cette partie, je sentais son énergie. Son doigt... son index sur ma main bougeait légèrement. Puis plus rien... Comme si je lui avais ouvert la porte... Faudra que j'en parle à Jacques...

–Bonne idée ! En attendant, je prépare à souper et ensuite, on s'embarque pour le casino.

Albert se frotta les mains. Il lui adressa un clin d'oeil.

–Va prendre place dans ton fauteuil, moi, je te fais quelque chose de bon.

–Si tu veux. Mais... je ne vais pas perdre mon temps, je vais m'exercer à la régression par auto-hypnose et tâcher de retracer une de mes vies antérieures... Peut-être comme le disait le docteur Alabi, que la solution se trouve quelque part par là aussi. D'ailleurs, je lui ai promis de le faire.

Mais si la recette du mari devait s'avérer délicieuse, la tentative de Jocelyne se solda par un échec. Pour une fois, elle n'arriva pas à se concentrer. Il y avait toujours ce tourbillon au creux de l'estomac, un remous agréable juste à côté d'une douleur au coeur, une douleur en état de latence et qui risquait à tout moment de se réveiller à la pensée de son amie si souffrante dans son corps, là-bas, clouée sur son lit d'hôpital, peut-être son lit de mort...

*

Pour ne pas nuire à la chance, le couple décida de se séparer. Chacun, budget en poche, prit une direction opposée. Lorsque son argent serait épuisé, l'un se mettrait à la recherche de l'autre. Au bout de quelques pas, Albert se retourna pour voir aller sa compagne de son pas toujours si léger et si ferme. Car Jocelyne quand elle marchait vite faisait résonner ses talons sur la substance du plancher d'une façon qui attirait toujours l'attention des témoins à proximité. Et même le bruit des machines à sous ne parvenait pas à prendre le pas sur ce pas...

La femme choisit une machine assez peu attrayante, en tout cas moins clinquante que ses voisines et dès la première pièce de vingt-cinq cents insérée, elle remporta cinquante dollars. Puis pour une demi-heure, sa situation se maintint, les gains réguliers compensant pour les pertes. Au bout de ce temps, elle tourna la tête vers la section des machines à un dollar et le tourbillon de l'après-midi revint rôder en elle. Quelque chose lui commanda de s'y rendre et de jouer sur la troisième machine. Ce qu'elle fit. Après sept coups, ce fut le grand vacarme venu du ventre de l'appareil: cloches, bruits d'orgue, cymbales et autres sons se mélangèrent pour livrer une mélodie joyeuse, électrisante et qui attira l'attention des joueurs du voisinage. Des officiels s'amenèrent aussitôt et confirmèrent le gain: cinq mille dollars à être payés en jetons monnayables aux caisses de l'établissement à son départ ou quand elle le voudrait si à force de jouer elle avait besoin de le faire avant son départ.

—Faut que je le dise à mon mari. C'est mon jour de chance, c'est mon jour de chance.

Et quand la transaction fut terminée, elle se précipita vers ailleurs à la recherche d'Albert, tandis qu'une joueuse superstitieuse s'emparait de la machine payante... qui redevint muette comme une carpe et sourde comme un pot.

Il lui fallut plusieurs minutes pour retrouver son homme qui végétait sur une machine à vingt-cinq sous, l'air désabusé, lent dans ses mouvements, sûr de ne pas jouer sous sa meilleure étoile.

—Cinq mille, j'ai gagné cinq mille...

La voix dansait, les mains dansaient, le corps dansait et seuls les pieds de Jocelyne demeuraient immobiles.

—Comment ça s'est passé ?

Elle résuma sa demi-heure. Il dit:

—Je devrais mettre mon budget restant avec tes gains... Non, non... Même que t'aurais dû continuer de jouer... Non,

non... Tu fais ce que ça te dit de faire... La seule règle, c'est de faire le point à l'heure prévue pour s'en aller et si tu penses que c'est ton jour, tu joues encore trois heures maximum quatre ou jusqu'à épuisement de tes gains...

–J'ai envie de retourner aux machines à un dollar...

Une fois encore, Albert fut sur le point de lui prodiguer un conseil vu qu'il était l'auteur de la méthode et le joueur d'expérience, mais il se contint et refoula les mots loin à l'intérieur de sa bouche pour les remplacer par d'autres qu'il balbutia:

–Tu dois suivre ton sentiment.

Cela déjà était un conseil et il s'en voulut de l'avoir donné. Alors il lui tourna le dos et mit une pièce dans sa machine en disant:

–Retourne jouer où tu veux, je vais te rejoindre quand j'aurai épuisé mon budget. Il me reste une vingtaine de dollars. Ça marche.

Elle comprit qu'elle devait agir par elle-même, au gré de sa fantaisie du moment, mais à l'intérieur du cadre prédéterminé.

–Je vais respecter la méthode. Je sais que c'est mon jour de chance, je le sens à l'intérieur de moi, au milieu de mon ventre. Je vais continuer suivant la règle qu'on s'est donnée. Retrouve-moi quand tu veux, Bébé... quand tu veux...

Et elle repartit, le pied alerte et le coeur léger.

Quelqu'un toutefois l'avait à l'oeil. Un travailleur du casino tâcherait maintenant de distraire la chance. En fait, il s'agissait d'une travailleuse et elle-même ne connaissait pas la réalité de son rôle. Ce qu'elle savait, c'était qu'il lui fallait se montrer d'une extrême serviabilité envers les gagnants importants. On lui disait que ça les incitait à jouer plus longtemps, alors qu'en fait, on voulait par elle et les autres qui assumaient ce rôle, geler l'intuition et le vent de la bonne fortune en la gagnante en la dérangeant le plus possible. Elle la poursuivit avec son petit chariot pour lui offrir de la monnaie et un rafraîchissement. Et se tint aux alentours, le regard fréquemment posé sur Jocelyne qui choisit une machine à gros lot progressif dont le montant à gagner augmentait à chaque seconde et se situait en celle de maintenant à plus de cent dix mille dollars.

La joueuse ne fut pas longue à reconnaître la stratégie du casino passant par l'employée qui ne cessait de la harceler de sourires, de bons mots et de services. Et, forte des leçons de son mari ainsi que de ses habiletés à l'auto-hypnose, la femme en veine rentra en elle-même l'espace de quelques secondes et parvint à intégrer la jeune femme dans le suivi de la méthode et son processus intuitif. (En la plupart des casinos américains, ce sont des prostituées qui à leur insu même jouent ce rôle, et ce, sans le moindre frais pour l'établissement.)

Elle perdit régulièrement durant la demi-heure qui suivit et les cinq mille dollars commençaient à fondre. Pourtant, le remous intérieur ne cessait de bouger et de la pousser à poursuivre, même si elle savait que cette machine était programmée pour ne verser le gros lot qu'une fois par deux ou trois ans tout comme les autres du même groupe reliées au gros lot indiqué sur un tableau lumineux les surplombant toutes.

Bientôt, Albert retrouva sa compagne. Il resta à son côté sans rien dire ni demander quoi que ce soit. Sa présence eut un effet sur l'employée qui s'approcha moins souvent. Ainsi sécurisée, la gagnante poursuivit sa gestuelle mesurée, contrôlée, mais baignée de cette certitude inconsciente qui lançait des étincelles à son conscient.

Dix minutes encore et ce fut l'apothéose. Le montant du gros lot se figea sur le tableau et la machine de Jocelyne se lança dans une mélodie des bruits les plus excitants et les plus joyeux qui se puissent entendre dans une maison de jeu.

Albert se frappa la paume de la main gauche avec son poing droit et il se mit à taper du pied en répétant sans arrêt:

—Je le savais, je le savais, je le savais que ça se pouvait, que je le savais donc !

Ce n'était pas le montant gagné par sa femme qui le rendait si exubérant, mais le fait d'avoir concocté une recette nouvelle à partir de ses expériences passées, de sa recherche, de ses propres territoires intuitifs de même que des enseignements de spécialistes, professionnels en stratégies gagnantes, comme John Patrick et Frank Scoblete.

La méthode Albert comportait encore des heures de jeu ainsi que l'utilisation d'autres jeux comme le blackjack, la roulette, les courses de chevaux. Sauf que Jocelyne n'en maîtrisait pas très bien les principes de base et les règles. De plus, elle lui avoua ne plus ressentir le même tourbillon que depuis l'après-midi alors qu'ils avaient sondé la chance à la maison. Ils ne discutèrent pas longtemps et s'entendirent pour rentrer après avoir encaissé le gros lot sous forme de chèque.

Ce n'est pas la joie qui les accompagna sur le chemin du retour, mais la tristesse.

–À quoi ça tient, ce sentiment de connaître son propre futur et celui des autres ? soupira-t-elle. Si ça ne relève pas du simple hasard, si ce n'est pas se prendre pour Dieu, qu'est-ce que c'est donc ?

–Tu l'as dit et tu le sais, il s'agit simplement de l'utilisation de nos talents cachés.

–Mais il y a la pauvre petite Marie qui va mourir et je le sais. Et je ne peux rien y faire. J'ai essayé à Lisieux, à Lourdes et en lui étant présente le plus possible, mais ça ne passe pas. L'énergie ne passe plus vers elle. Même Aubelle n'est pas parvenue à lui transférer de son énergie vitale.

–Tout n'est pas fini. Elle n'est pas morte encore. Et tant qu'il y a de la vie...

Il y eut une pause. Les lumières de l'autoroute allumaient le regard de la femme qui était au volant et il lui sembla soudain qu'elle se sentait moins affligée.

–C'est le temps de fêter, pas de se plaindre. Mariette sera heureuse pour moi, même si l'argent a perdu pas mal de son sens autant pour elle que pour nous.

–Moi, je t'avoue que je suis un peu fatigué. Je pense que je vais roupiller un peu.

Et l'homme se glissa sur son siège dont il recula le dossier. Elle se tut.

Le jour de chance prenait fin.

***

Chapitre 28

Mariette demanda à l'infirmière de ne pas revenir dans la chambre avant son signal et l'autre acquiesça d'un signe de tête et d'un sourire à l'adresse de la malade mais aussi des trois personnes qui se trouvaient là, soit Jocelyne, Albert et Jacques. André, lui, retardé par des examens que lui-même devait subir, ne serait là que dans une heure peut-être deux.

–Si tu as confiance en Jacques, j'ai confiance aussi, dit la malade qui avait repris du poil de la bête les deux derniers jours.

Jocelyne prit la parole:

–J'ai suggéré que Jacques nous fasse retrouver une de nos vies antérieures. Et il pourrait commencer par moi, tiens. Comme ça, tu verrais comment ça marche.

Jacques parla à son tour:

–Habituellement, l'hypnothérapie, ça se passe à deux. Jamais je ne reçois plus d'une personne dans mon bureau. Tu sais cela, Jocelyne. Sauf quand il s'agit d'un enfant. Là, j'insiste pour qu'un des parents soit présent...

Elle l'interrompit:

–Quand ce sera pour Mariette, nous deux, Albert et moi, on va aller attendre à l'extérieur, dans le couloir.

–Mais si ça ne va pas avec toi parce que nous serons trois dans la même pièce, dit Jacques encore, peut-être que Mariette se dira que ça ne marchera pas pour elle non plus.

–Y'a ça ! fit Jocelyne dubitativement.

–Mais on pourrait essayer quand même, fit l'hypnothérapeute qui ne manquait jamais d'optimisme et d'enthousiasme.

–Je vais fermer ma lumière de chevet et rester dans l'ombre le temps que vous allez le faire avec Joyce, dit la malade.

–Et moi, je vais tout de suite m'en aller dans le couloir, fit Albert qui se leva et se dirigea vers la porte.

–C'est pas qu'on veut te chasser, là, dit Jacques.

–Je sais. Jocelyne m'a déjà expliqué les règles de l'art.

–Et de la science, car c'est aussi une science, enchérit le thérapeute en agrémentant sa répartie d'un rire bruyant.

Mariette éteignit pendant que les deux autres mettaient des chaises en place, l'une en biais par rapport à l'autre et dans l'espace plus sombre entre le lit et la porte. Il resta peu d'éclairage dans la chambre, seulement celui de la fenêtre que bloquait un rideau tiré. Et Jacques, assis sur la chaise droite, se pencha en avant et mit sa main sur son front.

–Afin de pouvoir aller à la recherche de tes vies antérieures, Jocelyne, il faut tout d'abord que tu entres dans un état sophrologique profond. Tout d'abord, tu laisses tes yeux se fermer tout doucement, tout doucement... Et tu prends conscience de ta respiration. Tu respires par ton ventre et seulement par ton ventre... À chacune de tes respirations, tu vas penser détente, détente, calme, calme... Puis... tout lentement... progressivement, tu vas te détendre de la tête aux pieds en commençant par ton front...

Jacques releva la tête pour observer les réactions. La phase inductive durerait une dizaine de minutes et ferait entrer Jocelyne dans un état somnambulique. Mais en même temps qu'elle, Mariette, aidée par un antidouleur, sombrerait dans un sommeil hypnotique tout aussi profond. En fait, il y avait connivence entre Jacques et Jocelyne pour entraîner la malade du premier coup à la recherche d'une de ses vies antérieures. Ce qui se passerait pour l'une avait toutes les chances de se passer pour l'autre, avait-il dit. Tout d'abord, Jocelyne s'était opposée à ce procédé, arguant qu'il s'y trouvait une sorte de tricherie, puis elle s'était ralliée à l'idée, la fin justifiant les moyens: en ce cas-ci des moyens naturels et bons.

Le soulagement était si grand en l'être de Mariette qu'elle précéda son amie dans un état léger puis dans un état moyen. Quand il sentit cela par l'observation des paupières et de la respiration, l'hypnothérapeute glissa une phrase essentielle pour la réussite de leur entreprise:

–Désormais, tout ce que je dirai vaudra autant pour Mariette que pour Jocelyne. Je ne prononcerai pas vos prénoms, mais toutes mes phrases, tous mes mots, tous mes silences s'adresseront à l'une et à l'autre... comme dans une induction de groupe voire comme dans un spectacle d'hypnose. Quand je dirai 'vous', alors Mariette, tu devras ouvrir ton inconscient, car c'est à toi que je m'adresserai tout autant qu'à Jocelyne. Est-ce que tu es d'accord ?

–Oui, fit la malade sans ouvrir les yeux.

Cette réponse et le ton neutre qu'elle y mit confirma son état catatonique moyen.

–Et toi, Jocelyne, quand je dirai 'vous', alors tu sauras que je m'adresse à toi autant qu'à ton amie Mariette. Est-ce que tu es d'accord ?

–Oui.

–Chacune va remonter dans une de ses vies antérieures, mais le vivra, ce voyage dans le temps, comme un grand rêve sans aucune douleur, un rêve agréable, même si les événements rencontrés pourraient être dramatiques, tragiques autant qu'heureux et joyeux. Et vous ne parlerez pas quand je vais poser des questions. Vous y répondrez intérieurement, en silence... en silence, mais tout ce que vous verrez, tout ce que vous direz en vous-même demeurera en souvenir et quand plus tard... plus tard, je vous ramènerai à l'état de veille, vous me raconterez cette vie qui fut la vôtre. En tout cas l'une des vôtres. Et qui vous aidera à comprendre ce que vous êtes aujourd'hui, dans cette vie...

À l'extérieur, un médecin s'amena dans le couloir et s'apprêtait à ouvrir la porte de la chambre quand Albert s'interposa par une phrase polie:

–Un instant s'il vous plaît ?

–Je m'excuse ? fit l'interpellé sur le ton de l'incrédulité.

–C'est occupé pour le moment. Vous ne pourriez pas revenir plus tard ?

–De quel droit ? Qui êtes-vous ?

–Un ami.

–Et moi, son docteur.

–Docteur Parenteau ?

–Non, docteur Labrie. Un de ses médecins soignants si vous voulez plus de précision.

–Laissez-moi vous expliquer ce qui se passe à l'intérieur.

Le médecin, un petit homme aux tempes grises, relâcha la poignée de la porte et s'approcha de deux pas pour envisager et dévisager son interlocuteur:

–Je dispose de trente secondes pour vous écouter.

–Il se passe là une séance de thérapie.

–Quelle sorte de thérapie ?

–Hypnothérapie.

–QUOI ?

–Et faut pas tout bousiller, dit Albert avec assurance, en plongeant son regard dans celui du docteur.

–De quelle autorité ?

Albert empoigna l'avant-bras du médecin en sarrau blanc et serra plutôt fortement qu'autrement:

–L'autorité de l'amitié. L'autorité que donne une souffrance grave à tous ceux qui veulent sincèrement la soulager. L'autorité que donne le bon sens: vous pouvez voir un autre malade et revenir plus tard quand la séance aura pris fin. Et vous aurez fait votre boulot et tout le monde sera satisfait. L'autorité du coeur, vous connaissez ? L'autorité de la malade elle-même qui a le droit de choisir parmi les soins disponibles, qui a l'âge de raison pour le faire.

Labrie comprit qu'il ne pourrait pas entrer là quoi qu'il dise. Il mit sa tête en biais, fit la moue, retira son bras et tourna les talons. Au bout de cinq pas, il fit un bref volte-face en disant:

–L'autorité ici, monsieur, c'est l'administration, c'est les soignants et au besoin, c'est aussi la police.

–C'est les soignants ? On a eu l'aval de l'infirmière.

L'homme devint évasif et ironique:

–On va voir à ça, on va voir à ça...

Et Albert se rassit, plus conscient maintenant de son rôle de 'garde de sécurité et de confidentialité'. Il savait bien que ce qui se passait à l'intérieur de la chambre ne comportait pas le moindre danger et ne saurait qu'être utile à la malade.

Le thérapeute poursuivait sa mise en transe en vue de faire atteindre l'état somnambulique à ses 'patientes':

–Maintenant que vous êtes en hypnose profonde, vous allez encore approfondir votre sommeil hypnotique. Imaginez votre bras le plus familier, le droit ou le gauche, en train de se lever... Votre subconscient va l'inciter à se lever. Et pour ça, votre bras devient plus léger, plus léger, toujours plus léger... Léger comme une plume... aérien comme un oiseau... Votre main aussi devient légère, si légère... si légère, votre main, si léger votre bras... Votre main monte, monte, monte... légère, elle monte... et votre bras léger monte... Votre main est posée sur un nuage, votre bras est posé sur un nuage qui monte vers le ciel. Votre main, votre bras montent, légers comme un nuage, posés sur un nuage qui monte et à mesure qu'ils montent, vous vous sentez dans une hypnose de plus en plus profonde... de plus en plus profonde... Et votre subconscient s'ouvre, s'ouvre à toutes mes suggestions. Votre bras maintenant va se poser, mais votre état d'hypnose va grandir et grandir et s'approfondir encore et encore... Votre bras redescend, retombe, se pose... C'est fait, il est étendu, détendu...

Jacques pouvait surveiller dans le même champ de vision les deux femmes; il lui suffisait de projeter son regard un peu plus loin pour apercevoir Mariette que Jocelyne ne cachait aucunement, même si elle se trouvait entre les deux.

–Et maintenant, vous allez concentrer toute votre attention sur votre même bras, vous allez fermer la main et donc serrer le poing. Tout votre bras va ressentir la raideur, la rigidité. Tout votre bras ressent la raideur... Votre bras devient rigide comme une tige de fer... une tige de fer, votre bras... sentez-le... Votre bras devient plus raide encore, toujours plus raide... et maintenant il est devenu tellement rigide qu'il vous est impossible de le plier... et plus vous ressentez cette raideur, plus vous vous enfoncez dans votre état d'hypnose, plus vous vous enfoncez... dans l'hypnose profonde, toujours plus profonde...

Jacques fit une pause et reprit:

–Quel que soit votre âge, je vais tout d'abord vous ramener à l'âge de vingt-cinq ans. Puis vous allez revivre un court instant les principales époques de votre vie jusqu'à vos origines. Le temps n'a plus aucune signification pour vous. Une seconde deviendra une année ou même plusieurs années ou dizaines d'années. Le temps n'existe plus. Le temps s'est évanoui. Les secondes sont des années, des décennies. Vous avez 25 ans... 25 ans... Puis vous avez 20 ans... 20 ans... Et maintenant 15 ans... 15 ans... 10 ans... 10 ans... 5 ans... 5 ans... Vous n'avez plus que 2 ans... 6 mois... 1 mois... Tiens, vous n'êtes plus là, vous êtes dans le sein de votre mère, dans le sein de votre mère... Et vous régressez toujours. Plus rien ne peut vous arrêter, plus rien ne peut vous arrêter... Vous remontez dans vos vies antérieures maintenant, vous remontez et remontez... jusqu'à vous arrêter à celle que votre inconscient saisit comme la plus importante de toutes... votre vie antérieure qui a le plus d'incidence sur votre vie présente, votre vie antérieure qui fut la plus marquante... Je vous laisse trente secondes pour repérer dans les mémoires de votre inconscient cette vie antérieure si marquante, si importante...

L'homme se tut un moment puis reprit après observation des paupières de chacune des patientes:

–Vous êtes en plein dans cette vie antérieure si marquante. Et vous allez en revivre les moments les plus intenses. Je vais vous poser des questions. Vous n'y répondrez qu'à l'intérieur de vous-même. Et plus tard, beaucoup plus tard, à votre réveil, vous vous souviendrez de ces moments comme d'un rêve. Un grand rêve. Vous revoyez maintenant cette période vécue lors d'une de vos réincarnations...

Suivit alors une série de questions. Quel âge avez-vous ? Dans quel pays êtes-vous ? En quel endroit ? Que voyez-vous ? Est-ce que vous êtes seule ? La saison. Le décor. Le paysage. Urbain ou de campagne ? Montagne ou plaine ? Comment les gens autour de vous sont-ils habillés ? Y a-t-il quelqu'un avec vous ? Des parents, des frères, des soeurs ? Un époux ? Des enfants ? En quel siècle êtes-vous ? Que faites-vous ? Voyez-vous des animaux ? Vous êtes riche ou pauvre ? Qu'avez-vous à boire, à manger ? Connaissez-vous la misère, la souffrance ? Y a-t-il des événements pénibles dans cette vie-là ? Et de beaux moments ?

Entre chacune des questions, l'hypnothérapeute laissait un temps mesuré soit à peine une demi-seconde, considérant que l'inconscient est une machine qui travaille plus vite encore qu'un ordinateur. Mais comme il fallait aussi laisser aux données le temps de s'ordonner, de s'imprimer par-dessus celles déjà inscrites depuis plusieurs vies, il prépara une pause longue d'au moins cinq minutes afin que les deux femmes puissent voir par le détail le fil de cette vie-là.

–Je vous laisse maintenant revivre cette vie antérieure retracée, retrouvée et vous le ferez avec plus de précision, plus d'intensité et même avec de grandes émotions...

Cinq minutes plus tard, le thérapeute reprit doucement la parole:

–Vous avez retenu, enregistré dans votre subconscient sur les données qui s'y trouvaient déjà, une foule de détails de cette vie antérieure retracée. Car votre cerveau est au moins aussi performant qu'un ordinateur. Et ces données seront versées dans votre mémoire consciente afin que lorsque vous émergerez de votre état d'hypnose, vous vous souveniez de cette vie antérieure comme d'un rêve. De la même façon qu'un rêve ordinaire fait par l'inconscient passe ou peut passer dans la mémoire consciente, ce qui fait que vous pouvez le raconter après votre réveil, les événements de cette vie antérieure que vous venez d'explorer et dont les données étaient enfouies dans votre inconscient, reviendront à la surface de votre mémoire consciente et vous pourrez les narrer, les raconter, les énumérer, les décrire.

Une autre pause et l'homme reprit:

–C'est tout pour aujourd'hui. Mais vous devez revenir à la réalité du moment et le chemin à suivre passe par votre venue en cette vie. Revenez vers la réalité. Retrouvez le ventre de votre mère. Redevenez foetus... naissez... Retrouvez-vous bébé... puis à 5 ans... 10 ans... 15... 20... 25 ans... Revenez à aujourd'hui: ici et maintenant... Rendez-vous compte que vous êtes dans un état normal, bienfaisant... Vous vous sentez plus en détente encore qu'avant... Vous vous sentez bien. Si bien. Parfaite condition physique. Sérénité. Tranquillité. Repos. Satisfaction. Vous voudriez bien continuer de vous reposer, de dormir, mais il faut vous réveiller pour me raconter votre rêve, pour me raconter votre rêve... Je vais maintenant compter jusqu'à cinq et alors vous reprendrez conscience de votre corps ainsi que de toutes ses fonctions. Un, deux, trois, quatre, cinq... Vous pouvez ouvrir les yeux et revenir à la réalité de cette chambre...

Au bout de quelques secondes, Mariette fut la première des deux femmes à prendre la parole:

–Comme j'étais bien, comme j'étais bien ! J'aurais voulu ne jamais revenir.

–C'est un peu le danger de l'exercice. Tous ceux qui le font voudraient ne jamais revenir. Un peu comme ceux qui ont eu une expérience de mort imminente. Et toi, Jocelyne ?

–J'ai fait tout un rêve, moi. Je vous assure que ce n'était pas facile dans cette vie-là. Mais je l'avais déjà vu en rêve. Même que je l'ai raconté à quelques reprises à Albert...

–Raconte-nous...

–C'était dans un camp de concentration nazi de la seconde guerre mondiale. Albert et moi, on était là. Il était un travailleur du camp... un Juif allemand. Et moi, bien... j'étais une prisonnière juive... Et puis on se voyait, lui et moi, sans que personne ne s'en rende compte. Il m'apportait des choses à manger en cachette. Et moi, je ne dépérissais pas aussi vite que les autres qui me jalousaient pour cela. Je ne pouvais pas partager mon pain parce que je ne pouvais pas partager mon secret au risque de mettre sa vie et la mienne en danger. Et on s'aimait bien sûr. Et on s'est aimés un soir avec tout notre être. Et je suis devenue enceinte. Mais avant que les autres prisonnières ne l'apprennent, des gardes avaient découvert le manège d'Albert, ils l'avaient arrêté et il fut condamné à être fusillé... devant les prisonnières... Car il avait refusé de dire qui il voyait dans notre blockhaus et on voulait le découvrir en espérant que la coupable réagisse... Quand il fut tiré et qu'il s'écroula dans la neige le long de la clôture de barbelés, j'ai hurlé de douleur et je me suis évanouie. Je voulais mourir parce que je savais que je le retrouverais dans une vie ultérieure. Je me suis réveillée, sans doute quelques instants plus tard... Les autres prisonnières n'étaient plus autour et on me frappait à coup de bottes en m'ordonnant de me traîner dans la neige et la boue jusqu'au corps de... Hans... il s'appelait Hans... Et j'ai rampé comme j'ai pu... et quand je fus auprès de lui, deux soldats SS m'ont empoignée et étendue sur lui par dérision et ils ont tiré sur moi tant que mon corps a bougé... Et on est partis ensemble, Hans et moi et on s'est retrouvés dans cette vie, parce que Hans, c'est Albert, je le sais. On avait un bout de chemin à faire ensemble et dans cette vie-là, il n'avait pas été possible de le faire.

–Moi aussi, j'ai rêvé, dit Mariette.

–Toi aussi ? se surprit Jocelyne.

–Ah oui ? fit Jacques sur le même ton inquisitif.

–C'est pour ça que tu disais que tu te sentais bien ? lui demanda son amie. Tu m'a suivie dans la transe et la régression.

–Peut-être même qu'elle t'a précédée à la recherche d'une vie antérieure, intervint Jacques.

–Conte-nous ça...

La malade raconta qu'elle était une jeune fille au temps de l'Atlantide après que celle-ci fut engloutie suite à un déluge biblique. *Les eaux se sont retirées de la terre ferme. Il resta une centaine de personnes. La langue, je ne sais pas. Il faut reconstruire le monde à partir de ces gens dont moi... Il y a eu descendance, mais j'ignore si moi, j'en ai eu une... Et tout ça se passait en Gaspésie...*

Quand elle eut terminé, Jacques parla:

–Tu sais, Jocelyne, ce qui m'a frappé dans ton récit de vie antérieure ? C'est le lien avec ta vie présente. Tu vois, par exemple, la nourriture qui t'est apportée et que tu ne peux pas partager... c'est comme ton phénomène de non-vieillissement... Tu n'arrives pas à le partager avec d'autres...

Elle s'écria presque:

–C'est vrai: j'aurais jamais pensé à ça.

–Elle a tout essayé pour me faire partager sa jeunesse prolongée, dit Mariette, le regard attendri, allant de l'un à l'autre.

–C'est donc vrai que nos vies antérieures ont une incidence sur notre vie de maintenant.

–En tout cas, la similitude est troublante.

–Et ça voudrait dire qu'Albert est la source de Jouvence... à son insu ?

–Pas forcément lui, je dois te dire. La vie présente n'est pas un calque d'une ou plusieurs de ses vies antérieures... en tout ou en partie. Les pièces du puzzle sont arrangées autrement, réorganisées. Il y en a qui se ressemblent, d'autres pas. C'est une autre vie après tout. Peut-être que tu aimais le brocoli dans une vie et que tu le détestais dans l'autre. Tout dépend de l'inné et de l'acquis, de tes papilles gustatives dans une vie et dans l'autre et quoi encore...

–C'est tout comme le mélange génétique, intervint Mariette.

Jocelyne approuva:

–C'est vrai, ça. Tu as raison. Et toi aussi, Jacques. Là, si ça vous fait rien, je vais faire entrer Albert: le pauvre nous attend à la porte et il doit se sentir un brin... exclu.

–Il s'est exclu lui-même, dit Mariette.

–Et il l'a fait généreusement, ajouta le thérapeute.

La femme, ravie par son expérience voire survoltée, fit trois pas alertes jusqu'à la porte qu'elle ouvrit en disant sans attendre:

–Tu viens, Bébé ? On a fini...

Mais le personnage qui lui parut en pleine face portait une chienne blanche et un petit nez pointu qui ne ressemblait en rien à celui de son mari. Il poussa la porte et, suivi d'un autre homme et de l'infirmière qui s'était retirée pour laisser tout l'espace à l'hypnothérapeute, entra avec autorité devant une Jocelyne à la bouche ouverte et qui cherchait à comprendre la situation.

Les deux hommes s'arrêtèrent devant L'Écuyer qui se leva, les surpassant d'une tête et tendant la main en essayant de prendre l'initiative:

–Bonjour, messieurs, j'imagine que vous avez affaire à moi ?

–On n'a pas affaire à vous autrement que pour vous signaler que vous n'avez rien à faire ici, dit le docteur Labrie.

–Et comment cela ?

L'autre homme prit la parole:

–C'est plein de médecines de toutes les foutues couleurs qui veulent mettre le pied dans les établissements hospitaliers pour nuire à la vraie médecine efficace et ça, on ne le tolère pas dans cet hôpital, monsieur L'Écuyer.

–Je comprends, monsieur Blanchet, je comprends. Mais vous savez bien que je ne pratique pas la médecine et que je ne l'ai jamais pratiquée.

Jocelyne portait son regard de l'un à l'autre, étonnée de voir que ces deux-là se connaissaient. L'administrateur répliqua:

—Et pourtant, vous avez été condamné pour pratique illégale de la médecine déjà.

—Une seule fois et c'était pour un cas de migraine... et piégé en plus par une espionne malveillante et menteuse du Collège des Médecins. Devant le juge, elle a fait un faux témoignage en affirmant que j'avais dans mon cabinet une armoire remplie de médicaments. Mensonge éhonté !

Labrie prit la parole:

—Ce que vous faites est dangereux, monsieur.

Mariette intervint:

—Attention, c'est moi qui lui ai donné la permission de venir me voir. Je suis maîtresse de mon corps si je ne suis pas maître de cet hôpital. Attention, pas si vite, messieurs !... Je ne suis pas une patiente-objet, je suis une patiente agent de sa propre guérison.

Son mot fut ignoré parce que dit à voix trop affaiblie et Labrie reprit:

—Faux espoir. Placebo. Paroles en l'air. Perturbations. Et désespoir. C'est tout ça, pour un malade, votre hypnose, monsieur. Ça ne vaut rien, ça ne vaut rien du tout.

Le visage de Jacques s'éclaira:

—Mais docteur, de quoi avez-vous donc si peur si l'hypnothérapie n'a aucune valeur ?

—J'ai peur pour le patient, pas pour moi, monsieur.

—L'hypnothérapie est un complément d'un traitement médical et ne peut jamais se substituer à lui.

Blanchet dit:

—Bon... sauf que vous devriez en faire dans votre cabinet de consultation, pas dans une chambre d'hôpital.

Devant le ton ramolli du directeur, le médecin devint plus agressif:

—Il y a ici une cause de pratique illégale de la médecine avec tous les témoignages nécessaires. Et ceux qui ne voudront pas parler ne pourront par contre nier ce qui s'est passé.

Albert qui avait suivi les trois autres et tout entendu dit:

–Nier quoi, messieurs ?

–Ce qui s'est passé et que vous-même avec dit qu'il se passait.

–Mais quoi, c'est l'homme qui a vu l'homme qui a vu l'ours. Qu'est-ce que je vous ai dit qu'il se passait ici ? Je vous ai dit que la malade voulait être seule avec ma femme qui est son amie et son hypnothérapeute qui est notre ami, à ma femme et à moi. C'est tout. Monsieur L'Écuyer a le droit de visiter une malade, je vous signale.

Jacques reprit la parole en s'adressant à Blanchet par son prénom:

–Écoute Jean-Claude, tout ce qu'on a fait là, c'est une séance de relaxation.

–Et ça m'a soulagée comme dix calmants, lança Mariette de toutes ses faibles forces.

–Ça, ça prouve l'intervention de monsieur et sa pratique illégale de la médecine.

Jocelyne qui était restée silencieuse jusque là se fâcha:

–Faudrait tout de même pas fendre les cheveux en mille, là, vous autres. Monsieur est mon hypnothérapeute et ça fait vingt ans que je le vois à tous les mois... C'est à la demande de mon amie s'il est ici et avec son consentement éclairé... éclairé par moi si vous voulez savoir.

Labrie qui la regardait de haut glissa:

–Vous êtes une accrochée à vie, c'est ça.

–Non, monsieur, vous saurez. J'ai fait mon choix voilà vingt ans et je le refais, ce choix, chaque mois parce que cet homme me fait grand bien. J'ai l'air si mal en point que ça ?

–Et votre mari, lui, fit Labrie avec une lueur de sarcasme dans l'oeil.

–Ses choix ont été différents. Il est un homme et il ne pense pas comme une femme. Ce n'est pas parce que lui ne consulte pas Jacques qu'il me donne tort de le consulter.

–Et qui dit, Jocelyne, lança son mari, que je ne le consulte pas à travers toi comme pour la méthode casino ?

—Justement !

Excédé, hors de lui, Labrie prononça en ayant l'air d'être en parfait contrôle :

—Paraît que l'hypnothérapie traite l'anorexie: est-ce que ça se vérifie avec vous, madame ?

—Ah ben mon espèce de... Tu fais un diagnostic pas mal à l'aveugle, là, toi... Si t'es si brillant, dis-moi donc quel âge que j'ai.

Le docteur hocha la tête en riant. Il pensa vivement. La question révélait qu'elle avait l'air plus jeune que son âge. Donc d'une dizaine d'années. Il eût été plus risqué de dire quinze. Son mari étant visiblement au milieu de la soixantaine, il était donc à peu près certain, tout bien considéré, qu'elle avait quelque part entre 40 et 50...

—Dis, si t'es si fin que ça...

—Moi, je n'ai rien à prouver, madame.

—L'esquive, l'esquive...

—Quarante, quarante-cinq, cinquante... et après ? Qu'est-ce que ça change ?

La femme se mit devant lui et secoua la tête en modifiant sa voix pour le traiter de niais :

—J'ai soixante-quatre depuis le deux juin... et ça fait vingt ans comme je te le disais, que je vois mon hypnothérapeute tous les mois. C'est ça qui doit me faire mourir si vite, hein ?

—Soixante-quatre... vous pouvez toujours le dire...

Trois voix dirent en choeur:

—Elle a soixante-quatre.

—Et bientôt soixante-cinq, fit l'intéressée.

Labrie s'adonna à de l'ironie:

—Si monsieur vous empêche de vieillir, c'est une autre manière de mourir prématurément...

Jocelyne mit sa tête en biais:

—Ça, c'est une autre histoire.

Jacques reprit la parole:

–L'hypnothérapie est un complément à la médecine pas un substitut... C'est peut-être l'ultime coup de pouce... je vais vous donner l'exemple métaphorique suivant... Le corps humain est semblable à une voiture qui roule bien sur l'autoroute de la vie malgré les problèmes à intervalles réguliers et la nécessité d'un bon et valable entretien. Une tempête survient, l'auto fait une sortie de route, s'enfonce dans un ravin et ne peut s'en sortir par son propre pouvoir ordinaire. On fait venir la toueuse qui parvient presque à sortir le véhicule. Des gens viennent et y vont de leur coup d'épaule. Mais il manque quelque chose. Et ce quelque chose, c'est le second moteur du véhicule, un moteur caché qui vire au ralenti: l'inconscient. Et c'est à ce niveau qu'intervient l'hypnothérapie: pour faire virer au maximum ce deuxième moteur qui se trouve dans tout être humain et qui comporte un pouvoir autoguérisseur... C'est ça, l'ultime coup de pouce...

–Quel beau discours galiléen ! Vous auriez dû faire un prêcheur de paraboles, monsieur.

Jacques s'arrêta net. Il regarda le docteur droit dans les yeux et conclut:

–À ce que je vois, vous êtes buté. On fait appel à l'hypnose en enquêtes policières partout dans le monde, en dentisterie partout dans le monde; les psychiatres, les psychologues s'en servent. Là, vous êtes sans doute d'accord, mais quelqu'un qui en fait depuis trente-huit ans, vous le regardez de haut. Quoi que je fasse, vous ne changerez pas de cap. En ce cas, il ne me reste qu'à vous saluer.

Et, sa main imposante à l'épaule du petit homme, il l'écarta de son chemin et quitta en disant:

–Je vous appelle aujourd'hui, Jocelyne et Mariette.

Blanchet dit à Labrie:

–Je m'occupe de lui.

Il se mit à la poursuite de l'hypnothérapeute qu'il rattrapa:

–Écoute, Jacques, le docteur Labrie monte vite sur ses grands chevaux. J'ai fait ce que j'ai pu, tu comprends.

—Je sais, je sais très bien.

—Je te remercie de ne pas m'avoir mis les pieds dans les plats en révélant que je vais te consulter à l'occasion.

—Ce qui se passe en mon cabinet est strictement confidentiel et mes dossiers sont codés. On me mettrait un pistolet sur la tempe que je n'en dirais rien.

—Je sais... et je profite de l'occasion pour prendre un autre rendez-vous.

—Et pour te remercier de ta... modération dans la chambre, je te la donnerai gratuitement pour une fois.

Ils continuaient de marcher côte à côte dans le couloir sous le regard intrigué et soupçonneux du docteur Labrie, trop loin pour les entendre et que la froideur silencieuse des femmes et d'Albert avait finalement chassé de la chambre de Mariette...

**

Chapitre 29

Effets positifs de la greffe de moelle osseuse, soutien moral de Jocelyne, action des médicaments, bienfaits de la séance d'hypnothérapie, volonté de la malade revigorée, qui aurait pu déterminer avec précision pourquoi Mariette remonta la pente dans les jours, les semaines qui suivirent ? Sans doute une conjugaison de tout cela, y compris le coup de pouce ultime dont avait parlé Jacques L'Écuyer.

Elle put quitter l'hôpital sur ses jambes et avec des forces en réserve. Et regagner son domicile où son amie la visita tous les jours à sa demande pour continuer de la soutenir dans l'orage inachevé et lui parler avec sa passion coutumière de tout ce que la vie offre à ceux qui gardent les yeux bien et grands ouverts.

Septembre commença de rougir quelques arbres atteints de précocité et plus pressés que les autres de rentrer en eux-mêmes et dans leurs quartiers d'hiver là-bas sous terre. Septembre toussota, crachota; ses éternuements valurent à Mont-Bleu des matins frais, brumeux et remplis d'oxygène.

Les deux femmes convinrent de deux rendez-vous: l'un avec l'hypnothérapeute et l'autre avec la montagne où elles rendraient visite à Aubelle puis pousseraient jusqu'au belvédère si Mariette en avait l'énergie requise, ce qu'elle jurait posséder.

Tout d'abord, elles allèrent en consultation avec Jacques L'Écuyer à son cabinet du centre-ville. Il leur fallut gravir les trente marches d'un escalier revêtu de matériel caoutchouté noir puis aller dans un dédale de couloirs avant d'accéder à sa porte.

—Il n'a pas de secrétaire. Il n'en a jamais voulu. Trop dérangeant, qu'il dit. Il préfère s'occuper de tout. Recevoir les appels. Prendre les rendez-vous. Recevoir les gens. Tout...

—C'est pour ça qu'il a un nombre limité de clients ?

—Sûrement.

Les deux amies allaient sonner à sa porte quand celle-ci s'ouvrit prématurément. C'était lui qui les dépassait de plus d'une tête dans l'embrasure.

—Je vous attendais. J'espère ne pas vous avoir secouées en ouvrant de cette manière. J'entendais vos voix. Mais soyez tranquilles, depuis le couloir, on ne saisit rien de ce qui se passe dans mon cabinet.

—Si tu voyais la grandeur qu'il a, fit Jocelyne. Je parle de ses locaux bien sûr.

Ce fut un rire à trois. Il se recula de quelques pas et d'un geste de la main, les invita à l'intérieur.

Mariette fut assez étonnée par l'ambiance. Il y avait tout d'abord sur le mur du couloir des diplômes encadrés, tous relatifs à l'hypnothérapie, ainsi que des photos ou reproductions de peintures de personnages historiques: Napoléon, John F. Kennedy, Winston Churchill et Catherine la Grande. Un éclairage réduit était généré par des lumières rouges. En même temps qu'elles ôtaient leurs vestons qu'elles voulurent laisser sur une chaise de l'entrée, l'attention de Mariette fut attirée par un autre cadre, seul sur l'autre mur et qui ne portait ni photo ni illustration, mais une inscription qu'elle lut tout haut:

—L'homme, ce chercheur, ce découvreur, achève de faire le tour de sa planète terre, tandis qu'il n'a pas encore exploré plus de douze pour cent de sa planète tête. Serait-ce que la distance entre lui et sa tête soit si grande ?

–J'ai lu ça quelque part et ça m'a interpellé. J'ai voulu le faire partager à tous mes visiteurs.

Jocelyne s'emballa et dit autant par ses yeux que par ses lèvres:

–Tu trouves pas que c'est renversant ? Il est étonnant, Jacques, c'est mon idole, crois-moi.

–Je me laisse flatter, dit le thérapeute qui les devança. Ça fait toujours du bien.

Au tournant du couloir, un long paravent séparait une immense pièce d'une autre bien plus réduite.

–On devrait ôter nos chaussures, proposa Jocelyne.

–Non, n'en faites rien. On n'est pas encore en hiver tout de même. C'est sec dehors. Et puis j'ai quelqu'un qui vient deux fois par semaine.

Le trio s'arrêta devant la porte d'arche séparant les deux espaces de l'immense cabinet dont la plus grande partie était aménagée en salon grâce à son ameublement de style moderne comprenant un téléviseur à grand écran plat.

–C'est ici que ça se passe, dit l'homme à l'adresse de Mariette. Notre chère Jocelyne connaît l'endroit depuis je ne sais plus combien d'années.

–Vingt ans. Mais ton bureau n'était pas ici à l'époque.

–C'est vrai, j'étais sur la rue Massey. Ça fait déjà sept ans que je suis ici. Bon... comme vous savez, je ne reçois qu'une personne à la fois en consultation. Mais comme à l'hôpital, voici un cas d'exception. Ce qu'on va faire, c'est que pendant que l'une sera avec moi ici, l'autre pourra attendre dans la salle de séjour et lire ou écouter la télé avec des écouteurs sur les oreilles. Sinon, il aurait fallu prendre rendez-vous, comme je te l'ai signalé, Jocelyne, à une heure et quart d'intervalle.

–Mariette et moi, on n'a rien à se cacher.

–Parfait dans ce cas-là.

C'était une pièce plutôt réduite où logeaient un fauteuil inclinable, une table et deux chaises, avec pour seul éclairage un projecteur de couleur rouge frappant directement une représentation du masque funéraire de Toutankhamon. Le regard du jeune pharaon fixait tous ceux qui entraient là et restait posé sur chacun, particulièrement la personne qui prenait place dans le fauteuil.

Sur le mur de droite, une rangée d'illustrations modernes captant la pénombre rougeâtre avait été posée là pour inspirer la réflexion des patients que Jacques préférait désigner comme des clients, ce qui lui paraissait un appellatif plus optimiste.

Au fond, une table-meuble étroite et longue portait un petit téléviseur et un ancien ordinateur des années 80.

–Ce cher Toutankhamon qui nous surveille! s'exclama Mariette quand elle aperçut le cadre noir entre deux ensembles de trois chandelles tout aussi noires.

–Tu sais ça, toi ? s'étonna Jocelyne qui s'émerveillait toujours des connaissances des autres, surtout quand elle en était privée.

–C'est sûr... Une tête de jeune pharaon avec le serpent sur le front...

–Hein ! C'est quoi que tu me dis là ? fit-elle en attrapant le bras de son amie et celui de Jacques avec une main et l'autre. Moi, les serpents, c'est ma mort. Jamais pu les voir.

–Il est en peinture et en papier...

–Tu me dis pas, Jacques, que tu m'as fait entrer en transe toutes ces années avec un serpent qui me dévisage ?

En réalité, la femme se laissait aller à un débordement surfait, puisqu'elle avait surmonté sa phobie des serpents voilà bien des lunes grâce précisément à une brève thérapie à cet effet. Même que l'hypnothérapeute avait par la suite affiché cet élément du décor pour que l'image entre et se superpose bien des fois dans son inconscient sans que sa conscience ne déclenche un signal de peur. Et jamais, il n'avait pensé lui en reparler.

Sur la table, une toute petite lampe éclairait les dossiers seulement. Celui de Mariette qui ne contenait encore que des notes approximatives et qui n'était en fait pas encore ouvert et un autre, dans une chemise de couleur verte, sous le numéro de code LC-020639 constitué des initiales à l'envers de la personne, suivies de sa date de naissance, en l'occurrence Larivière Jocelyne-2 juin 1939. Le lien entre le numéro de code était fait par un programme contenu dans le petit ordi désuet et qui ne servait en fait qu'à cela. À part un crack de l'informatique, il était à peu près impossible à quiconque de savoir qui étaient les clients de l'hypnothérapeute et encore moins de relier les dossiers écrits aux données du dit programme. La confidentialité à ce cabinet était mieux assurée que dans une clinique médicale.

Ce fut la première explication que Jacques donna. Il conclut:

–Si le client veut parler de ce qui se passe ici, libre à lui. Quant à moi, j'emporterai toutes les données sur ma clientèle dans le tombeau.

–C'est pas pour demain, le tombeau pour vous, dit Mariette.

–Plus vite que tu penses, peut-être. Je fais de l'emphysème et un début de diabète. J'approche du milieu de la soixantaine, tu sais. Et j'aurai beau guérir bien des bobos à origine psychosomatique, je finirai par mourir aussi.

–Les médecins meurent aussi.

–Même que j'en ai jamais vu un qui se soit aussi bien conservé que toi, à ton âge, Jocelyne. En passant, Mariette, je veux que tu me tutoies. Comme l'autre jour, je pense. Ça fait tomber des barrières qui sont peu utiles en hypnothérapie. Bon, et qui va maintenant commencer ?

Jocelyne se fit interrogative à l'endroit des deux autres:

–Mariette peut-être ? Le temps que je vais m'habituer à... à ce Toutankhamon...

–Moi, je serais d'avis que tu commences. Mariette entendra de loin et peut-être, comme à l'hôpital, ira-t-elle en transe en même temps que toi. Et ça lui fera deux fois plutôt qu'une. Par contre, nous savons déjà que vos problèmes et donc vos raisons de me consulter sont diamétralement opposées l'une à l'autre. Pour l'une, c'est la régénérescence qui fait problème; pour l'autre, c'est la dégénérescence. On se l'est dit déjà et il faut le garder en tête. Un élément de base de l'hypnose, comme vous le savez, est le monoïdéisme, soit la répétition d'une même idée, d'un même concept, d'un même mot, d'un même geste. Ce qui serait le pire défaut d'un romancier devient le meilleur atout de l'hypnothérapeute.

–Oui, c'est vrai. Je suis d'accord. J'aurais dû y penser. Et je vais te transférer des énergies, Jacques, que tu pourras à ton tour donner à Mariette. Une transfusion de sang moral indirecte, disons.

Et la sexagénaire d'à peine quarante ans d'usure, en quelques pas légers et gestes rapides, s'installa dans le fauteuil après avoir pris dans un meuble de coin près de l'ordi une couverture en tissu doux dont elle se réchauffa.

Jacques conduisit l'autre femme dans la grande pièce. Il lui confia la télécommande du téléviseur, celui d'un système de son et lui montra deux paires d'écouteurs posées sur une table de verre au milieu de la pièce.

–Tu peux t'asseoir là, sur le long divan et choisir d'écouter de la musique ou la télé. Ou simplement de m'écouter faire avec ton amie.

–C'est ça que je veux, oui.

–Très bien, c'est très bien. Ton choix, quel qu'il soit, est le bon choix. Et si tu me permets, je vais faire jouer une musique de fond en douce et dont tous les trois, on profitera. Ça va aider à la détente, à la détente, à la détente.

Le personnage flatta sa barbe poivre et sel et alla débrancher les écouteurs puis commanda au système de rendre la musique de circonstance: du piano relaxant.

–Je dors presque déjà, lui dit Jocelyne quand l'autre fut de retour à sa chaise derrière sa table.

–Bon, aujourd'hui, ma chère amie, on va vraiment travailler du côté de Jouvence, comme tu appelles ton "problème" de non-vieillissement que je désigne comme un problème de régénérescence.

–J'ai l'intuition que la clef se trouve ici, dans ce cabinet.

–Ça ne m'est pas facile de m'adresser à ton inconscient pour qu'il "parle" pour ainsi dire au gène du vieillissement afin qu'il déclenche les signaux à lancer à ton métabolisme. J'ai l'impression d'aller à contre-courant.

–C'est ça, ma volonté. Je n'ai pas peur de vieillir. Je n'ai pas peur de la mort. Je te l'ai déjà dit.

–Il est entendu qu'en hypnose, on ne peut faire agir une personne contre sa volonté ou sa morale. Et si pour toi, vieillir est louable, alors je ferai mon possible pour te faire la suggestion requise. En un premier temps, tu vas entrer en transe puis je vais te laisser te reposer en même temps que je vais, moi, me concentrer sur la suggestion à te faire dans ton état sophronique. D'accord ? Et en un deuxième temps, je vais te livrer la suggestion puis te laisser l'absorber, l'imprimer dans ton inconscient. Ensuite, ce sera le réveil lent. C'est comme ça que va se dérouler la séance. Tu auras connaissance de tout; tu vas te souvenir de tout ce qui se sera passé. Comme chaque fois. Es-tu prête, Jocelyne ?

–Je le suis.

Et elle ferma aussitôt les yeux et tira la couverture sous son menton, ce qui constituait un signe-signal qui déjà la faisait entrer dans un état d'hypnose légère.

Jacques avait devant lui un cas inusité même s'il s'agissait de sa cliente la plus familière et la plus ancienne de sa liste en même temps qu'une amie. Il avait l'impression de marcher sur des oeufs. Trouverait-on cette clef de l'énigme Jouvence qu'il ne flairait pas, lui ? Il fallait bien procéder; et même à l'aveugle, faire quelque chose vaudrait mieux que de ne rien faire du tout. Jamais l'homme n'avait été confronté à situation plus complexe et exigeante. D'un côté une femme trop en santé et de l'autre une femme trop malade. Dans les deux cas, la médecine risquait de s'y casser les dents. Qu'y pouvait-il faire ? Que pouvait-il souffler à leur inconscient ? Comment démobiliser le pouvoir autoguérisseur de l'une et stimuler celui de l'autre ? Devait-il suggérer à l'une tout le contraire de l'autre ou bien les choses n'étaient-elles pas aussi simples que ça ? Il lui parut toutefois que de traiter l'une en présence de l'autre et avec sa participation passive, s'avérerait un atout appréciable...

Commença alors une induction générale dite de type 3 qui comportait le tic-tac d'une horloge préenregistré et que reproduisait un magnétophone de table.

—Confortablement installée dans ton fauteuil, les yeux fermés, tu penses à ta position et tu la modifies pour trouver le maximum de confort, de douceur, de bien-être... Tu vas pratiquer une dizaine de respirations abdominales en visualisant chacune des parties de ton corps... Je vais t'y aider... en te guidant. En fait, ma voix va s'insinuer en toi et se rendre en chacune des parties à relaxer... en même temps que le tic-tac de l'horloge...

L'Écuyer étira le temps de la mise en transe et en profita pour faire de la recherche dans le dossier de Jocelyne, ce qu'il avait déjà fait la veille sans y trouver de réponse à la grande question du moment: en quoi son action en tant que thérapeute en hypnose aurait-elle pu contribuer à bloquer un phénomène aussi naturel que le vieillissement ?

Il possédait si bien et depuis si longtemps les textes de mise en transe qu'il pouvait les réciter par coeur, les modifier même sans trop y penser et les prolonger au besoin, et tout cela sans qu'il soit nécessaire d'observer les réactions de sa patiente puisqu'il les connaissait depuis toutes ces années de consultations régulières.

Au début de sa pratique et pour une quinzaine d'années ensuite, l'hypnothérapeute avait donné fort dans la psychologie et pour cela, annotait des données et encore des données sur les comptes-rendus de visites. Beaucoup de griffonnages. Des mots soulignés comme celui qui revenait souvent lors des consultations de Jocelyne au début des années 80, et qu'il ne parvenait pas à déchiffrer... Cela ressemblait à *rubarbe*... Mais il ne parvenait pas à trouver le 'h' du mot. Ou bien ne savait-il pas écrire ce mot-là alors ? C'est à cette époque qu'il avait laissé pousser sa barbe; et se trouvait-il, caché derrière le mot, un signe-signal qu'il utilisait encore aujourd'hui et qui consistait à flatter sa barbe à deux ou trois reprises, tandis qu'il prononçait le mot détente, un mot qu'il trouvait toujours moyen alors de glisser dans une phrase anodine ?

Il eut beau chercher une fois encore, se creuser les méninges, sa mémoire consciente ne lui restitua rien de valable. Peut-être devrait-il se faire hypnotiser lui-même par un autre pour trouver le fin mot de la question dans l'immense capharnaüm de son inconscient ? Le tic-tac continuait de se faire entendre dans la tranquillité du moment avec en fond, au loin, ce piano serein qui diffusait dans l'atmosphère des notes qui paraissaient provenir du cosmos.

Adossée dans un angle du divan brun, sur un dossier moelleux, Mariette qui s'était laissée aller, elle aussi, flottait sur un grand nuage, semblable à celui qui l'avait rendue si légère lors de la séance dans sa chambre de torture à l'hôpital.

Jacques se rappela qu'il lui avait dit quelques instants plus tôt de le tutoyer. Elle recevrait donc la suggestion adressée au 'tu' à Jocelyne comme une suggestion pour elle-même. À l'hôpital, tout avait bien fonctionné: il avait parlé au 'vous' et puis l'exercice consistait à faire retracer une vie antérieure aux deux amies. Mais ici, la suggestion ne pouvait comprendre une chose et son contraire en même temps... Voilà que l'hypnothérapeute sentait ses pieds nus marchant à travers les tulipes. Il griffonna rapidement quelques mots sur la feuille de jour de Jocelyne: normal, régulier, harmonie, ordre, beauté...

Il avait l'âme d'un poète, le Jacques L'Écuyer et aimait bien glisser dans ses entretiens préalables, ses inductions ou même les suggestions posthypnotiques des vers dont il se rappelait depuis ses vieilles études du temps de sa jeunesse. De Baudelaire, il avait gardé des bribes de *L'Invitation au voyage. Là, tout n'est qu'ordre et beauté...* Ces mots-là lui étaient venus car ils contenaient tant pour chacun, pour les enfants remplis d'avenir comme pour les malades au bout de leur rouleau... pour les si rares Jocelyne de ce monde et les si nombreuses Mariette...

Tout y parlerait
À l'âme en secret
Sa douce langue natale

Le voyage de la vie, le voyage de la mort, le voyage du temps, le voyage éternel: tout prendre comme un voyage avec ses départs un peu tristes dans l'excitation, ses progrès étonnants aux richesses inépuisables, ses haltes lointaines, ses arrivées joyeuses et fatiguées, ses souvenirs impérissables...

L'homme reprit doucement la parole afin de se livrer à une suggestion hypnotique:

–Maintenant que tu te trouves dans un état de profonde détente, de profonde détente, tu es prête à entendre en même temps que le tic-tac de l'horloge, le son de ma voix qui te fait entrer encore plus profondément dans la relaxation. Tu vas te mettre à la recherche de ce qui en toi t'empêche d'accéder à un état de santé normal, de vieillir normalement et dans l'harmonie jusqu'à un âge avancé se situant quelque part entre quatre-vingts et cent ans. Tu vas trouver ce qui provoque en toi le désordre et tu vas le remplacer par ce qui au temps de tes vingt ans assurait en toi l'ordre et la beauté. Tu ne vas pas rester jeune, mais tu ne vas pas non plus mourir jeune. Ton métabolisme doit revenir à son rythme normal, régulier, harmonieux. Et tu vieilliras d'un an par année. Ni plus ni moins. S'il y a en toi un gène qui provoque la dégénérescence prématurée, tu vas agir sur lui afin de le neutraliser. S'il y a en toi un gène qui provoque la régénérescence démesurée, tu vas agir sur lui afin de le neutraliser. Tâche de visualiser le gène de la dégénérescence. Donne-lui un visage triste et signale-lui d'aller dormir pour quelques années encore. Tâche de visualiser le gène de la régénérescence et donne-lui un visage souriant. Mais ordonne-lui de travailler normalement et en harmonie avec la nature des choses d'aujourd'hui. Répète l'exercice encore et encore en même temps que tu entendras le tic-tac de l'horloge. Je vais me taire pendant deux minutes...

Le thérapeute laissa aller les choses d'elles-mêmes tout

en continuant de lire dans ses vieilles notes à propos de la femme dans le fauteuil. Et il regrettait ses pattes de mouche aux allures de gribouillage de médecin des premières années de sa pratique.

Puis il reprit la parole pour y aller d'une suggestion posthypnotique:

–Après cette séance, après ton réveil, chaque fois que tu verras le cadran d'une horloge ou d'un réveille-matin, tu entendras son tic-tac dans ta tête... comme si c'était réel. Et alors, tu verras l'image souriante de ton gène réglant ton vieillissement et tu lui ordonneras de travailler normalement pour qu'aucune maladie grave ne t'atteigne avant l'âge d'au moins quatre-vingts ans et pour que chaque année ajoute un an à ton âge normal. Chaque fois que tu verras les aiguilles de l'horloge se déplacer, tu entendras le tic-tac et le tic-tac de dire à ton ou tes gènes contrôlant le vieillissement: faites en sorte que je vieillisse en harmonie, en harmonie, avec régularité... dans l'ordre et la beauté...

L'homme avait pris garde de ne choisir que des mots convenant aux deux cas extrêmes –et situés aux antipodes– qu'il avait à traiter en ce moment. Néanmoins, il avançait dans le brouillard malgré la netteté de ses suggestions. Car en son domaine, à sa connaissance, personne n'avait jamais travaillé au niveau des gènes et la question demeurait entière et commune à tous ceux travaillant sur l'être humain: est-il possible d'influencer les gènes par sa volonté ou par la voie de l'inconscient voire par les deux combinés comme il le souhaitait par sa suggestion posthypnotique ? La réponse que favorisait L'Écuyer consistait à croire que tout dans la personne humaine étant interconnecté, et de fort près, pas rien que dans une vision de l'esprit à contenu hautement philosophique ou ésotérique, l'autocontrôle génétique est, partant, non seulement possible mais probable dans un avenir plus ou moins rapproché, et en tout cas représente une perspective d'avenir inimaginable, peut-être la clef de la vie et de la mort, du vieillissement et de la maladie, de la régénérescence comme de la dégénérescence.

–Tu continues d'entendre clairement le tic-tac de l'horloge... Et tu respires normalement... Tu te sens immensément bien... Et tu répètes mentalement la suggestion simple que je te fais en même temps que tu visualises ton gène de la sénescence. Voici cette suggestion que tu vas répéter mentalement pendant une minute après l'avoir entendue trois fois de ma part, moi, qui le dis à ta place... Je vais retrouver la voie de l'équilibre psychosomatique et vieillir normalement et en beauté intérieure et extérieure... Je vais retrouver la voie de l'équilibre psychosomatique et vieillir normalement et en beauté intérieure et extérieure... Je vais retrouver la voie de l'équilibre psychosomatique et vieillir normalement et en beauté intérieure et extérieure...

Et le thérapeute se tut. Il regardait distraitement ses notes au dossier de Jocelyne, mais c'est à Mariette qu'il songeait en ce moment. Si un gène avait déclenché son cancer et que la maladie avait atteint un stade aussi dangereux, –car il n'ignorait pas, lui comme tous, que la femme connaissait une période de rémission– comment faire marche arrière par la voie du psyché si la chirurgie et la pharmacopée n'y parviennent pas ? Et la pensée de l'auto enlisée lui revint, cette idée-force de sa pratique: l'hypnothérapie pouvait s'avérer le coup de pouce ultime faisant toute la différence entre la vie et la mort, entre l'échec et la réussite, entre le bilan négatif et le bilan positif. Il utiliserait avec Mariette tout à l'heure, après le réveil de Jocelyne, une suggestion à laquelle souvent il avait fait appel dans les cas de cancer. Il y avait eu beaucoup de cas de guérison, mais qui aurait pu honnêtement les attribuer à un facteur plus qu'à l'autre ?

Il fit entrer sa patiente du fauteuil dans la phase réveil et bientôt, Jocelyne retrouva la réalité du moment en s'exclamant de sa voix la plus posée qui soit:

–Comme je me sens bien ! Comme je me sens bien !

–Si tu veux, on fera le feed-back plus tard, après Mariette.

–Si je veux ? Certain que je veux.

Et elle quitta prestement le fauteuil et, contournant le paravent séparant les deux pièces voisines, elle retrouva son amie qui parla la première tout en gardant les yeux fermés:

–Je suis de retour. J'étais bien dans cet autre univers.

–Tu es allée en transe encore une fois ?

–Oui, et... j'entends encore le tic-tac de l'horloge...

–C'est que l'enregistrement se poursuit, lança de loin le thérapeute qui entendait ce qu'elles disaient.

Et il mit le magnétophone en arrêt.

–Ça ne fait rien: je l'entends de l'intérieur de ma tête.

–Comme un acouphène... mais un bel acouphène...

–C'est à ton tour, dit Jocelyne qui tendit la main.

Mariette se leva et la suivit. L'autre prit sa place au salon et se protégea du froid avec une autre couverture molletonnée mise là à dessein.

–Détends-toi, Mariette, laisse-toi aller.

L'Écuyer l'aida à incliner le fauteuil vers l'arrière et il ajusta la couverture sur elle de sorte qu'elle se sente bien au chaud et en sécurité, un peu comme dans un utérus. Et il retourna s'asseoir à deux pas, derrière la table tout en parlant:

–Le savais-tu, Mariette, un enfant dans le sein de sa mère, c'est une forme de cancer. Tu as sûrement déjà entendu dire cela. Il s'agit d'un paquet de cellules qui se nourrissent de la personne en réalité et qui forment une entité différente à ses dépens. Bien sûr, un enfant, c'est la vie, tandis qu'un cancer, c'est la mort qui est au bout. Mais tout comme une femme expulse un enfant d'elle un jour ou l'autre, ainsi la personne humaine doit expulser son cancer si elle veut survivre. Mais les deux modes d'expulsions sont différents, comme tu sais. L'expulsion d'un enfant par la naissance n'a pas beaucoup à voir avec l'éradication d'un cancer via la chirurgie, la chimio, la radiothérapie et... l'hypnothérapie pour ce qui est de la composante psychosomatique du grand mal...

Déjà la voix profonde du thérapeute relaxait la patiente qui, après avoir fixé son regard sur Toutankhamon tandis que lui parlait, ferma les yeux pour mieux se concentrer dans la paix et la détente. Et pendant cet entretien préalable pré-induction, la bande contenant le tic-tac de l'horloge acheva de se dérouler pour ainsi revenir au début.

Jacques favorisait les suggestions de type sonore contenant le bruit d'un mouvement d'horlogerie pour mieux associer le facteur temps à un mal qu'on savait ou soupçonnait déclenché par un ou des gènes, lesquels agissent en suivant, semble-t-il une sorte de calendrier biologique, à moins qu'une autre cause ne les pousse à le faire avant leur heure prévue. Il en était ainsi pour le cancer. Ensuite, il procéda à l'induction et les deux femmes, une fois encore, entrèrent en transe de façon similaire et concomitante. Toutefois, il personnalisa la suggestion posthypnotique après avoir remis en marche la bande du tic-tac et s'être approché de la patiente par le côté et lui avoir posé la main sur le front afin de lui transférer le plus d'énergie possible par ce canal:

–Le prononcé de ton prénom ne va pas te faire émerger de ton état sophronique, Mariette. Au contraire, tu le prends comme un mot qui induit l'osmose entre ma voix et ton inconscient. Un pont entre ma voix et ton esprit profond... Reste détendue, bien détendue, plus détendue encore... plus détendue... Il y a en toi, Mariette, un pouvoir autoguérisseur très puissant, un pouvoir qui se trouve en fait dans ton second moteur de vie: ton inconscient. Tu l'as laissé tourner au ralenti toute ta vie. Et tu as tout demandé au premier moteur, ton conscient; et tu as tout pris de lui seulement ou presque. Pourtant, ton second moteur t'a sauvée de bien des avaries du corps grâce à tes rêves par exemple et à tes mouvements involontaires comme les signaux électriques ordonnant à ton coeur de battre. Il ne demande pas mieux, ce moteur-là, que de tourner à plein régime. Et Dieu lui-même pourrait bien nous faire reproche dans l'autre monde de ne pas l'avoir utilisé davantage. C'est comme si on s'était attaché un bras derrière le dos toute sa vie en se disant: on ne s'en sert pas et il ne doit pas être bien utile puisqu'on ne le voit pas. Peut-on imaginer quelqu'un pourvu de deux bons bras valides et qui ne se sert que d'un seul ? Pire, qui oserait croire qu'il est dangereux de se servir des deux ? Des religions vont jusqu'à proposer que faire travailler son inconscient, son second moteur de vie, est quelque chose de dangereux: peux-tu imaginer cela ? Elles disent que l'hypnose permet à un tiers de te contrôler, tandis qu'elle te permet à toi de mieux exercer un contrôle réel d'une partie de toi-même qui est ton inconscient. C'est que ces religions aliénantes veulent, elles, exercer un contrôle sur ton inconscient endormi... Tu es en contrôle de ton inconscient, Mariette. Et ton inconscient recèle ton immense pouvoir autoguérisseur. Utilise-le pour lutter contre ta maladie et pour éloigner l'échéance. Fais tourner ton second moteur de vie au maximum, Mariette ! Et pour y arriver mieux, visualise-le, ce puissant moteur... Pour cela, imagine que ton corps est un avion à deux moteurs: le conscient et l'inconscient. Le premier moteur connaît des ratés importants. Il cesse de tourner, recommence, s'arrête de nouveau et ton avion perd sans cesse de l'altitude. Regarde ton second moteur si puissant et sous-utilisé, laissé à d'autres, laissé aux médias, laissé aux religions, laissé aux modes, laissé aux choix collectifs, laissé aux cultures de masse, laissé aux vampires de l'entourage, laissé... à tant d'autres. Visualise-le et mets ta main sur lui, sur ton second moteur de vie. Débarrasse-le de toutes ces mains visqueuses qui l'entourent et l'empêchent de tourner au maximum. Mets tes deux mains sur lui. Ordonne-lui de tourner au maximum pour toi seulement, pour ta guérison, pour que l'avion de ta vie, c'est-à-dire ton corps, se stabilise puis reprenne de l'altitude. Ton second moteur de vie, il est connecté à toutes les parties de ton être et s'il travaille pour toi et non pour d'autres contre toi, il enverra dans toutes les parties de ton corps des décharges électriques, des signaux qui vont revitaliser chaque cellule saine de ta substance et neutraliser chaque cellule abusive. Il est possible que le cancer, mal moderne par excellence, soit causé par la mainmise des autres sur ton inconscient: celle par exemple de la télévision et de tous ceux qui s'en servent. Causé par tous ces faux messies de l'homme qui font en sorte de museler ton pouvoir autoguérisseur, même ceux qui prétendent le stimuler avec leurs poudres de perlimpinpin et placebos tous azimuts... Mariette, ôte leurs mains de ton second moteur de vie et poses-y les tiennes maintenant et pour toujours. Entends le tic-tac de l'horloge. Il accompagne ton renouveau intérieur. Tu es maître de toi-même enfin, maître de ta substance profonde, de ton inconscient. Parle à ton inconscient et mets-le à ton service entier et non plus au seul service des autres. Continue de bien respirer et de visualiser ton corps comme étant un avion à deux moteurs... et répète mentalement après moi, après chaque mot ou groupe de mots ce qui va suivre: *tout... en mon second moteur de vie... désire la guérison... je suis... en parfait contrôle... de mon second moteur de vie... comme je suis en contrôle... de mon premier moteur de vie... plus personne... ne s'empare de mon second moteur de vie... plus personne... et toutes ses forces d'autoguérison... sont mises à contribution... pour lutter contre ce mal de mon corps... mon second moteur de vie... tourne au maximum... pour me guérir... et pour cela seulement...*

Le thérapeute fit une pause de quinze secondes puis reprit pour livrer une suggestion posthypnotique:

–À partir de maintenant et pour le reste de ta vie, chaque fois que tu verras le cadran d'un réveil ou celui de ta montre, tu entendras le tic-tac de l'horloge que tu entends maintenant et cela constituera un signal de renforcement au sujet de ta reprise de contrôle de ton inconscient. Et chaque fois, la phrase suivante te reviendra en tête: *mon second moteur de vie travaille pour moi, pour ma guérison complète et entière.*

Il s'arrêta et reprit:

–Je vais répéter cinq fois la phrase et son sens profond va s'inscrire dans ton inconscient... Un... *mon second moteur de vie travaille pour moi, pour ma guérison complète et entière.* Deux... *mon second moteur de vie travaille pour moi, pour ma guérison complète et entière.* Trois... *mon second moteur de vie travaille pour moi, pour ma guérison complète et entière.* Quatre... *mon second moteur de vie travaille pour moi, pour ma guérison complète et entière.* Cinq... *mon second moteur de vie travaille pour moi, pour ma guérison complète et entière.*

À ce moment précis, il ajouta un élément à la phrase-signal:

–Et par la suite, je survivrai jusqu'à épuisement de mes deux moteurs de vie et pas seulement le premier laissé inutilisé ou laissé à d'autres qui l'auraient utilisé à leur seul profit.

Puis il lui demanda de visualiser de nouveau le gène responsable de son cancer et il y alla d'une autre suggestion posthypnotique assez similaire à celle faite quand Jocelyne se trouvait étendue sur le fauteuil.

Ensuite, il laissa Mariette dans une période de profondeur qui lui permit à lui aussi de récupérer, car il avait investi une grande somme d'énergie dans l'exercice.

Après cela, ce fut la phase de réveil suivie de celle de feed-back de la part des deux patientes réunies avec lui dans le cabinet. Elles prirent place à la table et lui sur le fauteuil.

Chacune livra ses impressions. De part et d'autre, elles étaient hautement favorables. Il conclut:

–Tout est pour le mieux maintenant.

Ce qui ne signifiait pas que le succès de la démarche de ce jour-là fût garanti. Car il lui semblait que le cancer de Mariette avait dépassé des limites que même son second moteur de vie ne pourrait peut-être plus atteindre et dépasser. Au moins, on avait mis toutes les chances de son côté.

–Et maintenant, Mariette, voudrais-tu t'exprimer sur les illustrations que tu vois sur le mur au-dessus de moi ?

Jocelyne se leva d'un bond et se rendit à un projecteur posé sur le téléviseur, et le tourna vers la série de photos-montages appelés aussi concepts en photographie.

–Tu vois, il y en a en tout vingt-deux et on peut voir au premier abord qu'elles représentent...

–Un cheminement...

Femme brillante et particulièrement inspirée par le langage symbolique, Mariette ne voulait pas être en reste et elle avait coupé Jacques pour lui montrer qu'elle pouvait marcher par ses propres forces comme elle l'avait fait autrefois à ses premiers pas devant son père étonné.

–Un cheminement depuis l'indécision vers un puissant contrôle de soi...

Les illustrations formaient deux rangées d'une dizaine et chaque dizaine se divisait en trois regroupement, ce qui fit présumer à l'observatrice des thèmes et des liens.

Au-dessus de la rangée supérieure se trouvait un personnage debout à un embranchement de lignes de chemin de fer et coiffé d'un panneau indicateur sur lequel un pictogramme était un point d'interrogation. Rien de plus facile à interpréter, pensa-t-elle. Cela parlait d'indécision tout simplement. Et sous la dizaine du bas, une autre, tout aussi solitaire, montrait une main enserrant un éclair dont les zébrures fractales émergeaient à travers les doigts. Donc une mainmise. Donc une puissance contrôlée.

Sauf qu'entre les deux reprographies, chaque personne, chaque patient pourrait se laisser aller à une interprétation de son cru, ce qui révélait au thérapeute les grandes lignes de sa personnalité et lui permettait de cerner les contours de son psychisme dans ses trois composantes freudiennes: le *ça*, le *moi* et le *sur-moi*.

Voilà pourquoi Jacques avait mis en marche un second magnétophone au petit micro discret posé sur la table et qui enregistrait le propos de Mariette. Elle demanda:

–Qu'est-ce que t'en penses, Joyce ?

–Comme c'est très personnel... vaut mieux que je me taise, moi.

–C'est une des raisons qui font que je ne veux recevoir qu'une seule personne à la fois.

–Crains pas, Jacques, je me tais, dit Jocelyne qui croisa les bras et fit reculer sa chaise à roulettes dans l'encoignure sombre derrière elle sous un calendrier à peine visible.

–Continue, Mariette... si tu en as le désir, dit Jacques.

–Sûrement ! J'aime ça, réfléchir là-dessus.

–Justement, il n'est pas nécessaire de réfléchir. Tu peux dire et tu devrais dire simplement ce qui te passe par la tête en regardant une illustration ou un ensemble.

–O.K! Le premier groupe de trois... je dirais qu'il représente l'inconscient...

La première, de même taille que toutes les autres, soit huit pouces et demi par onze, comportait une photo déformée par la lumière et qui laissait aisément deviner, mais de manière un peu ésotérique, une gitane devant une boule de cristal. Sur la deuxième, un homme tout de blanc vêtu et d'un vêtement à la Gandhi, assis en Bouddha, semblait en état de transe ou de méditation transcendantale. Et sur une troisième, l'on pouvait apercevoir une jeune et jolie femme paisiblement endormie, couchée sur le côté dans son lit, avec en arrière-plan une couverture nuageuse épaisse que trouait en son milieu une petite éclaircie.

–La première, je dirai, révèle plutôt ce que n'est pas l'inconscient... et... cette fille n'est pas non plus une thérapeute... elle est un médium ? Elle signifie qu'on ne peut pas voir dans l'inconscient comme dans une boule de cristal...

–Très bien, Mariette, passe à l'autre... Dis tout ce qui te vient et même... ce que tu ressens... tes émotions, sentiments et tout le senti...

Cette forme d'hypno-analyse permettait au thérapeute de mesurer les grandes pulsions de l'être de sa patiente, ayant leur siège dans le fameux "ça": pulsions sexuelles, pulsion de vie, de mort...

Elle reprit:

–Au centre, c'est... ben je dirais l'inconscient mobilisé... le personnage entre en lui-même pour se mettre en contrôle de lui-même, de son esprit, de tout son être... et à droite, bien, c'est l'inconscient... 'lâché lousse', si on me passe l'expression... c'est le rêve endormi qui... Là, je me sens triste. C'est comme si j'avais gaspillé une partie de moi en laissant mon inconscient endormi ou bien tant utilisé par les autres et si peu par moi-même...

À la lumière des paroles de Jacques, prononcées depuis leur arrivée, Mariette poursuivait sur une voix maintenant ferme et suivie, hésitations finies, sûre d'elle.

Dans le deuxième groupe, il y avait quatre illustrations affichées. La première montrait un énorme livre ouvert par le milieu, posé sur l'abaque d'une colonne grecque avec un oiseau blanc qui en second plan faisait tourner les pages grâce à la magie de son vol à grandes ailes déployées. Sur la suivante, un fantôme dans une bibliothèque, bien assis dans un fauteuil barré de toiles d'araignée, parlait au téléphone tout en fumant sa pipe. La troisième montrait un magnifique bébé tout rose couché sur un nuage et jouant avec ses orteils en riant. Enfin, la quatrième consistait en une porte ouverte sur la lumière: une reproduction fort connue.

–Bon. Un, je vois que l'inconscient contient toutes les données aussi contenues dans le conscient, toutes les informations à jamais avoir atteint l'esprit par la voie des sens. Deux, je vois que l'inconscient contient aussi tout ce qui se trouve dans notre bagage génétique d'où chacun devrait pouvoir un jour lire à travers lui-même tout ce que furent ses ancêtres et ce que seront ses descendants.

–Comme c'est drôle! s'exclama Joyce qui ne put s'empêcher de parler, c'est la même idée qui a été développée dans un bouquin que j'ai lu l'an dernier... *Tremble-terre*, que ça s'appelait; ça vous dit quelque chose ?

N'obtenant pas de réponse, elle se renfrogna dans son coin silencieux.

–Je reviens au gros livre pour dire qu'il doit aussi comprendre l'inconscient collectif. Je reviens au vieux fauteuil pour dire qu'il représente, lui, l'inconscient héréditaire. Et le bébé me fait penser au bagage qu'on a en venant au monde, quand on est transporté par des forces douces et protectrices et qu'on apprend à découvrir le monde en commençant par l'exploration de son corps. Et à découvrir les choses de l'esprit –le sourire du bébé le fait penser –.

Elle s'arrêta, soupira et reprit:

–Enfin, la porte. Elle est soit en train de se fermer, soit en train de s'ouvrir. Je crois que tout ce qui est social nous pousse à la fermer, mais qu'elle reste entrouverte et qu'il nous est possible à tous de l'ouvrir davantage un jour ou l'autre, non pas un jour ou l'autre mais plutôt jour après jour quand on l'a décidé...

–Merveilleux ! fit Jacques sans rien de plus.

–Troisième regroupement...

Les trois illustrations suivantes possédaient un caractère plus mystérieux que les précédentes. Sur la première, un personnage de verre ou peut-être d'un fluide quelconque aux allures d'eau par sa transparence, avait dans les mains le schéma représentant l'énergie atomique et l'observait. Puis en deuxième page, on pouvait voir un homme descendant dans un escalier fait de sabliers juxtaposés, vers un point lumineux situé à l'infini. En troisième page, le photographe s'était reculé dans une forêt sombre, presque noire, pour prendre dans son objectif le disque solaire et ses rais de lumière pénétrant à contre-jour entre les arbres.

–Troisième groupe, c'est l'énergie, le temps et la lumière. Mais ça, c'est très scientifique comme impression et très physique comme réponse. Et a bien peu à voir avec l'inconscient. J'ai fait une réponse d'homme. Maintenant, je dirai que l'homme de verre représente la puissance de l'inconscient et de ses pulsions ainsi que de son pouvoir autoguérisseur. Quant à celui qui marche sur les sabliers, s'il utilise tout son pouvoir d'équilibre et d'harmonie, il va se rendre à destination sans encombres et ne va pas tomber prématurément...

À mesure que les mots sortaient, on sentait que la gorge de la femme se nouait. Elle poursuivit:

–Si je meurs de mon cancer, ce sera comme si lui tombait en bas de l'escalier du temps. Et maintenant, la lumière dans la forêt noire, facile de dire que c'est l'espoir en des jours meilleurs, mais c'est peut-être aussi l'invitation au voyage, l'invitation à la vie après la vie et ça me dit de ne pas craindre la mort et de n'y toujours penser que comme *le grand voyage*.

Elle se tut. Les deux autres restèrent muets aussi. Puis elle s'écria, la joie retrouvée:

–Mais c'est véritablement un mur qui parle !

Jocelyne et Jacques ne purent s'empêcher de rire, mais ils ne dirent mot. Elle, en effet, le faisait parler, ce mur d'illustrations, chaque fois qu'elle consultait l'hypnothérapeute et il lui semblait intarissable.

Les trois premières pages de la seconde rangée comprenaient une main qui lance les dés puis un rayon de lumière issu d'une serrure de porte et tombant sur deux clefs puis une montre suspendue à une chaîne et qui se balançait de droite à gauche... à moins que ce ne fut de gauche à droite: tout dépendait de l'oeil de l'observateur.

–Un: deux dés. Deux: deux clefs. La main qui lance les dés en perd le contrôle. Les dés sont jetés et c'est le hasard qui décide. Parfois pour le pire. Mais, mais au fond de soi, de son inconscient, il y a les clefs cachées pour faire face au pire. Deux dés: deux clefs. Toutefois, il faut savoir y mettre le temps qui est là, à se balancer dans un sens ou dans l'autre. Le temps incertain qui peut tout si on a la patience de ses caprices. Les dés, les clefs, le temps: ça pourrait dire bien autre chose aussi... Passons à l'autre groupe de trois...

La première montrait un ensemble d'objets d'époque posés sur un vieux manuscrit: lampe à l'huile, plume-réservoir, montre de poche et paire de lunettes. Celle du centre était un dessin d'ordinateur: profil d'une jeune personne, gars ou fille de l'adolescence, tête noire sur fond noir, entourée de deux auras, l'une rouge et l'autre, plus mince, jaune. Et au milieu de la tête un point lumineux. Puis celle de droite consistait en une photo truquée: deux mains réelles y tenaient une ampoule allumée dont il sortait, comme le contenu d'un oeuf qu'on vient de briser, une boule de lumière blanche.

–Un: de vieux objets. Deux: une petite idée qui surgit au fond de la tête. Trois: une création de l'esprit qui passe à la réalité grâce à l'intervention de la personne que ses mains représentent. Je dis sans y avoir pensé que cet ensemble évoque la créativité. Pour faire oeuvre valable et durable, symbolisée par le vieux manuscrit, il faut d'abord des supports matériels ou des outils. De la lumière (la lampe), de l'encre (la plume), du temps (la montre). Ensuite, il faut quelque chose qui germe au fond de l'être, toujours au niveau de l'inconscient. Et cela, cette... émotion, cette image de rêve, passe au niveau du moi et par la volonté (les mains), passe enfin à la réalité (la boule de lumière qui tombe dans le réel).

La femme s'arrêta un moment pour jeter un regard sur le dernier ensemble comprenant quatre illustrations. Un cerveau humain seul dans l'espace et dont jaillissaient des éclairs. Un oeil grand ouvert en plan rapproché. Deux mains qui en se serrant provoquent un champ de force illustré par des ondes lumineuses rouges. Enfin, un immense champ d'ampoules allumées et bien rangées et au-dessus, une seule, plus grande, se détachant sur fond noir.

–On y va. Le cerveau, l'oeil, les mains, l'ampoule. Toutes des images de rêve, on dirait. Non. Ici, je rapproche le cerveau de l'inscription de ton cadre dans l'entrée, Jacques, concernant l'exploration de sa planète tête. L'oeil, c'est l'attention. L'ouverture. C'est ça, l'ouverture. Et la poignée de mains, c'est l'aide qu'on peut trouver sur son chemin et c'est le transfert d'énergie possible. Ça me réconforte. Une main, c'est la tienne, Jacques et l'autre, c'est la mienne. Ça pourrait aussi être celle de mon mari et la mienne. Ou celle de Jocelyne et la mienne. Et l'ampoule, là, au-dessus du champ d'ampoules, eh bien, il ne s'agit pas de s'élever au-dessus de la moyenne comme d'aucuns pourraient le penser d'entrée de jeu dans un monde de compétition où prime la loi du plus fort, non, pas du tout, c'est bien plutôt la solidarité. Oui, l'ampoule du haut puise ses ressources dans la collectivité qui la soutient et l'alimente. C'est le tous pour un. Parce qu'elle est dans le besoin. On ne lui aspire pas son énergie, on lui en fournit... Là, je m'arrête...

Et elle soupira, mais reprit aussitôt:

–Le tout, en fait tout ce mur, est un chemin qui me fait passer de l'indécision au contrôle de moi-même et de ma véritable puissance. Il me faut construire ma propre histoire, non la construire, mais la raconter le long de ce chemin, par ce mur qui parle. Les liens entre les illustrations seront les événements de ma vie. Et c'est pour ça que ce mur parle de manière différente à chacun. Je m'arrête. Mon corps crie fatigue. J'écrirai mon histoire personnelle la prochaine fois que je viendrai ici.

–Bravo, ma petite Marie ! s'écria Jocelyne.

–Bravo ! dit à son tour le thérapeute qui se leva.

Jocelyne fit de même et alla prendre sa place, sachant qu'il avait besoin de la chaise de l'autre côté de la table devant son amie. Elle prit la couverture sur la chaise et s'en fit un abri douillet.

Le beau voyage achevait. Jacques se redit émerveillé par les réactions et pensées de sa patiente devant le mur des illustrations et bientôt vint le moment du départ.

Elles se déclarèrent enchantées et promirent de persuader Albert et André de venir eux aussi explorer des territoires inconnus d'eux-mêmes et si riches d'énergie et de paix.

***

Ce chapitre donne une idée assez fidèle d'une séance de consultation en hypnothérapie avec l'auteur. Voir page 513 et site web.

Chapitre 30

−Nos femmes sont pas mal plus orientales que nous autres, proposa André au mari de Jocelyne un soir où les deux couples mangeaient au restaurant.

−C'est pas un problème pour moi. Il y a peut-être pas mal de choses qui nous ont échappé à pas l'être assez, nous deux.

Jocelyne s'exclama en ajoutant de la saveur à son expression à l'aide de son couteau levé:

−Ah ça, c'est typiquement masculin !

−Tu peux le dire ! fit Mariette.

Albert posa son verre de vin et hocha la tête:

−Mais on va se rattraper. Faut dire que le retard des hommes est pas si grand que ça dans ces domaines-là. En réalité, c'est moi, le retardataire, parce que toi, André, tu t'es toujours arrêté à ces choses-là ?

−Disons que j'ai tâté un peu, moi aussi, les philosophies orientales.

Mariette l'interrompit:

−Moins par conviction que pour plaire à la clientèle.

−Faut dire ! admit-il.

−Le problème, c'est que les hommes ne s'ouvrent pas facilement à ce qu'ils ne peuvent disséquer, comptabiliser, classifier, étiqueter, dit Jocelyne. Ah! je... nourrissais les mêmes hésitations il y a une vingtaine d'années.

–C'est peut-être ça, la clef de ton énigme, fit André. Tu as remplacé le doute par des certitudes.

–Le doute est toujours présent. Mais quand je crois en quelque chose, j'y crois.

–Comme par exemple en la puissance de l'inconscient, dit Mariette.

–Et en ceux qui peuvent et veulent m'aider à travailler sur moi à ce niveau-là.

–Comme Jacques L'Écuyer.

–Comme lui.

–À propos, racontez-nous donc votre consultation ? Ça s'est passé comme prévu ? dit André.

–Ce n'est jamais comme prévu.

Chacune avait dit bien peu de chose à son conjoint au sujet de cette visite à l'hypnothérapeute. Puisqu'elle l'avaient faite ensemble, elles voulaient en parler ensemble. Elles en livrèrent un éloquent et savoureux témoignage propre à leur donner le goût de consulter, eux aussi.

C'était le premier octobre, jour anniversaire de naissance de Mariette. On la fêtait. On célébrerait aussi le jour suivant dans la famille immédiate: mari, enfants, petits-enfants. L'état de santé de la malade paraissait stable malgré des forces terriblement diminuées par rapport à l'année précédente. Toutefois, malgré son intégralité déchirée en deux par le grand mal, il n'y paraissait guère et sa voix avait retrouvé sa fermeté après une chute dramatique à ses séjours à l'hôpital. L'oeil habitué pouvait quand même déceler dans son regard ce qui pourrait porter le nom paradoxal de 'lueurs éteintes'. Le bistre autour des orbites ajoutait à cette perception incongrue mais pourtant bien réelle. Elle eut beau parler des bienfaits de l'intervention chirurgicale et de cette autre chirurgie pratiquée dans son inconscient par Jacques L'Écuyer, il paraissait aux autres qui tâchaient de ne pas y croire, que son cancer était inguérissable.

Le temps était compté, mais il restait du temps. Et quand il reste du temps, on s'ingénie à chercher à le tromper pour qu'il vous oublie. Ce qui, semblait-il, réussissait admirablement, en fait beaucoup trop à son goût, à Jocelyne Larivière. Cette préoccupation avait été reléguée au second plan, loin derrière celle concernant son amie en danger de mort. Elle et André mettaient tout en oeuvre pour l'aider à oublier la fuite inexorable du temps, même si elle n'avait pas grand besoin de cela. Seul Jacques avait fini par percevoir à l'analyse de l'enregistrement fait lors de la consultation, que le contrat de Mariette avec la vie tirait à sa fin. À ce niveau, il restait à la femme à régler un problème de sur-moi, un freinage d'ordre culturel seulement. À toutes les personnes parmi sa clientèle avec lesquelles il avait fait de la lecture génétique à la recherche de l'insondable, il répétait au moins à trois reprises l'idée suivante: "On meurt quand son heure est venue et elle arrive quand on est prêt." Avant de refermer le dossier de la femme malade, il avait écrit une note ultime au bas de la dernière page: "prête à partir".

Quand la mort s'approche et rôde aux alentours de lui, qu'elle le reluque ou lorgne vers un des siens, l'homme se rapproche des valeurs de l'esprit et en accepte les brouillards, tandis qu'il en soupçonne les bienfaits. Le cancer de Mariette avait pour effet secondaire fort louable celui de solidariser les quatre amis formant ces deux couples réunis pour fraterniser et célébrer dans la joie et l'espérance. Au bout du récit des femmes, il fut décidé que les deux hommes aussi consulteraient afin de se livrer à une exploration de leur inconscient sous la direction de L'Écuyer. Albert irait le premier.

—Il était temps que tu te décides, dit Jocelyne. Après vingt ans à me voir consulter...

—Je pensais que c'était une histoire d'amour entre toi et Jacques, blagua Albert.

Du tac au tac, elle répondit:

—Qui sait, peut-être ?

André s'exprima mi-blagueur, mi-sérieux:

–De toute façon, L'Écuyer est pas dangereux d'abord qu'il fait l'amour rien qu'à l'inconscient d'une femme et puisque seul l'amour physique a valeur d'absolu dans notre société de consommation...

–Parlant de consommation, on devrait, après notre repas, aller prendre un digestif au bar, là-bas, suggéra Albert.

–Et on pourrait danser un peu, fit André. Et changer un peu de partenaire, non ?

–Ça me va ! dit aussitôt Mariette.

Il passa une brume dans le regard de Jocelyne qui repensait à ces propos de son amie quant à une possible aventure entre son mari et elle. Et surtout à l'entreprise répétée de cet homme pour la séduire.

–T'es d'accord, Joyce ?

–Ça me va aussi, fit-elle sur son ton le plus rassurant.

*

Trois quarts d'heure après, les deux couples étaient sur la petite piste de danse submergée par un éclairage rouge et piétinaient sur une chanson d'Enya au titre de *Only time*. Ce fut Mariette qui donna le signal de l'échange en même temps qu'elle délaissait son mari pour tendre les bras vers l'autre couple:

–C'est vous autres, les hommes, qui le souhaitiez; on n'est pas des 'backeuses', nous autres.

Malgré ses vieilles réticences, Jocelyne passa aux mains d'un homme qu'elle continuait d'éviter même s'il paraissait devenir un autre, meilleur et plus solide, depuis l'apparition de la maladie chez son épouse. Elle garda ses distances et mit en pénitence sa vieille propension à séduire par les mots tous les hommes s'approchant d'elle.

Mariette n'avait jamais été vraiment seule en la présence d'Albert. Elle s'en réjouit:

–Comme j'aurais aimé te connaître mieux ! Si tu as été le choix de Jocelyne pendant si longtemps, tu dois être un homme de grande valeur.

Il plaisanta:

–Je suis le premier à ne pas douter de ma valeur.

–Et heureusement, je le redis, parce que notre Jocelyne, poulette comme elle est encore, elle pourrait jeter un coup d'oeil vers des plus jeunes coqs que toi.

–On a discuté de tout ça, elle et moi. On se tient au courant.

C'était un soir de semaine et à part la barmaid, une blondinette qui gardait la tête plongée dans une revue, personne d'autre ne se trouvait dans le bar. Mariette portait un costume ajusté à la taille comprenant une jupe de couleur crème et un veston rouge vif; elle commençait de s'y perdre à cause de l'amaigrissement récent. Quant à Jocelyne, elle portait un ensemble deux pièces en crêpe de couleur vieux rose et elle non plus ne remplissait pas ses vêtements; elle les choisissait ainsi pour faire oublier la fragilité toute apparente de sa constitution.

Loin d'avoir voulu se faire mesquine en parlant à Albert comme elle venait de le faire, Mariette cherchait simplement à faire faire une prise de conscience à un homme vieillissant. Elle s'y connaissait trop en énergie depuis toutes ces années pour croire que puisse durer éternellement un couple aux partenaires dont les bilans énergétiques connaissent un écart toujours grandissant à mesure que passent les années.

–Mais je sais qu'elle est disposée à sacrifier son état de jeunesse pour toi et je reconnais bien là son inépuisable générosité.

–Elle le ferait pour toi aussi. Mais ce n'est pas un sacrifice pour elle. C'est une femme qui a depuis longtemps apprivoisé la mort, sa propre mort.

–Et c'est pour cette raison que je lui ai demandé de ne plus quitter ma vie... jusqu'à la toute fin.

–Elle te l'a promis et elle tiendra parole. Si tu savais combien de fois je l'ai entendue s'inquiéter pour toi durant notre voyage en Europe. Mais on parle comme si tu devais mourir la semaine prochaine. Tu es hors de danger.

–Je ne verrai pas Noël, mon cher.

–Quel discours un soir de fête à danser dans un bar, partenaires échangés pour plus d'excitation, de fébrilité, de vie !

Elle tourna le propos à la farce:

–Tout à l'heure, vous avez dit: on s'en va dans l'autre bar, pas de l'autre bord... Bon Dieu, le jeu de mots est pas trop fort. C'est le vin qui embrouille mon esprit.

Chez l'autre couple, un complot arrivait à sa conclusion:

–Tu sais, André, j'ai fini par la trouver, ma croix de Lisieux. On dit qu'elle a été en contact avec les vêtements de Thérèse. C'est de la superstition, mais...

–Mais qui dit que certains êtres humains ne possèdent pas un pouvoir disons surnaturel que la science n'a pas encore circonscrit, hein !?

–Toi, André Lussier, parler de cette façon: je ne te reconnais plus. Un peu plus et je tomberais en bas de... du plancher de danse.

Il éclata de rire:

–Je ne me reconnais pas moi-même.

–En tout cas... je l'ai dans ma bourse et je vais la lui donner tout à l'heure. Je voulais le faire avant, quand elle était au pire à l'hôpital, mais il me semble que cela aurait été comme de lui donner le dernier sacrement.

L'homme s'arrêta de danser. Il éloigna sa partenaire en disant:

–C'est dans une heure de bonheur comme celle de ce soir qu'il faut faire ce genre de cadeaux. Moi, c'est ce que je pense en tout cas.

–Retournons à la table et dévoilons notre secret.

–Je ne demande pas mieux.

Mariette en eut les larmes aux yeux quand elle reçut l'objet; et s'il n'avait pas été déjà sacré, elle l'aurait sacralisé par ses émotions, ses ondes, ses espérances, son éternité.

L'excitation de cet échange de partenaires fut toute cérébrale et n'eut rien de sensuel...

*

Quelques jours plus tard, Albert se présentait seul chez le thérapeute de sa femme, un personnage qui était devenu l'ami du couple vingt ans plus tôt, dans les premiers temps que le consultait Jocelyne après la macabre découverte du corps de sa soeur, événement qui l'avait si sérieusement ébranlée, elle, la femme d'équilibre et d'harmonie.

–Après toutes ces années, tu t'es décidé ! s'exclama Jacques en frottant son crâne dégarni.

–Même sans ce gros lot au casino, je serais venu te consulter. Je le sais que tu as fait grand bien à ma femme toutes ces années et je dois t'avouer que je viens aussi pour elle. Elle a un problème dont on t'a parlé...

–Tu penses que l'histoire du casino, j'y ai été pour quelque chose ? Nahhhhh....

Et il prit place à la table en même temps que son visiteur s'assoyait de l'autre côté, devant lui, et qu'il ratissait dans son champ de vision le cadre de Toutankhamon, les chandeliers et surtout le mur qui parle dont il dit tout de suite un mot:

–Les femmes ont paru enchantées de... des...

–Du chemin de la croix sur le mur qui parle ? coupa le thérapeute qui devinait par le regard de son interlocuteur ce à quoi il faisait allusion.

Et il éclata de nouveau de son rire plus grand qu'un sac de sucre et qui embarquait tout le monde. Puis il rétablit les choses:

–C'est plutôt le chemin de Damas. On part de la crainte et de l'hésitation, de la tergiversation et du doute (l'homme et son interrogation devant les voies... ferrées) et on chemine à travers l'inconnu pour en arriver à la force, au contrôle de son énergie vitale, contrôle de soi, de son inconscient (la main qui tient l'éclair.)

–C'est à peu près ça qu'elles nous ont dit. C'est drôle, ma femme ne m'avait jamais parlé du... mur qui parle. Depuis le temps qu'elle vient en consultation...

–Attention, je n'ai épinglé ces illustrations que l'année passée ou autour de... Si tu savais tout ce que j'ai entendu dire sur ces images et leurs regroupements. On parle de tout ce que tu pourrais imaginer et plus peut-être. L'inconscient, c'est bien certain, puisque ça concerne en effet l'inconscient. Mais aussi bien des choses. Yoga. Zen. Shiatsu. Tout le bazar ésotérique y passe. Les peines d'amour. Le deuil. La chance au jeu... tiens, tiens... Et puis l'esprit de compétition... mais ça...

–Et... j'imagine... le 'connais-toi toi-même' ?

–Le gnôthi seauton: sûrement ! Et... la voyance, les chakras, la fortune, la gloire, la maladie, la mort, le travail, la douleur, la naissance, le plaisir, la peur... Toute la gamme d'émotions y passe. C'est à entendre les gens s'exprimer là-dessus qu'on se rend mieux compte à quel point chaque personne humaine est unique au monde, unique en son genre et donc... hélas ! solitaire. En passant, comme je le dis souvent: pour ne pas vivre solitaire, il faut vivre solidaire... Mais, bien sûr, solidaire ne veut pas dire se laisser faire... Mais revenons à nos images du mur...

–On a dû parler d'hérédité, de génétique ?...

–Oui, oui.

–Sais-tu que tu pourrais écrire un livre aussi gros que celui où l'oiseau, là, tourne les pages avec ses ailes, à partir de tout le bagage qu'on laisse ici ?

–Sûrement ! Sauf que tout ce qui entre ici devient secret absolu quant à moi. Jocelyne et Mariette ont voulu vous en parler: libre à elles. Mes dossiers sont codés derrière une bouche cousue.

–Un livre sans possibilité d'identifier les personnes, c'est parfaitement anonyme et ça pourrait rendre service à bien du monde.

Jacques hocha la tête et s'accouda sur la table:

–Tout ce qui est bon ne doit pas forcément être rendu public. Je pense au contenu de mes dossiers, même livré sous couvert de l'anonymat. Tiens, je pense à Jocelyne. Elle refuse de voir son cas étalé dans les revues médicales ou les médias et elle a raison. Ça ne rendrait service à personne que de révéler la cause de son non-vieillissement. La vie doit faire son temps et elle l'a compris. Et je lui voue une grande admiration pour ça.

Albert pencha la tête et fit des signes affirmatifs:

—Là-dessus, je suis en total accord avec toi, Jacques. Elle a tenu tête à la médecine du mieux qu'elle a pu en refusant de prêter son nom aux articles qu'on voulait publier sur elle. On a plusieurs fois discuté de la chose. Et j'approuve son choix. On l'appelle *la femme qui ne vieillit pas* et c'est suffisant comme ça.

—On la traitera d'égoïste, mais le monde ne ferait pas une bonne affaire à augmenter la longévité humaine. Jocelyne comprend ça et c'est très bien ainsi.

—Bon, moi, je viens pour autre chose.

Jacques ouvrit un dossier et prit un crayon:

—Et quel est ton problème, si problème il y a. Tu sais, pas besoin de souffrir pour venir me consulter, on peut aussi vouloir simplement améliorer encore son mieux-être. On est créatif; on peut l'être encore plus par l'hypnose. On a une bonne concentration; on peut s'améliorer par l'hypnothérapie. On a la beauté intérieure; par l'hypnose on peut bonifier ça. On a de la chance au jeu; peut-être qu'un utilisant les ressources de l'hypnose qui permettent de travailler sur son intuition, on gagnera plus et plus souvent. Et ainsi de suite. L'hypnose peut faire entrer quelqu'un sur une voie d'évitement du mal-être en soulageant son stress, son chagrin, son malaise, sa phobie, ou le mener sur l'autoroute du bien-vivre en améliorant sa confiance en soi, son intuition, sa sexualité, sa spiritualité, sa mémoire... Voilà pourquoi il vient ici des gens qui veulent se libérer de quelque chose et d'autres qui veulent se rendre meilleurs et avoir la vie plus harmonieuse. Souvent, c'est pour faire d'une pierre deux ou même plusieurs coups. D'autres même viennent simplement parce que ça leur fait du bien d'être non seulement entendus, mais écoutés. Et je n'ajoute pas à leurs problèmes par de la torture de méninges pour leur faire comprendre leur bobo, mais je les fais agir sur le bobo sans fatigue, sans stress, sans peur. Ils relaxent. Ils se détendent. Et ils règlent des problèmes.

Qui dit mieux ? Régler un problème qui vous achale et le faire en se relaxant comme si on était sur une plage ensoleillée au coeur de ses vacances avec la personne qu'on aime.

–Parlez-moi de ça !

–Donc tu disais ?...

–Ben c'est ça... heu... c'est peut-être ça, je viens sans vraiment identifier un problème à régler... je viens disons pour le mieux-être général.

–Tu sais, une fois que tu auras bien relaxé, tu pourras mieux identifier le problème qui t'amène si problème il y a vraiment. On verra.

–Je suis arrivé à un âge où j'ai envie d'élargir un peu mes horizons et faire en sorte que mon regard dépasse les autos, les bateaux, les réparations de ci ou ça, bref, j'ai un peu envie d'y aller moins fort avec les valeurs matérielles et plus fort avec les valeurs spirituelles. Ce que sait faire Jocelyne depuis vingt ou même trente ans.

–Elle ne se croit pas meilleure pour autant.

–Non, ce n'est pas ce que je veux dire non plus. Elle se connaît bien et connaît vite les autres. Et c'est une personne d'une grande générosité.

La conversation porta ensuite sur la méthode casino dont les deux hommes avaient déjà parlé et qui avait entre-temps donné d'excellents résultats.

–On continue en suivant la même recette: capital prédéterminé, discipline stricte et on y ajoute comme ingrédients les sondages de la chance et les données de l'intuition.

–Vous allez faire fermer les casinos.

Et Jacques se lança dans une autre cascade de rire qui se termina en quinte de toux.

–Ça m'arrive une fois par mois; les gens pensent que je suis en train d'étouffer.

Après avoir repris son souffle, Jacques reprit:

–Par contre, il n'est pas si simple que ça de faire des suggestions hypnotiques trop générales. Même s'il s'agit de viser une amélioration de soi, vaut mieux suggérer à l'inconscient quelque chose de bien précis.

–Revenons à la chance au jeu; je trouve ça intéressant.

–C'est quelque chose qui a à voir avec l'intuition. Oui. Bon, même si on disait à l'inconscient par exemple qu'on souhaite gagner beaucoup ou tant, c'est peine perdue. Ce n'est pas comme ça que les choses peuvent aller et tu le sais fort bien, toi qui as appliqué une méthode...

–Je comprends, je comprends...

–Par contre, on peut amener le subconscient à transmettre à la personne, au plexus solaire, une sorte de vibration quand la chance est au rendez-vous... Cela existe...

Albert s'écria:

–C'est exactement ça que ressentait Jocelyne le jour où elle a gagné... La vibration là, à l'intérieur...

–Je sais, elle m'en a parlé. Ça ressemble au sentiment amoureux, là, au niveau du diaphragme. Un frémissement très agréable et insolite. Ouais... Tiens, prends donc place sur le fauteuil, je vais te faire entrer en relaxation et ensuite, on continuera sur la même lancée si ça te le dit.

–C'est beau.

Albert fut bientôt installé confortablement. Le thérapeute lui donna une couverture propre et odorante et l'autre s'en recouvrit puis sans attendre, il ferma les yeux. Voilà qui lui faisait tout drôle d'être sur le point de s'abandonner à la volonté de quelqu'un d'autre, lui un homme de décision, toute sa vie entrepreneur et innovateur.

Comme s'il avait lu dans sa pensée, Jacques lui dit:

–Tu vois, Albert, il ne s'agit pas de me livrer ton pouvoir décisionnel pour ainsi dire pieds et poings liés, bien au contraire, il s'agit simplement de te laisser aller à être toi-même. Rien d'autre. En toute confiance.

–J'ai confiance, autrement, je ne serais pas là.

–Ça, je sais. Tu suis ma voix qui est un guide à travers toi-même. Et tu oublies ma personne. Et comme je le dis souvent, même ma voix n'est plus ma voix et elle devient celle de ton propre conscient à laquelle ton inconscient est familier depuis toujours, même s'il n'a pas d'oreilles comme les nôtres pour entendre. Il saisit. Il reconnaît les ondes, les détails, tout...

Pour aider son patient à entrer en état de transe légère puis plus profonde, le professionnel de l'hypnose se fit aider par quelques pièces musicales de *Karuna*. Il lui parut qu'Albert entrait bien plus aisément et surtout bien plus profondément dans un état sophronique que la plupart de ceux qu'il avait eus en consultation ces dernières années. En tout cas que tous les hommes ayant passé dans ce fauteuil.

Il le laissa au sommet de la relaxation pendant plusieurs minutes puis le ramena doucement à l'état de veille. Quand Albert ouvrit les yeux, il ne dit mot et regarda autour comme quelqu'un qui émerge d'une hibernation prolongée. Il y mit plus de temps à rajuster ses pensées en harmonie avec le "ici et maintenant" que lors de ses réveils quotidiens.

–Pour aujourd'hui, cela suffira, dit le thérapeute. Généralement, à une première séance, il ne se passe pas grand-chose, sinon rien du tout.

–Rien du tout ? fit l'autre calmement et sans sourciller. Je trouve qu'au contraire, il s'en est passé énormément. C'est comme si je n'avais jamais connu le vrai repos de toute ma vie. Je me sens reposé, que je me sens reposé, incroyable !

L'autre sourit et ses dents parurent surtout d'un côté de la bouche et parurent plus blanches à cause de la barbe:

–C'était ça, le but de l'exercice: la relaxation la plus complète possible. Et la prochaine fois, ton inconscient sera plus ouvert à la réception de messages. Sauf qu'il faudra lui en livrer et contenant des suggestions précises. Et simples. Une seule idée à la fois et que l'on va répéter pour l'ancrer bien profondément et solidement. Regardons de nouveau tes motivations à venir me consulter. On a dit tout à l'heure qu'on poursuivrait sur la même lancée. Tu as parlé de mieux-être général. De chance au jeu. Peut-être as-tu autre chose qui te tracasse... On a parlé de Jocelyne et de ce que vous appelez entre vous Jouvence. On en a jasé au téléphone et à l'hôpital. Elle m'en parle depuis quelque temps.

–Se peut-il qu'elle soit en train de materner un peu trop son amie Mariette ? Attention, je ne suis pas celui qui prend ombrage quand il apparaît quelqu'un dans sa vie. Autrement, ça ferait pas mal longtemps que je t'aurais mis, toi, son thérapeute de si longue date, sur une liste noire.

–Je sais que tu n'es pas homme à t'assombrir par crainte de la perdre. T'es même capable d'affronter votre différence d'âge... apparente, je veux dire, et de t'en faire une alliée... de cette différence. Pour ce qui est de son amie Mariette, je pense que Jocelyne cherche à mobiliser beaucoup de gens en sa faveur dans une sorte d'eggrégore...

Jacques ouvrit un livre et y regarda la définition du mot:

–Au cas où tu ignorerais le mot eggrégore qui ne se trouve pas dans les dictionnaires ordinaires, je te lis la définition qui se trouve ici: *groupe de personnes associant le plus souvent leurs pensées subtiles ou spirituelles pour les concentrer sur une seule personne, qui en recevra et en ressentira une influence bénéfique.*

–En plein la dernière illustration de la deuxième rangée.

–Le mur qui parle dit tout, je te l'assure. En effet, ce champ d'ampoules allumées constitue un eggrégore et leur énergie, pas au complet, mais en partie, alimente l'ampoule qui se trouve au-dessus. C'est donc le *tous pour un* spirituel et si les ondes de tous se conjuguent pour aider cette autre qui en a besoin pour traverser l'orage, ce pourrait être le coup de pouce sans lequel tout serait perdu.

–L'exemple de l'auto enlisée dont me parle Jocelyne.

–Et dont j'ai parlé à l'hôpital dans la chambre de Mariette quand ils ont voulu monter une cause contre moi... C'est ça, l'eggrégore, c'est une sorte de capitalisme de l'esprit, mais qui n'appauvrit personne, et qui ne tue pas la personne qui en bénéficie par excès de superflu. Et c'est ça que cherche à créer Jocelyne en faveur de son amie.

–Dans le fond, c'est comme une prière de groupe.

–C'est ça: sous une autre forme moins rituelle, moins "croyante", si je peux dire, plus plausible, j'ai envie de penser...

–Je disais ça comme ça, pour le maternage de son amie. C'est qu'elle est entière et quand elle embrasse une cause, elle s'y donne corps, coeur et âme...

–Peut-être, mais dans ces périodes-là, son esprit produit en double, en triple, au centuple peut-être. Les personnes de sa vie, toutes les personnes de sa vie, deviennent alors plus brillantes dans sa tête, dans son coeur. Comme je voudrais être bâti comme cette femme ! Elle a une capacité d'aimer tant de gens à la fois. Plus elle aime de personnes, plus elle est capable d'en aimer. Un miracle. Tout comme son non-vieillissement. En fait, c'est peut-être ça, la clef de l'énigme qu'elle cherche avec la médecine et avec toi et avec moi... sa capacité d'aimer grande comme une montagne...

–Elle aime jusqu'aux arbres. Elle a dû te le dire.

Jacques se gratta la tête:

–Je sais, oui, qu'elle va voir une "amie" végétale sur la montagne. Étant donné que tu le sais, je ne révèle rien... J'en dis peut-être trop...

–Non, non, elle me l'a dit. Elle tâche d'entrer en contact avec un arbre qu'elle a soigné autrefois. Elle lui a donné un nom... Aubelle...

Jacques se gratta de nouveau la tête et son regard chercha dans les dédales du passé:

–Aubelle... Aubelle... il me semble que ça me dit quelque chose...

Mais il n'eut pas le temps de trouver. Tournant la tête vers une horloge accrochée au-dessus du paravent, sur une section de la porte d'arche de l'autre pièce, Albert constata que son heure de consultation achevait et il se leva.

L'hypnothérapeute qui n'attendait personne avant un bon quart d'heure le pria de rester encore un peu et leur conversation porta sur bien autre chose que celles inspirées par ces lieux: le tennis que Jacques ne pouvait plus pratiquer depuis un certain temps à cause de son emphysème.

***

Chapitre 31

Comme le trouvait son mari qui ne lui en faisait pas grief, Jocelyne se transforma en femme-orchestre en cet automne de tous les caprices, de toutes les pluies, des petites neiges de fin d'après-midi, des grands vents qui montraient leur pouvoir à des arbres s'inclinant comme des fidèles à Lourdes.

Deux fois par semaine, elle accompagnait Albert au casino. Deux fois par semaine, elle visitait Aubelle sur la montagne. Deux fois par semaine, elle allait prendre Mariette pour la conduire ou au théâtre, ou au cinéma, ou au resto et simplement parfois sur le mont Bleu par le chemin des voitures jusque pas loin du belvédère que l'on atteignait à pied sans que l'effort n'épuise la malade, elle qui se sentait dépérir lentement mais sûrement sans le dire à personne ni jamais s'en plaindre.

Deux fois par semaine, elle visitait Mylène qui s'entêtait à vivre seule dans sa maison tragique. Deux fois par semaine, elle voyait Marie, sa fille, qui, après les grandes lumières de la belle saison, commençait à déprimer. Deux fois par semaine, elle recevait le petit Benjamin qui venait lui raconter ses dernières finesses et tous ses petits bonheurs d'enfant: les plus grands bonheurs du monde. Deux fois par semaine, elle se rendait au centre sportif avec son amie la plus chère à part Mariette: Hélène qui se sentait dépassée par son inimaginable vitalité et ses activités bourdonnantes, presque démentielles.

Et puis le quotidien. Les repas. L'épicerie. Le magasinage. On faisait ça le plus souvent à deux. Ce qui ne réduisait pas forcément le temps requis pour y voir.

Et parmi toutes ces choses, un étrange silence de New York. Comme si les experts de là-bas dans leur tour d'ivoire avaient été soufflés par les grands vents de septembre. Les deux chercheurs américains d'origine arabe ne donnaient plus ni signe de vie ni signe de mort.

La moindre préoccupation de Jocelyne en cette saison de toutes les couleurs avait pour objet Jouvence. Même qu'elle appréciait fort de se sentir autant d'énergie à dépenser, sans jamais connaître lassitude ou désabusement malgré parfois une grande fatigue physique de trop d'heures intenses entre une étoile et l'autre.

Un soir, au club sportif, son amie Hélène et elle se plongèrent dans une réflexion-souvenir sur les soirées de bible des années 80.

–C'était donc le bon temps ! s'exclama Jocelyne, le regard plus gris que vert en raison de l'éclairage et de sa pensée nostalgique.

–À qui le dis-tu !

–Les douze apôtres au féminin et le Seigneur Poirier en avant qui nous enseignait...

–Il avait réponse à toutes les questions.

–Mais lui, il disait qu'il avait question à toutes les réponses, tu te rappelles.

–Un bonhomme extraordinaire !

Jocelyne but une gorgée de son thé puis se réchauffa les deux mains, enveloppant sa tasse, le regard ayant l'air perdu, mais en fait plongé dans un passé vieux de presque vingt ans.

Ce qui ne l'empêchait pas d'échanger avec son amie et de

l'entraîner avec elle, –ou bien s'entraînaient-elles mutuellement ? dans ce temps de vie, la quarantaine, où la plupart des pièces du puzzle de sa vie s'ajustent les unes aux autres, et qu'il s'en établisse une vérité que l'on croit devoir durer longtemps, mais qu'a tôt fait d'interpeller la cinquantaine quand elle ne la dénie pas carrément.

C'était le temps des belles santés, du doute apprivoisé, des hésitations confortables et jugées nécessaires, des choix réfléchis même si parfois pénibles et c'était le temps des petits couronnements. Couronnement de ses efforts, des enfants grandissants, des sentiments éprouvés ou renouvelés. Un temps auquel Jocelyne, sans se rappeler l'avoir fait, s'était accrochée à un grand moment donné et avait ouvert la porte à Jouvence qui, depuis, gardait ses pénates dans sa maison. Un phénomène insaisissable qui avait pris ses aises, ses espaces, ses habitudes et qu'elle parvenait à oublier les soirs de grande pluie, mais qui regardait trop souvent sa vie avec ses gros yeux de poisson content de lui-même.

–J'sais pas si tu te souviens cette fois où le père Poirier nous a parlé de moyens mnémotechniques ? J'avais appris par coeur un paragraphe de Daniel...

–Nabuchodonosor ? Si je m'en rappelle...

Hélène éclata de rire.

–Dis-le donc !

–L'abus du dinosaure...

Les deux femmes eurent un autre rire, bruyant, franc, dont les voix s'emmêlèrent et se répandirent dans tout l'espace du restaurant-bar, leur valant l'attention de bien de gens, pour la plupart des inconnus heureusement.

–Et tu sais, je me souviens encore par coeur du passage que j'avais lu. C'est tout frais dans ma mémoire.

Restée souriante mais devenue un peu songeuse, Hélène dit:

–Tout reste frais dans ta mémoire, tandis que dans la mienne, le temps répand chaque jour un peu plus de ses poussières.

–Tu veux que je te lise le passage dans ma mémoire ?

–O.K!

–Il y a dans ton royaume un homme qui a en lui l'esprit des dieux saints; et du temps de ton père, on trouva chez lui des lumières, de l'intelligence, et une sagesse semblable à la sagesse des dieux. Aussi le roi... Nabu...

–Chodonosor...

–... l'a établi chef des magiciens, des astrologues, des devins, parce qu'on trouva chez lui, chez Daniel nommé par le roi Nabu...

–Chodonosor...

–... un esprit supérieur, de la science et de l'intelligence, la faculté d'interpréter les songes, d'expliquer les énigmes, et de résoudre les questions difficiles. Que Daniel soit donc appelé, et il donnera l'explication.

Jocelyne réfléchit un moment et posa sa tasse de thé.

–Je me demande si... cet esprit supérieur... ne serait pas quelqu'un que je connais. Je me demande si je n'ai pas retenu ce passage afin de m'en servir un jour... aujourd'hui, ce soir, pour reconnaître cet esprit supérieur... qui saurait répondre à mes questions sur... tout et sur moi-même ?

–Le hasard n'existe pas; rien n'arrive pour rien. Tout finit par trouver sa justification. Tu penses à quelqu'un en particulier ?

–Oui.

–Sûrement pas à Roland Poirier.

–Bien sûr que non, puisqu'il est décédé depuis... au moins cinq ans.

–Six, je crois.

–Non, je pense à quelqu'un d'autre.

–Comme ?

–Jacques L'Écuyer.

Hélène tressaillit. L'autre reprit:

–Il me semble que la clef de mon énigme à moi se trouve quelque part en lui. Je dis ça... par intuition...

–Et qu'est-ce que ton intuition te dit d'autre à son sujet ?

–Pourquoi me demandes-tu ça ?

Hélène souleva une épaule et sourit d'un seul côté du visage:

–Une question comme ça...

–Au bout du compte, quand est-ce que tu vas te décider d'aller le consulter. Il est vraiment bon, tu sais.

–Je devais toujours...

–Il t'aime bien. Tu te souviens quand on faisait des doubles au tennis ? Ça lui manque, le tennis, mais il ne peut plus en faire à cause de son emphysème. Je me demande comment il peut trouver son air quand il fait l'amour: il doit manquer de souffle pas à peu près.

–Tu crois, toi ?

–Les deux sont essoufflants, non ?

–Ça dépend comment le gars prend les choses.

–Bien sûr !... Et si on en revenait à nos cours de bible. Peut-être qu'à en parler, on trouvera une autre lumière ? C'est peut-être ça, la récompense d'en avoir suivi !

–Te souviens-tu de toutes les filles du groupe ?

–Comme d'hier...

–Rafraîchis ma mémoire, tu veux ?

–O.K!... Y avait Huguette Lavoie, tu te souviens. Un vrai sac d'os. Ça fait au moins dix ans que je n'ai pas eu de ses nouvelles. Elle savait tout ce qui se passait à Mont-Bleu. Les journalistes, plutôt de courir à gauche à droite leurs nouvelles, n'auraient eu qu'à se tenir en contact quotidien avec elle.

–Il y a des gens comme ça qui... On dirait que c'est les nouvelles qui les courent. S'il y a un accident, ils sont pas loin. Si un feu se déclare, l'odeur de la fumée va les chercher à des kilomètres de distance. Ils ont le nez...

–Et Dieu sait si elle l'avait, le nez. Et puis tu te souviens de la petite Thérèse Morel.

–Elle parlait pas souvent, mais quand elle faisait un commentaire, toute la classe éclatait de rire.

–Et Yvette... Pauvre Yvette, mourir si jeune. Elle avait à peine cinquante-six ans quand elle est partie...

–Un petit bout de femme pas mal extraordinaire !

–Je pense que c'est à son enterrement que le groupe de bible s'est réuni pour la dernière fois.

–Non, c'est plutôt à la mort de Roland.

–Te souviens-tu quand il nous parlait de la chanson de Roland et que nous autres, on savait pas trop ce qui le faisait rire quand on lui demandait de nous la chanter.

–Il l'a jamais chantée finalement. Il disait qu'il la chantait pas parce qu'il était pas assez bon dans... les gestes.

–Et la Claudette Ouellette qui lui disait: c'est pas une chanson de gestes qu'on veut entendre, c'est une chanson de mots.

Elles rirent et les souvenirs continuèrent de s'étaler sur la table pour leur plus grand plaisir.

Depuis quelque temps, Hélène évitait de se mesurer avec son amie au tennis; elle n'avait plus la force de courir autant et préférait s'en remettre à de la marche tranquille le soir pour ne pas perdre la forme. Et puis quelque chose semblait la tracasser. Jocelyne le sentait et lançait parfois des petits cailloux dans la mare afin que les rides à la surface de son âme lui disent quelque chose à travers celles de son visage. Il lui arrivait de penser que c'était leur différence d'âge apparente qui les éloignait, mais elle n'en était pas vraiment persuadée.

Pas tard ce soir-là, elles se séparèrent. Jocelyne retourna à la maison en s'interrogeant sur leur amitié qui tournait moins rond qu'auparavant. Si seulement Hélène voulait s'ouvrir un peu plus, comme naguère...

***

Chapitre 32

Albert dormait profondément quand Jocelyne quitta le fauteuil de ses réflexions pour gagner le lit conjugal. Elle ne parvint pas à s'endormir comme lui et entra plutôt dans une transe semi-hypnotique, un rêve entre le paradoxe et la somnolence qui la ramena quelques années plus tôt, au jour des funérailles de Roland Poirier, le second du groupe de bible à retrouver son Créateur après Yvette Leclerc, la femme-sourire qui avait dû faire ses bagages avant tous.

Au cimetière, on entoura la fosse et on chanta *Fais ta prière*, comme l'avait souhaité le défunt que d'aucuns avaient eu la chance de visiter sur son lit de mort.

Fais ta prière, cher Poirier.
Ça peut toujours servir.
Fais ta prière, cher Poirier,
Demain tu vas mourir.
Devant ton verre de rhum
Dans le matin blafard
Tâche au moins d'être un homme
Avant le grand départ.

Il avait fallu un personnage original comme ce vieux loup solitaire pour demander à des gens de chanter des mots pareils sur sa tombe. D'ailleurs, aucune famille ne l'avait accompagné à son dernier repos et pour tous assistants à ses funérailles, il n'y avait eu que ce groupe de bible au sein duquel s'était installée au cours des années une cohésion particulière. Et rare. À la dissolution du groupe, on s'était fait la promesse de se retrouver chaque fois que surviendrait à l'un ou l'autre un événement exceptionnel, ce qui en réalité voulait dire la mort ou une maladie mortelle. Voilà qu'on se revoyait pour la seconde fois en moins de temps qu'on ne l'aurait souhaité, mais l'esprit du mort rendait son enterrement joyeux. Les onze femmes se prirent par le bras pour recommencer le chant dont les mots tombaient sur le couvercle du cercueil pour y danser comme des grains de sable.

Il se passa alors en Jocelyne un curieux phénomène qu'elle oublia l'heure d'après, mais dont le souvenir vague, emmagasiné dans son inconscient, reparut dans sa mémoire semi-consciente de cette nuit, tant d'années plus tard. La troisième fois que le chant dont on ne savait qu'un seul couplet et le court refrain fut lancé sur le cercueil avec de la terre en poignées, elle cessa de chanter et resta bouche bée quand il lui apparut que le visage du défunt prenait forme dans la terre jetée et que chaque nouvelle poignée construisait l'image plutôt de la détruire comme il aurait dû se passer.

–Vous avez vu, les filles ?

Mais les filles chantaient, restaient soudées d'une main et se servaient de l'autre, chacune à son tour, pour jeter encore de la terre sur le vieux Poirier endormi. Jocelyne avait dû crier pour obtenir l'attention:

–Hey, regardez, regardez là...

Ce qu'elles firent. Puis leurs yeux se tournèrent tous vers elle afin de savoir pourquoi elle disait cela. Elle plongea de nouveau son regard dans la fosse. Mais l'image avait disparu.

–J'ai dû rêver. Il y avait une forme assez bizarre...

Quand elle eut dit à quel point la silhouette était ressemblante, Thérèse Morel se lança dans un récit à propos d'une petite secte qui se livrait à des orgies et saignait des porcs afin que le sang coule sur les corps nus en train de forniquer. Le rituel avait lieu au pied d'un grand chêne dans une propriété perdue. Un jour qu'on avait dû couper l'arbre, on avait pu apercevoir dans le dessin des couches de bois rien de moins qu'une face de porc.

À ce moment, Jocelyne, par association d'idées, songea à son arbre là-bas dans la montagne, qui avait commencé de lui parler en une époque où elle se croyait cinglée de prétendre communiquer ainsi avec le monde végétal.

Et alors, plutôt de reprendre le chant avec les autres –le vieux Poirier dans son humour macabre avait demandé qu'on le reprît onze fois et qu'on fasse silence ensuite pendant deux minutes, une pour chaque disparu du groupe, soit Yvette Leclerc et lui-même– elle se mit à répéter le nom de son arbre du mont Bleu. Sa voisine immédiate, Hélène Lachance, entendit qu'elle n'avait pas les paroles, se tut elle-même et porta attention pour saisir le mot Aubelle. Ça lui donna l'envie de dire la même chose afin de former un second choeur à travers les voix du choeur des neuf autres qui continuaient de chanter *Fais ta prière*. La suivante, Lucie Fortin, entendit à son tour et changea de choeur aussi. Par effet d'entraînement, toutes bientôt répétaient ensemble:

–Aubelle, Aubelle, Aubelle.

Mais le voeu de Poirier avait tout de même été exaucé et la dernière qui, laissée seule, chanta *Fais ta prière* le faisait donc pour la onzième fois. C'était Huguette Lavoie qui demanda alors silence et l'obtint.

–Il nous a demandé ensuite deux minutes de silence.

Et elle consulta sa montre.

Il vint alors à l'esprit de Jocelyne qu'elle aurait pu soulever la terre tant elle se sentait forte. Le vieux renard de Poirier avait dit un jour et avec une emphase telle que toutes les filles du groupe s'en rappelaient:

–Après ma mort, je reviendrai vous visiter toutes, et

d'une manière inattendue de vous. Et je vous rendrai plus fortes et plus vivantes.

La femme de soixante-quatre ans émergea de sa somnolence et le son de la voix de Poirier s'éloigna comme en écho sans que les mots ne s'effacent. Elle se glissa hors du lit et retourna prendre place dans le fauteuil du salon, en un clair-obscur qui favorisait l'introspection. La chaude couverture duveteuse qu'avant d'aller au lit, elle avait pliée et laissée par terre entre le meuble de la chaîne stéréo et le la-z-boy devait s'y trouver encore et elle tâtonna pour la reprendre. Mais c'est une boule de poils qui lui tomba sous la main et Neige, réveillée, miaula. (Le chat avait été ramené quelques mois auparavant par Danielle et François)

–C'est toi ? Je vais devoir te déranger. Mais tu pourras venir avec moi si tu veux...

Elle tira sur la couverte et la chatte miaula de nouveau sa contrariété. La femme se recouvrit et s'enroba de douceur. Mais Neige n'avait pas dit son dernier miaulement. Combinant ses sens de l'odorat, de la vue et du toucher, elle trouva une porte d'entrée et se faufila entre la couverture et le corps de la femme, et se rendit jusqu'à son ventre où elle se coucha en boule.

–Ouais, j'sais pas si je vais pouvoir te garder sur moi, toi, là: t'es pas mal pesante malgré tes airs de nuage, tu sais ça.

La femme ferma les yeux et imagina le tic-tac d'une horloge, ce qui lui servirait d'entrée dans un état d'hypnose légère. Son esprit se mit à vagabonder. Et s'envola au royaume des morts en passant tout d'abord par un territoire qui lui servait de 'no man's land' où pourtant elle put apercevoir le corps astral de son amie Mariette qui semblait y attendre son corps mental et son corps causal.

Parce qu'elle voulait les voir tous en même temps et les entendre, il lui fut donné d'assister à une réunion autour d'une même table des grands disparus de sa vie et d'autres. À une extrémité se trouvait son père et à l'autre sa mère. Et Liliane à la droite de leur père. Et Poirier sur le côté droit.

Et Yvette Leclerc en face de lui. Et ses frères et soeurs décédés: Jean, Fernand, Victoria, Gisèle. Neuf en tout... Non, plus que neuf. Qui étaient ces autres-là ? Il n'est pas aisé de reconnaître une âme moins familière. Il y avait quatre entités de plus que celles déjà repérées et reconnues. L'une était entourée des apparences éthérées d'une religieuse, l'autre d'une paysanne. Dès lors, elle sut. C'était Thérèse de Lisieux, si belle et brillante. Et c'était Bernadette Soubirous qui regardait les uns et les autres sans jamais intervenir. Deux restaient qui ne révélaient pas leur identité par des signes ou des nuances. Petit à petit les indices s'ajoutèrent les uns aux autres et elle finit par trouver en ces personnages Albert et elle-même issus de leur vie antérieure en ce camp nazi où ils avaient trouvé le même jour ce que son inconscient percevait comme une 'mort amoureuse nécessaire'.

Treize à table. Comme les soirs de fête au temps des cours de bible. Mais pas les mêmes à l'exception de deux. Et pour cause puisqu'il s'agissait d'un banquet de fantômes. Parce que son état hypnotique demeurait superficiel en raison de la présence de Neige sur son sein, l'esprit de Jocelyne ne put entrer en contact avec aucune de ces entités, pas même la sienne propre. Toutefois, des passages de livres et des morceaux d'enseignement de Jacques lui revinrent en mémoire pour faire travailler sa réflexion libre, tandis que son inconscient restait branché sur l'image des êtres attablés dans l'au-delà.

"La mort n'est que le passage d'un mode de vie à un autre plus subtil. À part le corps physique, l'individu reste le même avec la différence qu'il ne peut plus communiquer normalement avec son entourage."

C'est un être semblable que Jésus avait dû laisser voir à ses disciples après sa mort et sa résurrection...

"Il n'y a plus pour lui ni douleur, ni peur, ni froid, ni faim. Le corps physique n'est plus là, ni en état de satisfaire ses désirs."

Parce qu'elle symbolisait le doute par son rapprochement d'identité avec l'apôtre Thomas dès sa première présence au cours de bible, l'animateur Poirier avait fait de Jocelyne sa préférée du groupe. Il le cachait mal. On ne lui en tenait pas rigueur. Aucune ne jalousait cette femme si spontanée et bon enfant, parfois si naïve et confiante qu'elle pouvait croire une chose et son contraire dans la même demi-heure.

"Les disparus nous voient-ils ? Ils perçoivent notre corps astral, nos sentiments, nos émotions et nos pensées, mais ils n'entendent pas nos paroles."

N'est-ce pas cette forme de communication qui s'est établie entre Aubelle et elle ?

Comme dans un rêve, la logique se voyait trouée comme un fromage de Gruyère. Les liens entre ces rappels livresques et les pensées de la femme en état sophronique léger eussent apparu fort incongrus à l'observateur en plein état de conscience et alimenté par ses grands regards rationnels.

"Après la mort, l'individu va connaître de manière absolue le résultat de sa vie sur la terre. Si la personne pendant sa vie physique a cédé à des passions négatives diverses, après sa mort, son désir libéré de l'entrave du corps physique disparu, sera plus violent que jamais et il lui faudra longtemps pour s'en libérer."

C'est au purgatoire que s'effacera la peine due au péché...

"Par contre, celui qui saura dominer au cours de sa vie terrestre ses désirs de niveau inférieur, ne sera pas tourmenté par eux après sa mort. Plus un personnage vivra vieux et plus son évolution normale en général sera positive, moins de temps il restera dans l'astral."

Jouvence est-il le signe de la fin des réincarnations pour celle qui en est touchée ?

"Peut-on communiquer avec les disparus ? La seule voie normale est de penser fortement avant de s'endormir à la personne décédée que l'on désire retrouver pour quelque chose de vraiment important."

–Jocelyne, Jocelyne, dors-tu ?

L'image du banquet des disparus s'estompa. La présence de Neige sur elle recommença à se faire sentir. La femme émergea de son état hypnotique et ouvrit les yeux. La première image qui lui apparut était réconfortante: Albert la regardait dans la pénombre et lui souriait.

–Tu viens pas te coucher avec moi ?

–Je... je l'étais, mais j'ai eu besoin de me sentir seule un moment.

–Comme à Lourdes.

–Comme à Lourdes.

–Et... tu pensais à quoi ?

–J'étais dans un autre monde... celui des esprits.

–Il s'y passait quoi ?

–Rien.

–Rien ?

–J'ai fait de l'auto-hypnose, mais je n'avais pas atteint un état assez profond, je pense. Tout était vague, imprécis. J'ai vu des entités attablées... Tous les morts de ma famille. Et d'autres. C'est drôle que tu me parles de Lourdes, parce que la petite Bernadette se trouvait parmi eux.

–Au fond, tout ça est une seule et même personne: ton esprit à toi. Le bloc de ton être et de toutes ses expériences...

–Et de ses vies passées sans doute aussi. Enfin...

Il l'interrompit:

–Tu veux me dire ce que tu as sur le ventre ?

Elle s'écria, joyeuse:

–Mais c'est Neige ! Elle cherchait de la chaleur.

–Moi aussi, j'en veux.

–Je te rejoins...

Elle bougea, dégagea l'animal de la couverture:

–Je vais la déranger encore; elle va m'en vouloir.

Neige miaula encore et sauta sur la moquette pour vivement disparaître et se réfugier dans un coin calme, d'abord que la paix se faisait si rare dans ce salon...

Jocelyne passa devant. Il lui dit en la regardant marcher:

–Peut-être que tu as été une sorte de félin, toi, dans une

autre vie ?

Elle s'arrêta:

–Tu veux que je te montre au lit ?

–Je... ne détesterais pas ça cette nuit...

***

Chapitre 33

Au tournant de décembre, le déclin de Mariette s'accentua gravement. Ni la médecine traditionnelle, ni les médecines douces, pas plus que l'hypnothérapie ou l'eau de Lourdes de même que les prières de soeur Thérèse et de Jocelyne à sainte Thérèse n'étaient plus d'un grand secours quant au pénible état de santé de son corps physique. On en vint à lui parler de la nécessité d'une autre greffe de la moelle épinière. Elle refusa carrément. Son époux ne parvint pas à la convaincre au nom de leur union, au nom des enfants et pas même au nom de la vie. En désespoir de cause, il demanda à Jocelyne d'essayer à son tour de l'amener à tenter cet effort ultime. Il y avait donneur. Il y avait de vingt à trente pour cent de chances de réussite...

–Pour me voir dire la même chose dans deux ou trois mois ? Non, Jocelyne, non.

–Mais tu as un donneur pour la greffe et des chances de survie...

–Je ne suis pas une femme vampire qui va tout le temps prolonger sa vie à même la vie des autres.

–Mais c'est ça, l'existence, ma petite Marie ! Le foetus vampirise sa mère. Le bébé tète sa vie du sein de sa génitrice. On mange la chair des bêtes. On boit leur lait. On utilise leur laine. Et entre nous, —on s'est déjà parlé de vampirisation et j'ai voulu te transférer de moi—... entre nous, humains, on se donne de l'énergie les uns les autres. On reçoit et on donne. Tu as vu le film *Payez au suivant* ? C'est ça, la vie. Tu as donné de toi à ton mari, à tes enfants, à tes clients en massothérapie et eux t'ont donné en retour. Et s'ils ne t'ont pas payée de retour, ils paieront aux suivants...

—Je sais tout ça...

—Je sais que tu le sais.

La malade avait retrouvé la même chambre à un seul lit que lors de son dernier séjour. Un hasard, avait-on dit. Mais aussi, c'est que ses assurances payaient le gros prix. André y avait réinstallé une petite chaîne audio et la fenêtre laissait entrer le jour une vue imprenable sur le mont Bleu quand les rideaux étaient ouverts.

La visiteuse avait pris place au bord du lit et touchait la main de son amie afin de lui transmettre de sa foi en la vie par delà ses propres pensées positives sur la mort.

—Suis 'tannée' de me battre.

—La mort, oui, si tu veux, mais en son temps.

—Son temps est venu.

C'était le vingt décembre, fin d'après-midi et il neigeait. Des flocons frivoles bercés par le vent venu tournoyer autour de la montagne. Noël que la brièveté des jours annonçait ainsi que la ville qui s'illuminerait bientôt de rouge, de vert, de jaune et de bleu, n'avait jusque là accroché aucune décoration dans le coeur de Mariette. Son visage exhalait des ondes terminales. Ses yeux parlaient au passé. Sa voix déjà était lointaine, comme venue d'un autre monde où les vivants bien portants n'ont aucun accès, pas même par l'imagination.

—Faut que tu te décides aujourd'hui, au plus tard demain. Sinon...

—Sinon je suis dans ma tombe à Noël... et je vais chanter les louanges du Seigneur directement dans son paradis.

La morphine la soutenait quelque peu et lui permettait de livrer des phrases complètes comme du temps de sa santé la meilleure. D'ailleurs, elle avait le contrôle de la drogue au doigt en pesant sur le bouton du tube de soluté quand la douleur devenait plus qu'insupportable.

Son cancer faisait en sorte qu'il lui coulait du sang par tous les orifices. Ses os étaient devenus friables et cassaient au moindre coup. Presque plus moyen de la toucher, de la tourner dans son lit. Et l'orbite oculaire paraissait grugée par le mal. Quand elle ouvrait la bouche, l'observateur pouvait apercevoir ce qui avait l'air d'une pièce de viande crue.

Ces dernières semaines, Jocelyne était venue tous les jours. Elles avaient parlé de Dieu, de la vie, de musique. Avaient écouté de la musique. Avaient pratiqué l'auto-hypnose sans se faire d'illusions, car à part la greffe ou un miracle, plus rien, on le savait, ne sauverait la malade.

La visiteuse l'avait souventes fois aidée à se rendre aux toilettes quand cela était encore possible, lui avait massé les pieds, les chevilles, les jambes pour en chasser la sensation de froid, avait aidé à la laver. Mais toutes les visites, si réconfortantes pour Mariette, l'avaient laissée sur une contrariété que son état empirait: ne pas pouvoir voir le visage de Jocelyne à cause du masque obligatoire qu'il lui fallait porter pour éviter la contamination de la malade par un virus, une bactérie autrement bénins pour les gens en santé.

–J'ai une faveur... à te demander.

–Tout ce que tu veux, tu le sais bien...

–Enlève ton masque.

–Tu es folle: tu vas attraper la mort.

–J'ai déjà la mort.

–Mais...

–Tu as promis...

–On va me jeter dehors et je ne pourrai plus venir te voir.

–Je te jure que non.

–S'il fallait...

–L'infirmière va comprendre de gré... et le docteur de force.

–Si tu penses... Mais j'aurais de la peine comme c'est pas possible de ne plus pouvoir venir.

Mariette hocha un peu la tête dans son oreiller et parvint à esquisser un sourire:

–De toute façon, il ne me reste plus... que quelques jours... Je le sais... Tu le sais... La médecine le sait... André le sait aussi.

–Si j'enlève mon masque, c'est comme... si je participais à ta condamnation.

–C'est ton soutien pour mon acceptation de la mort. Je t'en prie, ôte-le, ma grande, ôte-le.

L'autre porta sa main droite derrière sa tête et dénoua les cordons. Et quand le masque de tissu vert fut retiré, leurs regards se rencontrèrent, ceux de Jocelyne brillant comme des étoiles et ceux, éteints, de Mariette émettant des lueurs sombres inaccessibles aux gens de ce monde fini. Et ils se comprirent entièrement. Chacune savait maintenant que plus rien ni personne ne retiendrait la malade à la vie.

–Joyce, va voir Aubelle et dis-lui pour moi que je l'aime aussi, peut-être autant que toi... à cause de toi qui me l'as fait aimer. Je pourrai communiquer directement avec elle bientôt. Et par elle, je pourrai peut-être communiquer avec toi.

–Mais elle dort sous la neige.

–Je suis sûre que tu pourras la réveiller pour un moment comme tu l'as déjà fait avec une chanson.

–Je vais le faire demain. Même si je dois utiliser une mo-toneige. Je vais y aller demain...

–Et maintenant, ôte tes gants et viens me prendre les mains.

Jocelyne cette fois n'hésita pas. Le pacte entre elles était signé et elle ne posait plus d'objections.

–Dans trois jours, je serai partie et je veux que ton Noël soit beau malgré cela... Tu te souviens quand je t'ai parlé de toi et André... C'est vrai, je voulais faire l'amour avec toi... sans le faire, parce que mon orientation est différente... mais j'aurais voulu une sorte de fusion avec toi... Et je savais que

346

cela était possible par André... surtout qu'il avait un intérêt physique assez vif pour toi... Personne de nous trois n'aurait été lésé, bien au contraire. Mais je n'ai pas insisté à cause de ton mari...

–Mais nous l'avons eue, la fusion, et bien plus d'une fois. Par l'hypnothérapie. Par l'eau de Lourdes. Par mes visites. Par Aubelle sur la montagne.

–Par le frère Gervais en douzième année...

–Oui, oui, c'est vrai, tiens.

Il y eut une pause. Jocelyne regardait leurs mains unies. La malade gardait les yeux fermés pour avoir moins mal et mieux penser.

–Je veux te dire une chose que je ne t'ai jamais dite...

–Dis, ma petite Marie.

–Je t'aime.

–Tu me l'as dite cent fois, cette chose-là. Elle était écrite dans toutes nos relations depuis le couvent et malgré nos longues séparations.

–Je sais. Et c'est pourquoi je n'avais pas à te le dire avec des mots.

Elles restèrent longuement sans rien dire. Mais le temps vint les séparer comme il sépare tout...

*

Quand elle raconta sa visite à Albert, l'homme dit:

–Oublie le casino pour ce soir.

–Non, je dois continuer de vivre.

–Simple respect pour elle.

–Ce ne serait pas lui manquer de respect.

–Aller s'amuser tandis que...

–C'est certain: c'est comme... comme indécent. Mais elle m'a fait promettre d'avoir un beau Noël.

–Tu l'auras. Mais le casino...

–D'accord !

–Et demain, tu si tu le veux, on ira tous les deux en motoneige sur la montagne. Tu resteras au rocher et moi, je continuerai au belvédère. Je vais te laisser seule comme à Lourdes.

–T'es un amour !

–Y a beaucoup de maris qui aimeraient, à mon âge, se faire dire ça... surtout par une femme qui a plus de vingt ans de moins...

–Bon, bon, bon... bon, bon, bon...

–Je plaisante.

–Je sais et ça ne me dérange pas trop de ce temps-là.

*

Comme prévu, le jour suivant, par un avant-midi glacial, le couple se rendit en motoneige sur la montagne par le sentier du grand rocher. Là, Jocelyne descendit et dégagea la roche plate pour s'y asseoir. Et Albert poursuivit sa route vers le sommet.

Elle appela Aubelle et lui chanta de nouveau *Roule s'enroule*. La couche de neige protégeant douillettement le sol avait fait en sorte que l'esprit du végétal soit endormi plus près de la surface et la plante ne fut pas longue à se manifester de sa petite voix plus flûtée encore que d'habitude et ensommeillée:

–Mais ce n'est pas le printemps !

–Ce n'est même pas Noël.

–Qu'est-ce que tu fais ici ? Tu es venue pour mon cadeau.

–Je te le donnerai l'an prochain... pas cette année encore.

–Ah, le temps est facile pour moi. Pour le règne animal, il est dur, je sais.

–Et pour mon amie Mariette, si tu savais.

–Elle va mourir ?

–Comment le sais-tu ?

–Ta voix le dit.

–C'est elle qui m'envoie vers toi.

–Ah bon ?

–Elle m'a dit de venir te dire quelque chose.

–Et qu'est-ce que c'est ?

–Elle m'a dit... qu'elle t'aime beaucoup.

–Et moi donc !

–Et qu'elle va communiquer avec toi bientôt.

–Bientôt ?

–Quand elle sera partie... dans quelques jours.

–Si son coeur le désire, elle le pourra, c'est certain.

–Elle m'a dit aussi qu'elle va communiquer avec moi... à travers toi.

–Merveilleux !

La suite fut brève. On se salua au printemps ! Et la femme repartit à pied, sur la piste battue, pour rejoindre son mari. Cette visite lui faisait un bien incroyable. L'air de la montagne l'exaltait. Le tapis de la ville en bas exhalait des colonnes de fumée paraissant immobile dans l'air vif. Oui, ce serait un beau Noël malgré tout.

*

Dans la chambre d'hôpital, cet après-midi-là, les deux amies parlèrent pour la dernière fois.

–J'ai annoncé ma décision à André: pas de greffe. De toute façon, il serait bien trop tard. Mais lui continuait d'espérer.

–Comment a-t-il réagi ?

–Il respecte ma volonté. Ma souffrance le fait bien plus souffrir que ma mort ne le fera et je le comprends.

–Tout être humain qui a un peu de coeur et qui n'est pas endoctriné par des philosophies tordues ne prend pas la vie comme un absolu et voit la mort comme une renaissance, surtout quand une personne est malade comme tu l'es.

–Je suis contente de lui.

La visiteuse ne portait ni masque ni gants. L'infirmière pencha la tête et fit un geste d'acceptation de la main.

–Est-ce que tu lui as dit que tu l'aimes ?

–Il le sait. C'est une chose acquise.

–Dis-lui quand même.

–Je le ferai.

Par la suite, Mariette cessa de parler d'elle-même et des siens et, après avoir entendu le récit de son amie quant à sa visite à Aubelle, elle lui posa plusieurs questions sur les siens, sur Albert, Marie, François, Mylène. Et sur les leurs. Et sur Liliane. Et sur la famille d'origine de Jocelyne.

–Je vois que ton père était un homme extraordinaire.

–Oui... et je le rechercherai toute ma vie à travers les hommes qui croisent mon chemin. Quand j'ai devant moi un homme fort, calme, posé, intelligent, généreux, je redeviens petite fille et sans mon amour pour Albert, je me réfugierais dans ses bras. C'est drôle, tu ne trouves pas ?

–Ce n'est pas drôle, mais... c'est beau.

–Tu trouves ?

–Hum hum...

Il y eut une longue pause. Assise sur un banc proche du lit, la visiteuse se mit à pleurer. La malade lui dit:

–Enveloppe ma main et continue de pleurer... Ça te fait du bien et à moi aussi...

–Comment est ton... bonheur ?

–Très grand, bien au-dessus du mal. Je suis prête... oui, je suis prête...

–Alors... envole-toi, envole-toi...

Mariette sourit faiblement. Jocelyne éclata en sanglots. La porte s'ouvrit. André entra...

*

–Qu'est-ce qu'elle t'a dit la dernière fois, si tu peux me le redire ? demanda l'homme assis le premier sur la rangée de chaises à la gauche du cercueil.

Venue dire un adieu ultime à son amie, Jocelyne avait pris place pour un moment près du veuf angoissé.

–Qu'elle était prête.

–Et...

–Et... qu'elle était heureuse.

Il soupira longuement:

–Je ne sais pas pourquoi, mais elle ne m'a pas dit qu'elle m'aimait. J'aurais voulu...

–Elle me l'a dit à moi.

–Qu'elle t'aimait ?

La femme pencha la tête:

–Bien... oui, ça aussi...

–Elle ne me l'a pas dit à moi...

–Mais elle m'a dit qu'elle t'aimait... Et puis le fait de ne pas te le dire le DIT cent fois plus fort. C'était une chose acquise, évidente, grande comme la montagne. Elle t'a toujours aimé.

–Malgré mes faiblesses...

–Qui n'en a pas, de faiblesses, mon grand ? La vie n'est pas un long fleuve tranquille sans jamais de crues des eaux, sans aucune tempête, sans rien qui ne vienne la secouer. Mais regarde l'image que je vois. Elle là, dans sa tombe, emportant avec elle votre amour, et toi là, avec les sentiments qui t'animent: il n'y a rien de plus grand en cette vie terrestre, rien de plus grand. Vos chemins se séparent, mais vous êtes unis pour l'éternité.

–Ce sont les mots qu'il me fallait aujourd'hui.

–C'est elle qui me les a mis en bouche. C'est elle, cette petite... généreuse...

–Albert est venu ?

–Il est là, il va venir.

–Noël noir cette année pour nous tous.

–Et Noël blanc aussi.

Il pencha la tête.

Elle reprit:

–Dans quelque temps, quand tu auras traversé deux ou trois semaines dans ton deuil, je te parlerai... de mon arbre de la montagne si tu le veux.

–Oui... et si tu l'oublies, je t'y ferai penser.

–C'est ça: tu m'y feras penser.

Albert vint serrer la main des membres de la famille. Le ton changea. Le deuil reprit son cours...

***

Chapitre 34

Depuis ses débuts, janvier pleurait ses regrets d'hivers perdus. Toute blancheur avait déserté Mont-Bleu. La température qui s'entêtait à valser au-dessus de zéro assommait les amateurs de sports d'hiver et plus encore les commerçants qui leur vendent de l'équipement sportif. Et le soleil se contentait de rares clins d'oeil à la terre dégarnie.

Malgré cela, pas plus la montagne que la Floride n'appelaient vraiment cette femme au métabolisme figé dans le temps. Jocelyne Larivière continuait d'avoir beaucoup à faire malgré la disparition de Mariette et l'hibernation d'Aubelle. Au fond d'elle-même était ancrée depuis toujours cette prédisposition à aider son semblable en commençant par ses proches dont le sort la préoccupait sans cesse. Elle surveillait les signes d'inconfort, d'anxiété voire d'angoisse ou de détresse chez eux, et cela, de manière bien plus vive depuis la mort de sa grande soeur Liliane dont elle n'avait pas évalué justement l'état d'âme avant que le pire ne survienne pour elle alors.

Quatre personnes étaient de ce temps-là dans son collimateur pour la bonne cause: son amie Hélène sans qu'elle ne sache pour quelles raisons, sa fille Marie que le manque de lumière hivernal affectait en plus d'un surplus de poids servant de justificatif à son état dépressif, sa fille Mylène dont la solitude pesait autant à la mère qu'à la jeune femme, et André Lussier qui multipliait les occasions de s'approcher d'elle, tandis qu'elle croyait devoir le repousser pour qu'il poursuive sa vie autrement avec une personne disponible pour lui et capable de se définir d'une façon qui soit en harmonie avec sa définition à lui.

Il restait moins de place en ses pensées pour son mari, pour son cher petit Benjamin et pour ceux parmi ses proches qui semblaient composer plutôt heureusement avec la vie. Y compris avec Neige que l'hiver n'intéressait aucunement.

Le don de Jouvence la rendait plus encline à tendre la main à ceux de son entourage qui en avaient besoin. Quelque chose lui disait que ce bienfait de la nature devait être mis au profit de ceux pour qui la nature et la vie étaient un peu plus dures qu'envers les autres.

Au cours d'une rencontre au restaurant, elle mit les cartes sur table avec André, ce qui était sa manière à elle de lui rendre service. Certes, elle et Albert continueraient d'aider le veuf à traverser les premières semaines. On l'avait emmené au casino à deux reprises, on l'invitait à la maison, au resto le plus souvent possible, on conversait avec lui au téléphone, mais Jocelyne voulait que toute relation avec cet homme qui la gênait quelque part, demeure à trois. Il avait cherché à s'isoler avec elle et en les courtes absences d'Albert lors de leurs sorties publiques, il n'avait cessé de livrer des messages à la femme.

—Je comprends ta solitude, mon ami, mais je ne peux pas la soulager autrement que de la manière que nous le faisons, Albert et moi.

—Tu es trop fidèle; même Albert comprendrait que tu le sois un peu moins.

—Ce n'est pas Albert, le problème, c'est moi. Je serais mal à mon aise dans une... histoire avec un autre.

—Mais... au fond, tu en as eu une avec... Mariette...

—Quand même... ce n'est pas tout à fait dans les mêmes eaux !

–C'est moins différent que tu penses. Ou alors, pourquoi on ne vivrait pas, toi et moi, ce que toi et Mariette avez vécu ensemble ? Je ne demande pas de coucher avec toi.

–Entre un homme et une femme, on en vient toujours là.

–Pas entre gens de notre âge. Vingt ans, ça fait pas mal de temps que c'est passé.

–Dans une nouvelle relation homme-femme, on revient à vingt ans, c'est couru. Même si on dépasse la soixantaine comme nous deux.

–Nous deux ? Faut le dire vite...

Il la détailla du regard.

–Encore cette histoire de Jouvence ! J'ai cru un temps que ça me séparait petit à petit des miens... je le crois encore, sauf que ça comprend des aspects avantageux... Sans Jouvence, je ne serais probablement pas ici, avec toi, ce midi.

Ils étaient assis près d'une vitrine donnant sur le stationnement du principal centre d'achats de Mont-Bleu dans une grande salle à manger commune à quatre kiosques à nourriture rapide. La rumeur générale et l'anonymat les mettaient à l'abri des indiscrétions des tables voisines toutes à elles-mêmes comme la leur.

–Est-ce que... tu considères que c'est un avantage ?

–Que d'être avec toi ici ?

–Oui.

–Certainement !

–Tu le fais pour... Mariette ou pour toi-même... ou pour moi ?

–Pour tous les trois et pour Albert aussi.

Il cligna de l'oeil:

–Pour l'humanité quoi !

–Sois pas ironique, André !

Il se mit à rire:

–Je te taquine, tu sais bien.

Puis il se tourna vers la vitrine:

355

–Non, mais quel hiver cet hiver ! La nature limone, hésite, taponne...

Il parut alors à Jocelyne que l'homme émergeait de son chagrin profond. Il avait les ressources pour continuer à le faire et c'est en regardant tout autour la vie qui éclate malgré ses inconvénients et grâce à eux qu'il le ferait. Le moment était venu pour elle d'agir:

–Albert t'a dit qu'on part pour la Floride ?

–Encore une fois ?

–Comment ça ?

–Chaque fois que tu veux élever une barrière entre nous deux, tu pars pour la Floride...

–Come on ! Où vas-tu chercher une idée pareille ?

–Il y a vingt ans...

–C'était pas à cause de toi.

–Hélas !

–Et puis, on part pas définitivement. Trois semaines...

–J'irais bien aussi.

Elle grimaça un peu:

–C'est du temps qu'on veut se donner rien qu'à nous deux, Albert et moi.

–Bien sûr ! Je plaisante, Jocelyne. Tu me connais...

–Et c'est important que tu le fasses. Ça me réconforte et Albert aussi de voir que tu t'en sors.

–On s'en sort toujours. Plus vite on enterre le passé, plus vite il en pousse des fleurs. Des fleurs qui vous font connaître de nouveaux parfums !

–Oh, oh... le poète...

–Sort sa lyre ?

Et il éclata d'un rire qui leur valut des oeillades étonnées et même pour certaines, contrariées.

Jocelyne regarda dehors à son tour. Elle profita de la pause pour conclure l'épisode en sa tête. Le chemin de cet homme devait maintenant bifurquer vers son propre destin.

Elle trouva ensuite les mots pour que cela arrive...

*

Ce même après-midi, elle se rendit chez Mylène en dehors de la ville. La jeune femme avait pris un congé et filait, semblait-il, un mauvais coton. Elles se dirent tout d'abord des banalités puis, installées au salon devant un thé et des biscuits secs, parlèrent de choses plus sérieuses.

–Il n'est peut-être pas bon pour toi que tu restes ici, dans cette maison.

–On a parlé de cela dix fois plutôt qu'une, maman. Je suis bien ici.

–Tu n'avais pas l'air d'aller au téléphone hier.

–Peut-être, mais ça n'a rien à voir avec la maison.

–Qui sait !?

–L'esprit de tante Liliane n'est pas ici. Et s'il y était, ce ne serait pas pour me nuire, tu sais bien.

–Évidemment ! Bien entendu... mais c'est peut-être la maison, le lieu qui a fait du mal à ta tante et aux personnes qui habitent ici.

–J'ai passé beaucoup de bons moments ici, bien plus que de mauvais, maman. Et puis c'est toi qui as voulu la garder après la mort de tante Liliane.

–J'avoue. Mais faut dire aussi que personne ne voulait l'acheter et que finalement, c'est la compagnie de ton père qui l'a reprise pour la rénover.

–Tout ça est du déjà dit, maman. On n'en parle plus. Je suis majeure et vaccinée et quand j'aurai le goût de déménager, je le ferai.

–C'est une façon de me dire de me mêler de mes affaires.

Mylène sourit faiblement et prit une gorgée de thé.

–Maman, tu t'inquiètes bien trop pour les autres. Je me sens seule, c'est vrai, j'ai des petits tracas à mon travail et c'est tout. C'est le quotidien de bien du monde. J'ai pris une journée pour recharger mes batteries.

–Une mère sent les choses bien plus que tu ne le penses.

–Une mère dramatise aussi les choses moins agréables qui arrivent dans la vie de ses enfants.

–Bon...

–Maman... viens donc passer quelques jours avec moi. Papa pourrait venir aussi. Et tu l'exorciseras, la maison, si tu penses que...

Ce qui avait l'air d'une boutade prit une allure insolite le jour d'après. La jeune femme appela sa mère et paraissait bouleversée. C'était samedi et elle s'était levée tard pour se rendre compte d'un phénomène pour le moins étonnant survenu au cours de la nuit dans la maison.

–Mais que se passe-t-il, My ?

–Les meubles... Ils ont bougé cette nuit.

–Qu'est-ce que tu me racontes là ?

–Je te le jure, maman. Le réfrigérateur est déplacé d'au moins trois pieds et c'est pareil pour la table de la cuisine. Je deviens peut-être folle. Ou bien je suis somnambule et je les ai déplacés au cours de mon sommeil.

–Personne n'est allé chez toi ? Tu n'as pas fait la fête avec quelqu'un ?

–Tu es la dernière à être venue et la porte est encore fermée à clef. Ou bien c'est les anges ou... c'est le diable...

Albert était parti pour la journée à l'extérieur avec un de ses amis. L'état mental de sa fille incita Jocelyne à agir sans attendre son retour et elle appela Jacques à l'aide. Ils se donnèrent rendez-vous là-bas et y furent à quelques minutes d'intervalle. Et purent même se parler dans la cour avant d'entrer.

–Je n'ai pas trop compris, dit-il tout en regardant vers la maison et ses environs par-dessus les épaules de la femme.

–Elle dit que les meubles de la maison se déplacent tout seuls. J'ai tout de même pas envie de la faire soigner pour ça, là. C'est pas une folle. Elle a jamais été déséquilibrée, la Mylène. Je dirais même que c'est la plus solide de mes trois enfants. Mais... peut-être que par hypnose, tu pourrais trouver ce qu'elle a fait cette nuit sans le savoir.

—C'est probablement l'explication.

—Quoi donc ?

—Le somnambulisme.

—Et les esprits ?

—S'ils existent et s'ils peuvent entrer en contact avec le monde matériel, pourquoi d'une manière aussi simpliste que celle de déplacer les meubles de la maison ?

Ce jour-là encore, il faisait un temps très doux et on annonçait de la pluie dans les heures prochaines. Jacques regarda le ciel puis la colline derrière la maison et il suivit Jocelyne à l'intérieur. Il leur fallut bien se rendre à l'évidence: ce que Mylène avait dit à propos des meubles était véridique. Et il paraissait à Jacques que la jeune femme, à moins de le faire à l'état de veille, n'aurait pas pu dans son sommeil déplacer ainsi le réfrigérateur. Et en examinant de près, on se rendit compte que la cuisinière aussi était sortie de son emplacement, ce dont à première vue, on ne s'était pas rendu compte en raison du déplacement de l'autre électroménager.

—Il y a quelque chose d'étrange ici, je l'ai toujours pensé, dit Jocelyne qui s'enveloppa le haut du corps de ses bras comme pour se protéger de forces occultes.

Jacques examina la situation, se rendit aux fenêtres puis à l'extérieur à l'arrière de la maison et ensuite rentra et retrouva les deux femmes au salon.

—Si c'était un mouvement du terrain, dit-il, songeur, les meubles du salon se seraient déplacés aussi. Et pourtant rien d'autre ne semble avoir bougé d'une ligne dans toute la maison. Aucune fissure dans la brique, la fondation...

—Tu devrais mettre Mylène sous hypnose et chercher dans sa nuit passée, dit Jocelyne qui n'arrivait pas à réchauffer son corps malgré une couverture épaisse dont elle se recouvrait.

Jacques se frotta la barbe et pencha légèrement la tête:

—Tu sais, je pense que ce n'est pas un hypnologue mais

un hydrologue qu'il faut ici.

–Qu'est-ce que c'est ? demanda Mylène.

–En fait, il s'agit plutôt d'un hydrologiste... j'ai voulu faire un jeu de mots... Quelqu'un qui se spécialise dans l'étude des eaux. Je crois qu'il pourrait bien y avoir un lien entre ces meubles qui se promènent et l'hiver trop doux que nous connaissons...

Jocelyne était sceptique. Mylène également. L'homme logea un appel téléphonique et une heure plus tard vint l'expert avec des instruments de mesure et qui trouva explication au phénomène, soit un ruisseau souterrain alimenté par les eaux de la colline et qui passant quelque part sous la maison avait produit des vibrations imperceptibles, lesquelles étaient responsables du mouvement des électroménagers, tandis que les autres meubles de la maison posés sur des tapis absorbant les oscillations ne bougeaient pas d'une ligne, eux.

Ce fut un éclat de rire général au salon.

–C'est comme les soucoupes volantes: y a toujours une explication... ou bien il devrait, dit l'hydrologiste, un quinquagénaire à cheveux tout blancs et à la démarche hésitante tout autant que la voix.

–Ça me rappelle un événement de mon enfance, dit Jacques, assis dans un fauteuil et s'apprêtant à raconter une histoire.

Les deux femmes étaient sur le divan et l'autre homme fut invité à prendre place sur une berçante noire qu'il reluquait depuis son arrivée. Tous les trois questionnèrent du regard le thérapeute qui s'exprima, une flamme dans l'oeil:

–On avait une voisine chez nous, disons très impressionnable et qui venait voir ma mère presque tous les jours pour lui parler de fantômes, de voix qu'elle entendait et de revenants. Elle voyait des ombres furtives, et des phénomènes étranges se produisaient chez elle, selon ses dires. Et peutêtre qu'elle disait la vérité, même si plus tard, on trouverait qu'elle souffrait de schizophrénie. Ce que je veux dire: qui sait si le cerveau des gens dits schizophrènes n'a pas la capacité de s'ouvrir à d'autres dimensions ? C'était peut-être le cas de la pucelle d'Orléans ? En tout cas, on la traiterait pour cette maladie. Sauf qu'à force de répéter ses histoires à ma mère, celle-ci a commencé à s'inquiéter un peu, tu vois... C'est le principe de la répétition d'une idée propre à la publicité et... faut le dire, à l'hypnose aussi. Jocelyne, tu en sais quelque chose.

–Le monoïdéisme...

–C'est ça... Et en même temps, à la même époque, quand ma mère allait à la salle des toilettes dans la deuxième chambre du deuxième étage, quand elle passait devant la porte de la troisième chambre, elle voyait parfois une chaise se bercer toute seule. Chez nous, les quatre chambres du second étage communiquaient par des portes qu'on laissait toujours ouvertes pour la circulation de l'air frais ou de la chaleur. C'était pas comme aujourd'hui: un contrôle de chaleur dans chaque pièce. Bon... il se trouve que c'était la chambre de ma grand-mère décédée là même deux ans auparavant et que la chaise qui berçait était celle de ma grand-mère. Elle s'y berçait chaque jour. Étrange, vous ne trouvez pas, vous autres ? Qu'est-ce que vous en dites ? Et pas un chat dans la maison à l'exception de ma mère. Les enfants, nous autres, on était à l'école quand ça se produisait. Comme si ma grand-mère avait eu un message à livrer à sa fille qui était ma mère. Le pire, c'est que ma pauvre mère n'en parlait pas à mon père de peur de faire rire d'elle et de se faire dire qu'elle avait été contaminée par les idées folles de la voisine. Faut dire que les hommes avaient la personnalité plutôt écrasante avec les femmes à cette époque...

–Ouais, glissa Jocelyne.

–Maman en a parlé à la voisine qui s'est excitée et qui a répété dix fois plutôt qu'une: "Voyez, madame L'Écuyer, je vous l'avais dit de croire aux revenants et vous aviez des doutes..."

Jacques se racla la gorge:

–Vous voulez savoir la suite ?

–Et comment ! s'écria Jocelyne, suspendue à ses lèvres.

–Je dois vous signaler que... tout en "parlant la vérité"

comme disaient les Indiens, je vous ai induits un peu en erreur en disant qu'il n'y avait pas un chat dans la maison. En fait, c'était notre chat gris, le coupable. C'est lui qui se couchait sur la chaise et qui, quand il entendait les pas de ma mère dans l'escalier, déguerpissait et allait se réfugier dans la quatrième chambre, une pièce pour le débarras où il était facile pour une petite bête de se cacher. La chaise, elle, continuait de bercer après sa fuite et ma mère pouvait la voir en mouvement... Elle avait beau monter sur le bout des pieds pour surprendre la revenante, c'était toujours pareil. Elle appelait ma grand-mère par son nom: pas de réponse. Un jour, elle eut l'idée de se cacher dans ce qu'on appelait le trou de la cheminée, un espace entre le mur de la troisième chambre et la cheminée pour y attendre la revenante de grand-mère... C'est le chat qui se montra le museau puis qui sauta sur la chaise où il se coucha en rond sur le coussin... Faut dire que c'était un chat à poils ras et qui ne laissait pas de traces de son crime... Et quand ma mère montra le museau, l'animal prit la fuite sans demander son reste, laissant derrière lui une chaise qui berçait toute seule.

—Ah, que c'est drôle ! fit Jocelyne.

—Probablement que ma grand-mère qui n'était pas une femme très tendre envers les animaux, avait tapé le chat à quelques reprises pour avoir sa chaise... Et comme le disaient les vieux dans le temps après avoir chanté une chanson: "scusez-la !"

Et l'homme éclata de son grand rire communicatif.

—La morale de l'histoire, dit Jocelyne, c'est que les revenants, ça n'existe pas.

—Je n'ai pas dit ça. Mais en tout cas, pas dans la troisième chambre de la maison de mon enfance ni dans cette maison-ci. Ou s'il y en a ici, c'est pas eux autres qui font bouger les meubles.

—Ça, je peux vous le certifier, enchérit l'hydrologiste.

Jocelyne leva les mains et conclut:

—C'est pas pour me vanter, mais j'ai eu raison de faire appel à toi, Jacques. Tu sais faire la part des choses et tu ne cherches pas à faire valoir l'hypnose quand ce n'est pas de mise de le faire.

–Tout s'explique, comme je le dis souvent, mais pas forcément de manière logique ou scientifique. Ici, ce n'était pas le cas.

Mylène prit la parole:

–En tout cas, me voilà rassurée. Je ne pensais pas à un fantôme, mais j'avais peur que mon dernier compagnon soit le revenant de la nuit passée. Ce n'est pas son genre, ni celui de l'autre avant lui, mais on ne sait jamais.

–Une jeune femme qui vit seule à la campagne se doit d'être prudente, dit Jacques.

–Je suis capable de me défendre... mais quand je dors et que quelqu'un utilise une clef pour entrer...

–La clef, ici, c'étaient les oscillations produites par le ruisseau souterrain.

Tout en prêtant oreille aux échanges entre les trois autres, voici que Jocelyne se faisait silencieuse, préférant continuer de s'interroger. Et si ce n'était pas le ruisseau, le responsable du phénomène ? Et si Liliane avait un message à livrer depuis sa dimension ? Et si ce message à Mylène était de quitter cet endroit où il y avait risque de malheur pour elle ? Mais à qui dire une chose pareille ? Jacques était-il trop un homme pour entendre cela et le considérer ? Par contre, s'il pouvait envisager la possibilité de vies antérieures et donc de réincarnation, et s'il touchait parfois, quoique de moins en moins, au phénomène de régression, sans doute serait-il prêt à chercher un peu plus dans la direction ésotérique après avoir permis de trouver dans la direction rationnelle.

C'est en elle-même qu'il devrait chercher, dans son lien avec sa soeur morte en 1982. Et c'est là qu'on trouverait la clef de Jouvence. Peut-être que le message de Liliane à travers les électroménagers qui se déplacent était adressé à elle et non pas à Mylène ? Mais alors, pourquoi le livrer en cet endroit et non chez elle à Mont-Bleu dans la ville même ?

–Tu sembles perdue, maman.

–Ou déconcertée par les résultats de notre enquête ? dit Jacques.

–Non, non, je me demandais simplement si en creusant comme à Lourdes, on trouverait réellement sous la maison une source d'eau...

–Pas une source, un écoulement souterrain des eaux, rectifia l'hydrologiste. Ce n'est pas la même chose...

–Ah bon...

La femme resta dubitative...

***

Chapitre 35

Avant leur départ pour la Floride la semaine suivante, Jocelyne voulut voir aussi à ces autres personnes qui lui valaient un certain souci. Il y avait son amie Hélène qu'elle sentait s'éloigner et se refermer après vingt ans d'ouverture l'une à l'autre, de confidences, de soutien moral mutuel. Et il y avait Marie et sa déprime hivernale doublée d'embonpoint.

Mais en premier lieu, elle s'occupa de New York. On l'appela pour faire une mise au point. De nouveau, elle flaira un intérêt bien plus grand pour les choses de l'argent que pour celles de l'humanisme. Au fond, la clef de Jouvence leur vaudrait des millions, mais la perspective de la richesse ne lui souriait pas plus que les plaisirs d'une jeunesse prolongée, attardée. Et elle leur cloua le bec de la belle manière. Plus question de les laisser travailler sur son cas ou bien le feraient-ils d'eux-mêmes et sans sa collaboration. On lui refit le même discours larmoyant sur les bienfaits apportés à la race humaine par une longévité plus grande des individus, ce à quoi elle répondit par le contraire. Les gens en avaient bien assez du temps qui leur était imparti par la génétique et autres facteurs de vieillissement pour bouffer leur vie plutôt de la déguster en gourmets, pour bouffer la planète au lieu de l'utiliser avec précaution et parcimonie, pour bouffer plein de choses matérielles plutôt d'en partager les surplus et leur superflu.

Ce fut une fin froide de ses relations avec les docteurs Alabi et Senoussi. Ils obtinrent néanmoins la permission d'entrer de nouveau en contact avec elle dans les six mois à venir.

*

Quelques jours plus tard, elle persuada Marie de l'accompagner en hypnothérapie.

–Comme tu le sais, Jocelyne, je ne reçois jamais deux personne à la fois dans mon cabinet et cette fois-là avec Mariette fut une exception.

–Je vais vous laisser aussitôt qu'on aura parlé un peu à trois. Marie croit que tu peux lui faire du bien, mais je voudrait que cette conviction s'approfondisse encore.

–Le succès de l'hypnose dépend du sujet bien plus que de l'hypnotiseur.

Marie écoutait tout en regardant le mur qui parle et les illustrations lui suggéraient bien des idées dont certaines la faisaient sourire. Jacques lui servit les paroles de rassurance habituelles, démolit un à un les préjugés sur l'hypnose et lui révéla que les plus grandes victoires obtenues en trente-huit ans de carrière l'avaient été sur les surplus de poids et le tabagisme.

–Je suis prête, moi. Depuis le temps que maman me parle de vous. J'ai confiance... C'est là que je vais m'asseoir ?

Sans attendre, elle contourna sa mère et la table et alla s'allonger sur le fauteuil sous le cheminement depuis l'hésitation jusqu'à la décision farouche que les images du mur inspiraient.

–En ce cas, moi, je vous quitte, dit Jocelyne qui se leva aussitôt. Jacques, il y en a une autre que je veux t'amener et tu la connais bien: c'est Hélène Lachance. Ça lui ferait du bien de venir te voir.

Le thérapeute hésita:

–Ta... ton amie... Hélène, oui... Ben, je suis prêt à la recevoir... quand elle me... quand elle le voudra...

–Je vais tout faire ces jours-ci pour la décider à venir.

–C'est bon. Et à tout à l'heure.

La femme partit. Lui dit à Marie ce à quoi elle devait s'attendre.

–Ça ne remplace pas un régime sévère, mais ça peut soutenir tous les régimes intelligents et les rendre bien plus aisés à suivre. Le voilà, le vrai but d'une thérapie minceur. Un régime équilibré, c'est beau, c'est bon et efficace... à condition de le tenir et c'est là que le bât blesse: on ne le tient pas.

–S'il y en a une qui le sait, elle s'appelle Marie Martineau, monsieur L'Écuyer.

–Comme je dis souvent: si tu m'appelles par mon prénom, il te sera plus facile de laisser tomber les barrières inutiles et donc d'entrer en relaxation profonde. Tout le secret est là: la relaxation profonde. Une fois rendue là, je te ferai les suggestions hypnotiques capables de te donner beaucoup plus de force pour suivre ton régime. As-tu des questions à ce moment-ci ?

–Pas en tête en ce moment.

–Est-ce que tu suis un régime ?

–Sûrement ! De janvier à mai, chaque année, je fais du mieux que je peux le régime Montignac.

–C'est très bien. Tu connais, j'en suis sûr, d'autres diètes santé...

–Plusieurs.

–Donc tu connais déjà les aliments à éviter et ceux à favoriser dans ton alimentation.

–Depuis longtemps.

–Je n'aurai pas à te donner de leçon là-dessus.

–Non, Jacques.

–Là... c'est très bien.

L'homme se leva et prit une couverture en acrylique doux qu'il étendit sur la jeune femme:

–Comme ça, la relaxation va venir plus vite. Si tu as trop chaud, tu n'auras qu'à la descendre ou carrément l'ôter.

–Non, je me sens très bien.

–Et maintenant, si tu as le goût de fermer les yeux. Mais si pour un temps ou pour tout le temps de la séance, tu préfères ne pas les fermer, c'est libre à toi. Aucune contrainte ici. Pleine liberté. Sécurité. Et sérénité... Mais il faut quand même un peu de temps pour atteindre l'état de relaxation et l'état sophronique dans lequel tu sentiras tous tes problèmes fondre comme neige au soleil et devenir presque insignifiants. Même que tu les verras plus dérisoires qu'ils ne le sont, mais ça n'est pas dangereux...

Marie avait déjà fermé ses yeux, signe qu'elle était ouverte au traitement et qu'elle était venue pour plus que la simple curiosité ou faire plaisir à sa mère.

–Marie, tu enseignes et tu as l'habitude de personnes devant toi qui t'écoutent...

–Ou font semblant...

–Ou font semblant...

Et Jacques s'esclaffa puis reprit:

–Tu as aussi l'habitude de l'étude, si je peux m'exprimer ainsi, et donc celle de te concentrer, de faire un effort pour saisir ce qu'on dit et ce que tu entends. Eh bien ici, oublie tout ça. Si tu te concentres, tu resteras pleinement consciente, tu resteras accrochée à ce que je dirai, tu assimileras avec ta raison qui... a tendance à se mettre à raisonner... Et il ne faut pas, il ne le faut pas. Non, tu dois te laisser aller. Oublier. Mais ne pas te forcer à oublier. L'important, c'est de ne faire aucun effort. Du vagabondage. Du vagabondage. Du vagabondage de ton esprit. Un mot vient te chercher: tu le regardes comme une feuille morte qui tombe d'un arbre et que le vent emporte. Une idée veut se coller à ta pensée, tu l'arroses de beaucoup d'eau et elle est balayée. C'est ainsi que ton esprit ira du réel à la somnolence ou plus profondément. Si tu perds la notion du temps, c'est très bien; si tu la conserves, c'est très bien aussi. Errance. Facilité. Errance. Facilité. Va-ga-bon-da-ge... Aucun effort... Tu te laisses aller, tu te laisses aller... mais pas comme dans la chanson d'Azna-vour...

Le thérapeute fit une pause et garda son regard attentif au visage de la jeune femme. Les paupières bougeaient légère-ment. La blague la fit sourire un peu, signe que sa cons-cience était toujours en alerte.

–Tu te laisses bercer par le son de ma voix... Et au son de la musique...

Il pesa sur le bouton d'une télécommande et du piano très lent se fit entendre comme en écho depuis les profondeurs de la pièce voisine.

–Tu vas te détendre, te détendre... Tu vas sentir ton corps de plus en plus lourd... et ta tête de plus en plus légère... Ou peut-être le contraire... Le secret pour se bien détendre, c'est de ne faire aucun effort... et de ne songer qu'à soi, qu'à son corps... mais pas en se concentrant pour y arriver... non... simplement en laissant ma voix te bercer... te guider à tra-vers ton propre corps...

Il fit une pause de trente secondes et remarqua que les paupières reposaient bien. L'homme reprit, la voix basse sur un tempo très lent...

–C'est ça, écoute ton corps qui te parle... mais si ton es-prit veut aller ailleurs, laisse-le aller ailleurs... partout où il voudra aller... Écoute les muscles de ta tête qui te disent: "Que c'est bon de se laisser aller !" Écoute-les bien... Ma-rie... écoute bien les muscles de ta tête, de ton visage, de ta nuque... ils te redisent: "Comme c'est bon de se laisser aller ainsi !"

Autre arrêt pour laisser l'état superficiel s'approfondir et pour surveiller la réaction au prononcé de son prénom auquel il voulait l'habituer afin de mieux personnaliser les suggestions le moment venu.

–Marie... tu dors...

Et il s'arrêta. Aucune réaction... Il y avait eu un autre calembour prêtant à sourire que ne pouvait pas ne pas com-prendre un professeur d'histoire comme elle... Marie Tudor, la reine sanglante... (Bloody Mary)...

L'hypnothérapeute improvisait peu et s'il avait inséré quelques plaisanteries dans son induction, il les avait préparées à partir des renseignements qu'il possédait déjà sur sa patiente par sa mère, ce qui lui avait d'ailleurs permis de passer outre à l'entretien préalable nécessaire en hypnose et que Marie elle-même avait permis de sauter en prenant place prématurément dans le fauteuil de la relaxation.

–Tu dors, mais tu te souviendras de tout ce qui s'est passé... de tout ce qui s'est passé ici ce soir...

Par les techniques habituelles, il la fit ensuite descendre dans un état hypnotique plus profond. Avec elle, il utilisa la méthode de l'escalier. En fait, en l'observant plus tôt pendant qu'elle regardait le mur qui parle, il avait compris qu'elle avait tout vu par ses yeux qui s'arrêtaient à chaque image. C'est donc à l'une d'elles, celle d'un homme descendant un escalier dont les marches sont des sabliers et se dirigeant vers une petite lumière au loin, très loin, qu'il s'en remit...

–Tu te trouves au milieu de l'escalier du temps... Tes pas sont sûrs d'eux-mêmes... Tu vas vers la lumière... vers une chaude lumière... qui va t'envelopper, te réchauffer... comme la couverture qui t'enrobe... une lumière qui va te dorloter... comme le doux tissu de ta couverture... qui va t'apporter un bonheur très grand... des moments de détente incomparables... Regarde-toi descendre... l'escalier du temps, Marie, regarde tes jambes qui se posent... l'une après l'autre sur une marche nouvelle... Il ne te reste plus à franchir que dix marches, que dix... Je vais les compter pour toi et à zéro, tu vas faire ton entrée dans la lumière... Dix... Neuf... Huit...

Tout à coup, Marie commença des balancements de la tête d'un côté et de l'autre. Légers. Puis un peu plus prononcés. (*L'Écuyer saurait plus tard qu'il s'agissait d'un mouvement involontaire de sa part et qu'il datait de son enfance. C'est ainsi qu'elle s'endormait tous les soirs, lui apprendra Jocelyne*). Mais pour l'instant, ils lui paraissaient le signe de quelqu'un qui veut aider l'hypnothérapeute à lui faire approfondir son état de transe. Pourquoi ne pas les rendre utiles ?

–À chaque hochement de ta tête... tu descends une autre marche... Sept... Six... Cinq... Tu descends encore et encore vers la lumière, Marie... Quatre... Trois... Deux... Un...

L'homme fut étonné de constater qu'au même instant où il prononça le mot zéro, le balancement prit fin. La tête resta droite sur le dossier du fauteuil incliné vers l'arrière. Et dans la pâleur du visage se pouvaient lire tous les signes d'un état de relaxation assez profond. Il était temps, pensa-t-il, de passer aux suggestions post-hypnotiques, lesquelles permettraient à la patiente de se sentir bien plus forte dans son régime amaigrissant.

–Tu connais... Marie, tous les bienfaits d'un corps en pleine forme. Mais ton inconscient, lui, sait bien mieux les bienfaits de tout ce qui apporte du plaisir immédiat... Pour lui, tous les plaisirs sont bons, même ceux du chocolat, des pâtisseries, des frites... Nous allons creuser dans ton subconscient d'autres sillons que ceux creusés en lui par les mauvais aliments qui goûtent trop bon... Tu connais aussi la meilleure substance qui soit pour le corps... celle sans laquelle toute vie serait impossible sur cette terre... et c'est l'eau. Sans elle, on disparaît, mais elle ne suffit pas à soutenir la vie... Il faut aussi manger, bien sûr... Mais comme elle peut remplacer les mauvais aliments qui goûtent bon ! Elle peut les remplacer tous. Elle est bonne à boire. Et elle ne provoque pas les bourrelets, les chairs lourdes, la peau d'orange et la culotte de cheval. À partir d'aujourd'hui, chaque fois que tu auras le goût d'un aliment qui goûte bon mais qui fait engraisser, tu auras le réflexe *verre d'eau fraîche... verre d'eau fraîche...* À partir de maintenant, quand on te proposeras un chocolat, tu auras soif... et tu prendras un verre d'eau fraîche... À partir de maintenant, quand tu verras ou sentiras des frites, tu auras soif... et tu boiras un verre d'eau fraîche... Il y en a partout, de la bonne eau... À partir de maintenant et pour toujours, quand tu auras envie de grignoter entre les repas et le soir, tu sentiras la soif et tu prendras... un verre d'eau fraîche...

Il poursuivit ainsi avec les aliments les plus à proscrire par les gens qui suivent une diète minceur quelle qu'elle soit. Il évita, contrairement à d'autres thérapeutes du même domaine qui emploient l'hypnose négative, de présenter un aliment sucré et flatteur pour le palais comme de la merde à rejeter parce qu'il se transforme en vilains tas de chair partout sur le corps et en cholestérol dans les veines et artères, mais suggéra un remplaçant et un seul à toutes ces choses: *le verre d'eau fraîche*. Un remplaçant séduisant pour qui a soif. Or, il suggéra la soif réflexe devant ces aliments séducteurs. Le reste serait fait par la conscience même. Quand la personne qui veut maigrir a remplacé le morceau de gâteau proposé par l'épicier, le restaurateur ou le réfrigérateur, parfois et souvent même le partenaire de vie, par un verre de belle eau fraîche, elle sait qu'elle a bien agi, elle trouve une satisfaction certaine et surtout elle ressent un sentiment de victoire sur elle-même et sur la tentation. Mais par-dessus tout, grâce à la suggestion hypnotique, elle a pour allié et non pas pour ennemi comme auparavant, son propre inconscient, second moteur de vie dont trop peu de gens se servent, ainsi que le répétait depuis tant d'années Jacques L'Écuyer.

Ensuite, il passa à la phase de réveil et Marie émergea de sa transe.

—Je ne me suis jamais sentie aussi reposée. Maman a raison de venir te voir depuis si longtemps. Et maintenant papa à ce qu'on m'a dit.

—Je ne puis dévoiler les noms de mes patients. Si eux veulent le faire, c'est une autre histoire.

—Secret professionnel, je comprends.

Il la regarda droit dans les yeux pour lui demander:

—Est-ce que tu aurais le goût... tu vas me dire que ce n'est pas bien pour un thérapeute de t'offrir cela... mais est-ce que tu aurais le goût d'un bon chocolat... j'en ai de l'autre côté, dans le petit bureau... une boîte que je veux finir...

Marie se mouilla les lèvres:

—Non, j'ai plutôt soif... j'aurais le goût d'un... d'un verre d'eau fraîche.

—Ça, j'en ai et de la belle et bonne. J'ai un distributeur refroidisseur dans l'autre pièce. Je vais nous en chercher un verre pour chacun.

Il se leva et poursuivit:

−Et de l'eau dans un verre en verre, comme c'est meilleur, trouves-tu ? Bouge pas, je reviens.

La musique se poursuivait et les notes ressemblaient à des gouttes d'eau qui tombent dans une flaque depuis des glaçons qui fondent. Quand il revint dans le cabinet, elle dit:

−Tu m'as dit que je me souviendrais de tout, mais c'est pas mal vague dans ma tête...

−Ça va te revenir petit à petit comme quand on sort du sommeil le matin, mais bien plus lentement. Tiens, prends et bois un peu.

Il se tint debout au-dessus d'elle et s'abreuva à même son propre verre puis laissa sa bouche échapper un bruit de rassasiement avant de retourner prendre place derrière la table. Elle se redressa et but à son tour avec un plaisir évident.

−Meilleur pour la santé que du chocolat, n'est-ce pas ?

−Pas rien que pour la santé, meilleur au goût itou...

−Ah, j'aime ça comme expression: meilleur au goût itou...

−Je me sens vraiment bien.

−C'est ça, l'hypnose scientifique. Ça n'a pas beaucoup à voir avec l'hypnose de spectacle, n'est-ce pas ?

−Je vois bien.

−Et maintenant, je vais te poser quelques questions. Tu peux rester dans le fauteuil ou bien revenir t'asseoir devant moi à la table. C'est à ton choix.

−Je vais rester ici: je suis trop bien.

Elle finissait déjà son verre. Il tendit la main pour le prendre:

−Veux-tu encore de la bonne eau fraîche ?

−Non, merci ! Je suis... j'avais pas mal soif et là, c'est passé. Je n'ai besoin de rien d'autre.

−Comme je suis heureux de te l'entendre dire !

Tandis qu'il retournait dans l'autre pièce porter les verres vides et prendre un dossier, Marie posa son regard dans celui de Toutankhamon et chacun questionna l'autre.

–Je t'ai vu dans mon rêve: où étions-nous ?

–J'étais dans ta tête: pourquoi es-tu venue me chercher ?

–Qui est allé chercher l'autre ?

–Pourquoi m'interroger ainsi ?

Et ça se poursuivit sur la même lancée sans que jamais l'un d'eux ne réponde à l'autre et ce, jusqu'au retour de l'hypnothérapeute...

Elle se déclara satisfaite de la séance. Il la prévint de ne pas s'attendre à des résultats miraculeux.

–En hypnose, conclut-il, il n'y a pas d'efforts à faire par la personne hypnotisée, mais dans la vie, il y en a. L'hypnose aide à rendre ces efforts surmontables... Et je sais que tu perdras du poids.

–Comment le sais-tu ?

–La suggestion post-hypnotique a bien réussi.

Au moment de payer, elle redit son enthousiasme:

–Ça me vaut bien plus.

–Ce n'est pas donné, mais qui n'est pas convaincu d'une chose et la trouve trop onéreuse, soit il ne peut vraiment pas se l'offrir, soit il la dévalue dans sa tête. Or, dévaluer l'hypnose, c'est manquer de confiance en ce moyen naturel de surmonter certaines difficultés et de résoudre certains problèmes ou simplement d'améliorer sa vie. Et puisque la thérapie dépend d'abord du sujet, il n'y a pas beaucoup à faire si au départ, il n'a pas confiance. Je tiens à ajouter ici que je gagne honorablement ma vie, mais que je ne suis pas millionnaire et ne le serai jamais.

–Si maman a confiance au point où elle a confiance en toi, je sais qu'elle ne se trompe pas. J'étais encore un peu sceptique jusque dernièrement, mais l'affaire des meubles de Mylène m'a convaincue que tu étais un homme honnête et lucide. J'aurais dû venir te voir avant.

–Une réputation favorable ne saurait se fonder que sur la vérité et l'authenticité...

***

Chapitre 36

Hélène Lachance continuait de travailler à temps partiel comme bénévole à la maison Marie-Victorin, lieu où trouvent refuge les personnes atteintes d'un cancer en phase terminale. Elle qui s'était toujours montrée d'une belle générosité ne le faisait pas uniquement pour les malades. Son propre vieillissement qu'elle trouvait prématuré l'inquiétait un peu plus chaque jour et suscitait en elle désarroi et même une colère grandissante mais refoulée, bien dissimulée derrière ses sourires et ses gestes affables comme celui de toucher les gens au bras, à la main et même au front quand quelqu'un se plaignait d'un malaise quelconque. Toutefois, elle ne pouvait empêcher son amie Jocelyne de déceler en elle un trouble profond. Et sans cesse dans leur conversation revenaient les questions directes ou indirectes.

–Ça va toujours aussi bien avec Yvon comme moi avec Albert ? lui fut-il demandé un soir de resto au centre-ville.

–Toujours égal. Il est si ordinaire qu'il en est extraordinaire.

–Ce qui veut dire ?

–On dirait que la personne humaine se fatigue d'être heureuse égal, toujours égal...

–Ne me dis pas que tu veux faire comme Mylène ?

–C'est-à-dire ?

–Elle 'flushe' ses amis de coeur quand elle les trouve ennuyeux.

–Si les femmes de notre génération avaient toutes fait ça comme ça, il manquerait du monde dans les générations suivantes.

–Tu peux le dire. Mais... nos gars, suffit de leur brasser un peu la cage pour qu'ils sortent de leur ordinaire.

–Yvon... il va pas vite. Pas vite pantoute, le Yvon !

–Tant mieux, il va vivre vieux.

–Vivre vieux, c'est pas fameux: je le vois toutes les semaines au pavillon.

–Tu oublies tous ceux qui vivent bien leur troisième âge.

–Ça existe ?

–Mais voyons, Hélène, voyons donc !

–Toi peut-être...

–Et combien d'autres ?!

–Combien ?

–Tous les amis à part Mariette... Mon groupe... même si on me regarde d'un autre oeil à cause de...

–Jouvence...

–Oui... Il y a toujours dans le groupe les Bolduc, les Jobin, les Bégin... Des gens qui vieillissent bien parce qu'ils savent vieillir. Regarde le dentiste: fringant, souriant, optimiste... J'y pense, peut-être ma chérie que tu ne devrais plus aller t'occuper des mourants; peut-être que ça taxe trop tes énergies, ta santé...

–Ma santé mentale, en tout cas, c'est bien certain.

–Mais de quoi te plains-tu, Hélène Lachance ? Regarde-toi donc, tu pourrais séduire bien des hommes encore. C'est certain que c'est pas ça l'important pour une personne de notre âge, mais... c'est pour dire...

Elle s'arrêta et vit par-dessus l'épaule de son amie un couple qui entrait dans la place et attira son attention: Jacques et sa compagne de vie. Ils ne la virent pas et allèrent prendre place dans une autre section.

–T'as l'air de voir quelqu'un qui t'intéresse ?

–C'est Jacques L'Écuyer et son amie Nicole.

Hélène se tourna et aperçut l'homme qui dépassait tout le monde d'une tête.

–Finalement, t'es jamais allée le voir à son bureau.

L'autre haussa une épaule:

–T'as l'air à y tenir.

–C'est pour toi. Comme il dit souvent: ça peut pas nuire d'entrer en relaxation profonde et ça règle bien des choses. Ma fille Marie a consulté et elle est enchantée. Il y retourne la semaine prochaine. Depuis qu'elle l'a vu, son régime alimentaire est trois fois plus facile à suivre.

–Dans le fond, j'ai rien à me faire traiter.

–C'est pas rien que pour traiter des problèmes, c'est aussi pour l'harmonie intérieure. Qu'est-ce que tu penses que je vais faire à son cabinet depuis vingt ans ?

Hélène la regarda jusqu'au fond de l'âme:

–Je te le demande, tiens.

Jocelyne prit le ton du reproche:

–Écoute, ma vieille, suis pas une accro d'hypnose. Et encore moins de mon hypnologue. Je refais mon choix chaque mois. Il me fait du bien, cet homme, c'est tout. C'est un homme de principes: tu peux avoir confiance en lui. Il ne fait pas de miracles; Mariette est morte quand même après l'avoir consulté. Mais c'est pas un charlatan. À l'impossible nul n'est tenu. Et Mariette était inguérissable quel que soit le moyen employé.

–Depuis le temps que tu m'en parles, je finirai par aller le consulter. Trouve-moi un motif.

–C'est pas à moi de le trouver, c'est à toi.

Il ne se produisit aucun contact entre elles et le couple de Jacques. Et les deux amies se séparèrent sur des "au mois prochain" puisque Jocelyne quitterait Mont-Bleu avec Albert pour la Floride dans deux jours.

La fourgonnette se conduisit comme un cheval tant elle avait l'habitude des routes menant à Dania. L'on fit escale aux environs de Washington le premier soir après avoir roulé depuis l'aube. Vingt-quatre heures plus tard, l'on s'arrêtait quelque part en Caroline pour une deuxième nuit avant l'arrivée là-bas.

Le couple avait acquis cette maison mobile pour les enfants surtout, dont les liens avec la Floride étaient si forts par toutes ces années vécues là-bas. Mais ceux-ci après leur adaptation à Mont-Bleu, Marie tout comme François et Mylène, n'avaient guère été portés à y retourner. Même qu'ils préféraient s'abstenir pour ne pas connaître le déplaisir d'en repartir si peu de temps après leur arrivée. Ce n'était pas l'idée du siècle pour Albert et sa femme. On avait donc loué à qui mieux mieux la maison sans la vendre et on ne l'occupait que l'espace de quelques semaines l'hiver et encore, pas tous les hivers.

Leur homme de confiance, celui qui voyait à la location en leur absence et au respect des lieux, vivait au parc en permanence ou presque. Il fut le premier, ce soir-là, à venir leur souhaiter la bienvenue.

Figure pittoresque originaire de Lac-Mégantic, Joseph Doyon parlait à tout homme, toute femme, tout enfant croisant sa route: en français, en anglais baragouiné au besoin et par signes à ceux qui ne connaissaient aucune de ces deux langues. Placoteux compulsif aux neurones rapides et joueur de tours de première.

Il s'approcha de la "florida room" des Martineau, sûr de leur présence à cause de la fourgonnette dans l'entrée. C'était un petit personnage dans la cinquantaine aux cheveux rares sur le crâne, mais frisés et dont quelques brindilles flottaient çà et là sur sa nuque. Et en blond foncé...

Il colla son nez sur le treillis:

–Je vous dérange ? C'est moi, Jos Doyon. Comment ça va, vous autres ?

–Joseph ! s'exclama Albert, comment ça va, toi ?

–Super ! Pis toé, Albert... oye como va... oye como va ?

Il se mit à chantonner l'air popularisé dans les années 70 par Santana. Puis il reprit:

–Tout était-il comme il faut ?

–Tout était parfait.

–J'ai tout vérifié quand les derniers locataires sont partis... Ah, je vérifie tout le temps pour pas que le monde parte avec vos meubles ou la literie... All was right... non... it was all right... Anyway, c'était... impeccable... Ah, des maudits bons locataires... Un couple de petits messieurs comme vous le savez... Des bons gars par exemple ! C'est pas eux autres qui vont vous faire des passes de coyote, là, non, non, non... Fiables... Du monde fiable... Ils ont le droit de vivre leur vie comme ils veulent... C'est pas de mes affaires, c'est pas de mes affaires pantoute.

Albert qui relaxait, attablé devant un apéritif invita l'autre à entrer pour en prendre un avec eux, mais Joseph refusa:

–Non, non, je vas vous laisser arriver, vous installer comme il faut... vous remettre de votre voyage, là... Je voulais juste vous parler un peu en passant. On parlait des derniers locataires de...

–T'as toujours su choisir du bon monde, respectueux de la propriété d'autrui: c'est pour ça que je te paye, mon Jos.

–Pis ben payé: suis ben content. Si vous trouvez quelque chose qui marche pas, vous me le dites.

–C'est pas mal tranquille chez le voisin: sont partis ?

Joseph parla de sa voix la plus pointue:

–Le père Laloge ? Charlot ? Sont partis à Miami, lui pis sa femme. De la parenté par là... Ça lui fait deux, trois jours de moins à fouiner de tous bords, tous côtés...

–C'est pas du méchant monde.

–Elle, non, mais lui... pas méchant, mais tannant.

–Pas tant que ça !

–Vous vivez pas à l'année dans le bout, vous autres. C'est juste que le père Laloge, il met son nez un peu partout. Ah, faut ben dire que j'suis de même, moé itou. On est tous quasiment de la même famille dans le parc: une belle gang de senteux dans les chaudrons des autres...

Jocelyne qui n'avait pas jusque là participé à l'échange protesta:

–Attention, pas moi, pas moi.

–Ça, je le sais... pis tout le monde le sait.

En nul endroit au monde, les gens ne veulent conserver leur âge sinon leur jeunesse évanouie, autant que chez les 'snow birds' canadiens. Ils croient tous au dieu soleil qui les protégera du vieillissement, et ils marchent le soir et marchent encore, et jouent à la pétanque, au 'shuffle board' quand ils ne vont pas en bicyclette à trois roues. Pour toutes ces raisons et à cause de son apparent jeune âge mais surtout parce qu'elle préférait entrer en elle-même et dans un univers plus spirituel, Jocelyne présentait aux autres résidants du parc l'image d'un être peu sociable.

Avant de partir, elle s'approvisionnait d'une montagne de livres et sur place, lisait et lisait encore, tandis que les autres marchaient et marchaient encore.

"Trop jeune pour nous autres !" raisonnait l'une.

"À notre âge, elle va sortir de sa coquille pis se mettre en forme," murmurait une autre aux prises avec un surplus de poids têtu comme une mule.

Et pour ne pas se faire déranger, Jocelyne passait le plus clair de son temps de jour calée sur une chaise longue dans la 'florida room', sous la ligne séparant la cloison basse du treillis, hors de vue des passants qui faute de l'apercevoir ne pouvaient donc l'interpeller.

Quant à son âge véritable, personne ne le connaissait et Albert avait défense d'en souffler mot à qui que ce soit. D'ailleurs, il se faisait une fleur d'entendre dire que son épouse était beaucoup plus jeune que lui. Par contre, en Floride, elle pouvait bien mieux échapper à Jouvence qu'à Mont-Bleu puisque personne jamais ne lui parlait de son âge véritable et de son apparence. Consolation de celle qui se cachait dans sa tour d'ivoire quelques semaines par deux ou trois ans, en plus du temps passé en voyage ailleurs que là.

Albert, lui, se mélangeait aisément aux autres résidants du parc et certains hommes se méfiaient un peu de lui, trouvant qu'il faisait trop de charme à ces dames dont le rire semblait devenir frivole en sa présence.

–Chacun a droit de vivre comme il l'entend, fit-elle en se plongeant de nouveau la tête dans son livre.

–Oui, madame ! Et c'est pour ça que je vous dis que c'est mieux de rester en dedans de sa clôture, pis de pas faire comme la père Laloge qui a toujours le nez dans celles de ses voisins... pis pas rien que de ses voisins... J'vous dis que le Charlot, c'est pas un cadeau...

–Avais-tu autre chose, mon Jos? demanda Albert qui n'aimait guère les ragots.

–Non, mon ami, c'est tout pour à soir. Je vous revois pas plus tard que demain...

Il salua et partit.

–En voilà un qui changera jamais ! dit Albert quand l'autre eut tourné le coin de la rue.

Et le train-train floridien reprit son cours normal. Ce qui incluait le passage d'une rame Armtrack sur la voie ferrée à pas mille pieds à l'arrière de la maison au beau coeur de la nuit.

–Suffit de se dire qu'on ne va pas l'entendre, dit la femme à son mari quand ils furent réveillés cette nuit-là, tandis que la maison était secouée par les vibrations provoquées par le train passant à toute allure.

–Auto-hypnose.

–C'est ça.

Et ils n'entendraient plus le train sinon dans un rêve vague et lointain tout le temps qu'ils passeraient là-bas.

*

Le couple n'aurait jamais cru que Jouvence les relancerait jusqu'en Floride et pourtant, cela se produisit trois jours plus tard quand deux personnages apparurent dans le décor.

C'étaient les chercheurs Alabi et Senoussi qui, renseignés via des appels téléphoniques à Mont-Bleu, au docteur Leroux qui lui-même avait trouvé réponse à leur question auprès de François Martineau, se présentèrent au parc afin d'y rencontrer Jocelyne dans le but de la persuader de collaborer de nouveau à leurs travaux.

Ils arrivèrent au crépuscule et stationnèrent leur véhicule à l'entrée puis marchèrent jusqu'à l'adresse obtenue depuis leurs sources à Mont-Bleu. On vit marcher dans les rues ces deux bonshommes aux origines arabes évidentes et cela en intrigua plus d'un. Depuis toutes les maisons, des cous s'étiraient pour les voir aller. Leur peau bronzée se défendait bien de la chaleur ambiante, mais les rendait un brin suspects au premier abord. Charles Desforges, dit le père Laloge, les vit frapper à la maison voisine qu'il savait occupée par leurs propriétaires puisqu'il les avait vus et salués à son retour de Miami la veille. Il l'annonça à sa femme:

–Françoise, y a deux Arabes qui sonnent à la porte des Martineau, viens voir...

–Ça m'intéresse pas, lui répondit une voix blasée.

–Tu t'intéresses à rien, pis c'est parce que du monde comme toé, y en a trop que...

–Que quoi ?

–Ben... que y a des affaires graves qui se passent dans le monde au jour d'aujourd'hui.

–C'est pas ce qu'on fait, nous autres, qui va changer ben de quoi dans le monde d'aujourd'hui.

–La moindre galette qu'on déplace sur la plage...

–Le moindre galet.

–Quoi ?

–Le moindre galet, pas la moindre galette.

–Galet, galette, c'est du pareil au même... je finis ma phrase... ça peut changer de quoi... en... en Afghanistan.

–J'pense pas, mon Charlot, j'pense pas... pas nos galettes à nous autres en tout cas.

L'homme se tenait embusqué dans l'ombre derrière la fenêtre de leur salon qui donnait sur la 'florida room' des voisins et il sentit son coeur faire un bond quand il se rendit compte que ces deux gars-là avaient l'air de deux Arabes. Il fallait qu'il en sache davantage. L'histoire des pilotes d'avion kamikazes qui avaient suivi des cours de pilotage en Floride avant de jeter des 747 sur les édifices de New York virevoltait dans sa tête. S'il se passait quelque chose sous son nez, il saurait le voir, le découvrir. Et surtout, il le verrait bien avant cet animal de Jos Doyon qui prétendait toujours tout savoir et qui ne savait rien du tout.

–Je vas faire un tour.

–O.K!

Et il sortit alors même que les visiteurs entraient chez les Martineau, la porte leur ayant été ouverte par Albert qui lança à sa femme en train de faire un petit besoin dans les toilettes:

–Du monde pour toi, Joyce.

–J'arrive.

Elle retoucha ses cheveux tout en prêtant oreille. Et reconnut la voix de l'un des arrivants, ce qui la contraria au plus haut point. Elle les avait quasiment envoyé promener la dernière fois qu'on s'était parlé à distance et voilà que ces entêtés venaient la relancer en Floride. Quelqu'un de Mont-Bleu leur avait sûrement donné l'adresse, mais ça n'avait aucune importance: elle resterait sur ses positions.

Et se présenta au salon où les civilités de sa part furent plutôt froides. Vite, on parla du gain qu'elle avait réalisé au casino, un sujet agréable qui mettrait, selon eux, de l'ambiance. Ils avaient pris place sur un divan à deux places, encastré entre le réfrigérateur et le mur à l'extrémité de la maison, et les Martineau occupaient chacun un fauteuil, dos à la cuisine, face au téléviseur dont le son était réduit à pas grand-chose.

Dehors, Charlot se glissa entre les deux propriétés et alla s'embusquer le plus près possible de celle des voisins où il s'accroupit et fit semblant d'examiner les herbes afin d'en trouver de mauvaises à extirper le jour suivant. De là, il entendit une première phrase en anglais:

–Nous sommes venus avec la clef...

Seules les voix des visiteurs portaient jusqu'à l'extérieur en voyageant par une fenêtre sise à côté du réfrigérateur à moins que Jocelyne ou Albert ne se mettent à hausser le ton. Desforges dut donc inventer en sa tête l'autre partie du dialogue et même compléter leurs phrases qui lui parvenaient par bribes.

–Le clef de Jouvence ? dit Jocelyne.

–Une protéine, fit Senoussi.

–Une protéine ?

–C'est ça. Une protéine associée au vieillissement, enchérit Alabi.

–Et qui est responsable... coupable serait mieux dire... et qui finit par tuer tout le monde, si on peut s'exprimer ainsi.

–C'est sûr que la vieillesse finit par tuer tout le monde, dit Albert avec un sourire narquois.

–Sauf que... faudrait voir si vous avez cette protéine dans votre organisme.

Jocelyne s'opposa à voix forte:

–Écoutez, je ne veux pas être prise en otage par des gens qui se font la guerre, moi.

–Quelle guerre ?

–Entre New York et l'Allemagne... sur le gérontisme.

–Mais c'est une bonne guerre, celle qui peut changer le monde ! s'exclama Senoussi.

–Dieu n'est pas contre une guerre comme celle-là, il la bénit, enchérit son compagnon.

–Mais que le monde change de lui-même à son propre rythme ! dit-elle.

–Vous faites partie, madame, du rythme du monde.

Il y avait toutes sortes d'étincelles qui s'allumaient dans l'esprit de Desforges là, dehors; un peu plus et sa tête aurait brillé dans la pénombre. Les mots dansaient devant ses neurones. Protéine... guerre... otage... et ce gérontisme qu'il ne connaissait pas mais que son cerveau imaginatif eut tôt fait de transformer en terrorisme... Et ces mots enfantaient un scénario extraordinaire. *Guerre bactériologique. Prise en otage. La clef de... quelque chose...*

Peut-être un coffre quelque part pas si loin et qui contient tout un arsenal terroriste. Lui qui avait été si impressionné par la construction des tours jumelles de New York au début des années 70 et qui en passant par là, les regardait comme la plus grande merveille du monde, ne s'était jamais remis de leur destruction brutale, et comme plusieurs, il entretenait une profonde suspicion envers tous ceux qui osaient ressembler à des musulmans. Mais voici que ces deux-là parlaient de guerre au nom de Dieu.

Oui, mais comment des bons Québécois, des vrais de vrais comme lui pourraient-ils être mêlés à des histoires pareilles ? Les bombes du FLQ, c'était pas d'hier. On devait les faire chanter, ces bonnes gens du pays. Ils étaient sûrement pris en otage d'une façon ou d'une autre comme les mots lancés par la femme l'exprimaient si clairement. Il prêta encore l'oreille.

–C'est pas 100,000 $ comme vous avez gagnés il n'y a pas longtemps, mais des millions que ça vous rapporterait si vous vouliez nous aider dans notre cause qui est une grande cause, dit Senoussi qui faisait allusion aux gains du couple au casino en les comparant à ceux possibles encore si grâce à elle on trouvait la clef du vieillissement.

–Vous êtes élue de Dieu, ajouta Alabi.

–Non, non, non, dit la femme avec une certaine colère et une impatience certaine. Je ne veux plus être votre cobaye. Ni l'argent, ni les promesses, ni même les menaces n'y changeront rien. Tuez-moi si vous voulez, je ne changerai pas d'idée là-dessus.

Cette fois, Charlot crut s'évanouir. On menaçait de tuer la voisine si elle refusait de comploter avec les terroristes. Une lueur de fenêtre vint allumer son regard. Il devait agir et vite. On le remercierait. On le ferait parader comme un gagneur de la coupe Stanley. On le ferait passer à la télé. On saurait enfin sa valeur après toutes ces années d'une vie sans le moindre éclat. Il sauverait les meubles, l'Amérique, le monde. À ce héros sanguinaire de ben Laden on aurait désormais une autre figure légendaire à opposer: Charly la Bedaine, bon Québécois pure laine...

L'homme gonflé à bloc s'éloigna en silence et quand quelque chose craqua sous son pied, il attrapa son coeur à deux mains pour le faire taire et le museler...

L'échange se poursuivait, sans succès pour les chercheurs, chez les Martineau, quand on entendit des sirènes de police se rapprocher. Le soleil était déjà couché et quand les deux voitures responsables de ce boucan entrèrent sans frapper à la porte sur le terrain du parc, elles s'attirèrent tous les regards des passants, toutes les attentions des résidants. Enfin un événement ! On se précipita...

Plusieurs dont, en tête, Jos Doyon, accoururent au-devant des G-men, et tout un beau monde se retrouva aussi vite que la police devant la maison des Martineau, gyrophares agressifs tournoyant dans tous ces visages atterrés, regroupés en cercle.

–Don't stay here ! lança un policier qui, arme aux deux poings réunis, se précipitait, tête première, vers le repaire des présumés 'alquaïdistes'.

Trois autres lui emboîtèrent le pas et s'embusquèrent contre la cloison de la maison mobile au péril de leur vie, car si on avait vraiment affaire à des kamikazes...

Alerté, Albert Martineau sortit pour voir de quoi il retournait aux environs de chez lui.

–Hands up ! lui fut-il vociféré.

Quand c'est dans une autre langue, on hésite à croire ce qu'on entend si la chose nous paraît exagérée et on va même jusqu'à vouloir qu'elle nous soit répétée. Même sans cela, en ce moment, on l'aurait fait avec une grande conviction. Conviction: euphémisme pour désigner rage.

–Hands up !

L'expression fendit l'air de la Floride.

Et à peu près en même temps, un bras de l'autorité s'abattit sur celui d'Albert, déjà à mi-chemin des épaules, lui. Et l'homme fut entraîné au sol par un policier qui lui cracha dans l'oreille:

—You are a terrorist or a hostage ?

—Neither one nor the other... sir...

—But you're not an American.

—No... sir...

—Then what...

Albert avait du mal à parler tant son souffle était raccourci et tant il aurait voulu de liberté de mouvement pour que se dissipent un peu les effets de la terrible injection d'adrénaline qu'il venait de recevoir.

Charles Desforges, tête haute et tourbillon au plexus solaire, fendit l'attroupement grandissant de loustics et s'approcha malgré les signes des policiers leur enjoignant de se disperser. Et il se mit au premier rang. Pas même sa femme ne savait quel héros il était en passe de devenir, car il ne lui avait rien dit de sa terrible découverte et encore moins de l'appel téléphonique qu'il avait logé à la police.

—I'm from Quebec, Canada, parvint à dire Albert. Not a terrorist... not a hostage...

—Who are... inside ?

—My wife and... two doctors from New York...

Jos Doyon aussi au premier rang vint parler à Desforges:

—Veux-tu me dire, d'après toé, c'est qu'il se passe ?

—Des terroristes, chrisssss...

—Les Martineau ? Tu fou, tabarnak ?

—Je te le dis, sacrement, je les ai entendus de mes yeux vus.

Le regard incrédule, n'y comprenant rien de rien, Doyon voulut s'avancer pour rassurer la police. Il lui fut mis un pistolet à hauteur du nez:

—Get back, sir. This is not a game...

—Veux-tu me dire comment ça se fait qu'ils font une descente ici ? dit Doyon à Desforges.

–Bibi, icitte, je le sais. Parce que c'est moé que je les ai appelés sur mon cellulaire tantôt.

–Pourquoi c'est faire, mon Charlot ?

Charlot bomba le torse:

–Tu vas le savoir dans la minute, mon petit gars.

Pendant ce temps, prenant conscience qu'il y avait eu arrestation d'Albert, les deux chercheurs comprirent que c'est leur présence qui valait cette intervention policière. Senoussi mit ses mains sur sa tête et se présenta dans la porte en disant:

–Messieurs, je suis le docteur Sami Senoussi, un vrai Américain qui n'a rien sur la conscience. Ici, il y a mon collègue Alabi. Nous sommes venus rencontrer madame Jocelyne Larivière en marge de nos recherches sur le vieillissement. Nous avons nos cartes d'identité. Nous ne sommes pas armés. Nous sommes prêts à collaborer. Il n'y a aucune prise d'otage ici. Nous sommes des Américains fiers de leur drapeau et nous réclamons votre protection.

–He tells the truth, dit Albert au policier qui le retenait encore.

Celui-ci flaira enfin la méprise; il se releva et rengaina. Et incita ses collègues à faire de même. Senoussi les rejoignit et leur désigna la poche dans laquelle on trouverait ses cartes d'identité. Alabi fit de même.

On en vint vite à la conclusion qu'il y avait eu fausse alerte. Le policier en charge s'approcha des badauds et demanda qui les avait appelés pour signaler la présence de ces faux terroristes en ces lieux. Charlot demeurait figé. Jos le regardait puis regardait le policier qui avait maintenant le nez quasiment sur leur visage. Il finit par lever la main.

–You ?

–Not me, he did...

Et il désigna Charlot qui s'écria:

–Not me, he... he... he...

–Check his telephone, fit Doyon en montrant l'appareil à

la ceinture de l'autre.

Cette fois, Desforges ne pouvait plus se dérober. Il présenta son portable au policier et dit en faisant un signe de tête en direction des Arabes:

–I thought they were terrorists...

–Come with us, lui dit le policier.

L'homme penaud grimaça et suivit de mauvaise grâce non sans murmurer au passage à Doyon:

–Je vas te tuer, mon tabarnak.

–Prends donc tes responsabilités une fois dans ta vie, mon Charlot, lui chanta son meilleur ennemi.

Les gens aux rires étonnés s'écartèrent et on amena l'homme à la voiture. Le policier lui mit la main sur la tête tandis qu'il montait à l'arrière. Était pris qui voulait faire prendre.

*

Les chercheurs, servis par les événements contrariants, finirent par obtenir de Jocelyne et Albert la promesse de les recevoir de nouveau dans quelques mois quand on serait plus loin sur la nouvelle piste menant à la clef du vieillissement et qui passait non pas par un gène, celle-là, mais par une protéine si fraîchement découverte qu'elle ne portait pas encore de nom.

Et ils s'en allèrent.

*

À minuit, ce même soir, un véhicule sur lequel tournoyaient des gyrophares s'arrêta au même endroit exactement que l'auto de police plus tôt. Cette fois, c'était une ambulance. Des brancardiers en descendirent et entrèrent chez les Martineau par la porte grande ouverte. Ils venaient y prendre Albert, victime selon toute vraisemblance d'une crise cardiaque, et pour lequel sa femme avait appelé à l'aide quelque temps plus tôt quand elle avait surpris son compagnon en nage et le visage contraint par la douleur.

Joseph Doyon arriva juste à temps pour la voir monter à son tour dans le véhicule et l'entendre lui dire:

–Occupe-toi de la maison. Mon mari a une crise...

L'homme resta pantois au beau milieu de la rue. Hochant la tête, il marmonna:

–Ils diront que le terrorisme, ça change pas nos vies...

***

Chapitre 37

On désigna à Jocelyne un salon et un divan. On lui apporta un drap pour qu'elle s'en recouvre et puisse ainsi mieux relaxer en attendant des nouvelles de son mari qui se trouvait maintenant à l'unité des soins intensifs de l'hôpital de Pompano. Les heures passèrent. Nerveuses. Interminables. Angoissantes. À l'aube, on vint lui dire qu'Albert s'en sortirait. Elle put téléphoner à Joseph Doyon qui s'amena bientôt pour la ramener à la maison du parc.

En cours de route, il fut question des événements de la soirée qui avaient provoqué la crise cardiaque. Mais ni l'un ni l'autre n'accablèrent Charles Desforges pour autant.

–Sans ça, y aurait eu autre chose, dit-elle.

–Charlot, c'est comme un enfant: il a vu des Arabes entrer chez vous et son imagination s'est mis à travailler. Il était pas doux après moé. Je savais qu'ils le garderaient pas longtemps au poste de police. Il est revenu une heure plus tard. Mais c'est son orgueil qui en prend un bon coup.

–Je ne vais pas lui en faire grief en tout cas.

–C'est pas drôle quand même de gâcher votre voyage en Floride comme ça.

–C'est peut-être une chance au fond. Si on considère les

pitoyables soins de santé qu'on a chez nous, vaut probablement mieux qu'il soit hospitalisé en Floride.

–Oui, mais ça va coûter des bidous...

–C'est la Croix-Bleue qui paye.

–Faudrait pas tout dire ça à Charlot; il serait vite à dire: *j'ai sauvé la vie à Martineau.*

–D'un autre côté, peut-être que ça le revaloriserait après les désagréments –pour lui– d'hier soir.

–C'est vrai. Je vas essayer de raccommoder tout ça. C'est pas d'hier que je le connais. Il se fâche un bout de temps, mais il finit toujours par se radoucir. Hier, il voulait me tuer parce que je l'ai dénoncé. Ben oui, mais la police avait rien qu'à vérifier la provenance de l'appel et ils l'auraient retracé d'une manière ou d'une autre.

Une heure plus tard, Joseph se présentait chez Desforges. L'homme sortit, bedaine dehors, mains sur les hanches et vint se mettre devant le petit maigrelet qu'il dépassait d'une tête et d'une taille.

–Si je te disais que t'as sauvé la vie à Martineau, mon Charlot.

Charles s'approcha jusqu'à une longueur de nez de l'autre homme et sans dire un mot, il l'attrapa d'une seule main par le gargoton. Jos dut se tenir sur le bout des orteils pour ne pas manquer complètement d'oxygène et il parvint quand même à parler, mais comme un coq étouffé:

–C'est que tu... fais là, mon Charlot... ? J'te dis que... t'as... t'as sauvé Marti... neau.

–Je l'ai pas sauvé: il est entre la vie pis la mort à l'hôpital. Pis toé, t'auras même pas le temps de te retrouver entre la vie pis la mort... tu vas mourir tusuite, mon tabarnak de Joseph Doyon...

–Il prend du mieux... Autre... m... ment, il aurait pu mourir dans... un corridor d'hôpital... au Qué... Qué... au Québec. Ben mieux de même, hein ! C'est une grâce qu'il... qu'il soit tombé malade par icitte.... Maudit, lâche-moé donc, ça me fait mal... jusque dans les tes... testicules.

Desforges relâcha son étreinte en disant:

–Quen, c'est p't'être par là que j'arais dû commencer...

Et de sa grosse main de gorille, il empoigna le sac, le bâton du pèlerin et toute la vertu du milieu du petit homme qui, de coq étouffé se transforma soudain en coyote ahuri:

–Tu me fais mal... en tabarnak... mon Charlot, là...

–Ma p'tite chrisss... de bibitte à poils, t'arais pas dû parler de mon cellulaire à la police, non, t'arais pas dû.

–Je l'ai pas... magané, ton cellulaire... mon Charlot, mais... mais toé, là, tu me maganes les cellules en tabar...

Desforges relâcha son emprise et mit sa large main sur l'épaule de l'autre:

–Essplique-toé mieux... tu vas pas me faire avaler n'importe quoi, à moé, là, toé...

La tension diminuant d'un cran, le pauvre Joseph qui avait perdu un peu de son tan dans l'échange poignant, se lança dans une vraie dissertation par laquelle il démontra à son drôle d'ami que sa fausse alerte avait finalement produit des résultats appréciables voire inespérés, comme il le lui avait signalé dans sa toute première phrase à son arrivée. À force de le répéter en des mots différents, il finit par arracher le morceau soit le retour à la paix, du moins à une trêve entre eux...

–Y a pas un chat qui aurait pas agi comme toé, mon Charlot, hein !... Des Arabes dans le boutte et pis toute, là... hey hey hey, on rit pas avec ça... pis on niaise pas avec la puck... J'aurais fait exactement comme toé itou, c'est certain, ah ha c'est certain... On se connaît depuis des lustres, toé pis moé, tu devrais le savoir. Conte-moé ça un peu... Je veux dire...

Joseph prit le ton de la confidence et entraîna Charlot par le bras vers l'arrière de la maison en poursuivant:

–C'est quoi qui t'a mis la puce à l'oreille hier soir ? Viens icitte pour que pas personne nous entende... Conte-moé ça, mon gros... je veux dire mon grand...

*

Albert quitta les soins intensifs trois jours plus tard, encore sous un choc émotionnel. Comme tous ceux que frappe l'infarctus, il avait tout le mal du monde à croire que cette fois, il puisse s'agir de lui, la victime. Pas lui. Pas à cet âge. Pas avant soixante-dix ans tout de même ! Il n'y avait pourtant pas d'hérédité en ce sens dans la famille des Martineau. Tout était imputable à cette maudite descente de police et au traitement qu'on lui avait fait subir alors...

–Et sans Jouvence, pas de chercheurs d'origine arabe qui nous relancent ici, en Floride; et pas d'Alabi et de Senoussi, pas de descente de police, soupira Jocelyne qui voyait son mari pour la première fois hors de l'unité des soins intensifs.

–Tu peux toujours pas prendre mon infarctus sur ton dos, toi, là.

–Pas mon dos, celui de Jouvence. Si un phénomène qui prolonge ma vie écourte celle des miens...

–Tu t'en plains, mais tu refuses de collaborer avec la science médicale...

–Leur but, c'est pas de régulariser mon métabolisme et de le remettre sur ses rails normaux, c'est de trouver comment ralentir celui des autres sans effets secondaires fâcheux. Et ultimement pour faire la piastre. C'est le foin qu'ils cherchent, tu sais ça.

Ils avaient déjà discuté de ces choses à maintes reprises et en étaient arrivés à un commun accord quant à leur attitude devant ce cadeau de Grec que la nature faisait à la femme. Mais voilà qu'ils sentaient le besoin de le faire de nouveau à la lumière d'un nouvel événement majeur à survenir dans leur vie.

–On a cherché ensemble à gagner au casino. Qui ne cherche pas l'argent d'une façon ou d'une autre ? Pauvres comme riches...

–C'était rien qu'un divertissement, un jeu... pour le fun, tu sais bien. T'as vu, ils nous ont encore parlé de notre méthode... de ta méthode pour gagner au jeu... Ils auront beau être arabes, ils sont américains.

Par chance, l'autre homme partageant la chambre et invisible pour le moment à cause du rideau la séparant en deux, ne connaissait pas la langue française ou bien il aurait pu trouver ombrage à de tels propos d'allure raciste...

La femme était assise auprès de son mari et avait posé sa main sur celle d'Albert qui n'était pas embarrassée de cathéters. Il dégagea la sienne pour prendre celle de Jocelyne:

–Et si le clef de l'énigme... je veux dire de Jouvence permettait aux gens de retarder les maladies... et les attaques cardiaques...

De ça aussi ils avaient discuté, mais en temps de pleine et entière santé physique. Or voici qu'il y avait péril en la demeure et alors, les idées et les idéaux changent un peu...

Elle devint songeuse.

Chaussé de ses patins à roues alignées, un médecin fit son entrée dans la chambre. Il salua et continua jusqu'au rideau qu'il franchit. Le couple poursuivit sa conversation, mais à mi-voix et en français toujours, tandis que de l'autre côté du rideau, le docteur et son patient devisaient dans la langue de Shakespeare.

–Je ne peux pas accepter, fit le patient.

–C'est ça ou bien c'est la mort, dit le docteur.

–Je ne peux pas...

–La mort... à votre âge, ce n'est rien ?

Jocelyne pensa qu'il s'agissait d'un septuagénaire au moins, bien que la voix lui parût d'un tout autre personnage.

–Il faut ce qu'il faut.

–Écoutez, vous avez trente-trois ans, le reste de votre corps a trente-trois ans... seuls vos reins sont finis. C'est un accident de la vie. Ces foutues émanations toxiques au garage où vous avez travaillé trop d'années. Dialyse pendant quelques mois en attendant une greffe. On finira par vous trouver un donneur.

–Y a des donneurs de reins parfois, mais y a pas de donneurs de chirurgie des reins. C'est cent mille dollars qu'il faut et je n'en ai pas dix mille. J'ai une femme comme vous le savez et trois enfants...

–En leur nom justement, faites-vous traiter.

–Si je survis, il m'en coûtera cent mille dollars. Ce sera une dette à rembourser. Et eux seront privés des possibilités de tout cet argent. Si je meurs, ma petite assurance leur apportera cent mille dollars. Mourir est une excellente affaire pour un homme pauvre. Pas pour lui mais du moins pour les siens, vous ne trouvez pas, docteur ?

Jocelyne et Albert devinrent muets comme des carpes. Et livides, le soleil de la Floride ne les ayant pas atteints suffisamment encore pour empêcher leurs visages de devenir exsangues.

–Mourir, c'est une excellente affaire pour personne, Bill.

–Les gens qui ne manquent pas d'argent ne savent pas compter celui que les autres n'ont pas, n'ont plus ou pourraient avoir. C'est humain et c'est logique...

–Je ne veux pas perdre un patient de votre âge, fit le docteur avec de la colère dans la voix.

–C'est votre image qui en prendrait un coup.

–Ma réputation n'en souffrirait pas, mon ego oui.

–Vous n'en êtes plus à compter l'argent, vous comptez les victoires. C'est bien ce que je vous disais, quand on possède l'abondance, les besoins grimpent de gamme.

–Qu'est-ce que je pourrais vous dire de plus pour vous convaincre ?

–Trouvez un donneur de rein et... des sous requis pour faire la greffe...

–C'est pas si facile au pays du chacun pour soi. Peut-être pourrait-on faire une collecte dans votre communauté ?

–On est des gens de ville. Isolés. Sans amis. Et les gens de la parenté sont aussi démunis que nous le sommes.

–Je vais maintenant prendre votre pression. Si vous voulez me donner votre bras.

–Même ça est devenu inutile.

Les reins de l'homme n'étaient pas encore tout à fait inutilisables, mais au rythme de leur détérioration, ils le seraient dans les jours à venir d'où l'urgence soulevée par le médecin. Il fallait au plus vite le brancher sur une machine à dialyse afin de rétablir artificiellement la pleine fonction rénale. Mais rien ne semblait devoir infléchir la volonté du misérable que la vie ne choyait pas.

Le docteur repartit sans saluer ni même refermer la porte et ses patins l'emportèrent rapidement vers un malade plus docile et soucieux de sa propre guérison.

Jocelyne et Albert se parlèrent longuement en français. Il lui dit qu'il n'avait eu jusqu'à ce moment aucun contact avec son voisin de lit et qu'il n'avait pas même eu l'occasion de le saluer ou de le voir.

—C'est vrai que ça fait pas une demi-journée que je suis là, mais il doit quand même aller aux toilettes, cet homme-là. Pas vu le bout du nez.

—On aura beau critiquer les soins au Québec et au Canada, chez nous, il serait soigné au moins.

—On a beau en parler, ça ne règle pas son cas, le pauvre garçon. Tu as entendu: trente-trois ans, trois enfants... Chômage, pauvreté...

*

Le jour suivant, Jocelyne arriva à la même heure que la veille. Le rideau séparant Albert de William était toujours fermé. Elle prit place au même endroit:

—Tu as encore ton voisin ?

—Oui... et on a fait connaissance.

—C'est bien.

—Je lui ai dit que tu venais et que je te présenterais. Il est un peu timide, mais c'est un gars sympathique et qui fait grandement pitié. Tiens, aussi bien le faire tout de suite...

Albert savait que l'autre homme ne pouvait dormir puisqu'il lui avait parlé encore récemment et il le héla en anglais:

—William, on peut ?

L'homme tira lui-même le rideau. Jocelyne fut franchement étonnée d'apercevoir un personnage de race noire, très chétif mais au visage bon enfant.

Albert fit les présentations. Jocelyne lui serra la main. Il sourit largement et ses dents, blanches comme de la neige apparurent entre ses lèvres épaisses.

Et il y eut conversation. La femme le perçut elle aussi comme un gars très attachant. Cela contribua-t-il à mûrir une décision qu'elle avait prise la veille au soir, seule à la maison, à regarder passer dans sa rue tous ces choyés de la vie qui se préoccupaient bien peu de leur prochain sauf pour renifler dans ses chaudrons ? Fort probablement.

Sachant qu'il n'y avait pas une minute à perdre, Jocelyne se mit debout quand le docteur de la veille se présenta. C'est elle-même qui à son arrivée à l'hôpital, avait fait enquête pour trouver son nom et qui lui avait ensuite demandé de venir à la chambre quand il le pourrait. Et le médecin, un homme de quarante ans à visage mince et cheveux noirs en épis, tout vêtu de vert comme un chirurgien, resta debout au pied du lit d'Albert, sourire mince aux lèvres minces.

–Docteur Brown, Mr Francis, Albert, fit-elle dans le meilleur anglais qu'elle put trouver au fond de ses connaissances, la chance est bizarre et a de ces chemins qu'on ignore pour atteindre les personnes qu'elle veut atteindre. D'aucuns disent que le hasard fait bien les choses... Ce que je veux dire, c'est que la chance a ricoché sur Albert et moi pour atteindre votre lit, monsieur William Francis. Il y a quelque temps, j'ai gagné au casino de Montréal une somme importante, somme qui ne change en rien notre vie de couple et notre bonheur individuel. Et au fond qui nous est inutile. Et ces jours-ci, l'occasion nous a été donnée de croiser la route d'un être dont la vie même, ainsi que le bonheur de sa famille pourraient dépendre de cette somme que nous avons gagnée, de cette chance que nous avons eue. Il nous suffit d'un peu de bonne volonté pour faire ricocher, comme je le disais, cette chance vers cet homme, vers vous, monsieur William. J'ai donc demandé au docteur Brown de faire en sorte que des papiers à cet effet soient préparés. La somme nécessaire sera déposée en fidéicommis ici en Floride et servira comme prévu. Nous n'en avons pas parlé directement hier, Albert, mais ton état d'âme et tes dispositions envers ce jeune homme m'ont tout dit. Et si on devait manquer d'argent, on n'est pas à bout de ressources et... eh bien je me servirai de Jouvence et je lancerai New York à la poursuite du gros lot pour moi. Tu vas me dire que cent dix mille dollars, la somme que nous avons gagnée au casino et que je considère faire partie de notre surplus engrangé ne suffira pas à éponger les coûts de cent mille U.S. nécessaires à la dialyse et à l'intervention chirurgicale, mais qu'il nous suffise d'y ajouter notre budget annuel alloué au jeu et à ta méthode casino, Albert ! Mais si tu devais ne pas être d'accord du tout... Je sais que j'ai pris la décision sans toi...

Albert l'interrompit:

–Tu as fait ce qu'il fallait.

Le docteur Brown prit la parole:

–Il faut néanmoins obtenir l'assentiment de notre patient.

Le pauvre William ne parvenait pas à retenir ses larmes. Il acquiesça à travers toutes sortes de gestes qui disaient tout de sa reconnaissance, de son hésitation, de son impuissance devant la vie, mais sans jamais pouvoir prononcer le moindre mot.

*

Au cours de l'après-midi, William reçut la visite de sa petite famille. Une fillette aux petites tresses attachées par du ruban rouge présenta à Jocelyne et Albert des gâteaux durs préparés par sa mère, une femme grassette au sourire facile, et ce fut là le plus beau cadeau jamais reçu par le couple Martineau.

On ferma le rideau d'un commun accord.

Albert murmura à sa femme:

–Tu te souviens de ce que tu étais allée chercher à Lisieux et à Lourdes: je pense que tu viens de l'obtenir aujourd'hui...

La femme fit les grands yeux interrogateurs...

***

Chapitre 38

L'hypnothérapeute n'attendait plus personne à cette heure-là à son cabinet du centre-ville. Il avait fait quatre rencontres au cours de la journée: deux en avant-midi et deux en après-midi. Dehors, il neigeait comme en décembre; mais c'était mars, le mois du masculin par excellence.

Toutefois, L'Écuyer ne savait pas le temps qu'il faisait; son bureau de travail et le cabinet de consultation proprement dit étaient situés en plein coeur de la bâtisse et pas la moindre fenêtre donnant sur l'extérieur ne perçait les murs de l'un et de l'autre. Il lui fallait quitter la pièce pour voir dehors et se rendre au fond de l'immense annexe servant aux thérapies de groupe en amaigrissement et en tabagisme. En y soulevant rideaux et stores horizontaux, l'on pouvait apercevoir la courte rue qui se terminait d'un côté sur la grande rue commerçante et de l'autre sur un parc puis un long lac.

Il ouvrit un dossier qu'il venait de poser sur la table en soupirant. C'était celui de Jocelyne Martineau aux initiales JL pour Jocelyne Larivière, du nom de fille de la patiente. Un dossier datant du milieu de sa carrière et qui lui contrairement à la femme, avait considérablement vieilli, s'était écorné depuis le temps qu'il servait et au nombre de fois où il avait servi. Car elle était sa plus ancienne patiente à venir encore en consultation. À part elle, toute sa clientèle s'était renouvelée au fil des ans. Mais le professionnel avait gardé en filière tous les dossiers de tous ses patients depuis le début et ils étaient conservés sous code et par ordre de date de naissance dans des classeurs du bureau voisin (du cabinet) qui en contenait plusieurs alignés comme des vétérans.

En 1989, le thérapeute avait fait transférer le contenu résumé de tous ces dossiers dans l'ordinateur SE en y ajoutant des éléments additionnels en certains cas. Peut-être que ce qu'il cherchait s'y trouvait, faute de le découvrir dans le dossier traditionnel écrit à la main...

L'homme se leva en se grattant le crâne et il se rendit allumer le vieux Mac. Et il attendit qu'apparaisse le tableur ayant servi à annoter des idées-forces concernant ses patients, condensées sous forme de mots simples. Ce maudit griffonnage du dossier écrit qu'il ne parvenait pas à déchiffrer y apparaîtrait-il en clair et en net ?

Il tapa JL-020659 et obtint aussitôt la ligne occupée par Jocelyne Larivière. Puis dans la pénombre, sous le regard persistant de Toutankhamon, il retourna vers la table pour y prendre le dossier écrit et comparer les mots isolés. Mais il changea soudain de direction. Une impression vint le cueillir. Un sentiment. Un petit coup d'intuition comme il désignait ces moments-là, l'amena à marcher jusqu'au fond de l'autre pièce pour y voir dehors. Mais la raison reprit ses droits tandis qu'il s'y rendait. Il se dit qu'il ferait bien d'avertir Nicole de son absence jusque tard comme à peu près tous les jours de semaine depuis des lunes et des lunes. Il était homme entier à investir le maximum de lui-même dans les dossiers de ses patients afin de les comprendre, de les approfondir et surtout de les assimiler et les garder dans sa mémoire inconsciente: les faire siens. Il n'aurait jamais fait d'hypnose scientifique sur la seule base de la conscience ou en surface, il était homme à plonger au coeur des interrogations...

Et des intuitions...

Il regarda un moment une neige abondante et légère tomber en travers, signe qu'un vent faible la poussait. Cachés par la grisaille, les arbres du parc étaient à peine visibles. Alors il songea à Aubelle, l'arbre de Jocelyne sur la montagne et un sourire se dessina sur un côté de son visage. Non, il n'y croyait guère à cette possibilité de communiquer directement avec le règne végétal malgré ce qu'il avait lu d'expériences troublantes faites en ce domaine et certains livres en faisant état. Depuis le temps qu'elle lui en parlait et lui recommandait de se rendre aussi là-haut, jamais il ne s'était senti assez sensibilisé pour suivre son conseil. Mais voilà que sa recherche sur le phénomène Jouvence secouait son scepticisme...

Et puis non. Et il secoua la tête pour faire tenir tranquille son doute qui se remit à osciller de manière sécurisante.

Il retira ses yeux de la grisaille pour les poser sur la rue en bas. Quelqu'un sortait d'un véhicule stationné sous sa fenêtre. Une femme. Une image qui piqua sa curiosité, laquelle ramena en avant-plan dans un tourbillon étrange l'effet plus familier du phénomène de l'intuition.

Elle leva la tête vers lui et regarda droit dans sa direction, un moment arrêtée, manteau ouvert, près de sa voiture blanche. L'homme ne broncha pas, ne sourcilla même pas. Elle ne pouvait pas le voir ni même se rendre compte d'une présence s'il tenait le store et le rideau sans bouger d'une ligne. Au mieux, apercevrait-elle à travers les deux épaisseurs de vitres une forme vague. C'est que derrière lui se trouvait la pénombre et devant, là, dehors, un jour en déclin et embrouillé mais encore blanc.

Il la reconnut. Et son trouble augmenta. Il la connaissait depuis des lustres, cette amie de Jocelyne, mais ce n'était pas l'une de ses clientes. Elle ne devait pas croire en l'hypnose scientifique. Il avait même fait équipe avec elle en double au tennis au beau temps où ses poumons le permettaient encore.

Hélène Lachance venait enfin le consulter, mais lui, il l'ignorait encore. Peut-être avait-elle annoncé sa visite par voie télépathique ? Pourquoi des ondes bizarres étaient-elles venues le chercher par le bout du nez comme une odeur appelle un chien pour le mener jusqu'à la tempête hivernale perdue en plein printemps ?

Elle baissa la tête. Il secoua la sienne. Elle se dirigea vers le trottoir. Lui tourna les talons et regagna son cabinet. Elle marcha jusqu'à la rue commerciale. Lui pencha son regard sur le cas de Jocelyne à la recherche de la clef de l'énigme que sa patiente disait se trouver chez lui et son attention fut saisie de nouveau par ce barbouillage d'un mot qui torturait son esprit à cause de son inintelligibilité...

Hélène poussa la porte et s'arrêta au pied du long escalier entre les rangées de cases à courrier. Elle secoua le collet de fourrure synthétique de son manteau pour le déblayer puis mit le pied sur la première des vingt-cinq marches menant au couloir qui l'amènerait chez l'hypnothérapeute.

Tout était clair dans sa tête. Tout était échafaudé. Elle avait hésité trop longtemps avant de prendre sa décision. Rien ne l'arrêterait plus...

En fait, Hélène était une femme en colère contre la vie, contre la grande injustice de la vie, contre tous. Frustrée par le temps assassin, par les malaises de l'âge et par son lent et inexorable déclin. Dans son cas, le dicton 'quand on se regarde, on se désole; quand on se compare on se console' devenait pour la seconde partie:

"Quand on se compare, on se désole encore davantage."

C'est tout haut qu'elle se le murmura une fois encore au bas de cet escalier à marches noires. Yvon, son compagnon de vie, était un résigné. Il avait eu sa petite vie de fonctionnaire et s'en était contenté. Un type de neuf à cinq sans le moindre éclat. Ainsi que le disait Jocelyne, toute leur vie de couple avait été 'merveilleusement' ordine... ordine, ordine... Elle avait toujours été une femme au moins aussi vibrante que son amie et pourtant, tout avait fini par sombrer dans l'ordinaire, le platement ordinaire, le régulier, le quotidien, les travaux et les jours. Et à Jocelyne qui laissait venir les événements et jamais ou rarement ne poussait pour les faire se produire, il arrivait plein de choses et elle ne cessait de répéter: "Je remercie Dieu du privilège qu'il me fait de vivre ceci ou cela." "Encore un cadeau de la vie que je n'avais pas demandé!"

C'était frustrant à la fin d'avoir une amie pareille qui ne

méritait jamais ce qui lui arrivait et qui poussait l'inconscience jusqu'à se plaindre de ne pas vieillir et, chose affreuse et incompréhensible, qui refusait de partager son don de la nature en cherchant la clef de Jouvence non point pour la passer à d'autres, mais pour la détruire et l'enterrer à jamais sous le pauvre prétexte que l'humanité ne saurait s'en servir. Quelle prétentieuse !

La femme au visage endurci mit le pied sur la seconde marche et son regard devint encore plus profond.

Hélène n'avait jamais eu d'enfants. À Jocelyne, il en était arrivé trois et des meilleurs. Et elle avait tout juste levé ses petites jambes pour ça, pas même le petit doigt.

La femme mit le pied gauche sur la marche suivante et son regard devint plus petit.

Hélène avait dû se contenter d'aimer, d'éduquer et souvent d'élever à la place de leurs parents démissionnaires tous ces enfants que son métier d'enseignante lui avait fait recevoir à ses cours de catéchèse et sciences religieuses. Jocelyne était portée sur la main par tous ses patrons depuis le premier, le docteur Ouellette quarante ans plus tôt.

Le pied droit fut un peu moins assuré que l'autre l'instant d'avant et c'est que la visiteuse commençait à s'essouffler après une marche pourtant assez réduite depuis son auto jusque là.

Il n'y avait aucune commune mesure entre le pseudo cadeau de Grec de la nature à Jocelyne et le vrai qu'elle, Hélène Lachance, en avait reçu: cette poitrine à la Dolly Parton qui lui avait valu tant de moqueries, de quolibets, d'allusions scabreuses et de regards masculins bourrés de machisme et d'irrespect, mais surtout d'insupportables douleurs au dos toutes ces années puis d'autres à la poitrine même après la chirurgie qui l'avait enfin en partie libérée de ce poids lourd.

Une autre marche puis une autre furent franchies.

Et qu'est-ce qui la guettait maintenant ? Sans doute un cancer terré dans un coin noir et prêt à bondir sur elle à la moindre alerte d'un gène mal luné. Pendant ce temps, la Jocelyne jonglerait avec sa décision, marguerite à la main, arrachant les pétales un à un: "vieillis, vieillis pas... vieillis, vieillis pas... un peu... passablement... pas du tout..."

Deux marches à la fois désormais.

Les deux femmes avaient communiqué par téléphone depuis le retour prématuré de Floride des Martineau et il était apparu à Hélène que son 'amie' tergiversait encore quant au secret de Jouvence. Certes, elle voulait toujours trouver la clef de l'énigme, mais elle continuait de refuser de coopérer avec les chercheurs de New York et affirmait que la solution se cachait chez Jacques L'Écuyer au fond de son vieux dossier, derrière les phrases, entre les mots, sous les lettres. Et avait dit que Jacques, trop homme dans la tête, ne parviendrait peut-être pas à le découvrir. Et qu'il faudrait une âme féminine pour chercher...

Eh bien, c'est elle, Hélène, qui la ferait cette recherche, à son profit, et sans rien en dire à son amie, et en faisant taire Jacques si on devait trouver quelque chose. Décidément, Jocelyne ne méritait pas son bonheur...

Elle parvint enfin dans le couloir menant à la porte du thérapeute, hésita une seconde comme pour injecter à sa décision une dose de détermination puis se rendit sonner.

—Si c'est pas madame Hélène ! s'exclama Jacques en ouvrant.

—En personne, fit-elle en arborant son sourire le plus engageant.

—Je t'attendais.

—Comment ça ? demanda la femme dont le front fut traversé par une ombre.

—Je t'attendais... depuis vingt ans.

—Ah ! Dans ce sens-là...

Vif à saisir les choses, il dit:

—Parce que dans l'autre sens, il y avait source d'inquiétude ?

—Je ne dirais pas.

Il plongea son regard dans le sien, mais le retira aussitôt en disant:

–Entre, voyons !

Ce qu'elle fit vivement tout en se débarrassant de son manteau qui la laissa dans son jean denim à plastron minceur et une longue chemise du même tissu.

–Élégante ! fit-il.

–Bah! un tissu de semaine dans une confection du dimanche. Ça fait plus jeune que mon âge, mais on ne peut pas être toutes des Jocelyne Larivière.

–Elle n'est pas au paradis dans sa peau, tu sais.

–C'est bien ce qui me trouble.

Malgré ses sentiments négatifs, Hélène sourit intérieurement au fait de tomber pile sur le vif du sujet dès son arrivée chez le thérapeute.

–J'étais justement en train, tiens, d'examiner son dossier et de réfléchir une fois de plus ainsi qu'elle me l'a demandé, sur son "problème". Donne-moi ton manteau, je vais l'accrocher ici.

Il le suspendit à un crochet dans la porte de la garde-robe et la précéda entre la long paravent et le mur de son cabinet. Elle prit le temps d'enlever ses chaussures et refusa les pantoufles qu'il lui proposait pour le suivre en pieds de bas. En attente un moment, il fit un geste de la main pour l'inviter à entrer dans la petite pièce:

–Je ne suis pas venue en patiente ou en cliente.

Il s'étonna:

–Ah non ?

–En tant que... femme.

Il secoua la tête:

–Que femme ?

–Depuis le temps que Jocelyne me parle de toi, je voulais venir... te voir en privé et jaser un peu...

–Rien que ça ?

–Ou plus.

–Que ça ne nous empêche pas de nous asseoir quelque part. L'endroit le plus reposant de ces lieux est encore mon cabinet de consultation...

–Sous le regard inquiétant de Toutankhamon ?

–Tu as le sens de l'observation rapide.

–Jocelyne m'en avait parlé. Ça la dérangeait... à cause du cobra sur le front du pharaon...

–Ah ça ? C'est absorbé depuis longtemps par son inconscient. Voilà, c'est tout ce que je peux te dire à son sujet. Chaque dossier ici n'appartient qu'à la personne traitée. Mais comme elle t'a parlé des serpents... Prends place dans le fauteuil, là...

–C'est là... que ça se passe !?

–Tout ce qui s'y passe n'est que professionnel.

--En ce cas, c'est en tant que femme que je veux m'y installer. Tu as le temps de me recevoir au moins ?

–Je venais juste de téléphoner à ma...

–Tu es marié, toi ?

–Nicole, ma compagne de ces années-ci, disons. Et tu me fais marcher, tu sais tout ça.

Elle ne dit mot et se jeta presque dans le fauteuil tandis qu'il prenait place à la table devant le dossier entamé.

–C'est ça, le mur des lamentations ?

–D'aucunes disent le mur qui parle. C'est la première fois qu'on me parle de lamentations. Disons que l'ancienne Égypte est plus présente ici que Jérusalem.

–Il faudra que je vienne comme patiente... mais il faudrait de ton côté que tu me persuades du bien-fondé des thérapies.

–Si tu me le demandes, je peux essayer.

--Essaie toujours...

Jacques lui sourit d'un seul côté du visage comme toujours quand il s'apprêtait à démasquer quelqu'un:

–Bon, tu sais que je ne suis pas né de la dernière pluie, Hélène, dis-moi ce qui t'amène ici véritablement.

–Je te l'ai dit à deux reprises: je viens en tant que femme.

–Ce qui ne veut rien dire du tout.

–Une femme, ce n'est rien.

–Tu sais très bien ce que je veux dire.

Elle sourit, bougea ses jambes, souleva la poitrine par son souffle, devint faussement hésitante:

–En réalité... je ne sais plus trop... ce que je veux...

–Je crois au contraire que tu le sais très bien.

–Dis-le moi en ce cas.

–Tu veux prendre ici une place que tu crois que Jocelyne a, mais qu'en réalité, elle n'a pas. Elle est une patiente, point à la ligne.

–Je le sais fort bien, Jacques L'Écuyer et je ne pense pas du tout qu'elle soit davantage que ça... dans ta vie.

–Là, je suis un peu dérouté... Laisse-moi réfléchir... Tu ne viens pas entreprendre une thérapie... même que tu ne veux pas faire de thérapie...

–Je le voudrais, mais ça fermerait ta porte pour... disons plus qu'une thérapie. Ta réputation inclut que toute personne qui devient ta patiente demeure uniquement ça. Autrement d'ailleurs, pas un mari ne laisserait sa femme venir te voir et on le comprend. Et moi, je n'aime pas les portes fermées devant moi; elles sont déjà bien trop nombreuses...

–Et... pour en tenir une ouverte –laquelle ? mystère !– tu fermes celle de la thérapie.

–On tourne en rond... mais je te le redis: je viens en tant que femme pas cliente ou patiente.

–En ce cas, je n'ai plus grand-chose à dire, moi.

Il se croisa les bras et ajouta:

–Je veux bien t'écouter. Je vais me reposer pour une fois.

Elle se redressa et plongea son regard dans le sien:

–Je ne suis pas sûre que tu vas te reposer tant que ça avec moi.

–Dis-moi simplement ce que tu veux et je verrai si je peux quelque chose pour toi.

—Avec les hommes, faut toujours aller droit au but. Même si ça manque drôlement et totalement de...

Il l'interrompit:

—Je t'écoute, Hélène. Je suis ouvert à entendre toute... suggestion. Quelqu'un qui fait autant de suggestions que moi serait bien malvenu de se fermer au même traitement, non ?

Elle se laissa retomber en arrière et porta son regard sur les chandelles noires au mur de Toutankhamon.

—Je suis venue voir l'homme en tant que femme parce que c'est l'homme et non le thérapeute qui m'intéresse... qui m'intéresse d'abord...

—J'ai tout le mal du monde à croire qu'après toutes ces années à se côtoyer au club sportif, sur les courts de tennis, au resto, à se croiser sur la rue, à se parler au moins une fois par mois au hasard d'une rencontre, tu me trouves soudain au beau milieu de la soixantaine un charme irrésistible. Et que tu débarques chez moi en pleine tempête de neige printanière, tempête tardive, pour me raconter ça. Sur quel chemin de Damas as-tu marché ? Mais... ça me flatte dans le bon sens d...

—Du poil ?

Et elle s'esclaffa comme aux beaux jours de sa jeunesse. Il rit un peu, attendit. Elle ferma les yeux. C'était silence profond dans la pièce maintenant.

—Et si tu me faisais l'amour, Jacques L'Écuyer, lança-t-elle brutalement à la manière garçonne.

—Ce ne serait pas bien...

—Suis trop vieille ?

—Tu ne... sers pas ta cause en disant une chose pareille.

—On peut avoir envie de quelqu'un pendant des années et... tenir ça au chaud de sa... substance profonde, comme dirait le poète.

—C'est chose bien fréquente.

—Mais on meurt avec son secret bien gardé et son désir quelque part un bon jour s'est transformé en frustration et en regret. Fais-moi l'amour, Jacques L'Écuyer.

–Et après ?

–Et après quoi ?

–C'est ça: et après quoi ? On le fait et ensuite, tu me parles de la vraie raison qui t'amène chez moi aujourd'hui. Mais j'ai une proposition pour toi. Tu me parles de cette vraie raison, on en discute et ensuite... ensuite, on fait l'amour...

Il consulta sa montre puis croisa de nouveau les bras en terminant:

–... jusqu'à neuf heures.

Elle rouvrit les yeux, tourna la tête vers lui en disant de sa voix la plus douce en même temps que la plus déterminée:

–J'accepte ta proposition. Mais ne me trompe pas, Jacques L'Écuyer, ne me trompe surtout pas !

–C'est une promesse et je te jure que je tiendrai parole.

Elle soupira et se redressa une autre fois:

–Très bien !

L'homme avait pris un gros risque. Quand on aurait fait le tour du sujet qui l'avait conduite à lui, sans doute –ondes négatives aidant– qu'elle changerait d'idée à propos de l'amour et ce vieux désir avoué en lequel il ne croyait pas beaucoup fondrait comme neige de fin mars au grand soleil du printemps.

Et si les choses devaient tourner autrement et en arriver... là, tant pis ! Il se 'sacrifierait' pour tenir promesse. Ça ne fait jamais mourir son homme que de cueillir un fruit mûr dans le jardin du voisin. Et puis il en resterait bien assez pour sa compagne de vie qui n'en exigeait pas tant que tout...

Sa pensée parvint même à s'échapper de son cerveau pour descendre vers la partie la plus noble de la créature humaine mâle: celle qui, de connivence avec le Créateur, transmet la vie.

***

411

Chapitre 39

Jacques n'était pas sans flairer la raison véritable de cette visite de l'amie de son amie et patiente. Des mots entendus déjà de la bouche de Jocelyne et d'autres de celle d'Hélène elle-même, cette approche totalement imprévisible en un jour impossible à une heure bizarre, ces façons de tourner autour du pot et un prix accepté d'avance... tout ça disait que ce qu'elle cherchait véritablement avait une grande valeur. Ça ne pouvait être que le secret de Jouvence, une clef sans prix pour une femme. En tout cas une femme comme elle. Mais pourquoi ne pas passer par l'entremise de Jocelyne elle-même ?

–Curieux que je sois en train de réfléchir sur le dossier de notre amie Jocelyne.

–Le hasard n'existe pas.

–Malheureusement, c'est confidentiel.

–Je sais à peu près tout ce que son dossier contient. Tu parles si elle m'en parle depuis le temps.

–Mais je ne peux, moi, en parler.

Il referma la chemise de carton sur les notes s'y trouvant.

–Elle m'a répété dix fois que la clef de l'énigme est quelque part ici. Que son vieillissement s'est arrêté quand sa soeur est morte en 1982 et qu'elle a commencé à te consulter à ce moment-là. Qu'elle a l'intuition que le source est... en ces lieux, en ces dossiers. Qu'un homme, même aussi brillant que toi, ne possède pas ce qu'il faut pour trouver... parce qu'il est un homme justement, et donc dépourvu de certaines aptitudes... non pas à comprendre, mais à sentir et à vibrer... Qu'il faudrait une femme à l'étude du dossier... à l'assimiler pour que remonte à la surface la solution...

Hélène était maintenant assise en position presque verticale dans le fauteuil.

–Mais toi aussi, tu es apparue dans sa vie en cette période-là. Les cours de bible et tout... Et puis son arbre sur la montagne... qu'en sais-je, moi ? Les pistes sont si nombreuses. Et si c'était un ensemble de facteurs en relation avec un héritage génétique particulier ? C'est chercher une aiguille dans une botte de foin.

–Mais tu refuses de tout faire pour la trouver, cette foutue aiguille.

–Tu le voudrais pour elle ou pour toi ?

–Elle veut trouver la clef et je veux connaître cette clef.

–Elle dit que c'est un cadeau de Grec.

Hélène se cabra et cria presque:

–Égoïste ! Égocentrique ! Elle n'a pas le droit de priver les autres d'un tel cadeau du ciel ! C'est de l'inconscience. C'est de l'injustice. Je ne lui permettrai pas de le faire. Elle n'a pas le droit, tu m'entends, pas le droit.

–Je vais l'appeler et lui demander l'autorisation de te faire voir son dossier.

–Je te l'interdis. Quand vas-tu en finir avec ton propre égoïsme ? Tout pour ta sacro-sainte réputation. Fais donc une exception, une seule dans ta chère vie professionnelle. C'est pour le bien général. Pour celui de Jocelyne, pour le mien, pour celui de son mari, pour le tien, pour le bien de tout le monde. Qu'est-ce qu'elle a, cette femme, à vouloir garder pour elle le bien le plus précieux qui soit au monde: la jeunesse. Ces dernières années, peu à peu, je me suis mise à la haïr de se prendre pour Dieu le Père parce que la nature l'a gratifiée plus que les autres. Elle est comme la nation américaine: elle croit posséder le monopole de la vérité pour le monde entier. Puisqu'elle a reçu beaucoup, elle devrait donner beaucoup... mais non, tout pour elle-même et le moins possible pour les autres. Elle a fini par m'écoeurer avec son attitude mesquine...

–Elle a ses points de vue et ils ne sont pas si bêtes... Et puis, on lui a offert des millions pour participer aux recherches: elle n'est pas si égoïste que tu le prétends.

–Elle aurait pu les accepter, ces foutus millions et les rediriger vers... sais pas... disons Vision Mondiale... puisqu'elle possède une si belle âme d'après toi...

–Je respecte ses points de vue...

–C'est pas une question d'intellect, c'est une question de coeur, bon Dieu de bon Dieu.

–Pourquoi refuser de l'avertir au moins. Je sais qu'elle ne s'objectera pas à ce que tu cherches avec moi. Tu dis qu'elle dit qu'il faudrait une femme autre qu'elle-même dans son dossier.

–Elle comprend les arbres et elle n'est pas foutue de comprendre les humains. Tu sais ce qui arrivera si elle apprend que je suis venue te voir à propos de... Jouvence, elle me prendra pour ce que je ne suis pas...

–C'est-à-dire ?

–Un soir, elle s'est présentée au cours de bible. Elle était la douzième participante. On était onze filles et le professeur-animateur.

–Elle m'a parlé de ça... Et vous vous preniez pour les douze apôtres au féminin ?

–Et chacune de nous, avant qu'elle soit là, s'était déjà identifiée à un des douze apôtres. Huguette, c'était Matthieu. Yvette, c'était Philippe. Ainsi de suite. Comme on était onze, il resta un nom pas attribué encore. Il serait pour la suivante s'il en venait une autre.

–Et je présume que ce fut Jocelyne et qu'elle hérita du

nom de Judas.

–Justement non, on lui avait laissé Thomas.

–Je comprends... et c'est toi qui avais choisi celui de Judas.

–Exact ! J'avais mes raisons.

Elle les lui servit. L'homme comprit que par delà l'humour derrière ce jeu d'autrefois se trouvait peut-être la peur morbide d'Hélène d'être vue comme une traîtresse à ses amis. Un trauma d'enfance, qui sait. Comme il y a des homosexuels qui, toute leur vie durant, portent sur leur visage un masque de pure virilité anti-homosexualité. Plusieurs joignant même les rangs de corps de police ou l'armée pour mieux se défendre encore d'un penchant obsessionnel qui leur fait horreur.

Pour cette même raison avait-elle toujours remis à plus tard une thérapie en hypnose à laquelle depuis longtemps elle se déclarait intéressée ?

–Si je te révèle la teneur d'un dossier ou long comme ça d'un dossier, je serai, moi, un Judas. Et ça se situe bien au-delà de mon esprit professionnel et de ma réputation à sauvegarder.

Elle y mit un brin d'exaspération pour dire:

–Bon, bon, on n'en parle plus.

De sa voix la plus conciliante, l'homme dit:

–Et si on parlait de toi ?

–De moi ? De moi ? Quel intérêt ?... Tu veux peut-être que je te paye pour ma visite ?

–Comme tu es amère quand tu veux ! Ce n'est pas toi, ça, Hélène. Pas la Hélène que j'ai connue au club sportif en tout cas. Cette question est pourtant réglée. Tu es ici en tant que femme et je l'ai accepté comme tel. Et je t'ai même dit que tout mon temps pouvait t'appartenir jusqu'à... neuf heures.

Elle regrettait d'avoir inversé les deux phases de son plan: séduire cet homme d'abord, fureter dans le dossier de Jocelyne ensuite. Elle changea de ton:

–T'aurais pas besoin de... d'aide, ici ? Quelqu'un pour te seconder. Quelqu'un de fiable. Je n'aurais pas besoin d'un salaire. Je fais déjà du bénévolat...

–Il est préférable, je pense, qu'un hypnothérapeute travaille seul et c'est l'approche que j'ai toujours favorisée.

–Tu vas me dire que tu me vois venir avec mes gros sabots, mais je te jure –même si ça peut paraître puéril au premier abord – que je ne toucherais à aucun dossier.

–Le problème n'est pas là... et j'irai même plus loin. Tu pourrais les voir tous puisqu'ils sont sous code et que la confidentialité en serait assurée. Sûr que celui de Jocelyne serait facile à repérer, mais il me suffirait de le mettre sous clef...

–Donc tu pourrais avoir quelqu'un avec toi que ça ne nuirait en aucune façon à la confidentialité.

–Exactement ! Sauf qu'une tierce personne ici dérangerait la clientèle en me dérangeant, moi. Et ce, même si elle se trouvait dans une autre pièce. Je l'ai expérimenté encore il n'y a pas si longtemps avec Jocelyne et une autre personne. Le processus de l'hypnose est fragile...

–Qu'est-ce que tu me chantes là ? Plein de gens se donnent en spectacle sur scène devant des salles remplies.

–Ce sont des sujets pré-sélectionnés parce qu'ils sont très sensibles. Seulement une personne sur dix fait partie de ce groupe. Les autres... avec les autres, il faut que le contact soit le meilleur possible et sans rien pour nuire ou amoindrir ce transfert d'énergie... C'est vrai pour bien d'autres thérapies, tu le sais. En massothérapie par exemple...

–Oui, oui, je sais. Bon, et si on passait à autre chose ? Tu ne veux pas de mon aide ni de ma personne et tu ne veux pas non plus que je me mette à la recherche de la clef de Jouvence que Jocelyne affirme se trouver ici. Suis pas chanceuse aujourd'hui... Le temps qu'il fait y est-il pour quelque chose.

–Déçu de te décevoir.

–C'est rien.

–Et si on prenait quelque chose ?

–Un café avec un peu de Baileys, ça te dirait quelque chose ?

–Oui. Pourquoi pas ?

–Tu viens m'aider à le préparer ? C'est de l'autre côté dans le petit bureau.

–O.K!

Elle le suivit dans la pièce voisine. Un lieu sombre où tout avait l'air si désuet, si poussiéreux, si usé... Comment la clef de Jouvence pouvait-elle s'y trouver ? Tout semblait si vieux, si vieux...

Quatre classeurs de quatre tiroirs chacun étaient alignés au fond de la pièce et coiffés de piles de dossiers, comme si on avait manqué de place à l'intérieur. Au bord de la porte, une table sur laquelle était une nappe vert forêt. Plus loin, un comptoir où attendait la cafetière. Quelques tiroirs contenant de la vaisselle et des ustensiles. Et le réfrigérateur et la cuisinière tout aussi démodés que le reste.

–Tu manges ici ?

–Rarement.

–Je comprends...

–C'est un peu comme... comme mon cerveau, ici. Ma mémoire, mes archives... Je branche la cafetière et on pourra aller de l'autre côté en attendant que le café soit prêt. Et on pourrait prendre un Baileys pur entre-temps, qu'en dis-tu ? J'ai du lait frais et de la glace dans le frigo.

–Ça me va, Jacques.

L'homme prit un sac et en vida des grains dans une petite cafetière d'aluminium à deux tasses qu'il remplit d'eau et brancha. Puis il servit les boissons dans des coupes et on se rendit au grand salon-bureau. Elle prit place sur un divan et lui à l'autre extrémité après avoir déposé les verres sur la table devant eux. Il commanda à la chaîne audio un CD qui rendit bientôt de la musique de détente.

–Ça s'appelle *Haute Sensualité*: pas d'inconvénients ?

Il avait en tête que la femme avait perdu le goût, si elle l'avait jamais eu, de faire l'amour avec lui et c'est pourquoi il ne craignait pas l'ambiance.

—Tu as déjà fait l'amour ici, dans cette pièce ?

—Voilà une question à laquelle je ne m'attendais pas trop.

—Elle est là, sur la table.

Et en même temps, elle prit entre ses doigts le pied du verre qu'elle porta à ses lèvres.

—Je dois te dire que je la trouve indiscrète.

—Indélicate. Incongrue. Insolente...

—Faut pas trop en mettre: seulement un peu indiscrète.

—Cette réponse est la réponse.

—Tu sais lire les silences ?

—Comme toutes les femmes, mon cher.

Et l'échange se poursuivit ainsi, d'un côté et de l'autre, jusqu'à la fin de la consommation et jusqu'à celui du café qu'il servit bientôt au même lieu que les verres de Baileys.

Ce fut elle qui signala l'heure une heure plus tard:

—Comme le temps passe, il faudrait peut-être passer aux choses sérieuses.

Il avait oublié la proposition du départ.

—C'est-à-dire ?

—Ta promesse, mon ami, ta promesse.

—Ah ? Ah oui ? Ah, je pensais...

—Que j'avais oublié ? Que j'avais changé d'idée ? Eh bien non !

—Et tu veux qu'on fasse ça ici comme ça ?

—T'as une autre suggestion ?

—Mais... des gens de notre génération, il faut des... préparatifs, une approche plus lente... Nous ne sommes pas des consommateurs compulsifs comme ceux qui nous suivent. Je ne sais pas...

Elle ne fit aucun commentaire et vivement quitta sa place pour s'élancer sur lui qui relaxait dans son coin de divan, les bouts des doigts de ses mains se touchant dans une attitude patriarcale et dubitative.

Et sa main glissa depuis le genou en remontant jusqu'à trouver ce qu'elle cherchait:

–Et si on en sortait, justement, de notre époque, et si on s'en échappait ?

Rares sont les hommes en ce monde qui, atteints à l'endroit le plus vulnérable de leur anatomie, peuvent repousser la main qui les attaque si la personne qui en est la source n'est pas un laideron repoussant. Et cela était loin d'être le cas d'Hélène à qui les rides du visage ajoutaient même de l'attrait sexuel.

–Je ne suis plus un très bon amant, tu sais.

–À moi de juger, mon grand.

Elle obtint rapidement un résultat spectaculaire. Il ne se retint plus et entreprit de la dénuder. C'est un corps magnifique qu'il devait découvrir. Il le lui dit à sa manière quand elle fut étendue, nue, prête:

–De quoi as-tu à te plaindre ? Tu as conservé toute ta beauté physique.

–Mon corps ne va pas avec mon visage et c'est lui qui paraît tous les jours. Et puis, c'est pas mon image qui me fatigue, c'est mon état de santé.

–À part les petits bobos de la soixantaine, t'es en pleine forme. Tu vas vivre jusqu'à cent ans.

–Écoute-moi bien, **ça ne m'intéresse pas de vivre vieille, je veux vivre jeune, jeune...**

Il la caressa le temps d'une pause avant de dire:

–Peut-être que tu as raison au fond. Et si on trouvait la clef de Jouvence, fini peut-être mes problèmes d'emphysème et de diabète... On en reparlera tout à l'heure...

–C'est ça, on en reparlera. Là, viens sur moi, viens... en moi, mon grand, je...

Elle n'en dit pas davantage et ils se laissèrent aller aux choses de l'amour. Sans passion. Sans remords. Sans frénésie. Mais avec une sérénité qui leur valut un long plaisir...

*

–C'est beau les grands principes, mais il vient un jour où faire une exception ne peut que servir la cause de tout le monde, dit l'homme qui se penchait de nouveau sur le dossier de Jocelyne après une heure d'amour dans l'autre pièce.

Hélène avait pris place sur une chaise à roulettes près de lui et regardait elle aussi les notes au dossier. Il désignait les éléments à l'aide d'un pointeur laser qu'il n'allumait pas toutefois et il commentait pour elle:

–Tu vois, raison pour la consultation: suicide de Liliane. Mais ça, –regarde le changement dans l'écriture–, ce fut écrit un bout de temps après si je me rappelle. Elle a été longtemps sans vouloir m'en parler. Il faudrait éclaircir ça avec elle. Attends, on l'a fait il n'y a pas longtemps... Bon Dieu que j'ai des problèmes avec ma mémoire ! Passons.

–Symptômes reliés au problème... Abattement, cauchemars, frissons, pleurs incontrôlables... Tiens donc, je n'aurais pas cru Jocelyne capable de pareilles sensations... négatives. Elle qui rit toujours, qui s'exclame toujours, qui trouve toujours tout plus plus plus... À la longue, c'est trop...

–On ne fait pas son procès, son évaluation, on cherche...

–La clef de Jouvence, bien sûr, mais on peut faire des commentaires tout de même.

–Je te croyais sa plus grande amie.

–Quand ça fait son affaire. T'as vu quand Mariette est arrivée dans le décor. Dehors Hélène. Attends...

–Ma parole, on dirait que t'es jalouse des personnes qui s'approchent d'elle.

–Dans un sens oui. Elle possède cette maudite aptitude à être heureuse en toute circonstance à moins d'un coup terrible sur la gueule comme l'affaire de Liliane, mais moi, je ne la possède pas, même si on me voit rire aussi souvent qu'elle. De sorte que j'endure pas quand elle me met de côté.

–Vous avez une relation... amoureuse ou quoi ?

–Mais non, Jacques ! Où vas-tu chercher ça ?

–C'est pas une accusation de meurtre tout de même.

–Non mais...

–Enfin... poursuivons... Anamnèse...

–Qu'est-ce que c'est ?

–Tu vois: historique de ses difficultés, relations avec l'environnement... Ça ne contient pas grand-chose, précisément à cause de son aptitude à être heureuse comme tu dis. Elle s'adapte, cette fille-là. C'est sa grande force. Elle s'adapte vite à une nouvelle situation. C'est la dernière personne au Québec qui aurait eu besoin de me consulter et vois-tu, elle le fait tous les mois depuis vingt ans. Je voudrais bien savoir qu'est-ce qui la pousse à ça ?

–Elle dit que c'est pour faire le vide. Pour aller en relaxation profonde et faire le vide. Pour se reposer. C'est ça: pour se reposer. Elle dit qu'elle vient chercher un repos si grand dans une heure passée ici... Mais c'est peut-être ça, la clef qu'on cherche ?

–En ce cas, la plupart de mes patientes ne vieilliraient pas non plus. La relaxation profonde, c'est la base de l'hypnose et elles l'atteignent toutes. Les hommes moins, mais les femmes... Je ne veux pas prêcher pour ma paroisse, Hélène, mais si tu faisais une thérapie avec moi, tu comprendrais bien mieux l'hypnose et alors, ce sur quoi je ne parviens pas à mettre le doigt te sauterait peut-être aux yeux... Tu aurais à la fois la connaissance et l'intuition.

En ce moment, Jacques tenait sans le savoir son majeur posé sur le mot griffonné qui l'interpellait chaque fois qu'il ouvrait le dossier de Jocelyne.

Ils ne purent rien découvrir ce jour-là.

Et refirent l'amour de huit à neuf.

***

Chapitre 40

Au siècle dernier ou peut-être celui d'avant, un curé observateur a jugé bon donner à ses fidèles défunts une vue plaisante et pour ce, il a choisi d'accrocher le cimetière paroissial à flanc de colline. De partout dans la région, on peut l'apercevoir au loin, révélé par ses pierres tombales alignées, quelques obélisques et un charnier à vitrail qui ne sert plus qu'à remiser les outils d'entretien du champ des disparus.

Et le visiteur, peut-être aussi l'âme des défunts certains soirs comme celui du Jour des Morts, une fois rendu là-bas, peut regarder à loisir la ville vibrante à ses pieds et tout autour, la plaine tranquille percée de bosquets, de bouleraies, de hêtraies et surtout d'érablières, toutes familles de feuillus qui ont adopté pour se réchauffer des conifères dociles servant aussi d'épouvantails contre des insectes à la bonne foi douteuse.

C'est là que se dirigeait Jocelyne ce matin de son anniversaire de naissance, le deux juin, tenant par la main le petit Benjamin qui, du haut de son enfance, prenait grande joie à retrouver sa jeune grand-mère et à explorer avec elle quelque contrée inconnue. Cette fois, on serait en terrain familier. Car la femme avait souvent conduit le petit là-bas pour y visiter des êtres chers ayant franchi la porte du temps. Ses parents, Liliane dans le lot familial où il restait de la place, mais où personne n'irait se joindre aux autres, chacun des enfants Larivière possédant son propre lot dans sa propre ville tout comme ceux, à part une, qui avaient déjà traversé la grande barrière.

Elle avait stationné l'auto à quelque distance et marchait sans hâte vers l'entrée du cimetière alors que Benjamin lui parlait de ses amours avec Mélissa.

–Elle m'a appelé Chéri, Mamie... Comme grand-papa te dit des fois...

–Merveilleux ! Comme c'est mignon !

–Je lui ai dit... ben t'es ma chérie aussi...

Jocelyne soupira:

–Que j'aime ça, l'amour !

–Tu es belle, Mamie.

–C'est parce que tu es en amour... Quand on est en amour, tout devient si beau, si grand, si éclatant...

Il faisait un soleil radieux ce matin-là. Danielle et François avaient voulu faire un cadeau spécial à Jocelyne en lui confiant son cher petit pour la journée, d'autant plus que l'enfant n'avait pas de classe. On irait au restaurant en fin de journée pour fêter l'enfant, Marie et Jocelyne dans un melting pot qui réunirait comme les années précédentes pas mal de monde.

–C'est pour ça que tu me trouves beau ?

–Oui... Non... Je veux dire que tu es beau sans que j'aie besoin d'être en amour... C'est avec toi que je suis en amour, avec toi...

–Et Papi...

–Et Papi... Et Marie...

–Papa François...

–Et Danielle.

–Ma tante My.

–Tante My aussi...

–Ça fait beaucoup d'amour, hein ?

–Vois-tu, j'ai le coeur gros comme la montagne, là.

–Le coeur gros... c'est triste...

–Le coeur gros de peine, c'est triste. Mais le coeur gros d'amour, c'est formidable.

La grande barrière restait verrouillée en tout temps sauf celui de funérailles, mais il y avait une petite porte de grillage métallique par laquelle pouvaient passer les piétons et que l'on emprunta. Le lieu était ombragé par de nombreux arbres alignés l'entourant comme des soldats au garde-à-vous mais ensoleillé en sa partie centrale. On avait trois visites à faire et à cette heure tranquille, les risques de croiser quelqu'un étaient plutôt réduits. Tout d'abord le lot des Larivière. On y fut en quelques minutes.

–C'est ma tante Lili, ici ? demanda l'enfant.

–Et mon papa et ma maman...

Pour une raison que Jocelyne ne saisit pas car le cerveau des enfants est un labyrinthe de surprises toutes plus originales les unes que les autres, Benjamin répéta ce qu'il avait dit plus tôt en venant:

–Tu es belle, Mamie.

Jocelyne songea à ses vêtements qui inspiraient peut-être le garçonnet sentimental, un ensemble deux pièces en crêpe: veste blanche fermée sur un plastron à rayures classiques et jupe-culotte portefeuille boutonnée sur le côté, de couleur noire. Avec ses verres fumés, la femme donnait l'allure de Jacqueline Kennedy au temps de sa fière jeunesse.

Mais c'est plutôt dans les ondes s'échappant d'elle que l'enfant puisait son sentiment et alimentait son amour d'une humanité qui se résumait pour lui ce jour-là en Mélissa de l'école et Mamie, sa seconde mère depuis sa naissance. Une sorte d'exaltation allégeait la tête et le coeur de Jocelyne. La veille, elle avait rendu visite à Aubelle sur la montagne et l'air pur l'avait de nouveau tant revivifiée qu'il lui paraissait avoir été survoltée à son retour à la maison. Alors elle avait pensé que le plus beau jour pour rendre visite à ces quelques personnes bien aimées serait celui du deux juin qui l'avait vue naître en 1939. Et avec qui le mieux partager qu'avec un enfant qui embrasse la vie à en remplir chaque jour ses petites mains jamais rassasiées ?

Après sa famille, elle changea de direction et prit celle qui menait au fond droit. Il faut dire que même à flanc de coteau, la pente était plutôt douce et deux êtres aussi en forme qu'eux arrivèrent sans le moindre essoufflement devant la tombe de Mariette.

–C'est ma tante Marie ?...

–Oui... Non... Pas ma tante Marie... tante petite Marie...

–Tante petite Marie ?

–C'est ça. Tu te souviens, tu es venu avec moi la voir à l'hôpital l'année passée.

Le petit fit plusieurs hochements de tête à sa mamie et à sa mémoire.

–Tu vois, ça fait déjà six mois qu'elle est partie. Je me demande si... si elle communique avec Aubelle. Je l'ai demandé à Aubelle qui m'a dit qu'il valait mieux ne rien me dire. Étrange ! Étrange mais beau ! J'aime les mystères.

–Mystère ?

–Une chose vraie qu'on ne peut pas comprendre.

Les mots même de l'explication faisaient mystère à l'enfant qui s'en désintéressa aussitôt. Mais son inconscient emmagasina le mot mystère et le mit dans un classeur fouillis...

Jocelyne raconta à Mariette les événements de Floride et lui fit part de l'idée d'Albert à propos de cet homme noir à qui on avait versé le lot gagné au casino pour qu'il survive grâce à une greffe du rein.

–Tu vois, la greffe de moelle osseuse que tu as refusée, ma grande, c'est peut-être ça qui a fait que cet homme a fini par accepter une greffe de rein. Si je n'avais pas vu et ressenti toute ta douleur, j'aurais peut-être fermé les yeux, qui sait, sur la souffrance de ce pauvre père de famille. Comme on le disait: la douleur des uns sert à alléger celle de quelqu'un d'autre... Et puis tu te souviens de l'histoire de la mouffette que je t'ai racontée... tu sais maintenant que c'est André qui lui avait pris son sang et sa vie... par inconscience

426

sûrement... j'ai prié pour prendre sur moi sa souffrance, mais elle était déjà morte alors. Aubelle m'a assuré que dans la mort le temps n'existe pas et que mon geste a signifié un apaisement... disons rétroactif des souffrances du petit animal.

La femme soupira et regarda vers la montagne, vers son cher arbre fidèle:

—Mais tout cela n'est pas triste grâce... grâce à la cohésion de toutes choses et... comme disait Poirier, mon prof de bible, la cohérence cosmique... Je ne sais trop ce qu'il voulait dire par là, mais lui se comprenait et en se comprenant, il nous faisait nous comprendre aussi. Parlant de Poirier, c'est ma troisième visite prévue pour ce matin. Je t'aime, ma grande, autant que tu m'as aimée et je vais revenir te voir cet été, je vais revenir...

Le gamin n'écoutait pas. Son inconscient continuait d'emmagasiner. Son coeur allait de Mélissa à ses parents en passant par l'image de Papi et de lui-même en train de réparer quelque chose ou de mettre au point une... patente nouvelle...

Un quart d'heure plus tard, on arrivait devant la pierre tombale de Poirier à l'autre bout du cimetière. Ce ne fut pas long qu'elle l'entendit rire et lui parler:

—Tiens, Thomas qui vient me voir. Tu diras aux autres de venir aussi. On est bien par ici, tu sais.

—Je le ferai, mais en attendant, au lieu de mettre des fleurs sur ta tombe, je vais mettre une chanson.

—Merveilleux, je t'écoute. C'est le plus beau cadeau...

Mais un bruit l'en empêcha. L'endroit n'était pas si loin de la sortie du cimetière et il sembla à Jocelyne qu'elle entendit claquer la petite porte métallique qu'elle n'avait pas refermée avec le loquet. Elle tourna la tête. Rien.

—Y a quelqu'un qui s'en vient, lui dit Poirier.

Elle tourna de nouveau la tête. Rien. Alors elle se dit que c'était peut-être elle qui mettait les mots entre les dents du squelette à Poirier, là, six pieds sous terre.

—Y a un monsieur qui s'en vient, dit Benjamin qui après

avoir regardé derrière regardait maintenant sa grand-mère.

–Laisse venir.

Pourtant, elle ne put se demander qui pouvait bien s'amener et prendre autant de temps pour le faire. Et puis est-ce que ce visiteur, puisqu'il s'agissait d'un homme selon l'enfant, venait en leur direction ? Qu'on ne s'avise pas de les agresser ou bien on trouverait que pour une femme de soixante-cinq ans, elle en avait dans le buffet. Elle demeurait en pleine forme, connaissait les techniques de base du karaté, savait où frapper un homme pour le neutraliser... et n'hésiterait surtout pas à le faire en cas de besoin. Il devrait se lever de bonne heure celui qui voudrait s'attaquer à son petit-fils, à la chair de sa chair...

–Attends un peu, Jocelyne, se dit-elle tout à coup à elle-même tout haut, délire donc pas ce matin, là. C'est peut-être le gardien du cimetière, c'est peut-être Albert qui sera venu à pied ou autrement, c'est peut-être Jacques qui savait qu'elle serait là à cette heure, c'est peut-être n'importe qui venu comme eux visiter un disparu.

Bizarrement, elle ne voulait pas tourner la tête pour savoir qui venait comme elle l'avait pourtant déjà fait à deux reprises plutôt qu'une. Quelque chose la retenait de le faire. Ou bien quelqu'un par ses ondes. Poirier peut-être pour lui jouer un tour à sa manière ? Quand on est ratoureux, disait-il toujours avec un oeil malicieux, on l'est pour l'éternité. Ou bien était-ce cet arrivant qui n'en finissait pas d'arriver ?

Benjamin ne semblait pas troublé et sa main dans la sienne le disait. Pourquoi le serait-elle alors ? Une présence finit par se faire sentir tout près, à trois pas derrière. Cette fois, elle se tourna. C'était presque personne. En fait un petit vieux progressant à peine à chaque pas court qu'il faisait dans sa vieillesse courbée en avant: cassé par le milieu, aurait dit Rimbaud.

Il la regarda dans les yeux et baissa aussitôt les siens vers la pierre tombale où, grâce à ses lunettes à verres épais, il put lire le nom de celui qu'il venait voir comme il le faisait une fois ou deux par année depuis longtemps, en fait depuis que Poirier riait sous terre. Elle l'entendit marmonner ce qui ressemblait à une prière, peut-être le signe de la croix ou une salutation quelconque.

Et il fit d'autres pas et se tint à quelque distance des deux autres sans rien dire, silencieux comme une carpe. Jocelyne haussa les épaules. Elle avait promis une chanson à Poirier qui avait l'air d'attendre patiemment et elle la lui servit en fredonnant plutôt qu'autre chose:

> *Fais ta prière, cher Poirier.*
> *Ça peut toujours servir.*
> *Fais ta prière, cher Poirier,*
> *Demain tu vas mourir.*
> *Devant ton verre de rhum*
> *Dans le matin blafard*
> *Tâche au moins d'être un homme*
> *Avant le grand départ.*

–Tu chantes, Mamie ?

–Oui, pour un monsieur que j'aimais beaucoup et qui est enterré ici.

L'autre visiteur se tourna et dit la voix calme et ferme:

–Vous connaissiez Poirier ? C'est pour lui que je suis venu moi aussi aujourd'hui. Un vieux tannant mais que j'aimais bien. Il aimait bien ça, ce que vous chantonnez, là, vous.

Il semblait à Jocelyne que ce personnage avait au fond du regard quelque chose de familier. Mais qui était-ce ? Que faisait-il à cet endroit précis en même temps qu'elle ? Y avait-il un sens à tout cela ? Pendant un moment, elle crut qu'il s'agissait de cet écrivain rencontré à Lourdes et qu'elle n'avait vu que pendant un court moment et dont le regard lui était resté en mémoire tant il était rempli de lourdeur et d'abandon. Mais elle se ravisa: ce personnage n'était pas aussi âgé tout de même. Et puis il était en chaise roulante. Peut-être que c'était le moment d'entrer profondément à l'intérieur d'elle-même par le biais d'auto-hypnose instantanée comme elle en avait la maîtrise depuis plusieurs années. Son inconscient lui livrerait un sentiment, une impression qui, combinés, débloqueraient sa mémoire consciente.

Son vieux voisin reprit la parole avec sa voix tombante:

–Vous devriez la chanter encore. Vous avez du talent, beaucoup de talent.

Rien ne lui revenait de clair en mémoire à part les paroles de *Fais ta prière* et elle recommença en haussant une épaule et le ton de l'air:

Fais ta prière, cher Poirier.

Ça peut toujours servir.

Fais ta prière, cher Poirier,

Demain tu vas mourir...

Devant ton verre...

Mais voici que le chant fut interrompu et qu'il se transforma en sa bouche et comme malgré elle en des mots qui évoquaient des sentiments si lointains, si lointains...

"Oui, Valère, je tiens... votre coeur... incapable de m'abuser... Je crois que vous... m'aimez d'un véritable... amour, et que vous me serez... fidèle..."

Elle se tourna vers le vieil homme qui la regarda avec intensité puis posa son regard sur l'enfant au visage rempli de curiosité avant de le redonner à la femme. Il ouvrit la bouche à son tour pour répondre à la réplique:

"Ah! ne me faites point ce tort de juger de moi par les autres. Soupçonnez-moi de tout, Élise, plutôt que de manquer à ce que je vous dois. Je vous aime trop pour cela, et mon amour pour vous durera autant que ma vie."

–Valère !? Non...

–Élise !?

–Le frère Gervais.

–Et toi... attends... il me semble que...

L'homme se gratta le front dans un geste qu'elle lui connaissait et qui la bouleversait par sa simplicité alors qu'elle était assise à l'un des pupitres du labo.

–Jocelyne Larivière. J'ai fait Élise avec vous quand j'étais au couvent...

–Les beaux cheveux aux épaules... tu as fait quoi avec ?

–Il y en a eu plusieurs récoltes depuis.

–J'imagine.

Il s'approcha:

–Laisse-moi te serrer sur mon coeur.

Ce qu'il fit.

–Tu sais, j'étais un collègue de Poirier. On était dans la même congrégation. Mais toi, qui étais-tu ? Mais je te regarde, c'est pas possible. Tu ne peux pas avoir joué dans l'*Avare* avec moi en 1956... Je rêve... C'est le vieux Poirier qui me joue des tours... qui met des visions dans mes lunettes... Vieux sacripant !

–C'est bien moi, frère Gervais, j'avais dix-sept ans...

–Et tu vas me faire croire que tu en as soixante-cinq si mes calculs sont bons...

–C'est ça, dit-elle.

–Ben là... Gervais, c'est le temps que tu rejoignes Poirier pour jouer aux cartes en paix.

L'enfant glissa:

–C'est la fête à Mamie aujourd'hui.

–Suis née le deux juin 1939. Et j'étais au couvent en 56. Et j'ai joué dans l'*Avare* avec vous et vous m'avez...

–Ne dis rien. J'ai peut-être fait des choses... qu'il vaut mieux occulter dans sa mémoire.

–Non, non, tout était si beau, si grand, si... noble, si... si exaltant... comme aujourd'hui. Comment se fait-il que vous soyez ici aujourd'hui ? Pourquoi êtes-vous là, frère Gervais ? J'imagine que vous n'êtes plus frère depuis belle lurette ?

–Depuis belle lurette en effet... Pourquoi je suis là ? Je me le demande aussi, tu sais. J'aurais pu venir demain ou hier ou dans une semaine ou cet après-midi.

–Le hasard n'existe pas; il y a quelque chose que je dois comprendre à travers cet événement.

–Et moi aussi... Et ce jeune homme aussi sans doute. Comment t'appelles-tu, toi, mon beau grand garçon ?

–Benjamin Martineau.

–Mon petit-fils... Je l'adore. Je l'ai élevé. C'est un amour et... il est en amour.

Elle termina la phrase sur un murmure de confidence. Le petit avait déjà son attention autre part. Il demanda:

–Quand est-ce qu'on s'en va, Mamie ?

–Dans quelques minutes.

–Soixante-cinq ans: ce n'est pas possible.

Elle insista, le sourcil froncé:

–C'est ça, c'est ça.

–Si l'inexplicable est miraculeux, alors c'est tout un miracle.

–On m'appelle "la femme qui ne vieillit pas". Vous n'êtes pas le seul à vous étonner, vous savez. Mais je préférerais qu'on parle un peu d'autre chose. Il y a une question qui me brûlait la langue... et les lèvres et la bouche et qui me brûlait partout, frère Gervais...

–Je t'écoute.

–Est-ce que... vous m'aimiez d'amour ?

–Ça, tu peux en être sûre ! Mais... ce n'était pas l'époque.

–Non, c'était l'époque. De l'amour comme celui-là, il n'y en a plus. Enfin, celui que je ressentais pour vous. Ça n'existe plus. Ça n'existera plus jamais. Sauf dans le coeur d'enfants comme lui. Benjamin connaît l'amour, lui, en ce moment, tout comme moi, en 56 à dix-sept ans. Je mettais mes mains là où vous aviez mis les vôtres et je ne me les lavais pas durant une journée pour en humer l'odeur...

Il rit:

–L'odeur d'acide: c'était un labo.

–Ou peut-être des ondes plus que des odeurs. Et sans doute qu'elles étaient bien réelles.

–Mais tout ça ne dit pas pourquoi nous sommes là, tous les deux, ce matin, devant la pierre tombale de Poirier.

–C'est Poirier.

–Je le pense aussi.

–Ça ne pourrait être que lui.

–Je le pense aussi... Tu sais, j'ai mon lot, moi aussi, plus loin, de ce côté. Et ma pierre tombale s'y trouve déjà. Il ne manque plus que la date de ma mort. Tu viendras me parler aussi quand tu viendras rendre visite à Poirier et aux autres que tu connais et qui dorment ici.

–Pourquoi pas ?

–Je t'attendrai et je te donnerai la réplique.

Il y eut une pause puis elle s'accroupit à côté de son petit-fils et chantonna en lui montrant les paroles :

> *Devant ton verre de rhum*
>
> *Dans le matin blafard*
>
> *Tâche au moins d'être un homme*
>
> *Avant le grand départ.*

Quand elle se leva au bout de quelques instants, Gervais n'était plus là. Elle se demandait si elle n'avait pas rêvé tout ça à cause de l'auto-hypnose. Mais il y avait l'odeur que l'homme en l'étreignant avait laissée sur elle. Et un tel parfum venu de 1956 ne pouvait pas la tromper. Gervais avait dû comprendre pourquoi il était venu. Et il était reparti.

Mais le doute, ce doute qui l'avait conduite en bien des lieux au cours de sa vie, aux cours de Bible entre autres, et aussi à Lisieux et Lourdes, le doute agaçant vint la reprendre. Et elle ne put y résister. Avant de partir du cimetière, elle entraîna Benjamin du côté de chez Gervais et elle trouva aisément la pierre tombale dont il avait parlé. Il y avait la date de sa naissance comme il l'avait dit, mais pas encore celle de sa mort.

*

Ce soir-là, après la fête, seule dans leur chambre avec son mari, elle lui parla de Jouvence et lui annonça qu'elle reprendrait contact avec les gens de New York et cette fois, n'y mettrait aucune retenue.

–Et j'irai chez Jacques afin de chercher mieux encore à l'intérieur de moi-même.

–Qu'est-ce qui t'a fait changer d'idée ?

–Une somme...

–Oui, mais la raison immédiate... celle qui est la plus récente dans ta vie ?

–Une visite au cimetière. C'est vrai: les gens meurent un peu trop jeunes.

***

Chapitre 41

Jocelyne Larivière avait donc l'intention de passer un coup de fil le plus tôt possible à Jacques L'Écuyer afin de prendre rendez-vous à son cabinet de consultation au centre-ville de Mont-Bleu près du parc et du lac. La rencontre serait en sus de celle du mois, prévue pour la troisième semaine et non si tôt. Il arriva des imprévus qui l'empêchèrent de téléphoner. Et puis on avait repris les soirées de casino. Et Albert dut subir une autre coronarographie pour que soit vu par la médecine publique québécoise l'état de ses artères coronaires, même s'il avait entre les mains les résultats du même examen passé lors de son hospitalisation par la médecine privée de Pompano.

"On ne peut vous opérer sur des approximations."

"Gaspillage de fonds publics !"

"Si les deux tests ne concordent pas, vous ne parlerez plus de gaspillage, monsieur."

"Je vais plutôt m'inquiéter des résultats de votre examen."

La norme devait quand même le coucher sur la table d'examen un soir prochain peu après six heures. On se rendrait au coeur en passant par le poignet droit.

"On est passé par l'aine là-bas."

"C'est moins coûteux de passer par le poignet."

"Me faudrait un calmant."

"Vous en demanderez un à la salle d'examen."

"Je ne sais pourquoi on vous a dit ça en haut. Les calmants, c'est pas nous, ici, à la salle d'examen, qui les administrons. On a bien autre chose à faire..."

"Mais j'ai les nerfs, moi."

"Un homme de votre gabarit ? Étonnant !"

"Même l'orgueil fait moins d'effet qu'un vrai calmant."

"L'orgueil du patient coûte moins cher à l'État."

"Oui, mais..."

"Taisez-vous et concentrez-vous sur la relaxation. Ça ne sera pas douloureux, vous verrez, vous verrez."

"Si on me mettait en état d'hypnose. J'ai froid."

"C'est une salle de chirurgie et c'est donc froid."

L'homme regretta de n'avoir pas écouté sa femme toutes ces années et pratiqué tout comme elle l'auto-hypnose. Elle à sa place aurait eu un bien meilleur contrôle de ses nerfs.

Un docteur et trois assistantes travaillaient à la chaîne depuis le midi et semblaient tous très fatigués. Puisque ce n'était pas une chirurgie proprement dite, on ne portait pas de masque. Malgré cela, le patient ne lisait que dans les regards. Et les regards le traitaient comme s'il avait été une auto au garage. Non, ainsi considéré, il se serait senti traité aux petits oignons...

Déjà frissonnant quand on lui ouvrit le poignet, il fut envahi par d'incessantes vagues de secousses qui agitaient non que sa peau mais aussi sa substance profonde et jusque son âme quand on commença d'introduire le tube dans la veine. Claquant des dents, il dit au docteur examinateur:

"Par... l'aine... c'était un... charme... J'ai... rien... senti..."

"Ça achève déjà."

"Mais... "

"Par le poignet, ça nous permet d'en faire deux fois plus dans le même temps. Il nous faut nous occuper de tous les autres, pas rien que de vous. La médecine québécoise est la médecine du sacrifice de tous pour le bien de tous."

"Il... me semble... que c'est... pa... para... paradoxal, ça."

Le frisson demeura, mais contre toute logique, le corps d'Albert se mit à transpirer. Une sueur abondante comme au coeur d'un gros été humide et pourtant, il faisait toujours aussi froid aux environs.

Ses problèmes ne faisaient que commencer. Pas plus qu'on ne l'avait recouvert quand il avait froid, pas plus on ne le découvrit quand il eut chaud à mourir. Et quand on injecta le liquide colorant dans le coeur, le muscle cardiaque entra dans une sorte de protestation qui s'exprimait en douleur extrême, celle du dix-roues qui vous passe sur le corps. Ce fut la crise d'angine et pas la moindre. Provoquée par le stress autant que par l'examen lui-même. Rien de tout ça ne s'était produit lors de la coronarographie par l'aine. Telle fut la part de souffrance qu'Albert dut endurer pour aider le budget de la province. Il aurait suffi d'un calmant à vingt-cinq cents pour l'éviter.

"Oui, mais on n'a pas d'argent, déclara le ministre de la santé qui se trouvait en vacances sur son bateau quelque part en vue des palmiers."

Mais cette déclaration n'avait aucun lien direct avec l'état de ce pauvre petit Albert revenu chez lui et désireux de prendre vingt-quatre bonnes heures pour récupérer.

*

Le téléphone sonna. Jocelyne répondit.

−Allô !

−...

−Ben oui, c'est moi, Hélène, voyons !

−...

−Non... Albert a passé un gros examen tout à l'heure. Il se repose.

−...

–Il dort, c'est sûr. Ça lui a pris pas mal d'énergie. Pourquoi ? C'est important que...

–...

–Que je me rende où ?

–...

–Il est un peu tard, non ? Il est presque neuf heures du soir, je te signale. Et puis qu'est-ce que tu fais donc là ?

–...

–Il ne veut pas me parler ?

–...

–C'est bon, j'arrive.

Que de mystère dans cet appel ! songeait la femme en prenant la route. Elle supputa tout le long du trajet. Que faisait donc Hélène chez l'hypnothérapeute, elle qui n'avait fait preuve toutes années où elle lui avait parlé de ses talents, que de procrastination. Avait-elle fini par se décider de faire une thérapie ou simplement de consulter pour se libérer d'une charge de stress ?

Et l'attitude de son amie ces derniers temps lui tournait dans les idées. Hélène n'avait pas voulu se confier à elle, comment le pourrait-elle à Jacques ?

–À force de lui dire, elle a fini par se décider. La publicité agit à longue échéance, faut croire.

C'est ce qu'elle pensait en marchant vers la porte d'entrée de l'édifice commercial où se trouvait au second étage le cabinet de consultation. Au dernier moment, elle croisa un couple de leurs amis, ce professionnel à la retraite accompagné de son épouse de race noire. Et elle échangea quelques mots avec eux. On se reverrait à un prochain souper de groupe au milieu de l'été.

La porte du bureau s'ouvrit d'elle-même quand Jocelyne appuya sur le bouton de la sonnerie. Elle se retrouva face à face avec Hélène que l'éclairage du vestibule rendait livide et dont le regard exprimait un sentiment indéfinissable mais sûrement pas très rassurant.

–J'ai un maudit problème.

—Qu'est-ce que tu fais ici à cette heure ?

—Suis venue... consulter...

Jocelyne ne la crut pas.

—Et Jacques, il est dans le bureau ?

—De l'autre côté, dans le grand salon.

—Alors... qu'est-ce que je viens faire ici ? Il ne voulait pas me parler au téléphone.

—J'ai dit qu'il ne pouvait pas le faire. Ne reste pas là. Je vais verrouiller la porte derrière toi.

Jocelyne fit quelques pas hésitants. Qu'est-ce que tout ça pouvait vouloir dire ? Et là, subitement, la lumière se fit. Ces deux-là avaient travaillé sur son dossier et ils pensaient avoir trouvé la clef de Jouvence. Oui, mais... pourquoi si tard dans la journée ? Une autre lumière s'ajouta à la première, mais douteuse, celle-là. Et s'il se passait quelque chose d'autre entre eux ? Pouvait-elle.... Non... Elle s'en voulut de supposer une chose pareille.

Hélène devança son amie et la conduisit dans le cabinet de consultation. Elles y étaient seules.

—Assoyons-nous un peu, dit-elle en prenant place elle-même à la table.

L'autre l'imita et reconnut son dossier ouvert. Cela confirma ses appréhensions.

—Tu joue avec mes nerfs un peu, là. Arrives-en au fait, Hélène. Qu'est-ce que tu fais ici ? On dirait que tu es maître des lieux au même titre que Jacques... Où est Jacques ?

Hélène esquissa un geste:

—Il est de l'autre côté, là... Il ne peut pas parler...

—Il a pris une cuite ? Pas de la drogue, il n'en prend pas.

Hélène prit une grande respiration et jeta:

—Il est mort.

Jocelyne secoua la tête:

—Qu'est-ce que tu me chantes là ?

—Il est mort ça fait même pas une heure.

–Tu es venue et tu l'as trouvé mort ? Non...

–Tu veux voir son corps ? Il est étendu sur le divan. De toute façon, tu le verras tout à l'heure. Pour le moment, nous devons parler, toi et moi.

–Tu es venue et tu l'as trouvé mort, c'est ça ?

–Non. J'étais là quand il est mort.

–Et comment est-il mort ?

–Son coeur a dû s'arrêter. C'est la façon...

–Tu étais venue en consultation ?

–J'étais sa maîtresse.

Après un premier coup de merlin un autre coup de merlin à la tête de Jocelyne. Voilà qu'elle était entraînée dans une drôle d'histoire. C'est bien la dernière chose au monde à laquelle elle aurait pu s'attendre en venant là ce soir-là. L'autre reprit:

–Y a de toi derrière tout ça. Ton phénomène de Jouvence. Ton refus de livrer le secret.

–Je ne le connais même pas, ce secret-là.

–Et de me dire qu'il faudrait une femme qui cherche dans ton dossier, que Jacques ne possédait pas assez de nez pour trouver... Je voulais et je veux savoir pourquoi tu ne vieillis pas. Et je veux partager ton secret. Et pour y arriver, je devais fouiner dans ton dossier et d'autres. Et pour qu'il accepte de me laisser faire, je suis devenue sa maîtresse.

–Quelle histoire rocambolesque !

–Non, c'est du donnant-donnant.

–Pourquoi ne pas m'en avoir parlé clairement ? Tu es ma meilleure amie et tu fais tout dans mon dos. Et nous voilà toutes les deux dans de beaux draps... Je n'arrive pas à croire... Puis-je le voir avant tout ?

Hélène se leva vivement et devança son amie. Le corps était en effet allongé sur le côté sur le long divan, les yeux restés grands ouverts et le regard fixe.

–Mon Dieu, Jacques, je n'arrive pas à le croire.

L'homme était en partie dénudé de la taille aux genoux,

mais on ne pouvait apercevoir son sexe. Elle fournit une explication:

–Il... était sur moi quand c'est arrivé... Il a eu une longue expiration et il s'est immobilisé... J'ai aussitôt compris. Sans doute a-t-il manqué d'oxygène à cause de son emphysème et de l'effort exigé et... bon, le coeur a craqué. Au milieu de la soixantaine, c'est pas surprenant pour un homme.

–Je ne comprends pas, Hélène. Pourquoi n'as-tu pas pris tes affaires et n'es-tu pas partie ? Tu aurais pu passer par l'arrière et personne ne t'aurait aperçue. Pourquoi me téléphoner comme tu l'as fait ? Il va falloir appeler la police et tout. Et ton mari dans tout ça ?

–Pourquoi appeler la police ? Je n'ai rien fait de mal.

–C'est ce qu'il faut faire, non, dans de pareils cas ?

–Et pourquoi ? Pour se donner des tas de problèmes ?

Comme pour enchérir sur son propos, le téléphone sonna.

–Mais c'est peut-être sa femme, il faudrait...

–Non, Jocelyne, il ne faut pas. J'ai eu le temps de reprendre mes nerfs en mains et c'est pour ça que je t'ai appelée à la rescousse.

–Mais... mais s'il arrive quelqu'un... sa femme ou quelqu'un d'autre.

–Aucun risque à mon avis. Sa femme ne vient jamais le déranger. Je commençais à connaître ses habitudes et ses façons, tu sais.

–Depuis quand ça durait, ton affaire avec lui ?

–Disons quelques semaines. Écoute, je te donnerai les détails plus tard. Pour le moment, on a mieux à faire. Si je ne suis pas partie et si je t'ai fait venir, c'est pour une bonne raison et tu la connais: le secret de Jouvence. Viens dans le bureau...

En s'y rendant, elle poursuivit:

–Il m'a dit que tout ce qui te concernait se trouve dans ce dossier.

–Je suis surprise qu'il t'ait laissée fouiner comme ça. Pour lui le principe de la confidentialité des dossiers était sacro-saint. Il les mettait même sous code.

–Il a fait exception et c'est la seule fois, je peux te le garantir. Mais ton cas est si exceptionnel justement. Et tu refuses de faire du bien avec ce don de la nature...

–J'ai changé mon fusil d'épaule et je voulais justement rencontrer Jacques pour reprendre notre recherche.

–Parce que tu crois que la clef est ici.

–Oui.

–Je peux te dire qu'il continuait de chercher, lui. Souvent, le soir, il étudiait ton dossier, encore et encore... Il y a un mot griffonné qui le fatiguait... J'ai cherché aussi, mais je n'ai pas trouvé son sens.

Elles reprirent place.

–Et qu'est-ce qu'on fait maintenant ? Tu as eu le temps de penser, Hélène, moi pas.

–Faisons une photocopie de ton dossier. Je vais laver son corps et le rhabiller. On ne fera pas de lien entre la présence d'une maîtresse et...

–L'autopsie...

–La masturbation pourrait expliquer la présence de...

–Très bien, oui.

–Mais je n'en reviens pas, je me sens... orpheline. C'est comme quand papa est décédé. Il était un père pour moi.

–Trêve de nostalgie ! On n'a pas de temps à perdre. Les photocopies. L'appareil est de l'autre côté. Et ensuite, on prend une demi-heure pour fouiller partout. Je t'ai fait venir parce que tu pourrais mettre le doigt sur quelque chose qui m'échappe à moi. Quand on découvrira son corps, ses dossiers ne nous seront pas accessibles probablement. On les détruira ou je ne sais pas. Il disait qu'on les détruirait à sa mort. Il faut trouver et ce soir. Pas demain, ce soir. Tu comprends, Jocelyne ?

–Oui... Mais quelle histoire ! Ça n'arrive que dans les films, des situations pareilles.

–C'est pourtant la réalité. Je vais aux photocopies. Et toi, tu cherches. Les filières sont déjà 'débarrées'. J'ai pris ses clefs pour le faire en t'attendant. Allons-y.

Et pendant que l'une s'affairait à reproduire le dossier, l'autre commençait de chercher dans le tiroirs du haut du dernier classeur. En même temps se poursuivait leur échange à propos des événements.

–Il va falloir tenir ça sous verre le reste de notre vie, dit Jocelyne.

–Ça ne fera de tort à personne. Au fond, c'est pour la bonne cause. Ou bien on fait ce qu'on est en train de faire ou le secret de Jouvence est perdu à tout jamais.

–Jacques en était aussi conscient que moi: c'est comme chercher une aiguille dans une botte de foin.

–Parfois les choses nous paraissent bien embrouillées et bien distantes, mais elles ont vite fait de se rapprocher et de s'éclaircir.

–Et si quelqu'un nous voit partir d'ici ?

–Quand ils verront que Jacques est mort de mort naturelle, ils chercheront pas à savoir ce qu'ils n'ont pas besoin de savoir. C'est ce que je me suis dit et c'est en partie pour cette raison que je suis restée sur place et que je t'ai fait venir. J'espère que tu ne m'en veux pas ?

–Si j'ai à t'en vouloir pour quelque chose, c'est pour ne pas m'avoir mise dans le coup avant. Tu avais l'air bizarre avec moi, Hélène, et moi, je m'inquiétais.

–J'avais peur de ta réaction. Quand on est jeune, on manque de... de compassion pour les personnes qui vieillissent et comme tu es une femme à la jeunesse attardée...

–J'ai réalisé ces derniers temps que, oui, je me conduisais en égoïste dans cette histoire de Jouvence. Tandis que toi, tu t'occupais des vieilles personnes et des mourants pour les aider, moi, je... J'aurais dû faire un peu plus d'empathie...

–Par contre, ne t'accuse pas outre mesure. Tu ne peux tout de même pas donner ce que tu n'as pas trouvé encore. On peut pas donner sa santé à quelqu'un d'autre, on ne peut que lui donner sa recette de santé et si on ne la trouve pas... Mais deux femmes ensemble qui veulent s'en donner la peine peuvent chambouler la planète, non ?...

–Peut-être pas autant que ça, mais...

Et là, elles devinrent silencieuses. L'énervement le pire était chose du passé et il leur restait l'adrénaline requise pour arriver à leurs fins. Le tiroir du haut fut passé au peigne fin. Puis le suivant avec l'aide d'Hélène. Et le troisième. Que de très vieux dossiers, tous dans des chemises écornées en carton recyclé des années 70 ou avant.

Jocelyne soupira quand elle s'assit par terre et ouvrit le tiroir du bas. Encore des vieilleries. Et tout au fond, sous une pile de chemises des cassettes audio. La femme fut frappée par l'éclair et s'exclama, au comble de la surprise et de la joie:

–Oui, oui, oui, oui... Je pense qu'on a mis dans le mille, ma grande... Jacques se servait... S'il y en a une sous mon numéro de code, ça y est...

Il s'en trouvait au moins quatre douzaines bien empilées et coincées pour ne pas qu'elles s'éparpillent. Jocelyne les prit une après l'autre et vérifia le code pour trouver le sien: JL-020639. Puis sa compagne contre-vérifiait. Au cours de la seconde douzaine, on trouva enfin...

–Ça... tout est là, j'en suis certaine. J'en ai la vibration intérieure, dit Jocelyne en brandissant l'objet. Nous n'avons pas à chercher plus.

–Tu en es bien sûre ?

–Tout à fait...

***

Chapitre 42

–On augmente les risques à rester plus longtemps ici, dit Jocelyne. Mais je suis quand même d'avis d'écouter la cassette ici et maintenant. Où le faire ailleurs sans devoir...

Elle ne finit pas son idée.

–Tu parles ! Je pense bien ! Tu as l'air si sûre que la clef s'y trouve.

Elles se bousculèrent presque en retournant dans le cabinet de consultation, comme si chacune n'avait pas voulu voir Jacques ou être vue par lui depuis l'autre dimension.

Elles avaient soigneusement remis les choses en place dans la cuisinette aux archives. Il avait été question de faire disparaître les empreintes puis on avait pensé qu'il n'y aurait aucune enquête qui pousserait aussi loin la recherche puisqu'il s'agissait d'une mort on ne peut plus naturelle.

En entrant dans la pièce, Jocelyne se retourna vivement et prit son amie par les deux bras en le regardant droit dans les yeux, tout près, dans le clair-obscur:

–C'est bien une mort naturelle, n'est-ce pas ? Tu m'as dit toute la vérité au moins, même si depuis un certain temps, tu me la cachais ?

–J'étais... négative, noire. Je me sentais mal dans ma

peau avec cette vieillesse envahissante... vieillesse qui répand sur vous son ombre comme la nuit après le jour. Je hais ça. Mais je me suis reprise en mains, surtout ce soir après le choc de l'événement qu'on sait... Et puis il y a tant d'espoir dans cette cassette. Ma petite Jocelyne, retrouvons donc la même solidarité que du temps des cours de bible, tu te souviens ?

–Si je me rappelle !? Imagine que je suis allée sur la tombe de Poirier et que j'y ai fait une rencontre incroyable. C'est débile, le hasard... mais... en tout cas... C'est la goutte d'eau qui a fait déborder le vase et qui m'a décidée à repartir en grande à la recherche de la clef de Jouvence. Mais je te conterai tout ça par le détail plus tard. Pour le moment, on a mieux à faire.

Et elle tourna les talons.

–Tu doutes de moi en me demandant si...

–J'ai toujours été Thomas, tu le sais...

–Et moi Judas ?

–Non, Hélène, tu ne m'as pas vendue. Je sais que tu as agi pour le bien de tout le monde.

–Et le mien, c'est vrai.

–Viens, assoyons-nous.

Jocelyne prit place le dos à Toutankhamon tandis que son amie prenait la chaise en face d'elle.

–Non, en réalité, je pensais surtout aux empreintes et tout. Même si on en cherchait pour je ne sais quelle raison, vaudra mieux pour nous qu'on en trouve. Il doit y en avoir tout partout ici et de bien du monde. Jacques voyait plusieurs personnes chaque jour. Les nôtres seront parmi les autres. Mais c'est de la fabulation, du moment qu'il est mort de sa belle mort... Pauvre Jacques !... Je dis ça, mais je devrais plutôt dire: chanceux de lui. Une vie agréable, bien remplie à ras bord. Toujours prêt à rendre service. Il ne comptait jamais ses heures. Passionné de son métier jusqu'au bout. Il méritait de mourir en faisant...

–Avec une autre que moi, ça aurait peut-être été mieux...

–Non ! s'écria Jocelyne. Il fallait que les choses soient ce qu'elles sont pour qu'on en arrive là... à trouver la lumière au bout du tunnel... pour que tout s'éclaire enfin... Comme il me disait toujours: le hasard n'existe pas...

–Allons-y, écoutons !

–Avant, je vais te dire pourquoi je pense détenir la solution dans cette cassette et tu vas comprendre. En tout cas, tu seras au même niveau que moi pour comprendre les choses. Lui pratique... pratiquait l'hypnose scientifique depuis près de quarante ans. Dans les débuts et depuis une quinzaine d'années, il se servait peu de moyens techniques comme celui-là... Mais de 75 à 85 environ, il s'est converti à l'usage de supports techniques... je veux dire de manière intensive car il s'en sert... s'en servait toujours, mais bien moins que dans ce temps-là. Quand je l'ai consulté la première fois en 82, il ne jurait que par les cassettes audio. "Pour me multiplier et aider bien plus de gens encore," disait-il. Mais il a délaissé ces moyens petit à petit, favorisant plutôt la méthode directe, avec peu d'accessoires. Donc du milieu des années 70 au milieu des années 80, époque où je suis venue le consulter, il travaillait pas mal avec ça...

–J'ai compris, j'ai compris. Écoutons, dit Hélène en jetant un coup d'oeil en biais signifiant 'dépêchons-nous donc!".

La cassette fut introduite dans le petit lecteur et le déroulement de la bande commença aussitôt. Par une sorte d'instinct ou de réflexe conditionné, Jocelyne ferma les yeux. Pour ne pas être en reste, son amie fit pareil.

"Jocelyne... Jocelyne... tu es venue me consulter suite à un grand deuil, à une peine profonde, à un choc émotionnel très dur. Liliane que tu appelais affectueusement Lili, ta grande soeur chérie, est morte dans des circonstances hélas! dramatiques. Tragiques. Tu m'as parlé d'elle. J'ai compris. Et tu es maintenant dans un état d'hypnose profonde. Ma voix t'accompagne et te guide à l'intérieur de toi-même pour y trouver encore plus de paix et pour transformer ton deuil en richesse. Je vais te faire des suggestions et post-suggestions...

Jocelyne arrêta la machine, ouvrit les yeux et demanda:

–Tu veux que je t'explique la différence entre suggestions et post-suggestions...

–Non, non, je suis capable de suivre...

–Disons en gros que les post-suggestions, c'est des suggestions faites sous hypnose profonde et qui prendront effet, pour ainsi dire, par la suite.

–Je sais, je sais. Continuons d'écouter.

Ce qu'elles firent en fermant les yeux de nouveau.

"Et ainsi, je répondrai à ton voeu de mourir jeune aussi tout en causant le minimum de chagrin autour de toi. Pour cela, la bonne manière serait que tu gardes ta jeunesse comme tu as dit le vouloir. Nous avons fait une séance de lecture génétique et il ne semble pas que tu sois porteuse de gènes de maladies tueuses. Ni diabète, ni cancer, ni problèmes cardiaques en vue avant cent ans. Seule la vieillesse viendra à bout de toi et tu n'en veux pas. Il faut donc que tu restes jeune. Comme tu es sensible comme pas une autre quand il est question de faire lecture dans tes gènes mais aussi comme nous nous trouvons en terrain inconnu, je vais te faire une suggestion qui ne saurait être qu'inoffensive. Ton inconscient agira sur le ou les gènes qui en toi déclenchent les divers processus de vieillissement afin de les ralentir voire de les immobiliser..."

–Incroyable ! Je ne me souvenais de rien de tout ça, mais là, ça me revient comme une lumière brillante...

–Ah ! soupira l'autre qui détestait les interruptions.

"L'autre fois, j'ai demandé à ton conscient de me fournir un mot-signal, un mot facile mais forgé, un mot que tu ne diras jamais qu'expressément... comme une marque de commerce rare... et que personne à part toi ne connaîtra donc ne pourra dire... et de préférence un mot qui, chaque fois que tu le prononceras ou y penseras, mettra en ta tête une image... Un mot-signal... un mot visuel... pour toi... un mot fort pour toi, de première force... Et je l'ai écrit dans ton dossier, Jocelyne, ce mot miracle, ce mot magique, ce mot mantra qui agira toute ta vie sur tes gènes déclencheurs du processus de vieillissement... et c'est le mot... Aubelle... Chaque fois que tu prononceras tout haut le mot Aubelle... qui désigne, m'as-tu dit, un jeune arbre que tu as ainsi baptisé, un jeune arbre auquel tu as sauvé la vie et que tu as guéri pour prolonger sa vie terrestre, eh bien, tes gènes de l'âge s'endormiront encore plus profondément... et la vieillesse tardera à venir... Aubelle, Aubelle, Aubelle..."

–C'est ça, la clef, s'écria Jocelyne, c'est ça, la clef.

Elle stoppa l'appareil et dit, pâmée:

–C'est donc pour ça qu'il se passait quelque chose chaque fois que je me rendais sur la montagne et que je... parlais à mon arbre. Je revenais bourrée d'énergie; j'aurais pu m'envoler au-dessus de Mont-Bleu... Et je croyais entendre ses réponses... C'est mon inconscient qui me donnait ces réponses... Je parlais alors avec mon inconscient, pensant parler avec l'arbre... Mais... peut-être que les arbres peuvent entrer en contact avec les humains... Je ne sais pas...

–Écoutons, s'il te plaît !

–J'en reviens pas, j'en reviens pas, j'en reviens pas. Je t'ai souvent parlé d'Aubelle... C'est pas Aubelle qui me transférait son énergie... –ou le faisait-elle peut-être aussi–, c'est mon propre inconscient grâce au mot-signal...

–On écoute ?

–O.K!

"Mais à partir de maintenant et pour toujours, quand tu associeras le mot-signal Aubelle au signe-signal suivant, tout processus de vieillissement s'arrêtera en toi ou plutôt se mettra au ralenti. Et le signe-signal sera celui-ci: ta main qui toucheras ton arbre là-haut sur la montagne, cet arbre que tu aimes tant, Jocelyne, que tu aimes tant. Tu toucheras ton arbre de ta main et tu diras son nom et alors tes gènes déclencheurs du processus de vieillissement en toi s'endormiront pour encore des mois, et seront bloqués tous les éléments du processus. Et chaque fois que tu toucheras ton arbre de ta main en prononçant tout haut son nom, ton corps se remplira d'énergie nouvelle et tu te sentiras... comme un ange..."

–C'est pour ça que l'hiver, je me sentais... un peu comme

ma fille Marie... faiblir, devenir lasse... Et sitôt le printemps revenu, je courais sur la montagne réveiller Aubelle et me réveiller du même coup... Extraordinaire ! Incroyable !

–Ce n'est pas fini, dit Hélène encore.

"Chaque fois que je te dis le mot magique, chaque fois que je te répète le mot Aubelle, je l'écris de nouveau sur lui-même dans ton dossier pour qu'il s'y imprègne à jamais comme dans ton subconscient..."

–C'est donc ça, le fameux mot qu'on n'arrivait pas à déchiffrer et qui questionnait tant Jacques... Et moi...

–Et moi aussi quand j'ai regardé ton dossier.

"Aubelle, c'est ton mantra à toi, Jocelyne. Personne ne pourra l'utiliser à ta place. Il ne fera d'effet que sur toi. Cette cassette n'est valable que pour toi. Voilà pourquoi elle est personnalisée, c'est-à-dire qu'elle inclut souvent ton prénom. Aubelle, c'est un mot qui est issu de toi, qui est sorti de toi, et que j'ai réimplanté en toi, dans les profondeurs de ton inconscient."

–Vierge Marie ! marmonna Hélène entre ses dents.

"Aubelle sera ton **mot-signal** à toi; toucher ton arbre là-haut sera ton **signe-signal** à toi. Ces choses-là ne resteront pas dans ta mémoire consciente et si tu devais t'arrêter de voir ton arbre et de prononcer son nom, le processus de vieillissement normal se remettra en marche dans toutes tes cellules. Chaque fois que tu reviendras ici, je te ferai entendre cette cassette et quand la thérapie de huit rencontres que tu as entreprise sera terminée, le mot Aubelle sera à jamais gravé dans ton inconscient comme un ordre impératif donné à tes gènes sonneurs de cloches... avec ce que tu dois en faire. Tout cela ne saurait s'arrêter qu'à ta mort ou... à la mienne."

–Seigneur non ! gémit Hélène.

"Mais peut-être pas. Nous sommes en terrain inconnu, je te le répète. Et huit rencontres, ce n'est peut-être pas suffisant pour que tout se passe comme je te le suggère..."

Jocelyne pesa sur le bouton pause:

–J'ai eu la bonne idée de continuer après la thérapie de huit semaines du début. Et pendant longtemps, j'en suis sûre, chaque fois que je le consultais, il me faisait réentendre cette cassette quand j'étais en état d'hypnose profonde. Je me souviens qu'il m'arrivait de me réveiller au claquement de la machine à la fin de la cassette et Jacques était alors au téléphone au fond du salon. Peut-être qu'il n'a lui-même écouté cette cassette... personnalisée comme il le dit... qu'une fois ou deux et qu'ensuite, il me confiait à sa voix enregistrée tandis qu'il s'occupait de quelqu'un d'autre, de prendre des rendez-vous ou que sais-je encore ? Et c'est pour ça qu'il ne trouvait pas le clef de l'énigme qu'il avait lui-même forgée pour moi, pour ne l'avoir eue entre ses mains –je veux dire ses oreilles– qu'une fois ou deux...

–Écoutons-le jusqu'au bout... même si j'aurais le goût de tout casser, fit Hélène qui s'appuya les coudes sur la table et la tête sur les bras.

–Tout n'est pas perdu, tout n'est pas perdu, lui dit son amie sur le ton le plus bienveillant qui soit. Il faut garder espoir en tout temps. On est en territoire inconnu, il l'a dit à deux reprises.

"Quand tu étais consciente, je t'ai dit qu'il y a dans ton inconscient une partie agissante appelée le subconscient. Et le subconscient a tous les pouvoirs, toutes les connaissances, toutes les possibilités qui te concernent. Il y a en toi un pouvoir autoguérisseur sans doute pas très développé comme chez la plupart des gens qui laissent tourner au ralenti leur second moteur de vie qu'est le subconscient. Mais à partir de maintenant et pour toujours, ce pouvoir d'autoguérison en toi ainsi que ton système immunitaire et tout ce qui lui donne des ordres seront de première force et cette force sera sans cesse renouvelée grâce à ton mot-signal et à ton signe-signal. Ton mot-signal... Aubelle... ton signe-signal, toucher de ta main ton arbre que tu appelles Aubelle... Ton subconscient pourra compter sur deux réflexes intimement liés: celui causé par Aubelle le mot et celui causé par le contact avec Aubelle la plante. Double force. Je te le répète... Assimile-le bien. À partir de maintenant et pour toujours, ton pouvoir d'autoguérison, ton système immunitaire seront stimulés par le mot Aubelle et le toucher d'Aubelle. Mais à partir de maintenant et pour toujours, chaque fois que tu diras le mot mantra Aubelle et toucheras à l'arbre qui porte ce nom, les gènes déclencheurs du processus de vieillissement s'enfonceront encore plus profondément dans leur torpeur sans donner le moindre signal à ta substance profonde. Et maintenant, je vais emballer ces ordres dans des mots courts et qui vont tout contenir. Écoute-les bien, Jocelyne, écoute-les bien... Aubelle-jeunesse éternelle... Aubelle-jeunesse éternelle... Aubelle-jeunesse éternelle... Aubelle-jeunesse éternelle..."

La voix se tut et il n'en resta plus dans la pièce que l'écho lointain. Pourtant survoltée durant l'écoute, Jocelyne était maintenant abasourdie, comme vidée. Et son amie ne bougeait pas, plus assommée encore. Un bon moment plus tard, *la femme qui ne vieillissait pas* jeta simplement:

—Je crains que la cassette ne soit trop... personnalisée pour pouvoir servir à quelqu'un d'autre.

—Et la bonne vieille nature va reprendre ses droits.

—Oui et non... L'hypnose est un moyen naturel et ne saurait produire des résultats qui vont à l'encontre des vues de la nature, il me semble. Ce qui m'est arrivé est tout simplement prématuré et sera peut-être la norme dans cent ans quand on découvrira, comme le disait aussi Jacques, un peu plus de notre planète tête.

—Il nous reste à disparaître d'ici au plus vite et à tout oublier.

—Non... oui... s'en aller, mais ne rien oublier. Peut-être pourra-t-on... pas moi, mais toi, demander à un autre hypnologue de refaire les mêmes suggestions et post-suggestions ? Et puis on ira voir Aubelle. On écoutera cette cassette de nouveau; elle nous dira peut-être beaucoup plus que maintenant alors que tout nous bouleverse et nous empêche de saisir clairement tous les tenants et aboutissants... Jacques faisait de l'exploration avec moi en fouillant dans ma complexité génétique, mais il a dû s'arrêter en chemin. Il était trop ouvert à tous pour ne s'arrêter qu'à d'aucuns. Et je faisais partie de ces 'd'aucuns'...

–Il faut partir, Jocelyne.

–Je sais...

Elles réunirent ce qui les concernait. Le dossier copié et la cassette resteraient à Jocelyne. Hélène se rendit à la chambre des toilettes et elle en revint avec une débarbouillette mouillée dont elle se servit pour laver un peu les parties sexuelles de l'homme. On le revêtit, on lui ferma les yeux et on replia sa main gauche sur son coeur.

Puis on s'arrêta et Jocelyne fit le signe de la croix:

–Tu auras été un de mes meilleurs amis, Jacques et même une idole tant tu possédais la connaissance. Je n'aurais jamais pensé que tu avais une si grande influence sur moi, surtout que tu l'ignorais toi-même. Là où tu te trouves, tu es bien, j'en suis assurée. J'irai te voir au salon funéraire et au cimetière. Et j'essaierai d'entrer en contact avec toi à travers Aubelle... Bye, le grand !

Hélène demeura silencieuse. Elle avait un goût amer dans la bouche.

*

Chacune chez soi invoqua une sortie au resto avec l'autre pour justifier son absence. Albert se réveilla à peine. Yvon ne demandait jamais de comptes à sa compagne de vie même si depuis quelque temps, il la trouvait évasive, absente d'esprit, mystérieuse...

***

Chapitre 43

–Avouer qu'on parle aux arbres et passer pour crackpot, vaut mieux n'en rien dire à personne.

–C'est pour ça, bien sûr, que tu m'en as si peu parlé.

–En effet !

Les deux femmes arrivaient au grand rocher noir de la montagne tôt cet avant-midi-là, jour de radieux soleil suivant celui de la mort de Jacques L'Écuyer. Pour chacune, ce serait une visite de prime importance. On avancerait sur le chemin de la vérité d'un grand pas assurément. Pour le moment, il fallait qu'Hélène reprenne son souffle malgré des arrêts répétés au cours de l'ascension matinale. Il avait paru à Jocelyne qu'elle avait Mariette avec elle et non pas Hélène tant celle-ci traînait de la patte en marchant. Mais on arrivait à bon port, soit à la roche plate tout près de l'arbre aux sentiments.

Jocelyne désigna la pierre et invita son amie à y prendre place pour s'y reposer.

–Tu peux t'asseoir aussi, dit l'autre.

–Non... ben pas besoin... Ça te fâche pas ?

–Mais non ! C'est fini, ça... fini les mauvais sentiments. Juste du regret de ne pas être comme toi. Mais ça n'alimente plus ma peur...

Jocelyne avait sur elle un sac à dos dont elle se dégagea pour le déposer contre la pierre, et qui contenait du lunch pour midi, des breuvages en cannettes sur glace artificielle et surtout un magnétophone à piles et la cassette 'miraculeuse' ainsi qu'un cellulaire.

On avait voulu entendre de nouveau et au plus vite la bande et expérimenter à partir de son contenu tout en gardant le contact avec le monde extérieur qui leur transmettrait sûrement la triste nouvelle de la mort de l'hypnothérapeute.

Et puis cette randonnée aiderait à sceller leur secret commun dans la crypte de leur discrétion. Comment auraient-elles pu se trouver chez Jacques après sa mort et se balader dans la nature quelques heures plus tard ?

–Et ton Aubelle ? demanda Hélène.

–La voici, fit Jocelyne en désignant le jeune arbre que pouvait toucher l'autre femme en s'étirant un peu le bras.

–Ça ?

–Elle.

Hélène lança des regards bourrés d'incrédulité tant à l'arbre qu'à son amie. Elle se demanda un court moment si elle-même n'était pas devenue crackpot de participer à pareille extravagance. Mais à voir son amie et sa forme physique, et son visage de la trentaine, elle était prête à tout croire.

–On va faire ce qu'on a convenu. Je vais d'abord entrer en contact avec 'elle'. Je vais te dire mes réactions. On va lui faire entendre la bande. Je vais voir ses réactions et te les décrire. Et si je peux te faire entrer en contact avec elle à ton tour, on le fera.

–C'est bon !

Depuis leur arrivée, Jocelyne avait évité de prononcer le mot Aubelle pour ne pas embrouiller les cartes. Comme l'aurait fait Gervais dans son labo en 56, elle avait tout préparé, tout prévu, tout planifié. Chaque chose en son temps et au bon moment.

C'est qu'elle connaissait maintenant les effets du mot mantra sur elle. Ça ne datait pas d'hier qu'elle les ressentait, mais jamais elle n'avait fait le rapprochement entre le mot et son état physique et psychique. Elle voulait donc l'entendre par d'autres bouches que la sienne, celle d'Hélène bien sûr, mais aussi et surtout celle de Jacques sur enregistrement.

Déjà son amie l'avait prononcé une première fois et Jocelyne n'avait senti aucun changement, aucune effervescence en elle comme ces fois où elle-même, suivant les souvenirs qu'elle en avait gardés, l'avait dit.

On ouvrit d'abord des cannettes de boisson gazeuse et il y eut un échange sur la relation cachée entre Hélène et Jacques, tandis que Jocelyne restait debout et faisait parfois quelques petits pas d'avant en arrière ou d'un côté et de l'autre, évitant d'entrer en contact visuel avec Aubelle.

–Ce n'était sentimental ni pour l'un ni pour l'autre. Une sorte d'échange de... bons procédés.

–Je n'aurais pas cru que tu aurais pu t'engager dans une telle relation. Pas toi, Hélène. Une fille si... entière.

–Entière ? De moins en moins avec l'âge, tu sais. On met de l'eau dans notre vin.

–Mais la passion... c'est bon de la garder toujours...

–Tu as encore la jeunesse pour toi. La passion et la sérénité, ça ne va pas ensemble, ça ne va que séparément.

–Tu penses ?

Hélène se montra un brin impatiente:

–Mais n'importe qui sait ça. Regarde Albert. Les amis. C'est une constante universelle. Tu passes à côté de ça ? Mais non, voyons. Pourquoi parler d'une chose aussi évidente que l'oxygène qu'on respire.

–Les temps changent et les gens aussi. De toute façon, je ne regrette rien. Si j'avais eu la passion, j'aurais perdu Yvon. La passion, c'est comme de la glace vive: quand tu marches dessus, les pattes te partent un jour ou l'autre et tu te brises les os sur elle. Tu as déjà eu un amant, Jocelyne ? En Floride, ne me dis pas que la chaleur ne t'a pas... inclinée à la chose ?

–Je t'en aurais parlé.

457

–Pas sûr que...

–Et pourquoi pas ? On se dit tout... enfin...

–Allusion ? Reproche ?

–Erreur.

Il y eut une pause. Puis Jocelyne finit son breuvage et mit le contenant d'aluminium dans une section du sac à dos.

–On va procéder...

–Si tout ceci est bien réel... pourquoi ne pas avoir commencé par Albert qui a grand besoin... plus besoin que moi... de soutien et d'énergie nouvelle ?

–Je le ferai. Mais je voulais voir si tout ceci est bien réel justement.

–Tu as encore des doutes ?

–Le doute, quand on a été formé à mon école de la vie, on l'enlève de sur soi, mais en dessous, il y en a une couche et une autre et une autre encore... comme des pelures d'oignon.

–Ton école et la mienne ne sont pas si différentes pourtant, non ?

La sonnerie du cellulaire vint interrompre leur propos. Jocelyne prit l'appareil dans son sac et répondit. C'était Albert qui lui annonça qu'on avait trouvé le corps inanimé de Jacques en fin de soirée la veille et que sa mort, semblait-il, remontait à quelques heures déjà. La cause du décès: une crise cardiaque. Il lui dit cela tout d'une traite et à la fin, la femme s'exclama:

–Chaque fois que quelqu'un qu'on connaît bien meurt, surtout aussi subitement que Jacques L'Écuyer, on prend un peu plus conscience de notre propre fragilité. C'est un lieu commun de dire ça, mais ça reste une vérité. Attends, je vais le dire à Hélène. Elle a souvent fait des tennis avec nous, tu te souviens...

Et elle s'adressa à son amie sans mettre la main pour empêcher le son de sa voix d'entrer dans le cellulaire:

–C'est Albert... Jacques L'Écuyer, l'hypnothérapeute... il est mort. On a trouvé son corps sur le coup de minuit...

–Et comment Albert le sait-il ?

–Et comment l'as-tu su, Albert ?

–C'est sorti à la radio locale ce matin. J'ai entendu.

–C'est... surprenant, dit Hélène. Mais notre chemin achève aussi...

Albert entendit et dit sur un ton quand même enjoué:

–Surtout quand on a un infarctus à son actif et une chirurgie majeure qui vous pend au bout du nez comme moi.

–Je vais dire ça à Hélène. Les funérailles, c'est pour quand ? Faudra attendre les avis à la télé communautaire. Sans doute demain ou après-demain. Toi, Albert, pourras-tu venir ? Non, hein !? Je vais demander à Hélène de m'y accompagner...

On referma la ligne.

–De ce qu'il faut être hypocrite en ce bas monde pour protéger ce qui vaut la peine de l'être ! Il comprendrait sans doute si je lui avouais toute la vérité, mais... mais il comprendrait mal que je ne lui aie pas téléphoné hier soir... et rien dit ce matin.

–Et qu'est-ce qu'on fait maintenant ?

–Je vais tâcher d'entrer en contact avec...

–Tu veux ma place ?

–Je vais me mettre à genoux et ça ira. Tiens, prends le magnétophone. La cassette est prête à l'intérieur. Quand je le dirai, tu n'auras qu'à peser sur 'play'.

Dès qu'elle fut agenouillée, Jocelyne fut à même d'entendre les ondes vocales d'Aubelle. Ce fut tout d'abord son petit rire juvénile échevelé puis des mots clairs et nets:

"Tu es venue avec quelqu'un. Et je sais que c'est quelqu'un de sexe féminin... comme Mariette. Est-elle malade, elle aussi ?"

–Non... Oui... Pas de la même façon.

Hélène ne pouvait entendre que les choses dites par son amie et son imagination comblait le vide laissé par les pauses réservées à l'interlocutrice végétale, mais pas forcément avec les mêmes réparties.

"De quelle façon alors ?"

–D'âge.

"Malade d'âge ?"

–Hum hum...

"Et je peux faire quelque chose comme pour toi ?"

–Et qu'est-ce que tu fais exactement pour moi ?

"Je ne sais pas. Tu m'as dit que je rechargeais tes batte-ries chaque fois que tu venais me voir. Mais peut-être que c'est toi, la responsable. La preuve étant que je n'ai pas pu faire grand-chose pour Mariette."

–On sait pourquoi cela se produit. Et on va te le faire entendre. Il y a un phénomène qu'on appelle l'hypnose... c'est un phénomène tout aussi naturel qu'une plante comme toi qui pousse ou bien comme le fait pour un humain d'avoir deux bras, deux jambes, deux yeux... Mais il est incompris. Même la science s'en méfie. Et les religions bien avant elle. C'est une technique qui permet d'agir sur l'inconscient d'une personne humaine. Au fond, elle est utilisée, sans même qu'ils ne s'en rendent compte, par les gens des religions, les gens de publicité, les gens de télévision ou autres médias, les vendeurs et tous ceux qui veulent convaincre les autres. Les gens de la politique par exemple. Ils se livrent tous à de l'hypnotisme sans le savoir. Je t'ai déjà parlé de Jacques, un ami hypnothérapeute...

"C'est par ton inconscient que tu peux communiquer avec moi. Je le sais."

–Mais il y a plus. Je vais te faire entendre une cassette enregistrée il y a bien longtemps, à peu près au même temps où je t'ai... rafistolée et guérie de... ta brisure...

"Pour moi, c'était hier."

–Pas pour nous...

Jocelyne se tourna vers son amie et lui fit signe. Aussitôt la bande sonore livra la voix de l'hypnothérapeute.

"Jocelyne... Jocelyne... tu es venue me consulter suite à un grand deuil... Et ainsi, je répondrai à ton voeu de mourir jeune aussi tout en causant le minimum de chagrin autour de toi. Pour cela, la bonne manière serait que tu gardes ta jeunesse comme tu as dit le vouloir... L'autre fois, j'ai demandé à ton conscient de me fournir un mot-signal, un mot facile mais forgé... Et je l'ai écrit dans ton dossier, Jocelyne, ce mot miracle, ce mot magique, ce mot mantra qui agira toute ta vie sur tes gènes déclencheurs du processus de vieillissement... et c'est le mot... Aubelle... Chaque fois que tu prononceras tout haut le mot Aubelle... qui désigne, m'as-tu dit, un jeune arbre que tu as ainsi baptisé, un jeune arbre auquel tu as sauvé la vie et que tu as guéri pour prolonger sa vie terrestre, eh bien, tes gènes de l'âge s'endormiront encore plus profondément... et la vieillesse tardera à venir... Aubelle, Aubelle, Aubelle..."

Jocelyne fit un autre signe à Hélène qui mit l'appareil en temps d'arrêt et elle s'adressa à la plante:

–Tu vois. Peut-être que tu me parles vraiment, peut-être que c'est seulement mon inconscient qui agit et mon imagination qui travaille, mais... mais ça n'a pas d'importance. D'une façon ou d'une autre, il y a là une réalité... insondable peut-être, mais incontestable. Et maintenant, je vais te toucher et prononcer ton nom en même temps et je vais dire à mesure à mon amie Hélène ce que je ressens...

Ce qu'elle fit. Et de ses deux mains ouvertes, elle entoura le tronc en répétant le mot mantra. L'autre femme regarda plus haut le feuillage et le vit frémir. Peut-être la force des mains ou quelque brise imperceptible au sol ?...

–Je ressens comme... un flux d'énergie qui se promène dans toutes les parties de mon corps... Je sens une force morale incomparable... Aubelle... Aubelle... Oh, mon Dieu, je crois que je vais m'envoler... Je fais corps avec la vie de cet arbre... je suis Aubelle... je suis Aubelle...

Hélène fut à même de voir une sorte de métamorphose en la personne de son amie. Il lui parut qu'une lumière évanescente émanait de son visage et se perdait dans l'environnement pour se renouveler par vagues. En une autre époque, il aurait pu être question d'apparition de la Vierge ou autre phénomène semblable. Une transfiguration. Ou peut-être simplement que le travail de tant d'années sur son inconscient produisait des effets spéciaux tout comme l'exercice physique sur une aussi longue période est capable de fabriquer des corps exceptionnels.

Sans en avoir reçu la demande, Hélène remit le magnétophone en marche et les voix de Jacques et de son amie se mélangèrent dans le matin clair.

"Mais à partir de maintenant et pour toujours, quand tu associeras le mot-signal Aubelle au signe-signal suivant, tout processus de vieillissement s'arrêtera en toi ou plutôt se mettra au ralenti. Et le signe-signal sera celui-ci: ta main qui toucheras ton arbre là-haut sur la montagne, cet arbre que tu aimes tant, Jocelyne, que tu aimes tant. Tu toucheras ton arbre de ta main et tu diras son nom et alors tes gènes déclencheurs du processus de vieillissement en toi s'endormiront pour encore des mois, et seront bloqués tous les éléments du processus. Et chaque fois que tu toucheras ton arbre de ta main en prononçant tout haut son nom, ton corps se remplira d'énergie nouvelle et tu te sentiras... comme un ange..."

Et ce fut ensuite un mélange des deux voix, inintelligible pour un auditeur, mais facile à décoder pour un inconscient et pour Aubelle qui, à la fin, s'exclama:

"Et si on l'avait su pour Mariette !"

–Ce qui veut dire ?

"Jacques aurait pu lui faire ces suggestions sous hypnose et alors, je lui aurais transmis des forces comme à toi. "

–Maintenant, il y a Hélène.

"Mais Jacques n'est plus, lui."

Hélène qui devinait le sens du propos lança:

–On trouvera un autre Jacques.

Et elle crut entendre une voix passer par le regard de Jocelyne posé sur elle et qui disait:

"Je serai là alors."

***

462

Chapitre 44

−Suffit de trouver un bon hypnothérapeute qui pourra faire pour toi ce que Jacques a fait pour moi, soit une induction et des suggestions personnalisées avec un mantra et un signe-signal.

−Sauf que je suis en retard de vingt ans au moins. Ce n'est pas rien, ça, Jocelyne.

−Le vieillissement s'accélère passé le cap de la soixantaine. Y a toute cette oxydation dans tout le corps qui devient incontrôlable. Mais tout n'est pas perdu: tu n'as que soixante-quatre, toi.

−Ce qui a marché pour toi ne marchera pas forcément pour moi.

−Hélène, Hélène, arrête donc de freiner. Tu résistes à l'hypnose comme la plupart des gens qui ont peur de perdre le contrôle d'eux-mêmes. C'est un énorme préjugé répandu par l'hypnose de spectacle. L'hypnothérapie, ce n'est pas la même chose.

−C'est la même base: l'hypnose.

−Mais pas la même chose. Tu ne perds pas le contrôle de toi-même.

−Au fond, tu l'as perdu et même pendant plus de vingt

ans avec cette histoire de Jouvence. Tu voulais vieillir comme tout le monde et Jouvence était hors de ton contrôle.

–Ouais... Mais ce n'était pas à l'encontre de ma volonté. Au départ, je souhaitais cesser de vieillir. Pour que ça fonctionne, j'ai dû croire en lui et en ce qu'il faisait... et ce, même s'il travaillait comme il l'a dit dans des territoires vierges: lecture génétique et action sur les gènes déclencheurs du vieillissement.

Les deux femmes discutaient au salon funéraire, assise sur la dernière rangée du fond, contre le mur, après la visite à la dépouille et les condoléances aux proches du défunt. Le disparu avait demandé une exposition traditionnelle. Pas de crémation surtout. Il disait que cette disposition d'un corps est trop rapide et pourrait causer des problèmes à l'inconscient d'une personne, inconscient qui ne serait pas entièrement parti après la mort constatée et le départ du conscient. Après tout, disait-il aussi, l'inconscient est le dernier à donner l'apparence de sa disparition. Le conscient part et on ne sait pas toujours quand l'inconscient est prêt à le faire à son tour. C'est le second moteur de vie et le dernier à cesser de tourner. Si on peut être certain que le premier ne tourne plus, impossible de savoir pour le second. Et pourtant, il était favorable aux dons d'organes, arguant que le siège de l'inconscient comme du conscient est le cerveau humain et affirmant que tel don ne pourrait que plaire aux âmes généreuses, d'autant que les prélèvements sont sans douleur. Et quand on comparait le travail du ver sur la carcasse à celui du feu, il répondait que le ver donne tout son temps à l'inconscient de faire ses bagages et vider les lieux. Et l'y aidait au fond, tandis que l'incinération du corps lui fait violence... Même ses proches ignoraient ses croyances à ce sujet et ils se disaient que Jacques préférait les us de son époque aux coutumes nouvellement acquises par des gens de plus en plus expéditifs et de moins en moins réfléchis.

–Tu as eu la 'chance' de subir un violent choc émotionnel au départ et ça t'a rendue réceptive aux suggestions en te disposant à t'abandonner et à faire confiance.

–Mais, Hélène, dit l'autre à mi-voix, tu es encore toi-même et pour plusieurs jours sous le coup d'un choc émotionnel. Je l'ai bien vu l'autre soir. Ce qui t'est arrivé n'est pas si banal, je te signale.

–Il n'y a même plus d'hypnothérapeute à Mont-Bleu. Il était le seul.

–Qu'est-ce que ça fait ? On est à deux pas de Montréal. On va chercher. On va trouver. Je vais t'aider, participer. On va essayer. On va réussir...

Hélène soupira longuement:

–Tu me fais regretter d'avoir agi sans te faire confiance.

–C'est ça, ma grande, il faut faire confiance à quelqu'un dans cette vie. Pas à n'importe qui, mais à quelques-uns... Il y a eu mon père... ma mère bien sûr... et ma soeur Lili... Et puis le frère Gervais...

–Tu devais m'en reparler, de celui-là.

–Plus tard. Et puis Poirier, oui, je lui faisais confiance.

–Moi aussi.

–Et Jacques certainement...

–Et Albert ?

–L'amour de ma vie... pas besoin de le mentionner, c'est acquis... Et Mariette et toi, Hélène... sans oublier Thérèse de Lisieux et Bernadette Soubirous...

–Pourtant, tu t'es trompée dans mon cas, puisque je t'ai trompée, moi.

–Non ! Personne n'est parfait ! Chacun fait des erreurs. Tous ces gens-là n'ont pas toujours été parfaits, polis, brillants à cent pour cent avec moi. Faut savoir peser les raisons qui les ont poussés à agir comme ils l'ont fait quand ils se montrent infidèles. J'ai compris ce que tu as fait, pourquoi tu l'as fait.

–Ça reste un manque de confiance en toi.

–Oui, mais ça t'aura fait grandir. Et ça aura amené les circonstances qu'on sait...

–Si on pousse le raisonnement jusqu'à ses limites, on peut dire que mon manque de confiance en toi a provoqué en fin de compte la mort de Jacques...

Elle se tourna pour s'assurer que personne ne les entendait et souffla à l'oreille de sa compagne:

—Il n'aurait pas fait sa crise en... en faisant ça...

—Il l'aurait faite de toute façon. Il était dû pour ça. Ses artères, comme celles d'Albert, étaient bouchées dur. L'emphysème et le diabète décuplaient les risques pour lui. Est arrivé ce qui devait arriver. On s'est dit tout ça...

Jocelyne réfléchit un court instant et reprit:

—Tiens, je te fais une suggestion: on n'en parle plus, sauf pour aller à la recherche d'un bon hypnologue. Il y a peut-être des psychologues qui font de l'hypnose, mais le problème avec eux autres, c'est qu'ils ramènent tout au niveau du conscient... du psychologique. C'est leur déformation professionnelle. Comprendre un problème à régler, ça aide, c'est sûr, mais le temps et les efforts que le patient y met à le faire ont tout pour le décourager et assommer sa volonté. C'est trop complexe pour lui ou elle. Tandis que l'hypnothérapeute fait à lui seul l'effort de comprendre par hypno-analyse, et qui a la tâche de cerner le problème, d'en tirer les suggestions (appelons ça les remèdes appropriés). Et puis, quel psychologue voudra seulement envisager la possibilité de la lecture génétique et de l'action du subconscient sur les gènes déclencheurs des éléments du vieillissement ?

Hélène parla sur le ton du plus pur scepticisme:

—Se mettre à la recherche d'un hypnologue qui voudra explorer ces territoires inconnus comme le disait Jacques, c'est chercher un ours polaire en Afrique. Mets tes deux pieds bien à terre, Jocelyne. C'est un autre Jacques qu'il faudrait trouver...

L'autre hocha la tête et la pencha.

—Je... je ne sais plus...

Puis elle regarda vers le cercueil au loin et reprit:

—S'il voulait seulement nous donner la solution, lui. S'il reste un peu de son esprit dans son corps...

—C'est à nous de la trouver, la solution et je pense que j'ai une idée... je pense...

–Dis toujours.

–Avec toute l'expérience que tu as en hypnose comme patiente, et parce qu'une chose unique s'est produite, c'est-à-dire Jouvence, je pense que toi, tu devrais devenir hypnologue. Va en formation. Lance-toi dans la pratique. Et marche dans les traces de Jacques.

–Suis bien trop vieille pour ça.

–Tu me chantes quoi, là ?

–Ben...

–La confiance, Jocelyne, la confiance. Ça commence par la confiance en soi-même, non ?

–Tu as raison, tu as bien raison... mais...

Près de la dépouille, il apparut à un nouveau visiteur qu'une ombre quittait le front de Jacques et qu'une lumière vague la remplaçait. Ce devait être la lueur de ces ampoules au mur à l'arrière...

*

Au cours du transport de la dépouille de l'église au cimetière, Jocelyne reçut un coup de fil d'Albert. Il lui annonça qu'il avait eu sa place au début de septembre pour subir sa chirurgie cardiaque. Elle en fit part à son amie:

–Albert sera opéré le six septembre.

–C'est loin.

–S'il fait attention, ce n'est pas si dangereux, paraît-il.

–Tout l'été comme ça.

–Il ne bouge pas beaucoup, il ne provoque pas les crises.

–Il fait la cuisine quand même ?

–Lentement. Mais il n'est pas obligé... Je le laisse faire ce qu'il veut faire.

–Et pas de casino ?

–Non.

On se stationna et la petite conversation se poursuivit jusqu'à la fosse. Il faisait un temps incertain, gris, humide: un temps d'enterrement. Le prêtre fit quelques prières et les assistants, une cinquantaine de personnes, se dispersèrent.

—On reviendra lui parler, dit Jocelyne qui entraîna son amie vers d'autres disparus.

Et visites furent faites à la famille Larivière, à Mariette et à Poirier où on ne put s'empêcher de s'amuser.

—On a notre lot aussi... à l'autre bout du cimetière. Et tiens, viens voir la pierre tombale du frère Gervais. Par là...

Elles s'y trouvèrent en quelques instants.

—Mon premier amour.

—Il doit avoir la carrosserie maganée ?

—Assez. Il est autour de quatre-vingts.

Et Jocelyne raconta par le plus de détails possibles les événements de 1956 qui lui avaient fait connaître le beau grand sentiment si sublime et exaltant.

—Le plus grand amour de ta vie ?

—On ne compare pas un amour avec les autres amours de sa vie. Surtout un premier à dix-sept ans. Chacun a sa place, sa grandeur et quand il est là, il est le plus grand, c'est tout.

—Quant à ça...

L'on retourna ensuite auprès de Jacques. Le cercueil était au fond de la fosse et on viendrait l'enterrer plus tard. Plus personne n'était là, ni même en vue. Jocelyne expira longuement avant de dire:

—Comment tu te sens, vieille branche, de l'autre bord ? Tu nous vois ? Tu nous entends ? Fais-nous donc un signe... Sais pas... La pluie, le tonnerre, un bruit étrange... C'est une liberté ou c'est une prison, la mort ? Ou bien c'est une si grande liberté que plus jamais personne ne voudrait revenir purger une sentence à vie sur cette vieille terre ?

—Il disait que de l'autre côté, c'est probablement le royaume de l'inconscient et que le conscient y est au second plan, au contraire d'ici-bas.

—Il t'a dit ça ?

—Il a eu le temps de m'en dire pas mal sur l'hypnose et

tout ça, tu sais.

–Tant mieux, comme ça, c'est autant de gagné et qu'on n'aura pas besoin de rattraper.

–J'ai une autre idée. Je veux dire après ma suggestion que tu deviennes hypnologue à ton tour.

–Dis, ma grande.

–J'ai toujours la clef de son cabinet. On devrait y faire une tournée en cachette... Maintenant qu'on sait officiellement que sa mort fut naturelle...

–Pour y faire quoi ?

–Une razzia. Tout prendre ce qu'on peut prendre... Pour toi, Jocelyne. Ta formation, au lieu d'aller la chercher à Montréal chez des normatifs, tu pourrais l'extraire de ses travaux, de ses dossiers, de ses cassettes. Du matériel original qui sera perdu autrement.

–Pourquoi ne pas prendre arrangement avec sa 'veuve' ?

–Elle n'est pas trop d'arrangement si je me fie à ce qu'il en disait. Sévère. Égocentrique...

–Et qu'est-ce qu'il faisait avec elle ?

–Il disait qu'elle avait besoin de lui plus que toutes les autres.

–Son côté paternel... ou paternaliste, je vois.

–Alors... qu'est-ce qu'on fait ? On mendie ou on prend ce qui fait notre affaire ? Elle va tout jeter de toute manière. Mais si on lui demande, elle va exiger le gros prix. Les gens sont comme ça.

–Demandons-lui à lui, là.

Elles se turent et attendirent quelque chose. Et au bout d'un moment, après un raclement de gorge de Jocelyne, elles dirent en choeur:

–On prend.

Hélène trouva la clef du cabinet dans son sac et l'exhiba...

***

Chapitre 45

La razzia dans les locaux de Jacques eut lieu tel que prévu. De pleine nuit. Avec mille précautions. Aucun témoin. Rien ne fut déplacé. On copia deux douzaines de dossiers, on s'empara d'une douzaine de cassettes.

De plein jour, Jocelyne fit des approches auprès de la veuve et lui proposa de tout racheter afin de continuer l'oeuvre de Jacques. Seule la disquette contenant la correspondance entre les numéros de code des patients et leurs coordonnées ne ferait pas partie de la transaction. On voulait de part et d'autre respecter un principe inviolable pour le défunt: la confidentialité. Toute personne qui voudrait avoir Jocelyne pour thérapeute quand elle rouvrirait le bureau dans quelques mois déciderait du sort de son dossier et ferait elle-même lumière sur son numéro de code.

La compagne de Jacques fut bien moins dure que prévu et elle fut bien contente de se débarrasser du bail de location des lieux et de son contenu pour quelques centaines de dollars.

Puis Jocelyne s'inscrivit aux cours donnés par une école spécialisée de Montréal. Elle avait dessein de rouvrir officiellement le cabinet dans un an et entre-temps de recevoir les personnes qui le voudraient sans frais, histoire de faire le plus de pratique possible avant d'agir comme professionnelle de l'hypnose.

Albert fut opéré la journée dite. Elle l'y prépara avec plein d'exercices de contrôle de soi afin qu'il maîtrise ses appréhensions, la douleur après la chirurgie et que ne jouent pas en sa défaveur les réactions psychologiques négatives consécutives à une opération à coeur ouvert.

Ce fut une réussite sur tous les plans. *Un coeur solide*, dit le chirurgien. *Rien qu'un problème de tuyauterie et nous l'avons réglé en deux temps, trois pontages.*

Hélène fut la toute première à expérimenter du côté de l'hypnose avec son amie. Elle avait beau vouloir, elle ne parvenait pas à s'abandonner, à y mettre le degré de confiance voulu et Jocelyne ne possédait pas la maîtrise de l'art requise pour amener de bons résultats. Elle n'en était qu'à l'ABC de la profession et ne parvenait encore à faire entrer les rares patients venus la voir qu'en transe légère. Comment en ce cas établir des suggestions efficaces ? Et a fortiori se lancer dans des territoires aussi impénétrables que la lecture génétique ? Les jours, les semaines passaient et les deux femmes avaient l'impression de tourner en rond.

On retourna voir Aubelle chaque semaine. Là non plus, Hélène ne parvint pas à établir une réelle communication avec l'arbre. Encore peut-être une question de confiance, de positivité, de don de soi ?

Toutefois, l'on constata de minces progrès. Et Jocelyne fit en sorte en pratiquant la technique de base dite le monoïdéisme, d'entrer dans la tête de son amie, conscient et inconscient, l'idée qu'il valait la peine de continuer. Et c'est à ce niveau que son travail permit le plus de progrès. En fait, elle était à donner confiance à Hélène...

*

Octobre répandait partout ses couleurs flamboyantes. Albert achevait sa convalescence et avait repris des activités légères. New York appela. Jocelyne mit un terme à toutes ses relations avec Alabi et Senoussi. Elle refusa même de discuter de ses raisons. L'on comprit que cette fois, elle ne reviendrait jamais sur sa décision. Elle omit de dire qu'elle avait découvert la clef de Jouvence. Que la science se débrouille avec ses interrogations puisqu'elle se réclamait de tant de certitude et de compétence !

Un après-midi, on se rendit à trois sur la montagne en voiture. L'on marcha jusqu'au belvédère ce matin ensoleillé pour prendre une vue de la ville et de ses splendeurs automnales. Il y avait Jocelyne, Albert et Mylène. Mylène en qui sa mère voyait si souvent une autre Liliane, malgré des ressemblances plutôt mitigées.

Toute la famille savait maintenant que Jocelyne malgré son âge désirait entreprendre une nouvelle carrière, pas pour l'argent qui ne manquait pas au couple, mais pour l'épanouissement de son dernier âge de la vie. Et pour tâcher de donner à d'autres sinon Jouvence qu'elle continuait de ne pas juger souhaitable pour tous, au moins un vieillissement plus lent et permettant de mieux vivre sa vie terrestre avec moins de maux, d'anxiété, de peur...

–T'en souviens-tu, My, quand on venait ici toute la famille ? Toi, tu avais, je pense deux ou trois ans. C'était avant la Floride.

Ils avaient pris place sur les bancs de bois. La ville en bas avait du mal à s'éveiller. C'était dimanche, jour où le temps s'arrête. Et il ventait légèrement là-haut, assez pour qu'on endure aisément les vêtements chauds qu'on avait eu la prudence de revêtir.

Mylène allait répondre quand la sonnerie d'un cellulaire se fit entendre. Encore un échange à peine amorcé et déjà massacré grâce à la technologie moderne. C'était l'appareil de Jocelyne. Elle devait le garder toujours avec elle, maintenant qu'elle remplaçait Jacques L'Écuyer comme hypnothérapeute, quoique bien peu encore et en amateur. Mais déjà plusieurs personnes lui avaient donné leur confiance, sachant que le succès d'une relation patient/thérapeute dépend aux trois quarts du sujet et de son degré de confiance.

–Qui ça peut bien être ?

Mylène comprit que c'était quelqu'un de la famille, soit

Marie ou François et que l'on s'enquérait de l'endroit où Jocelyne se trouvait et avec qui elle était, afin de venir la rejoindre.

–On va vous attendre dans le kiosque du belvédère, dit la femme avant de refermer la ligne.

Tandis qu'une fois de plus, Mylène allait ouvrir la bouche, ou bien pour répondre à l'interrogation de sa mère d'avant l'appel ou pour demander qui venait de téléphoner, un autre facteur de perturbation entra en jeu.

Il arriva sur le sentier menant au sommet un photographe professionnel. On ne le connaissait pas, mais les équipements dont il était affublé en disaient long sur son métier. C'était un jeune homme de la mi-trentaine au visage plutôt juvénile avec un large sourire que des paupières légèrement bridées sur les bords extérieurs accentuaient en lui confiant une touche d'ironie qui séduisait.

Cette fois, son sourire interrogeait ces gens qu'il s'attendait à trouver là en raison de la fourgonnette aperçue sur l'aire de stationnement plus bas, mais qu'il espérait en randonnée pédestre pour lui permettre d'occuper le 'gazebo' afin d'y travailler les deux pieds sur du solide et à niveau.

Mais on ne gagne pas à tous les coups et ces trois personnes qu'il crut être le grand-père (Albert), la fille (Jocelyne) et la petite-fille (Mylène) étaient là avant lui. Qu'à cela ne tienne, il installerait ses accessoires dans le voisinage et on comprendrait peut-être et on lui laisserait la place.

–Tiens bonjour ! dit-il le premier en s'approchant du kiosque près duquel il s'arrêta en posant au sol deux valises de matériel paraissant plutôt lourdes.

–Ça paraît pas, mais ça monte pas mal pour venir jusqu'ici, lui dit Albert.

–Ça prend du souffle, mais le jeu en vaut la chandelle.

–On trouve pas mieux cent milles à la ronde.

–C'est pour ça que je suis là. Et vous aussi, j'imagine.

Tout en parlant, le jeune homme explorait du regard pour repérer à la fois le meilleur sol où poser son trépied et d'où la photo prise donnerait ce qu'il était venu chercher pour son client.

Mylène lui jeta à peine un regard. Et pourtant, elle ne put s'empêcher de ressentir un léger coup de coeur en le voyant. C'est qu'il y avait un blindage autour de ses sentiments après deux échecs matrimoniaux. Elle raisonna pour rentrer vite dans sa coquille. Ce petit jet d'adrénaline avait été provoqué par la montagne et son air pur, par le magnifique et si romantique paysage d'automne et, il fallait bien se l'avouer, par la solitude qu'elle clamait bien haut adorer, mais que bien bas, elle commençait apprécier de moins en moins.

Et de toute façon, ce jeune homme n'était qu'un passant parmi les passants. Et pour couronner le tout, elle l'entendit lancer une phrase qui acheva d'enfoncer le dernier clou dans le cercueil d'un sentiment à son tout premier mouvement embryonnaire et aussitôt mort-né.

–Tu veux de l'aide, Julie ?

Une belle grande voix lui répondit comme en écho:

–J'arrive.

Et elle déboucha du sentier, cette personne qui l'accompagnait, emportant avec elle un dernier coffre. On la jugea dans la vingtaine, mais elle avait pourtant franchi le cap des quarante ans.

–Ça prend aux jambes, hein, chérie ?

Un autre exhibitionniste, songea Mylène en entendant cette phrase. Elle détestait ces démonstrations d'affection en public par des couples qui avaient toujours quelque chose à cacher. Ou à vendre.

–Peut-être qu'on devrait leur faire de la place, dit Albert à mi-voix aux deux femmes.

–Pas question ! dit Mylène. On vient d'arriver. On était là avant eux autres. C'est la loi du premier occupant. Quand on aura fini de se prélasser, ils prendront la place si ça leur chante.

Elle croisa les jambes à hauteur des chevilles et croisa les bras en signe de détermination et de repli sur soi.

–Il a pas l'air d'un amateur; il va trouver une solution, dit Albert. Ces gars-là, ça possède leur métier. Autrement, il aurait pas tout cet attirail, il aurait pas une femme avec lui... Mais ça, c'est peut-être pour faire autre chose...

–Espèce de macho ! murmura Jocelyne. Tu viens de te faire opérer pour le coeur et tu penses déjà à l'amour.

–J'ai jamais arrêté de penser à ça, moi...

Il s'arrêta, s'esclaffa, reprit:

–L'amour, ça se passe dans le coeur; si t'as le coeur à l'ordre, c'est tant mieux pour l'amour, non ?

–Tiens, chérie, on va s'installer là-bas ?

Le jeune homme désigna un tertre rocheux qui ne sautait pas aux yeux au premier abord, mais qui ne put échapper à son regard expérimenté.

–Que c'est beau l'amour ! souffla Mylène à sa mère.

Jocelyne refusa d'entrer dans son jeu et commenta:

–Oui, c'est beau. Et c'est beau de voir ce jeune couple travailler ensemble. Je trouve ça merveilleux.

–Je vis toute seule, pis ?...

–Je ne te fais aucun reproche. Mais c'est pas parce qu'on a son mode de vie à soi qu'on doive se moquer de celui des autres.

–J'ai pas voulu rire d'eux autres.

–J'espère bien.

"Bon, la mère et ses sentiments toujours à fleur de peau!" songea la jeune femme qui se tourna et mit ses jambes sur le banc sans plus s'intéresser ni au couple survenu ni à celui de ses parents qui entreprirent une conversation de leur cru.

Le photographe y mit le temps. Un personnage méticuleux pas pour rire, commenta Albert à un moment donné. On le voyait faire et on pouvait aussi épier sa compagne, mais ils étaient hors de portée de voix et leurs propos ne parvenaient pas aux occupants du gazebo.

–S'ils avaient pu sacrer leur camp ! dit le jeune homme. Ils devaient voir que les choses seraient plus faciles dans le kiosque.

–T'aurais dû leur demander de nous donner la place, Alain.

–Et me faire refuser ? De la marde !

–Orgueilleux va !

Julie était une grande femme maigre, souple et au nez en lame de couteau. Pas très jolie mais très avenante et dévouée. Elle allait au devant des demandes de l'autre et semblait posséder la même patience.

–Sont pas brillants. La fille surtout avec ses airs baveux. On dirait trois baby-boomers de trois générations.

Le jeune homme marmonnait, grommelait, mais il ne se trouvait pas beaucoup de méchanceté dans sa voix. Son discours meublait le temps d'installation et déridait Julie qui aimait l'entendre gémir pour trois fois rien. Bientôt, ils entendirent une voix d'enfant crier:

–Mamie, Mamie, Mamie...

Un coup d'oeil leur révéla l'arrivée d'une femme et de son jeune garçon courant vers le kiosque où l'attendait à bras ouverts une personne qui n'avait pas trop l'air d'une grand-mère. Le petit Benjamin sauta dans les bras de Jocelyne qui, penchée sur lui, le serra sur elle.

Pas plus que du kiosque l'on ne discernait les propos du couple venu photographier l'automne sur la ville, pas plus en bas, l'on ne put savoir ce qui arrivait plus haut.

–Il a un grand secret pour toi, Jocelyne, dit la mère de l'enfant. Il n'a pas voulu me le dire, mais on dirait que c'est épouvantable.

–Salut Mylène ! dit Danielle à sa belle-soeur qui ne lui répondit pas.

Car elle était dans une sorte d'état de somnolence, le dos appuyé à la structure de bois et le corps à moitié allongé, enveloppé par ses propres vêtements dont un parka rouge très voyant. Et pourtant, elle avait entendu. Mais elle préférait ne pas sortir de sa torpeur feinte pour un temps.

–Et qu'est-ce qui se passe donc ? demanda Jocelyne au

gamin qui ne voulut rien dire sur le moment.

–C'est un secret entre lui et toi, dit Danielle.

–En ce cas-là, on va s'en aller se parler en privé, dit Jocelyne qui prit le garçon par la main et l'entraîna hors du kiosque.

Albert et sa belle-fille entrèrent en conversation et sortirent à leur tour du belvédère. Quand il aperçut la scène, le photographe dit à Julie:

–Si c'était pas du gros chaperon rouge, on pourrait aller s'installer dans le kiosque.

La femme regarda là-haut et commenta:

–La fille, elle est pas si grosse que ça.

–Je peux toujours pas dire le petit chaperon rouge. C'est pas un enfant d'école.

–Parles-tu du petit gars, Alain ?

–Le petit gars, il est pas en rouge, il est en bleu.

–Vont peut-être s'en aller.

–Il va être trop tard: on va avoir fini, nous autres.

Jocelyne emmena Benjamin à côté du kiosque et s'adossa avec lui contre la structure:

–Il se passe quoi ?

–C'est Mélissa, dit le petit qui eut l'air de gémir.

–Qu'est-ce qui se passe avec elle ?

–Elle m'aime plus.

–Comment peux-tu dire ça ?

–Elle en aime... un autre.

Jocelyne crut que l'élue de son coeur d'enfant avait sans doute dû adresser la parole à un autre garçonnet et que Benjamin en avait déduit la fin du beau sentiment.

–C'est pas parce qu'elle parle avec les autres qu'elle t'aime moins, tu sais.

Au-dessus d'eux, Mylène tendait l'oreille. Il était question de sentiments et ça l'intéressait au plus haut point, elle qui les dominait ces drôles de bibittes morales qui sont capables de vous gruger l'intérieur, de vous assommer, de vous aspirer vos énergies vitales...

–Elle m'aime plus, Mélissa...

–Mais je t'aime, moi.

–Mélissa, elle aime Jonathan.

–Jonathan ?

–Oui, elle me l'a dit...

–Peut-être qu'elle vous aime tous les deux, dit Jocelyne sans grande conviction.

–Non, elle aime Jonathan, rien que Jonathan... Elle m'a dit de m'en aller... quand... quand elle était avec lui...

Là, Jocelyne comprit que le ciel venait de tomber sur la tête de son petit-fils. Une dizaine d'années plus tôt que les enfants de son temps, il en était déjà à son premier chagrin d'amour. Oui, mais comment le consoler, comment lui venir en aide. Même si le petit disait toujours qu'il avait deux amoureuses soit Mélissa et sa grand-mère, son jeune coeur venait sans doute d'établir la différence entre ces deux amours-là. Elle ne pouvait donc lui présenter le sentiment qui l'unissait à lui en compensation pour celui qui venait de se briser à l'école.

–Tu as deux amours et Mélissa en a deux. C'est normal.

–Elle m'aime plus, elle m'aime plus...

Et le garçonnet se mit à pleurer. Alors sa grand-mère eut une idée. Elle savait que Jacques traitait de pareils cas dans son cabinet de consultation et elle s'était même penchée sur un de ces dossiers contenant un chagrin d'amour. Elle tâcherait de faire entrer le petit en état d'hypnose, sachant qu'il est plus facile d'hypnotiser les enfants et là, elle lui ferait des suggestions propres à le libérer de sa lourde peine.

–Si tu veux, on va s'asseoir par terre et on va en parler.

–O.K!

–Tu sais ce qu'on va faire ? On va se détendre. Tu n'as pas froid toujours ?

–N... non...

–Colle-toi sur moi. Non, étends-toi sur moi, couche ta tête sur mes genoux, Mamie va caresser tes cheveux.

L'enfant ne se fit pas prier. Jocelyne savait qu'on ne les dérangerait pas: on s'était retiré à l'écart pour se livrer à des confidences secrètes. D'ailleurs, elle entendait vaguement les voix de son mari et de sa belle-fille. Quant à Mylène, elle ne s'en inquiétait pas pour l'avoir vue en train de somnoler sur son banc. Et le couple d'intrus, on ne pouvait même pas l'apercevoir d'où on était.

–Ferme tes yeux et fais comme si tu t'endormais le soir. Tu es sous tes couvertures et il fait une bonne chaleur, une douce chaleur. Et là, on va respirer dix fois. D'abord que tu sais compter, ça va bien aller. Mais... on va respirer avec notre ventre... Dix fois... On va faire entrer de l'air dans notre ventre qui va grossir, grossir puis on va relâcher l'air. Comme ça....

Elle inspira fort puis relâcha les muscles:

–T'as vu comme mon ventre a grossi. Essaie. Aspire fort et retient ton souffle dans ton ventre une seconde... Envoye.

Benjamin le fit et réussit.

–Et là, on va le faire ensemble... Dix fois... On y va ? Un... Deux... Trois... Quatre... Cinq...

Au-dessus d'eux, sur son banc, Mylène se livra aussi à l'exercice pour voir où en viendrait sa mère et quels effets ce qu'elle faisait faire à l'enfant aurait sur sa propre personne.

–Ça fait dix. Ah, si ça fait du bien ! Comme c'est bon, de l'air aussi pur !

Avec ses pouces, elle frottait les tempes de l'enfant. Elle reprit:

–Et maintenant, tu vas te détendre, te détendre, te détendre... Tes paupières sont pesantes. Tu t'endors. Tu es bien, tu es bien. Tu te détends. Tu te sens bien dans tout ton corps. On va visiter ton corps avec ma voix. Ma voix devient une chaude lumière, une chaude lumière qui réchauffe et engourdit tes jambes... ma voix est une chaude lumière qui réchauffe tes cuisses... une chaude lumière qui engourdit tes...

Elle souffla les deux mots:

—Deux fesses...

L'enfant sourit mais retourna aussitôt dans son état de détente.

—Ma voix est une chaude lumière qui réchauffe et engourdit ton ventre... oui, ton ventre... et tes mains... oui, tes mains se réchauffent et s'engourdissent... Tu es bien, si bien. Et maintenant, ma voix se répand comme une chaude lumière dans tes bras... dans tes bras qui s'engourdissent et se réchauffent... puis dans tes épaules... dans tes épaules... Puis dans ton visage, tout ton visage... Ma voix est une chaude lumière qui engourdit et réchauffe ton menton... tes joues... tes paupières... ton front... et tes tempes... Tu dors et tu te sens bien, tu te sens comme sur un nuage. Tu te détends. Tu es bien, bien, bien... Un grand bien-être et un grand bonheur se répandent en toi. Tu es bien, tu te sens bien dans tout ton corps. Tu es détendu, parfaitement détendu...

Par l'observation des paupières, Jocelyne vit qu'il était en transe. Sans attendre, elle passa à une suggestion:

—Maintenant, tu ne vas plus penser à Mélissa, mais à une autre petite fille de l'école... peut-être Alexandra... tu disais que tu aimais Alexandra... mais si Alexandra ne t'aime pas d'amour, tu vas ouvrir ton coeur à une autre petite fille de ton école... à une autre petite fille de ton école... Tu vas l'aimer gros gros gros, et parce que tu vas l'aimer aussi fort, elle aussi va t'aimer. Et tu ne vas plus pleurer à cause de Mélissa. Et peut-être que Mélissa va regretter de ne plus être avec toi et qu'elle va revenir vers toi. Mais toi, tu dois garder ton coeur ouvert pour une autre petite fille... Tu dois garder ton coeur ouvert pour une autre petite fille. Et si elle ne t'aime pas d'amour, tu ouvriras ton coeur à une autre. Parce que la vraie vie, c'est l'amour, tu sais... oui, c'est l'amour...

Mylène aussi était en état de transe en ce moment et la suggestion produisait en elle les mêmes effets que sur le jeune enfant. Elle qui avait ouvert son coeur à l'amour à quelques reprises et l'avait fait claquer au nez du beau sentiment, sentait ses bras s'ouvrir, mais vers qui ?

–Et maintenant que tu es heureux, que tu te sens bien dans ton corps et dans ton coeur, tu vas doucement revenir à la réalité. Tu ne te souviendras pas de ce que je t'ai dit. Tu vas juste garder ton coeur ouvert à l'amour. Et parce que tu vas garder ton coeur ouvert à l'amour, tu seras plus agréable pour les autres, plus séduisant, plus attirant. Je vais compter jusqu'à dix et tu vas reprendre conscience de ton corps et de ton environnement. Un. Deux. Trois. Quatre...

–Quatre, trois, deux, un... clic ! dit Alain tout haut, qui venait d'appuyer sur le bouton de la queue de rat qu'il tenait entre ses mains.

Et Mont-Bleu dans toute sa splendeur de la saison entra pour jamais sur la pellicule cachée dans son appareil.

–On se réveille, conclut Jocelyne.

Et quelques secondes plus tard, elle demanda à l'enfant comment il se sentait. Il lui parut que deux voix superposées répondirent:

–Reposé.

–Viens, on va aller voir Papi et maman.

–O.K!

Quand les quatre furent réunis à l'entrée du kiosque, Jocelyne dit:

–Le secret, c'est fini. Il n'y a plus de problème. Tout est réglé. Benjamin est redevenu un enfant heureux.

Alain demanda à Julie qui en avait l'habitude de remettre tous les accessoires dans les valises. Après une dizaine de photos, on avait ce qu'il fallait. À moins qu'on ne puisse en faire une depuis le belvédère. Et il se décida à demander aux gens qui l'occupaient de le partager avec lui. De toute façon, à part la fille en rouge, plus personne ne s'y trouvait en ce moment.

–Je reviens te chercher.

–Ça va.

Il marcha au pas de course et s'adressa à Albert:

–Ça serait-il trop vous demander de me laisser prendre une photo ou deux depuis le kiosque ? Je sais que vous avez l'air venus en pique-nique, mais...

–Mais c'est à tout le monde. Fallait le dire, mon ami. T'es de Mont-Bleu, toi ?

–Alain Dubois.

Ce nom évoqua quelque chose en l'esprit de Jocelyne. Il sonnait familier à son oreille, mais elle n'arrivait pas à décoder correctement. Surtout ce visage possédait un air qui ne lui était pas étranger...

–Nous autres, c'est Martineau. Ma femme Jocelyne... ma belle-fille Danielle et mon meilleur, Benjamin Martineau que voici... Et dans le kiosque, notre fille Mylène.

Alain serra les mains en se déclarant heureux et remercia pour l'espace cédé.

–Je vais chercher les équipements.

Jocelyne se rendit dans le kiosque et dit à sa fille:

–Tu leur feras pas de grossièretés, j'espère ?

–Mais non, maman, voyons ! Un beau gars comme ça. Même s'il a sa femme avec lui, j'ai le coeur grand ouvert...

Ça aussi évoqua quelque chose de particulier en l'esprit de Jocelyne. Pourquoi s'exprimait-elle ainsi ? La femme devint songeuse et se retira pour s'asseoir dans un coin, tandis que Mylène rejoignait les trois autres à l'extérieur et que le photographe s'amenait à bride abattue pour s'installer à son goût comme il l'avait prévu avant de venir. Car à sa connaissance, en nul autre endroit la vue n'était meilleure que depuis le kiosque.

–Je ne vous dérangerai pas, dit Jocelyne quand il fut là.

–J'en ai pour dix minutes au plus.

Mylène tendait l'oreille tout en parlant avec les autres.

–As-tu de la parenté à Mont-Bleu ?

–Oui... juste un vieil oncle.... Mais vous, madame Martineau, c'est...

–Je devine: tu trouves que j'ai une fille un peu vieille

pour mon âge. Pour gagner du temps parce que les gens en viennent toujours à la question: j'ai soixante-cinq ans.

–Vous vous moquez de nous, dit le jeune homme tout en travaillant dans ses accessoires.

–Demande aux autres. Mylène, viens ici, veux-tu ?

La jeune femme ne se fit pas prier.

–Alain me demande mon âge.

–Soixante-cinq.

–Si c'est vous qui le dites, c'est sûrement vrai.

Cette parole à son endroit parut une fleur à la jeune femme. Il sembla au jeune homme qu'il devait faire savoir que Julie n'était pas sa femme ni même une relation amoureuse mais simplement une assistante occasionnelle.

–Et je vous présente Julie, mon aide quand la tâche est trop difficile. On a toujours besoin d'une femme, on dirait.

–En ce cas, qu'est-ce que t'attends pour te marier, espèce de vieux garçon macho ? lui dit Julie.

Le regard de Mylène s'éclaira. Quelque chose continuait de tracasser l'esprit de sa mère. Dubois, Dubois, Dubois... Et alors au même moment où le photographe demandait un coup de 'flash' à son appareil, histoire de sonder la lumière sous ce toit, une ampoule s'alluma dans la tête de Jocelyne:

–Et ton oncle, comment il s'appelle ?

–Gervais Dubois. C'était un frère enseignant.

Jocelyne marmonna des mots inintelligibles pour eux mais clairs pour elle-même:

–Non, non, non... tout ça, c'est l'oeuvre de Poirier, j'en suis sûre. Vieux snoreau de Poirier !

Non seulement elle put percevoir des atomes crochus entre Mylène et Alain dès que le chemin d'une relation entre eux fut débroussaillé, mais encore des étincelles, des escarbilles et des escarboucles... Un véritable feu d'artifice...

Julie qu'il appelait chérie par amitié ne constituait pas une menace dans l'histoire, étant elle-même mariée et mère de deux enfants.

Mais Jocelyne ignorerait toujours que l'induction hypnotique suivie de la suggestion d'ouvrir son coeur faite à son petit-fils avait eu un effet décuplé sur le coeur de sa propre fille, elle-même entrée en transe et pareillement sensibilisée dans son inconscient...

***

Chapitre 46

Julie fut la première personne à repartir du belvédère.

–Si tu veux faire une heure de plus au studio, lui lança le jeune photographe, ça ferait bien mon affaire. Sinon, on laisse fermé jusqu'à midi.

–Je vais rester jusqu'à midi.

–C'est beau.

Jocelyne jugea rapidement la situation. Ce sapré Poirier avait peut-être mis son nez dans tout ça, mais il ne pouvait quand même pas tout accomplir. Elle dit à sa belle-fille:

–Nous, on va faire une marche dans le sentier du gros rocher. Une histoire de coeur. Je veux dire l'état cardiaque de mon mari. Si tu veux nous laisser Benjamin, c'est comme ça te le dit.

–Non, je pense qu'il est... O.K! Ah, s'il avait pas sa grand-mère, lui, ça serait un gros morceau qui manquerait dans sa vie. Merci de l'avoir remis... sur le piton. On se reverra ce soir.

–C'est bien. Viens, Bébé, on va voir Aubelle. My, on va revenir dans un petit quart d'heure, vingt minutes.

–Je vous rejoins, ça sera pas long.

Mais déjà la jeune femme était en grande conversation

avec Alain Dubois. Elle venait de lui poser une question sur son art et il commençait de lui répondre, le regard pétillant.

Le garçonnet réclama un bisou à Jocelyne et Albert, puis à sa tante My. Quand il fut devant Alain, il hésita. Le grand jeune homme lui tendit la main et l'enfant la serra.

–Content de t'avoir connu, monsieur Benjamin.

–Bonj...

–Et j'espère qu'on va se revoir. Tu diras à tante My de t'emmener au studio...

–O.K!

Et le petit courut vers sa mère qui l'attendait hors du kiosque. Il lui prit la main pour repartir avec elle. Mais il se retourna afin de jeter un dernier coup d'oeil à tante My et ce nouveau personnage si sympathique. Alors il dégagea sa main de celle de sa mère et marcha comme un vrai homme.

–On te salue, monsieur Alain, dit Albert de plus loin, tandis qu'on piétinait un peu en attendant que les choses se précisent sous le nouvel éclairage.

–Au plaisir de vous revoir tous les deux !

–Sûrement ! fit Jocelyne à la fois certaine de la chose et un brin énigmatique.

Et le couple s'éloigna en échangeant.

–Le neveu à Gervais: j'aurais jamais cru possible une histoire pareille ! On dirait que c'est "arrangé avec le gars des vues". Il y a de ces hasards, même si on dit que le hasard n'existe pas...

–On entend souvent qu'il y avait une chance sur des millions. C'est un de ces cas-là. C'est comme pour les gros lots à la loterie... parce que ceux des casinos, nous autres, on s'en occupe... et on sait comment réduire les chances de... de passer à côté...

La forme physique d'Albert en était revenue à mieux avant son infarctus de Floride, mais il avait l'intention de n'en pas rester là. Et pour ça, il avait planifié tout un programme d'exercices quotidiens. Rien ne l'en ferait déroger. Il y aurait moins de mécanique, moins de recherche pour inventer quelque nouveau gadget et même de casino et plus de ski de fond, de randonnées pédestres, de tennis, de poids et haltères, de tapis roulant et de travaux de jardinage et embellissement paysager. Vivre vieux ne l'intéressait plus, c'est vivre bien qu'il voulait tout comme sa femme.

Et à tout cela, il ajouta une séance d'hypnose par semaine, afin de donner de la pratique à Jocelyne mais surtout pour son bien-être à lui. Et quelle amélioration de leur vie intime depuis qu'ils avaient commencé cela ! C'était un nouveau degré de satisfaction, une nouvelle plénitude chaque fois. Et on savait que c'était grâce à l'hypnose surtout car on avait été à même de le vérifier en l'absence de telles séances incluses dans les préliminaires amoureux.

Il restait un problème avec lequel composer et aucune véritable décision n'avait encore été prise à ce sujet: celui de Jouvence. La femme devait-elle couper les contacts avec Aubelle ou bien les multiplier ? Quelle était la meilleure voie à suivre pour que sa vie et celle d'Albert se poursuivent dans l'harmonie jusqu'à leurs fins que l'on espérait le plus rapprochées possible l'une de l'autre et plutôt loin dans le temps ? La femme croyait que c'est Aubelle qui leur apporterait la réponse, sinon par les propos qu'elle disait entendre de l'arbre du moins par les événements que son contact avec l'entité végétale provoqueraient sûrement. C'était la raison pour laquelle on allait lui rendre visite ce jour-là. Il y avait bien aussi le cas de Mylène, mais voilà qu'il connaissait un nouvel épisode imprévu et c'était pour le mieux.

–Ça faisait un bout de temps que tu m'avais pas appelé Bébé. Qu'est-ce qui arrive pour que tu recommences ?

–Peut-être parce que certaines choses, pas toutes et je ne le voudrais pas non plus, sont redevenues comme avant.

–Tu sais, depuis un bon bout de temps, je ne m'étais pas senti aussi confortable dans ma peau malgré notre... "différence d'âge". J'ai eu peur que tu prennes ta propre route à cause de Jouvence, mais je ne ressens plus cette crainte et je pense que je ne l'aurai plus quoi qu'il advienne.

Elle s'accrocha à son bras comme au temps de leur jeunesse folle et, sans avoir pesé le pour et le contre, lui raconta les événements entourant la mort de Jacques L'Écuyer.

–C'est parce que je te sens capable de gérer de pareilles confidences que je te les fais. Sur le moment, j'ai préféré attendre, mais maintenant, te le dire, c'est comme me le dire à moi-même. Je suis très proche de toi, mon mari, très proche et j'aime ça.

Il expliqua par un coup de vent froid les larmes qui coulèrent sur ses joues. Bientôt, on fut à la roche plate devant le grand rocher froid. Ils y prirent place tous les deux, les pieds tournés vers l'arbre. Elle dit:

–Tu sais, je lui ai promis un cadeau il y a deux ans et encore l'année passée et je ne le lui ai jamais donné. Faut dire que je ne lui ai pas dit quel serait ce cadeau et elle a préféré ne pas le savoir tant qu'elle ne le découvrirait pas elle-même. Le problème, c'est que je n'ai pas décidé ce que je lui offrirais pour Noël... et en fait pour tous les Noëls où j'aurais dû lui apporter quelque chose, mais... comment venir ici à Noël à moins de venir en motoneige. Et encore, elle dort sous la terre tout l'hiver...

–Tu ne crois pas qu'elle va nous entendre parler d'elle ?

–Non, tant que je ne suis pas entrée en contact mental avec elle.

–Qu'est-ce qu'un arbre pourrait donc vouloir comme cadeau ? Il faudrait que tu me parles d'elle, de ses rêves, de ses désirs si un arbre peut avoir des rêves et des désirs.

–Au... elle, oui... Je ne veux pas dire son nom pour ne pas que le contact se fasse et qu'elle s'éveille. Mais je vais te parler de ses rêves... Imagine que celui qui la rend le plus fébrile, qui l'électrise, on dirait, c'est mes vêtements. Elle ne peut les voir, mais elle les perçoit par les ondes et une sorte de déduction végétale difficile à expliquer... Elle voudrait porter autre chose que de l'écorce grise pour robe...

–Je comprends qu'elle soit de sexe féminin.

–Le gag facile, Bébé.

–Mieux vaut un gag facile que pas de gag du tout.

Jocelyne parla donc des rêves d'Aubelle et il arriva que le regard d'Albert brille à cause d'une ampoule qui venait de s'allumer dans sa tête.

–Je pense que j'ai une idée. Je t'en parle et tu lui en parles ensuite.

–Une idée pour son cadeau de Noël intemporel ?

–C'est ça.

–Mais elle ne veut pas qu'on lui en parle à l'avance.

–Il faudra bien: ce n'est pas possible autrement. Et puis, ça va nous aider pas mal à trouver les réponses qu'on recherche à propos de Jouvence. Tout sera un peu plus clair et on saura mieux où l'on va avec cette histoire...

Elle plissa le front:

–Tu m'intrigues pas à peu près.

–Écoute et tu me diras ton opinion...

L'homme, la femme et l'arbre se mirent d'accord. Le moment venu, on apporterait à Aubelle le cadeau promis. Pour l'heure, il y eut un 'chouette' échange entre les trois. Et Albert comprit pourquoi les femmes vivent plus longtemps et en meilleur état; elles utilisent davantage leurs deux moteurs de vie, le conscient et l'inconscient, tandis que l'individu de sexe mâle ne se fie le plus souvent qu'à un seul. En parlant à un arbre, c'est à son inconscient que l'on parlait et il en prit pleine conscience pour la première fois ce jour-là. Avant, il n'y avait toujours vu qu'un grain de folie douce...

***

491

Chapitre 47

Cet hiver-là fut rigoureux. Il rappela les hivers d'antan: venteux, froid, neigeux. Des tempêtes à n'y voir ni ciel ni terre. Comme dans les années 40, 50, 60 même. De quoi faire mentir les prophètes de malheur quant au réchauffement de la planète. Ce n'était pourtant qu'une période de rémission dans un processus inexorable. Comme le répit que donne presque toujours le cancer avant d'y aller du coup de hache final. Comme l'illusion du non-vieillissement que les rides, les maux nouveaux et les troubles de mémoire viennent effacer d'un simple coup de brosse au tableau de la vie.

Pour Jocelyne Larivière, ce fut moins un entre-deux qu'une vie renouvelée, remodelée. S'il avait fallu trente-huit ans à son prédécesseur pour établir sa réputation et une meilleure crédibilité à son art, quelques mois seulement avaient permis à sa remplaçante de remplir à pleine capacité son agenda. C'est que Jouvence était son meilleur agent publicitaire. Malgré son refus de collaborer avec les journalistes à ce sujet, il y eut des articles concernant le vieillissement et sa prévention, et chaque fois, dans les petits comme les grands médias, son nom était écrit en regard de la mention "la femme qui ne vieillit pas".

Le temps et la santé sont deux denrées hors de prix dans

un monde aussi matérialiste. Comme Hélène Lachance, on veut vivre jeune, jeune, jeune... Et de partout, même des USA, il venait des gens pressés de renaître à quelque chose. Pour tenir ses promesses envers son amie, Jocelyne en fit son assistante. Et parce que les femmes ont la cote en tous ces métiers autrefois réservés exclusivement à leurs collègues masculins, tout leur réussit.

Albert se trouva aussi une nouvelle place sous le soleil et le couple remit les pendules de ses sentiments à l'heure de ses occupations, de ses préoccupations, d'un autre équilibre. Ils partageaient beaucoup d'activités communes notamment à l'intérieur du programme d'exercices d'Albert, continuaient d'aller au casino, de recevoir, de sortir.

Jocelyne eut la sagesse de ne pas se laisser envahir et dépasser par les exigences de son nouveau métier. En réalité, elle fit en sorte que le métier n'exige rien d'elle et ce qu'elle lui donna, elle le lui donna librement, sans la moindre contrainte.

Pour mieux composer avec une clientèle qui l'assiégeait et une vie privée qu'elle voulait garder à son meilleur, la femme en vint à la technique favorisée par Jacques dans les années 75 à 85, soit le travail sur patients via des cassettes audio personnalisées. Elle parvenait à obtenir des effets similaires à ceux obtenus en cabinet de consultation et il en coûtait moins aux clients en argent et moins à elle en temps.

Hélène passait au fauteuil inclinable une fois la semaine et Jocelyne lui faisait les mêmes suggestions que Jacques avait enregistrées pour elle plus de vingt ans auparavant. Mais comment savoir les résultats avant cinq à dix ans ? En tout cas, son travail passionnait tout autant Hélène que l'autre et ne serait-ce que pour cette raison, tous ses petits bobos de la soixantaine s'estompaient, disparaissaient dans la poudrerie d'hiver. Et elle ne passait plus qu'une heure ou deux à l'unité des soins palliatifs de l'hôpital. Afin, disait-elle, de ne pas 'vampiriser' les malades comme elle croyait l'avoir fait sans le vouloir du temps où, frustrée par son âge, elle allait s'y étourdir en croyant aider.

Mylène et Alain se fréquentèrent et devinrent assez proches l'un de l'autre pour emménager ensemble. La jeune femme quitta la maison du rang qui fut enfin vendue au grand soulagement de Jocelyne. Plus jamais elle n'irait de nouveau sur les lieux de la mort de Liliane et il valait mieux ainsi.

*

Vint le printemps. Il apparut des raideurs musculaires en la personne de Jocelyne Larivière qui ne s'en plaignit toutefois pas. Mais ça l'incita à surveiller de plus près les coins de ses yeux à la recherche de ridules nouvelles annonçant peut-être la fin de Jouvence. Sauf qu'elle avait omis de prononcer le mot Aubelle ces quatre derniers mois et n'avait pas eu de contact direct avec l'arbre, sans pour autant oublier cette drôle de fille adoptive endormie pour la saison froide là-haut sur la montagne. Quand se feraient de nouveaux contacts alors il est possible que son métabolisme ralentisse de nouveau en accord avec les vieilles suggestions post-hypnotiques de Jacques L'Écuyer.

L'entrepreneur en construction en Albert Martineau sortit de sa retraite et reprit du service au début de la feuillaison nouvelle. Tout d'abord, il rencontra le responsable du grand centre d'achats de Mont-Bleu et eut avec lui une conversation fort satisfaisante pour les deux parties. Puis il logea quelques appels téléphoniques et prit des arrangements avec des sous-contractants; et au soir du trois mai, il annonça triomphalement à sa femme qui était à se reposer dans un fauteuil inclinable du salon:

–Ça y est: ça va se faire demain.

–Tout est prévu ? Les experts ont parlé ? Les risques sont réduits au minimum ?

Elle avait lancé ses trois questions en rafale sur le ton de l'étonnement heureux.

–Tout est bien qui finira bien.

–Et ça coûtera combien en tout ?

–Sept mille dollars, un peu plus, un peu moins.

–C'est moins que je pensais. Je vais te rembourser. Au fait veux-tu que je te fasse un chèque tout de suite ?

–C'est comme tu veux, mais moi, j'en paye la moitié.

–Qu'est-ce que c'est ça ? C'est du neuf, ça.

–J'ai réfléchi et j'en paye la moitié.

–Généreux, le monsieur !

–Non, égoïste... C'est en pensant à moi que je le fais...

–Je crois que je te comprends.

Puis elle soupira d'aise et reprit:

–Comme ça, c'est demain que ça va se faire !?

–Demain, vers onze heures du matin, on va arriver en ville.

–Si je te demandais de passer par le centre-ville ? C'est donc de valeur, tous mes rendez-vous, je ne peux pas les remettre à une autre journée. Je serai libre à quatre heures de l'après-midi, pas avant. Et là, j'accourrai au centre d'achats...

–Je serai là jusqu'à cinq heures et peut-être même après la fermeture des magasins.

–Quelle belle journée en vue ! On annonce quoi comme temps pour demain ?

–Soleil, soleil et soleil.

–Pas surprenant. J'ai pas mal hâte en tout cas.

–Et moi, je me sens utile.

–Ça, tu peux dire que tu l'es pas à peu près. Sans ton intervention, je pense que le projet aurait avorté...

*

Le jour suivant, Jocelyne eut une chance de bossu. La personne qui avait un rendez-vous avec elle au cabinet de consultation pour dix heures et demie fit défection. La thérapeute laissa le bureau entre les mains de son assistante et quitta les lieux. Elle monta dans sa familiale neuve et prit la direction du cimetière. Là, elle stationna la voiture et attendit sous le soleil et le vent.

Tel que prévu la veille par son mari, l'événement se produisit à l'heure dite. On n'aurait pas pu passer par le centre-ville en raison des nombreuses traverses de fils au-dessus des rues du secteur et le chemin qui en comptait le moins et les moins basses, était celui passant par le cimetière. Voilà que le camion s'amenait, chargé de son précieux fardeau. À mesure qu'il s'approchait, la femme qui le regardait venir en avait les larmes aux yeux et en même temps, elle tâchait d'entrer en elle-même pour mieux en sortir suivant sa technique coutumière et entrer en contact avec... Aubelle.

Car c'était sa fête, à l'arbre bien-aimé. Son Noël. Le jour de ce cadeau promis depuis plusieurs années et qu'on lui offrait enfin avec son plein accord et les risques assumés. C'était jour de transplantation d'Aubelle depuis la montagne vers le mail du centre d'achats où elle poursuivrait sa vie dans la brillance, la clarté, les couleurs, le brouhaha humain, à voir les vitrines, les belles robes, les bijoux, à percevoir les sentiments des passants, à aimer et à être aimée, à se sentir un peu plus humaine...

Elle passa, un peu penchée, cheveux au vent, du bonheur plein la tête et le tronc, mais endolorie à cause de toutes ces radicelles arrachées et quelques racines amochées. Et le contact entre elle et sa mère adoptive put se produire l'espace de quelques secondes:

–Comment te sens-tu, ma grande ?

–J'ai peur un peu.

–C'est normal. Tu changes de monde.

–C'est dur d'être humain. Je vais m'ennuyer de ma prison de la montagne, de mon gardien le grand rocher noir, des conifères d'en face...

–Des regrets ?

–Oui, mais... tant d'espoir en avant... Le bonheur, c'est fait de tristesse aussi, on dirait.

–Ah oui, de beaucoup de tristesse, Aubelle, de beaucoup de tristesse.

Déjà le camion jaune et son arbre vert passaient devant les yeux de la femme qui sentit en elle ce tourbillon bien connu signifiant un renouveau, une régénérescence qu'elle trouvait maintenant acceptable. Elle leva la main et fit un signe d'affection, esquissant un baiser furtif. Un coup de klaxon attira son attention ailleurs, en arrière, sur le chemin où venait Albert au volant de la fourgonnette blanche. Il s'arrêta et se mit à côté d'elle; et ils eurent un bref échange par les vitres abaissées:

—Tu as pu te libérer ?

—Pour une heure.

—Tu viens au centre d'achats ?

—Impossible avant quatre heures.

—La réimplantation sera faite et probablement que la verrière du toit du mail sera refaite aussi.

—Même si j'étais là... C'est comme lors de ta chirurgie: je ne pouvais être avec toi dans le bloc opératoire.

—Au fait, j'ai une nouvelle à t'annoncer. C'est le cimetière qui me fait penser de te la dire.

—Un décès, j'imagine ?

—En effet. C'est Mylène qui m'a appelé et m'a chargé de te l'annoncer. L'oncle d'Alain... ton vieil ami Gervais. Il a décidé de changer d'air.

—Eh bien, eh bien ! Il va se réimplanter à son tour ailleurs. Je pense qu'il avait hâte de partir.

Quelques mots encore et l'homme repartit vers ses responsabilités. Jocelyne descendit de voiture et regarda les pierres tombales dans le secteur où se trouvaient celles de Poirier et de Gervais. Il lui revint en mémoire une répartie de l'*Avare* de Molière.

"*Ah ! Valère, chacun tient les mêmes discours. Tous les hommes sont semblables par les paroles, et ce n'est que les actions qui les découvrent différents.*"

Et elle eut une pensée pour quelques-uns des hommes de sa vie: Gervais, Poirier, Albert et quelques autres de moindre importance.

*

—Et comment ça s'est passé ? demanda-t-elle à son mari

qui l'attendait, assis sur un banc du mail.

–Viens le lui demander toi-même ?

–On va penser que j'ai des plombs de sautés.

–Tu feras comme si tu me parlais à moi.

–Allons-y !

Le couple fut bientôt devant Aubelle qui se tenait bien droite, la tête au-delà de la verrière et le pied enterré de morceaux d'écorce.

–Comme elle est belle ici ! Trouves-tu ? Là-haut, elle était perdue. Ici, elle paraît si... importante...

–Et utile, dit Aubelle de sa voix affaiblie par la transplantation.

–Utile, c'est vrai. Utile, c'est un beau et grand mot. Tu feras la joie de bien plus de gens ici.

–Espérons que personne ne va abîmer son écorce, dit Albert qui ne pouvait encore entendre distinctement ce que disait l'arbre par ses vibrations et ondes inconnues.

–Et tu devras venir me voir plus souvent, suggéra l'arbre à Jocelyne, mais en faisant moins d'exercice et en prenant moins d'air pur pour tes poumons.

–Il y a un prix à payer pour tout bonheur. On se l'est dit ce matin quand tu passais devant le cimetière.

L'arbre soupira:

–Là, je suis fatiguée. Je crois que je vais dormir le temps que mes racines vont s'adapter à la nouvelle terre. J'espère que je ne vais pas mourir avant Noël.

–Ne parle plus, on s'en va.

–J'ai si hâte à Noël.

–Nous aussi, Aubelle, nous aussi. En attendant... agrippe-toi bien. Je ne vais pas te toucher avant Noël pour ne pas drainer vers moi tes énergies. Tu vas en avoir besoin.

–Mourir pour quelqu'un qu'on aime, ce n'est rien. Tu pourras me toucher quand tu voudras, quand tu en auras l'envie et le besoin...

–Mourir pour quelqu'un qu'on aime, ça vaut aussi bien

pour moi, Aubelle. Et puis ça ne me fera pas mourir que de m'abstenir de te toucher, juste vieillir un peu et cela sera très bon pour moi.

–Comme tu voudras... Bonne... semaine...

Et l'arbre eut un grand bâillement et se tut.

Jocelyne demanda à son mari de la serrer dans ses bras.

***

Chapitre 48

Les racines d'Aubelle y mirent du temps à se frayer un chemin à travers cette nouvelle terre dure comme de la roche et pour se lover dans un environnement qui permette la survie, sinon la grande vie. Et l'eau se faisait plus rare que sur la montagne, car ou oubliait d'arroser comme il se devait et parfois, l'arbre avait soif, surtout qu'il percevait vingt-quatre heures par jour le bruit d'une cascade à quelques pas seulement.

Mais elle ne s'en plaignit pas et chaque fois que son amie humaine la visitait, elle lui parlait de son nouveau bonheur, surtout celui qu'elle ressentait quand elle percevait les ondes courtes des enfants qui passaient de chaque côté d'elle et de tous côtés.

Sa tête rougit plus tard en octobre et quand ce fut fait, elle eut moins besoin d'eau à ses pieds.

Pendant ce temps, Jocelyne poursuivait son travail et sa vie de femme et de couple. Elle découvrait des signes de vieillissement dans la peau de son visage, de ses mains, dans ses articulations; mais elle jugea bon le cacher à son amie Hélène qui mettait tous ses espoirs dans les séances hebdomadaires d'hypnothérapie au cours desquelles Jocelyne continuait de lui répéter les suggestions concoctées autrefois par

Jacques L'Écuyer.

"Et s'il fallait un don pour hypnotiser les gens ?" disait-elle parfois pour obtenir un mot d'encouragement.

"Alors, je l'ai, ce don. Et je t'en fais profiter..."

Le mot-signal choisi par Hélène était Zana, diminutif du prénom d'une tante décédée et qu'elle avait particulièrement aimée. À l'instar de Jocelyne, elle l'avait aussi attribué, le mot, à un arbre, mais avec aucun de ceux des environs ne s'était jamais établie une relation aussi étroite que celle reliant son amie et sa chère Aubelle. Le choix était dû à la force et à la pérennité des arbres et surtout à leur longue jeunesse.

À mesure que passaient les mois, la femme se lassait un peu plus d'attendre pour voir si les suggestions sous hypnose et ses contacts physiques avec Zana donnaient des résultats sur son propre vieillissement. Ne pas savoir finit par lui paraître pire à endurer que de se savoir vieillir. Elle n'en souffla mot à personne.

Benjamin ne vécut plus jamais de chagrins d'amour et il multiplia les conquêtes à l'école.

Marie parvenait à traverser sans encombres les mois à faible lumière grâce aux séances d'hypnose dirigées par sa mère après celles menées par Jacques avant sa mort.

Bientôt, ce fut la période d'avant Noël. Clinquante pour les purs, éblouissante pour la plupart. Jocelyne recevrait les siens le midi de la fête. Elle avait déjà une bonne moitié de ses cadeaux d'achetés. On anticipait de belles Fêtes en famille.

L'ajout d'un membre, Alain Dubois, apportait de la bonhomie aux rencontres, du rafraîchissement. Il était capable de jaser de tout, d'émettre des idées sur la plupart des sujets, mais sans les imposer ni trop les faire valoir. Un personnage de bonne composition et de belle allure.

Mylène filait le parfait bonheur.

L'avant-veille de Noël, en soirée, tous avaient rendez-vous dans le mail du centre d'achats aux environs de la cascade d'eau tout près d'Aubelle. Les uns après les autres, vers vingt heures, se regroupèrent au lieu dit et le dernier à paraître fut Alain qui s'amena avec ses meilleurs équipements.

On ferait une photo de famille.

En attendant que le photographe soit installé, Jocelyne se retira à l'écart du petit groupe et prit place sur le bord du terre-plein central où était l'arbre, là même où dans quelques minutes, on poserait pour Alain et pour la postérité.

Elle entra en communication avec Aubelle sans avoir besoin de parler tout haut pour ainsi risquer de s'attirer des curiosités ironiques.

Mais personne ne leur accordait la moindre attention. Le mail était bondé, envahi par une armée de magasineurs pressés et compressés, suant et soufflant à transporter les derniers paquets, les derniers sacs, les cadeaux de dernière heure. Il faudrait plus qu'un arbre pour en arrêter un seul en de pareils moments. Il faudrait même plus qu'une pauvre dérangée qui parle aux arbres pour les empêcher de courir à bride abattue après ce Noël qui les avait tous dépassés.

"Comment te sens-tu aujourd'hui ?" demanda la femme qui s'inquiétait de la santé d'Aubelle depuis sa transplantation huit mois auparavant.

"Beaucoup mieux qu'avant. Tous ces gens m'excitent."

"Mais il faudrait que tu te reposes: c'est l'hiver, là."

Aubelle souffla un peu et dit de sa voix flûtée retrouvée:

"Je le fais... la nuit."

"Mais ce n'est pas assez pour... toi... un feuillu du Canada."

"Les humains bougent trop. Ils m'empêchent de dormir, de rêver..."

"Moi aussi parfois, tu sais. Alors je te comprends un peu..."

"Mais ce n'est pas grave. Et puis il y a ces lumières braquées sur mon tronc jour et nuit. Ça me tient en éveil."

Jocelyne réfléchit un moment avant de dire:

"J'ai le sentiment que ta transplantation a été pour toi le même cadeau de Grec qui me fut fait voilà vingt ans par ce pauvre Jacques. Dieu ait son âme !"

"Non, non, non... je voulais venir ici, être ici. Je voulais tout percevoir des couleurs, des beaux vêtements, des rêves d'enfants... tout ce qui me passe devant le tronc..."

"Oui, mais le soleil, la pluie ?"

"J'ai la tête dehors là-haut, ne l'oublie pas. Regarde."

"Mais tu dois te reposer, Aubelle. Et je n'ai pas voulu canaliser tes énergies vitales vers moi..."

L'autre l'interrompit:

–C'est pour ça que tu ne me touches plus jamais. Tu sais, c'est ce qui manque le plus ici. Ton contact physique. L'amitié qui rassure... qui... rassure..."

"Mais..."

"Je te le dis; par contre, je comprends. Je sais que tu ne veux plus trop de Jouvence. Et je respecte ton choix, mon amie, ma tendre amie."

"Peut-être que c'est une autre qui devrait... communiquer avec toi ? Comme Hélène par exemple qui voudrait tant ne plus vieillir..."

"Ça ne marcherait pas et tu le sais. Je suis ton arbre à toi. Tu as été 'programmée' par Jacques pour moi. Et tu m'as par la suite 'programmée' pour toi. Cela s'est fait en dehors de votre volonté et de la mienne. Sûrement en dehors de la mienne, puisque je n'avais même pas de volonté avant toi. Tu m'as fait connaître tant de choses de l'être humain. Des bonnes et des moins belles. Je ne serai plus jamais un arbre de la montagne, plus jamais."

"Mais si tu t'étioles et si tu meurs."

"On meurt tous un jour ou l'autre."

"Tant qu'on est utile à quelqu'un, on ne devrait pas mourir, on ne le devrait pas."

"Ici, on ne tardera pas à se lasser de moi, à me trouver inutile, à vouloir faire du changement, et alors, on va m'abattre."

"Je regrette de t'avoir fait ce cadeau de Noël."

"C'était ma décision. Et c'est si beau, un cadeau de Noël. Ça n'a pas de prix pour quelqu'un qui n'en avait jamais eu auparavant."

Leur échange fut soudain interrompu par le reste de la famille qui, sur ordre d'Alain, vint se regrouper autour de la femme. Puis le photographe composa le tableau.

–Oublie pas de prendre Aubelle, dit Albert.

–Aubelle ?

–Ben oui. L'arbre en arrière. C'est nous autres qu'on l'a fait transplanter ici au mois de mai.

–Ah, mais ça va faire une magnifique photo. Ça va donner un symbole à la cohésion familiale.

–Oh, oh, dit Philippe, le poète-photographe.

–Ou le photographe-poète, dit Marie dans un grand éclat de rire.

–Ce n'est pas du lyrisme, c'est une réalité: on est une famille unie. Qui dira le contraire ? Toi Benjamin ?

Elle était derrière le garçonnet, mains posées sur ses épaules.

–Q... quoi ?

Des passants jetaient un oeil et se dépêchaient de s'éloigner vers leurs affaires majeures. Alain mit le sien sur l'objectif et prit avec son cerveau le premier cliché. Il y avait pour le moment onze personnes alignées derrière des sourires en attente. En deuxième rangée, à gauche, Marie et Philippe et devant eux leurs ados Marie-Ève et Alexandre. Au milieu du second rang se trouvaient Danielle et François qui avaient laissé Benjamin aux mains de Mylène. Celle-ci occupait la dernière place sur la droite, mais à son côté, il restait un espace que bientôt Alain viendrait remplir après avoir appuyé sur le bouton de la queue de rat pour lui permettre de faire partie lui aussi de la photo comme il faisait maintenant partie de la famille. Et devant, comme il se devait, Albert et Jocelyne souriaient. Tous les deux étaient maintenant au sommet de leur bonheur terrestre.

En arrière-plan, qui semblait réunir toutes les auras dans une drôle de lumière, Aubelle, éclairée elle-même par des rayons multicolores soupirait d'aise. Et bâillait bien un peu. Pas sûr qu'elle pourrait s'empêcher de dormir la nuit de Noël, mais ça n'avait aucune importance. Elle était là, droite et forte, émergeant de cette famille et la protégeant.

–Prêt, fit Alain en soulevant la queue de rat (déclencheur souple). Je vais appuyer là-dessus et vous sourirez jusqu'à l'éclair. Et ensuite si vous voulez. C'est d'accord ?

Des oui approuvèrent, ainsi qu'un 'oui et non' en provenance de Mylène, histoire de faire sourire un peu plus pour une meilleure photo.

La main pesa sur le bouton et le jeune homme courut prendre sa place qu'il éclaira de son plus large sourire. Il refit deux clichés par la suite, mais le premier s'avérerait le bon, le plus vivant, le plus rayonnant.

Tous les passants ne furent pas indifférents à la scène. Embusquée derrière un kiosque de Loto-Québec, Hélène Lachance observait cette famille et il lui paraissait probable que tous, pas rien que Jocelyne, ne vieilliraient pas, ne vieilliraient jamais. Et elle se demandait ce qu'elle ne comprenait pas dans ce tableau...

Ce fut ensuite la dispersion. Marie et sa famille avaient des achats à compléter. François et les siens devaient retourner à la maison pour une raison qu'ils ne dirent pas. Chacun prit son côté. Aidé par Mylène, Alain ramassa vivement ses affaires et le couple partit. Et Albert se rendit acheter des billets de loterie, laissant sa femme seule avec Aubelle pour une dernière minute avant Noël à venir dans les quarante-huit heures.

"C'est ça, je te revois la semaine prochaine."

"Ouf! ce sera plus calme qu'aujourd'hui !"

"Pauvre amie, tu ne sais pas ce qu'est le Boxing Day."

"Ce sera plus agité que maintenant ?"

"L'enfer, ma chère, l'enfer. La folie furieuse. Les gens sont survoltés, ils s'arrachent les choses. C'est une image de

506

la guerre, tu sais la guerre dont je t'ai souvent parlé et qui fait partie de la folie des humains ?"

"Mais... est-ce qu'on va faire exploser... des bombes ?"

"Oui, mais des bombes qui ne tuent pas sur le coup. Juste à retardement. Tu jugeras par toi-même... Je suis quand même inquiète, j'ai peur qu'on ne s'en prenne à toi. C'est le Boxing Day, le lendemain de Noël: tout est alors possible. Je pense que je sais ce qu'il faudrait pour te protéger et pour que tu sois un peu moins nerveuse et que... tu reprennes des couleurs et souffres moins de la transplantation. Tu veux que je te dise ?"

"Sûrement !"

"Des compagnons."

"Des compagnons ?"

"Hum hum..."

"Mais il manquerait d'espace pour mes racines. Elles ont eu tant de mal à trouver leur place ici."

"Je ne pense pas à des feuillus, je pense à des conifères. Ça mettrait de la couleur, de l'odeur tout partout ici. Ils t'entoureraient comme des gardes du corps..."

Aubelle dit à petite voix:

"Mais ils seraient muets comme... comme des... arbres, disons-le... "

"On essaiera de leur montrer à communiquer..."

"Mais... ça va vous coûter un bras, à toi et Albert ?"

"On a chacun deux bras."

"Je veux bien alors."

Albert revint en brandissant les billets d'un tout nouveau jeu. Il dit:

–Il y a une filée longue jusqu'à la sortie pour acheter des billets. Je ne sais pas ce qu'ils attendent: j'ai pris les billets gagnants, tu vois.

Elle sourit et parla d'autre chose:

–Combien ça coûterait pour transplanter deux ou trois jeunes sapins ici ?

507

–Une bagatelle.

–Ça ne coûterait pas un bras comme pour Aubelle ?

–Sûrement pas ! Des jeunes conifères, ça se transplante comme ça, en criant lapin.

–Et à n'importe quel temps de l'année ?

–Oui, madame. Ou presque. Je peux en transplanter demain si tu veux. Qu'est-ce qui arrive ? Tu veux donner de la compagnie à cette chère Aubelle ?

–En plein ça.

–Suffit d'avoir la permission du responsable et il va me la donner, et demain, si tu viens m'aider, on va en chercher deux ou trois. La terre est pas encore gelée: un vrai jeu d'enfant.

*

Le jour suivant, utilisant de la petite machinerie adéquate qui lui restait de ses années en construction, Albert, aidé par sa compagne, transplanta deux sapins et une jeune épinette, qui furent disposés autour d'Aubelle.

Et c'est ainsi que l'arbre et tous ceux qui en avaient pris soin passeraient un joyeux Noël et une bonne et heureuse année.

FIN

Du même auteur:

www.andremathieu.com

CASSETTES (audio) D'HYPNOSE

texte et voix par André Mathieu
formé à l'EFPHQ
en hypnose scientifique et hypnothérapie

Cassettes personnalisées

(enregistrées spécialement pour la personne qui les commande)

1. Maigrir
2. Cesser de fumer
3. Chance au jeu / intuition
4. Concentration / mémoire / créativité
5. Chagrins d'amour
6. Beauté intérieure
7. Deuil profond
8. Phobies (peurs)
9. Tendances suicidaires
10. Vies antérieures
11. Cure de jeunesse / lecture génétique
12. Autoguérison
13. Relaxation / stress / insomnie
14. Sensualité / sexualité
15. Spiritualité

Aussi thérapies individuelles et de groupe
partout au Québec.

Voir site web
www.andremathieu.com

Imprimé au Canada